迦陵讲演集

唐宋词十七讲

叶嘉莹 著

北京大学出版社
PEKING UNIVERSITY PRESS

图书在版编目 (CIP) 数据

唐宋词十七讲 / 叶嘉莹著. —北京：北京大学出版社，2017.9
（迦陵讲演集）
ISBN 978-7-301-28554-1

Ⅰ. ①唐… Ⅱ. ①叶… Ⅲ. ①词（文学）—文学研究—中国—唐代 ②宋词—文学研究—中国 Ⅳ. ① I207.23

中国版本图书馆 CIP 数据核字（2017）第 181631 号

书　　名　唐宋词十七讲
TANG SONG CI SHIQI JIANG
著作责任者　叶嘉莹 著
责 任 编 辑　徐丹丽
标 准 书 号　ISBN 978-7-301-28554-1
出 版 发 行　北京大学出版社
地　　址　北京市海淀区成府路 205 号　100871
网　　址　http://www.pup.cn　新浪微博：@ 北京大学出版社
电 子 信 箱　pkuwsz@126.com
电　　话　邮购部 62752015　发行部 62750672　编辑部 62752022
印 刷 者　北京中科印刷有限公司
经 销 者　新华书店
890 毫米 ×1240 毫米　16 开本　34.25 印张　411 千字
2017 年 9 月第 1 版　2021 年 7 月第 6 次印刷
定　　价　108.00 元

目录

叙论

刘乃和

我和叶嘉莹学妹相识，是在近半个世纪之前。1941 年她入辅仁大学国文系，我在史学系三年级。当时国文系顾羡季（随）先生讲课颇受欢迎，外系学生常去旁听。一次，我去听课，正值顾先生发学生习作，对叶嘉莹习作大加赞扬。从此我认识了她，渐和她有些接触。但我们究竟是不同系、不同班；又因我家务劳动重，又兼中学教课，以侍父母，在辅仁，下课后即归，和同学们来往不多，和她见面亦少。我本科毕业考取陈援庵（垣）老师研究生，后留校工作。她几年后去江南，从此一别几十年。

她在江南不久即离开大陆，远涉重洋，四海讲学，所至有声。我们再见面时，她已是名扬海外的诗词专家、有名学者了。

几十年来，她虽遇到不少忧患艰危，但不管在什么环境、什么地区，也不管什么遭遇、什么心情，她都没忘记祖国，没忘记事业，没放下诗词研究。她学业大有成就，对古人诗词背诵得“烂熟”，理解得深透，阐发思辨，达到极高境界。

她自幼就擅长写作，每成诗、词、散曲，都是佳句连篇，抒情遣兴，情意真挚，感人肺腑。近年得读她的《迦陵诗词稿》，于字里行间，往往和她情感交融，作者感时伤事诗句，读者情绪亦不能自持，化入其诗词意境，其感染力有如是者。读其《迦陵论诗丛稿》、《灵谿词说》（与缪钺老先生合撰），论诗论词，独具慧眼，有真知灼见，能摆脱习俗，深得古人情旨，思精识卓，自成一家；读其《杜甫秋兴八首集说》，更令人折服。她对杜诗用功独深，此书引用杜诗各种版本、注本，达五十三种之多。书中集解部分，每首诗的集解前，都有校记和章旨，胪列众说，评议诸家，阐述己见，作出断语。在考辨中，涉及目录版本、校勘避讳、考证注疏等学科，益见其学有根柢，造诣深厚，功力过人。总观其论诗论词，不但能汲取古人精华，又能运用西方文论，进行表达析辨，上下古今中西汇通，有左右逢源之佳，具融会贯通之妙。

1987 年，她应辅仁大学校友会及中华诗词学会等单位邀请，在国家教委礼堂，讲课十次，后又在外地进行七讲。我作为老同学，又是辅仁大学校友会负责人之一，更忝为中华诗词学会会员，自当竭诚接待，是以北京十讲，有幸亲聆。她讲课深入浅出，征引诗词，背诵如流，随手拈来，便成丘壑，说解明辟，有理有情，引人入胜，实在受益匪浅。

我从援庵老师习学历史，后转而致力历史文献研究，对诗词只有喜爱，未能研习，有时仅知赏鉴其辞藻，却未尽解析其深意。这次系统地听讲，对词学的师承渊源、发展变化，对唐宋词人的社会背景、思想状态、作词意境，以及词析句解，都得到很大收获和启迪。

我近几年来，也学着写些诗句。她在京时，曾多次向她请教，她曾当面提出过意见。后又有诗抄寄温哥华，请她指点。她复信说她很喜欢我这些诗，说我“有诗人的气质，诚挚的性情，史学的学养，因此使得内容意境有浑厚的深度，除了喜爱之外，再也找不出什么意见了”。这自然是对我这初学作诗人的鼓励，但因此增加了我写诗的信心，写时就更能放开一些，对我是有很大帮助的。

她的文章学问，世所称道，我这外行人语，不必赘述。今更有数事可述者，即其品质道德：

一曰爱国之心，时刻不忘。这在她诗词中时有表达。1967 年，当她尚无回国可能时，词有“从去国，倍思家，归耕何地植桑麻。廿年我已飘零惯，如此生涯未有涯”；1968 年诗有“曰归枉自悲乡远”“云天东望海沉沉”；1971 年“老父天涯没，余生海外悬”“斜晖凝恨他乡老”“垂老安家到异方”等诗句，思归之心，跃然纸上。1974 年暑期，她欣然踏上久别的国土，心情极为激动。1977 年诗曰：“天涯常感少陵诗，北斗京华有梦思。今日我来真自喜，还乡值此中兴时……难驻游程似箭催，每于别后首重回。好题诗句留盟证，更约他年我再来。”她回国恨时间短暂，临行不胜依依。1978 年回去后，还在思念再来，有“只缘明月在东天，从今惟向天东望”“故国千里外，休戚总相关”等句。后来，更有机会多次归来讲学，她的“构厦多材岂待论？谁知散木有乡根。书生报国成何计，难忘诗骚李杜魂”的绝句，更已为多人称颂。这真挚的诗词，体现了她怀念祖国之情。

二曰师生之谊，经久不衰。当年她听顾羡季先生授课时所记录的笔记，虽经多年颠沛迁徙，仍珍藏身边，保存至今，终于在三十余年后整理付印。这动人的事迹，反映了她尊师重道之义。

三曰弘扬中华传统文化，不遗余力。她这一信念几十年如一日，或研究，或著述，或传授，或讲习，年年处处皆如此。年事已高，席不暇暖，今仍往返于各国各地，正为传播祖国优秀文化而奔波。

四曰淡泊无华，一尘不染。她有学者风度，文雅大方，不饰脂粉，率真自然，去国多年，仍保持朴实作风，令人钦敬。

这四个“不”字，是她高贵品质的集中反映，都值得学习，应大书特书，广为提倡。

《唐宋词十七讲》是她回国讲学的记录，她离北京前曾多次嘱托，让我听一遍，替她“挑错”，以便整理出来印行，后来阴错阳差，这一嘱托未能实现，即已付印。这次，书将重印，她在海外来长途电话，命我写序。对于诗词，我是初学，她是大学，写序则我岂敢！

记得羡季先生昔日对她的期望，曾说不希望她仅能做传法弟子而已，羡季先生说：“不佞之望于足下者，在于不佞法外，别有开发，能自建树，成为南岳下之马祖，而不愿足下成为孔门之曾参也。”南岳全称为南岳怀让（677—744），是禅宗高僧、南宗创始人大鉴慧能（638—713）的传人；马祖道一（709—788）是南岳弟子，从南岳学禅十年。后到福建、江西等地弘扬禅学，广传禅法。唐代宗大历（766—779）年间，住钟陵（今江西南昌附近）开元寺，四方学者云集，其派发展甚大，弟子众多。今嘉莹学妹，已不仅是羡季先生之传法弟子，已于羡季先生法外，“别有开发，能自建树”，未负羡季先生之所望也。

成此短序，谨以报命。外行人语，请读者指正。

1990 年 7 月 17 日

于北京师范大学补拙书室

弁言

史树青

与迦陵别三十年，1974 年春夏之交，余初访加拿大，始遇于渥太华驻加使馆席上，握手道故，快慰平生。时值中加邦交之建，迦陵倾谈之际，尝诵杜甫《秋兴》诗“每依北斗望京华”句，以寄深怀故国之思。

同年暑期，迦陵欣然回国，省视亲旧，历览山川。昔日同学，半皆华发，而相聚之乐，无异当年。荷赠所著名篇，知学与日进，道与年增，不负师门教诲，为可敬耳。自 1979 年以来，迦陵应聘归国讲学，先后在南开大学、北京大学、北京师范大学、四川大学等十数所大学讲授中国古典诗词，多方引发体现在诗词中的中华民族文化意识、道德观念，知迦陵涵濡于此者甚深，用心尤堪感佩。1983 年至 1986 年，迦陵得到中国社会科学院与加拿大社会人文科学研究理事会之支持与赞助，与四川大学缪彦威教授钺合撰《灵谿词说》，列为中加文化交流科研项目。1986 年，迦陵应聘为中华诗词学会顾问并被多所大学聘为名誉及客座教授。

《唐宋词十七讲》为 1987 年迦陵应辅仁大学校友会、中华诗词学会、国家教育委员会老干部协会及国际文化交流中心联合举办唐宋词系列讲座之讲演记录。讲座先后在北京、沈阳、大连举行。北京十讲，皆获亲聆，而后七讲，以公职在身，未能远赴，为之惆怅而已。以余所闻，三地听众无不钦佩迦陵学养之深醇与对诗词评赏之精辟，言辞清隽，含英咀华，既能深探词人之用心，又能兼顾纵横之联系。迦陵尝谓："词之为体，自有其特质所形成之一种境界。"并引王国维先生《人间词话》曾有"词之为体，要眇宜修。能言诗之所不能言，而不能尽言诗之所能言。诗之境阔，词之言长"诸语，谓词中所表现者，常是比诗更为深婉含蕴之一种情思和境界，更需要读者之细心吟味，方能有深入之体会。由于迦陵长期从事诗词创作，更参以东西方文论之比较研究，本此宗旨，故论词能博览今古，融贯中西，独造精微，自成体系。所讲唐宋名篇，确有不少真知灼见，足以启迪读者，浚发妙悟灵思。

间尝论之，迦陵于诗词造诣之深，盖根于天性，幼承庭训，读唐宋人诗，便有意于创作。其后，读书辅仁大学，受业于清河顾羡季先生随、盐城孙蜀丞先生人和，为学日进，得益良多。壮岁远涉重洋，胸怀日阔，寄理想之追求，标高寒于远境，伤时感事，写物抒情，称心而言，不假雕饰，要眇馨逸，情词深邈。而亦兼有清壮矫健、气骨坚苍之作，缪彦威教授尝称其所作，谓云"独能发英气于灵襟，具异量之双美"，良非虚誉也。

迦陵在校读书，尝谓羡季先生授课最大特色在于启发，凡书本所有者，学生可自阅读，而讲授者应是以自己之博学敏感和深思，并由于创造经验之丰富，能体会和掌握诗歌真正生命与妙涵，用多种譬喻与例证，将生命与妙涵作最细致和最生动之传达。迦陵之教学与科研即循此前进，硕果累累，并非偶然。

余与迦陵在校同受业于顾羡季先生，近读《顾随文集》所附《驼庵诗话》，知为羡师课堂口讲，迦陵所笔受者，积稿八册，皆十万言。三十年来，迦陵生活几经颠沛，贵重物品，或弃或失，而此笔记，珍藏什袭，迄未去身。即此一端，亦可见迦陵自幼读书治学之勤勉与师生情谊之深挚。此种珍爱祖国文化、重道尊师之美德，尤足为今日青年之所矜式。

今迦陵《唐宋词十七讲》即将印行问世，读之者，可以温故，可以知新，对古典诗词之学习与评赏，定可藉此而获得更多之感悟和启发。辅仁大学校友会及中华诗词学会以余与迦陵同门受业，相知之深，非同寻常，《唐宋词十七讲》出版，应有一言为介，不敢固辞，乃掇集讲座席上种种遐想，作为与广大读者之谈助，成此短文，以玷佛首。迦陵自来著书，不请人题序，于此其首肯乎！

1987 年 8 月 20 日谨书

于北京东城竹影书屋

自序

叶嘉莹

这一册讲唐宋词的录音整理稿之得以出版与读者们相见，可以说主要皆出于一些热爱古典诗词之友人们的鼓励和协助。因此我想在卷首略述其成书之经过，以表示对友人们的深挚的感谢。

原来我在 1986 年间曾先后返国两次。第一次在 4 月中，此次返国之主要目的，原是为了前往四川大学与缪钺教授共同商定我们所合撰的《灵谿词说》一书的定稿及出版事宜。途经北京时，偶因同门学姊北师大杨敏如教授之邀请，曾在北师大作了一次有关唐宋词的报告。当时北京辅仁大学校友会副会长马英林学长适在座中，事后马学长遂与我商议，要我于 10 月中辅大校友聚会时为校友也作一次报告，我想身为校友，此自属义不容辞之事，遂欣然允诺。7 月初，我又因美国奥立根大学东亚系之邀请，曾一度赴美讲学。8 月底再度返回中国。此次返国是因我于 8 月以后有一年休假，事先已应允了国内复旦、南开、南京、四川、兰州及湘潭几所大学的邀请，从事讲学及科研活动。抵京后不久，有中华诗词学会周一萍及张璋诸先生先后来访，邀我参加 9 月初在京举行之诗词学会的座谈会，并于会后提出要我也为该会作一次报告的邀请。我因以后讲学之行程多已排定，实难更作安插，遂提出请诗词学会与辅大校友会联系，或者可以将两次报告合并举行。其后我即离京赴沪，先在上海复旦大学讲课，9月底又转往天津南开大学讲课，10月上旬我又利用一个周末自天津赶返北京参加在京举行之辅大校友会，但因时间不及安排，并未能为校友会及诗词学会作任何有关诗词之报告。于是马英林学长遂又提出希望我能于春节假期返京时多作几次报告的要求，我当时表示或可作四至五次报告但不可再多，随即返回天津仍在南开继续讲课。岂意自我返回天津后，北京方面乃又有国家教委老干部协会及中国国际文化交流中心相继加入了此一讲座的筹办工作。马英林学长与我联系，提出欲将此一讲座安排为系列之形式，对唐五代及两宋词作系统之介绍。我因自知时间及能力有限，对此一要求最初本不敢贸然允诺，但马学长以中文系前辈校友之关系，曾多次对我以发扬古典诗词之理想相劝说，最后我只好勉力答应了此一邀请。于是主办单位遂又提出了要我编选教材的要求，而我当时一方面既在南开大学授课，另一方面还在为《光明日报·文学遗产》撰写《迦陵随笔》，又为《中国历代文学家评传》撰写《王沂孙评传》一篇文稿，工作实极为忙碌。仓促间只编选了一组词目并复印了一些参考资料寄往北京，后由李宏学长将所选各词及参考资料分别抄录整理，幸而能于春节期间由印刷厂赶印出来。于是我的唐宋词系列讲座遂于1987年2月3日，也就是旧年丁卯新正初六日，在北京国家教委礼堂正式开始。我当时正染患有轻微感冒，且曾于不久前在天津火车站前跌伤腰部，加之工作一直极为忙碌，对此系列讲座乃全然未暇作任何准备。不过，骑虎之势已成，遂不得不勉强开讲。岂意爱好诗词之广大听众对此一讲座之反应竟极为热烈，因此在讲座结束后，主办人遂又提出了要将此一讲座之录像及录音全部整理出版的计划。当时幸蒙李宏学长又热心答应了整理此一系列讲座全部录音讲稿的工作，于是我遂又返回了天津，仍在南开继续讲课。在此期间，北京之辅大校友会常拜托一何姓女同志将李宏学长整理好的稿件送来天津交我审读。直至 4 月下旬，我又自天津转往南京大学讲课，于是审稿之工作遂暂时停止。迄 5 月底，我又自南京返回北京，在参加中华诗词学会成立大会时，得与岳麓书社的胡遐之先生相识，胡先生闻知有此一讲稿正在整理中，遂积极与主办此一讲座之负责人联系，决定由岳麓出版此册讲稿。不过，我在北京的讲座，因时间关系实在只讲到了北宋后期的周邦彦，而南宋词则全然未及讲到。此时乃又有沈阳校友会之赵钟玉学长提出了要我去沈阳续讲南宋词的邀请，本来我此次休假一年返国讲学的活动已早经排定，实无法再增入任何讲课活动，故而对赵学长邀请之盛意，我原曾多次婉拒，岂意赵学长乃锲而不舍，先后自沈阳专程来京、津两地邀请竟多达五次以上。最后又请得北京讲座主办人中之马英林学长与之共同来对我加以劝说，一力主张既已举办了唐宋词系列讲座，便应将南宋词一气讲毕，俾能将录像及录音一次整理出来以便发表。于是我遂不得不分别致函湘潭及兰州两大学，请求他们的谅解，将原定之讲课活动取消，而于 6 月下旬在四川大学讲课结束后，即由成都去了沈阳。而一到沈阳，我就发现自己面临了一个绝大的难题，因为按预定计划，我来沈之目的原是为了续讲南宋词，可是沈阳之听众却已经不是北京前次讲座的听众，而且南宋词又一向以深晦著称，如果对全无准备的听众，一开始就讲述如此深晦的作品，则势将使听众们感到格格难入。因此遂决定再对五代北宋词稍加介绍，可是此一部分又在北京早已讲过，因此在去取剪裁之际，乃不免煞费周章。而在此同时又有编辑北京讲座录像之许宪同志自北京携录像来交我审视，因此我遂开始了接连不断的紧张工作。每天上午早餐后即开始审查录像，至午餐时间为止，下午外出讲课，晚餐后又开始审查录像工作，往往至夜晚十时半以后才停止。此外我还要在这些紧张工作的间隔空隙间，例如在餐厅等候饭菜之时或晚间睡眠之前，抓紧时间审读已整理出来而尚未审毕的北京讲座的录音稿，而就在此时，又有大连辽宁师范大学的饶浩学长不断与沈阳化工学院的赵钟玉学长联系，坚持要邀我至大连一行。当时我所讲的南宋词，尚有最后一家王沂孙未讲，遂又于7月初转往大连接讲王沂孙的咏物词。而大连既然又是另一批新的听众，王沂孙又是一向以晦涩著称最为难讲的一位作者，这种情况确实给我增加了不少困难。而为了要使听众较易接受起见，我遂不得不对咏物之作的渊源又作了一番简单的介绍，而这也就正是何以在这一册讲稿中王沂孙所占的篇幅为独多的缘故。像这样把一个名为系列的讲座，被迫着不得不拆散开来对不同时地的陌生听众来讲，其效果之不能尽如理想，自亦从而可知。何况在大连除讲课外，尚须同时审查在沈阳、大连两地讲课的录像，因此每日自晨及夜仍是忙碌异常。而除去这些已排定的工作外，还有一件更重要的事情，完全由我自己利用一切可能时间来工作的，就是审查北京、沈阳、大连三地陆续整理出来的讲稿，也就是这一册《唐宋词十七讲》的最初底稿。

说到此一册录音讲稿，我自然首先要感谢为我整理讲稿的诸位友人，那就是北京的李宏先生、沈阳的李俊山先生及王春雨先生，还有大连的张高宽先生。当时因为岳麓书社曾要求我于8月返回加拿大前交稿，时间极为迫促，所以使得每一位为我整理讲稿的友人，都工作得极为紧张。我原以为只要整理出来应该很快便可以全部审订，谁知实际工作起来却不如此简单，因此虽然有诸位友人们付出了如此繁忙辛苦的劳动，但我却仍然未能如期交稿，这自然主要都怪我自己很多事做得不够周到的缘故。其一就是我平生讲课一向不在事前准备讲稿，可一旦讲起来又喜欢因即兴的感发而征引许多材料来对所讲的内容加以阐发，此在平时讲课言之，即使所征引者偶有失误，总是说过就算了，尚复无伤大体。然而现在既要审订加以出版，遂迫使我在审稿时还要尽力为之核对出处，这自然是增加了审稿困难的第一点原因。其次则是我自己讲课的语言不够简洁，既常不免重复，又喜欢跑野马，何况口语的讲述与行文的笔法毕竟不能全同，有些话在讲述时显得很自然，但一写下来就感到不对了。于是为我整理讲稿的友人们，对此一困难遂采取了两种不同的态度，一种态度是完全忠实于我原来讲话的声吻，把我当时所讲的话一字不改地写下来；另一种态度则是欲求行文之通畅简明，遂将原来的讲话重新删裁改写。我对这两种态度的用意之美，都极为感谢。只是天下之事总是有一利即有一弊。前者忠实，遂不免有繁复啰唆之感；后者简净，但有时却不免有不够周全之处。而我在审稿时，遂一一要为之删繁使简或增略使详，这自然是增加了审稿之困难的又一点原因。三则我在沈阳及大连两地讲授南宋词时，既时时不得不对以前北京已讲过的五代及北宋词重加介绍和说明，而今却又将三地之所讲都编为一集，如此则对某些重复之处自需重加删订，这自然是增加了审稿之困难的再一点原因。而除去了由我自己本身所造成的这些困难以外，还有一点我不得不很感慨地提出来一说的，就是南宋词的最后一部分讲稿的整理，当时因时间已甚为紧迫，遂由负责整理的友人找了一些中文系的同学来加以协助，岂意这些同学们对古典文学竟甚为生疏，甚至将词牌之《齐天乐》误写为《七天月》，将李璟词的“菡萏香销”误写为“含淡得消”，将厉鹗《论词绝句》中的“残蝉身世香莼兴”一句误写为“潺潺山寺香春兴”。像这一类的错误简直不胜枚举，而事实上我在讲课时凡此一类的行文，本都用投影仪写有胶片字幕。而且《齐天乐》的词牌与李璟的词句更是分明都印写在参考资料之中的，所以我至今仍不明白这些学生何以在整理讲稿时竟发生了这么多如此荒唐的错误，而这自然使我在审稿时增加了极大的困难。说到这里我就不得不对沈阳的李俊山先生加以特别的感谢。因为这一部分文稿不仅错误百出而且书法也写得极为潦草零乱，加之我在审订时又几乎重写了一遍，所以原稿乃杂乱到几乎不复可以辨读的地步，幸得李俊山先生极为热心，在挥汗如雨的炎热天气中又将此一部分稿件重新抄写了一遍。只是我当时已来不及再将全部文稿通读审订，就因为去年我自己在加拿大购买的一年期的往返机票已经到期，而不得不匆促返回了加拿大，并将南宋词部分的讲稿带回温哥华作最后的审订，然后又于1987年底将审订后的此部分稿件再托人携往北京交给另一位好友对全部讲稿作最后通审。这一位好友就是我从中学直到大学的多年同学刘在昭学长，在昭学长自中学时便已才华颖露，文笔及书法均佳。临离京前，她来为我送行，我与她谈到审订这些讲稿的问题，恐怕我自己匆迫中终不免有疏误之处，乃蒙其慨然允诺愿为我将全部讲稿作最后一次通审，这自然是我要特别加以感谢的。此外还有一位学长我也应加以感谢的，那就是与我在辅大中文系曾同学四年之久的史树青学长。树青学长自少年时即潜心研古，现已为国内著名考古学者，我在北京举办唐宋词讲座时，树青学长不仅每次均亲来听讲，并曾对我提出有关古文物之宝贵意见，今又蒙其赐序弁首，这自然是我应该深加感谢的。至于我在本文前面所曾提及的先后促成和筹办此一讲座的北京辅仁大学校友会、中华诗词学会、国家教委老干部协会、中国国际文化交流中心、沈阳化工学院、大连辽宁师范大学，以及各地各单位支持此一讲座的广大的爱好古典诗词的友人们，我当然更要在此对之深致感谢之意。

经过以上的叙述，读者们对于此一册讲稿之成书的曲折和复杂的经过，大概已有了相当的了解，而也正惟其因为有如此一段曲折复杂的过程，所以我虽然对各位协助成书的友人们深怀感谢之心，可是就我自己而言，则却一直对此一册讲稿感到未尽满意。那就是因为此一册讲稿在名义上虽然是属于一个所谓“系列”的讲座，但实际上却都是匆促之间在不同的时间、不同的空间、面对不同的听众，而且是经过不同的人整理而完成的。因此无论在文字方面或内容方面遂都不免有一种不甚浑融的感觉。关于文字方面，则事已如此，实难再加挽救，当然只好任之而已；至于在内容方面，则我在当初陆续讲述中，却也曾形成了一些主要的纲领，虽然因为外在环境一些曲折的经过，使得这些纲领已被打散得七零八落，但我想如果能在此卷首略作提挈的说明，则或者也尚可聊收补救之功，因此下面我就将对这些纲领略加叙述。

我在讲述中所形成的纲领，约言之大概有以下几个重点：第一个重点是我在介绍每一位作者时，都特别注意其风格之特色与其所传达的感情之品质的差别。因为词在早期本多为应歌之作，所以自其表面观之似乎殊少差别，因此我以为词的讲述乃特别应注意其相似而实不同的深微之意境与风格的差别。我所讲过的唐五代两宋之重要词人，计共有温庭筠、韦庄、冯延巳、李璟、李煜、晏殊、欧阳修、柳永、苏轼、秦观、周邦彦、辛弃疾、姜夔、吴文英、王沂孙等十五家，对这十五位作者，我都曾结合了他们的历史背景、生平经历、性格学养、写作艺术各方面，对其能感之与能写之两方面的因素，作过较详的掌握其特点的叙述。第二个重点是对词之演进和发展之过程的介绍。我在讲授每一家的作品之际，于叙述其个别的风格特色之时，也同时都兼顾了他们在纵向与横向之间的影响和关系，即如冯延巳对于晏殊及欧阳修之影响，以及三家词之异同；柳永词在内容与形式两方面的拓展，及其对苏轼与周邦彦之影响；苏词对辛弃疾的影响，以及苏、辛二家词之异同；周邦彦对南宋之姜夔及吴文英诸人之影响，以及周、姜、吴三家词之异同；王沂孙咏物词之特色，及其在整个咏物之传统中的地位。凡此种种，在讲述时虽因某些外在之因素，有讲得不够周全不尽合乎理想之处，但大体言之，其发展之主线及彼此间相互之关系，也还是相当清晰可辨的。第三个重点是对词之特质及传统词评中两种重要模式的介绍。关于词之特质，我在讲座一开始时，就已曾就词之源起对其要眇宜修的特质作了简单的说明，至于就词之评说而言，则我在讲说中也曾举出了张惠言与王国维二家说词的两种重要模式。一般而言，我以为张惠言之说词大多乃是依据所说之词中的一些语言辞汇作比附的猜测，而王国维之说词则是依据所说之词中的一些感发之本质作联想的发挥。张氏之评词方式适用于像对温庭筠、周邦彦、姜夔、吴文英、王沂孙等人之词的评说，而王氏之评词方式则适用于像对冯延巳、李璟、李煜、晏殊、欧阳修诸人之词的评说。这两种说词方式，当然可以说都是对词之要眇宜修之特质的欣赏有得之言。而此外却还有一类词，则是既不需要据辞汇为比附，也不需要用联想来发挥，而本身就具有一种要眇深微之美者。此就婉约一派之作者言之，则如冯延巳之《抛球乐》“逐胜归来雨未晴”一首，秦观之《画堂春》“落红铺径水平池”一首，均可作为例证；而就豪放一派之作者言之，则如苏轼之《八声甘州》“有情风万里卷潮来”一首，辛弃疾之《水龙吟》“举头西北浮云”一首，也都可作为例证。关于这几类不同性质的词，我在讲说中都曾作过相当的分析，读者自可依此纲领而寻见其脉络。第四个重点则是我在讲说中也曾结合了一些西方的理论，如语言学中语序轴与联想轴之二轴说，诠释学中的诠释的循环之说，符号学中的语码之说与显微结构之说，接受美学中的读者之创造性背离之说与文本中所蕴含的可能潜力之说等。我这样做的缘故主要有两个：首先是因为中国传统的文学批评大多重直感而缺少理论的逻辑，因此我在讲述时遂往往借用一些西方理论，希望借此可以帮助我对传统批评之精义，作出更好的论说和分析；其次则是因为在现在的开放政策下，青年们中间已经涌现了一股向西方追求新知的热潮，而古典文学的研讨和教学似乎也已陷入了一种不求新不足以自存的地步，我在讲述中之偶或引用一些西方理论，就正是想要以世界文化历史之大坐标为背景，对我国古典文学之意义与价值作一点反思性之衡量的尝试。第五个重点我所要提出来一谈的，则是贯串于此一册讲稿之中的一个整体性的特色，那就是我在讲授诸家之作品时，所冀望能传达出来的一种感发的力量。本来我对诗歌的评赏，一向就主张应该以其所传达出来的感发生命之有无、多少、大小、厚薄为衡量其高下之标准。只不过当我执笔为文之际，常不免过于重视思辨的理论，有时遂不免因而削减了对作品中感发生命之直接的传述和发挥。而此次讲座之举办，其地点所在之国家教委礼堂是一个可以容纳一千数百人的极大的场所，而听众则更是包含了社会上各阶层各年龄的人士，上至六七十岁的老诗人、老教授，下至十六七岁的中学生与社会青年，在程度上有着极大的差别。在这种场合中，我一方面既唯恐讲得过于专业、过于学术化会影响一般听众的了解和兴趣，而另一方面却又希望能讲得比较精致深入，不致辜负了那些对旧诗词有修养的听众们的期望，遂不得不在求精与求深的同时，也希望能求其尽量做到大众化。而要想同时达到此两种目的，我以为只有从发挥作品的感发力量入手，才能使广大的听众们经由感发而一同进入精深微婉的词境中来。而这一条以感发力量为主而贯串在全部讲授过程之中的主线，读者们自可以在阅读此一册讲稿时，从我的讲授方式与讲授口吻中，随时感受得到。如果读者们能掌握以上所提出的五项重要纲领，则在阅读时自不难在庞杂烦冗的讲述中为之归纳出一个相当清晰的条理，而获致一种整体性的理解。

最后我还想借此机会，对于我个人之所以不自量力，不辞辛苦，而且在并无任何报酬的情况下，承担了此一繁重的唐宋词系列讲座的心理因素，也略加剖述。我自总角学诗迄今，盖已有五十余年之久，自 1945 年大学毕业后担任古典文学的教学工作，也已有四十余年之久，因此遂养成了我对古典诗歌的一份深厚的感情。本来这种感情的性质原只不过是我个人的一种兴趣与爱好而已，但自 1979 年我开始回国教书以来，却在内心中逐渐产生了一种要对古典诗歌尽到传承之责任的使命感。虽然我也自知学识浅薄，国内固有不少才学数倍于我的学者和诗人，这传承的责任原落不到我的头上来，但却正如杜甫诗中所云“方今廊庙具，构厦岂云缺。葵藿倾太阳，物性固莫夺”，我对古典诗歌似乎也就正有这样一种不能自已之情，因此我在当时还曾写有一首诗，说“构厦多材岂待论，谁知散木有乡根。书生报国成何计，难忘诗骚屈杜魂”。诗虽不好，但所写的却是我自己的一份真诚的感情。可能也许正因为我有这样一种感情，因此对于这次的讲座的邀请，在最初我虽然因自恐能力有所不足而迟迟不敢应承，但却终于接受了下来，而且在讲授时也倾尽了自己全部的心力。有一些关怀我的友人，在听过我的讲课后，常常劝告我说不要讲得声音太大，语调太急，要节省点精力，注意自己的身体。对这些叮嘱我非常感谢。每次讲课开始前，我也常以这些叮嘱自我警告，但是只要一讲起来，我就会不自觉地完全投入到诗词的境界之中，而把这些叮嘱全都忘记了。就以这一次讲座而言，大概就因为讲课过于劳累之故，从北京的十讲结束以后不久，我就在痰中发现了血丝。当时我曾先后在南开大学的医务所、南京的江苏省立医院、沈阳的解放军二〇二医院和大连的铁路医院治疗时，照过X光片，也验过血痰，但因一直未发现结核或癌症的病变，因此我的讲课工作也仍然一直继续而未曾停止。如果有人观看我的讲课录像带，就会发现我在讲课中时有微咳的现象，而我讲课的语调却并未曾因此而降低或减慢。幸而自我回到温哥华以后，因为工作较轻得到休息，这痰中带血的现象自去年10月以后已根本消失，我愿在此向关怀我的朋友们和医生们告慰并致感谢之意。我现在述及此事，只是想要说明我之不自量力竟而承担了此一系列讲座的繁重工作，盖原出于我对古典诗歌的一份真挚的感情。以前我的老师顾羡季先生常喜欢提到一句话，说“余虽不敏，然余诚矣”，如今我之所为，究其用心盖亦不过如是而已。

现在值此《唐宋词十七讲》的录音整理稿即将面世之际，我自己虽然对此一册讲稿感到有许多不足之处，然而我的女儿言慧却曾给了我相当的鼓励。原来我在去年圣诞节前后，曾赴渥太华去探望他们一家，随身携带了一部分正在审阅中的讲稿，当时他们家中住有一位中国来的留学生，见到了这些讲稿，就借去阅读。我原以为她是一个学理工的学生，对这些唐宋词的讲稿未必感兴趣，谁知她竟然读得津津有味，而且还把这些讲稿介绍给另外一些中国留学生去阅读。直到我临走前的一夜，她们竟然读了一个通宵，希望能把讲稿尽量读完。本来我女儿家中也存有我写的几册论诗论词的集子，我曾询问过她：“他们读过这些书吗？”她说：“你的那些书他们读起来感到颇为吃力，因为你的文章有时写得文白相杂，而且往往过于理论化，除非是专门研究古典诗词的人，一般读者大概对你这些书没有很大兴趣。可是你的讲座所面对的则是广大的一般听众，因此你所用的既都是白话的口语，而且解说得也比较生动。我想你的讲稿印出来后，很可能会比你写的书更受到一般读者的欢迎。”我希望小女所说的话果有其真实可信之处，如此则这一册讲稿的整理便非徒劳，而发起和主办此一讲座的友人，和协助整理这一册讲稿的友人，在长久的辛勤劳动之后，便也足可引以自慰了。

1988 年 8 月 2 日写毕此序

于成都之四川大学

第一讲

温庭筠（上）

诸位爱好中国古典诗词的朋友们！我今天站在这个讲台上，心情是非常高兴而且感动的。我是1924年在北京出生的，1945年辅仁大学国文系毕业，1947年的冬天离开了我的故乡北京。因为当时我结了婚，1948年就随着我先生工作的调动，去到了台湾。1966年离开台湾，到了美国。1969年来到加拿大的温哥华，直到现在。自从1947年冬天离开了我自己的家乡北京以后，多年来我一直没有离开过教书的工作岗位，我所教的内容，都是中国的古典诗词。我在国外教书的时候，很高兴能够把自己祖国的宝贵文化遗产，介绍给国外的爱好中国古典文学的朋友们，有一种文化交流的意义。

我1977年回到祖国来旅游的时候，在火车上看到有的旅客，拿到了一本《唐诗三百首》，他们都非常欣喜，非常热情地阅读。我在当时就受到了很大的感动。我想我是由自己的祖国——中国培养我接受教育的，我多年来在海外宣扬我们祖国的文化，这当然是一件有意义的工作。可是当我在1977年旅游的时候，看到我们自己祖国的同胞这么爱好中国古典诗词，我就想我也应该回到祖国来，与我们祖国的文化的源流能够接续起来才是。我好像是一滴水，要回到我们祖国的江河之中。所以那个时候，我就有一个念头，我愿意回到自己祖国来，也能够教古典诗词，跟国内的爱好古典诗词从事古典诗词教学的朋友们共同研讨，向他们学习。

这一次的讲座，我自己本来没有想到能够有这么多的朋友来参加。因为本来我是去年（1986）4月，由于加拿大跟中国的文化交流，要与川大缪钺教授合写一本论词的书而回到祖国来的。那个时候见到了我们辅仁大学校友会的学长、朋友们，他们跟我说，要我给校友会作一次讲演。我想校友会的很多学长为我们校友会的筹务和建立，花了很多的时间和精力，我在海外一点也没有贡献，所以当校友会叫我作几次讲演的时候，我想这是我应该尽的义务，就答应作一次讲演。我本来以为讲演的对象只是校友会的朋友们，可是没有想到，我们祖国有这么多爱好古典诗词的朋友。后来，就有中华诗词学会的朋友们也说，希望我作一次报告，我就提出希望中华诗词学会能够和辅仁大学校友会联合起来举办这一次讲演。后来又有中国国际文化交流中心和国家教委老干部协会很多朋友都参加了，这种对古典诗词的热情，使我非常感动。刚才介绍说我是尽义务来讲学，其实这是不在话下的。因为所有这一次举办这一讲座的朋友们，他们所付出的工作、劳力、时间、精神，都比我更多，他们筹备了很多个月，我们应该多向他们致谢。如果举办的这一次讲座有一点成就，我们应该向这些筹务的朋友们表示感谢；但是，如果讲得失败了，那是我个人的责任，我要向大家道歉。

我多年来在海外，学识也很浅薄，在北京这么多研究古典诗词的学者、前辈的面前我本来不敢随便讲话的。可是大家的盛情难却，而且中国古来有一句成语说是“野人献曝”。就是说有个乡下佬，他没有看到过什么广厦隩室，那些个高楼大厦，温暖的建设完美的房屋；他也从来没有穿过丝纩狐貉的这样的丝绵的或者是皮裘的衣服；他不知道有些人取暖有更好的办法。乡下佬只是觉得冬天晒晒太阳就很暖和，所以他就想：这晒太阳是件好事情，我要把我这一点心得奉献给那些要取暖的人。其实别人比他取暖的方法要多得多，美好得多，高明得多；但是这个野人、乡下佬，他要把自己晒太阳取暖的一点体会和经验贡献给大家。我虽然是很浅薄的、很肤浅的，可是那至少是自己的一份诚意。所以我讲得有错误的地方、浅薄的地方，请诸位爱好诗词的朋友、前辈、国内的学者们多多地给我指教。

我今天要讲的内容是唐宋词。讲到唐宋词我就想起来，我是出生在北京一个很古老的旧传统的家庭。我小的时候没有像现在的小朋友那样上什么托儿所啊、幼儿园啊、小学啊，对这些我都没有机会。我是在家里受的旧式的教育，我小的时候是念的“四书”“五经”一类，像《论语》《孟子》等古书。我伯父、我父亲都喜欢古典诗词，所以从小的时候，就教我背诗，就像唱歌一样地背一些诗。我十一二岁以后，他们就教我学习作诗。我说作诗，没有说作词，因为中国旧传统有一个观念，认为诗里边所讲的是“诗言志”，诗可以感天地、动鬼神，可以宣扬教化，是正当的，是应该教小孩子去学的。可是词这种东西，里边写的是什么呀？里边写的是男女的相思爱情，是伤春怨别，是这样的内容。所以我想我的家长，可能因为这个原因，那时候只教我读诗、作诗，没有教过我读词和填词。

但是有些个美好的文学，它本身有一种魅力，你读它，就被它吸引了，就被它感动了。我记得我在初中毕业给同学写的纪念册上，就写了“但愿人长久，千里共婵娟”的词句。我觉得这话说得很好，我们分别以后，相隔千里之远，但是我们共同对着天上的明月，借着月光我们就有一份感情交流，彼此怀念的这一种相联系的感觉。所以我小时候喜欢读词，但是没有人教过我读词和填词。后来我上了辅仁大学以后，开始读词了，那个时候我曾经跟随孙人和，即孙蜀丞老师学过词，也跟随顾羡季老师学过词。两位老师他们不但是教词，他们也创作，也填词。而我上大学的年代是1941到1945年，那是北平（北京当时叫北平）沦陷的时期。那个时候，我们老师写作的词里边，常常流露有一份爱国的情思。所以前几年我回国来，见到我同班的老同学，曾经写了一首诗，里边有这样两句："读书曾值乱离年，学写新词比兴先。"我说我记得我们当年同班的同学，读书的时候正是乱离的战争的时候，北平沦陷的年代，所以说"读书曾值乱离年"。"学写新词比兴先"，我们学写新词，而新词里边表面虽然写的是爱情，可是它们也寄托了爱国的感情在其中，有比兴的思想在里边。

现在就有一个问题值得我们反省，值得我们思索。在中国的韵文的各类的文学体式之中，有一个传统，就是"文以载道"，读诗也讲究诗教，说"温柔敦厚"是"诗之教也"。我年轻的时候，很不赞成这一套说法，文学就是文学，艺术就是艺术，我们为什么非要让它载道呢？诗歌的本身，有一种感动人心的力量，我们为什么一定要说诗是教化呢？我年轻的时候，曾经有过这样的想法。我以为一般衡量文学，有两个不同的标准：有的人喜欢用道德和政治的尺寸来衡量文学作品，有的人喜欢用美学的艺术的价值观念来衡量文学作品。一般说来，中国的散文是要求文以载道，中国的诗歌也讲求诗教。"诗言志"，诗者志之所之，是重视它的思想内容、它的伦理和道德方面的价值的。

词，我认为是在中国的文学体式之中一个非常微妙的文学体式，因为词在初起的时候，完全没有伦理和道德的思想意识在其中。为什么叫作词呢？其实只是歌词的意思。从隋唐以来，中国有一种新兴的音乐，这种音乐是中国旧有的音乐融会了当时外来音乐的一种新兴的音乐，词就是配合这些新兴的音乐的歌曲来歌唱的歌词。所以词本来并无深义。词，就是歌词的意思。这种歌词，最早是在民间流行的，后来士大夫们这些读书人，他们觉得这个歌曲的音调很美，可是一般民间的歌词则是比较俚俗的，所以这些文人诗客，就开始自己着手来填写歌词了。

中国最早的一本文人诗客写的词集叫作《花间集》，是后蜀赵崇祚编辑的，完成是在10世纪的时候，那是在中国历史中的晚唐五代十国期间。《花间集》前面有欧阳炯写的一篇序文。关于词的起源，我在《中国社会科学》（1984年第6期）上发表过一篇文章《论词之起源》，大家可以参看。那篇文章写得比较仔细，我现在讲得简单一点。我要说《花间集》编选时候的用意和性质。我们中国人熟知《花间集》就是书的名字。但是我在国外要讲《花间集》，就要用英文介绍说是 *The Collection of Songs among the Flowers*，是说花丛里边的歌词的一个集子。你看多么美丽的名字。我们老说《花间集》《花间集》，司空见惯，把它变成了一个非常生硬、非常死板的名词了。但是，你换一个新鲜的角度来看它，你会觉得《花间集》是个很美的名称。而且从这个《花间集》的名称里，就可以想象到，那里边的歌词一定是非常美丽的歌词，是当时的诗人文士写了歌词，在歌筵酒席之间交给美丽的歌女去演唱的歌词。所以欧阳炯在《花间集》的序文里，就曾说这些歌词是"递叶叶之花笺，文抽丽锦；举纤纤之玉指，拍按香檀"。拍是唱歌打的拍板，檀是檀香木，用檀香木做的拍板。最早的歌词，《花间集》里收集的所谓的诗客曲子词，原是交给妙龄少女去演唱的美丽的歌词，这当然要适合歌唱的背景。所以，它们大多是爱情的歌词，是相思怀念、伤春怨别的歌词。

在中国的文学传统之中，词是一种特殊的东西，本来不在中国过去的文以载道的教化的、伦理道德的、政治的衡量之内的。在中国的文学里边，词是一个跟中国过去的载道的传统脱离，而并不被它限制的一种文学形式。这是非常值得注意的一点，它突破了伦理道德、政治观念的限制，完全是唯美的艺术的歌词。可是，后来却发生了一种很奇妙的现象，就是后来词学家、词学评论家，他们就把道德伦理的价值标准，加在中国这个本来不受伦理道德限制的歌词上面去了。

清朝一个有名的词学家名叫张惠言，他说词这种文学形式，是可以表现“贤人君子幽约怨悱不能自言之情”（张惠言《词选·序》），是可以表现那些有品德、有理想、有志意、有抱负的贤人君子他们内心之中最隐约最深曲的一种内心的怨悱，一种感动，一种追求而不得的这样的怨悱的感情。他的这种说法是对还是不对呢？有人反对他了。我现在都是很简单地举例证，如在清末民初的时候，有一位有名的学者，就是王国维，他写过一本评论词的书，是很有名的一本著作，叫《人间词话》。在《人间词话》里边，他就曾批评张惠言，说“固哉，皋文之为词也”，皋文是张惠言的字，他说张惠言讲词，真是太顽固了。像这些写词的词人，并没有贤人君子幽约怨悱之情的用心，而张惠言要这样讲，所以说他是“深文罗织”，是自己画了一个框框，要把别人的作品都套在这个模式之中，这是错误的，这是顽固的，这是不应该的。所以，王国维批评了张惠言。

可是，另外一个奇妙的事情又发生了。王国维虽然批评张惠言用贤人君子的感情来讲爱情的小词是不对的，而王国维却也曾经举过很多五代和两宋的词人的词，说这些词人所写的一些个词句，表现了“成大事业、大学问”的三种境界。他说像北宋晏殊的词，“昨夜西风凋碧树，独上高楼，望尽天涯路”——晏殊写的本是相思离别，因为这首词的前半，还有两句，说的是“明月不谙离恨苦，斜光到晓穿朱户”（“恨”字有的版本作“别”）。他说天上的明月它不知道我们和相爱之人离别以后的这种离愁别恨的痛苦。苏东坡也曾有词句说“何事偏向别时圆”！为什么人在分别，你偏偏团圆，更增加我的离愁别恨。“明月不谙离恨苦，斜光到晓穿朱户”，他说月亮慢慢地西斜，它的光线从朱红色的门穿照进来，我一夜无眠，看到月光从深夜直到天明，所以他写的是离别。然后在下半首说："昨夜西风凋碧树，独上高楼，望尽天涯路。"正因为他头天晚上无眠，没有睡觉，第二天早晨才说"昨夜西风凋碧树，独上高楼，望尽天涯路"。昨天晚上，当深秋的时候，秋风萧瑟，"秋风萧瑟天气凉，草木摇落露为霜"（曹丕《燕歌行》），"悲哉秋之为气也！萧瑟兮草木摇落而变衰"（宋玉《九辩》）。昨夜的西风，把碧绿的树叶吹得凋零了。当时树叶零落之后，窗前楼上没有了那些个大树的荫蔽的时候，他说我一个人独上高楼，望那天边的远处，我所怀念的人所在的地方，一直望到天的尽头。欧阳修曾有两句词，说"平芜尽处是春山，行人更在春山外"（《踏莎行》）。所以"独上高楼，望尽天涯路"写的原是相思离别，可是王国维却说这是成大事业、大学问的第一种境界。

王国维又曾经引用了柳永的词"衣带渐宽终不悔，为伊消得人憔悴"（《凤栖梧》），说我衣服的腰带越来越宽松了，这说明人越来越消瘦。《古诗十九首》说的"思君令人老"，我的衣带渐宽是因为相思，因为怀念。他说我就是为了你而相思而憔悴消瘦的，衣带渐宽，但是我也不后悔，我始终不会后悔。为什么？因为"为伊消得人憔悴"，为了我所爱的那个人，值得消瘦而憔悴。王国维说这是成大事业、大学问的第二种境界。

我想大家对王国维的说法应该是很熟悉的，因为我看到我们国内的报纸上有的时候有人写文章，谈到这三种境界。第三种境界是辛弃疾的词："众里寻他千百度，蓦然回首，那人却在、灯火阑珊处。"（《青玉案·元夕》）他是说我期待、等待我所爱的人，在正月十五元宵花灯的聚会之上，游人这么多，哪一个是我所寻找的我所爱的那个人呢？他说"众里寻他千百度"，在群众之间找了千百次，"蓦然回首"，猛然一回头，发现“那人却在、灯火阑珊处”。我所爱的人，没有在那些繁华喧闹的人群之中，在灯火最冷落的、最阑珊的、比较黑暗的角落，我看到了我所爱的人。王国维说这是成大事业、大学问的第三种境界。

我刚才所举的几个例证，都是写爱情的小词。王国维为什么从这些写爱情的词里边，看到了成大事业、大学问的三种境界呢？关于这三种境界，我也曾写过一篇文章——《谈诗歌的欣赏与〈人间词话〉的三种境界》，收在《迦陵论词丛稿》里边。关于《人间词话》的三种境界，是我过去在台湾写的，大家可以参看。我的意思是说，中国的词是一种非常奇妙的文学作品，它本来是不在社会伦理道德的范围标准之内的。可是，词这个东西很奇妙的一点，就是它可以给读者丰富的多方面的联想。我们说仁者见仁，智者见智，读者因自己的修养、品格和过去所受到的教育的背景、环境、传统的不同，而能够从里边看出来新鲜的意思。

刚才介绍说，我可能也会参照一些西方的文学理论。我其实中国的修养很浅薄，西方的修养也很浅薄。但是，因为我既然是在中国的旧传统的教育之中生长的，而后来的几十年，我也曾在西方社会生活过很多年，所以我虽然浅薄，但是我有自己个人的一点点感受和体会：我觉得我小的时候，盲目地反对什么诗教了，什么比兴了，我认为这是很拘束人的思想的。可是，我现在学习、读了一点西方的文学理论之后，反而觉得，我们中国过去很多对于诗词的批评和欣赏的理论，虽然没有像现在西方的那么科学化，那么逻辑化，那么有体系，有思想辩证的这样细密的文学理论，然而，却实实在在是合乎西方的某些文学理论的，这是一个非常奇妙的现象。就跟小词本来是爱情的歌词，而居然被张惠言、王国维看出这么多大道理来一样地奇妙。

我要讲的是什么呢？我最近在《光明日报·文学遗产》曾经写了

一篇文章，讲到西方的新兴的文学批评理论中，有一种我们中文可能是译作阐释学（hermeneutics）的理论。西方的这个阐释学是怎么说的呢？本来，hermeneutics 的原义，最初指的是西方对于《圣经》的解释。因为西方社会比较早的年代，宗教思想在社会之间影响非常大，怎样解释《圣经》，怎样向一般人传述《圣经》里边耶稣基督的教训，是非常重要的一件事情。所以解释《圣经》的人，就应该很仔细地研究古代希伯来文《圣经》的每一个字的确切的含义是什么，不但应该研究每一个单字的确切含义是什么，而且要研究当时的那个社会文化背景，在那个时代它是一个什么样的意思。这个阐释学后来又受到西方一种新的思想潮流的影响。西方有另外一个思想文学潮流，叫作现象学（phenomenology）。现象学所研究的是人的思想意识，当你接触到外面宇宙万物各种现象的时候的一种意识的意向性活动。比如说“昨夜西风凋碧树”，因为词人看到了外界景物，引起了他的意识的一种活动。主体的意识跟客体的现象相接触的时候，主体的意识就产生了一种活动，不管是他的思想、他的感情、他的联想。而这个活动不是盲目的，不是没有条理的，是带着一种 intentional 的，就是一种意向性（intentionality）的，他要说一个什么，有一个明确的意向性，这是现象学的学说。而这种现象学的学说与阐释学的学说结合起来的时候，研究阐释学的人就说，作者写作的时候，他既然有一种主体的意识的活动，我们要研究、欣赏、批评一首诗歌，就要向回倒溯，探讨原来作者的思想意识是怎样活动的。孟子就曾说：“诵其诗，读其书，不知其人，可乎？是以论其世也。”（《孟子·万章下》）我们要推究在他的社会思想的文化背景中，他的意识是怎样活动的呢？可是，这阐释学家说，虽然尽量要追寻作者的原意，然而却没有一个人能做到完全撇弃了自我，用纯粹的客观来追寻作者的原意，因为我们每一个追寻的人都有我们的思想，我们的教育的背景、社会文化的背景、时代的背景。每一个人的性格感情都是不同的，因此我们读一首诗歌就会有不同的感受和想法，就是刚才我们所说的“仁者见仁，智者见智”。

于是，这些想为诗歌作阐释作说明的，为诗歌作品评和欣赏的人，他们发现按照阐释学所说，并不能完全客观地掌握作者的原意，总是或多或少地把自己的种种社会文化思想感情个性的背景，加到那个作品之中去了。所以他们就说，这些阐释的人对诗歌所作的解释，不一定是原来的意思，而是一种衍生义（significance），是把自己种种因素加上去的一种衍生的意思。在中国的文学作品诗歌之中，词比诗更容易造成这种衍生义的结果，为什么呢？因为写诗的人，带着中国旧日的诗言志的传统观念来写作诗歌，他的意识活动，是一种显意识的活动，是一种 consciousness 的显意识的活动。我们如果是讲或者读杜甫的诗歌，《自京赴奉先县咏怀五百字》的“朱门酒肉臭，路有冻死骨”；或者如《北征》的“皇帝二载秋，闰八月初吉。杜子将北征，苍茫问家室”，他写得多么清楚啊：皇帝二载秋，至德二年的秋天；闰八月初吉，闰八月初一的那一天；杜子，我杜甫，将北征，要离开行都凤翔的所在。他是从沦陷的长安逃出来，来到国家政府所在的当时的凤翔。他官授左拾遗，因为他常常提出诤言相劝告，皇帝不喜欢他，说你还是去探望家人吧，就把他赶走了。他要去探望经过战乱后的妻子，回到妻子所在的地方，但却不是故乡，所以说“苍茫问家室”。诗里写的是他显意识的活动，写得这样地深刻，这样地沉重，带着这么大的感发的力量，而他所处的时代、整个的社会背景、自己的生活的经历，都写在这几句诗里边了，我们不能给他随便乱解释。他说得很清楚，是哪一年的秋天，哪个月，哪一天，从哪里到哪里，说得很清楚，我们不能随便给他增添加减，它本身带着强大的感动的力量。所以诗一般说来，多半是显意识的，是作者本身带着意志观念的。诗者志之所之，是我内心的，我的心志，我的思想意念的活动，即是明显的显意识的活动。

词之所以微妙是什么缘故呢？因为词在初起的时候，本来就是那些个诗人文士写给美丽的歌女去歌唱的歌词，没有想把我的思想怀抱理想志意都写到词里边去。他最初本来没有这种用心，没有这种想法。写美丽女子的爱情，就是写美丽女子的爱情。可是，奇妙的事情就是在这里发生的。刚才我说了，每一个人都是带着自己的思想文化教养性格的种种不同的背景的，不管你是欣赏诗歌，还是创作诗歌，都无法避免，你就是你，你无论是解说，无论是创作，都带着自己的背景在其中了。微妙的事情发生在哪里呢？就在这些个诗人文士，当他用游戏笔墨为了娱宾遣兴给歌女写歌词的时候，无法避免地把自己的性格思想，在不知不觉之中，隐意识的，自己完全都不知道的，unconscious，流露表现在爱情的歌词中去了。这是很微妙的一件事情。而且，我们有一句俗话说，观人于揖让，不若观人于游戏。我们要观察一个人，看他揖让进退，他在一个公开的场合，表现得彬彬有礼——当然，因为那是要给大家看的。可是，当他游戏的时候，他跟人赌博，一输钱就急了，什么都流露出来了。游戏之中，因为他不用端着架子，不用装腔作态了，所以，不知不觉反而把他更真的自我表现出来了。词就是有这样一种微妙的作用。就是说他本来没有要写自己理想志意的用心，只是给美丽的歌女，写一些漂亮的爱情的歌词。可是他不知不觉地就把他最深隐的本质，这不是拿腔作态说出来的什么伦理道德，而是他自己真正的感情人格的最基本的本质，无意之中，unconscious，不注意之间流露表现出来了。

词既有这样一种微妙的作用，因此，王国维在他的《人间词话》

里，就为词的性质下了这样几句定义，他说："词之为体，要眇宜修。能言诗之所不能言，而不能尽言诗之所能言。诗之境阔，词之言长。"他说词这种文学体式是"要眇宜修"。"要眇宜修"出于《楚辞·九歌·湘君》"美要眇兮宜修"，是写湘水上的一个神灵具有一种要眇宜修的美。这是一种什么样的美呢？我们一般讲美学的时候，有壮美，有优美，有各种不同的美，要眇宜修是什么美呢？《楚辞》有王逸的注解《楚辞章句》，说"要眇"是"好貌"，是一种美好的样子。又说："修，饰也。"修，是说这种美是带着修饰性的一种很精巧的美。洪兴祖的《楚辞补注》说"要眇宜修"是形容娥皇的"容德之美"。关于湘君究竟是什么样的神仙，有各种不同的说法。简单地说，洪兴祖以为写的是娥皇。我们知道，娥皇、女英是舜的两个妻子。舜死了，娥皇、女英的泪滴洒在竹子上，成为斑竹；后来她们死了，成为湘水之神。这究竟是不是可靠，《楚辞》的湘君是不是娥皇，我们今天来不及考证，至少洪兴祖认为，"要眇宜修"所写的美好，是一种女子的美丽，而且是从内在到外在的容德之美。有些个人的美，只是外面的美丽。那天我路遇一个年轻的女子，穿着非常美丽的整齐的衣服，带着两个耳环，很漂亮，可是，不晓得什么人碰了她，还是得罪了她，她就回过头来破口大骂。所以美应是容德之美，是内在与外在统一结合起来的一种美。《楚辞·远游》上还有"神要眇以淫放"一句，洪兴祖注解说"要眇"是"精微貌"。把两处"要眇"出现的注解结合起来看，我们知道"要眇宜修"的美，是写一种女性的美，是最精致的最细腻的最纤细幽微的，而且是带有修饰性的非常精巧的一种美，王国维说，"词之为体，要眇宜修"，就是说词有这样的一种美。

那么，词为什么有这种美呢？有两个重要的原因：一个是形式上的原因，一个是内容上的原因。形式上是什么原因呢？大家当然都知道，古今中外的诗歌，一般说起来是一种美文，所以一般总是应该有一种节奏韵律的感觉。我们中国的诗，我们说古近体诗，当然有一种平仄的格律，西方也有各种押韵的形式。虽然有人写一种散文化的诗，不要这种死板的韵律，但也要有一种自然的韵律的美。总之，诗歌是美文，要有韵律美。中国的诗歌《诗经》，那时本来没有固定的形式，没有人说写诗要怎么样的平仄，几个字一句，没有限制。《诗经》多数是四个字一句，是出于中国文字的特色与人类生理上一种自然的结合而形成的形式。因为诗歌要有节奏韵律，一个字两个字，它没有韵律，所以一定要有一种节奏韵律配合起来，而四个字是最简短的，自然而包含韵律的一种形式。如“关关雎鸠，在河之洲。窈窕淑女，君子好逑”，抑扬顿挫，自然有一种节奏，是自然形成的韵律。五言诗的出现，是在汉朝。因为汉朝受了外来音乐的影响，受了乐府诗的影响，所以形成了五言诗。由五言诗和楚歌的体裁的结合，成立了七言诗。当然今天我们没有时间讲诗歌形式的发展，在我的《迦陵论诗丛稿》中有《中国诗体之演进》一文可以参看。总之，我们中国后来沿用的诗歌的形式，是或者五言，或者七言，而且有平仄的格律，一般的平仄总是间隔运用的——平平平仄仄，仄仄仄平平。仄仄平平仄，平平仄仄平。而其节奏，五言诗都是二—三节奏。“客路—青山下，行舟—绿水前。潮平—两岸阔，风正——帆悬。”（王湾《次北固山下》）一般都是这样的节奏。七言诗一般是四—三，或者是二—二—三的节奏。“夔府—孤城—落日斜，每依—北斗—望京华。”（杜甫《秋兴八首》之二）总是这样的形式。如是五言诗，通篇是五个字一句，七言诗通篇是七个字一句。词呢，有个别名，叫作长短句。例如李后主的一首小词：“林花谢了春红，太匆匆。无奈朝来寒雨晚来风。　胭脂泪，相留醉，几时重？自是人生长恨水长东。”你看，三个字的，六个字的，九个字的，参差错落，长短不齐，所以叫作长短句。那就是说，从形式上，词是比诗更多变化，更精微的，更纤巧的，更曲折的。有人提出诗里也有长短不齐的句子。李白《将进酒》："君不见黄河之水天上来，奔流到海不复回……岑夫子，丹丘生，将进酒，杯莫停。与君歌一曲，请君为我侧耳听。"《长相思》："长相思，在长安。"李白的歌行，有比这变化更多的，不再多举。总之，诗里也有长短不齐的句子。那么，诗里长短不齐的句子跟词的长短不齐在性质上有什么不同呢？词的长短不齐完全是不自由的，词本来是配合音乐的曲调来填写的歌词，每一个字都是不自由的；可是诗里的长短句，比较上相对地是自由的。汉乐府里长短句不整齐的诗歌，是自由的。如《上邪》："上邪！我欲与君相知，长命无绝衰。山无陵，江水为竭，冬雷震震，夏雨雪，天地合，乃敢与君绝！"它的变化参差错落不整齐，完全是自由的。所以诗与词的长短句，虽然都是不整齐，但性质却不一样。一个是自由的，一个是完全不自由的。

那么，又有人说了，词里边也有长短整齐的句子，像欧阳修的《玉楼春》：

> 雪云乍变春云簇，渐觉年华堪送目。北枝梅蕊犯寒开，南浦波纹如酒绿。　　芳菲次第还相续，不奈情多无处足。尊前百计得春归，莫为伤春歌黛蹙。

这跟七言诗有什么不同呢？你仔细注意就会发现，词里边虽有跟诗相似的，可是它的平仄格律跟诗是不同的。它的平仄都有严格的限制，跟古诗的自由无定格不一样，跟律诗那种平仄对偶的整齐格式也不一样。所以，词就算句子是整齐的，你读起来，它一样有一种抑扬错落的音乐性的感觉。就是说，词在形式上容易形成一种要眇宜修的美。还不只如此，诗里所有五言的句子，一般都是二—三的停顿，七言的都是四—三或二—二—三的停顿，可是词里则不然。词里五个字的句子有时是二—三的停顿，有时不是二—三的停顿。现在可以周邦彦《解连环》为例："怨怀无托，嗟情人断绝，信音辽邈（读 mò）。纵妙手、能解连环，似风散雨收，雾轻云薄。""嗟情人断绝"，五个字一句，但它的停顿不能像诗的二—三，读成"嗟情—人断绝"，应是"嗟—情人断绝"，一—四的停顿。"似风散雨收"，也不能读成"似风—散雨收"，是"似—风散雨收"。所以词里边的五言句，可以是一—四停顿，而不都是二—三停顿。另外，词里的七言句，也不都是四—三的停顿，有时也可以是三—四的停顿。如"纵妙手—能解连环"，便是三—四的停顿，而不是"纵妙手能—解连环"，四—三停顿。还不只如此，词里有所谓领字，是一个单字，引起一排并列的句子。像"嗟"引起"情人断绝，信音辽邈"，"似"引起"风散雨收，雾轻云薄"。因此，在形式上就有许多参差错落、精致曲折的变化。这是词所以有要眇宜修之美的形式上的原因。

第二个是内容上的原因。因为词大都是写男女的爱情相思离别，为了配合这种歌唱的场合和歌唱的人物的歌女，自然写的是比较柔婉的细腻的女性的美，所以说"词之为体，要眇宜修。能言诗之所不能言"。很多在诗里边不能表达的感情，能在词里边表达，可是"不能尽言诗之所能言"，也有诗里能写的，词里不能写，像杜甫的《自京赴奉先县咏怀五百字》《北征》，它在长篇的叙述中反映了整个社会历史背景，有这么长的篇幅，有这么自由的平仄，才可以有这样伟大的著作的诗篇。而词是配合音乐歌唱的歌词，篇幅一般是比较短小的，所以它天生来注定就不能写像《北征》《自京赴奉先县咏怀五百字》这样鸿篇巨制的内容，这是词在内容上“不能尽言诗之所能言”的缘故。诗所写的内容无所不包，可以发议论，可以抒情，可以纪事，什么都可以包括，而词一般只是写景抒情，所以说是“诗之境阔”。

可是，我们还要注意后一句：“词之言长。”这不是说词的篇幅长，不是说词的句子长，而是说词给人的回味，词的韵味悠长。这就回到我们前面所说的，诗是显意识的活动，说出来可以很感动人，可是我们不能够自由发挥联想。词呢？写爱情的小词，表现了人的心理感情的一种本质，可以引起人丰富的联想，所以说“词之言长”。这样张惠言和王国维才会说，词有贤人君子的幽约怨悱的情思，有成大事业、大学问的三种境界。

以上只是简单的对词的特质的介绍。现在我们开始介绍第一位作者——温庭筠。

我们说词在中国文学体式之中是很奇妙的一种文学体式，它突破了中国传统的载道言志的观念，摆脱了这种伦理道德的束缚，是写美女跟爱情的小词。我们在讲的时候，先不介绍作者的生平。在海外，外国的朋友讲中国诗的，他们最不同意的，最不赞成的，就是说我们喜欢用作者的人格来衡量作品的价值。本来批评一篇文学作品，我们应该把衡量的重点放在文学作品的文学艺术的价值方面；可是，我们中国常常评论一篇作品，先把作者的出身、思想批评一番，就把重点放在对作者的伦理道德政治思想的衡量上边了，这是对重点的一个误置。因此他们认为我们中国的文学批评是不合乎文学艺术的原理和原则的。特别是在60年代的时候，那正是西方所谓新批评（new criticism）盛行的时候，有些所谓现代派诗人，还有些诗歌的理论家，像艾略特（T.S.Eliot）和卫姆塞特（W.K.Wimsatt）等人，曾提出作者原意谬论（intentional fallacy）之说，以为作者不重要，而当重视作品本身，重视作品的结构，它的 texture，它的组织和质地，它的形象和结构等，以为这才是决定一篇诗歌作品的好坏的标准，而不是从作者原意来决定的。可是，这些年来，从现象学和阐释学学派流行以后，因为他们要推寻作者的原意，要还原到作者的时代背景中去，所以又开始重视作者的思想、作者的生平了。

我个人以为这两者本来是不可偏废的。可是词作为给美女歌唱的爱情的歌词，我们可以暂时先不介绍温庭筠的思想和生平，直接看他的一首词——《菩萨蛮》。

《菩萨蛮》是一个词曲曲牌的牌调的名字，而不是像诗里边的题目。且看这首词：

小山重叠金明灭，鬓云欲度香腮雪。懒起画蛾眉，弄妆梳洗迟。　　照花前后镜，花面交相映。新帖绣罗襦，双双金鹧鸪。

我们从这首词的表面意思来看，可以知道他写的是一个美女，在闺房之中，从起床、梳洗、画眉、簪花、照镜、着装，是这样的一个过程。可是词比诗更容易引起读者的丰富的联想，更容易产生像刚才所说的阐释学里边的衍生的意义，就是说是从读者的联想滋生、衍生出来的意义，这是温庭筠词的一种特色。

为什么有这种特色？这种解释合理不合理呢？现在我们就用这首词作为一个例证，来分析讨论一下。

先看第一句“小山重叠金明灭”。温庭筠的词有一个很大的特色，就是说他常常不是用理性的说明，给人的是一种感官的印象，这可以引用一些西方近代的理论来作比较说明。现在西方流行的一种新的学说，叫作符号学——semiology，它的意思是说，语言或者文字，只是一个符号。比如我们说“树”，如果我只说了这个声音“树”，这是一个符号，或是我写下来一个“树”字，这是一个形体，还是一个符号，是一个 sign，我们由于“树”的这个声音或者“树”的字形，而联想到一个树的概念，那个是意义，是符号指向的一个意义。符号学有一种看法，说符号一般有时是代表一个认知的意义，代表一种智性的理性的认知的意义。比如，我说“椅子”，你就想到一把椅子，“椅子”这两个字的符号，或者是字音，或者是字形，它所代表的是一把椅子的概念，这是一种认知的符号。可是符号里边也有一种是属于感官的印象的符号，特别是诗歌里边，它有时所代表的，不是一个理性的认知的意思，而是一种感官的印象。可是这个感官的印象，也可以指向一个认知的意思，带出来一个理智上的认知的意义。如“小山重叠金明灭”中“小山”两个字就是这样。

“小山”两个字，如果按照理性的一般性的使用的认知的意义来说，是指的外界自然景物的山水之山，小山是一座很小的山峰。可是，从温庭筠这首小词来看，“小山重叠金明灭”之后，说的是“鬓云欲度香腮雪。懒起画蛾眉，弄妆梳洗迟”，是写的一个美丽的女子，所以“小山”应该不是指的一般的认知意义的大自然的山水的山，它是一个感官的印象，不过它可以带给我们一个认知的意义。于是我们就可以设想小山指的是什么？

首先我们要顾及作者原来创作的时代背景。在温庭筠的时代，在《花间集》写小词的时代，“小山”这个形象应该指向什么认知的意义呢？好，有几种可能，我们不能任情地随便地联想，是要有证明的。“小山”这个形象，在《花间集》的时代有几种可能。

第一种可能，可以指山眉，说女子眉毛的形状像一个山的形状。怎见得？有词为证。五代词人、《花间集》的一个作者韦庄，有一首《荷叶杯》，说“一双愁黛远山眉”，写得很美。“远山”，是眉毛的形状，弯曲得像远山；“黛”是眉毛的颜色。《红楼梦》上说到黛玉的名字，宝玉说：“《古今人物通考》上说：‘西方有石名黛，可代画眉之墨。’”所以，黛是眉之色，山是眉之形。“一双愁黛远山眉”，真是妙！愁，是眉上的表情。有颜色，有形状，有表情，这女子这么生动真切地在意念之中出现了。因此在唐五代的时候，“小山”二字的感官印象，可以指向一个认知的意义，可能是指眉。那么，在这一首词里边，它指的是不是眉呢？我以为不是的。词中说小山重叠，眉毛可以像小山，但如何重叠呢？我还没见过有人把眉毛画成上下两条重叠的情形。还有，词中第三句有“懒起画蛾眉”，又提到蛾眉，一般说来，在这样短小的一首词里边，不会前边提到眉，后边又提到眉，就文学的感动的情意上说起来，这种重复显得零乱，不能造成一种感发的效果。我们今天没有时间多举些例证，说明什么样的作品是好的作品，什么样的是坏的作品。一定要全篇集中起来，产生一种感动的力量，带给读者一种鲜明的感受，这样才是好的作品。写得散漫驳杂，那一定不是好的作品。第三句既出现了“懒起画蛾眉”，所以第一句写的一定不是眉。

“小山”既不是指的山眉，那还有一种可能，就是指山枕。古人的枕头，跟我们现在的枕头不一样。现在的枕头，可以放海绵，放鸭绒，北京老年间，枕头里放糠皮，塞一个枕头囊。陆放翁的诗“采得黄花做枕囊”，说的是用晾干的菊花装枕头。不管怎么样，这都是后来的枕头，是比较软的。可是，中国古代还有一种硬的枕头，我不会画，大概是中间凹下去，两边翘起来的这样的形状，恰好可以把头放上去。这样的枕头我见过，小时候我伯母夏天枕的瓷枕，很凉快，不像我们枕的枕头，把头全包起来。就是这种两边高起来的硬枕，像山的形状，所以说是山枕。五代时“山”是可以形容“枕”的。《花间集》

作者之一的顾敻写的两首《甘州子》里就有“山枕上，私语口脂香”和“山枕上，几点泪痕新”的句子。写的是一对相爱的人，早晨醒来，还没有起床，和她所爱的人在耳边低声细语、情话绵绵的时候，还闻到口唇上脂膏的香气。“山枕上，几点泪痕新”，相爱的人离开了，所以枕上就几点泪痕新了。可见，山枕是小山的形状。但我以为温词中的“小山”，不指山枕。因为他说小山重叠，现在软的枕头可以两个重叠。山枕是无法重叠的，所以也不是山枕。

剩下一个可能，是山屏。小山的形状，指的是屏风，是折叠的屏风，有点像山的形状，有人以为这说法不对。说下边讲“鬓云欲度香腮雪”，是女子鬓边如云的头发要从脸上遮掩过去的样子，屏风离得老远，女子在床上，两者不衔接，还是应该指眉毛或山枕。可是，我们不能用现在的屏风来理解古人的词。现在大厅里的屏风，可以是双面绣的牡丹花或山水，离卧室很远，而古人所说的山屏或屏山，就是在床头的。现在一般的床还是如此，床头有个板子高起来，英文说board，就是相当于这种性质的山屏或屏山。我们可以用温庭筠自己的词来作证明：温庭筠在一首《菩萨蛮》中写有“无言匀睡脸，枕上屏山掩”的句子，说一个女子早晨刚刚醒来，还没有起床，也没有讲话，揉一揉脸，在枕头旁边有“屏山掩”，把屏山和睡脸结合在一起来写。我们上面讲的“鬓云欲度香腮雪”，指的是睡脸，小山指的正是屏山。

近来还有一种更新的说法，有人说考证古代中国妇女的服饰，唐代的妇女喜欢在头上戴很多的插梳。现在西方欧美正在流行插梳，比我的手指还长，梳上有各种花纹，各种颜色。插在头上，是西方青年所谓“庞克族”的一种发饰，把头发梳得支起来向上，有各种的花样。唐朝的妇女也流行头上插很多的梳子——妆饰的插梳，因此有人就以为小山指头上一个个高起的插梳，我以为不是的。有两个原因：第一，下句说“鬓云欲度香腮雪”，鬓边的头发遮掩过来，是头发流动的样子，如果头发上插了那么多梳子，就不能“鬓云欲度”，头发不能在脸上流动了；第二，唐五代和两宋的词，从来没有一首词，从来没有一句词，是用“小山”来形容头发的插梳的。所以，这一说法是不能成立的。

按照西方的符号学的说法，一个语言的符号，一般是带给我们一个理性的认知的意义的。有时带给我们的虽不是理性认知的意义，而是一种感官的印象，但也可以指向一个认知的意义。至于如何判断，我以为有几种情形要注意：一是要适合当时时代文化的背景，才能够成立。我们从上面讲到，山眉不成立，山枕不成立，插梳不成立，只有小小的山屏是成立的。我们把小山形象所指向的几种其他可能的意思都否定了，只有一个意思。然而有的时候，它是同时可以存在多种指向的意思的：例如温庭筠的另一首《菩萨蛮》中，有“水精帘里颇黎枕，暖香惹梦鸳鸯锦”的句子。鸳鸯锦，鸳鸯是花纹，锦是材料的质地，这是一种形象的表现，没有一个理性的说明。鸳鸯锦是什么呢？是鸳鸯锦的褥子，还是被子？是锦衾，还是锦褥？它没有说明。它认知的意义可以是几种解释同时存在，不相矛盾，不相冲突，它们可以合成一个整体的印象。总之，闺房之中是美丽的。

顺便说一下，我读“鬓云欲度香腮雪（xuè）”，雪没有读 xuě。在南开大学讲学时，有的同学问我是哪里的人，我说是北京人，他说我平时说话像北京人，一念词就不像北京人了。这同学说得一点都不错。因为我念词的时候，有一些字念的不是北京音。我说下雪了，雪就念成 xuě，可是在词里我就把雪念成 xuè，是与“灭”押韵的字。我们现在北京普通话的发音，没有入声字了，我们读词也可以不读入声字，可以按普通话去读。何况我读的入声并不很准确，因为我不是广东人、福建人，不会发出很准确的入声字音，我所读的只能说是一个仄声字，跟“灭”字押韵的一个仄声字而已。我习惯于这样读，是因为词是一种音乐性很强的文学形式，所以它有一种节奏韵律的美，我只是希望能够尽量把它原来的那种特质、韵律的美保存下来。

“小山重叠金明灭”，“金明灭”是什么呢？这又是温庭筠的特色。他不作理性的认知的说明，他所提出来的符号是一个感官的印象，是金光明灭闪动的样子。那金光明灭闪动的样子是什么呢？他所写的应该是早晨、破晓的时候，太阳的阳光从门窗的空隙照射进来，照在这个女子的枕畔的屏山之上，而屏山上是有一种金碧螺钿的美丽的装饰的，所以当日光照在这个美丽的有金碧螺钿装饰的屏风上，那日光就显出金光闪烁的样子。“小山重叠金明灭”，它完全只写了一个形象，感官的形象：曲折的床头屏风之上，有日光照在金碧螺钿上的反光闪动，是一幅很美丽的图画。

而当日光照进来，金光明灭闪动的时候，有了光线人就容易惊醒。夜里都是黑的，睡得很安稳，等天一亮，有日光闪烁，人从梦中惊醒了。所以这女子在似醒非醒似睡非睡的时候，日光照耀之下，在枕上一转头，“鬓云欲度香腮雪”，晚上卸了妆，头发是比较披散的。我们注意到温飞卿（温庭筠字飞卿）没有说云鬓，说的是鬓云。要知道云鬓是比较理性的说明，是像乌云一样的鬓发。可是他说鬓云呢？你不要说像乌云一样的鬓发，因为那是比较理性的普通的说法；而要说头发的乌云，这头发就变成乌云了，就更形象化一点了。鬓云欲度，度是度过的意思。当她在枕上一转头，那鬓云就欲度——流动过来，要掩过去没有掩过去的样子。腮就是指的面颊，以“香腮雪”说明她的腮上有脂粉，是香的，皮肤是白的。“鬓云欲度香腮雪”，他把“云”放在前边，把“雪”放在后边，不是说如云的鬓发、雪白的香腮，而是说香腮的白雪、鬓发的乌云，这是温飞卿的特色。

而这种句法和句式，这种注意感官的形象，是中晚唐以来的诗歌中一种流行的写作的风气。像李贺的“寒绿幽风生短丝”（《河南府试十二月乐词·正月》），“画栏桂树悬秋香，三十六宫土花碧”（《金铜仙人辞汉歌》），不说桂花而说秋香，桂花开在秋天，是香的，所以说“悬秋香”。什么是土花？土花就是土上苔藓的苔纹。原来在中晚唐以来诗歌有这么一种流行的风气，按照西方的符号学来说，就是不提供给你认知的解释，而提供的是感官的形象。所以，温飞卿所写的本来是闺阁之中美丽的女子早晨睡醒的形象和动作。可是就是这样的写美女的小词，曾使得陈廷焯产生一种联想。他在《白雨斋词话》中说：“飞卿词全祖风骚。”说他完全是遵从、模仿、祖尚《诗经·国风》和《离骚》的作法。而《国风》和《离骚》的作法，在中国的诗歌传统之中是认为它们有比兴的托意的。比、兴两个词有广义狭义两种解释。按照一般的文学的理论客观来说，比兴就是诗歌的作法。比是举此事来例彼事，如《诗经·国风·硕鼠》：“硕鼠硕鼠，无食我黍！三岁贯女，莫我肯顾。”用大老鼠比喻一个剥削者，这个就是比。兴呢？就是见物起兴，如《国风·关雎》：“关关雎鸠，在河之洲。窈窕淑女，君子好逑。”如果我要用比较现代化的说法解释比、兴两个词，我要说比的作用是由心及物，兴的作用是由物及心。西方现象学说人的主体意识接触了客观的现象以后，产生了一种意识活动的作用，人生的一切，不仅是诗歌的创作，你日常的生活的一切感受，都是这两种作用，就是你内心的意识与外物的现象交相感应的结果，或者是由物及心，或者是由心及物。

可是，中国古代的诗人，把这种最基本的心物交感的作用，喜欢从伦理政治的角度来作解释。他们说，“比”是“见今之失，嫌于直言”，看到政治上有不好的现象，有缺失，但不愿意明白地批评，恐怕引起来一些不好的反应，就假借一个物象来比喻。“比”是“见今之失，不敢斥言，取比类以言之”。“兴”是“见今之美，嫌于媚谀，取善事以喻劝之”（《周礼·春官·大师》郑玄注）。兴是看到政治现实有美好的事情，你一天到晚歌功颂德，说这个也美好，那个也伟大，这也没有什么意思，所以，你也用一种物象来表现。比兴本来只是心物交感的作用，被中国的这个传统的道德政治的观念一解释，就有了政治上的美刺的作用：或是赞美，或是讽刺。

那么，这些说词的人，像张惠言、陈廷焯，他们都以为像温庭筠这样的小词，有风骚比兴的意思，有这种寓托的含义在其中。这种解释，当然是比较勉强了，不仅我们现在不赞成，王国维也不赞成。他说张惠言（字皋文）是“深文罗织”，是“固哉，皋文之为词也”，认为他是非常固执的，是牵强附会的。可是一个更妙的事发生了，就是张惠言虽然牵强附会，但温庭筠的词却确实可以给我们一种联想，也就是西方的阐释学所说的衍生义。而这种联想我们可以用西方符号学的理论来对它加以解说。符号学的理论，源起于一个最有名的语言学家索绪尔（Ferdinand de Saussure，1857—1913），他说语言作为一个符号的表达，有两种必要的作用，一种是语序轴（syntagmatic axis）的作用，一种是联想轴（associative axis）的作用。他在语言学著作上画了图来表示，一个横向，一个直向。横向的这个，他把它叫作语序轴，直向的叫作联想轴。什么叫语序轴？他是个语言学家，认为语言产生意义的作用，有几种基本的作用的方式。一个是语序轴，哪里停顿，怎样标点，这都是语序轴上的作用。比如杜甫的几首论诗的小诗，“不薄今人爱古人”，你在哪里停顿？如在“不薄”两个字停顿，说我不看轻，“薄”，是看不起，我不看轻“今人爱古人”，把“今人爱古人”作为整个叙述的宾语，是动词“不薄”的宾语，这是一个意思。但是我们也可以在“不薄今人”后面停顿，“不薄今人—爱古人”。我对现代人的作品不轻视，对于古人的作品也是赏爱的。“不薄今人爱古人”，这句子的停顿不同，意思也就不同了，这都是语序轴上的一种作用。

所以说一首诗歌是好、是坏，语序轴上的作用是非常重要的。中国常常讲诗眼，说一句诗，有一个字最重要、最好、起了最大的作用，好像是人的眼睛，“存乎人者，莫良于眸子”（《孟子·离娄上》）。画龙点睛，眼睛是传神的。例如“春风又过江南岸”，“春风又到江南岸”，都不好，都不如“春风又绿江南岸”（王安石《泊船瓜洲》），这种作用都是在语序轴的文法的结合上所产生的作用。

可是，索绪尔这位语言学家说了，除了语序轴上的作用是重要的，同时还有一个作用要注意，就是联想轴上的作用。什么叫联想轴上的作用呢？他说每一个语言，都有和它相近似的一系列的语言，比如，我说美人、佳人，我说红粉、蛾眉，这都是说一个美丽的女子。他说这是一种语谱（paradigm），一系列的，好像一个谱系一样。你创作的时候如何选择，你要用“佳人”，还是要用“美人”，要用“红粉”，还是要用“蛾眉”，虽然意思很相似，可是它们表达在文学诗歌之中的时候，它那种很细微感觉的质地是不同的。“美人”给你什么样的感觉？“红粉”给你什么样的感觉？“红粉”好像是比较庸俗一点，比较只注意外表的形态容貌一点，而“美人”好像更笼统一点，更全面一点，这是我个人的感觉。就是说有一个系列的语谱，在你选择的时候，就已经有了作用了。而在你选择以后，每一个不同的符号，引起人们不同的联想。如果我选择的是“美人”，你可以联想到《楚辞·离骚》说的“惟草木之零落兮，恐美人之迟暮”。就是说可以有各种不同的联想，而这联想有一个轴——联想轴。你可以有很丰富的联想，而读者都可以由这种联想，把种种的意思加到诗歌里面去。这是西方语言学家的文学理论。

而我们如果用这种理论，反观我们的诗歌，你就会知道，张惠言和陈廷焯把温庭筠的词说成是有屈原《离骚》的意思是有道理的，不是完全没有道理的。怎见得？我们下面就要接下来讲了。

“小山重叠金明灭，鬓云欲度香腮雪”，这两句是温庭筠个人的创造性的语言。因为他都是用感官的形象，他不是用的我们一般普遍认知的意思，所以那是具有他独创的性质的。可是，到后来“懒起画蛾眉，弄妆梳洗迟”的时候，这就跟中国传统的文化背景结合在一起了。为什么呢？“蛾眉”作为一个语言符号，作为一个语谱，在联想轴上，我们说了，它有作用了。第一个作用，当然我们说蛾眉，最早是《诗经》里边说过的。《诗经》里边说的蛾眉，就是说一个女子的眉毛是弯曲得很美丽的意思：“手如柔荑，肤如凝脂，领如蝤蛴，齿如瓠犀，螓首蛾眉，巧笑倩兮，美目盼兮。”（《卫风·硕人》）到了《离骚》里边，屈原说：“众女嫉余之蛾眉兮，谣诼谓余以善淫。”他说那些个女子嫉妒我，只因为我比她们的容貌更美丽，我的眉毛比她们更美好。但是大家都知道，屈原所说的蛾眉，屈原一向说的美人芳草，都是有托意的。所以，屈原说“众女嫉余之蛾眉兮”，其中的“蛾眉”是喻指一种才德志意的美好，这“蛾眉”就有一种比兴寄托之意在里边了。温庭筠说“懒起画蛾眉”是画眉，这画眉就更有一个比兴的传统了。唐朝诗人李商隐写过一首五言诗《无题》：

> 八岁偷照镜，长眉已能画。十岁去踏青，芙蓉作裙衩。十二学弹筝，银甲不曾卸。十四藏六亲，悬知犹未嫁。十五泣春风，背面秋千下。

李商隐写的是一个美丽的女子的成长，他说这个女子有这样要好爱美的一种感情。当她只有八岁的时候，她就知道爱美和要好了。八岁的女孩子还不需要化妆呢，她妈妈也许不让她化妆，但她八岁就偷照镜了，不但会偷照镜，那个时候她就有能力画出来非常美丽的眉毛了，就“长眉已能画”了。后来她学弹筝，不但是爱美，不但要好，还追求一种才能的技艺，所以她学弹筝的时候，就“银甲不曾卸”。因为弹筝怕指甲断了，所以就戴银的指甲套，她戴上银甲从早到晚地学习弹筝，非常勤勉，银甲从来就不曾卸下来。她去踏青的时候，衣服穿得美丽，“芙蓉作裙衩”，裙衩上绣的都是芙蓉的花朵。当她逐渐长成了，中国古代的观念，女子一定要许聘给一个人，许身给什么人，她才有一个归宿，她才有生命的意义和价值，这是中国古代封建的观念。一个女子本身不能完成自己任何的理想和志意，她在家从父，出嫁从夫，夫死还要从子，她一定要有一个终身的归宿，才有她生命的意义和价值，所以要许身，把自己一切都奉献给他。那么，当女子长成十四岁了，要由父母给她选择一个终生的归宿了，女子这时就不能抛头露面了，所以“十四藏六亲”，连亲属关系最密切的男性都得回避不能见面了。“悬知犹未嫁”，用北京话说还没找着主儿呢，用现在摩登的话说还没有对象呢。十五岁这女孩子还没有找到主儿啊，所以就“十五泣春风”了。当春天百花开的时候，她想到自己的生命落空，还没有一个归宿，所以当她荡秋千的时候，就偷偷地背面在秋千下流下泪来了。

李商隐写的是一个女子。中国的古人，一向是常常喜欢用女子作比喻的，因为在中国的伦理道德之中，夫妻的男女的关系，与君臣的伦理的关系，是相当的。妻子在丈夫面前没有自由，丈夫可以喜爱她、选择她，可以抛弃她，可以休弃她，她的一切都是操纵在男子的手中，这是夫妻的关系。至于在君臣的关系中，你不要看那个臣在家里他是男子汉大丈夫，唯我独尊，可是当这个男子汉大丈夫一到君臣的关系之中，作为一个臣，就变成臣妾了，就跟那妾连在一起了，就相当于女子的地位了。他可以被选择，可以被抛弃，可以被贬谪，可以被赐死、杀身，还要谢恩的，这是封建的不平等的伦理的道德的思想。因此君臣的关系在封建伦理之中，与男女夫妻的关系有相似之处。所以很多男子汉大丈夫写起诗来，想到他自己不得知遇，没有一个人欣赏他的才能，没有一个人能任用他，就把自己比作一个女子，没有找到一个托身的人。

李商隐这首小诗，完全是一个比喻的性质。我在西方这样讲的时候，外国的朋友就提出问题来了，他说你怎么知道李商隐这首诗是比喻的性质呢？李商隐这首诗就不能只是写一个漂亮的女孩子呢？我说这首诗是比喻的性质，因为你看诗人写这女孩子从八岁一直写到十五岁，所以，他写的不是一个眼前的真的女孩子，是一个假想的女子。如果是真的一个女孩子，作为一个男子写一个他看到的女孩子，像“脚上鞋儿四寸罗，唇边朱粉一樱多”（秦观《浣溪沙》），这是他所看到的一个女孩子。可是李商隐这首诗，他从八岁写到十五岁，这不是他亲眼见的一个女孩子，是一个意念之中的、假想的、带着象征意味的女孩子。所谓“画蛾眉”，在中国的传统之中，也是有一种比兴寄托的意思的。

还有唐朝另外一个诗人秦韬玉写的《贫女》：

> 蓬门未识绮罗香，拟托良媒益自伤。谁爱风流高格调，共怜时世俭梳妆。敢将十指夸针巧，不把双眉斗画长。苦恨年年压金线，为他人作嫁衣裳。

他说“共怜时世俭梳妆”，“敢将十指夸针巧，不把双眉斗画长”，里边也有一种比兴寄托的意思，是说我不追随这种时髦的当时流行的风气。所以，那画蛾眉就有一种象征的意思了。可是，温庭筠说的不只是画蛾眉，他说的是“懒起画蛾眉”，这懒起有道理吗？你早上赖着不起床还有什么道理呢？国内大学的同学说，从前的老师讲温庭筠的词的时候，对温庭筠写的这种淫靡的、这种享乐的诗词，这种不革命的诗词，当然要批判它了。可是我就说了，欣赏诗词不是从表面上来看，我们要讲“懒起画蛾眉”，不是教大家女孩子早晨都不起床，也不是教你起床以后只去画蛾眉，你要上学，你要上班，你有许多工作要做。即如我们刚才说的李商隐写的画蛾眉，他是个男子，他要画蛾眉吗？没有。所以，我们读诗词要超出外表所说的情事，看出一种精神上本质的意思才行。“画蛾眉”表现的是一种爱美要好的感情，而且我们所说的爱美要好是精神品格上的爱美要好，这也有一个传统。屈原在《离骚》中就曾经说：“制芰荷以为衣兮，集芙蓉以为裳。”他说我要把芰荷做成上衣，把芙蓉做成下裳。他说“余独好修以为常”，我是喜欢修饰的，而这个修饰不是外表的涂红抹黑的修饰，是自己的品质思想的情操上的修养。你一定要看到这一点，才能读中国的古典诗词。

所以，王国维在《人间词话》中说“词之为体，要眇宜修。能言诗之所不能言”，又说：“诗之境阔，词之言长。”还说了：“词之雅郑，在神不在貌。”中国所说的“雅郑”，“雅”是比较典雅的，合乎伦理的道德标准的，所谓“郑”，指《诗经》里边的郑卫之音。孔子就曾说：“放郑声，远佞人。”（《论语·卫灵公》）认为郑风是比较淫靡的。所以王国维说词是雅正的或是淫靡的，是在它的精神，不是在它的外表。不是说写“懒起画蛾眉”，就是鼓励赞成大家都懒起床，这太肤浅了，这样的批判是很没有道理的。而你要看到它的精神，从屈原的爱美要好，李商隐的“长眉已能画”的爱美要求，看出一种在精神品质上爱美要好的心情。这种追求向往的情操是对的，是值得我们感动的。而优秀的文学作品的作用，就正是培养读者一种爱美要好的感情。

第二讲

温庭筠（下）

上一讲我们讲了温庭筠《菩萨蛮》的上半首，现在我们接下来讲下半首词。

在开始前，我顺便还要说明一件事情。我想国内的朋友们，一般都对于苏东坡或者辛弃疾的词比较熟悉，而对于晚唐五代这种写男女爱情相思离别的词比较生疏，而且很可能在过去一段时间这些词是曾经受到过批判的。我开始先讲这些词，因为我要从我们中国词的发展的源流讲起。苏东坡跟辛弃疾的出现，是在怎么样的发展情势下出现的？我在 1986 年曾写了一篇三万字的长文，是专门评说辛弃疾的词的，马上就要登出来了，就在山东大学《文史哲》1987 年第 1 期上，所以我是非常看重苏辛的词的。可是我们不能从苏辛讲起，我们要从词的源流讲起。

我觉得我们有时在讲到文学的时候，常常是先立定一个框架，然后把这些作品放到框架里边去批评。上学期我在南开大学讲课一学期，结束的时候，同学们跟我说，叶先生你讲得很好，可是我们要学习的是我们自己怎样去批评欣赏一首词，你能不能把怎样批评欣赏一首词的方法和规则告诉我们呢？我说我每次上课对你们讲的，都是欣赏批评诗词的方法。但是，我不能订出来几条法规，文学作品每一篇作品有每一篇作品不同的风格，每一个作者有每一个作者不同的表现方式。我们从来不能用一些教条的规范，死板地套上去。我们要学习生动活泼的方法。所以，我不能在开始先分成婉约一派，豪放一派，然后举这派几个作者、那派几个作者来批评，我认为那是死板的。我认为文学不但是在一个作者单独的作品之中是有他创作的生活的，而且整个的诗歌的发展，在它发展的历史的过程之中，也是有它的生命的。所以，苏辛的词我们要讲，但是不能从开始就讲，我们要从词的源流讲起。

词开始的源流，像我昨天所说的，它本来是歌筵酒席之间，交给那些美丽的歌伎酒女去传唱的歌词，所写的是男女爱情相思离别的内容。当时作者写作的时候的动机，是不在我们中国传统的伦理道德的批判约束之内的。可是，就是这样的小词，也居然可以使我们看到更深一层的意思。

我昨天举两种欣赏这种小词的方式。一类就是像张惠言和陈廷焯所说的，他们认为像温庭筠、韦庄的小词里边，有比兴风骚、变风变雅的这种寄托的用心。我以为，张惠言是把道德伦理的价值加在本来没有伦理道德价值的小词之上了。至于王国维说，像冯延巳、晏殊、欧阳修的一些小词，柳永、辛弃疾的小词，有成大事业、大学问的三种境界，表现了这样的意境。这是因为王国维的时代是晚清和民国初年，他受了一些西方思想的影响，他是把一些哲学的理念加到小词上面去了，是把哲学的意义和价值加在小词上面了。

西方的阐释学者说，我们是要追求作者的原意，但是我们读者每一个人的思想背景不同，我们所生活的社会文化背景不同，我们每一个人的性格感情不同，所以每个人在追寻作者的原意的时候，事实上都把我们自己的一切背景加在那个作品之上了。而我还要说，西方的现象学本来还有一种说法，它说任何一个艺术的成品，即使是很伟大的诗篇，像杜甫的一首诗，如果他写出来，他完成了，只是一个arte-fact，是一个艺术的事实，一个艺术的成品。杜甫的诗写得再好，如同"国破山河在，城春草木深"(《春望》),"致君尧舜上，再使风俗淳"(《奉赠韦左丞丈二十二韵》)，但是，你如果把这样好的诗歌给一个不懂诗的人去看，对他是没有意义的，对他是没有价值的。所以，任何艺术的成品，都要透过一个读者、一个观赏者，才能够给它一个美学的价值。它才不只是一个艺术的成品，而且是一个美学的客体，是一个有美感的价值和意义的 aesthetic object，一个美学客体。所以，一切的作品，一定要透过读者的解释和欣赏，它的美学价值才可以成立。

可是，读者的解释和欣赏，又都带着每个人不同的背景，给了它不同的解释。像张惠言，是把伦理道德的价值加上去了；像王国维，是把哲学的思想意义的价值加上去了。这些人所加上去的意义，昨天我提到，说这叫作衍生的意义，significance。它们合理不合理呢？有没有一个范畴呢？我们读者可以随便联想吗？我们可以随便加以解释吗？有的人他对于古典文学，没有很深厚的修养，到国外去留学，学了一些西方的文学理论，就把西方理论的模式很生硬地套在中国古典文学之上。当弗洛伊德(Sigmund Freud)心理学盛行的时候，就把一切文学艺术都解释为一种性心理的表现，甚至把中国的古诗“早知潮有信，嫁与弄潮儿”，解说为“早知潮有性”，这个就未免太荒谬了。信，指潮水的朝夕涨落有定期，绝不是“潮有性”的意思。像这种学了一些西方的理论，就盲目地套在我们中国古典文学身上，这是不应该的。

可是，我们也承认，中国过去的古典文学批评，是过于概念化了。什么“风”了，什么“骨”了，什么“气”了，什么“高古”了，什么“清奇”了，这些都太抽象了，不容易掌握。所以，我现在所尝试的，是要把中国的比较抽象的概念的理论，借用一些西方的方法和名词，对它加以一种比较科学的逻辑化的解释。刚才我在课前写投影仪胶片的时候，一个年轻的同学来问我，他说他也看了一些西方的什么阐释学、结构主义(structuralism)这类书，怎么不能联系到中国古典诗词？他问我是怎么把这些西方理论和诗词欣赏想到一起的？我实在要说，这没有任何新鲜的方法。如果你对于中国古典文学有很深厚的修养，你对于西方也比较能够有多一点的理解，你自然就会看到两方面相同的地方与相异的地方。它是自然地结合起来的，不是生硬地套上去的，不是说我们学了弗洛伊德的性心理，就把性心理套在所有的中国文学上，那是不可以的。我们可以用他们的方法来分析，但是，一定要合乎我们自己原有的传统，我们不能把它扭曲，不能把它错误地加以解释。

好，我们今天就要接下来看温庭筠的后边的半首词。其实前半首词也没有完全讲完。前半首词，我们看了：

> 小山重叠金明灭，鬓云欲度香腮雪。懒起画蛾眉，弄妆梳洗迟。

一首诗歌、一篇文学作品，它是好还是坏，要看它每一个字是否都有产生一个恰当的作用，能够在这一篇作品里边产生某一种效果。一首诗是好诗还是坏诗，它的关键分别就在这里。但是，我们因为时间的限制，而且我们的讲题是唐宋词，我不能给朋友们举诗歌的例子。而且，这么短的时间，好的作品我们都讲不完，我们也没有时间举坏的作品的例子。这里听讲的有一位经济学院的同学，刚才跟我谈话。他应该记得，我以前曾在经济学院作过一次两个小时的讲演，只讲了三首《玉阶怨》。我把这三首小诗，分成三个不同层次，把它们的成就作了比较，以后如果有时间，我也可以举一些词的例证。我只是要说，每一个字要有它的作用。

即如“懒起画蛾眉”，张惠言和陈廷焯说温庭筠的词有风骚的意思。为什么他们这样说？有没有道理呢？我昨天曾经引用符号学大师索绪尔的说法，说一个语言的符号有两条轴线，一个是语序轴，就是语言排列的语序轴，还有一个就是联想轴。张惠言和陈廷焯把温庭筠的小词看成有风骚比兴的意思，正是由于联想轴的作用。比如温庭筠用了“蛾眉”一个词语，你第一个可以想到《诗经·卫风·硕人》：

> 手如柔荑，肤如凝脂，领如蝤蛴，齿如瓠犀，螓首蛾眉，巧笑倩兮，美目盼兮。

他所写的蛾眉，是形容卫庄公夫人庄姜的美丽，是果然一个真正美丽的女子。同时你也可以从蛾眉联想到屈原《离骚》：

> 众女嫉余之蛾眉兮，谣诼谓余以善淫。

屈原所说的蛾眉，是代表一种品德才智的美好。我又曾提到“画蛾眉”，举了李商隐的诗：

> 八岁偷照镜，长眉已能画。

是代表一个有才学、有志意、有理想的人，他对于他自己的才能志意的珍重爱惜，一份爱美和要好的心情。

昨天快要结束时我特别提到了，我说一般人批判中国的古典诗词，认为这些个写美女和爱情的，都是淫靡的，都是没有价值的，因为他们所看的只是外表。所以，在“文化大革命”的时候，就养成了一种风气，以为你所说的话，一定要带着革命教条的语言字样，你才是革命的。于是，这样的结果，就产生了一种很坏的影响，大家都唯恐自己说的话不够革命，都极力要表现，说我可是革命的。所以那个时候才有小报抄大报，大报抄梁效的现象，养成大家一种虚伪的以假当真的这种心理。我实在要说，如果社会上养成一种相率而为伪的心理，那是不幸的，是一种危机！我们所要呼唤起来的，正是人们内心深处的最真诚的一份感情的感动所涌现出来的、一种本能的、向那高远的美好的那种完善的境界向往和追求的心意和感情，而这种向往追求的心意和感情，是可以相通的。所以，柳永词的“衣带渐宽终不悔，为伊消得人憔悴”（《蝶恋花》，一名《凤栖梧》）——柳永所说的可能只是他所爱的一个美丽的女子，是他自己所爱的一个对象，为了她付出任何代价也在所不惜——但这个对象可以是一个美丽的女子，也可以是一个美好的理想。

我已经六十多岁了，每年都回到自己的国家来教书或者做科研。很多朋友不理解，他们说你牺牲了金钱，牺牲了时间，付出这么多劳力，这么多辛苦，你是为了什么呢？我如果说“衣带渐宽终不悔”，那我就是因为古典诗词是我所喜爱的，而且我以为古典诗词里边所充满洋溢着的是我们中华民族的一种美好的精神、一种品格、一种操守和修养。所以，我们一定要从这种精神感情来认识才是对的。因此，温庭筠的小词，他本身写的是不是只是一个美女，我们不管他，柳永所写的“为伊消得人憔悴”，愿意为之付出代价的，是不是只是一个美丽的女子，我们不管他。可是，正是因为他们的这种为美好的理想而献身的精神，能够呼唤起我们的一种共鸣，鼓舞我们向上，向着美好的理想追求。

我还要说，为什么我们容易用这种写美女和爱情的词来表现比兴和寄托，这也不是中国人所特有的，西方也是如此的。《圣经》上像《雅歌》的诗篇，完全写的是美女和爱情，而它所写的是什么？是一种宗教上的信仰。像西方的英国的诗人John Donne，所写的很多非常热烈的爱情的诗歌，都是宗教的信仰的诗歌。正因为爱情是人类最本能的最真挚的一份感情，所以才富有广义的象征的意味。我是恐怕有的同学、有的朋友，对我不讲苏辛，而开始竟讲这美女爱情的小词，有一种疑问，因为国内有些大学的学生已经有过这种疑问，所以我简单作一个说明。

我刚才说了“蛾眉”有哪些联想，这还不算；“画蛾眉”有哪些联想，也还不算；说“懒起画蛾眉”，难道就是教大家不要工作不要上学，只是在那里懒起画蛾眉吗？不是的，你要看它的一种精神的本质是什么。我们说，蛾眉可以唤起我们的联想，画蛾眉可以唤起我们的联想。为什么可以唤起这些联想？那是因为它在中国文化传统中已成为一个语码（code），就是它已变成一种符号。你一看“蛾眉”，就有一个反应，想到屈原《离骚》中“众女嫉余之蛾眉”的联想，你一看到“画蛾眉”，就可以想到李商隐“长眉已能画”的这种联想。而当一个语言的符号，在一个国家、在一个社会里边有了这样普遍的联想的作用的时候，它就是一个语码了。就是说等于你一按这个钮，就有一串联想出现了。而这种说法是俄国一个符号学家洛特曼（Lotman）提出的。他曾经特别提出来说，语言文字的符号的社会文化背景是重要的，每一个语言符号，在一个特定的社会文化环境之中，形成了一定的效果。（西方的学者，过去只是注重符号的本身，未重视文化背景。）“蛾眉”和“画蛾眉”是只有在我们中国的文化传统之中，才产生这种联想的作用的。在我们中国，“蛾眉”和“画蛾眉”就成为一个语码，这是值得注意的。

说“懒起画蛾眉”，懒起还有什么好处吗？奇妙就奇妙在这一点。懒起，也有一个传统，也可引起一种联想，我们也可以举中国的诗歌作例证。刚才我说有一位年轻的同学问到我，说看了西方的这些理论，为什么没有这些联想呢？我要说那正因为你虽然看了西方的，但是你对中国的传统比较生疏。所以，你要使西方的理论为我们所用，你先要对于自己的文化传统能够熟悉，能够深入，才能使别人的理论为我所用。“懒起画蛾眉”在中国有一个传统，是一个语码。我们可以举例证来看：

> 早被婵娟误，欲妆临镜慵。承恩不在貌，教妾若为容？风暖鸟声碎，日高花影重。年年越溪女，相忆采芙蓉。（杜荀鹤《春宫怨》）

他是写宫中女子的幽怨。这女子说“早被婵娟误”：我早年年轻的时候，因为我是美丽的，所以被选入宫中。“欲妆临镜慵”：我现在也想化妆，可是当我早晨面对妆台的镜子的时候，我就觉得懒于梳妆了。因为在古代的男女之间存在着不平等的关系，妇女永远是被压迫、被损害的，永远是被选择的、被抛弃的，永远是处在被动的地位的，女子不能够独立完成自己的事业和人格。所以古人说什么“士为知己者死，女为悦己者容”。说是一个有才智之士，是愿意为一个欣赏他的知己付上代价的，《水浒传》上阮小二说的：“我这一腔热血要卖给一个识货的。”连孔老夫子都说：“沽之哉！沽之哉！我待贾者也。”（《论语·子罕》）就是等待一个能欣赏自己的人。古代做臣子的等到上边的一个主人的知赏和任用是如此的，女子也是要等到一个欣赏她的人。所以她化妆是为悦己者，是希望有一个人能够爱悦她、能够欣赏她。“女为悦己者容”，“容”字是动词，化妆的意思。那么这个女子她说我“欲妆临镜慵”，要化妆就觉得懒，因为我化妆给谁看呢？谁是欣赏我的人呢？她又说了，那皇帝，那做主人的，那些个有选择权力的人，他们选择的标准是什么呢？她说：“承恩不在貌，教妾若为容？”

承恩是得到恩宠的，得到赏爱的，她们果然比我更婵娟吗？她们果然比我更美丽吗？不是的。你要知道，白居易写《长恨歌》，陈鸿写了《长恨歌传》，说杨贵妃所以得到唐玄宗的宠爱，也不只因为她是美丽的。如果她虽然是美丽的，她整天劝唐玄宗，给他整天献忠告，说你应该怎样改正你的作风，应该怎么样为国家人民设想，唐玄宗也许就不高兴了。所以陈鸿的《长恨歌传》就说，杨贵妃之所以得到唐玄宗的宠爱，正因为她"先意希旨，有不可形容者焉"，她能逢迎皇帝的爱好和喜爱。先意，就是当皇帝的意思还没有表现出来，她已经希旨，预先就知道他的意思了。《红楼梦》里林黛玉和薛宝钗的斗争，薛宝钗何以胜利了？你看《红楼梦》所写的，薛宝钗每当和贾母在一起吃饭看戏的时候，她点的戏，不是自己所喜爱的，而是揣摩贾母所喜爱的；她点菜的时候，不是点自己所喜爱的，她是揣摩贾母所喜爱的。有权的人，做皇帝的，像贾母这样的一家之主，她喜爱这些人逢迎她。所以先意希旨的人，就得到宠爱，并不是因为一个人的才智能力的美好，不是因为一个女子的婵娟美貌而得到赏爱，因为"承恩不在貌"，所以他说"教妾若为容"？教我为什么化妆呢？教我为什么理由而化妆呢？我就是化妆得最美，而他们所喜爱的，并不是真正按照人的美好来选择的。杜荀鹤所写的，假托一个女子的口吻，他正是写他自己在仕宦之上的不得意，写一个才智之士不被任用的一种感慨和哀伤。

因此，我们知道温庭筠的词就妙在这里。虽然写的是美女梳妆，但是"懒起画蛾眉，弄妆梳洗迟"，处处都有一个语码，都能够敲到中国传统文化的每一个键钮。他每一个语码都能敲响一个键钮，这正是他引起张惠言和陈廷焯的风骚比兴这种联想的一个重要的原因。不过他虽然说了"懒起"，说了"梳洗迟"，但他毕竟说了"弄妆"，我们现在说化妆、梳妆，这太简单了。你知道"弄"字，有一种玩弄欣赏的意思，一个女子“弄妆”，有她自我欣赏的意味。她不是匆匆忙忙洗一把脸，梳了梳头，马上就走了，她要调粉涂脂，把胭脂的深浅，画眉用的黛色的深浅，都要调理得很好，一丝不苟地慢慢地在画。画一画，还可以照一照，欣赏一番，再画一画，再照一照，此之所谓“弄妆”者也。

“弄妆梳洗迟”，我刚才不是说了吗，“承恩不在貌，教妾若为容”？既然没有人欣赏，你就不要化妆了，为什么你还要化，而且不仅要化，你还要弄呢？你从一首小词里边，可以看到中国文化传统各方面的思想。为什么还要“弄妆”呢？中国文化传统又说了：“兰生幽谷，不为无人而不芳。”一朵兰花，生在一个幽静没有游人的山谷之中，因为没有游人的观赏，这个兰花就不香了吗？没有这样的兰花，因为兰花的本质是香的。兰生幽谷，它不因为没有人的欣赏它就不芳香了。陆放翁曾经写过一首咏梅的小词：

驿外断桥边，寂寞开无主。已是黄昏独自愁，更著风和雨。　　无意苦争春，一任群芳妒。零落成泥碾作尘，只有香如故。(《卜算子·咏梅》)

“零落成泥碾作尘，只有香如故”，说哪怕我梅花零落了，零落在泥土之中，被车马践踏，碾过去了，我的芳香落在泥土之中，都是不改变的，因为那是我的本质。陶渊明说的：“知音苟不存，已矣何所悲。”(《咏贫士七首》之一)我自己有一个理想，我追求我的理想。你们大家都认为我是傻瓜，有什么关系，我的本质是如此的。屈原说：“亦余心之所善兮，虽九死其犹未悔。”(《离骚》)所以，“兰生幽谷，不为无人而不芳”。她虽然是“懒起画蛾眉”，是“梳洗迟”，但毕竟是画了。这一点是值得注意的，毕竟还是要珍重爱惜自己美好的品质。不是说没有人欣赏，我就堕落了，我就败坏了，我就放弃了我自己，不是的，这正是中国旧传统的那些读书人的品格上的操守。

我们现在才把上半首结束。下半首温庭筠说："照花前后镜，花面交相映。"一篇好的作品，它的好处是多方面的，我们也不是一定要用伦理道德的价值来衡量它。我就曾经说，"懒起画蛾眉"两句，是恰好与我们中国的文化传统的一个 code，一个符码，一个钮键相应和，所以你一敲就敲响了一大片的联想。可是，我们也不是说一定非要有这样的伦理道德价值的联想。他开头两句"小山重叠金明灭，鬓云欲度香腮雪"，它的美感，它本身的美丽，也是它的一种好处。现在我们来看，这个女子既然也画了眉了，既然也弄了妆了，她面部的化妆完成了，梳头也梳好了，现在可以在头发上戴花了，所以，"照花前后镜"。你戴一枝花朵在头上，如果只对着前面的镜子，只知道前面花的位置是如何的，还不够；你要知道，如果你在人群之中活动的时候，前后左右都有人的，他们不只从前面一个角度来看你，前后左右都可以看到你的。所以，这女子戴上花不仅是要前面照镜，她是前后镜都照一照，从每一个角度看这花的位置是不是适合，是不是美好，这就是"照花前后镜"。而在照花前后镜的时候，凡是有人用两个镜子对照过，你知道这个镜子里边有那个镜子的影子，那个镜子里边又有这个镜子里边的影子。《华严经》上曾经说过，人与人的关系，人类之间的关系，你不要以为你一个人是渺小的，是微弱的。每一个人说出的一句话，做成的一件事，都在众生界中，产生了或大或小的不同的连锁的反应。《华严经》上说，这比如"众镜相照"。我们社会上的众生，就好像是很多的镜子，每人都是一面镜子。众镜相照，就会重重现影，你的里边有他的反射，他的里边有你的反射，所以就"成其无尽复无尽"了。《华严经》上所讲的是众生之间彼此影响的关系：

犹如众镜相照，众镜之影，见一镜中，如是影中复现众影，一一影中复现众影，即重重现影，成其无尽复无尽也。（《华严经·论法界缘起》）

照花前后镜的相照，正是如此的。所以照花要前后镜，就看到花面交相映，花是美丽的，人也是美丽的。李清照写过一首小词："卖花担上，买得一枝春欲放……云鬓斜簪，徒要教郎比并看。"（《减字木兰花》）她说在卖花的担子上，买了一枝春天的花，将开未开的，含苞待放的花朵，在我如云的鬓发上斜斜地插上，我就是故意让我的丈夫、爱我的人看一看，到底是花更美丽，还是人更美丽？

所以，"照花前后镜，花面交相映"，这是一个高峰。女子从起床梳妆爱美要好到梳妆的完成，最后自己的这种衡量，还不只是如此，还不只是说它的内容的意义写的是一个美好的完成的高峰，而且它的笔法精力饱满。照花要"前后镜"，花面是"交相映"，"交相"二字表现了一种重重无尽的、精力饱满的样子。一个人应该无论做什么事，你要把你自己投注进去，要用你的最大的精力向一个最完美的标准去追求。我常常到百货公司看到那些售货员在那里歪歪扭扭慵慵懒懒，很懒散，她自以为很聪明，可是结果她的身体形态就越来越坏了，她的形象越来越坏了。人生下来的形象是父母给你的，活了几十年之后你是什么形象，你自己要负一份责任的，很多人以为偷懒是聪明，其实偷懒的人不肯用思想，不肯用力量，正是愚蠢。老子曾说过：

动而愈出。（《老子·五章》）

即以为人己愈有，既以与人己愈多。（《老子·八十一章》）

正是因为偷懒，把一切的思想智力头脑都淘空了，什么都没有了。所以，做人要付上力量。杜甫曾经说过："种竹交加翠，栽桃烂漫红。"（《春日江村五首》之三）杜甫说，我不种竹子则已，如果种出竹子来，我要让我的竹子长得枝叶交加，这么茂盛，这么美丽；我不栽桃花则已，如果栽了桃花，我要让我的桃花开得烂漫，这样地鲜艳，这样地美丽。我们说看竹交加翠吗？看桃烂漫红吗？当然，别人栽出竹子，种出桃花来给你看，你懂得看也就不错了。但是，你何不自己种一种竹子，何不自己栽一片桃花呢？种竹而且要"交加翠"，栽桃要"烂漫红"，这是一种精神的作用。所以他说"照花前后镜，花面交相映"，表现得精力饱满，神采飞扬。而且这种修容自饰的爱美要好的精神，也与屈原《离骚》之以衣饰之美为寓托的传统有相合之处，这正是张惠言说"照花"四句是《离骚》初服之意的缘故。

最后两句："新帖绣罗襦，双双金鹧鸪。""新帖绣罗襦"的"帖"字通"贴"字，二字通用。这"帖"字是什么意思呢？作什么解释呢？我以为有两种解释的可能。我已经在讲"小山"的时候说过了，有的诗人所用的一个语言、一个符号，它可以有多种的意思。有的时候这多种的意思甚至是可以并存的，我们举过温词的"鸳鸯锦"为例证；也有的时候是不能并存的，我们一定要从里边挑选一个合适的意思，我们曾举"小山"为例证。"帖"字也有两种可能。一个是熨帖的意思，就是用熨斗把它烫平了，中国五代时的《捣练图》，拉开一幅丝绸，拿一个铁斗，上边有炭火，把丝绸熨平，那个时候，中国就有用熨斗把衣服烫平的事了。因此，这句的"帖"字，可以是熨帖的意思。如果是熨帖的意思，"新帖绣罗襦"，襦是一个短袄，罗是材料的质地，绣是罗上的花纹。"襦"上有"罗"的形容词，有"绣"的形容词，都是从它那"照花前后镜，花面交相映"来的。这个美丽的女子要追求她最美好的完成，这襦是绣罗襦还不说，是“新帖”的绣罗襦，如果是熨帖，就是刚刚烫的非常平整的一件衣服。关于这个解释，我们也要举诗词例证来证明，正如在昨天讲到“小山”，可以是眉山，可以是山枕，可以是屏山的时候，我们都要举古人的词句做例证，证明是有这种可能的，是有这种用法的。那么“帖”字有没有古人的诗词做例证呢？有的。唐朝诗人王建曾经有这样的句子：“熨帖朝衣抛战袍”（《田侍郎归镇》），是写一个出将入相的人，曾在疆场上作战，穿着战袍，现在回朝来了，把上朝的朝衣熨帖平了，把战袍脱下来了。

还有另外一个可能，是贴绣的意思。我生在一个比较古老的旧家庭，小的时候念旧书，也让我作旧诗，还让我学女红。我学过各种的女红，什么绣花了，挑花了，补花了，做衣服了，这些我都学过。我想贴绣和补花差不多，剪一块材料补贴上去，然后在旁边，在剪贴的花样的周围，把它用针线缝起来，缝绣上去，那个就叫作贴绣。贴绣的“贴”字在古人的诗词里边有没有人这样用呢？有的。李清照曾写过：

> 天上星河转，人间帘幕垂。凉生枕簟泪痕滋，起解罗衣，聊问夜何其。　　翠贴莲蓬小，金销藕叶稀。旧时天气旧时衣，只有情怀不似旧家时。（《南歌子》）

她写的是秋天的天气，当她年岁老大的时候，感慨她自己平生的一些经历。李清照从北宋到南宋，身经了国破家亡的惨痛的经历。她说当这样的秋天的季节，“翠贴莲蓬小，金销藕叶稀”。小小的莲蓬，翠色绿色的莲蓬，贴，我以为李清照所写的是她衣服上的贴绣。所以，你看她第三句写的是“旧时天气旧时衣”。“金销藕叶稀”的“金销”，也有两种可能。一个是说她贴绣的金线。我小的时候，看过家中存的一些旧衣服，是贴绣的，在贴绣的边上是一条金线，金线还不是一针一针缝上去的，是把金线用别的线钉在上边，沿了一个边。而当这个钉线磨损的时候，金线脱落，那个贴绣就脱落了。“翠贴莲蓬小，金销藕叶稀”，可能她衣服上有莲叶莲蓬的贴绣的图案，当年代久远了，贴绣的线就磨损了。但是李清照这两句话的意思不仅是如此，这两句话的意思是双关的。既写衣服上的贴绣的花纹花样，也写的是当时的天气，天上星河转的秋天的天气。那荷花、荷叶都零落了，当金风吹起的时候，结成小小的莲蓬。“翠贴莲蓬小，金销藕叶稀”，这二语是双关的，既是天气，也是衣服。“旧时天气旧时衣”，一切都如旧，可是她说只有我“情怀不似旧家时”了。国破家亡以后，她哪里还有当年跟赵明诚“赌书消得泼茶香”的那种快乐的生活？当然是没有了。我现在还不是讲李清照，而是说“帖”字有这种可能。

所以，温飞卿词的“新帖绣罗襦”一句的“帖”字所指，一个可能是熨帖，一个可能是贴绣，是在绣罗襦上刚刚贴绣好的。贴绣的是什么样的花纹？是“双双金鹧鸪”，是一对一对金色的鹧鸪鸟。大家都知道，中国常常用鱼鸟，比目鱼、鸳鸯鸟，一对一对的，成双作对的，代表一种幸福美好的生活，代表一个人找到了一个理想的对象，找到了一个理想的归宿。而这一首词，通篇下来是写一个孤独的女子没有人赏爱的寂寞的心情。所以最后一句“新帖绣罗襦，双双金鹧鸪”是一个反衬，是点醒她所追求的，正是一个双双对对的理想，而衣服上双双对对的鹧鸪，正是对她孤独寂寞的生活的反衬。用西方的话来说，是一种 irony，是一个反讽，一种反面的对比。这首词表面上是写一个孤独寂寞的女子，可是因为他所用的语言，在我们所说的 associative axis，联想的轴上，能够引起我们这么丰富的联想的作用。

好，不只如此，我们现在就要问他第二个问题了。张惠言说温飞卿的词有比兴寄托，有屈子《离骚》的意思，“照花前后镜，花面交相映。新帖绣罗襦，双双金鹧鸪”四句是《离骚》之意。《离骚》的原文是：“进不入以离尤兮，退将复修吾之初服。”进，是说他希望得到楚王的进用。他说我想得到进用，但不能得到进用，“进不入”，而且我“离尤”。“离”同“罹”。“尤”，罪过。罹是遭遇的意思，遭遇到谗毁，获得罪过，这样我就退回来，退回来修吾之初服，我要修整我自己原来的那个洁白美好的衣服。屈原的《离骚》，我们昨天就说过了，经常是以美丽的衣服和装饰代表一种美好的才智，一种品德，一种操守，所以，初服代表他那本来的清白的高洁的美好的本质。他说：“不吾知其亦已兮，苟余情其信芳。”我本来的美好芳香的本质我要保持，所以，初服有这样的意思。

那么，张惠言用屈原的《离骚》来解释温飞卿的小词有没有道理呢？我们说了，我们可以从西方的语言学、符号学给他找到理论上的根据。那是一个code，蛾眉、画蛾眉、懒起画蛾眉以及服饰之美，在中国的文化的背景之中有一个语码的作用，是一个code，敲响一个钮键，能够引起你一大片联想。张惠言的说法，在西方的语言学、符号学里边，是有他的根据的。可是，现在我们要说了，中国比张惠言晚的一些学者，却并不都相信他的话，而且提出了反对的说法。清朝的刘熙载写了一本书叫《艺概》，讨论到中国文艺方面的各种问题，里边有一卷是《词曲概》，讲到词，他说：“飞卿词精妙绝人，然类不出乎绮怨。”说温飞卿词虽然写得很精妙，很精致，很美妙，“绝人”是超过一般人，可是大概不出乎绮怨。绮怨就是闺房女子之中的那种相思离别的寂寞孤独的幽怨。他的意思是说，温飞卿所写的只是美女，并没有什么比兴寄托的意思。

我昨天也曾引过王国维的话：“固哉，皋文之为词也。飞卿……有何命意？皆被皋文深文罗织。”他说皋文真是很顽固。“皋文”是张惠言的号，“为词”就是对词的解释和批评。他说像温庭筠的《菩萨蛮》，有何命意？这些词有什么深意？没有的，皆被皋文深文罗织，都被用一个网罗把它们套进去了，说都是风骚比兴，都是《离骚》的意思。

不但如此，还有一个李冰若，他的《栩庄漫记》就提出来更不同意的看法。他说“论人论世全不相符”，他说温飞卿你要看他的为人，看他当时生活的背景，他不是一个有屈原的忠爱缠绵的理想的人，论人论世不相符合。而且他还说：“以无行之飞卿，何足以仰企屈子？”以一个操行不好的温飞卿，你怎么能够让他提高地位来企比屈原呢？（诸引文请参看《迦陵论词丛稿·温庭筠词概说》）

我们现在讨论刚才提出的问题。张惠言用这种比兴寓托，用屈子《离骚》的含义来解说温庭筠的词，我们可以在西方的语言学、符号学的理论上给他找到依据。你要知道，中国古人常常在他说的时候，不给你理由。他说“照花”四句，《离骚》初服之意，为什么温庭筠的词使你想到屈子《离骚》的寓托呢？他不给我们解释，他也没有理由，所以，大家尽可不相信。我虽然尝试给他从理论上找到了依据，他不是没有道理的，是因为确实温词所用的语言的符号，有合于我们中国的文学的传统，合于我们中国的社会文化背景所形成的一些语码的钮键，可是有人不相信就提出来了，说是“论人论世全不相符”。

现在就有一个问题了，作者如果没有这个意思，读者可以有这个意思吗？温庭筠没有风骚比兴的意思，张惠言可以给他加上这个读者的衍生的意思吗？我要说，在中国旧日的诗论的传统上，本来也是可以的，而且是曾经受到鼓励的，这是我们中国诗歌理论一个悠久的传统。大家一定记得，孔子讲到诗的时候曾经说：

诗，可以兴，可以观，可以群，可以怨。（《论语·阳货》）

孔子论诗，第一个提出来的就是说可以兴。我们昨天曾经讲过比兴之说，就是可以兴。这本来是我们最原始的、最基本的一个作诗的方法方式，一种引起你作诗的感发的作用，是诗歌的生命的孕育和活动的一种作用，是见物起兴。钟嵘就曾经在《诗品·序》中说：

气之动物，物之感人，故摇荡性情，形诸舞咏。

在我们中国说有阴阳之气，所以冬至阴生，夏至阳生，阴阳之气运行，气之动物，于是就感动了万物。所以春天阳气运行的时候，草木就萌生了，秋冬之际，当阴气盛起来的时候，草木就凋零黄落了。气之动物，所以物之感人，万物的生长使我们欣喜，草木的黄落使我们悲哀。陆机的《文赋》也曾说：

悲落叶于劲秋，喜柔条于芳春。

因为我要证明中国的传统，所以我才要引证他们的话，这不是我的话，这是中国的传统。我们看到草木的黄落，就悲哀了；我们看到春天草木柔条的生长，就欣喜了，所以“摇荡性情”；我们人的生命与草木的生命，有一种生命的共感，于是就“形诸舞咏”，在歌舞吟咏的诗歌上把它表现出来。而使我们感动的，当然不只是外界草木的生长和凋零。如果没有感情的草木的生长和凋零都使我们感动，那么人事的种种现象当然就更使我们感动了。《论语·微子》上说：“吾非斯人之徒与而谁与？”人是我们的同类，如果你看到草木鸟兽的种种情况都使你感动，那人世间的情况呢，难道你不感动吗？所以，杜甫的诗篇才反映了天宝的乱离。那整个时代的国家的残破、民生的艰苦，使得杜甫感动，写出伟大的诗篇。兴是什么？从作者来说，是他见到外界的大自然或人世的种种现象，引起他内心的感动。可是，孔子说诗是可以兴的，不仅是外界的自然界、人世的现象使作者感动，作者写出来的诗也可以兴，可以使我们读者感动，所以，诗歌是奇妙的东西，是一个活的东西，诗歌是带有生命的东西。我们不要用那些条条框框把它卡死了，把它扼杀了，不要这样做！我们要认识那诗歌本身所带着的生生不已的千百年仍然使我们感动的生命。

诗是可以兴的，而且不只是说你说什么就使我感动什么。杜甫说："国破山河在，城春草木深。"我曾经写诗，反映当我年轻的时候在沦陷区读书的思想，说我们那个时候的生活是"慷慨歌燕市，沦亡有泪痕"。这是我写的诗句，当然写得不好，燕赵多慷慨悲歌之士，我说我们生活在沦陷区读书的时候，"沦亡有泪痕"。我们读了杜甫的"国破山河在"，就非常感动，但我们还不是说诗歌反映了什么现实就使我们体会到什么样的现实，我们就有了跟诗人同样的感动。这当然也是一种兴。

但是，孔子所说的兴，还不只是如此。在《论语·学而》里边，记载了孔子与他的学生的谈话：

> 子贡曰："贫而无谄，富而无骄，何如？"子曰："可也；未若贫而乐，富而好礼者也。"子贡曰："诗云：'如切如磋，如琢如磨。'其斯之谓与？"子曰："赐也，始可与言诗已矣，告诸往而知来者。"

子贡问孔子说，一个人做人，你虽然贫穷，但也要有骨气，不要因为自己的贫穷，就变成这样的卑屈，这样的谄媚。他说如果贫穷而不这样卑屈谄媚，一个人也不要因为物质上的富有向人表示你的骄傲，这样做人如何呢？孔子说，你只是消极地贫穷不谄媚，富贵不骄傲，但是做人不只应当贫穷时不谄媚，而且还应安于贫穷。虽然物质上缺乏，但是你心灵上有一种自己平安的快乐。仰不愧于天，俯不怍于人，所以说仁者不忧，有这样一种内心的平安，是"贫而乐"；"富而好礼"，富人有了物质上的富裕以后不但不骄傲，而且是有礼法的，知道谦虚的，这就更好了。这本来讲的是做人，孔子这么一说，于是子贡就说了："'如切如磋，如琢如磨。'其斯之谓与？"孔子的《论语》，当然受时代的历史的限制，有些是糟粕，我们应该剔除的。至少我就不赞成他说的"唯女子与小人为难养也"。可是，我们也不得不承认，《论语》里边还是有一些我们的文化上、思想上的精华。当他跟学生这样问答，学生说贫而无谄，富而无骄，他把它提升了一个层次，是说"贫而乐，富而好礼"。他的学生也是聪明的学生，说《诗经》里有这样两句诗："如切如磋，如琢如磨。"就好像琢一块玉，本来是一块璞玉，跟石头混在一起，可是我们要琢，把它变成晶莹圆润，把它提升到一个更高的层次。"其斯之谓与"，就说的是这种情形吧。

孔子把做人的境界提高了，而他的学生就联想到璞玉琢成美玉的两句诗，这两句诗本来不是说贫而乐、富而好礼的修养，子贡引用这两句诗，只是子贡的联想。

另有一段故事，有一天孔子另外一个学生子夏来问孔子：

> 子夏问曰："'巧笑倩兮，美目盼兮，素以为绚兮'，何谓也？"子曰："绘事后素。"曰："礼后乎？"子曰："起予者商也，始可与言诗已矣！"（《论语·八佾》）

巧笑倩兮，是一个女子笑起来很美丽，她眼睛流盼的时候光彩照人。素本来是朴素洁白，绚是绚丽，子夏说“何谓也”，他问这是什么意思？素的白的怎么会是最有色彩的呢？怎么会是漂亮的呢？孔子回答说“绘事后素”，说作画是先要找一个洁白的材料，绘画的事情“后素”，是要在素以后，就是说先要求质地的洁白，“唯白受彩”。只有洁白的质地，你才能涂上绚丽的色彩。如果本来是龌龌龊龊的非常脏的东西，你无论如何不能着上鲜艳的彩色。孔子说了“绘事后素”，他的学生子夏很聪明，马上产生了一个联想，说：“礼后乎？”说按老师这样说，人，最基本的是内心的思想感情，你尊敬一个人是发自内心的感情，外表的形式的礼节是次要的，根本是你内心要先有这样一种本质，这才是重要的。

当孔子跟他的学生子贡谈到人的修养，子贡就联想到诗句，孔子说：“赐也，始可与言诗已矣，告诸往而知来者。”说我可以跟你谈诗了，是因为孔子告诉他一件事情，他可以推想到孔子没有告诉他的事情。当子夏问孔子以后，孔子说：“起予者商也，始可与言诗已矣！”所以我们就可以知道，孔子认为可以跟他谈论诗歌的是什么样的学生，是有丰富联想的学生，不是只理解字句表面的人。

很多人把文学看得很死板，好像一定要说得很死板才好，那是不对的。诗歌是活泼的，是有生命的，而且它的生命还不是它是这样的生命就只是这样的生命，不是，它是可以一生二，二生三的，是可以生生不已，产生丰富的联想的生命。所以，诗歌是带着一种兴，带着强大感发的力量的，是能够呼唤起你心灵深处很多美好的感情和高尚的意趣的，是生生不已的。所以后来说词的人，清末的一个词人，叫作谭献的，他说你说词的时候，可以“作者之用心未必然，而读者之用心何必不然”（谭献《复堂词录·序》）。所以温飞卿可能没有屈原《离骚》的忠爱的本意，他作词的时候可能只是写美女，可是他用的这些个语言的符号，既然具有了我们中国社会文化的某一种语码的性质，能够引起读者的联想，那读者之用心又何必不然。我们从他写美女爱情的小词，能够提高我们的一种品格和修养，那又何必不然！当然是可能的。所以，张惠言之说温词一方面有语言语码的根据，而且“作者之用心未必然，而读者之用心何必不然”，这也是我们对张惠言词说的一种解释。

不过，我们还要详细地说明，我们虽然是对张惠言的这种说词的理论给了一个解释；可是，我们还是要问一问，屈原是用美人作比喻的，是果然有忠爱的寄托，那是屈原用他的生活、用他的生命证实了的。凡是一个伟大的诗人，都不只是用文字写诗，而是用他的生命和生活去写诗的。屈原是如此的，杜甫是如此的，陶渊明是如此的，苏东坡、辛稼轩这些品格上光辉隽洁的伟大的诗人，都是用他的生命和生活来写诗的，我们应该认识到这一点。

所以，我们欣赏一首诗的时候，也要说这个作者果然有这个意思吗？屈原是有的，屈原的《离骚》的开头就是自叙，用自传的体裁：“帝高阳之苗裔兮，朕皇考曰伯庸。”他说“岂余身之惮殃兮，恐皇舆之败绩”，我自己受到什么样的苦难都不害怕，我所担心的是我们的国家——楚国危亡的命运，当时楚国处于秦齐两大国之间，我们应该怎样处理好我们的国家？屈原的《离骚》通篇抒写了他的忠爱的情志，他整个的生命和生活证实了这一点。

温庭筠呢？不能。在历史上的记载，《旧唐书》《新唐书》有很短的温庭筠的传记，还有晚唐以后的一些人写的笔记、小说、杂记里边，也记载了一些温庭筠的事迹。他们说什么呢？他们说他“能逐弦吹之音，为侧艳之词”（《旧唐书·温庭筠传》，参见《迦陵论词丛稿·温庭筠词概说》）。说他能够配合着当时的管弦吹奏的声音，为侧艳之词。侧者，就不是严肃的，不是正当的。艳，就是那些香艳美丽的写爱情跟美女的歌词，说这个人他的行为不是很严肃的，是比较轻薄的，“薄于行，无检幅”（《新唐书·温大雅传》附庭筠传），生活上不是很规矩，是不知检点的。温飞卿是这样的一个人，他平生仕宦上是很不得意的。所以，历史上认为，像温庭筠这样的人，哪里有屈原《离骚》的那种关怀国家的忠爱缠绵的感情？当然是没有了。所以《栩庄漫记》的作者李冰若才说“论人论世全不相符”。

可是，温庭筠自己虽然没有这种感情，而他是在中国旧的文化传统之中受到的教育，从屈子《离骚》的美人香草，一直到汉魏六朝像曹子建都是这样写的：“南国有佳人，容颜若桃李。”（《杂诗》）“君若清路尘，妾若浊水泥。”（《七哀》）用美女来表现寄托，用美女来表现仕宦上的不得志，用美女表现自己不得志的诗篇，对于读中国旧传统书的人来说，太熟悉了。他所写的也许就是现实的一个美丽的女子，可是当他一想到美女，那“蛾眉”“画蛾眉”就跑出来了。因为他是在这个文化的传统教育之中生长的。俄国的符号学家洛特曼就说了，语码的作用，是在相同的文化背景之中的人，才能体会出这个语码的效果，没有中国的文化传统的人来读“画蛾眉”，他没有这个联想。这是温庭筠所读的书跟张惠言所读的书，背景有相似的地方。而温庭筠用这些个字，可能是因为他读了这些个书，习惯上就用了，是本无寓托，只是一种语码的偶合，只是这种符码的偶然的相合，这是第一种情形。

在五代的很多小词中，也有一些人学写美女跟爱情，就只是肤浅的现实的美女跟爱情，并不能引人生出寓托的联想，很多是这样的歌词。温庭筠使人引起联想的一个重要的原因，就因为他用的这些个语码，是与中国的传统相合的。

另外，还有一个原因，我在昨天也提出来了，我说诗是言志的。

所以每个诗人一拿起笔来写诗，他的显意识就活动了，这种志意怀抱就都涌现出来了。所以，杜甫说："许身一何愚，窃比稷与契。"（《自京赴奉先县咏怀五百字》）"致君尧舜上，再使风俗淳。"（《奉赠韦左丞丈二十二韵》）可是写词的人只写美女爱情，没有这种要写自己志意理想的这种 conscious 用心。他在意识里边，不是说我现在要写我自己的理想了，他没有，他就是写美女跟爱情。可是，这就很奇妙了，在作者没有明显的意识的时候，他的潜意识，他过去所读的书，所受到的教养，所经历的生活，无形之中就都流露出来了。那温庭筠在他深隐之处的内心，是确实有一份不得意的、在政治上被摒斥的这种感慨和悲哀的，我们可以从他的一些诗作里得到证明。他词里所写的可能只是美女跟爱情，可是他的诗就言志了。他有一首诗的序是：

> 开成五年秋，以抱疾郊野，不得与乡计偕至王府，将议遐适，隆冬自伤，因书怀……一百韵。（《病中书怀呈友人·序》）

他说那是开成五年（840）的秋天，因为我生病，住在长安的郊野，不能随着地方上的计吏（会计员）去都城的机会一同去京城参加科举。这里就有一个问题了，他说我抱疾，不能到京城去。可是后边他又说"将议遐适"，正在考虑计划，遐是远，适是往，往远方去。如果京城这么近不能去，你能到远的地方去吗？因时间短促，我不能把这一段的历史和温庭筠的生平仔细地向大家介绍。原来在那一段时间，在唐朝的朝廷上发生了一些重大的事故。开成是唐文宗的年号，这以前的年号本来是大和，也有的人写作太和的。在大和九年（835），朝廷里发生了一件事，原来在中晚唐的时候，朝廷里宦官专权，连皇帝的生杀废立，都操纵在宦官的手中。据历史记载，唐朝至少有两个皇帝是被宦官杀死的，更多的皇帝是被宦官所拥立的。文宗是比较有理想的一个皇帝，想要削减宦官的权力，他联系了一些大臣，一个是李训，一个是郑注，让他们设法谋诛宦官。他们想了一个办法，在一个厅堂帐幕的后面，埋伏了一些甲兵，谎说在这个庭院的石榴树上有甘露——甘露在中国古代被认为是祥瑞的——想等皇帝和重要的宦官们来看甘露的时候，伏藏的甲兵就可以出来消灭这些操纵大权的宦官。可是，这件事泄露了，失败了。于是，宦官就大怒，把朝廷里的大官，从宰相王涯以下，诛戮一空，而且往往是族诛，一个人犯罪，牵涉到全家族，很多人都被杀死了。这是在大和九年发生的“甘露之变”。当王涯这些大臣被杀之后，温庭筠写了两首诗，题为《过丰安里王相故居》，表现了对被宦官杀死的宰相王涯的同情，为他的死亡而哀悼。

文宗时还发生了一件事，本来太子是庄恪太子，因后宫的争宠争权，还有宦官在中间的弄权操纵，这庄恪太子被废了，而且不久就得暴病，忽然间就死了。庄恪太子被废黜的时候是在开成三年（838）。温庭筠开成五年写这首《病中书怀》诗以后不久，文宗死去了。本来庄恪太子死后，曾立陈王成美为太子，但这时成美没有继位，宦官又另立了一个皇帝，就是武宗。而温庭筠在甘露事变后，既写了同情被宦官杀死的宰相王涯的诗，又在庄恪太子暴卒以后写了哀悼庄恪太子的诗歌，他所哀悼的人，都是受过宦官迫害或者诛戮的人，他在仕途失意是有政治上的某些因素的。开成五年他没有参加乡试，可能不完全是因为生病的缘故，可能是因为某些政治的因素。温庭筠后来就写了开成五年秋那首诗，其中有句：

逸足皆先路，穷郊独向隅……赋分知前定，寒心畏厚诬……有气干牛斗，无人辨辘轳……积毁方销骨，微瑕惧掩瑜。（《病中

书怀呈友人》)

逸足，说那跑得快的人，在官场上竞争能够飞黄腾达。而我是困守在郊野，独独面向一个角落，我是被冷落的。“赋分知前定”，分，本分，赋，所得到的。我知道我注定的命运所得的，是已经前定了，命中注定我是不能飞黄腾达的。不能飞黄腾达也就算了，“寒心畏厚诬”，使我内心胆战心寒恐惧悲哀的，使我担心的是怕别人给我很多诬蔑。“有气干牛斗，无人辨辘轳”，这是个典故。晋朝的张华会观天上的星象，常常看到夜晚的时候，有一条光气上冲在牛斗两个星宿之间，后来他跟一个懂天象的人研究，说这应该是宝剑之气，应该是在丰城县。后来就到丰城县挖掘一所监狱房子的地基，果然得到了两把宝剑。温庭筠的意思是说，我是一把宝剑，是有才能的人，我的剑光的光彩，可以上干牛斗，可是无人辨辘轳。辘轳，通鹿卢，本为玉作剑首，《说苑》“拔鹿卢之剑”，在此指宝剑，没有人像张华那样认识这珍贵的宝剑，比喻没有人认识我的才能。后边他说“积毁方销骨，微瑕惧掩瑜”。古人说“积毁销骨，众口铄金”，你本来是好好的，可是大家都这样说，你就难以辩解了，连曾参的母亲听到三个人说曾参杀人，她还不免犹疑。大家都这样说，就把无说成有，那种谣言是可怕的。所以他说，积毁可以使一个人连骨头也销毁了，可见外在的诽谤是可怕的。“微瑕惧掩瑜”，瑕是玉上的斑点，瑜是美好的玉，他说也许有一块美玉只因为有一个微小的斑点，人家就不把它看作美玉了，因为一点毛病把所有的美好都遮掩了。人也是如此，一步小的过失，把他所有的好处都遮掩了，他说的是他自己：我也许有行为不检束的地方，我也许因为“能逐弦吹之音，为侧艳之词”，是为你们大雅君子严正之人所不取的，但是，我也是有我的才智和理想的。可见在当时唐朝的那种黑暗的政治背景之中，温庭筠果然内心之中是有他一份悲哀和愤慨的。所以，也可能是由于这种原因，就在他写美女和爱情的小词之间，他不知不觉地隐约地流露了这样一种悲慨的感情。这是第二种的可能。

现在我们结束了这一首词。以下我们再简单地介绍一两首温庭筠的词，就把温庭筠结束了。因为时间的关系，我们不可能都像这一首词这样地精读。但是，也不能太简略了；太简略了，我们不能讲出一个根本的东西来，所以，我们要有精读，仔细地思考辨别，也要有略读。下面一首是略读了。

> 水精帘里颇黎枕，暖香惹梦鸳鸯锦。江上柳如烟，雁飞残月天。　　藕丝秋色浅，人胜参差剪。双鬓隔香红，玉钗头上风。（《菩萨蛮》）

我们在讲到第一首词“小山重叠金明灭”时，曾特别提出来说明过温庭筠所用的语言的符号，不是一个理性认知的说明，是一个感官的印象，是一个具体的形象，直接给读者感官的感受。现在这一首词我们就看到了，温庭筠词的美，不仅是感官的形象，还有声音的美。中国的古典诗词，你认为它太古老了，你都不要它了。但是，我一定要说，中国的古典诗词是把中国的语言文字运用得最精致最美好的。有时候我看到现代的诗歌，我承认它里边某一些感情，写得非常真实，非常感动人，它有很好的内容，有一两句也很出色。可是，忽然间会出现那么一句，那么几个字，使人感到丫杈生硬、粗糙！自己对自己国家的语言文字，没有更精美更细致地掌握，至少我们读古人的诗词是可以帮助我们学习掌握到这一点的。我还要顺便说一下，因为在座有许多年轻人，现在你们并不一定需要，也不要求你们再写古典的诗词了。但是，你们从阅读古典文学的修养中，也可以提高你们的写作能力，用在你们所写的现代的诗歌，甚至是朦胧诗里边去的，而温庭筠有的时候也颇近于朦胧诗的。

我们现在可以看他这几句，这几句不只是形象的美丽，而且声音还很美丽。还有我要说了，我们觉得古典诗词，什么平平平仄仄，仄仄仄平平，这是一种锁链，这是一种约束，这是不自由的。对此，你要分成两面来看，当你不熟悉它的时候，它对你就是一种约束。刚才大家不是说叫我吟诵吗？中国诗歌的奇妙，就是因为它平仄的节奏韵律，有一种歌唱的歌吟的性质。当你吟诵的时候，当你把声调熟悉了，你不用去查平仄，不假思索，脱口而出，它自然就是平平仄仄平平仄，仄仄平平仄仄平。你如果不相信我，你看过《刘三姐》的电影吗？人家刘三姐也没上大学，也没有念文学院研究所，怎么唱出来都是七言绝句呢？很容易的，你只要熟悉了它的平仄，自然出口就是了，你也可以变化。李太白的参差错落的歌行，他把句子的长短平仄都变化了。但是，我一定要说，好像盖一座房子，你可以盖成各种的形状，可以有各种的建筑设计，但是，有一个基本原则，就是你要了解建筑学的原理，要了解每一种建材的性质功能和作用，你盖起的这一个建筑物才能够真正牢牢屹立在地面之上，不在风雨之中倾斜倒塌。你如果只图新鲜的花样，对于质地也不了解，对于建材也不了解，你硬出一个新鲜花样，还没有盖完它就塌了。

我赞成大家写现代诗，我也赞成大家写朦胧诗。在我的《迦陵论诗丛稿》里边，在讲杜甫的《秋兴八首》的最后就讲到这一点。还有一篇文章，我们这里出书的时候给我删去了，是我为台湾的一位现代诗人的诗集所写的一篇序。我平生不给任何人写序，一方面我很忙，一方面写序你总要说两句客气话。一个人应该是真诚的，我说他有好处也有缺点，但是人总是喜欢听好处，不喜欢听缺点，所以我从来拒绝给任何人写序。但是只给一位台湾现代诗人写过序，就是要表示我不是要否定现代诗的，我也是赞成的，但是有一个原则，就是你一定要认识我们自己的语言文字的特色，要能够精致美好地运用它。这是一个基本的原理。

我们现在来看温庭筠词的声音的美好。他说“水精帘里颇黎枕，暖香惹梦鸳鸯锦”。“枕”“锦”，都是上声的字，上声的字都是曲折而向上扬起的声音，有一种飘扬悠远的感觉，你不管他写的是什么，“水精帘里颇黎枕，暖香惹梦鸳鸯锦”，那梦境的悠远不用说明，一种缥缈的悠远的感觉，都在词的声调之中表现出来了。后面说“江上柳如烟，雁飞残月天”，“烟”“天”，两个非常轻快的韵，显得轻倩而空灵。除了声音以外，还有个特色，就是前后用跳接的承接。前面有“水精帘”“颇黎枕”，而且还有“鸳鸯锦”的卧房，还有做梦，怎么忽然间就到了“江上柳如烟”了呢？这是跳接，没有一步步地告诉你怎么从“水精帘里颇黎枕”到“江上柳如烟”的。还有下半首“藕丝秋色浅，人胜参差剪”，都是齿头的声音，不用说出来人胜的形状是参差错落，而是在读的声音之中，就表现出参差错落了。

诗歌是一种美文，不同于一般散文。它不是用说明，而是要直接诉之于人的直接感受的，有形象、有声音。但这二句词究竟说的是什么呢，现在简单地讲一下。帘有各种的帘：竹帘、珠帘、绣帘，什么帘都有。水精的帘，玲珑剔透晶莹，水精是什么？水精是坚硬的，是寒冷的，颇黎枕与水精帘两个形象是互相映衬的，互相呼应的。都是玲珑的，都是晶莹的，都是皎洁的，都是寒冷的，也都是坚硬的。“水精帘里颇黎枕”，这样的一个境界，在这样的境界之中，该是什么样的人物？你要知道古人写美女的时候，往往先不说这个美女本身形象怎么美，而先写这个美女的环境的背景是怎么样美。如同李商隐的诗："碧城十二曲阑干，犀辟尘埃玉辟寒。"（《碧城三首》其一）在这"碧城十二曲阑干"之中该是怎样的女子呢？近代大书法家沈尹默先生也写过一首诗，有句："珠楼十二玉为房。"那该是什么样的女子才住在这样的房子之中呢？所以，你就知道，中国的古典诗词是很精美的。我们不能欣赏，只是因为我们不能理解。它们在呈现一种感情思想品格境界的时候，它每一个语言符号，每一个形象，每一个声音，都带着它的作用。我没有时间讲沈先生这首诗——非常好的一首诗，感慨极深的一首诗。

我现在说的是"水精帘里颇黎枕"的女子。李太白曾有一首绝句：

> 玉阶生白露，夜久侵罗袜。却下水精帘，玲珑望秋月。（《玉阶怨》）

透过水精帘，来写相思怀念，那是怎样的相思怀念呢？你面对着水精帘来观望玲珑的秋月而怀念一个人，就提高了你所怀念的对象，也提高了自己感情的品质，那是多么高洁美好光明皎洁的形象。"水精帘里颇黎枕，暖香惹梦鸳鸯锦"，在水精帘里颇黎枕上睡觉的女子，她屋里焚香，屋里是暖的而且有香炉的香气，被褥上也有薰香，就是这种香气牵惹了你的梦境。一般而言，人在睡眠之中，虽然不是显意识的，可是你听到水管子没关紧，滴答滴答水的声音，就会梦见下雨，梦见大水。所以，她有暖香，暖香就惹梦。在这种温暖有香气的感官刺激之下，所引起的梦境那种香甜美好，是可以想见的。在什么地方梦见？是鸳鸯锦褥之上，是鸳鸯锦被之中？总而言之，是这样的环境，于是那种梦境的美丽和缠绵，那种相思之情，就可以想见了。

更妙的是，前面写的是"水精帘里颇黎枕，暖香惹梦鸳鸯锦"，却忽然一跳，说了“江上柳如烟”，写的是江边早春的景色。早春二月杨柳刚刚发芽，那个嫩绿的颜色，“草色遥看近却无”，柳色有时也是遥看近却无，像一片烟霭的笼罩。在这样的情景之中，“雁飞残月天”，春天了，鸿雁开始向北飞了，天上有雁飞过时，一轮残月西斜了。后两句江上的景物，跟头两句帘里的暖香惹梦的景物有何相干？张惠言说头两句是说做梦，江上柳如烟正是梦境，梦到江上柳如烟。这是比较笨的说法。温庭筠也没说是梦到“江上”的情景，你怎知道是做梦呢？俞平伯先生有比较聪明的说法。俞先生《读词偶得》中说：

> 帘内之清秾如斯，江上之芊绵如彼。千载以下，无论识与不识，解与不解，都知是好言语矣。

他说屋子里边那种凄清的环境，那种香秾的梦境是如此，江上那烟霭迷蒙中嫩绿色的柳条柔软绵长的样子是如彼，这么两个美丽的形象，你不用管它们之间的关系，是不是做梦你不用管它，他说无论知与不知，识与不识，只这两个形象的并举，尽人皆知是好言语了。正如电影讲究蒙太奇的手法，把两个镜头一重叠，马上一个新的意义新的境界就出现了。

后边两句，“藕丝秋色浅，人胜参差剪”。藕丝，他这里指的是一种很纤细的丝织品，一种衣料，藕丝上染的颜色是秋色。秋色是什么色，我以为是黄绿之间的一种颜色，一种很娇嫩的颜色。藕丝是材料，秋色是颜色，这又是温庭筠的特色了。他告诉你那是藕丝裙了吗？没有。他告诉你那是藕丝裳了吗？也没有。它只是一个直接诉之于感官的叙述。铃声响了，我们今天停在这里，下次再接着讲。

第三讲

韦庄

我所选择的“小山重叠金明灭”和“水精帘里颇黎枕”这两首词，是我个人自以为可以代表温庭筠词特色的。因为词开始时原只是歌筵酒席之间的歌曲，本来都是写美女和爱情的。因此，在讲解和评赏时，我们就要区分每一个作者有什么不同的特色。我的重点要放在两点：第一点，就是每一个作者个人的风格的特色；第二点，就是这一个作者在词的发展历史之中，他所起的作用，他所占的地位。我们着重这两点。因为如果不然，那所有的词都是写美女和爱情，所讲的千篇一律，有什么分别呢？

温庭筠的特色，是他自己个人风格上的特色，就是上一讲我们提出过的两点。一个是他所使用的语言符号，不是像一般人只提供给我们一个认知上的意义。比如说屏风，你说小屏，那“小屏”这两个字的语言符号，就指向一个认知的意义。他没有用“屏”字，而用了“小山”，说“小山”，这就是一个感官的印象。他没有说明，所以有人就批评，说他的词常常模糊、不通、晦涩，读不懂，不知所云。而这种感官印象的语言，我上次引了西方的符号学家的理论，他们认为这在诗歌里边是非常重要的。因为诗歌是一种唯美的感性作品，它所给我们读者的，不应该只是理性上的知识和了解，还应该有感性上的直觉。这是温庭筠词的第一个特色。第二个特色，是因为温庭筠是在中国教育传统背景之中成长起来的，当他写作的时候，所使用的语言符号常带着我们中国的民族社会文化传统的很浓厚的色彩，如同“画蛾眉”之类。由于这两点特色，一个是美感的直觉，一个是语码的联想。带着这两点作用，就使得歌筵酒席之间本来没有深意的小词，有了比较深远的意义和价值，使得词这种文学体式提高了它的地位。

所以，不但《花间集》里边把温庭筠选作第一个作者，而且历来评词的人都以为温庭筠在词里边是一个开山的人物。不但如此，虽然中晚唐以来有些诗人因为喜爱这流行的歌曲，也尝试着写作，但都没有像温庭筠这样投注上较大的精力。像刘禹锡、白居易、张志和，虽然都留下了一两首所谓词的作品，但是却没有留下来像温庭筠这么多的作品。而且他们所写的多半都是比较常见的词调，《长相思》啦，《忆江南》啦，《渔歌子》啦，没有像温庭筠尝试了二十个左右不同的牌调。这是温庭筠在词的创作历史上的重要性，他是使词离开一般的没有深意的歌曲而有了深刻意义的一位重要作者。

可是，早期的词的发展过程是一个诗化的过程，是把本来没有深意的香艳的歌曲，转向诗歌化的一个过程。温庭筠提高了词的地位，使读者能够联想到风雅，想象到屈骚，这已经是诗化了。因为他所用的语言符码，是带着中国诗歌悠久传统的。

温庭筠以后的第二个作者，就是我们今天所要介绍的韦庄。

大家也许觉得上一次我对温庭筠的第二首词还没有讲得很清楚，我因为想快一点讲，所以就没有仔细地分析。但是，在讲韦庄之前，我想对温庭筠的第二首词加以简单的说明。

在前一讲，我们虽然已经提到过这首词在形象和声音方面给人的直觉的美感。可是，一般人常不满足于这样的说法，因为我们习惯于用理性来追求，要给它一个意义。如果我们不肯停止在只是直觉美感的欣赏，我们一定要给它推寻出来一个意义的话，那么在美感之中，它所提供出来的是什么意思呢？“江上柳如烟”，那柳丝的绵长，那柳丝的细软，那烟霭的迷蒙，这种感觉结合了我们中国的文化传统。从柳树所联想起来的是什么？是别离。古人说折柳送别，灞桥杨柳，是折柳，是带着离别的感情的。而柳条的绵长是代表我们离别之后的怀念相思的。所以“江上柳如烟”，有一种绵长的离别情意。“雁飞残月天”，也提供我们一个联想的意义，因为我们一般人认为雁是可以传书的。《汉书·苏武传》里说，苏武沦落在匈奴十九年，后来汉朝的使者说，接到了苏武绑在雁脚上的帛书。所以，雁是可以传书的，这是中国社会文化历史传统背景一直有这样一个联想的语码作用。而“雁飞残月天”，这就代表了他对远人的怀念。李清照的词说：“云中谁寄锦书来？雁字回时，月满西楼。”（《一剪梅》）“云中谁寄锦书来”，说在碧云天之上，有谁寄给我一封相思怀念的书信？“雁字回时，月满西楼”，当鸿雁结成“人”字、结成“一”字飞回来的季节，我长夜无眠，看到楼边沉下去的月亮，自然就怀念起远人，“但愿人长久，千里共婵娟”。因此对这两句词，如果你结合着中国对于柳、对于雁、对于月亮的种种传统来联想，你就知道它所暗示、它所透露的是一份相思怀念的感情。

下半首他说：“藕丝秋色浅，人胜参差剪。”人胜是什么呢？有很多年轻的同学们说他们不能欣赏古典诗词，因为他们距离传统太遥远了。他们对于中国古人所使用的那些个优美的语言，我们中国语言文字的精华，它们所代表的传统社会的文化，他们不能够体会了，不能够理解了，这是一件非常可惜的事情。因为，我们有这么一个美好文学中的世界，而我们居然不能够欣赏，这是一件可惜的事情。人胜是什么呢？有一本书叫《荆楚岁时记》，南朝梁宗懔撰，里边记载着说，中国有一个风俗——人日剪彩为幡胜。我不知道在座的年轻朋友知不知道我们中国的风俗，我们刚刚过完了我们的春节，正是正月初几的时候，我们中国古代对新正开始的几天有这样计算的一种方法，从正月初一开始，说：

初一	鸡日	初五	牛日
初二	狗日	初六	马日
初三	猪日	初七	人日
初四	羊日		

一鸡，二狗，三猪，四羊，五牛，六马，七人。中国传统有一种迷信的风俗，以为正月初一天气好，今年家里的鸡就养得好。初二天气好，狗就养得好。依次类推，初七的天气好，全家的人就平安幸福美好，所以初七是人日。而正月初七这一天既然是人日，所以是一个怀念远人的日子。杜甫诗集中曾有一首诗，题为《追酬故高蜀州人日见寄》，引高适诗，有“人日题诗寄草堂，遥怜故人思故乡”的诗句。所以温庭筠这一首词整个暗示的都是相思怀念的感情，可是他都没有说，他只是说“江上柳如烟，雁飞残月天。藕丝秋色浅，人胜参差剪”。

每当人日的时候，荆楚的风俗，妇女就把五彩的丝帛、丝绸之类的材料剪彩，做成一个幡胜。幡是有一片东西垂下来可以随风飞扬的，像寺庙之中的风幡之类。幡胜是女子在人日剪了五彩的一些花样，插戴在头上，而且有一种竞赛斗胜的意思，所以叫幡胜。

“藕丝秋色浅，人胜参差剪”，温庭筠所写的都是美感的直觉：藕丝是材料，秋色浅是颜色，人胜是一个名词的形象，参差剪还不是说剪的动作，是说形状参差的剪出来的人胜，是形容那个人胜的美丽的形状。我如果很笨，剪个方块戴在头上，那有什么好看？人家要剪出参差曲折的花样来，才可以争奇斗胜。而“人胜参差剪”，暗示的也是对远人的怀念。

六朝时有一个诗人叫薛道衡，曾有诗句说：“人归落雁后，思发在花前。”这诗的题目是《人日思归》，就正是正月初七怀念远方家人的诗篇。说天上的鸿雁已经飞回去了，远方的人还没有回去，人的归去比鸿雁落后了；可是我的思念的发生，是在花没有开以前，不是等到花开了，我才想家要回去的。

所以，温庭筠这首小词，你外表上看起来虽然像是不通，怎么从这里跳到那里呢？但是，你如果熟悉我们的文化，熟悉我们的文学，熟悉我们诗歌的传统，你就可以找到它里边所蕴蓄的那种深远的含义了。

后边说“双鬓隔香红，玉钗头上风”，这两句是温庭筠常常被人讥讽，说他不通的句子。香红是什么？香红是花朵。红是花之颜色，香是花之气味，这正是温庭筠的一个特色。他所提供的语言的符号，不是一个认知的符号，而是一个感官的印象。不说花，而说香红。而“双鬓隔香红”，这个句法，我上次讲瑞士的语言学家索绪尔提出来，语言作为一个符号，传达它的意义，有两个主要的结合的作用：一个是横面的语序轴，就是这一句语言它在文法上排列的次序，它组成的语序轴；一个是直的联想轴。我们刚才所讲的这些语码给我们的联想，都是在联想轴上产生的作用，而“双鬓隔香红”这一句的问题、好处或者是缺点，都出现在语序轴上。什么叫“双鬓隔香红”？这是一个模棱两可的、叙述不十分明白的句子。你可以把花插在头发的中间，双鬓被中间的花朵隔开了。另一可能，是把花插在两边，是两边的花被中间的头发隔开了，而两边都是鲜红的花朵。这一句话本身，在语序轴上，是一个模棱两可的句子。我们中国旧日的传统，常常是喜欢追求一个理性上的意义，所以，我们对于这样的句子不喜欢，认为它不通。可是，根据西方的诗歌理论，就以为诗歌有的时候有这种模棱两可的现象，反而提供给我们更多的联想、更多的解释的可能。“双鬓隔香红”，你可以想成花朵在中间，也可以想成花朵在两边。总而言之，是“花面交相映”的感觉，可以给我们更丰富的意思。你虽然没有理性的解释，但它可以给你更丰富的内涵。

而下句“玉钗头上风”，这句简直是太笨了，几乎不通。什么叫“玉钗头上风”呢？你要知道，就是这“风”字，使这整个形象活动起来了。不然的话，这是一个呆板的、不动的画面。“藕丝秋色浅，人胜参差剪。双鬓隔香红”，是个死板的画面。而现在玉钗头上有风丝的撩动，幡也活起来了，花也活起来了。我们马上要讲韦庄的词了，韦庄词有句：

清晓妆成寒食天，柳球斜袅间花钿，卷帘直出画堂前。（《浣溪沙》）

他说一个女子早晨梳妆好，正是春天的寒食节，她从画堂里边走到外边来了。一阵风吹过，把那柳球——结成球的柳絮，斜斜地吹过来，在她头上所戴的那种花钿的饰物中间袅动，这句词正是写那柳絮在她花钿之上飞舞袅动的样子。所以，美人妆成了“双鬓隔香红”，“卷帘直出画堂前”，那“玉钗”就“头上风”了。

不但是韦庄写过这样的句子，南宋爱国的英雄豪杰词人辛弃疾，也写过：

春已归来，看美人头上袅袅春幡。（《汉宫春·立春》）

说春天回来了，虽然花还没有开，但是我知道春天回来了。我怎么知道？我看到的不是花开，看到的是美人头上的袅袅春幡。春天，她们就剪彩为胜了。就是说春天节日的时候，女孩子喜欢在头上插一些彩色的幡胜，辛弃疾说春已归来，你看看美人头上的袅袅春幡，是飘动的、活动的。当她行走的时候，当风吹动的时候，美人头上的春幡就随风袅动了。

我们也不一定在所有的文学作品之中，一定要载道，一定要给它讲出来什么样的道德伦理上的意义和价值。你要知道，一个人“哀莫大于心死”，只要你有活泼的心灵，你有一个善感的充满了对宇宙万物赏爱和关心的心灵，处处就都是生活的情趣，处处都是你生活的理想。要养成这样一个心情，不然的话，你满口的道德仁义，把它都变成了死板的教条，那是不成的，那反而是使人心死去的，不是使人心活起来的。不要否定那些个单纯的只是美感的文学，不要只认定能够说口号教条的才是有社会道德伦理价值的文学，美的文学，让你对宇宙万物有这种关心，有这种喜爱。凡是伟大的诗人，他们都是有伟大爱心的。“民吾同胞，物吾与也。”杜甫不只写了“朱门酒肉臭，路有冻死骨”这样的关心人民的诗歌，他写的咏物的诗，一条鱼、一只鸟、一匹马、一头鹰，都把他的感情投注上去。辛弃疾，英雄豪杰的爱国词人，他也写过：“一松一竹真朋友，山鸟山花好弟兄。”（《鹧鸪天·博山寺作》）每一棵松树，每一竿竹子，我觉得它们就是我的朋友。山间的一只歌唱的鸟，一朵开放的花，那都是我的弟兄一样亲近的朋友。

就因为他们有这种多情关怀的心。不但“民吾同胞”，且“物吾与也”，万物都是我的朋友。正因如此，才使他们成为伟大的诗人，成为英雄豪杰，才有那样的理想和志意。所以，我们不要否定只有美感的文学，正是美感，提高了人的一种修养。像温庭筠的这类词，有些人以为是它的缺点，认为它是不通的，我们现在是把它加以一个理论上的解释。

我所讲的这两首词，是能够代表温庭筠的特色的。当然，温庭筠也有与一般人的风格差不多、性质比较接近的词，我们没有时间，就只好不讲了。

下面我们要讲韦庄的词了。

我们在讲温庭筠的词的时候，你可以发现，温庭筠的词是比较客观的，他没有直接表达自己的感情。他说这个女子“藕丝秋色浅，人胜参差剪”，这个女子是悲哀，是欢喜，是相思，是怀念，他说了吗？没有说呀！就是我们讲的第一首，“照花前后镜，花面交相映。新帖绣罗襦，双双金鹧鸪”，所呈现给我们的也只是一幅图画，没有强烈的、鲜明的、主观的感情的叙述和说明，这正是因为词在初起的时候，本来就是歌筵酒席之间写给美丽的女子去歌唱的歌词，诗人在写词的时候没有像作诗的时候有一个言志的意思，说我要表达某一种感情和心意。“言志”，就是说我自己的志意，歌词的作者没有这一种意识存在。他客观地写一个美丽的女子，不表达自己主观的感情。可是作品的美感却给我们一种感受，它的语言符号，它的语码给我们一种联想，把它的意义加深了，这是词第一步的进展。但是，它还保留了没有主观思想和感情的特质，它只是写美丽女子香艳的歌词。

到了韦庄的时候，词的发展就有了一点进步。韦庄的词有了什么了？有了主观的抒情。温庭筠在语码里所透露的，有没有他在生活上仕宦方面、政治方面被迫害或者不得意的托寓？我们上一次介绍温庭筠的生平，他的词也许有这种托寓的可能，但是他没有直接表现，这就是为什么很多人不相信张惠言话的缘故。因为作者自己没有主观的感情的表现，而屈原是有的，我们相信屈原的托意，因为屈原曾说：“亦余心之所善兮，虽九死其犹未悔。”“岂余身之惮殃兮，恐皇舆之败绩。”（《离骚》）他把他对于国家的忠爱，作了主观的表现和说明。他不是只用美女的形象，可是温庭筠只有美女的形象，没有表现主观的感情。因此，我们不能够肯定说温庭筠那些个词里边果然是有一种寓托。这就是大家不完全相信张惠言解说的缘故。

韦庄的词是表达了主观感情的。不过他虽然表现了主观的抒情，可仍然保持了词的本色。就是所写的情，只以爱情为主，跟他所写的诗有一种士大夫读书人的理想和志意是不相同的。只是他所写的爱情不再是一个没有个性的、随便给一个歌女唱的、没有主人公的爱情歌曲了。他写的爱情歌曲是有主人公的。温庭筠所写的歌词都站在女子的身份上说话，韦庄则往往用男子的口吻：我，写我所爱的女子，我写的就是我自己，是男子对女子的爱情，主观的感情。且看韦庄的两首《女冠子》词：

> 昨夜夜半，枕上分明梦见。语多时。依旧桃花面，频低柳叶眉。　　半羞还半喜，欲去又依依。觉来知是梦，不胜悲。

他说跟一个女子离别了，还怀念她，梦见她了。他说得“分明”、直接，跟温庭筠的作风迥然不相同。温庭筠是那样地客观，从来不表达自己的感情。而韦庄所写的，你看他多么直接，多么真率：“昨夜夜半”，我“枕上分明梦见”。我跟这个女子什么时候分别的？前一首说：

> 四月十七，正是去年今日。别君时。忍泪佯低面，含羞半敛眉。　　不知魂已断，空有梦相随。除却天边月，没人知。

有月，有日，有年，我悲哀，我怀念，这是韦庄。温庭筠从来没有说过这样直接的话，韦庄说了："四月十七，正是去年今日。别君时。""昨夜夜半，枕上分明梦见。"梦见什么？梦见我所爱的那个女子回来跟我谈话，"语多时"，谈了很长的时候，这个女子像从前一样地美丽，"依旧桃花面"。而且说话时的表情，古代女子都比较含羞、羞怯，说话时常垂下眼，低下头来，"频低柳叶眉"，说"半羞还半喜"，中国过去的女子都是如此的。她一方面见到所爱的人很欢喜，但是一方面她又很羞怯。"欲去又依依"，我梦中梦到我们再见面，梦中也梦到又分离，梦到你要走的时候，那种依依不肯分别的样子。然后一觉醒来，"觉来知是梦"，那桃花面柳叶眉都是梦，所以我有说不尽的不能忍受的悲哀。这是多么直接、多么真率的一种感情。

不但这一首词，还有：

> 记得那年花下，深夜。初识谢娘时。水堂西面画帘垂，携手暗相期。　　惆怅晓莺残月，相别。从此隔音尘。如今俱是异乡人，相见更无因。(《荷叶杯》)

他还是用主观的男子怀念所爱的女子的口吻写的。他说"记得那年花下"，这是韦庄和温庭筠非常明显的差别，这么主观，这么直接，这么真率，这么明显。他说我记得在一棵花树之下，一个深沉的安静的夜深人定的夜晚。在什么地点？是"水堂西面画帘垂"。是深夜，我第一次跟谢娘见面（中国古代常常把欢爱的女子用"谢娘"当一个代称，也不一定韦庄所爱的女子真的姓谢。从唐朝以来，谢娘、杜娘都被当作一般美丽女子的代称了），见面的地点是在四面有水池环绕的一个厅堂，在这个水堂的西边，"水堂西面画帘垂"。"携手暗相期"，我们两个人双手相携，互相定了一个期。期，是一个约期，一个应许，一个承诺，一个约言，我们两个人定了这样坚定的不改的约言，可是结果呢？人间的事，常常跟你内心的理想是相违背的。正如冯延巳的词所说：“天教心愿与身违。”（《浣溪沙》）他说执掌命运机会的上天，常使我们内心的愿望与我们本身的现实生活相违背。我们是“携手暗相期”，是海誓山盟，可是，我们分别了，“惆怅晓莺残月”。惆怅是一种悲哀，一种失落，一种无可挽回的消逝。在破晓的莺啼，而天上的落月西斜的这样的情景之中，我们就相别了。“从此隔音尘”，我们就消息隔绝了。音，是音信；尘，是踪迹，连信都收不到了，踪迹形影更看不到了。“如今俱是异乡人”，我们现在都离开了原来的地方。如果是我走了，你没有走，我有一天会回来，我们就又相见了；如果你走了，我没有走，再见的希望也有一半存在，你可能回来。可是，“如今俱是异乡人”，我离开了这个地方，你也离开了这个地方，书信都没有，我不知你天涯海角，身在何方？“相见更无因”，再想见面，一个机会也没有了。因，是一个因缘，一个机会，一个可能。“更无”，再也没有了。因为我也无从寻找你，你也无从寻找我了。

你看韦庄所写的歌词，完全是主观的，直抒胸臆。虽然他写的不是诗里的言志，但是，我们知道他所写的是主观的抒情，这已经是把歌筵酒席之间的没有个性的歌词推进一步了，是不是？它不再是写给一般歌女唱的歌词了，他可以拿这个形式写自己的感情了，这已经是词的诗化的一个进展了。而韦庄的另一个特色，不只是拿歌词的形式抒发自己的感情而已，而且韦庄这个人的个性，他用情的态度，那种真率，那种直接，他那种表现，不但在写自己男子对女子的怀念的时候是这样写，就是他像温庭筠一样，也站在女子的地位来写女子的爱情，他这种真挚的、直接的、真率的表现，也没有改变。下面的一首词，我们就可以作证明：

春日游，杏花吹满头。陌上谁家年少足风流？妾拟将身嫁与、一生休。纵被无情弃，不能羞。（《思帝乡》）

这是以女子的口吻写的一首爱情的歌词。他说“春日游，杏花吹满头”。我在前两讲已经提到了，我们说一首诗歌、一篇完整的作品，它每一个形象，每一个语言，它的每一字句的结构，都要传达出来一种作用。你不能够浪费，不能够散乱，一定要集中传达一种作用。这首词是写一个女子，春天出去郊游，她要看一看有没有一个漂亮的年轻人是值得她许身的。怎样写呢？本来都是写一个女子的爱情，但每一个诗人他用情和用笔的态度是不同的。所以，我们不能说只能够说仁义道德，就不能写男女的感情了。男女的感情是人类一种最基本的感情，我们应该承认它，不能否定它。只是男女的感情，也有感情的品格，也有感情的境界。正是如果你把男女的感情的境界提高了，你做人的品格的境界才能够提高。我看到一个电视连续剧《钟鼓楼》，那个女子说，你要给我买个金表我就嫁给你，你要是不能给我买个金表，我就不嫁给你了。这是什么样的感情呢？人的堕落莫此为甚！如果把人的最原始的、人的最真挚的这样的一份感情的品格都降低了，那真的人的品格是降低了。

所以，写爱情的，我们应该看他写的是什么样的品格，是什么样的境界。韦庄说了，“春日游，杏花吹满头”。我们说在诗歌里每个字都要有作用的。你说“春日游”有什么作用呢？所以，有些人说词是很难讲的。这词我怎么讲，那一念就完了，一念就都懂了！不能讲，有什么好讲的。但是，你要知道，我在开始的第一节课就说了，王国维特别提出来说：“词之为体，要眇宜修。能言诗之所不能言，而不能尽言诗之所能言。诗之境阔，词之言长。”这是说，词的情意都是委曲的，都是婉转的，都要你有一种丰富的美好的联想，才能够体会人的心灵感情之中的那种最精致的、最纤细的、最深曲的一份情意。所以，它是更婉转的、更深曲的、更能引起读者联想的，才说“词之言长”。长，不是句子长，不是篇幅长，是它带给我们的想象丰富，余味悠长。

“春日游”，正是一个背景、一种气氛的培养，是全篇整个词所写的这种爱情、这种奉献、这种许身的感情气氛的培养。先说“春日”，一个多么美好的季节，万物草木都开始生长萌发，人的感情的生命也就随着春日而有一种萌生，经过了寒冬的闭塞，感情有一种萌生。李商隐有一首诗说：

> 飒飒东风细雨来，芙蓉塘外有轻雷。金蟾啮锁烧香入，玉虎牵丝汲井回。贾氏窥帘韩掾少，宓妃留枕魏王才。春心莫共花争发，一寸相思一寸灰！（《无题》）

当飒飒春风吹来的时候，冰雪融化了；当春雨飘下来的时候，在一个种满了荷花的池塘那边，隐隐地听到有轻微的雷声响起了。中国的季节，说雷声可以惊眠起蛰，就是把那些冬眠的昆虫都从它们的沉睡之中唤醒了，是使得你的感情、你的生命萌发、复苏、醒过来的季节。这是春天。所以这诗的后边才说：“贾氏窥帘韩掾少，宓妃留枕魏王才。”那是什么？是相思和爱情，而他的相思和爱情，正是接着头两句“飒飒东风细雨来，芙蓉塘外有轻雷”来的。全诗是一个整体，就是由万物复苏和萌生引起了人的爱情。贾氏，就是贾充的女儿贾午；韩掾，就是韩寿。贾氏因韩掾年少，从帘子里偷窥，所以就发生爱恋了。宓妃，传说是曹丕的甄后，说她跟曹植有一段爱情的故事，她后来留下一个枕头，是为了魏王（就是曹植）的才华。这两句你先不要去管典故的故事，也不要用伦理道德去衡量它是不是合理。他所写的是什么？是爱情的萌发，而且爱情的萌发是为什么？他说贾氏的窥帘是因为韩掾的年少，宓妃的留枕是因为魏王，就是陈思王曹植的才华，有这样年少的人，有这样才学的人是值得这个女子许身而且钟情的。你不要管那些故事，不要管那些伦理道德，你要看它的精神所写的是说飒飒东风这个时候，当春雷起蛰的时候，正是人的爱情萌发的时候。

但是，李商隐是悲观的，后面的结尾说“春心莫共花争发”。春天的时候，不让你春天的那种寻找爱情的心与春天一同萌发，因为“一寸相思一寸灰”，你每一个追求都是失落，每一个追求都是落空。我们今天不是讲诗，不能多介绍李商隐。李商隐是个很了不起的诗人，他为什么悲观？有他的社会，有他的历史，有他的身世，有当时唐朝的种种的政治背景。李商隐是个有政治理想的诗人。不要只看他爱情的诗篇，且看他那《行次西效作一百韵》里所写的：

> 农具弃道旁，饥牛死空墩。依依过村落，十室无一存……儿孙生未孩，弃之无惨颜。不复议所适，但欲死山间……我愿为此事，君前剖心肝。叩头出鲜血，滂沱污紫宸。九重黯已隔，涕泗空沾唇。

他所表现的对民生疾苦是何等真挚深切的关怀，他的诗里边有很多都是关怀朝廷政治的诗歌。我们今天没有时间介绍李商隐，我只是引他的一首诗来说明春天是一个使人的爱情萌发的季节。

我们说，只有诗人，只有多情的妇女，才在春天有这样生命感情萌发的感受吗？我在讲温庭筠的时候，常常引一些《论语》上孔子的话。孔子有一次和他的学生在一起谈话，问他们的志向，子路一下子就说我怎样怎样。曾皙就一直坐在那里不言语，还在弹瑟。孔子说："点，尔何如？"（曾皙名点）曾皙"铿尔，舍瑟而作"，铿，形容终止时的瑟声，曾皙弹了收尾的一声瑟，就站起来说："莫春者，春服既成，冠者五六人，童子六七人，浴乎沂，风乎舞雩，咏而归。"孔子喟然叹曰："吾与点也！"（《论语·先进》）别的学生说了一大堆政治上的怀抱理想，可是最后孔老夫子所赞成的是什么？是曾皙所说的暮春之游。当暮春三月，草长花开，春服既成，把冬天笨重的衣服都脱了，穿上轻松的颜色鲜明的春装，有成年以上的五六人，小孩子六七人，到沂水边去玩一玩水，到舞雩的台上乘一乘凉，傍晚黄昏，我们扶老携幼，唱着歌回来了。孔子说："吾与点也。"说曾点你这个理想是好的，我是赞同像你这样的理想的。

这是什么理想？刚才我说了，不要老说那死板的道德的教条，而是你要培养一个人对于万物赏爱的"民吾同胞，物吾与也"的感情。

我还要跑一个野马——我在加拿大温哥华，有一天看电视，电视上介绍的是日本的俳句。听说在座有日本朋友，日本这个国家其实有许多值得我们学习模仿的地方。人家一方面在工艺科学方面有非常先进的成就，一方面，日本对于古老的传统的文化非常重视。那电视演的就是暮春，春服既成的季节，初中的、高小的老师们带着学生们，冠者五六人，童子就不止六七人了，就在那风和日丽的季节，一起来到山巅水涯，看花啦，看鱼啦，做什么都可以。然后每个学生回来，写一首俳句的短诗，然后老师选出好的作品，念给大家听，还给他们奖品。因为在加拿大，那是英文的广播，它是用英文说的。有一个小孩，他看了半天金鱼，写了一首俳句，他说：

These golden fishes,

They are having a happy party.

他说这些金鱼，它们正在举行一个欢乐的聚会。好像我们中国《诗经》所说的：

呦呦鹿鸣，食野之蘋。我有嘉宾，鼓瑟吹笙。（《诗经·小雅·鹿鸣》）

这种境界，你看多么美好。我们作为一个有这么悠久诗歌传统的国家，我们为什么要把我们这么珍贵美好的东西否定掉呢？这是很可惜的一件事情！

现在我们来看韦庄的这首小词《思帝乡》，我们是从“春日游”这三个字讲起来的。我刚才说了，一篇诗歌，它主要的是全篇结合在一起，能够产生一种兴发感动的作用。所以一句话，还不只是你说的是什么，而是说你是怎样去说的。说我要许身给你，这说起来多笨哪，是不是？所以你是怎样说的是重要的，你说的使读者能够感动，能够相信，能够呼唤起读者的共鸣，这才是成功的作品。在前面说的“春日游”有什么好讲的？可这正是春日里的这种生命和爱情萌发生长的背景。“杏花吹满头”，那又有什么好讲的？很多人对于文学只是用一个框框、一个条文来看它，说这都是没有用的，没有意义的。就跟我讲课一样，有的时候好像是废话很多，可是有的时候这是没有办法的，不是只把文言翻成白话，那就都变成死板的了，那是最笨的一件事情，我们是要把诗歌里的生命引发出来。

“春日游”是整个大背景的一个总写，一个生命萌发的季节。而且说到游，是一种向外的，是一种寻觅。“春日游”这三个字已隐约地推向了他全首词的一个指向。现象学说，当你的主体的意识跟客观的现象接触的时候，产生一种活动，而这种活动是带着一种指向的，英文说那是一种意向（intentionality）。一首诗歌里边你一定要做到每一个句子、每一个文字，都要有一个指向，指向你通篇的一个感发的作用。“春日”有作用，“游”有作用，“杏花吹满头”，是把整个的春天的萌发，引近到自身了。也许万紫千红还都在我的身外，但是现在就是那空中飞落的杏花花瓣，就吹在我的头上了。李后主有诗句：

> 风情渐老见春羞，到处芳魂感旧游。惟有长条似相识，强垂烟穗拂人头。（《柳枝》）

他说春天像从前一样地美丽，但是我衰老了。我怎么面对春天？春天的年轻人追欢寻乐，都离我而去了，哪个年轻人愿意和我们年老的人一起游春呢！现在只有那柳树的长条它似乎还认识我，它故意地用力垂下它那个烟霭笼罩、带着柳花烟穗的枝条拂在我的头上。这是多么亲近的感觉！

所以“春日游”还是一个泛泛的背景，“杏花吹满头”这种感发的力量就真的跟我这么接近，肌肤相亲了。还有，你要了解到，他说的“杏花吹满头”，也不一定说是所有的花都零落了，都开谢了。你要知道杏花、桃花这种纤小的花瓣的花朵，就是它盛开的时候，满树繁花的时候，一阵风过，那花片就会飞落。我曾经有一次在日本的九州大学讲课，正是春天的樱花季节，九州大学的朋友带我出去游春赏花。日本保留了我们中国唐朝的游春赏花、饮酒歌咏的风俗，那是我亲眼看到的。满树繁花，可是一阵风过，那花片飞舞下来。那“杏花”就“吹满头”了。我在讲温庭筠的“照花前后镜，花面交相映”时，我也引了杜甫的诗“种竹交加翠，栽桃烂漫红”，精力饱满。所以“杏花吹”，是“吹满头”。“春日游，杏花吹满头”，正是这两句饱满的笔力，这两句的生发，表现了人赏花游春的内心感情的蓬勃萌发。

所以，这女子就说了，“陌上谁家年少足风流”。我当春心萌发的时候，我愿找一个理想的对象。当我在游春的路上走的时候，我就想看一看那陌上有哪一家的年轻人“足风流”，真是多情的，真是有才学的。如果有这样一个年轻人，“妾拟将身嫁与、一生休”。我在讲温庭筠时也说了，诗歌是诉之于人的感觉的，不是说教的，不是诉之于人的理性知识的。所以，它不但是形象，它整个的声音都结合了他所要传达的这种感情。而你看韦庄的这一个长句，“妾拟将身嫁与、一生休”，你注意到这标点，“妾拟将身嫁与”后边是一个顿点，其实这是九个字的一个长句，是“妾拟将身嫁与、一生休”，而且“妾”“将”“嫁”，都是舌头跟牙齿的声音，是很有力量发出来的，给人很有决心的感觉。它的声音代表了一种坚决的意念——“妾拟将身嫁与、一生休”，所以我如果寻找到了这样一个理想的、值得许身的对象，我就要将身嫁与。这有多么好，这是一个许身，把我整个的一生都交付了。许身，你要知道只有女子才许身吗？只有女子对一个风流的男子才许身吗？杜甫有诗说：

> 杜陵有布衣，老大意转拙。许身一何愚，窃比稷与契。（《自京赴奉先县咏怀五百字》）

契，音谢（xiè），是个人的名字。每个人各有自己的理想。《史记·伯夷列传》说：“贪夫徇财，烈士徇名，夸者死权，众庶冯生。”又说：“子曰：‘道不同，不相为谋。’亦各从其志也。”（《史记·伯夷列传》引《论语·卫灵公》）每个人都应有许身的理想，你许身给什么了？你许身给一架彩色电视机了吗？你许身给谁了？杜甫说我的许身，在别人看来是愚蠢的，是这么傻的一种理想：他是希望做到像稷与契一样。稷是后稷，教民稼穑，天下有一个人没吃饱，那是我的责任。契是舜时的司徒，天下有一个人生活得不安乐，那是我的责任。范仲淹说：

先天下之忧而忧，后天下之乐而乐。（《岳阳楼记》）

可是，就是范仲淹有这么高的理想，曾经带兵戍边，西夏人畏之，称“小范老子，腹中自有数万甲兵”（《宋史纪事本末》卷三十）的人物，写过什么样的小词？

碧云天，黄叶地，秋色连波，波上寒烟翠。山映斜阳天接水，芳草无情，更在斜阳外。（《苏幕遮》）

正是这样多情的人，才有这样对国家民族许身的感情。杜甫说的“许身一何愚，窃比稷与契”。所以，你不要把许身看得那么狭窄，只是一个女子对一个漂亮男子的许身，当然韦庄很可能写的就是一个漂亮的女子对一个漂亮的男子的许身。可是，中国词的奇妙，便使得张惠言从韦庄的词里也看到了比兴寄托。不过韦庄所表现的跟温庭筠还不一样，温庭筠使张惠言引起来深远的比兴的联想，是他语言文字符号的语码，如“蛾眉”“画蛾眉”“懒起画蛾眉”这些个语言文字引起人的联想。而韦庄是什么？韦庄引起我们联想的不是一个语言文字的符号，是他感情的本质，是这种许身的精神。屈原也说过：“亦余心之所善兮，虽九死其犹未悔。”这个女子所表现的许身感情，正是这样一种感情，我只要找到一个我愿意交付的理想的人，我就交付上去了。我不计较利害、成败，因为那是我愿意做的，我心甘情愿去奉献的。“妾拟将身嫁与、一生休”，她说“纵被无情弃，不能羞”。你追求的都成功了吗？我在台湾的时候正是杨振宁、李政道两位博士得到诺贝尔奖的时候。于是，台湾那时候很多年轻人都想，将来我们要和杨振宁、李政道一样，这当然是一件好事情。可是，每个学物理的人，都能够拿回来诺贝尔奖吗？你拿不回来诺贝尔奖又当如何呢？真正有理想的人，是不计较个人得失利害的。我愿意为理想而奉献，我就这样做，将来就是拿不回来诺贝尔奖，我也心甘情愿地这样做了。“妾拟将身嫁与、一生休。纵被无情弃，不能羞。”所以韦庄的词我们现在可以说，他与温庭筠是不同的，韦庄表达的是直接的真率的感情，是主观的抒情，这是把词从客观的没有个性的歌词，推进了一步。他引起读者的这种感动和联想，跟温飞卿的那种以美感的直觉、以语言符号的符码引起人的联想是不同的，它是一种真正的感情的精神的本质。这已经是韦庄的一个成就的值得注意的地方了。

然而，还有几首好词。因时间的关系，我只能简单地说明，但是我们一定要看的。因为那是韦庄更有名的作品，那就是五首一组的《菩萨蛮》，我先念一遍，让大家有一个整体的印象。

其实，温庭筠所写的《菩萨蛮》的调子，一共有十五首之多。除去最后的第十五首是专门写女子哭泣流泪这件事情以外，其他那十四首《菩萨蛮》的风格，都是与刚才我们讲过的“小山重叠金明灭”“水精帘里颇黎枕”相近似的。有人传说，这十几首《菩萨蛮》，温庭筠当年作的时候，是替人作的歌词，那里边不见得有他主观的感情。而且这十四首之间，没有明显章法结构的关系，张惠言以为有，但其他词论家以为没有。我们今天没有时间再讨论这个问题了。总之，那十四首《菩萨蛮》没有明显的相关的迹象。

在中国的诗歌作品之中，有不少这种所谓成组的作品。陶渊明的《归园田居》五首、《饮酒》二十首，杜甫的《秋兴》八首、《咏怀古迹》五首，都是一组一组的诗。这种成组的诗，有各种不同的情况。有的一组诗，每一首都可以是独立的，像杜甫的《咏怀古迹》，每首诗咏一个古迹，可以分开，可以不相干。你选的时候，可以随便从五首里挑一首出来。可是杜甫的《秋兴》八首，是不可以的，他这八首诗整体是一个结构。他每一首诗不但不能够单独挑选出来，而且次序也不可以颠倒。一二三四五六七八，每首的次序都是固定的，你不可以颠倒。

词里边也有组词，像欧阳修的一组词，我们选的《采桑子》十首，这十首歌词，除了最后一首（“平生最爱西湖好”）以外，其他的那几首都是写西湖的景物——欧阳修所写的西湖不是杭州的西湖，是颍州的西湖——总而言之，是写一个美丽地方的山水景色。你把它们不全选，只选一首也可以，把它们次序颠倒也没有很大的关系。可是韦庄这五首《菩萨蛮》词，一首跟一首之间的结合是有一定次序的，五首是一个整体。里边所写的是什么呢？表面上是一段爱情故事，但却结合了他自己的身世和经历，也流露了对于故国的一种哀悼怀念的比兴寄托。

在念这五首词之前，我想把韦庄的生平简单地说一下。韦庄是晚唐五代时前蜀的诗人、词人，京兆杜陵（今属陕西西安）人。他晚年做到前蜀的宰相，死在四川的成都。可是他早年呢？唐朝还没有灭亡的时候呢？他是唐朝人，乾宁之间考中的进士，乾宁是唐昭宗的年号。我想年轻人读中国的古典文学，除了对于语言文字文化背景应该有一些了解以外，对于中国的历史也应该熟悉。唐朝的皇帝，我们来不及仔细说了，就唐明皇以后吧：玄宗、肃宗、代宗、德宗、顺宗、宪宗、穆宗、敬宗、文宗、武宗、宣宗、懿宗、僖宗、昭宗、哀帝。昭宗最后是被朱温杀死的，朱温称帝，是为后梁，乾宁就是昭宗的年号。韦庄从年轻的时候，就开始参加考进士，考了许多次没有考上。他中间还有一次在长安参加考试的时候，赶上了黄巢的变乱。他曾从长安逃到洛阳，写了很长的长诗《秦妇吟》，头两句是“中和癸卯春三月，洛阳城外花如雪”。中和是僖宗的年号，癸卯是中和三年，即公元 883 年。就在这次战乱之中，韦庄生了一场大病，后来病好了就到江南去了。他在《秦妇吟》中，也曾有过这样对江南向往的话：“传闻有客金陵至，见说江南风景异。”他流寓江南很久，黄巢失败以后，再回到长安参加考试，那已经是昭宗的乾宁年间了，此时韦庄已经是五十九岁了。考中进士以后，有一次他跟随一个出使的使者到了西川，认识了西川节度使王建。王建很欣赏他的才能，后来就聘请他入蜀，为掌书记，他六十六岁就又来到了现在的成都。四年以后，昭宗被朱温胁逼从长安迁都到洛阳。在迁都路上，昭宗左右的人都被杀害了。昭宗只带了很少几个人来到洛阳。不久，朱温杀死昭宗，立了一个傀儡皇帝，就是昭宣帝，不久朱温自己就做了皇帝了，是五代后梁的第一个皇帝。

唐朝已经灭亡了，于是四川节度使王建也就自立称帝了，是为前蜀，那是五代十国战乱的年代。王建称帝以后，就任命韦庄做他的宰相。他们说，前蜀立国之后，开国制度都是韦庄制定的。这时韦庄已七十二岁了，三年以后，七十五岁时他就死在成都了。

我们要讲这一段历史背景，不是耽误时间跑野马，因为我们要想了解他这五首词真正的内容情意，就先要了解这位作者的生平、经历，他的生活，他的感情。孟子说的：“诵其诗，读其书，不知其人，可乎？是以论其世也。”（《孟子·万章下》）西方的文学批评理论，从1960年代、1970年代到1980年代，经过了几次的转变。60年代初期，西方所谓新批评的那一派，如艾略特、卫姆塞特这些人，反对研究作者的生平，以为作品是独立的，作者的生平与作品的好坏没有关系。不过，作者的生平和人格的高低，虽然不能作为评价作品高低的标准，但是作品里边传达的感情内容、思想意境，是一定与作者生平有密切关系的。所以70年代以后，西方的现象学就提出来了，我们要追溯作者的时代。但当60年代，西方反对研究作者，只是讲作品，所以当时台湾有些人便认为可以随便拿一首作品来，对时代和作者什么都不管，便评说分析。

可是，到了70年代、80年代以后，西方有更新的理论兴起了，说要研究作者的生平了。我们是因为西方这样说才这样说，我们自己连这一点自信都没有吗？一定人家说了才算话吗？人家的好处我现在引用了很多。但是，你一定先要认识自己，才能接受别人，你没有自己你什么都接受不来的。如果自己没有一个成体系的东西，总是跟着人家盲目地这样转，今天说东就说东，明天说西就说西，不能够把它结合成一体，这是不对的。所以，我们现在要结合着韦庄的生平，来看这五首词。

张惠言说这五首词是韦庄“留蜀后寄意之作”（《词选》），是唐朝灭亡了，他留在前蜀以后，寄托他自己感慨的作品。我刚才说了，要讲了韦庄生平，再来看这五首词。但是，我也不赞成我们就用这种载道比兴的套子来套中国的诗歌。我们先有这么一个成见，就到处寻找比兴，有了比兴，韦庄的词就好了吗？没有比兴，韦庄的词就坏了吗？我也不赞成这样的看法。所以我们先要把韦庄的词作为一个文学作品来看待，然后我们再看它在整个文学艺术的效果之中所传达出来的感发生命的情意是什么。

我们现在把这五首《菩萨蛮》一气念下来，因为它是一个整体：

红楼别夜堪惆怅，香灯半卷流苏帐。残月出门时，美人和泪辞。　　琵琶金翠羽，弦上黄莺语。劝我早归家，绿窗人似花。

人人尽说江南好，游人只合江南老。春水碧于天，画船听雨眠。　　垆边人似月，皓腕凝霜雪。未老莫还乡，还乡须断肠。

如今却忆江南乐，当时年少春衫薄。骑马倚斜桥，满楼红袖招。　　翠屏金屈曲，醉入花丛宿。此度见花枝，白头誓不归。

劝君今夜须沉醉，樽前莫话明朝事。珍重主人心，酒深情亦深。　　须愁春漏短，莫诉金杯满。遇酒且呵呵，人生能几何。

洛阳城里春光好，洛阳才子他乡老。柳暗魏王堤，此时心转迷。　　桃花春水渌，水上鸳鸯浴。凝恨对残晖，忆君君不知。

这五首词所写的是一个悲哀的爱情故事，结合韦庄的生平来看，我以为韦庄是一个很多情的人。这五首词，第一首（“红楼别夜堪惆怅”）也可能果然有他从前所爱过的一个女子的身影在里面。从我们刚才所讲的“昨夜夜半，枕上分明梦见”（《女冠子》）、“记得那年花下，深夜。初识谢娘时……如今俱是异乡人”（《荷叶杯》）等词句来看，韦庄所写的正是经过了战乱以后，与他所爱的人分别了，再也没有见面，所以这个女子很可能是他真正地曾经爱过的一个美丽的女子。中国过去有一个比较窄狭的观点，总认为一把它说成家国比兴的寄托，就绝不可能是爱情了，其实爱情和家国比兴是可以联结起来的。洛阳是唐王朝所在，是他怀念的地方，洛阳如果有他一段爱情的往事，有他所爱的女子，他也是怀念的。我们为什么一定要把这两个爱分开呢？祖国的爱就不能与男女的爱结合在一起吗？所以，我以为我们不必把它们分开，我们可以就从男女的爱情看出来他对家国的爱情。

“红楼别夜堪惆怅，香灯半卷流苏帐”：他说记得那一天晚上我们离别的时候，红楼别夜真是值得我们惆怅。这“惆怅”两个字，我在西方教书的时候，总是找不出来合适的字翻译它。说它是悲哀，是忧愁……都不对。这“惆怅”是很奇妙的两个字，是若有所追寻，若有所失落，内心无所寄托的一种感觉。他说那红楼别夜真是堪惆怅，“香灯半卷流苏帐”。你想在红楼，在深夜，如果不是离别的话，那应该是何等多情缠绵的夜晚。可是，现在红楼是个离别夜，点着香灯。古人那时用油灯，如果在油里添上香料的话，一点就是香气芬芳的。这是香灯——你想，如果在红楼上，不是离别，那么伴着香灯该是何等缠绵美好的夜晚！可是半卷流苏帐，那垂挂着流苏帐穗的帐没有放下来，他们不能够安眠在一起。因为什么？因为这个男子要走了。所以，有红楼，有香灯，可是“半卷流苏帐”。流苏是帐上垂着的穗子，写帐的美好。这男子要走了，是“残月出门时，美人和泪辞”。行人的上路常常是在破晓的天明时分，“鸡声茅店月，人迹板桥霜”。他说是残月，月亮西斜了，残月出门时，跟这个美人就和泪告辞了。“美人和泪辞”这句在句法上是模糊的，是多义的。我们在讲温庭筠时讲过“双鬓隔香红”，花是在中间还是在两边，有两种可能。现在这句“美人和泪辞”也有多种解说的可能：一种是说美人带着泪和我告辞了；另一种可能是说对于那个美人，我带着满脸的泪痕，跟她告辞了。而这两个解释不相冲突，不相矛盾，我可以有泪痕，美人也可以有泪痕，更可能是双方都有泪痕。临别的时候，美人弹了一曲琵琶送别，“琵琶金翠羽，弦上黄莺语”。金翠羽是琵琶上的美丽装饰，弦上弹出来的音乐声像黄莺的鸣啭一样动听。而同时，这又是多义的了。我们中国过去有一个传统习惯，就是认为一句只可以有一个意思，是此就不是彼，西方的文学理论可以提供我们参考。诗之多义，就是说，诗歌的特色，正在它可以提供多义的解释。英国有一个有名的学者威廉·恩普逊（William Empson），提出了 ambiguity，ambiguity 就是模糊的、多义的。朱自清先生当年很早就介绍过这一本书，叫作《多义七式》，英文原名是 *Seven Types of Ambiguity*，是恩普逊的一本著作。他的理论是说诗歌是可以有多义的，多义的原因有很多种。像这句的情形，是一种语法上的模棱两可，可以这样讲，也可以那样讲，说是我和泪与美人辞，还是美人和泪与我辞，可以同时存在。至于“琵琶金翠羽，弦上黄莺语”这句的多义，则不是语法上的关系，而是联想上的关系：是弦上的琵琶的声音像黄莺，而黄莺的声音跟琵琶的声音都像这女子语言的声音；或者说是弦上传出来的琵琶的声音就代表这女子所要诉说的感情情意了。每一声的琵琶，就是她每一声的叮咛嘱咐。

每一声的叮咛嘱咐说的是什么？“劝我早归家，绿窗人似花。”说你今天分别了，我希望你早早地回来。你要记得在这里，你的故乡，在绿窗之下，有一个人等待着你。那个等待的人是“人似花”。“似花”这两个字有多种的暗示。一个是说美丽的女子像花，有这么美丽的人等你，你还不早早回来吗？“若见了异乡花草，再休似此处栖迟”，这是崔莺莺叮嘱张君瑞的话（见王实甫《西厢记》）。说有这么美丽的女孩子等你，这么美丽，你难道不回来？这是“似花”的第一个含义。“似花”还有第二个含义，天下所有的生命都是短暂无常的，而花给人的感觉最强烈。你眼看它含苞，眼看它开放，眼看它零落。如花的美人如果你不及时回来，等到你回来的时候，像元曲里边有两句话说的：“辛辛苦苦待得他回来，凄凄凉凉老了人也。”纵然回来了，都是七八十岁的老头子老太太了，你说这……又怎么样哪！多么可惜的韶年。“如花美眷，似水流年”，都失落了！所以，这“似花”是两层意思，一个是说因为女子的美，要你快回来；一个是说因为美丽的人像花一样容易零落，你应该赶快回来。

我们应该记住这第一首，一直到最后一首，韦庄又返回来呼应了这第一首。

这游人、客子、离人走了，就到了第二首，就来到江南了。他说“人人尽说江南好，游人只合江南老”。你要注意到，一篇文学作品该怎样欣赏——没有这样一个教条，说第一条是怎样，第二条是怎样，没有这样的事情。欣赏温庭筠的角度，和欣赏韦庄的角度是不同的，温庭筠词的好处跟韦庄词的好处是不同的。韦庄词的好处在哪里？韦庄词不是主观的吗？不是直接的吗？韦庄词的好处就在他写的时候，表现他自己主观的那一种口吻。温庭筠没有，他就是不写这个，他的好处在感官的形象，在声音的美好，在那个语言符号的语码给人的联想了，而韦庄不是。韦庄是从自己的主观说出来，他是怎样说的？那口吻好，就像这两句：“人人尽说江南好，游人只合江南老。”你要注意他的口吻——他来到了江南，是这个离开了美人的客子来到了江南，就忘记那个美人了吗？就以为江南果然是好吗？不是的。不是这个客子说江南好，是别人对他说 ：“人人尽说江南好。”大家都说江南是好的。而且大家都劝他，说你这个游人既然来到这么美好的江南，你就“只合”，应该在江南终老，再也不要想你的故乡了，你就留在这里终老吧。“人人尽说江南好，游人只合江南老。”所以，这个“好”是别人说的，不是这个游子自己说的。而如果一个人敢对你说，我们这里比你们的故乡更好，那是什么样的情景？是因为韦庄的故乡京兆杜陵在战乱之中，长安、洛阳都在战乱之中。我们刚才不是引了他的《秦妇吟》，说“传闻有客金陵至，见说江南风景异”，他才来到江南的吗？江南现在是安乐的，是美好的，所以“人人”才敢劝他说“游人只合江南老”。

这还是一个概念的劝说，说江南好，你留在江南吧。江南怎么样好？韦庄所写的词，我们说他的口吻好，每一个字的文法组织的结构好，章法的结构好，字与字之间、句与句之间的结构组织都好。前面的江南是一个概念，后面才对“江南好”仔细地描述了，是“春水碧于天，画船听雨眠”，江南的风景是多么美丽，春天的水，碧蓝的水，比天还要碧蓝、还要清澈的水。“人人尽说江南好，游人只合江南老”，怎见得江南好，“春水碧于天”，风景好；“画船听雨眠”，生活也好啊！当时长安洛阳都在战乱之中，韦庄的《秦妇吟》写到当时的战乱，有这样的句子：“内库烧为锦绣灰，天街踏尽公卿骨。”皇帝的内库多少珍宝锦绣都在战火之中烧为灰烬了，长安的街道上，有多少公卿都在战乱之中死去了，哪里能有江南“画船听雨眠”这样逍遥自在的美好生活？而江南的生活是安乐的。

你说你有一个美人，要怀念那个美人，难道我们江南就没有美人？“垆边人似月，皓腕凝霜雪。”你看我们江南的女子，到处都是美人。垆，是卖酒的酒垆，一个高台，里边存着酒瓮的酒垆，像卓文君当垆卖酒的酒垆。他说那卖酒的酒垆旁边是人似月，那美丽的女子光彩照人。我们常说一个美丽的女子有光彩，光彩照人，像天上的月亮一样地美。“垆边人似月，皓腕凝霜雪”，说这女子给你斟酒的时候，她一伸手，手腕好像霜雪一样地洁白。

所以，江南的风景好，江南的人物、江南的女子更是美好。但你能忘记故乡的美人吗？所以下面又说“未老莫还乡，还乡须断肠”。要知道老来还乡是中国人的观念，狐死首丘，落叶归根，人老的时候，要回到自己的故乡。他说你现在何必急着回到故乡呢？你现在还年轻，你还可以在江南游赏玩乐！因为你现在若回到你的故乡，是“天街踏尽公卿骨”，“还乡须断肠”啊！

这一首词都是人家劝他的话。风景好，生活好，人物好，女子也非常美丽，你“未老莫还乡”，因为“还乡须断肠”。韦庄的词写的不但是句法好，而且他的深意都是曲折隐藏在里面的。他说“未老莫还乡”，是说我终老的时候是要回去的，我是一定要回到故乡，一定要回到自己原来的地方去的，只是因为未老暂时莫还乡罢了。

可是到了第三首，你看他自己开始说“如今却忆江南乐，当时年少春衫薄”了。刚才我们说江南好，是别人说，游子自己没有说江南好。可是，等到我漂泊到更远，我从我原来的那个红楼，是长安，或者洛阳，到来了江南；现在我又离开江南，去一个更远的地方。这更远的地方是哪里，等一下我们再找这个答案，现在没有说。贾岛有一首诗：

> 客舍并州已十霜，归心日夜忆咸阳。无端更渡桑干水，却望并州是故乡。（《渡桑干》——按此诗与贾岛之生平不尽合，而另据唐代令狐楚所编之《御览诗》亦收有此诗，题为《旅次朔方》，文字小有不同，“已十霜”作“三十霜”，“更渡”，作“更隔”，作者为贞元时刘皂。仅提供读者参考。）

他说的是我作客并州有十年之久，想要回去，我日夜怀念着咸阳。但现在我从并州走得更远了，而今更渡了桑干水，“却望并州是故乡”。我在并州时怀念咸阳，等我离开了并州以后，回头来一看，觉得并州我毕竟住了那么久，“却望并州是故乡”了。所以当我从红楼来到江南，我怀念着红楼，我在江南的时候，没有以为江南是好的，“人人尽说江南好”，但我并没有说江南好，因为我所怀念的一直是那个红楼。可是，等到我连江南都不得不离开了，“如今却忆江南乐”，我现在回想才觉得我当年在江南的那一段日子，毕竟还是好的，还是快乐的。

“当时年少春衫薄”——人，你要知道，最难得的就是你自己生命之中那精力最饱满的那一段生活的日子——你的青春，你的韶华——他说我那一段比较年轻的日子是在江南度过的，所以“如今却忆江南乐”，我当时是年轻的，春天的时候穿上美丽的春装。薄，那么轻松美好的衣服。“春初”和“年少”结合起来，是表现一个有才华有风采的男子那一段美好的日子。如李商隐《春游》诗所说的：“庾郎年最少，青草妒春袍。”当庾郎年少的时候，连阶下的青草都嫉妒他春袍的那种绿色的美丽，那春袍和年少结合在一起，是多少美好的光阴和日子。他说我“如今却忆江南乐，当时年少春衫薄”。还不只我自己当年是美好的年华，还有“骑马倚斜桥，满楼红袖招”，有多少美女是对我钟情的。当我骑着一匹马倚立在一个斜桥上的时候，那楼上多少歌舞漂亮的女子，都展开她们的红袖向我招手。这一段美好的日子，一方面可能是真的，当时果然有一些美丽的女子。但是我们在讲温庭筠的时候就提到过了，在中国，“美人”一直有一个寄托的含义。因此也可能在江南的时候，有什么人曾经欣赏过他，或者要任用他，这个我们不可确考。总而言之，他是表现江南一段美好的日子，而且这一段美好的日子还不只是他自己的年华上的一段美好的日子，同时还有一段美好的遇合。我们不管他说的是欣赏他要任用他的人，或者是说果然是美丽的女子，总而言之，那是一段美好的遇合。遇合是多么美好的事情啊！闻一多先生当年写过一篇文章，说当李白跟杜甫两个唐朝的伟大的诗人，当他们相见的那一天，他说就好像太阳和月亮走在一起了，我们要“品三通画角，发三通擂鼓”（见《闻一多全集》第三册《杜甫》一文），来庆祝这一次的遇合。天下如果有这么一个美好的机会，能够让你有一个美好的遇合，那是多么值得珍重的一件事情。“骑马倚斜桥，满楼红袖招”，正是一种美好的遇合。于是就“翠屏金屈曲，醉入花丛宿”。他说那些个美丽的女子是住在很美丽的地方，有翡翠的屏风，黄金的屈曲。什么是屈曲呢？我不知道年轻的朋友们，你们还说不说我小时候的北京儿歌？

门屈曲，钉锅儿，笤帚疙瘩，草药儿。

你听你外婆、祖母念过这样的儿歌吗？我小时候听我的母亲念过这个儿歌。这就是门屈曲，门扇中间的环钮，可以开关的那个门屈曲。“翠屏金屈曲”，翡翠的屏风，黄金折叠的环钮。“醉入花丛宿”，他说那个时候有多少的女子对我钟情，我喝醉了的时候就在花丛之中睡眠。“花丛”也有两个含义。一个可能是真的在花丛之中饮酒，像李白说的“花间一壶酒”（《月下独酌》）。可是，也可能有另外的意思，因为中国古人常常把花比作女子，是说他遇到的那些多情的女子，跟她们生活在一起。

可是，不管江南多么美好，“满楼红袖招”，“醉入花丛宿”，我毕竟没有留在江南。不是吗？我离开了江南。我现在是回忆那段日子曾有这么美好的年华，曾有这么美好的遇合，但我毕竟没有留下来。他说“此度见花枝，白头誓不归”。刚才我说他从红楼来到江南，现在他在哪里？他没有说，所以我打个问号。如果我今天在这个地方，也有我当年在江南一样的遇合，“此度见花枝”，再碰见那满楼的红袖招我醉入花丛的美丽的遇合，就“白头誓不归”了。当年人家说“未老莫还乡”，我不愿意留在江南，总想着那个红楼。可是，现在当我来到这里，我想江南也很不错，曾有那么好的遇合，这里如果再有这样美好的遇合，“此度见花枝”，不要说未老，我就是老了，满头白发，也不再回去了。“不归”，而且是“誓不归”，立誓不再回去了。这都是韦庄词的妙处，他用这么决绝的语言，写他这么沉痛的悲哀。他何尝不想回去？但他不能回去了。你要结合他整个生平来看。昭宗已经被杀死了，唐朝已经灭亡了，他归向何方？所以他说“此度见花枝，白头誓不归”。他这几首词层层转折，层层深入，一首词比一首词写得更沉痛，他表面上说不归、不归、我誓不归，可是，他内心正是不能忘怀过去红楼的那一份深切的思念。

他第四首就说了：“劝君今夜须沉醉，樽前莫话明朝事。珍重主人心，酒深情亦深。　　须愁春漏短，莫诉金杯满。遇酒且呵呵，人生能几何。”这首词你要注意，我说韦庄的词跟温庭筠的不一样，他是以这种句法章法的结构呼应转折取胜，他的口吻好。你看开头他先说了“劝君今夜须沉醉，樽前莫话明朝事”，后边下半首又说了“须愁春漏短，莫诉金杯满”。一首短短的小词之中，两次用“须”字，两次用“莫”字，而且“须”“莫”两个字总是前后相呼应的结合。所以写作诗词没有死板的教条，一般人说填小词不能重复。但你如果有深厚真挚的情意，必须要重复才能表达，你尽管重复，没有一个死板的教条，一切只是在你自己：第一，你有没有真切深挚的感情；第二，你有没有能够掌握语言文字的能力，传达你的美好深切真挚的感情。我曾经碰到一个朋友，其实也是教书的老师，而且是教中国古典诗歌的老师，书教得很好。我就问他，我说你讲诗讲得这么好，你一定作诗吧？他说我有作诗的感动，没有作诗的训练。所以，第一你要有感动，这是最重要的。不过，王国维说了，“能感之”还要“能写之”，你光是能感之，那不成，而且这个写是没有死板的规章教条的。只是说，你要能选择最适当的语言文字，传达你最真挚的感情。这个“须”字跟“莫”字用得太好了。“须”字是说你一定要这样，“莫”字是说你一定不要那样。这么重复地说，你一定要这样，你一定不要那样，这是多么深切的一种叮咛嘱咐。而在这种叮咛嘱咐之中，正是因为你不能做到这样，所以，他说“劝君今夜须沉醉，樽前莫话明朝事”，我劝你今天晚上有酒，你就要好好地饮酒沉醉，为什么？因为“樽前莫话明朝事”。还不是说明年，就是明天的事，你也不要谈。可见这是多么悲哀和痛苦的一种环境啊！明天该是多么悲哀，多么痛苦，多么使你不能清醒地去面对的这样惨痛悲哀的明天！“劝君今夜须沉醉，樽前莫话明朝事。”因为昭宗被杀了，唐朝灭亡了，朱温建立了后梁，他没有家国可归了。“珍重主人心，酒深情亦深。”所以，张惠言的推测，不是完全没有道理的。张惠言说这五首词是他“留蜀后寄意之作”。这个主人，应该就是西蜀的王建。王建对他是看重的，特别是把他从长安第二次请到西川，让他做掌书记。而且前蜀建国，请他做宰相，开国的制度都出于韦庄的手中，所以，“珍重主人心，酒深情亦深”。你要知道现在的主人对你是看重的，“劝君今夜须沉醉”，深杯的酒，正代表着他的深沉的情意。前半首都是从主人那方面说的。

后边的两个“须”跟“莫”，则该是他自己的话了：“须愁春漏短，莫诉金杯满”，说应该愁的是这春夜的短暂（漏是更漏），要珍重这美好短暂的时光。“莫诉金杯满”，不要再推辞说这酒已经很满了，不能够再喝了，不要推辞。杜甫曾写过两首伤春的诗，中间有句：“一片花飞减却春，风飘万点正愁人。且看欲尽花经眼，莫厌伤多酒入唇。”（《曲江二首》之一）“莫厌伤多酒入唇”，正是因为“且看欲尽花经眼”的缘故。因为外边是这么悲哀惨痛的现实，所以说你不要厌倦，不要推辞，你已经喝酒喝得很多了，“莫厌伤多酒入唇”。韦庄的“须愁春漏短，莫诉金杯满”二句，也是说你不要推辞说我的酒杯已经满了，不要再斟酒了。何况我以为韦庄的“须愁春漏短”一句，还更可能暗中喻示了他自己的迟暮衰老，含意是极悲痛的。

以下“遇酒且呵呵”一句，这是我年轻的时候读韦庄词所不喜欢的一句，这句写得一点也不美，写得这么笨。什么叫“遇酒且呵呵”？我小时候没有什么欣赏能力，不喜欢这句词。现在我才知道，这是写得很了不起的一句词。呵呵是笑声，当年我说它不好，因为呵呵是空洞的笑声，没有真正欢笑的情感，可这正是它的好处。因为他本来在饮酒之中就没有真正的欢乐，他是强颜欢笑的，所以他说遇酒就且呵呵，说得非常好。不是说你对酒就果然地欢乐，而是说你暂且发出这一种空洞的笑声，强颜欢笑。这两句写得非常好。“遇酒且呵呵，人生能几何”，说这么短暂的人生，能够有多久的生命啊，今天有主人对你好，你就留在这里吧。可是，留在这里，他果然就把当年的红楼忘记了吗？所以，我们现在就把这个地点的疑问找到一个解答了。我们从韦庄的生平来看，这应该是蜀地。好，下面我们应该看他结尾的第五首了。

他说：“洛阳城里春光好，洛阳才子他乡老。柳暗魏王堤，此时心转迷。”现在他的思绪回到洛阳去了。他说我记得洛阳城的春光是那样地美丽。他在《秦妇吟》中曾说：“中和癸卯春三月，洛阳城外花如雪。”所以洛阳城的花是美丽的，一直到现在，洛阳的牡丹是出名的，洛阳的花是一直有名的。他说洛阳城里春光好，洛阳的才子在他乡老。洛阳才子我以为指的就是韦庄他自己。韦庄在洛阳写了《秦妇吟》，传诵一时，人家称韦庄为《秦妇吟》秀才。中国古代称有才学的年轻人都叫作秀才。洛阳城，他所怀念的那个红楼，很可能就是在洛阳的一段遇合。当年红楼的女子，当年那个美人，当年洛阳城里的春光，可是当年洛阳的才子在他乡老了，他没有办法再回到洛阳了，整个的长安洛阳都归了后梁了。

“柳暗魏王堤”，魏王堤是洛阳城郊的一个有名的风景区，堤岸满种着杨柳。白居易写过一首诗：“花寒懒发鸟慵啼，信马闲行到日西。何处未春先有思？柳条无力魏王堤。”（《魏王堤》）所以魏王堤上的杨柳是非常有名的。韦庄怀念到洛阳，洛阳城的春光是那么美好，现在正是春天，那魏王堤上的杨柳应该是长得这样的浓密茂盛了。暗，是因为柳荫的浓密茂盛。可是他这个洛阳才子在他乡老了，当他现在回想洛阳的美好的春光，回想到当年魏王堤上的杨柳，是“此时心转迷”，现在的内心是这样凄迷、这样悲哀，往事像一场梦境一样地过去了。

后半首开端写“桃花春水渌，水上鸳鸯浴”。这首词里边“洛阳城里春光好”是春天，“柳暗魏王堤”当然也是洛阳的春天。现在下半首所写的“桃花春水渌，水上鸳鸯浴”，也是春天了，但我以为这是不同地方的春天，是前蜀成都的春天了，是现在的春天了。诗词中的地点，不用你说我是从哪里到哪里，可以跳接，从当年的洛阳跳到了今日的成都。

“桃花春水渌”，我们从杜甫的诗来印证，成都的桃花春水是美丽的。杜甫曾说：“黄师塔前江水东，春光懒困倚微风。桃花一簇开无主，可爱深红爱浅红。”（《江畔独步寻花七绝句》之五）桃花春水是成都的桃花春水。“桃花春水渌”，渌，不只是说水的绿颜色，也是说那个水的澄澈，那个水的清明。杜甫也有诗说“春流泯泯清”（《漫成》二首之一）。杜甫不是在成都住过很久吗？他说那春天的水是这么澄清，泯泯是形容那江水澄清的样子的。成都不仅“春水渌”，成都也有鸳鸯，“水上鸳鸯浴”，他说在成都的江水上，有一双一双的鸳鸯在水中游泳戏水。而成都的当年在江边上是有鸳鸯的，杜甫的诗《绝句二首》其一就曾有“泥融飞燕子，沙暖睡鸳鸯”的句子，他说当春天暖的时候，那沙岸上睡的是一对一对的鸳鸯。所以这两句所写应该是成都的春天。

后边两句词：“凝恨对残晖，忆君君不知。”忽然折回到第一首那红楼的别夜，美人的和泪辞，劝我早归家，说绿窗人似花，而我今天再也没有希望回去了。所以，我凝聚着满心的悲恨，对着落日的残晖。我难道忘记了那红楼的美人？没有啊！“忆君”，我还是怀念你，但是我不能够回去。我怎么告诉你，怎么传达给你，怎么使你相信我对你的怀念？所以我只落得“凝恨对残晖，忆君君不知”了。

张惠言说这是当唐朝灭亡，韦庄留蜀后的寄意之作。我以为结合韦庄的生平来看，是可能的。韦庄的词不但表现了一种感情的品格跟境界，不管他写男子或女子的感情，都表现有一种深切真挚的感情的意境。而且他的章法、句法，所表现的结构、口吻都传达出强大的感发的力量，而且有的词中也是有深远的托意的。比如《菩萨蛮》五首的最后一首，他说“凝恨对残晖，忆君君不知”这二句就很可能是有托寓的。本来我们在讲温词的时候，我曾说温庭筠的词是用他纯美的感官的印象来给人以一个真切的感受，同时，他所用的语言文字的符号，有一种语码的作用，可以在语言学、符号学的联想轴上引起读者的丰富的联想。韦庄所写的是感情精神的本质，跟中国传统的文化背景也有某种相合的地方。像他写一个女子奉献的许身，他说“陌上谁家年少足风流，妾拟将身嫁与、一生休”，便不但是有屈原所说的“亦余心之所善兮，虽九死其犹未悔”的情意，也有儒家的“择善而固执”的精神。我们选择了我们的一个理想，我们就要固执地持守住我们的理想。我们不是为了将来一定有什么名利的成功，而只因为这是我们的理想。像我昨天说的，学物理学的不一定都像杨振宁、李政道那样得到诺贝尔奖。可是，如果我喜欢我选择了的这一门学问和事业，我就奉献我的全身心，为这一事业而努力。所以说“纵被无情弃”，也“不能羞”。就是说它能唤起我们中华民族的传统文化之中某一种品格的操守。

再者，韦庄也不只在写男女感情之中有这种深切真挚的感情，而且他的《菩萨蛮》五首，是果然可能有比喻寄托的意思的。引起我们托寓之想的，除了他的身世、时代背景、感情的本质以外，也有一点点语码的作用。他最后两句，“凝恨对残晖”，“残晖”就是黄昏日满的斜晖。而在中国古典诗歌的传统中，那落日的斜晖，常常是代表一个国家、一个朝代到了它的危亡衰乱时期的意思。因为中国古代常常把太阳——日当作君主朝廷的象征。这是有一个语码的作用的。所以，“凝恨对残晖”（有的本子是“斜晖”，因时间关系，我来不及作版本的考订。有的小词，因为都是流传众口的歌词，有的版本不完全一致），无论是“斜晖”，还是“残晖”，在中国的社会文化这个古典文学的传统中，是有语码的作用的，它暗示一个君主、一个朝代、一个国家的衰亡。

“忆君君不知”的“君”字，也有很微妙的作用。一方面我们通常说你我，我与君，“与君生别离”（《古诗十九首》），“君”就是“你”的意思。可是，另外呢，我们中国对于君主也称作“君”，所以这“君”字也有暗示的作用。

第四讲

冯延巳（上）

今天我们开始讲第三个作者冯延巳。

先简单看一下作家的生平，等一下需要的时候我们再加以补充。冯延巳是五代南唐人。南唐是五代十国之中的一个国家。己、已、巳三个字字形相近，我们用的是巳，就是说他的名字应该是延巳。我们用的是词学专家夏承焘先生的说法。夏先生认为应是延巳有两个理由：一个是冯氏一名延嗣。他自己的正名是延巳，延嗣与延巳同音。而中国人取名字的时候，常常是取其声音相近。这是一个理由。还有一个理由，就是中国人一般用干支纪年、纪月、纪日、纪时。按干支计算，子丑寅卯辰巳，巳时是九点到十一点的时间。巳以后就是午时，是十一点到一点中午的时间。所以把巳时一延长就到了午时。午时者是日正当中之时，那就是正中。夏氏曾引焦竑《笔乘》论“释氏六时”说：“可中时，巳也。正中时，午也。”所以，他名延巳，字正中。他是广陵人，南唐中主李璟的时候官至宰相。

我们现在就讲他词的艺术成就。我们讲了温庭筠，讲了韦庄。我们说温庭筠是一个客观的词人，是用美感的联想加深了词的意境的。韦庄是一个主观的词人，以他感情的直率真挚，以他的口吻的那种劲健直接感动了读者，使词脱离了歌筵酒席艳歌的歌词的地位。在韦庄手中，词成了可以主观抒写自己感情的抒情诗歌了。这是一个进展。我们觉得，词，在他们两人手中已经有了很高的成就了。

但是，冯延巳又开拓出来了一个更高的更深的成就。《老残游记》

里边曾经写过一段白妞黑妞说书的故事，说白妞王小玉说书：“初看傲来峰削壁千仞，以为上与天通；及至翻到傲来峰顶，才见扇子崖更在傲来峰上；及至翻到扇子崖，又见南天门更在扇子崖上：愈翻愈险，愈险愈奇。”你们很多年轻人经历了“文革”，那时不讲这一类词，把它们一概都抹杀了，认为是淫靡的小词。如果我们知道，每个作者有不同的风格，不同的成就，能够层层地高起，表现了很多深远的意境，就不会把它们一概否定了。我们今天要讲冯延巳了。

冯延巳有什么成就呢？我们说温庭筠的词给人丰富的联想，但它不给人直接的感动。它是客观的美感，不能给人直接的感动。韦庄的词给人直接的很强烈的感动。“四月十七，正是去年今日。别君时。”“昨夜夜半，枕上分明梦见。”给人很直接很强烈的感动。可是，你会发现韦庄词不大给人自由的联想。我们看他的《菩萨蛮》五首，是结合他的时代背景，以内容的情事，来判断说他可能写的是对于自己的国家唐朝的衰亡、昭宗被杀、朱温称帝的故国之思。可是，冯延巳一方面给人直接的感动，很强烈的感动；一方面又像温庭筠的词一样，给人丰富的联想。韦庄的词，他写的是很真挚的感情，说“记得那年花下，深夜。初识谢娘时。水堂西面画帘垂”，都很真切，很写实，给人的联想是比较少的。为什么缘故呢？因为他所写的是一件情事。这个情事，常常是有时间，有地点，有人物。他指实了某一件情事，就被这个情事所拘限了。

冯延巳的词，一方面有直接的感动，一方面不给人这种情事的拘限。我个人以为，冯延巳所写的是一种感情的意境，韦庄所写的是感情的事件。

我们先看冯延巳的《鹊踏枝》：

谁道闲情抛掷久，每到春来，惆怅还依旧。日日花前常病酒，不辞镜里朱颜瘦。　　河畔青芜堤上柳，为问新愁，何事年年有。独立小桥风满袖，平林新月人归后。

“谁道闲情抛掷久”，这是很妙的一句词。韦庄的词往往开头就写了具体的时间，具体的地点，具体的情事。可是，冯正中写的是“谁道闲情抛掷久”，他说了昨夜夜半梦见了所爱的那个女子了吗？是因为我与可爱的女子离别，如今俱是异乡人了吗？他都没有说，他只是说“闲情”。“闲情”是什么样的一种情感呢？你难以确指它是某一种感情的事情，是每当你空闲下来，只要你有闲暇的时间，就无端涌上心头的这样的一种情绪，这就叫作闲情。建安时代的曹丕写过一首四言诗，其中有几句说：“高山有崖，林木有枝。忧来无方，人莫之知。”（《善哉行》）他说高山一定有一个高起的山崖，树林的林木一定有丰茂的树枝，而一个诗人有的时候他内心有一种感情，是天生来就如此。李商隐诗“锦瑟无端五十弦”（《锦瑟》），谁让它天生来就五十弦的？是无端五十弦，是莫知其为而为，不知道什么缘故它天生来就如此了。“忧来无方”，这种忧伤来到内心，是找不到它的方向的。是因为昨夜夜半梦见所爱的人了吗？是因为我跟我所爱的人离别相见更无因了吗？他都没有说，是不知它自何方而来。“忧来无方，人莫之知。”甚至于连诗人自己都难以确实地言说。李商隐另一首诗说：“荷叶生时春恨生，荷叶枯时秋恨成。深知身在情长在，怅望江头江水声。”（《暮秋独游曲江》）你不知道他这种哀伤是从哪里来的。所以，他说那是闲情。只要你一清闲下来就无端地涌上心头的一种感情。

这已是冯延巳的一个特色了。不但如此，他的说法，我们上次讲过有联想轴，有语序轴，他在语序轴上是怎样说的？

他说“谁道闲情抛掷久”（有的版本是“抛弃”），你要看他的转折。短短的一句词，只有七个字，“闲情”，是这句所写的主要内容。我自己经过挣扎和努力，何尝愿意有这样的忧伤？忧来无方，我并不愿意有这样的闲情。所以，我曾经挣扎，曾经努力，要把这闲情抛掷。这是第一层意思。而且我不但努力把闲情抛掷，曾经努力了很久，是抛掷久，这是又一层意思。可是，你看他开头的两个字，“谁道”，是谁说我真的就抛掷了？是想要抛掷而没有能成功，是曾经尝试过、努力过，但是我发现我没有做到，这是第三层意思。他说的时候，是盘旋转折着说进去的，“抛掷”“抛掷久”“谁道闲情抛掷久”，绕了一个圈子又打回来了。所以，冯延巳的词是最有盘旋郁结情致的。

冯煦《阳春集·序》评冯延巳说：“郁抑惝怳。”香港的学者饶宗颐说：“余诵正中词，觉有一股莽莽苍苍之气。《鹊踏枝》数首尤极沉郁顿挫。”（《人间词话平议》）就是说他的感情不是像韦庄那样直接说出来，他是转了一个圈子然后才说出来的。韦庄的词也有转折，那是这一首与那一首，“人人尽说江南好”——“如今却忆江南乐”，前一句跟后一句，前半首跟后半首，前一首跟后一首之间的两个反复的转折的呼应。而冯延巳是在本句之中，一句之中，就盘旋沉郁地写出来了。这是在风格上的一个主要的不同。

他说：“谁道闲情抛掷久，每到春来，惆怅还依旧。”“谁道”一句是说这闲情不能抛掷，而每到春来，“惆怅还依旧”。他这个圈子是一直转下去的。我以为我的闲情抛弃了，可是当春天回来的时候，我就发现我的那一份感情——惆怅还依旧，彼此呼应。“谁道闲情抛掷久”，是笔法的盘郁；“每到”“依旧”，也是笔法的盘郁。他在主要内容上所写的，刚才是闲情，现在是惆怅，都不是具体的感情的事件。一个是闲情，一个是惆怅。惆怅是什么？我们昨天讲韦庄词“惆怅晓莺残月”，我就讲，在国外我讲中国古典诗词的时候，惆怅我是觉得找不到一个恰当的对应的词来翻译它。你说它是sad？是grief？都不是。悲哀，忧伤，都不是。惆怅者，是仿佛如同有所追求，仿佛又如同有所失落，是一种精神上没有依傍的一种落空的感受。写的是闲情，写的是惆怅，而笔法是回旋往复的笔法。

关于冯延巳的词，王国维曾有过一段批评的话，说：

> 冯正中词虽不失五代风格，而堂庑特大，开北宋一代风气。与中、后二主词皆在《花间》范围之外。（《人间词话》）

他说冯正中的词表面看起来，虽然也没有失去五代词的风格，五代词的风格常常写伤春怨别的哀伤，表面看起来，“每到春来，惆怅还依旧”，也是伤春的感情，可是它的堂庑特别大。堂是正厅；庑，是厢房。是说它的规模，它的内容特别大，超出《花间》词的范围之外。怎么就在《花间》词的范围之外了呢？《花间》中有的词写的是男女的感情，温庭筠的词它给我们联想，是说他不写具体的事件，只给我们一个美感的形象。这美感的形象就只是一种感觉，一种知觉上的感受，这是第一个层次。韦庄的词“昨夜夜半”“记得那年花下”，写的感情很真挚，给我们的是一种感动，这是第二个层次，一种感情上的感动。

现在我们如果回过头来，把王国维评冯延巳词的话跟张惠言评温庭筠词的话作一个对比，就会见到，张惠言说温庭筠的词有比兴寄托的意思，他是用比兴来讲的。他是说像温庭筠的“照花前后镜”，就是《离骚》的“初服”的意思。他用的是一种“比”，因为温庭筠写衣服，写的是衣服的美丽，屈原也写了衣服的美丽；温庭筠写了蛾眉，屈原也写了蛾眉，是从字面上的联想，是字面上的比附的联想。可是，当王国维读冯正中的词，读中主的词，读后主的词，他讲的是什么呢？这是我们欣赏词的第二种角度、第二种方式。我曾经在开始时讲过，我说我们读者对于词的解释，对它加以诠释，是把一个艺术的成品转为一个美学的客体来对它加以欣赏。王国维所用的是一种感发的方式。什么叫感发的方式？我想把冯正中跟南唐中主或后主结合起来讲。我们看中主李璟的一首词：

菡萏香销翠叶残，西风愁起碧波间。还与容光共憔悴，不堪看。　　细雨梦回鸡塞远，小楼吹彻玉笙寒。簌簌泪珠多少恨，倚阑干。（《山花子》）

这首词有很多不同版本，有的“碧波”作“绿波”、“容光”作“韶光”。王国维说：

南唐中主词“菡萏香销翠叶残，西风愁起绿波间”，大有众芳芜秽，美人迟暮之感。（《人间词话》）

这是一种感发的联想。还有南唐后主的词，王国维说：

后主则俨有释迦、基督担荷人类罪恶之意。（《人间词话》）

这也是一种感发的联想。中主不见得有这个意思，后主也没有这样的意思，而完全是感情的意境给人的感发的联想，是纯粹出于诗歌的感发的生命给人的感发。不是韦庄的情事，不是温庭筠的字句上的语码和联想，纯粹是一种感发的生命。冯正中词所写的就是这样一种感情的意境，是一种缠绵的、不能够摆脱的、不能够抛掷的这样的一种感情的意境——“谁道闲情抛掷久，每到春来，惆怅还依旧。”

冯延巳写词的口吻，总是盘旋沉郁。就是说，他对于感情是执着的，是抛弃不掉的，所以说“每到春来，惆怅还依旧”，是“日日花前常病酒”，还“不辞镜里朱颜瘦”，是这一份固执的执着不改变的，虽然在痛苦之中也不放弃的一种感情的境界。

在我们所讲的这三个词人里边，如果按照西方的 tragedy 悲剧的精神来说，冯延巳的词是最有悲剧精神的。就是说他有在痛苦之前执着而且不放弃的这样一种精神。所以，他说“日日花前”是“常病酒”。为什么要“日日花前常病酒”呢？我昨天曾举了杜甫的两句诗：“且看欲尽花经眼，莫厌伤多酒入唇。”写得很好。什么叫经眼的花？我们看其他生物，你今天看见它是如此，过了好几个月看它还是如此。你今年看它是如此，明年看它改变也不大。但是，只有花，你眼看它含苞，眼看它开放，眼看它零落。1981 年我跟我女儿回来教书，住在友谊宾馆那里。有一天早晨我们去上课的时候，看到院内一棵榆叶梅，我们北京特有的一种花，开得很茂盛。我们说应该给它照一个相，可是我们都有课，就去上课了。回来，当天下午，北京的春天，就起了大风。这花转眼之间就零落了。真是花经眼，你眼看它含苞，眼看它开放，眼看它就零落了。杜甫说，虽然花是已经要开完了，欲尽的花经眼。今天还有一些残花在树枝上，且看，你就姑且看一看，“且看欲尽花经眼”，因为再过两天，连这个欲尽的花也没有了。而因为这样的缘故，所以你对着这样好的花，就要饮酒。酒已经喝得很多了，你莫厌，你莫要推辞，“莫厌伤多酒入唇”。因为你明天再想来看花饮酒，花已经没有了，再饮酒就没有意思了。这正是冯正中所写的

“日日花前常病酒”。因为有花的日子不多，今天能够有花在你的眼前，你尽管是已经病酒，已经沉醉了，你也不要推辞，所以“日日花前常病酒”。为什么花前常常病酒？就因为对于花有这么珍重的爱赏的感情。我不能够我不忍心看到它的零落，我在它有花的时候我就要欣赏它。他说“不辞镜里朱颜瘦”，只有冯正中才会写出这样的句子来。

这样的词句有什么特色？“不辞镜里朱颜瘦”，它表现了几点特色。一个是“不辞”两个字。我说冯正中是有悲剧精神的，因为他是在艰苦困难之中，有一种奋斗有一种挣扎的努力。不甘心就失败下去，才有悲剧精神。人家打你一拳，你马上就摔倒了，也不爬起来了，那还有什么悲剧的精神。悲剧的精神就是因为他经过了挣扎奋斗努力最后他失败了，我最后虽然失败了，但是我是挣扎奋斗过了。冯正中的词就是表现了这样的一种精神，这样的一种感情的意境。这是“不辞”两个字所表现的这种执着的在苦难之中挣扎的精神。

还不仅如此。冯延巳词里还表现了一点特色，就是他的“镜里”两个字。这“镜里”两个字代表的什么？“镜里”两个字所表现出来的是一种自觉，是一种反省，冯正中的悲剧的性格是带着反省色彩的。有的人是莫名其妙地就走上了一个悲哀的下场了，冯正中不是的。他说我花前常病酒，花前病酒为它憔悴消瘦，难道我不知道？我知道，朱颜瘦就代表他在挣扎奋斗之中所付出的这种代价，这种努力。他说我知道我“朱颜瘦”，在“镜里”我清清楚楚地看到了，我自已有反省，自己有自觉。那你说你放下就好了，你既然是痛苦，既然是朱颜瘦，你就不要病酒了，你就不要再赏花了。他说我“不辞”那“镜里”的“朱颜瘦”，这是冯正中的词在感情的意境上的一个特色。

我们先讲了他感情意境上的特色，我们现在就要讲为什么冯正中的词在感情上表现了这样的一种特色。饶宗颐先生讲到这两句词的时候，写了两句评语。他说这两句词所表现的是“鞠躬尽瘁，具见开济老臣怀抱”（《人间词话平议》）。“鞠躬尽瘁”出于诸葛亮的《后出师表》，说“臣鞠躬尽力，死而后已”。躬是我的身体，瘁是过度地劳累。我把我的身体、我的一切的劳力奉献出来，至死而后已。饶宗颐说这表现的是开济老臣的怀抱。什么叫开济老臣的怀抱？是杜甫写诸葛亮的诗句“三顾频烦天下计，两朝开济老臣心”（《蜀相》）。说诸葛亮辅佐先主刘备开国，而在后主刘禅的国家急难的时候，他想要挽回，几次出师。这是“两朝开济老臣心”。他说冯正中的“日日花前常病酒，不辞镜里朱颜瘦”，是写的鞠躬尽瘁，具见开济老臣怀抱。

我们说，为什么冯正中的这种感情引起饶宗颐先生这样的联想呢？我们刚才简单地看了冯正中的生平背景。冯正中是一个命中注定了的悲剧人物，这是非常不幸的事情。什么人你能够说他生下来就注定要有悲剧命运？这是天下最大的不幸的事情，说他生下来就注定了悲剧的命运，冯正中就是这样的一个不幸的人。为什么我说冯正中生来就注定了要走一条悲剧的路子呢？我们说他是南唐的词人，这样说就比较简单了。我们要对他有一个更深刻的认识，是因为冯正中是广陵人，是在南唐的国土之内。不只是如此，南唐的人民不一定都跟国家同样走上悲剧的命运。可是因为冯正中的父亲冯令頵在南唐曾做到吏部尚书这样的官职，而且冯延巳从他年轻时候起，因他父亲的关系，就跟南唐的宫廷有了密切的交往。南唐第一个君主烈祖李昪就令冯延巳跟他的儿子——就是后来的中主李璟相交游，而冯延巳比李璟要大十几岁。当冯延巳二十几岁，李璟十几岁的时候，两个人便以世家的关系在宫廷内相交往了。当李璟做太子的时候，曾经被封做吴王，后又徙封齐王，冯正中就先后在吴王、齐王的幕府之中做掌书记。等到李璟即位，自然而然冯正中就一步步官至宰相了。

顺便补充一句，中国的小词，歌筵酒席之间歌唱的爱情的歌曲，为什么一下子就有了这么深远的含义呢？我要说，真是很奇妙的。因为词从一开始，文人诗客下手来写词的时候，出现了几个不平凡的人物。他们的学问，他们的修养，他们的经历，他们的身世遭遇都是不平凡的。一下子出现了这样几个作者，一下子就把这种歌筵酒席的歌曲的内容扩展了。我们讲了，韦庄是宰相，又出了一个冯正中，还是宰相啊。他们自然而然就把他们的学问怀抱跟他们国家的种种的关系都结合起来。不要说他一定是有意，一定是比兴，一定是寄托，我们不需要这样说，而是他自然而然之间有这样的一种生活，有这样的一个地位，有这样的一个环境，不知不觉就把他心灵中一种幽隐的情思流露在里边了。而且还不只是如此，他做官做到了宰相的地位，他跟中主从那么年轻就有了这么深切的友谊，而你从冯延巳的词里可以看到，他说“日日花前常病酒，不辞镜里朱颜瘦”，这个人的执着、固执，他的自以为是的作用，你已经可以想见了。而在当时南唐在五代十国的国势之间，当北方的梁唐晋汉周的五代最后的周慢慢强盛起来的时候，当这些南方的小国一个一个陷入危亡的境界的时候，跟南唐的朝廷有着这么密切的关系的人，负责了宰相这样政治任务的人，他如何处理呢？

我们说打仗进可以攻，退可以守，这是有利的地位。如果进不可以攻，退不可以守，又当何以自处呢？当时南唐国内就有党争，两派，一派主战，一派主和。你是战，还是不战？你要知道，如果不战，只有听凭人一步一步地侵略过来。一定要有能向外作战的能力，才能够图存。你不能战也就不能存。可是你战，南唐这偏安的小国，你有胜利的把握吗？南唐是曾经尝试过的。一次是伐闽之役，一次是伐楚之役。在这个政党的朋党的攻击之中，有一次伐闽之役，中间牵涉到冯延巳同父不同母的弟弟冯延鲁。我们来不及细讲（请参看夏承焘《冯正中年谱》），总而言之，伐闽失败了，于是政党的攻击都集中在冯延巳身上。冯延巳就离开了宰相的地位，被罢免了宰相，去做了昭武军抚州节度使，有三年之久。

这里我又要插一笔，抚州在江西，统辖的几个县中有个临川县。临川这个地方在五代以后不久，北宋的初年，出现了另外一个很杰出的词人，另外一个宰相，就是晏殊。所以，你就知道词，在发展的历史上有多么样的一种微妙的经过。冯正中到抚州，当然那个时候的歌词不是像我们现在都是书面上的文字，那时都是可以传唱的。所以历史上就记载着说，晏殊从少年就喜欢歌词，而尤其是喜欢冯延巳的歌词，说“元献喜冯延巳歌词，其所自作亦不减延巳”（刘攽《中山诗话》）。还不仅如此，晏殊做主考官的时候，选拔了另外一个人才，就是欧阳修。欧阳修虽然不是在江西出生的，但是欧阳修的祖籍也是江西。所以，中国的词史上有人就说，不但诗史上有所谓江西诗派——黄山谷、陈后山这一派的江西诗人，词的历史之中也有江西一派的词人（见冯煦《宋六十家词选·例言》），所说的就是冯延巳影响之下的晏殊、欧阳修这一派词人。中国的词就是在他们这几个人的手中，以他们的学问，以他们的怀抱，以他们的身份地位，以他们的生平遭遇，使得这么短小的爱情的词的境界开阔了。所以，冯延巳在中国词的发展上，在中国的词史之中，是一个承先启后的人物。他一方面承继着五代的这一种伤春怨别的小词的传统，虽然他不写具体的男女的感情事件，但仍是一种伤春怨别的五代风格的小词，而他的意境却“堂庑特大”。因为他虽然也写伤春怨别，但他所写的不只是男女的感情，他写的是“闲情抛掷久”，他写的是“惆怅还依旧”。“闲情”“惆怅”，是一种感情的境界，是他一种心灵之中内心的情感的状况。他的词不再是像温庭筠那样的不具个性的美丽的歌词，也不再是韦庄那样只写感情事件的抒情诗。他的词所写的是一种深挚的感情的意境，这正是冯正中了不起的地方。而正是冯正中的开拓，使北宋初年的有一些大作家，除晏殊、欧阳修以外，像范仲淹这样的人物，宋祁这样的人物，都是学问、道德、功业不可一世的人物，都写了小词。而中国的小词，就像我在开始时所谈到的，是在无意之中，并不是说我一定要言志；可是你有了这种修养、品格、感情以后，你在写歌词的时候，不知不觉就流露出来这样的一种境界。而现在我们还要注意的，就是冯正中、晏殊、欧阳修他们三个人用小词来表现一种感情的意境，流露了作者的品格，这一方面是相似的。但是，三个人的性情是不一样的。所以冯正中、晏殊、欧阳修每个人还各有不同的面貌。关于这些区别，我们要留到以后再讲。现在先讲冯延巳。

清代的词学评论家冯煦，在为冯延巳的词集《阳春集》写的序言中曾说：

> 翁俯仰身世，所怀万端，缪悠其辞，若显若晦，揆之六义，比兴为多……其旨隐，其词微，类劳人思妇、羁臣屏子郁伊怆怳之所为。（《阳春集·序》）

冯煦与冯延巳同姓，所以当他写冯正中的时候，就表现了一种特别的感情。他说“吾家正中翁”，称正中为翁。冯正中的身世与南唐既结合了密切的关系，而南唐注定了是一个必亡的国家。所以“俯仰身世，所怀万端”，他内心无限感慨，有说不尽的万种头绪纷纭的感情。

缪，荒谬，不是很真切的，不是很写实的。悠，是悠远。他不是说我是忧国忧民，我是鞠躬尽瘁，我是开济老臣。这是别人看出来这样的感情，冯正中没有站出来说这样的感情。他说的是闲情，是惆怅。所以“缪悠其辞，若显若晦”。他所说的话，好像是你可以看出他的意思——若显，“日日花前常病酒，不辞镜里朱颜瘦”，有这样一种感情的本质；可是他又没有明白地说，所以“若显若晦”。如果用赋比兴风雅颂这六义来考察的话，冯延巳所用的大半是比兴的意思。就是说都是说的表面是一件事情，而里边所包含的是另外一个意义。他说“其旨隐，其词微”，他所写的好像是劳人思妇，好像那些遭遇不幸的人，或者被贬逐在外的逐臣，好像是丈夫远离的闺中的思妇，或是屏子——被家里不要的儿子，总而言之，是在身世上遭到不幸的这样的人。“郁伊”，是他感情这样地深沉，他感情这样地盘郁。“怆怳”，而内心这样地迷茫，内心这样地悲怆。所表达的就是这样的一种感情，“郁伊怆怳之所为”，这是冯正中词的一种意境。

现在我们把下半首继续讲完。

“河畔青芜堤上柳，为问新愁，何事年年有。”这后片的词与前片是互相呼应的。“河畔青芜堤上柳”，是春天的景色，河边的青草，青青河畔草，还有岸上青青的杨柳。这句是呼应上片“每到春来”；何事使我惆怅，那河边的青草，那堤上的垂杨，“为问新愁，何事年年有”。他所说的愁，是闲愁，是惆怅，现在又有一个“新愁”。是什么事件？他也没有写感情事件，他只说一个愁。而你要知道这个“新愁”，就是呼应了前半首的“惆怅还依旧”，呼应了前半首的第一句“谁道闲情抛掷久”。是以前就有的，我曾经努力想要抛弃，可是春天一来，河畔的青草、堤上的垂杨把我这一片忧伤又唤起来了，这个新愁就是旧愁。新愁就是他想“抛掷久”而没有能抛掷掉的，就是他“惆怅还依旧”的那个惆怅今年又回来了。今春的新愁就是过去的旧愁。而我还要再说明一点，他的“河上青芜堤上柳”是承上启下的。我们说一首词，前边的是前片，后边的是后片，过渡的地方就叫作过片。这一句要承上启下。我们刚才不是说比兴吗？这一句词“河畔青芜堤上柳”是既有比的意思，也有兴的意思。什么叫既有比的意思又有兴的意思呢？“闲情抛掷久”，“惆怅还依旧”，是写一种愁的秾密，这种愁的不能断绝，正如青草之年年生长。白居易曾经说的：“离离原上草，一岁一枯荣。野火烧不尽，春风吹又生。”（《赋得古原草送别》）这是草，也是愁。野火烧不尽，春风吹又生的草，是抛弃不掉的“闲情”还依旧的“惆怅”。所以“河畔青芜”一句，从他所写的“闲情”“惆怅”来说这是比。可是对于下半首说呢，正是今年新的青草、新的杨柳唤起了我的新愁，也是兴。“河畔青芜堤上柳，为问新愁，何事年年有”，你看他这带有挣扎的口吻，他说“何事”，为什么我要如此？他不但有反省，而且有疑问。这是冯延巳的悲剧性格很明显的一点。他有挣扎，有努力，有固执，有反省，有疑问，“为问新愁，何事年年有”，我是挣扎过的，而我仍然不得解脱。

所以，最后两句就说了，“独立小桥风满袖，平林新月人归后”。我们欣赏词一定要以细微的感受去欣赏，如果不能如此，那么“独立小桥”不过写一个人在小桥上站着就是了。你要知道，桥，是什么所在？桥是横在河水上的，孤悬在河水上的。桥，是没有屏障、没有荫蔽、没有保护的所在。你为什么不回到你的房屋内室中去呢？你为什么要独立在小桥之上呢？而且他说“独立小桥风满袖”，因为没有遮蔽、没有屏障，风吹到我的衣袖之中，我满袖的都是寒风，可见这寒风的寒冷的侵袭是何等的强烈。“独立小桥风满袖”，“满”字是非常有力的。你为什么一个人孤独地站立在没有屏障的小桥上接受四面寒风的侵袭？为什么要如此？饶宗颐先生说这一句词，可能就暗示了他在南唐朝廷之中所受的周围所有的政敌、不同的政党的各方面的攻击。饶宗颐先生可以这样理解，可以这样说明。可是我们不要确指，说冯延巳写这句词的时候就是要表现受到政党的敌人的攻击。不用这样解释，只是说他在这样的政治地位、环境之中，内心深处自然有这么一种悲哀的感受，甚至于他自己的 consciousness 显意识都没有意识到。这就是词的微妙的作用，就是王国维所说的“词……能言诗之所不能言”。“独立小桥风满袖”，既然是风满袖，既然是独立，你为什么不回去？这就是冯正中的固执了。他说“平林新月人归后”，平林是远处的丛林，不是你眼前的一棵大树。远远的在地平线那边的丛林，月亮已经升上来了，所有路上的行人都已经回家了。每个人都有一个归宿，每个人都有他的保护，每个人都有他的温暖。所有的人都回去了，我为什么立在这里呢？

这首词直到结尾，他也没有明写是什么感情，写得这么深沉感动的、这么沉郁这么盘旋的一种感情是什么？他没有说。他所写的是感情的一种意境。

下面我们将再看几首冯延巳的词。我们现在接下来看他的《鹊踏枝》“梅落繁枝千万片”。我要说明冯延巳的《鹊踏枝》词在《阳春集》中收录有十四首。我还要说，每一个词人有他特别喜爱的牌调，有他填写得特别好的一个牌调。冯延巳这十四首《鹊踏枝》词写得最好。所以，清朝的另外一个词学批评家王鹏运就说，冯正中词《鹊踏枝》十四首，是“蒙嗜诵焉”。他说他从小的时候，就非常喜爱冯延巳的这十四首《鹊踏枝》。在冯煦《阳春集・序》中所说“其旨隐，其词微，类劳人思妇、羁臣屏子郁伊怆怳之所为”，指的也就是冯正中的这十四首《鹊踏枝》。饶宗颐所说“沉郁顿挫”的也是指《鹊踏枝》这些个词。可见在冯正中词里《鹊踏枝》词牌是他喜爱用的，而且是填写得特别好的，能够代表他的这种“郁伊怆怳”特色的作品。所以我们就多看他一首另外的《鹊踏枝》：

> 梅落繁枝千万片，犹自多情，学雪随风转。昨夜笙歌容易散，酒醒添得愁无限。　　楼上春山寒四面，过尽征鸿，暮景烟深浅。一晌凭阑人不见，鲛绡掩泪思量遍。

我们说冯正中总是盘旋沉郁地这样说出来的，不是一首词如此，这是他的风格。所以我们在这第二首小词里边，同样可以看到他盘旋郁结的风格。

“梅落繁枝千万片，犹自多情，学雪随风转”，这真是冯正中用情的态度。我们常常总是以为一定要说些道德啦、伦理啦、教育啦、教化啦，以为这样的词就都是写感情的，有什么深意？可是，正是这些只写这种感情的小词，使我们看到每一个作者有他不同的用情的态度。而他不同的用情的态度，就正反映了他这个作者的品格修养和性格。他说“梅落繁枝千万片”，冯正中写梅花的落就已经表现了他的特色。我们只是说梅花落就落了，其实，每个人写花落都不同的。像李后主说“林花谢了春红”，非常简洁，但六个字这么有力量。可是冯正中说“梅落繁枝千万片”，那种曲折，那种盘旋——所以讲词就要注意这一点，他用那幽微的字句所表现的深隐的心灵深处的，甚至是不自觉地表现出来的他本身的那种心灵深处感情的一片本质。“繁枝”，繁茂的树枝，多少梅花落了，是“梅落繁枝千万片”，多么沉痛，多么悲哀。“梅落”，那繁枝千万片的梅花都落了。这还不够，不只如此，冯正中说“犹自多情，学雪随风转”，这是冯正中。就是这梅花到落了，千万片都落了，这个梅花都没有放弃它的一份感情。已经成为零落千万片的落花了，还犹自多情。我说的就正是冯正中用情的那种固执、那种执着，那种在苦难悲哀走向灭亡之中，都要挣扎的用情态度。所以饶宗颐说他是开济老臣的怀抱。中国古人也赞美一种精神，说知其不可为而为之。我知道不能挽回了，但是我仍然要尽上我最大的努力。冯正中表现的是一种悲剧精神，是一种品格，是一种操守。

"犹自多情"，写得真是好。李后主也写落花，"林花谢了春红"这还不说，李后主还有一首小词：

> 别来春半，触目愁肠断。砌下落梅如雪乱，拂了一身还满。
>
> 雁来音信无凭，路遥归梦难成。离恨恰如春草，更行更远还生。(《清平乐》)

李后主写的是另外一种美。他写落就是落了，"林花谢了春红""砌下落梅如雪乱"，那落梅是落在地上的梅花，是地上所铺的那一层落花，跟雪一样。李后主是哀悼，是无可挽回地哀悼，"自是人生长恨水长东"。可是，冯延巳是奋斗，是挣扎，是在败亡的途中还要挣扎，所以"犹自多情"，就是这一点他跟李后主是不同的。两个人都好，但是冯正中这种精神，这种用情的态度，是他所特有的特色。他说"犹自多情，学雪随风转"，梅花千万片地落下来，就好像天上的雪花。你看那雪花飘下来的时候，一阵风卷过，雪花在空中飘舞盘旋，随着风旋转。像杜甫的两句诗："乱云低薄暮，急雪舞回风。"(《对雪》)急雪，是下得很密的大雪，在那盘旋的风中飘舞。冯正中说这梅花也是如此，"梅落繁枝千万片，犹自多情，学雪随风转"，这是他白天眼前所见的景物。

后边他说了，“昨夜笙歌容易散，酒醒添得愁无限”。前边三句是写眼前的风景，“昨夜笙歌”，是写昨天晚上的情事，而这情景之间彼此是有呼应的。我昨天讲韦庄的词也曾说了，这种小词它每一个字、每一句，它每一个文法的结合的口吻，都要传达一种作用，都要指向一种意向，就是 intention，指向他要传达的感情的兴发的一个作用的目的。“昨夜笙歌容易散”，我们说“笙歌”是多么美好的聚会，可是，“笙歌”这么容易的就散了，别时容易啊。美好的聚会，这么好的事情这么快就消失了——“笙歌容易散”。而这“笙歌容易散”就呼应了第一句“梅落繁枝千万片”。良辰美景，赏心乐事，良辰美景的“梅花”不能够常有，赏心乐事的“笙歌”也不能常有，所以，他的情景之间是互相呼应的。“昨夜笙歌容易散”，这“容易”两个字里边有很深的感情。“酒醒添得愁无限”，今天面对着的梅落繁枝，是我昨夜酒醒以后今天早晨之所见，所以那个学雪随风转的落花的飞舞，都是他笙歌散去之后的惆怅哀伤的盘旋飞舞。还不仅是如此，他接着又说“楼上春山寒四面”，这也是冯正中常常表现的一种感情的意境，就是四面寒冷的包围，如同上一首所说的“独立小桥风满袖”。而这首词则是写的楼上，是这么高、这么孤立的所在，而且四面春山，是一种阻隔、一种隔绝。所以，“楼上春山寒四面”，他所写的是景物，但是，他所表现的是一种隔绝和寒冷的感觉。“楼上春山寒四面”，这是冯延巳一贯所表现的感情。

“过尽征鸿，暮景烟深浅。”征鸿，我们在讲温庭筠的词的时候，曾说“雁飞残月天”。鸿雁是传书的，我有所期待，盼望一只征鸿为我传来一封书信？可是过尽征鸿，没有一封我的书信到来，而这个时候苍然暮色自远而至。柳宗元《始得西山宴游记》所说的“苍然暮色”，那种苍茫黄昏的暮霭，“暮景烟深浅”。当苍然暮色来的时候，远方的景物模糊不清了，而那个烟霭深浅的暮色，因为背景不同，有的是山，有的是树，有的是远，有的是近，所以那烟霭迷蒙有深浅的不同。“过尽征鸿，暮景烟深浅”，我们要说这是等候之中的一种落空的感觉。“楼上春山寒四面”，在孤独寒冷之中，我所盼望的没有来，“过尽征鸿”，而四面这样的一片迷茫，是“暮景烟深浅”。那种迷茫，那种隔绝，那种寒冷，那种失望，等待的没有来。西方的一个荒谬剧《等待戈多》，就是写两个人等待一个人，等待一个消息，等待的结果是终于没有来。他们用这样荒谬的形式表达，传达的也是一种期待、一种盼望，而所期待盼望的终于没有到来。冯正中所写的也是一种期待、一种盼望的落空，是“过尽征鸿，暮景烟深浅”，同样是表达这样一种感觉。不过他们所表达的形式不同，表达的感觉不同。《等待戈多》，它完全是用没有意义的对话，你就觉得这么荒谬、这么枯燥、这么单调。可是中国的词中所写的，说是“过尽征鸿，暮景烟深浅”，那种怅惘哀伤，那种幽婉缠绵，跟他们那种单调的枯燥的感觉是不同的，这是中国诗词的一种特色。“过尽征鸿，暮景烟深浅”，你可以感觉到那种情韵的绵长。

后边他又说了“一晌凭阑人不见”，“一晌”有两种解释，张相《诗词曲语词汇释》说“一晌”为“指示时间之辞，有指多时者，有指暂时者”，有的代表时间的长，有的代表时间的短。代表短的意思我们可以举李后主的一首词：“帘外雨潺潺，春意阑珊，罗衾不耐五更寒。梦里不知身是客，一晌贪欢。”（《浪淘沙》）这“一晌贪欢”的“一晌”是短暂，是我“梦里不知身是客”，梦中还有“车如流水马如龙”（李煜《望江南》），可是醒来万事全非，只是那么短暂的一瞬之间，我曾经沉迷在梦中往事的欢乐。“一晌贪欢”，这是短的意思。而冯正中这里说的“一晌凭阑人不见”，是长久的意思，是我长久地在楼头伫立。你要知道，这时间感还曾在哪里暗示出来呢？前半首说的“梅落繁枝千万片”，那是早晨，那是白天；“昨夜笙歌容易散”，昨夜刚刚过去，等到现在是“楼上春山寒四面”的环境——这是一个空间，“过尽征鸿”在这四个字之中已经从早晨来到黄昏了，已经到了傍晚，已经到了“暮景烟深浅”的时候。所以“一晌凭阑”，我长久地依靠在栏杆之上。凭，就是凭靠的意思。“一晌凭阑人不见”，我所期待盼望的那个人没有出现。但冯正中不放弃，他一直也不放弃。所以后面接下来就说了“鲛绡掩泪思量遍”。鲛，传说海底有鲛人，鲛可以织出绡，一种很薄的材料，非常美丽非常柔软的一种材料，用鲛人所织的绡这样的手巾。而你要知道用鲛绡还有另外一种联想。鲛人传说是可以泣泪成珠的。泣泪成珠是一个很美好的传说。泪是这样悲哀的，珠是这样美好的。所以他说用那泣泪成珠的鲛人所织的绡。掩，是用手捺一捺，把眼泪拭干。这是我们中国的传统，我们一向说，温柔敦厚，诗之教也。所以我们中国人一般不用那种决绝的痛哭哀号，流下泪来还用鲛绡把眼泪轻轻地擦去。但是，他放弃了吗？他没有放弃。“鲛绡掩泪”还要“思量遍”，是千回百转，我所期待的那个人我没有放弃。期待的人是谁？在冯延巳的词里边我们不必确指。他所表现的只是一种感情的意境。“一晌凭阑”尽管“人不见”，我也要“鲛绡掩泪思量遍”。

我们看了冯延巳的两首《鹊踏枝》，下边我们要简单地看他另外几首词了。有精读，有略读。我们简单地念一遍，大概地知道他的风格：

酒罢歌余兴未阑，小桥流水共盘桓。波摇梅蕊当心白，风入罗衣贴体寒。且莫思归去，须尽笙歌此夕欢。（《抛球乐》）

“小桥流水共盘桓”表面上写的是在桥上徘徊。“盘桓”“徘徊”都是叠韵的字，意思相近，盘桓、徘徊，就是在一个地方盘桓、徘徊而不离开的意思。我们对一个喜爱的事物、喜爱的地点，可以盘桓流连不去，对于我们的一个亲密的好朋友久别重逢，可以盘桓流连几天地聚首。我们不忍分别，即是盘桓。跟什么盘桓？陶渊明说“抚孤松而盘桓”（《归去来辞》），他说当他自己在仕宦之途上不甘心与那个黑暗腐败的官僚社会同流合污而解印绶去职归隐，说我回到我自己住的地方，可以手抚着我园中的松树而与这个松树盘桓，多么美好！孤松，那种挺拔的，那种坚贞的，那种经过霜雪不凋落的品格，我与它盘桓。陶渊明诗里常常写到松树。他说：“因值孤生松，敛翮遥来归。”（《饮酒二十首》其四）他说我遇到一棵孤独的松树，就像一只鸟落下来，落在这棵松树上。陶渊明不是鸟，他也没有落在一棵松树上，而他说我落在松树上了，是说他的精神有孤松这种坚贞的不改变的这样的节操，这是很好的。你结果得到孤松来盘桓，你的精神有这样一个依靠和寄托，可以“敛翮遥来归”，很好。

可是，冯正中说“小桥流水共盘桓”，这是冯延巳。冯延巳所以是个悲剧的人物。陶渊明是在仕宦的官场之中，他虽然没有成功，不能在仕宦之中实现自己的理想，可是他是主动地辞去的，而且辞去以后，完成了他自己的品格和理想。他所追求的品格理想他完成了，他达到他的一个境界。他说：

> 结庐在人境，而无车马喧。问君何能尔，心远地自偏。采菊东篱下，悠然见南山。山气日夕佳，飞鸟相与还。此中有真意，欲辩已忘言。（《饮酒二十首》其五）

又说：“俯仰终宇宙，不乐复何如。”（《读山海经》）他自己完成了他自己的品格，而冯正中没有。冯正中整个地是失败了，整个地是落空了。他跟一个必亡的国家结合了这样密切的命运，所以他所说的是“小桥流水共盘桓”。小桥，刚才我们说了，“独立小桥风满袖”，你怎么在小桥之上盘桓？小桥之下是流水，如同李白诗说的：“前水复后水，古今相续流。”（《古风》）流水，是永远不停止、永远在消逝的。你为什么不像陶渊明所说的，跟一个坚贞的固定的经霜雪都不凋零的孤松一起盘桓呢？你怎么跟没有障蔽的小桥盘桓？你怎么跟小桥之下一直在消逝不停的流水盘桓？这是冯延巳。他写这两句词的时候，有我所说的这么多想法吗？他不一定有，就是说他不知不觉之间，他内心有这样一种隐藏的潜在的意识，而不知不觉之间就表现出来了。“小桥流水共盘桓”，写的是非常悲哀的。

下面的“波摇梅蕊当心白，风入罗衣贴体寒”。“波摇梅蕊”，桥下的流水里边，有梅花的梅蕊。这有两种解释，诗词因为多种原因，因而有多义的可能，有的时候是因为形象有多义，有的时候是因为文法提供的有多义。这“波摇梅蕊”有人说了，是梅花落在水中了，在水中荡漾，所以说波摇梅蕊。可是，你要知道，他写的是小桥的流水，那水是流逝的，而且说“当心”；心者，水的中央，是水的波心。如果是流水的话，那落花的花瓣就永远停在波心吗？那落花的花瓣为什么不随着流水而流走呢？所以，有另外一个解释，说这个梅蕊不是真正的落花，而这个梅蕊就是树上的花在水中的倒影。水边有一棵梅花，而梅花树的树影，一团白色的梅花的花影就正映在水中。当水流动的时候，这个花永远不流走的，花永远在波心，而这个花永远随着流水的波浪而摇荡不已的，这是“波摇梅蕊当心白”。

这真是非常难讲。词之所以难讲，就在这个地方。你只是说水里边有梅花的影子，这不成。它表现了一种什么样心灵幽隐之中的感受，那种白的颜色，那种迷茫的感觉，那种摇动的闪烁。我记得在国外看过一个电影，大概是叫作《吃南瓜的人》(*Pumpkin Eater*)，写一个孤独寂寞的女子，剩下她很孤独寂寞的一个人的时候，拉开窗帘，一片花影的闪动。电影上没有说什么话，但是表现了她的寂寞孤独。再引一句中国的词，欧阳修的词："寂寞起来牵绣幌，月明正在梨花上。"(《蝶恋花》)我看那个 *Pumpkin Eater* 的电影最后一幕，看到窗帘上光影的闪动，一个孤独寂寞失去一切的女子，就想到欧阳修这两句词。月明与你何干？梨花与你何干？"人生自是有情痴，此恨不关风与月。"梅花与你何干？流水与你何干？那"波摇梅蕊当心白"与你何干？词是非常难讲的，所以我才要用一些其他人的诗词和故事来作引证。你要想象当冯正中站在小桥流水之上，一片白色的光影闪动的时候的感觉。而且，不只是如此。他前后两句的对句，说"波摇梅蕊当心白，风入罗衣贴体寒"，前句的"当心"，与下一句的"贴体"相对称。前一句的心是"波摇梅蕊"的"当心"，所以那个"心"，按照字面上文法的结构，应该是"波心"，是"波摇梅蕊"在"当心"，水波摇动的梅蕊正当水的波心。西方的结构主义语言学者分析一首诗，跟新批评一样，喜欢把作品孤立起来，只分析作品里边的结构之间的关系所造成的效果。这个效果在哪里？"波摇梅蕊当心白"，按照本句的文法的结构是波心，但按照下一句的对句"风入罗衣贴体寒"来看，这个心因为它跟"贴体"相对，所以就变成词人之心了。这是一种语言的妙用。

有时候我们中国很多的批评家，欣赏批评词的人，像冯煦、王鹏运，他们只能说冯正中的词是"郁伊怆怳"或"郁伊惝怳"。可是"郁伊怆怳"和"郁伊惝怳"，这个太抽象了，太概念化了，太模糊了。所以，有的时候我们要参考西方文学批评理论，因为他们要说明出来，要给它一个很逻辑的很科学的很理论的说明。如果按照结构主义的语言学来分析，就把这两句的作用很清楚地显现出来了。“波摇梅蕊”的“当心”，本质上是指的波心，可是与下边的“风入罗衣”的“贴体”一结合，这个心就成了词人之心了。那摇动的波光、那梅花的花影，就不只是在波心之中摇动，也是在词人心中摇动。这是很妙的一种感觉。而“波摇梅蕊当心白，风入罗衣贴体寒”所写的孤独寒冷与“独立小桥风满袖”的情景有相似的地方，因为那是冯正中他自己的感情，他的心灵上的一个基本的状况。他时时都感到寒冷，他时时都觉得被隔绝，是孤独的，是这样寂寞的一种感觉，所以说“风入罗衣贴体寒”。罗，是多么单薄的；而贴体，那个侵袭是多么深入的侵袭。可是冯正中，你为什么不回去休息？你为什么不到屋子里边找一个温暖的地方躲避？他说了，“且莫思归去，须尽笙歌此夕欢”。所以我说，冯延巳有悲剧精神。他有奋斗，有挣扎，有反省，而且有永远也不放弃的这种精神。

我们再看一首就把冯正中结束了。下边有一首非常难讲的词，比前边两首更难讲的一首词。因为前边的两首我们还可以说他表现了奋斗，表现了挣扎，表现了执着。我们还可以从很多地方说是“当心”，是“贴体”，是“每到春来”，“惆怅”“依旧”，是“日日花前常病酒”。我们还有许多可以抓住的地方，有很多可以掌握的地方。下边这一首就更微妙了，写感情的一种最幽隐的最深微的一种活动。冯正中是最难讲的一个词人。下边一首：

逐胜归来雨未晴，楼前风重草烟轻。谷莺语软花边时，水调声长醉里听。款举金觥劝，谁是当筵最有情。（《抛球乐》）

清朝一位词学家评论冯正中说：“冯正中词极沉郁之致，穷顿挫之妙，缠绵忠厚，与温韦相伯仲。”（陈廷焯《白雨斋词话》）他的词真是“极沉郁之致”。他感情的那种深沉，他用情的那种姿态——人不仅外表有个姿态，用情的态度也真的是有一种姿态的——那种盘郁深厚的姿态，“穷顿挫之妙”。顿挫不是一泻无余、一直下去的，是停一停，起来一点再下去的。真是“缠绵忠厚”。我们在中国评赏杜甫的诗，说杜诗是“缠绵忠爱”，对自己国家的那种关心、爱护。像冯正中知其不可还要努力的，这种执着的不放弃的爱，是缠绵，不是只有男女之间的感情才是缠绵的，且是“缠绵忠爱”。而且“温柔敦厚，诗之教也”，所以陈廷焯赞美冯延巳词是“缠绵忠厚”，还说他“与温韦相伯仲”，这正是这一类词的特色。而且我们还应该把冯延巳的词放在历史发展中来看，冯煦《唐五代词选·序》就曾说：“吾家正中翁，鼓吹南唐，上翼二主，下启晏欧，实正变之枢纽，短长之流别。”鼓吹南唐，本来是宣扬、发扬，推广它的影响，是把南唐的风格发扬了。

王国维曾经提出来说冯正中词与中主、后主词皆在《花间》范围之外。所以，他发扬的是南唐的词。王国维还说他的风格与《花间》不同，因此，《花间集》中选五代词，没有南唐的作者。冯延巳、中主、后主词都没有选入《花间集》中，这还不只是由于风格不同，也因为地域相隔遥远，还因编选的时代不同。《花间集》编选定集较早，南唐词较晚，所以没有收集进来。除此原因之外，我们认为王国维的说法还是对的，南唐风格确实不在《花间》范围之内。南唐词特别富于一种感动兴发的意味，它由自己本身感情本质的感发的生命，引起读者的感情、品格、心灵、情操的一种联想：不是像韦庄由一个事件引发我们的联想，也不是像温庭筠由于语码的缘故引起我们的联想，是它感情的本质，带着一种兴发感动的作用，特别有感发作用，这是南唐词的特色。说冯正中是“鼓吹南唐，上翼二主”，是向上辅佐二主。他所说辅佐，不是政治上辅佐，是使得词的这种作风养成一种风格风气的辅佐。冯煦是清代文学批评家，在他头脑中残留着封建思想，所以把冯正中和中主、后主结合起来时，说是“上翼二主”，而冯延巳是在下的，中主、后主是在上的。但在科学的历史上是完全不对的，在历史上，冯正中年龄比中主都大了十几岁，何况后主呢？冯正中的词在南唐是倡导风气的人物，中主、后主都应该是在他的影响之下的。他是南唐年龄最长的开风气的一个作者。冯煦讲他“上翼二主”是封建的观念，君主都是在上的；“下启欧晏”，影响了北宋初期的晏殊、欧阳修；是“正变之枢纽，短长之流别”，是词的演变、变化的一个关键性人物，是演进的枢纽，是长短句中建立了一个流派的人物。

再看下面一段评语。刘熙载的《艺概》上说：“冯正中词，晏同叔得其俊，欧阳永叔得其深。”冯正中词，我们看“谁道闲情抛掷久”“鲛绡掩泪思量遍”，这种感情的深挚，欧阳修某一点上与他相似——“直须看尽洛城花，始共春风容易别。”我不放弃，我要看尽洛城花，这个感情的深挚执着不放弃，欧阳修与之有相似之处，这是欧阳永叔得其深。可是晏同叔得其俊，那就是说冯正中词除深的一面，还有俊的一面。“俊”，你说是“美”吗？不是。“俊”是很难说的，没有很多种涂抹装饰、雕琢刻画的一种美，“俊”是一种才气，秀逸之气。是这样的一种精神的美，不是死板的颜色的涂抹，不是那种技巧的雕琢刻画，而是一种才情韵致的，那种带有飞扬的、给人启发的一种美。就是说冯延巳词中有这样一种俊的美，而这种俊的美是晏殊词的一种风格。所以说晏殊得其俊，欧阳永叔得其深。

我们刚才看到的那几首词比较上是属于深的一面的作品，现在这一首词是俊的一面的。“逐胜归来雨未晴”，真是俊，真是美。什么是“逐胜”呢？我们常说观光览胜，胜是一种美好的、杰出的，比大家都好的就是胜。什么叫作逐胜呢？他所写的是春天的景色。这里所说的逐胜，是游春赏花之胜。刘禹锡的一首诗中说：“紫陌红尘拂面来，无人不道看花回。”（《元和十年自朗州承召至京，戏赠看花诸君子》）大家都去看花，游春赏花，你也可以去，你为什么不去？你也可以去游春赏花，这是多么美好啊。你跟人一起争逐，你也去，是“无人不道看花回”，是游春赏花的胜事。你也去逐胜。不但是逐胜，而且是“逐胜归来”。我已经游过春了，我已经赏过花了，我已经回来了。雨将晴未晴，还没有完全放晴，说“雨未晴”，是雨已下过一阵子了。已经暗示刚才出去游春赏花时，是有雨的，是带着雨出去逐胜的。辛弃疾有两句词：“莫避春阴上马迟，春来未有不阴时。”（《鹧鸪天·送欧阳国瑞入吴中》）你不要说今天阴天，怕要下雨，就别游春了，别赏花了。“春来未有不阴时”，是说春天花开之日没有一天不阴天。你要怕下雨，就永远不要游春，永远不要赏花。辛弃疾是个英雄豪杰的词人，所以有一种“莫避”，不逃避的精神。至于在春阴、在雨中去逐胜的，这是冯正中，“逐胜归来雨未晴”，说到未晴是已经透露了有晴的意思了，是将晴未晴之间。冯正中我认为是最难讲的一个词人，真是可意会不可言传。就是这种感觉，不完全是悲哀，也不是完全快乐，有美好的，也有缺憾的，是“逐胜归来雨未晴，楼前风重草烟轻”。回来站在楼前，楼前草上在烟雨蒙蒙之中。可是现在快要晴了，风吹过来是楼前风重，当风力慢慢加强时，草上的烟霭就慢慢消散了。“楼前风重草烟轻”，是写草色烟光的变化。柳永有词句说：“草色烟光残照里，无言谁会凭阑意？”（《蝶恋花》）南唐中主曾问冯延巳：“吹皱一池春水，干卿何事？”这就是冯延巳。风重草烟轻，干你冯正中什么事，但是词人的感受非常敏锐，内心充满这么多抑郁哀伤的人，每一个天光云影、草色烟光的变换，都对他有一种触引。所以他说“逐胜归来雨未晴，楼前风重草烟轻”。草上风烟变化，这是他眼中看见的变化。不但如此，他后边说：“谷莺语软花边时，水调声长醉里听。”谷莺者，是出谷的黄莺。《诗经·小雅·伐木》上讲黄莺“出于幽谷，迁于乔木”。春天刚出来的黄莺是谷莺，春天刚刚出来啼叫的是黄莺。语软、绵蛮的鸟语，轻柔的绵绵的啼声，从哪里传过来？是从花边传过来，从花树之间传过来的黄莺鸟的叫声。这是大自然的美好。而同时还有“水调声长醉里听”，有人还在唱歌，唱的是《水调》的歌。《水调》应该是一个很动人的曲调。张先有词句说：“《水调》数声持酒听。”（《天仙子》）所以“水调声长醉里听”，微醺半醉之中，听来更觉得感人。写的都是外在的一些声音，外在的形象。他没有很强烈直接地说“谁道闲情抛掷久”，都是很轻柔、很闲情的抒情描写，而表现了一种触发、一种兴发、一种感动。很难说。所以我说“俊”，一种悠远绵长的感发意味。他说“款举金觥”，是慢慢地举起来一个金杯，“劝”是我要给人敬一杯酒，“款举金觥劝”，我把这杯酒敬给谁呢？“谁是当筵最有情”，谁是当筵之中的那个最有情的人？在感觉思想品格等各方面，最能感受这种深微隐约的情意，谁是这样一个人？他说我在“风重草烟轻”，“语软花边时”，“声长醉里听”，引起我内心的一种感发。我要把我的感发投注给一个对象，但是我投注给谁？“款举金觥劝，谁是当筵最有情。”

我要说南唐的词最有兴发感动的本质。这首词没有写什么很明显具体的事件，也没有什么“谁道闲情抛掷久”的强烈的感情描写，他所说的那种内心中不经意、不注意、看不见的“风重草烟轻”及“语软花边时”的种种景色之中引起的兴发，这是冯正中词俊的一面，也是晏同叔词的一种特色，所以说“晏同叔得其俊”。冯延巳不仅自己的词有过人的成就，还对北宋早期的词人晏殊和欧阳修产生了很大影响，这是极可注意的。

第五讲

冯延巳（下）李璟 李煜（上）

上一次我们讲了冯正中的词，有一点我现在应该加以补充说明的，因为时间很匆促，我要尽量在这十次讲座之中，多讲几位作者，所以有很多方面有照顾不到的地方。

我要说的是冯正中的词与晏殊、欧阳修的词，常常有互见，就是互相杂见。一首词也收在冯正中的《阳春集》里边，可能也收在欧阳修的《六一词》里边，或者也可能收在晏殊的《珠玉词》里边。互见的情况在校勘学上说，要考证起来方法有多种，有版本学上的学问，还有编书的年代，都可以供作考证时候的依据。可是这些个词集，有很多在当年编写的时候，是后人编写进去的。而且当时的词这一类文学体式，我在开始就说过了，本来是歌唱的歌词。所以，传唱之间未免有传闻错误的时候。我们判断这一首词是冯正中或是欧阳修的，或者是晏殊的，我们主要是根据他作品的风格。就像我们上次所讲的冯正中的两首《鹊踏枝》。《鹊踏枝》这个牌调在词里边有另外一个名称，也叫《蝶恋花》。所以像冯正中《阳春集》里边所收的《鹊踏枝》，有的时候也收在欧阳修的《六一词》里边，叫《蝶恋花》。那么，究竟是冯正中的，还是欧阳修的？我们现在只讲了冯延巳，还没有讲欧阳修，所以，大家还无从比较判断。而且我上次说过了，欧阳修、晏殊都是受了冯正中的影响。上次看了我们教材的附录，说冯正中的词“上翼二主，下启晏欧”，晏欧是受其影响，所以作风相近。不过，虽然相近，但是毕竟是不同的，而且有根本性质的不同。这要等我们讲完了欧阳修、晏殊，再作一个比较。

我们上次讲的所选录的冯延巳的词有两首是《鹊踏枝》。第一首“谁道闲情抛掷久”，见于冯延巳的词集，也见于欧阳修的词集，而以风格来判断，我以为那是冯正中的词，不是欧阳修的词。另外一首“梅落繁枝千万片”，是只见于《阳春集》，不见于其他词集的。所以“梅落繁枝千万片”的一首，绝对是冯延巳的作品，是毫无疑问的。除了我这样说以外，还有一个有名的近代词学家唐圭璋老先生，他曾经写过一本书，叫作《宋词互见考》，大家也可以参考。

我现在所说的是对上次讲冯延巳词的一点补充。

今天我们要开始讲南唐的两位词人了，就是南唐的中主李璟、后主李煜。我想这是大家比较熟悉的两位词人。尤其是李煜，我们称他李后主。但是，在我们讲李璟和李煜的词以前，我现在要再回来谈一点理论上的问题。

我们讲座开始讲温庭筠词以前，我曾谈了一些如何来欣赏词的理论，然后我们就讲了作品。后来欣赏韦庄、冯正中两个人，我都集中地讲了他们的作品。作品讲得多，理论的谈话就比较少。可是，现在我们是应该停下来作一个回顾的时候了。

我们回顾到第一天我们讲的，引用了西方的阐释学的说法。阐释学本来要追寻作者的原意。可是，我们每一个人都受到我们所生活的时代环境、社会文化的影响，我们每一个人，当我们阐释古人的作品的时候，都带了我们自己的时代和个人的色彩。因此，阐释学家们就说，我们追寻作者原意的结果，有的时候常常增加了我们解说人自己的背景的影响，就产生了一种衍生义。像我们讲温庭筠词时所说的，张惠言说温词有屈子《离骚》的意思，说“照花前后镜”那几句诗，有《离骚》“初服”之义。这是衍生义，这是张惠言说词的时候加上的衍生义。我们今天要开始讲南唐中主的词了。

南唐中主词，我们选了一首。

> 菡萏香销翠叶残，西风愁起绿波间。还与容光共憔悴，不堪看。　　细雨梦回鸡塞远，小楼吹彻玉笙寒。簌簌泪珠多少恨，倚阑干。（《山花子》）

这是一首小词。而这首小词，王国维有评语说：

> 南唐中主词"菡萏香销翠叶残，西风愁起绿波间"，大有众芳芜秽，美人迟暮之感。乃古今独赏其"细雨梦回鸡塞远，小楼吹彻玉笙寒"，故知解人正不易得。（《人间词话》）

这就牵涉到另外一种衍生义的解释了。

我们刚才说张惠言把温庭筠的词说成有风骚比兴之意，这是衍生的意思。王国维说南唐中主"菡萏香销翠叶残，西风愁起绿波间"大有"众芳芜秽，美人迟暮之感"，这同样是一种衍生义。南唐中主李璟写这两句词的时候，也许只是写眼前所看见的"菡萏香销翠叶残"的景物，他不见得有"众芳芜秽，美人迟暮"的感慨。而王国维说他有，这是王国维加上去的意思，是读者衍生的意义。

王国维的《人间词话》上还说：

> 词之为体，要眇宜修。能言诗之所不能言，而不能尽言诗之所能言。诗之境阔，词之言长。

“长”者，就是说它可以给读者长远的、悠远的一种联想和回味。在中国的文学的体式之中，最能够引起读者自由想象和联想的是词这种体式。我也说过，那是因为诗有一个言志的传统，是我自己内心的情思意志，是一个诗人作者的显意识的 conscious 的活动，词因为它是写给歌筵酒席间的歌女去歌唱的歌词，作者没有一个自己明显的意识，说我要写自己的理想志意，作者不一定有这个意思。可是，就在他写那种伤春悲秋伤离怨别的小词里，无心之中流露出来了他内心的、心灵感情的深处的、那种最幽微最隐约最细致的一种感受，那种情意的活动。所以，它给人更丰富的一种联想。这是所以张惠言从温庭筠的词看出了衍生义，王国维从中主词里也看出了衍生义的缘故。

可是，我要说了，他们虽然都看出了作品之中的衍生义，但他们是从什么样的路途，按西方说 approach，从什么样的一个接触的途径，看出了这种衍生的意思的？有什么根据，有什么理论，作出这种衍生义的解释的？

中西方的学术理论有可以互相补足之处，就正在这里。中华民族是有灵感的，重直觉的，常常有归纳性地写出一个很珍贵的很宝贵的概念，我们是特别具有这样一个长处的民族。可是，我们的缺点就是缺少逻辑性的、理论性的、规范化的那种说明和分析。现在，他们西方的日新月异的学说，我们如果看一看，再回过头来想一想我们的传统诗论，就可以用他们的一些个逻辑性的理论，来对我们的一些概念加以说明。

我们上次已借用了西方的理论，说明了张惠言由温庭筠词所产生的衍生义，是因为语序轴里边跟联想轴里边两方面都可以给读者丰富的联想。我们用语言学、符号学已经给了它相当的解释，今天就不再重复了。这是张惠言的解说方式。而张惠言的解说方式所依据的是什么？我们上次也曾经简单地提出来了，说张惠言所依据的是西方语言学、符号学所提出来的语码。就是说诗歌作者所使用的某一些语汇，与中国文化传统的背景有暗合之处。“蛾眉”，“画蛾眉”“懒起画蛾眉”，这是张惠言联想的依据。不过张惠言，我们中国旧日的传统批评家，他没有说明过，只说温庭筠有《离骚》的原意，那怎么证明呢？我曾用西方的理论，给它作过一个解说尝试，作了一个分析，说这是因为某些个地方引起了读者的联想，有与传统文化的语码暗合之处。他的簪花照镜，他的懒起，他的画眉，他的蛾眉，都可以有“语码”的作用的缘故。张惠言也说，韦庄的那几首《菩萨蛮》词，是他留蜀以后寄意的作品，是有君国之爱、君国之忧，是对于自己的唐朝败亡的一种感慨，是不能回到故国去的一种怀念。那么，他所依据的又是什么呢？韦庄词的特色跟温庭筠不同。温庭筠是用一些美感的形象，用一些带着语码性质的语言；韦庄呢？是直接叙述的感情的事件，所写的都是一些感情的事件。“昨夜夜半”，“记得那年花下”，是感情的事件。他所写的《菩萨蛮》五首，从红楼的离别，到江南，到离开江南，到今天说“此度见花枝，白头誓不归”，我“凝恨对残晖”，可是“忆君君不知”。张惠言的说法也是依据事件而联想的，因为他所写的事件，结合了韦庄生平的事件，与韦庄生平的乱离的遭遇是有相合之处的。这是张惠言的依据。张惠言的这种衍生义是从这两方面产生的。

王国维说中主《山花子》有“众芳芜秽，美人迟暮”的感慨，这又是依据什么的一种联想呢？我们要解说王国维为什么要有这种联想，我们要把王国维论词的一贯标准、一贯的主张简单地略加介绍。王国维曾说：

词以境界为最上。有境界，则自成高格，自有名句。五代、

北宋之词所以独绝者在此。（《人间词话》）

他说词，是以有境界为最好的。如果有了境界，不管你写的是什么感情，不管你写的是男女的爱情相思也好，是伤春悲秋也好，就自然有高格，自然有名句。那同样是写伤春悲秋，同样是写相思离别，什么样的词才算是有境界的词呢？

历来讲中国文学诗歌批评的人，甚至于讲美学的人，常常讨论到王国维所说的“境界”究竟指的是什么。对此有各种说法，现在来不及仔细推论。我以前写过一本书叫《王国维及其文学批评》，其中曾仔细讨论了什么是“境界”的问题。我今天来不及征引，大家可以参看我的书。

我今天只想简单地说一说对于王国维所提出来的“境界”的认识。我的认识可能不正确，但是我开始就说了，“余虽不敏，余虽不才，然余诚矣”。我是诚恳地说了我自己的一点点的认识。我以为境界，按照王国维在《人间词话》里边所说的，他说：

境非独谓景物也。喜怒哀乐，亦人心中之一境界。故能写真景物、真感情者，谓之有境界，否则谓之无境界。

他说境界不只是外在的山青水绿的景物而已，人内心之中的感情也是一种境界。所以，他下了一个结论说，能写真景物、真感情的，就是有境界。

我们说过了，中国过去传统的一般的文学批评的缺点，都是说得太简单了，不详细，所以常常是模糊影响，容易引起读者的误会。什么叫真景物呢？我们只要写出来一个花开花落的景物，就叫作真景物了吗？什么叫真感情呢？说我十分地悲哀，我十二分地悲哀，这就是真的感情了吗？我总是常常说“修辞立其诚”，“情动于中而形于言”，一定是你内心真正有话可说，有你内心真正的一份感发感动，才能写出好的作品来，人云亦云，天下文章一大抄，是不容易写出好的作品来的。但只有“真感情”还不够，只说我十二分悲哀还不够，一定要写得带着感发的力量，使读者也受到感动才可以。我在开始讲文学理论时也说了，如果你的作品没有经过读者的欣赏，它只是一个艺术的成品，没有美学的价值和意义，没有生趣。一定要经过读者的欣赏，然后才赋予这艺术的成品一种生趣。这是近代的有名的一个现象学的学者罗曼·英格顿（Roman Ingarden）说的。他说一个艺术成品一定要经过读者的欣赏向它投注，跟它融合，才能使这个艺术成品有一种生趣，它才有它的生命。

所以，一个艺术的作品是由两方面完成的。虽然我们创作时不一定先想着读者，但是你写出来要能够引起读者共同的一种感动和感发，这才是一个作品的完成。你不只要写真景物真感情，而且要使你所写的景物感情之中带着一种使读者感动和感发的力量。

我再举一个例证。有这样两句诗：“鱼跃练川抛玉尺，莺穿丝柳织金梭。”这看起来是很美的两句诗，上一句写一条白鱼跳出在水面上，一条河水那种水光闪动像是一匹白色的匹练，所以是“练川”。下一句说，“莺穿丝柳”，黄色的黄莺鸟它来去穿飞在如同丝线一样垂下来的鹅黄嫩绿的柳条之中，就如同一个黄金的梭在丝线之中编织一样。我们说这两句对偶很工整，也很美丽。“鱼跃练川抛玉尺”“莺穿丝柳织金梭”，都是形象化的语言，但是，这里边没有感动，也没有感发，是照相机照出来的，而不是一个有生命的画家画出来的。

同样的写外在的景物，也写昆虫，也写鱼鸟，可以写得有感发的，我们也可以举个例证。像杜甫的诗："穿花蛱蝶深深见，点水蜻蜓款款飞。"（《曲江二首》）他也说"穿"，在花丛之中穿飞飘舞的蝴蝶，在花丛深处上下隐现地翩翩飞舞；点水的蜻蜓从空中飞下来，在水面上一点又飞起来了。款款，那种从容的轻盈的样子，点水的蜻蜓在款款飞。杜甫所写的不只是一个照相机照下来的景物，杜甫所写的是他自己的内心对于春天的穿花蛱蝶、点水蜻蜓的一份喜爱和欣赏的感情。

我开始时说过多次，一个好的诗人要有广大丰富的同情心，"民吾同胞，物吾与也"。我们上次引了辛弃疾的词"一松一竹真朋友，山鸟山花好弟兄"。我们对于草木鸟兽都是爱的，何况是我们同类的人类。"鸟兽不可与同群，吾非斯人之徒与而谁与？"（《论语·微子》）何况自己的国家，自己的民族。穿花蛱蝶、点水蜻蜓都在杜甫的关心爱赏之中，所以杜甫才对自己的国家民族有那样深厚的感情。

我只是举了杜甫的两句诗，而其实你要把这两句诗结合了杜甫的生平来看。他的诗题是《曲江二首》，这二句是里边一首的诗句。他写《曲江二首》是经过安史之乱，当肃宗还都，当杜甫也回到长安，仍然做左拾遗的时候。拾遗者，国家如果有了缺失，你拾遗补阙要提出谏劝的忠告。他既然做了左拾遗，曾写了多少的谏劝忠告？他说：

> 花隐掖垣暮，啾啾栖鸟过。星临万户动，月傍九霄多。不寝听金钥，因风想玉珂。明朝有封事，数问夜如何？（《春宿左省》）

因为明天我要给国家朝廷上一份忠告，我关心，所以我今天晚上连睡觉都不能成眠。我要等到明天早上，上我这一份谏劝的封事。可是，很多皇帝、当权的人、在位的人不喜欢别人对他有什么批评和劝告。所以，杜甫和他一些朋友相继都被贬出去了。杜甫就在他被贬出去做华州司功参军以前不久，在曲江岸边写下了《曲江》两首诗。他还说："朝回日日典春衣，每日江头尽醉归。"(《曲江二首》)以杜甫之"致君尧舜"的志意，"明朝有封事"，连觉都不睡，对国家是何等的关心！他为什么说上朝回来要典当春衣？为的是用钱来买酒喝呢！他的感情是极为悲慨的。杜甫写《曲江二首》，就是在这样的感情之下写的。他说："穿花蛱蝶深深见，点水蜻蜓款款飞。""传语风光共流转，暂时相赏莫相违。"因为杜甫有这样深厚的对国家民族的一份感情，有他自己对于他的年华不再、致君尧舜的理想什么时候才能够完成的这样的一份悲哀，所以对于时光的流逝、对于春天的短暂才会有这么深刻的感慨。这是所谓能写真景物真感情的意思。

清朝另一位词人况周颐在他的《蕙风词话》里说："吾观风雨，吾览江山，常觉风雨江山之外，有万不得已者在。"他说我看到外边的风雨，看到外面美丽的山河，常常觉得是在风雨江山之外，更有感动我内心的地方。我常常谈到文学中诗歌的作品，最重要的是里边要有一个生命。你里边有没有一个真正的生命，就是我说的，这个作品要带着感动和感发的生命，而这个感动和感发的生命，不只是说作者在写作的时候有感动和感发，而且是说当千百年以下的读者再读的时候，也仍然可以产生一种感动和感发。有人常问：学古典文学有什么用处？学古典文学，正是因为古典文学里边有一种生生不已的、真正生活在那里的一个感动和感发的生命。杜甫的诗曾经说："摇落深知宋玉悲。"(《咏怀古迹五首》)他说我就深深知道千百年前宋玉的悲哀。南宋的爱国词人、英雄豪杰辛弃疾也曾说："老来曾识渊明，梦中一见参差是。"(《水龙吟》)他说我就真地体会了陶渊明的感情。辛弃疾怎么会体会了陶渊明的感情？杜甫怎么会体会了宋玉的感情？几年前——1981 年，当我回来教书的时候，国内曾经报道过张志新烈士的事迹。有一个跟张志新烈士一同被迫害的人，说当张志新烈士被迫害的时候，常常念两句诗说：“云散月明谁点缀，天容海色本澄清。”（苏轼《六月二十日夜渡海》）这是苏轼（东坡）被贬到海南以后归途渡海时所写的诗。在一生的政治斗争之中，他不盲从，他不跟风。新党上台的时候他不盲从地跟新党，旧党上台的时候他不盲从地跟旧党。他有他政治上的理想，他有他政治上的操守。所以，他一生之中曾经几次在政治上被贬逐、被迫害，晚年曾经被远远地贬在海南岛上。当他从海南岛回来，渡海的时候，海上起了狂风大浪，这诗是他渡海的时候所写的。他说那狂风暴雨毕竟要过去的，当云散月明，当天又是这样碧蓝的天，海又是碧蓝的海的时候，他说狂风暴雨是一定会过去的，明亮皎洁的月亮是一定要出现的。他说我苏东坡今天回来了，我也不需要任何人对我的点缀，对我的赞扬。我，苏东坡，还是我。狂风暴雨之中是苏东坡的我，云散月明以后，我还是我苏东坡的我。“回首向来萧瑟处，归去，也无风雨也无晴。”（苏轼《定风波》）因为那“天容海色本澄清”，这是我的本质，澄清的本质，任凭狂风暴雨都不能改变的本质。这是我们中国古典文学之中的一种生生不已的感动感发的生命，这种生命，你先不用批判苏东坡的思想，是革命还是反革命，但是，苏东坡就是说他本身的这种操持，这种理想，他对于自己本质的清白的这种持守，不是千百年以下还感动了张志新吗？不然的话，她为什么在被迫害的时候要背诵苏东坡的这两句诗呢？这就是我所说的中国古典文学的用处，是我们国家民族的命脉，是生生不已的生命，是我所说的感动和感发。张志新内心的所得，未必跟苏东坡完全一样；辛弃疾内心之中的感情，也一定不会跟隐居的陶渊明完全一样。但是，苏东坡的诗歌里边有某一点的感情，某一点的品格，某一点的操守，也许就是苏东坡的不盲从，感动了千百年以后的人。这是所谓感动和感发的一种生命。尽管他写的是风雨，尽管他写的是江海，尽管他写的是明月，但是，它里边有一种生命。我要说这正是王国维所最为看重的所谓有境界。“故能写真景物、真感情者，谓之有境界。”“吾观风雨，吾览江山”，你也写风雨，也写江山，也有景物，但更重要的是这些景物都必须在你内心之中唤起来一种感动感发，而且你写在诗歌中，还能引起千百年以后的读者的感动和感发。所以，王国维才会在“菡萏香销翠叶残，西风愁起绿波间”里边，看到了“众芳芜秽，美人迟暮”的感情。张惠言的联想是因为“语码”，是因为“事件”。语码和事件还是一个比较具体的东西，你可以抓住。你可以说那“蛾眉”是从哪里来，是从屈原的《离骚》里来，是因为温庭筠所用的词汇与屈原有相同的地方。“事件”，是因为韦庄所经过的乱离的平生，跟他的《菩萨蛮》五首的内容可以结合起来。这种联想有一个具体的凭借。一对一，二对二，这个跟那个是相似的。我们因为它们两个相似，便把它们结合在一起了。如果我们可以把中国的比兴来引申解释张惠言与王国维对于词的衍生义的联想的方式，那么我要说张惠言用的是“比”的方式，王国维所用的是“兴”的方式。张惠言是把两个比较具体的东西互相比附在一起，而王国维是从作品的生命之中得到一种感发。一个是“比”的方式，一个是“兴”的方式。正是有这两种不同的欣赏的角度，引起来他们两种不同的对于词和衍生义的这种联想和阐述。

这是我简单地解说。而且，我刚才不是曾经引了语言学家罗曼·英格顿的一段话吗？我现在还可以引另外一个人，一个德国的女阐释家凯特·汉伯格（Kate Hamburger）的话，她说从作品里边要推寻作者的原意。可是，我在以前讲述的时候已经谈到了，西方 1960 年代初期曾流行过一派所谓新批评主义的学说，他们反对用作者的人格和生平来解释诗歌，认为作品是独立的，不可以用作者的生平、作者的感情来解释诗歌。所以当这个女学者提出来说作品里边可以看到作者的感情品格的时候，那些新批评的人就对她攻击了，认为这种说法是不对的。说这种说法就可以使文学批评发生一个错误的导向，导向一个重点的误置，那就是以作者的人格衡量作品的价值。这是错误的，绝对是错误的。我们可以承认一个人的人格的高尚，可不见得人格高尚的人都一定能写出美好的诗篇。但是，美好的诗篇，最高的美好的诗篇，是一定有伟大的人格的。我曾经把诗歌，或者把一切的文学作品分成几个层次，以为作者之中有大家，有小家，有名家，有各种不同的作家。也许你有一些私人的很稀奇古怪的感情，因为是真诚的，你写出来也有动人的力量，可以成为一个名家，可以成为一个小家。但是，无论古今中外，真正第一流的大家的作品，都是有一种博大的生命，都是能唤起更多读者共鸣的。杜甫之所以了不起，就因为他的生命是博大的。我们说杜甫是伟大的诗人，我们承认他有伟大的人格，有博大的襟怀，可是，我们不是说杜甫的诗就只是因为这一个因素而是好的。杜甫之所以成为伟大的诗人，是因为他的诗歌是一种完美的在艺术上能够传达他自己博大的感发生命的作品。假如你有博大的感发生命，但是你在诗里面不能作出完美的艺术上的传达，那么你虽然是伟大的人，但不是伟大的诗人。伟大的诗人是说能把你博大的生命，在艺术里边作出完整而且美好的传达，能够千百年之后还带着感发的力量。不是你只是说一些个教条，说你说的很高，说这都是道德，不是这样就好。一定要有感动和感发的生命，才是好的诗篇。

所以，作者与作品是有相关的关系的，但是，我们不能把衡量的重点放在错误的地方，说人格好作品就好。我们是从他伟大的作品，体现了他伟大的人格。于是凯特·汉伯格就替自己辩护了。她说，有一些抒情的诗歌，它里边所写的感情的事件也许在作者的生平里边并不重要，与作者生平没有密切的关系。她说我所说的作者在抒情诗里边的出现，不是指现实的事件，而是说他作品里边的感情的质量、感情的本质，它的浓度和密度，所以，我们不是说他的人格怎么样了，说他的生活背景是怎么样了，我们说的是他的诗歌里所传达的感发的生命的本质，它不但带着感动和感发的生命，而且它感动和感发的生命是什么样的一种品质，是多少的一个数量，这种差别才是重要的。

王国维最欣赏的是什么词呢？一般说起来，他所欣赏的是南唐词人的词，还有北宋初年的小词，他所欣赏的是五代宋初的一些词。而且五代的作品之中，他特别欣赏南唐词人的作品。所以，我们在讲冯延巳时就引了王国维的《人间词话》。他说："冯正中词虽不失五代风格，而堂庑特大。"他说冯正中虽然也写伤春悲秋相思离别，但是他的内容就比《花间》的作者更博大，所以他是欣赏冯正中的词的。他也欣赏南唐中主的词，说中主词有"众芳芜秽，美人迟暮"的感慨。说李后主词有"释迦、基督担荷人类罪恶"的意思。他都是从兴发感动的生命来说的，而不是像张惠言是从字句事件的比附来说的。

但是，还有一点王国维和张惠言不同的，就是张惠言当他自己有了这个联想，就指实说那是温庭筠有屈原《离骚》的这种寄托悲慨，指实说原作者一定有托意。王国维之所以比他灵活，是他承认这只是我从他们的作品得到的感发，作者未必有此意，读者无妨有此想。所以，当他用五代两宋的小词解释了成大事业、大学问的三种境界以后，他马上就说以这些个意思来解释这些个词，恐怕原作者不一定同意，这不一定是原作者的意思。以上所说，是欣赏词的两条不同的路线。

我们现在就来看南唐中主的这首词。

我们说它有兴发感动的生命，怎么样就有兴发感动的生命呢？为什么我刚才所举的那首劣诗的例证，“鱼跃练川抛玉尺，莺穿丝柳织金梭”，就没有感发的生命呢？我们看了那两句诗，顶多觉得是一个很美的图画，一个照相，没有一个感发的生生不已的生命在里边；顶多能够感受到一个美丽的风景，但是没有一种引起后来的读者能够有多么丰富的联想和感动的生命。如果南唐中主词居然给了我们“众芳芜秽，美人迟暮”的感慨，它怎么给我们的呢？从哪里给我们的？为什么它就有这种感发的力量呢？

南唐中主李璟传下来的词很少，现在一般认为真正值得相信的李璟的作品不过是四首而已。所以，我曾经写过一首论李璟的绝句说：

> 凋残翠叶意如何，愁见西风起绿波。便有美人迟暮感，胜人少许不须多。

凋残翠叶它究竟表现了什么样的情景？我这首绝句是用了中主的“菡萏香销翠叶残，西风愁起绿波间”两句词。它不过写外界的风景而已，可是居然就使读者有了美人迟暮的感慨。“胜人少许不须多”，胜人，比别人好的地方；少许，就是一两句，就可以胜过别人的千百句了；不须多，有这么一首词就对得起我们了。

我们现在要说了，它究竟是怎么样好。“菡萏香销翠叶残”，很多人要学诗歌的创作方法，什么是诗歌创作的方法？我常常说欣赏没有教条，每个作者风格不同内容不一样，如果你要欣赏这些风格不同的作品，正如要去拜访不同的人，每一户人家他门前的小路都是不同的。你不能老走一条路，就把每个人家都走到了，天下没有这么方便的事情。你要到不同的人家，就要走不同的道路。创作也是，没有一个死板的教条的方法。什么样就是好诗？王国维不是说“能写真景物、真感情者，谓之有境界”吗？所以第一，你先要对于景物感情有一种真诚的感发，能感之还不够，还要能写之。我们把中主李璟《山花子》举出来加以分析。我刚才说没有一个死板的方法，就是你真的要有“情动于中”的内心的感动和感发，而且你要找到最适当的语言。你不是抄袭人家的话，你要说你自己真诚的话。所以，我刚才举的王国维那段话，你不要忽略前边的两个字，就是“能写”两个字。我们看中主是怎么写的。“菡萏香销翠叶残”，菡萏是什么呢？菡萏就是荷花，就是莲花，见于《尔雅》。《尔雅》曾经讲过荷花有多少别名，说“荷……其花菡萏”。

大家可能觉得我刚才一小时没有讲词，都是讲的理论。可是我觉得这是很重要的一件事情。不但因为王国维欣赏词的这种方式是值得我们注意的，而且，我个人以为张惠言所用的“比”的说词的方式，其实是更近于西方的。虽然张惠言所说的屈子《离骚》之意，是中国的传统的伦理的道德的价值观念，可是，他用这种语码，用这种联想，有一个可以掌握的可以抓住的东西。用这个东西来比附，说这个形象、这个语汇就是这样的意思。这种方式是更近于西方的方式。而王国维的这种解释词的衍生义的方式，这种注重兴发感动的方式，不是可以在文字之间抓到一个字，也不是说在事件之中可以抓到一个事件来互相比附，完全是依靠你读者的心灵想象的那种自由的感发的能力的。这是更近于中国传统的“兴”的方式。而“比”的方式则是更近于西方传统的，“兴”的方式是更近于中国传统的。

所以，我在别的学校讲诗的时候，讲到欣赏诗的几种方法，我曾经讲了西方把形象跟情意结合起来的几种方式，像什么隐喻（metaphor）、明喻（simile）、转喻（metonymy）、象征（symbol）、拟人（personification）、举隅（synecdoche）、寓托（allegory）、外应物象（objective correlative），这些个西方的一切的形象跟情意结合的方式，就是出于安排和思索的成分多，都是属于“比”的成分多的。而中国的所谓“兴”，是一种自由的联想。而中国的这个“兴”字，英文里边从来也没有一个适当的翻译的字，我不是说西方没有从景物引起感发的写作方式，有的，但是他们没有“兴”这一个字。而且中国所谓“兴”还不仅指创作而言，就欣赏来说，中国也重视“兴”。我上次也曾经提到过孔子谈到诗，第一个就说诗是“可以兴”的。而且我以前也举过例证。孔子所说的兴是什么？例如：

> 子贡曰：“贫而无谄，富而无骄，何如?”子曰：“可也；未若贫而乐，富而好礼者也。”子贡曰：“诗云：‘如切如磋，如琢如磨。’其斯之谓与?”子曰：“赐也，始可与言诗已矣，告诸往而知来者。”（《论语·学而》）
>
> 子夏问曰：“‘巧笑倩兮，美目盼兮，素以为绚兮’，何谓也?”子曰：“绘事后素。”曰：“礼后乎?”子曰：“起予者商也，始可与言诗已矣!”（《论语·八佾》）

子贡的联想是从做人的道理想到诗句的“如切如磋，如琢如磨”，子夏的联想是从诗句想到做人的“礼后乎”。孔子说“赐也，始可与言诗已矣，告诸往而知来者”，又说“起予者商也，始可与言诗已矣”，所以，孔子那个时候所说的“诗可以兴”，就正是这样的一种自由的联想。王国维可以从“菡萏香销”联想到“美人迟暮”，这正是中国诗歌的特色。我对西方的诗歌，知道的不是很多，因为我不是修西洋文学的，我是修中国古典文学的，我不知道我所说的是不是正确。我以为在整个的诗歌的欣赏的方式上来说，中国是注重“兴”的方式的。可是，中国的缺点就是不能给它加以理论性的说明。

我们现在就要尝试一下，说明中主的《山花子》富于兴发感动的作用是为什么。

“菡萏香销翠叶残”，我们说过诗的高下如何判断，我们说过它的形象、它的声音、它的句法的结构组织都是重要的。它所使用的形象、它的语言符号、它的声音、它的结构、它的组织、它的句法的一切，这都是造成它兴发感动作用的因素，缺一而不可。你不能够只提出一个教条来限制它和衡量它。他说“菡萏香销翠叶残”，就是说荷花的香气消减了，它已经开了很久，将要残败了，它的那些个花瓣已经零落了，而且陪伴菡萏的那翠叶也凋残了。你们大家一定注意到了宇宙之间的植物的凋落，不同的花种有不同的凋落方式，引起我们看到的人有不同的感动。像樱花、桃花之类的细小的花瓣，“一片花飞减却春，风飘万点正愁人”（杜甫《曲江二首》），一阵风都扫尽了，是这样凋落。你还看见过什么花的凋落？我家里边的院子，还不只是我现在在加拿大的家里的院子，我从前在台湾住的时候我家里院中有一棵茶花，我在温哥华住家的院中也有一株茶花。茶花怎么样？茶花“一片花飞，风飘万点”吗？没有。你看见过茶花，那是一种更可怕的憔悴——因为它是枯黄，枯萎在枝头上。桃花和樱花这类其实不错，一阵风都吹光了，你看不到它憔悴枯萎在枝头。可是，茶花，它不落下来，它就是那么慢慢地枯黄、凋萎在枝头上，那才真是一种更让人悲哀的感受。不同的花，不同的凋零。

荷花是怎么凋零的？荷花也不是一片花飞风飘万点，也不是枯黄凋萎在枝头。它本来是圆满的花瓣，它的凋落是残缺！是残破，一片一片陆续凋落的。叶子也是这样的。有的树叶细细小小的，它变黄了，一阵风吹就都落了。荷叶呢？本来那么大的，那么圆满的，碧绿的，那么莹洁的，它也是慢慢地枯干了，残破了。冯正中写过两句词："秋入蛮蕉风半裂，狼籍池塘，雨打疏荷折。"（《鹊踏枝》）那真是一种残破的感觉。

"菡萏香销翠叶残"，这个景物我们知道了。可是，他是怎样写的呢？我说的他所用的那个字句、那个语汇、那个符号，如果我们换一个写法，假如同样的一个景物，我刚才说的"能写真景物、真感情者，谓之有境界"，景物我们大家都看见了，"吾观风雨，吾览江山"，我看风雨江山，你也看风雨江山，他也看风雨江山，你怎样写出来的？假如同样地看见荷花的凋落，假如我写一句这样的诗，我说"荷瓣凋零荷叶残"，这意思一点都不改，荷瓣凋零荷叶残哪，平仄也完全合乎规律。这句话就不高明，就不大好。为什么"菡萏香销翠叶残"就好呢？这词人的好坏、成功与否，就在他创作的时候那一点点微妙的感觉。真正的一个伟大的好的词人，不只是他有博大深厚的胸襟、感情、怀抱，而且他有敏锐感受的能力。还不只是敏锐的对于景物感情的感受的能力，是敏锐的对于文字的感受的能力。那菡萏与荷瓣有何不同？那荷瓣跟荷叶就说得比较平庸，比较庸俗。菡萏是出于《尔雅·释草》："荷……其花菡萏。"菡萏的本身就表现了这么一种珍贵的品质。这话很难讲，但是一定是如此的。它的差别就在这一点点，菡萏给人的是那么珍贵的一种感觉，"香销"给人的感受与只说"凋零"也不同。所以，你一定要注意到要把那感受传达出来。香，是多么美好的一种东西，那种芬芳、那种美好，是菡萏的香销了。"翠叶残"与"荷叶残"给人的感受也不同，荷叶就说得太平庸了。"翠叶残"，翠是翡翠的碧绿的颜色，而且"翠"字本身也给人一种珍贵的美好的感受。杜甫写过三首《秋雨叹》，其中第一首是这样写的：

雨中百草秋烂死，阶下决明颜色鲜。着叶满枝翠羽盖，开花无数黄金钱。凉风萧萧吹汝急，恐汝后时难独立。堂上书生空白首，临风三嗅馨香泣。

一株决明在秋雨之中凋零了，他说这决明本来是美好的，在秋雨连绵之中，所有的花草都被水浸毁了，都烂死了，居然有一棵没有随着百草烂死的决明，在我的阶下，颜色还是这么鲜美。如何鲜美？“着叶满枝翠羽盖，开花无数黄金钱”。枝条上长满叶子像是翠羽的伞盖，它开的是金黄色圆形的花朵，开花无数黄金钱。是这么珍贵这么美好的决明，在秋雨之中现在没有烂死，但是百草都已烂死了。杜甫说了，你能够支持几天哪？他说：“凉风萧萧吹汝急，恐汝后时难独立。”你会不会跟那百草一样地烂死呢？我又要说了，这种摇落秋天草木的悲哀，在中国文化中有一个传统。屈原就曾说：

日月忽其不淹兮，春与秋其代序。惟草木之零落兮，恐美人之迟暮。（《离骚》）

宋玉也曾说：

悲哉，秋之为气也，萧瑟兮草木摇落而变衰。（《九辩》）

所以杜甫说：“摇落深知宋玉悲。”《诗经·小雅·四月》也有：“秋日凄凄，百卉具腓。”腓，是草木枯萎。生命的凋零，这还不只是一个语码，不只是一个传统，这是我们所有的人类的、凡是有生之物的生命的共感。草木虽然没有思想感情，但草木是有生命的。有生命的东西，都是有生必有死的。《圣经》上说："草必枯干，花必凋残，一切有生之物都必然如此。"这是我们整个有生的生物生命的共感。所以，草木的摇落会给我们这么多的感动。

我们也说了，所有的草木都是会凋零的，但是，越是珍贵的越是美好的生命的凋零，就引起我们更深的更大的悲哀。所以，陈子昂曾有诗说：

> 兰若生春夏，芊蔚何青青！幽独空林色，朱蕤冒紫茎。迟迟白日晚，袅袅秋风生。岁华尽摇落，芳意竟何成？（《感遇三十八首》其一）

他说有很美好的兰花和杜若，"芊蔚何青青"，那么茂盛！

陈子昂是唐朝诗人。他说兰花和杜若，芬芳美好的香草生存春夏之间，这么芊蔚青青的，长得很茂盛。可是"迟迟白日晚"，当岁月慢慢地消逝，每天日出日落，日复一日，月复一月，就到秋天了。"袅袅秋风生"，当秋风吹起来，所有一岁的芳华都凋零了，你兰花杜若这么美好的香草，你那芬芳美好的本质，芬芳美好的理想，你到底完成了什么？

陶渊明有诗句说："鼎鼎百年内，持此欲何成！"（《饮酒二十首》）你在这短暂的生命之中，要完成你自己，不是外表的别人的赞美，不是外表的一些成就，是真正的在你品格情操各方面要尽你的力量，完成你自己。无论做什么工作，要尽你的力量去做，要完成你这个生命。因为这样的缘故，所以有些有才华有志意的人，他常常是"恐年岁之不吾与"（《离骚》），恐惧年华消逝，正是希望完成自己。所以，觉得光阴很短促，要掌握、抓住这个光阴，好好地做一些事情。这是生命摇落的悲哀。

而且，我还要说，正因为兰若有这样芊蔚青青美好的生命，它的凋零才更使人惋惜。说美人迟暮，不美的人就不迟暮了？不美的人也有迟暮，也有悲哀。不过在一般人的感觉之中，总觉得那美好的生命的凋零就更加令人悲哀，所以说“菡萏香销翠叶残”。这很难讲，你要有一定的古典文学修养的水平，而且你要有一个“民吾同胞，物吾与也”的善于感发的诗心，有这样的修养，然后才可以体会其中的情意。“菡萏香销翠叶残”，这七个字写得非常好，表现了那种生命，而且是美好的生命摇落变衰的悲哀。

还不只如此，“菡萏香销翠叶残”只是它本身的花的零落吗？你周围一看，是“西风愁起绿波间”了，那真是可怕的一件事情。杜甫说的“雨中百草秋烂死”，屈原说的：

> 冀枝叶之峻茂兮，愿俟时乎吾将刈。虽萎绝其亦何伤兮，哀众芳之芜秽。（《离骚》）

他们所写的都是整个大环境的那种摇落的悲哀。这首词所写的西风吹起在碧绿的水波之间，也表现了整个大环境的摇落的悲哀。而且碧绿的水波是菡萏的托身的所在，是菡萏的花生长的整个大环境。所以他说“菡萏香销翠叶残”还不算，而且更是“西风愁起绿波间”，强有力地表现了一种生命的摇落凋伤的悲哀，正是这种感发的力量引起王国维联想到“众芳芜秽”。屈原说：“虽萎绝其亦何伤兮，哀众芳之芜秽。”如果我种的花死去了，你们大家种的花却活着，那我一个人种的花都死掉有什么关系！他说我所悲哀的是“众芳”，是大家的花都死去了，这才是可悲哀的事情。“菡萏香销翠叶残”还不算，而且是“西风愁起绿波间”，这正是众芳芜秽的情景，这是王国维所得到的感发。

可是，南唐中主李璟写这两句词的时候，他是带着“众芳芜秽，美人迟暮”的这种意识来写的吗？不见得。南唐中主李璟所写的原来只是伤春悲秋、伤离怨别的小词，是“还与容光共憔悴，不堪看”的思妇之情，而且他在下半首明显地点明了，是“细雨梦回鸡塞远，小楼吹彻玉笙寒”，是相思离别的感情。词中“还与容光共憔悴”一句，“容光”有的版本作“韶光”，民初一位非常有名的词曲学家吴梅评中主词，曾说：

> 中宗诸作，自以《山花子》二首为最。盖赐乐部王感化者也。此词之佳，在于沉郁。夫菡萏香销，愁起西风，与韶光无涉也，而在伤心人见之，则夏景繁盛，亦易凋残，与春光同此憔悴耳。故一则曰“不堪看”，一则曰“何限恨”，其顿挫空灵处，全在情景融洽，不事雕琢，凄然欲绝。至“细雨”、“小楼”二语，为“西风愁起”之点染语，炼词虽工，非一篇中之至胜处，而后人竟赏此二语，亦可谓不善读者矣。(《词学通论》)

所以，李璟原是写了这首歌词给一个乐工去歌唱的。有的版本是“韶光”，引起了吴梅先生在这里的一点点误解。我本来不想讲的，可是，既然有此一说，我就不得不说明，是“还与韶光共憔悴”，还是“还与容光共憔悴”？吴梅先生有什么误解呢？因为一般人说“韶光”，都指的是春天的光景，所以吴梅才特别提出“愁起西风，与韶光无涉也”。西风是秋天，与春光没有关系。因为他误解了，以为韶光一定是只指春光，而荷花是夏天的花也凋残了，因为秋天来了。所以吴梅先生说：“夏景繁盛，亦易凋残，与春光同此憔悴耳。”这是我对吴梅先生的误解所作的一个说明。

而如果把“韶光”改为“容光”，就不容易引起误解了。你知道，这首词所写的是一个闺中的思妇在期待着征夫，所以说“细雨梦回鸡塞远”，正是叙写闺中的思妇怀念那塞外征夫的情意。所以，她看到荷花的凋零憔悴，说“还与容光共憔悴”。“如花美眷，似水流年”（汤显祖《牡丹亭·惊梦》），“劝我早归家，绿窗人似花”（韦庄《菩萨蛮》），我如花的容光，也跟荷花一样逐渐凋零憔悴了。所以容光是女子说她自己的容光，是菡萏的香销与我的容光共憔悴。有的版本是“容光”，有的版本是“韶光”，也未始不可以，但是韶光不必拘束来指春光。韶光就是指美好的年华，无论它是春是夏，是美好的年华，总要过去的。她说菡萏的香销跟美好的年华就一同消逝了。“还与容光共憔悴”，所以“不堪看”。不堪，是不能忍受，因为我看到花的凋零，想到我的年华的消逝、容光的憔悴，“不堪看”。这是白天的景色。

夜晚的时候，她说“细雨梦回鸡塞远，小楼吹彻玉笙寒”。小楼是指思妇所住的楼，当夜晚细雨之中，细雨梦回，她梦中可能是梦见了征夫，“可怜无定河边骨，犹是深闺梦里人”（陈陶《陇西行》）。她可能跟她所怀念的丈夫——征夫在梦中相见了，就在眼前，“昨夜夜半，枕上分明梦见”（韦庄《女冠子》）。醒了，细雨梦回，才发现她所怀念的征夫，是远在鸡塞之外。鸡塞者，是鸡鹿塞，乃中国西北边疆的一个关塞（在黄河西北岸地区）。细雨梦回，才发现鸡塞是那样遥远。而她梦醒以后不能再一次地成眠，心中有这么多哀伤缭乱的感情，所以“小楼吹彻玉笙寒”。就在她孤独寂寞的小楼上，吹奏玉笙，而玉笙的玉在夜晚的雨夜之中感觉上是寒冷的，你身外的小楼细雨的环境背景也是寒冷的，内心的感觉也是孤独而且寒冷的。李商隐诗：“远书归梦两悠悠，只有空床敌素秋。”（《端居》）你有什么来抵挡这素秋的寒冷？小楼吹彻，是不断地吹，吹到底，吹了这么长久的玉笙，这样的孤独的小楼的细雨之夜，“小楼吹彻玉笙寒”，其孤独寂寞寒冷之中的相思怀念之情可以想见。

以后的“簌簌泪珠多少恨，倚阑干”。有的版本是“多少泪珠何限恨”，是把多少的泪珠跟何限恨结合一起来说的，是我的泪珠是无穷的，我的悲恨相思怀念的哀伤也是无穷的。所以，一般说起来我比较喜欢讲“多少泪珠何限恨”。我的泪是无穷的，滴不尽相思血泪。我的愁恨也是无穷的，长夜无眠，吹彻了玉笙。等天光破晓以后，她又来到栏杆旁边了，“多少泪珠何限恨，倚阑干”。又倚在栏杆上凝望，就又打回到前边开端所写的景物，所以看见的是什么？是“菡萏香销翠叶残，西风愁起绿波间”，是生命衰残的悲哀。

这首词本来是写一个闺中思妇对于塞外征夫的怀念。我们讲如果以西方的阐释学推寻作者的原意，南唐中主不是一个闺中的思妇，他当然所写的不是自己“言志”的情意。他所写的是一个相思离别的歌曲，是思妇的感情。所以我们不用说作者的原意，只说主题。这一首歌词的主题的意思应该是什么？是思妇的相思怀念的感情。以主题的中心来说，它的重点在“细雨梦回鸡塞远，小楼吹彻玉笙寒”。王国维在《人间词话》里说：“乃古今独赏其‘细雨梦回鸡塞远，小楼吹彻玉笙寒’，故知解人正不易得。”他以为别人不是“解人”，其实别人欣赏“细雨梦回”二句，是有道理的。

这一首歌词的主题所在是“细雨梦回”这两句。谁说这两句好呢？古今都欣赏这两句好。古今都有谁说了这两句好？原来南唐时就有人说这两句好，冯延巳就说这两句好。《南唐书》记载着说，有一天南唐中主跟冯延巳两个人谈话，中主就问冯延巳说：“吹皱一池春水，干卿何事？”“吹皱一池春水”是冯延巳《谒金门》中的词句：“风乍起，吹皱一池春水。”冯延巳回答说：“未若陛下‘小楼吹彻玉笙寒’也。”这是君臣之间开玩笑的话，因为他们两个人从冯延巳二十几岁、李璟十几岁时就在一起的。这正是一种欣赏，而且我还要说，这正是南唐词风的特色。我上次特别提出来，南唐的词风跟《花间》的词风是不一样的。南唐的词风是特别富于兴发感动作用的，就是眼前身旁的那种微小的景色的变动，引起他内心的一种活动，这是南唐词的一个特色。“‘风乍起，吹皱一池春水’，干卿何事?”正是“风乍起，吹皱一池春水”，引起了冯正中内心的感动。我要讲这么多话，就因为南唐词的感发都是这么微妙的感发。因此，风乍起就引起了他内心的感发和感动。李璟以一个皇帝的身份来问一个臣子：“吹皱一池春水，干卿何事?”这表面上是开玩笑，实际上是说你这两句词写得不错。所以，冯正中作为一个臣子，赶快地回答说：“未若陛下‘小楼吹彻玉笙寒’也。”说我的词当然比不上陛下写的“细雨梦回鸡塞远，小楼吹彻玉笙寒”。可见冯正中是赞美了这两句词的。不但冯正中欣赏赞美这两句词，宋朝的一个写诗词评论的胡仔写了《苕溪渔隐丛话》，其中记了一个故事，说有一天王安石跟黄山谷碰到一起了，谈论南唐的词，王安石就说“细雨梦回鸡塞远，小楼吹彻玉笙寒”最好。

你就看见，果然有人欣赏这两句，而且如果你要是用知识用理性的理解分析这一首小词的主题，那毫无疑问的这两句是思妇的主题，而这两句写得果然美，对偶工丽。“细雨梦回鸡塞远，小楼吹彻玉笙寒”，多少相思怀念，尽在不言之中。当梦回鸡塞远的时候，“昨夜夜半，枕上分明梦见……觉来知是梦，不胜悲”（韦庄《女冠子》）。而且那个吹彻玉笙的相思梦醒的思妇，那个寒冷孤独的寂寞感觉才更强烈。这两句一定是好词，从主题说起来，一定是好词。

可是，王国维作为一个读者，他却看出了另外的意思，按阐释学上说，读者可以有读者的衍生义，读者可以从作品的感发生命之中衍生出自己感发的情意。所以我在开始两次就说了，中国古典文学很微妙的地方，就是古典诗歌是有生命的东西，它是活的，是有生命的，而且它的生命不是一生一，而是一生二，二生三的，是你可以从这一点引发出更多的联想。就主题而言虽是那两句好，只说主题就拘束了，思妇就是思妇，相思就是相思。可是如果以一生二、二生三的这样生生不已的联想这一点来说，那么头两句给人的兴发感动的作用就似乎更多了。

“菡萏香销翠叶残，西风愁起绿波间”，我们尽管不是思妇，我们也没有梦到过征人，但是我们对此二句有一份生命的共感，感到此二句更富于兴发感动的意思。

下面我们要介绍李后主。李后主是一个重要的作者，所以我们要对他作一个整体的介绍。

王国维在《人间词话》中曾经说：

> 尼采谓，“一切文学，余爱以血书者”。后主之词，真所谓以血书者也。宋道君皇帝《燕山亭》词亦略似之。然道君不过自道身世之戚，后主则俨有释迦、基督担荷人类罪恶之意，其大小固不同矣。

你读中国的古典诗歌，都不能够只看表面的意思。当年“文革”期间，好像这样的五代小词都不能讲，认为这都是淫靡腐败只讲男女的相思爱情的作品，都把它们给抹杀了。其实不但我们欣赏古典文学不能用这样肤浅的表面的评量，我们在讨论文学批评的时候，也不能从表面去认识它。王国维说李后主有释迦、基督担荷人类罪恶的意思，所以有人从表面上理解，就提出来批评，说王国维把李后主抬得太高了，说李后主本身就是一个亡国的君主，一天到晚歌舞享乐，把国家送上了败亡的路途，自己就是一个罪人，怎么会有释迦、基督担荷人类罪恶的意思呢？从表面来理解是如此的。但是，王国维所说的不是这个意思。王国维所说的他有释迦、基督担荷人类罪恶的意思，本意是一个比喻，是一个象征。他所说的释迦、基督担荷人类罪恶是什么意思？佛经上说，释迦曾说我不入地狱，谁入地狱？我要把众生的不幸和苦难都担负在我的身上，使众生都得到超脱解救。我有度脱众生的这种责任，这是释迦的精神。基督也说他死在十字架上，是为了救赎所有人类的罪恶。李后主当然绝不能在这方面跟释迦、基督相比，王国维用的是一个比喻，就是说李后主所写的悲哀，他是倾诉了所有的有生的生命的悲哀。“春花秋月何时了，往事知多少！”（李煜《虞美人》）我们不是李后主，但是我们的生命都是这样消逝的，往事都是这样消逝的。“春花秋月何时了”是一个真理！“往事知多少”也是一个真理！每个人都在“春花秋月何时了，往事知多少”的大网罗之中。这就是说，李后主写一个人的悲哀，而他写出了所有的有生的人类的共同的悲哀。这是李后主的词的成就。

而李后主怎么样达到这样一个成就呢？要从这个观点来看，我以为一个人认识宇宙、认识人生，有不同的角度、不同的方式，正如同张惠言跟王国维解说小词有不同的途径，有不同的方式。有的人认识宇宙人生是外延的，就是从外在现象一个一个去认识，认识得越多，才能够体会了解得越多。王国维曾把诗人分成客观的诗人与主观的诗人。他说，客观的诗人“不可不多阅世”，不可不多经历世界上的事情。而主观的诗人“不必多阅世”。有一种人，是要向外面去认识的。所以你要一个一个去认识，认识得越多，你才能对人生理解得越多。

可是，另有一种人，他对于宇宙人生的认识不是外延的，而是一种内展的。他的内心有一个锐感的诗心，像是一池春水，你只要向它投下一块石头，不需要多，只要打在水的中心，只要有一点触动了它的内心，它的水波就自然向外扩散展开出去，自然就扩充到一个绝大的意境，而不需要一个一个沿着池水边一步一步走去。你只要打在它池水的中心，它水波一延荡，一震动，也就是摇荡性情，性情摇荡的时候，自然就把它的境界推广了。李后主就正属于这种主观诗人。主观诗人不必多阅世，而他所经历的虽然只是个人一件悲哀的事情，他虽然没有到各种阶层各种社会去生活过，但是他自己所经历的破国亡家的悲剧，如同一块巨石，打在他这样敏锐的富于感情的这样一个诗人的心灵之中，他一下子就扩散出了这么深沉、这么悠远的，把整个的生命的悲哀都表达出来的意境。这是李后主词的一个绝大的特色。他不是从理性一个一个去认知的，他是从感性去承受的。王国维说后主之词有释迦、基督担荷人类罪恶的意思，是说他所写的词，写出了人类一种共同的悲哀。

还有，王国维说后主之词是“以血书者”也。我很奇怪，为什么很多人就很喜欢从表面来认识事件。一说李后主词是以血书者，于是有人就提出来说，这个话是不对的，词里边很多只是写流泪的，很少是写到血的。他说李后主词也只说泪，不说血的。人家王国维说以血书，不是你刺破手指写个血书，也不是说你写的词里边都是血，这才是血书，不是。王国维所说的，就是以你最真切的最深挚的发自内心深处的那一份锐感深情来写的作品。我们说话常常嘴皮子一碰就说出来了，而文字呢？大家也是千古文章一大抄，都抄来了。那不是发自你内心深处的，不是以血书者。你要用最真切最深挚的自己的心灵感情说出来自己的话。李后主如果说他一生之中干了多少错误的事情，而作为一个文学家，作为一个词人，他唯一的一大长处，就是说自己的话，而且他有敏锐的真切的深挚的心灵和感情。这是所谓“以血书者”。

王国维在《人间词话》中又说：“宋道君皇帝《燕山亭》词亦略似之。然道君不过自道身世之戚，后主则俨有释迦、基督担荷人类罪恶之意，其大小固不同矣。”他把李后主跟宋道君皇帝作了一个比较，说宋道君皇帝的《燕山亭》词亦略似之。宋道君皇帝是谁呢？就是北宋的亡国之君宋徽宗。李后主是亡国之君，宋徽宗也是亡国之君。两个人都是国破家亡，都做了俘虏，“一旦归为臣虏”，两个人所写的词应该有共同的悲哀。所以，我们刚才说，能写真景物真感情者谓之有境界。我们说宋徽宗写破国亡家这样的感情不可谓不真，他的感受不可谓不深切。可就是用这样的感情写出来的词，有的有感发的力量，有的没有感发的力量，“其大小固不同矣”，其高下的成就是不一样的。

李后主的词还没有讲呢，等一会儿我们要讲的。我刚才说了“春花秋月何时了，往事知多少”这两句词把我们所有的人都打在无常的大网之中去了。我还要说，有的人批评说李后主是悲观的，我们不能讲这样悲观的文学。可是，我刚才讲了，陈子昂的《感遇》诗：

迟迟白日晚，袅袅秋风生。岁华尽摇落，芳意竟何成？

也是说生命的短暂无常。你要知道，有的时候人之有作为、有理想，正是从这种无常之中体会出来的。我的老师，当年在辅仁大学教学的顾随（羡季）先生，在他讲课的时候曾说过这样的话，“我们要以无生的彻悟，来从事有生的事业”。你要知道，一个人真正创作了有生的伟大的事业，一定先要打破自己的自私自利的想法。无生，有它消极的一面；无生，也有它积极的一面。陶渊明能够持守住他的操守，不跟那些个官僚腐败的官场同流合污。他在《归园田居》里也写过“人生似幻化，终当归空无”的句子。无生，不完全是消极。有的时候人过于被现在眼前的物质利益所牵萦、所左右、所迷惑，你如果能从这一种眼前的物质的萦绕之中超脱出来，应该有一个更清醒的看法。所以，无生，不完全是消极的。我的老师说的就是这样，所以，就看你是怎么样去对待它、去理解它的。

我们现在是讲李后主跟徽宗两首词。李后主的词带着一种强大的感发的生命，让我们所有的人都认识到无生跟无常的这一面。那徽宗怎么写的呢？《燕山亭》词是他被俘后所作的，有人说是在他被俘北去的路途上作的。根据考证，这是不可信的。应该是他被俘数年之后的作品，词题是后人所加的：

> 裁剪冰绡，轻叠数重，淡著燕脂匀注。新样靓妆，艳溢香融，羞杀蕊珠宫女。易得凋零，更多少无情风雨。愁苦。闲院落凄凉，几番春暮。　　凭寄离恨重重，这双燕，何曾会人言语。天遥地远，万水千山，知他故宫何处。怎不思量，除梦里有时曾去。无据。和梦也新来不做。(赵佶《燕山亭·北行见杏花》)

他写的是花的零落，写花的零落的愁苦。他写的表面上看起来很美：“裁剪冰绡，轻叠数重。”说花朵的美丽，好像是用冰片一样薄的绡那种丝织品制作的，剪裁好了，把它轻轻地折叠起来，弄了好几层，“轻叠数重”。白色的冰绡用浅红色的淡淡的燕脂把它涂染了，这说的是真花像假花一样美丽。我们向来这样赞美说，真花像假花一样地美，假花像真花一样地真。“裁剪冰绡，轻叠数重，淡著燕脂匀注。”他说这样美丽的花朵，就像“新样靓妆，艳溢香融”，像是一个美丽的女子靓妆，化妆得非常美。“艳溢香融”，她这样地美色流溢，芳香四散；“羞杀蕊珠宫女”，这么美的花，连蕊珠宫女那样妆饰美好的女子，都应在这样美的花前觉得羞愧。可是这样美的花，“易得凋零”。不但是凋零了，而且它经历了多少无情的风雨，所以，使我愁苦！在他当了俘虏被幽囚的院落之中，是“闲院落凄凉，几番春暮”？他是雕琢修饰，用思索跟安排来写他的词。

思索安排就坏了吗？也不是完全就坏了。只是在徽宗与李后主的比较之下，徽宗的词是比不上李后主的。但是，词，有安排思索的一条路线。以后我们讲到周邦彦就要讲另外一种风格，另外的一条途径，另外的一个衡量的标准。

我们今天先说宋徽宗，他的词是经过思索安排的。思索安排不是直感，是有了隔膜，是用头脑的安排写出来的。李后主是从整个的心灵奔泻流涌出来的。所以，王国维说李后主的词是以血书的。

李后主也写了一首小词，就是他的《相见欢》，也写的是落花：

> 林花谢了春红，太匆匆。无奈朝来寒雨晚来风。　胭脂泪，相留醉，几时重？自是人生长恨水长东。

你看，宋徽宗所写的春天花的凋零，多少作态、多少矫揉造作的姿态。他说：“裁剪冰绡，轻叠数重，淡著燕脂匀注。新样靓妆，艳溢香融，羞杀蕊珠宫女。”你自己如果情真意切，压都压不下，它一喷就喷出来了，还给你工夫这么矫揉造作？你看人家李后主，第一句，“林花谢了春红”，多么自然，多么真率，那种感慨，那种哀伤，多么深切，还有什么“裁剪冰绡，轻叠数重”？还有什么“淡著燕脂匀注”？人家不说，就只是“林花谢了春红”。人家写的不是外表，人家写的是那一份内心的真挚的感动。南唐词的好处，就在于它特别富于感发的力量。

要欣赏批评一首词，每一句，每一个字，每一个结构，每一个组织，一定都有它的作用。我们现在来看看他这六个字的作用。“林花”，你说一朵花，一束花，不是，是满林的花。“林花”两个字表现了整个一片的凋零。林花是什么样的花？林花谢了的是“春红”。春，何等美好的季节。红，何等美好的颜色。满林花树，春天的这样红艳的美好的花朵都凋谢了，林花就谢了春红。“谢了”两个字说得多么沉痛，多么哀伤，而且是多么口语化，多么直接，多么坦率。“林花谢了春红”，怎么这样好的春红竟然就谢了，竟然就满树都谢了。“谢了”两个字有无穷的哀伤、悼念，真是哀悼。他的感情不假修饰，不假思索，他说了，是“太匆匆”。都是他感情内心最深处的流露。林花谢了春红，真是太匆匆。

“林花谢了春红”，还是外表所见的现象；“太匆匆”则是词人内心的悲哀和感叹，真是太匆匆了！我们知道，花的生命本来就是短暂的，它也许能开三五天，这就很不错了。也许开一个礼拜，那很长久了。如果这一个礼拜的天气都是风和日丽、天暖气清，虽然它只有三天五天，也对得起它三五天的生命了。可是，花，不只是仅有短暂的三五天的生命，太匆匆而已，还更有“无奈朝来寒雨晚来风”的打击摧伤。我们人生的生命都是有限的，我们人生之中每一个人都必不可免地会遇到一些艰辛苦难的遭遇。他说有朝来的寒雨，晚来的寒风。这你也不能从表面上去理解，说朝来就只有寒雨，就没有风，晚来就只有风没有雨。中国的文学对举的时候都有普遍包举的意思，“朝来寒雨晚来风”是自朝至暮从早到晚不分朝暮都有冷雨寒风的吹袭。而这寒风冷雨的吹袭打击，是只对花草吗？辛稼轩的一首词中有两句：“可惜流年，忧愁风雨，树犹如此。”（《水龙吟·登建康赏心亭》）那风雨是整个生命所遭受的挫伤。所以，“林花谢了春红，太匆匆。无奈朝来寒雨晚来风”，李后主所写的是整个生命的无常、生命的苦难。他用林花这么小的一个形象表现了这么大的感慨——“无奈朝来寒雨晚来风”。

下面“胭脂泪，相留醉”二句，从花过渡到人。一方面是说那春红的花朵，花红得像胭脂，上面风雨喷洒的雨点，是“胭脂泪”。“相留醉”，那将要凋零的花树，它的红色的花瓣上的泪点，就“相留醉”，就留我再为它而沉醉一次。冯正中说的“日日花前常病酒”，杜甫所说的“且看欲尽花经眼，莫厌伤多酒入唇”（《曲江二首》），所以“胭脂泪，相留醉，几时重”？你什么时候再看见这样春红的花朵呢？你说明年春天来了，明年的花就开了，可是前人的词说了“君看今日树头花，不是去年枝上朵”（王国维《玉楼春》）。明年的花开，不是今年的这一朵花了。现在的时间消逝了，我们现在是二月的几日几时消逝了，在宇宙之间，这一年这一月这一日这一分钟，永远都不再回来了。他说“胭脂泪，相留醉”，你们几时重啊？永远不会回来了，因此他说我们“自是人生长恨水长东”。你看，李后主他从林花这么小的一个形象，写到整个人生，还不只是整个人类，是整个有生命的，包括草木在内的生命的短暂无常，以及经受摧残和苦难的哀伤。

这是李后主的词，它的内容博大。他不是从外延来认识的，他是从自己内心、自己主观的一个真挚深切锐感的心灵来感受，而且是这么坦率地表达出来的。

第六讲

李煜（下）晏殊 欧阳修（上）

我们今天是第六讲了。我们今天接下来还看李后主的词。我们上一讲看了《相见欢》“林花谢了春红”。我们从这首小词里看到了李后主的词的一个特色，就是王国维在他的《人间词话》里边，一方面说李后主“生于深宫之中，长于妇人之手”，他的人生的经历是很狭窄的，他对于广大的社会人生没有什么丰富的体验；可是，另外一方面，他又赞美李后主，说他有释迦、基督担荷人类罪恶的意思。那也就是说，他的作品写出了我们古今所有的人类共同的感慨和悲哀。以他的阅历这样地狭窄，为什么他能写出来意境方面这样开阔博大的作品呢？

这我在上一讲谈过了，因为每个人体验人生的方式不同，所以，王国维也说客观的诗人要多体验生活，像《水浒传》《红楼梦》的作者是向外延展的，要从外边的每一个事件去体验。可是，像李后主这样深情锐感的人，他内心的深处，只要有一个深重的打击，就由他自己的这种沉重的真切的敏锐的感受而扩散出去，所以，他扩散的范围就是他感发的范围，而他感发的范围，表现了这样一个博大的意境，这是我们上次所说的。

今天，我们要讨论另外一个问题。有人就说了，李后主的词，亡国以后的作品，他的意境才开阔博大了，写出来“故国不堪回首月明中”，写出来“自是人生长恨水长东”。可是，他早年的作品，当他在南唐他的宫殿之中，耽溺于歌舞享乐的淫靡生活的时候，他的作品内容是空泛的，所以，应该分别来看待。就是说，把他后期的作品跟他前期的作品应该分别来看待。

其实，我们认识一个词人，如果不是只从伦理道德的观点来衡量他，真的以一个词人，他的心灵、他的感情、他的感动和感发的本质来看他的话，我们就会发现，一个人其实是不可以分割的。现代西方现象学派的理论也曾提出此一观点。美国现象学家希乐斯·米勒（Hills Miller）就曾说，每一个作者，不管写出了多少内容风格不同的作品，但是有的时候，我们还是可以透过这些内容风格不同的作品，探寻到一个作者的心灵感情的本质是怎么样的。作者的作品就好像是从心灵之中放射出来的一千条道路，这一千条道路可以通向不同的方向，表现出不同的风格。然而，他本来的原来的那个主体意识的根源，还基本上是一个。

所以，李后主的词，虽然在他外表的风格上我们可以把它分成后期和前期的不同，但是作为他的本质来说，他基本上的一点，就是以他的真纯的——王国维所说的赤子之心，他的锐敏的深挚的心灵和感情的一种投注。不管他写什么，不管他所经历的是什么，他都把他最真纯的、最锐敏的、最深挚的心灵和感情全心全意地投注进去。这是李后主的一种特色。所以，当他把真纯敏锐深挚的心灵感情投注在破国亡家的苦痛之后，就有释迦、基督担荷人类罪恶之意，写出来我们人类有生生命的共同苦难，像“胭脂泪，相留醉，几时重？自是人生长恨水长东”这样的词句。

我们今天要看被大家批评为不好的、内容空泛的他的淫靡的作品，我们透过这个也能找到他本质上的特色。这首词就是在教材上所选的《玉楼春》：

晚妆初了明肌雪，春殿嫔娥鱼贯列。凤箫吹断水云闲，重按霓裳歌遍彻。　　临风谁更飘香屑，醉拍阑干情味切。归时休放烛花红，待踏马蹄清夜月。

这首词，如果从伦理道德方面来衡量的话，我们认为它是空泛的、淫靡的，是无足取的。可是，从本质上来看，我们就可以看到他那锐敏的、深沉的、真挚的一份心灵和感情的投注。

我们在讲冯延巳词的时候讲过，有的词有“互见”，一个人的词收在另一个人的词集里边。我们也谈到过有版本的不同，冯正中的《鹊踏枝》“谁道闲情抛弃久”，有的本子是“抛掷久”。李后主的词传诵得这么广，所以李后主词有很多不同的版本，我只能简单地说一下。第一句“晚妆初了明肌雪”，有的版本作“晓妆”，这是不对的。因为我们看整首词所写的，到最后说“待踏马蹄清夜月”，这一定是“晚妆”，而不是“晓妆”。而且，“晚妆初了明肌雪”，这晚妆和明肌雪的描写叙述，是可以结合在一起来的。你知道一般说起来，就是在古代的宫廷之中的这些贵族女子的生活，她们的晓妆跟晚妆有时候是不一样的。现在西方有些女子的化妆，她们也觉得晓妆跟晚妆是不一样的。晓妆应该化得比较淡一点，晚妆应该化得比较浓丽一点。所以，“晚妆”两个字已经可以想象这女子化的妆是特别浓丽的，是色彩更加鲜艳的。

晚妆初了，这个“了”字用得也很好，与前一首词“林花谢了春红”的“了”字异曲同工。那个“了”字表现了沉重的哀悼，而晚妆初了的“了”字，则表现了一个欣快的美好的完成，多么值得欣赏的一个美丽的完成。晚妆初了，是刚刚装束好的。有的时候一个人原来装束得很好，但是当她经历了长久的时候，那时云鬓乱了，晚妆残了。现在是“晚妆初了”，所以才“明肌雪”。有人形容女子的美丽，说光彩照人，她脸上如雪的肌肤，好像有光彩照耀。“晚妆初了明肌雪”，这是写南唐后主的宫廷之中美丽的宫女。这宫女如何？下句就写了“春殿嫔娥鱼贯列”，他所写的不只是一个女子。先说“春殿”，宫殿之中，富丽堂皇，而且是在春天的宫殿之中。“嫔娥”，是宫中各种等级各种身份的很多宫女，春殿嫔娥，何止一个！再加上“鱼贯列”，则是写像一队游泳的鱼一样的宫女，排成一个行列走出来了。第一句“晚妆初了明肌雪”，还不过只是写这些个女子晚妆后容貌的美丽而已。而第二句的“春殿嫔娥鱼贯列”，这就隐然有一个队伍排列着出现了。这个队伍不是战场上的队伍，在这里他所说的是一个舞队。所以，这些晚妆初了的女子，她们出来是要表演歌舞的。“晚妆初了明肌雪，春殿嫔娥鱼贯列”，这舞队就俨然可想了。这是什么，这是他目中所见的，繁华的歌舞的表演，是他目中所见的一种享乐。

李后主在宫中的耽溺和享乐，只是眼睛观感的这种欣赏的快乐吗？不是的，他的耳朵也有享乐，“凤箫吹断水云闲，重按霓裳歌遍彻”。耳边还响奏着音乐，所以他所享乐的不只是目中所见而已，同时还有耳中所闻。耳中所听到的享受是“凤箫吹断水云闲”。你们的教材上是“声断”，我刚才念的是“吹断”，我在前面已经声明过了，李后主的词有很多不同的版本，就以这一句来说，“凤箫”有的版本是“笙箫”。在我们遇到不同的版本，要作一个判断的时候，如果是古代的经史典籍，我们应该有更科学的考证方法来判断。可是，对于诗词，我们就还要用我们的感受来判断。我个人以为“凤箫吹断”更好。因为凤是如此精致的，如此美丽的。什么叫作凤箫？凤箫是一种排箫，不是只有一管，是很多的竹管排在一起，而且那些个竹管都是参差不齐的，像凤凰的翅膀张开一样，这是所谓凤箫。凤箫就给人一种更精美的感觉，这是第一个原因，我以为，凤箫比笙箫更好。因为在诗词形象给人的感觉上，凤箫是更精美的形象。还有，“笙箫吹”三个字都是平声，第一个字的平仄本来是可以通用的，“笙箫吹断”也未始不可。但是，“凤箫吹断”的平仄是仄平平仄，它就更增加了音调的抑扬，就更加有力量了。而且，笙箫并列，笙是一种乐器，箫又是一种乐器，它形象虽然多，反而有凌乱的感觉。所以，我以为“凤箫”更好。而且，说“声断”，它只是声音断而已。如果说“吹”，这里边就有一个努力，就有一个人吹的力量在里边，所以我以为“凤箫吹断”更好。所谓“吹断”是说付出最大的劳力，演唱出最好的最长的歌曲。因此我认为是“吹”字更有力量，所以我读这句时，读的是“凤箫吹断”。

李后主这个人，不管是对于悲哀，不管是对于享乐，是个既没有节制，也没有反省的人。我们知道他的长处，因为诗词是注重感动和感发的。所以，他的那种真情的投注，带给我们强大的感发。作为词人，他有他的长处。但是，作为一个社会人，作为一个在人群之间的伦理之中的社会人，这样的人就有他的缺点。这不是说我们批评他的缺点，而是他自己在命运之中就因性格而形成了一个容易导致失败的命运。因为，人群社会之间，你是不应该没有反省的，你是不应该没有节制的。历史上记载说，李后主在亡国被俘虏到北边的宋朝去以后，有一天宋太宗问南唐过去的一个臣子徐铉，说你最近看到了你原来故国的君主了吗？徐铉说我不敢私自去看他。宋太宗说今天我叫你去看他，你去看看。于是，徐铉就去看望了李后主。李后主见到徐铉，第一句话说的是什么？根据历史上的记载，李后主说的是，我后悔当年错杀了潘佑、李平。因为当时的南唐，在五代十国这种形势的背景之中，南唐是战还是守，他们就面临着这一问题。所以南唐有党争，有各种不同的政治见解，而潘佑、李平当年是主张抵抗的。李后主现在亡国做了俘虏，他居然天真地对徐铉说了这样的话。徐铉回去，宋太宗问他，徐铉不敢隐瞒，就报告说他说了这样的话，而李后主后来又填词写了“故国不堪回首月明中”的句子。他念念不忘故国，还后悔杀了潘佑、李平。所以，宋太宗自然便不免对他有了猜忌。因此，李后主最后得到什么样的下场？他就被赐了毒药，一种牵机药，吃了后手足抽搐，被毒死了。

他没有反省，没有节制，没有觉悟到处在这样的地位，就不应该再说这样的话，不应该再写这样的词了。这是李后主作为社会人的一个缺点。但是作为一个词人，从他的真纯的深挚的这种无所掩饰的投注和流露来说，他有他可爱的地方。这是李后主，他不但是破国亡家以后没有节制，他亡国前的享乐也是没有节制的。他说我如果要听音乐，凤箫要吹断，尽力地吹。凤箫吹断还不说，而且是“凤箫吹断水云闲”。“水云闲”，有的版本是“水云间”。“水云间”也未始不好，是说箫声飘上去了。《列子》上说：“秦青抚节悲歌，声振林木，响遏行云。”（《列子·汤问》）说那声响飘到天空，天上的行云都为它留住了，就是声音飘到天上云彩之中去了。他说箫声飘荡在空中，而底下的春殿周围环绕着有曲台池沼，有一弯流水，所以，在水云之间，整个的空间，上至于天上的浮云，下至于池中的流水，都飘动着、回荡着凤箫的声音。这本来很好，这是“水云间”。可是，我以为如果是“水云闲”，就更好。“间”，是一个死板的字，是指明两者之间的空间，是天地上下的云水之“间”。可是，现在说“闲”，就不只是一个两者之间的意思了。水、云两个名词，加一个“闲”字的述语，是说水是悠闲的，云也是悠闲的。水之闲，是水的潺湲的流动。云之闲，是天上浮云的那种柔缓而飘浮的姿态。所以，这形象就更加活泼了。“凤箫吹断水云闲”，就不只是在天地的水云之间，而且，随着天上的浮云而飘浮，随着地面的流水而流动了。“凤箫吹断水云闲”，这还不算，还要

“重按霓裳歌遍彻”。霓裳大家都知道，这是唐朝玄宗的故事，传说他梦游月宫，后来醒了作了一个《霓裳羽衣曲》的曲子。这个传说我们不管它，《霓裳羽衣曲》确有这么个曲子，在唐朝时作为大曲，是一个规模最大的、演奏时间最长的一个大曲。杨贵妃可以随着《霓裳羽衣曲》而起舞。但经过五代的战乱，据说《霓裳羽衣曲》这个大曲的曲谱就散失了。中国文化中的历史资料保存得最完整，但中国的音乐资料的保存比较上是不够完整的。很多古代的乐谱，我们现在不能寻找到了。《霓裳羽衣曲》的曲谱，就在五代战乱之中散失了，据说南唐得到了它的残谱。而你知道南唐李后主的大周后（她妹妹是李后主的小周后），是精于音乐的。所以，他们就把《霓裳羽衣曲》的残谱重新整理完成了。你想一想，这是李后主跟他所爱的大周后两个人亲手整理的唐代最伟大的曲谱。而李后主我说过了，他是个没有节制的人，他是个没有反省的人。他如果是悲哀，就一直沉溺于悲哀之中；如果是享乐，他也就一直沉溺于享乐之中。按，就是弹奏，弹奏就弹奏吧，但李后主说的是“重按”，是弹奏了一遍又一遍。这是李后主。凤箫不只要吹，还要吹断。霓裳不只要按，还要重按。一遍一遍地无休止地弹奏。而且配合霓裳的曲子，还有歌唱，是“歌遍彻”。这“遍彻”二字有双重的作用。我常说诗歌有时是多义的，有的多义互相矛盾，我们只能取一个意思；有的多义可以互相补足，我们可以把它不同的意思都容纳进来。“遍彻”就是如此的。在大曲里边，有许多曲调，组织成很长的一组歌曲，而在这很长的一组一组的乐章之中，很多都是以“遍”为名的。像排遍、衮遍、延遍，如果大家找到当时的一个大曲来看一看，就会知道这个“遍”，就是大曲里边分开来的一支一支一遍一遍的曲子，是大曲里的一个乐曲的名目。“重按霓裳歌遍彻”，彻是什么呢？大曲曲谱里边有一段音乐，叫“入破”，彻是入破以后的最末一遍。入破以后的歌曲是怎样的呢？我们对这个也要有一点了解。虽然我们没有《霓裳羽衣》的曲子真的传下来，不能真的听到，但是根据书上记载说，大曲在入破以后，那个曲调的声音是特别高亢、特别急促的，就是声音又高又快的这么一段曲子。怎见得呢？我们还是有词为证的。欧阳修的词有句：

重头歌韵响铮钅从，入破舞腰红乱旋。（《玉楼春》）

随着大曲跳舞的女子，当她跳到入破的歌曲的时候，伴随着这么高的、这么急的曲子的节拍，这个穿着红色舞衣舞裙的女子的舞腰便快速地旋转在舞坛之上，所以她“入破舞腰红乱旋”。如此你就可以想见李后主所写的“重按霓裳歌遍彻”，把大曲的曲调之长，把大曲音乐声调的特色都表现出来了。而且是重按，是无止无休地演奏。可是，我刚才还说了，这个“遍彻”它有两层的暗示。一个是大曲的曲调果然有“遍彻”的名目，一个是这两个字的本义给读者直接的感觉。“遍”者，是普遍的，没有一个地方疏漏的，周遍的，完全包笼的。这是遍。“彻”呢？是从头到尾，没有一点点漏失的。所以，“遍彻”两个字，就不只是霓裳大曲的曲调里边有这个名字，而且“遍彻”两个字跟他的“重按”两个字结合起来，那种耽溺的享受，没有休止的、没有反省的、没有节制的享受，是“重按霓裳歌遍彻”，表现了饱满的力量，这正是李后主词的特色。不管他在伦理道德的价值上内容是否空泛，是否淫靡，作为艺术上的效果来说，就是他这样真诚的、锐敏的、真挚的这种全心的投注，形成了一种饱满的力量。这是他的特色。

我们刚才说了，“晚妆初了明肌雪，春殿嫔娥鱼贯列”两句是目中所见，“凤箫吹断水云闲，重按霓裳歌遍彻”两句是耳中所闻。两句写眼睛的享受，两句写耳朵的享受。李后主的享受只限于眼睛和耳朵吗？不只如此，所以下半首他又说了“临风谁更飘香屑”。李后主这个人真是耽溺于享乐之中。这是他鼻中所嗅，鼻子里边还闻得有香气了。当一阵微风吹过的时候，就迎风闻到了香气。只闻到了香气，不知香气从何而来。因为南唐李后主耽溺于享受，根据书上的记载，他宫中原来就有主香宫女，所以他的宫中，就有一些女子专门管香的，而这个香可以有各种不同的。这个香你可以焚在香炉之中，也可以制成香粉，可以飘散在各处，所以，可以从不同的方法不同的来源闻到香气。他闻到一股香气，他说“临风谁更飘香屑”。眼睛有这么好的享受，耳朵有这么好的享受，更加上一层，我闻到从什么地方飘散来的香气，“临风谁更飘香屑”，这是他鼻中所有的享受。

李后主又说了，我“醉拍阑干情味切”。醉是什么？是他口中喝的酒，所以他还有口中所饮的享受呢。有眼睛的享受，耳朵的享受，鼻子的享受，他又饮了酒，而且饮到微醺半醉的时候，就“醉拍阑干”。《诗经·大序》上说的，当你情动于中形于言之后，就不知不觉手之舞之，足之蹈之。虽然是别的女子在唱歌在跳舞，但是这个微醺的李后主听到了这种歌声音乐的节拍，当他微醺半醉的时候，就拍打着栏杆，南唐的玉石的栏杆，雕栏玉砌，就“醉拍阑干情味切”。你想这种感受，这种滋味，那是多么深切动人。切者，真切，深切，内心最深处的一种享受。“情味切”是内心之中的最深的享受，不只是你口中体会到的滋味，是你内心之中体会到的那种滋味。

李后主的没有节制的享乐贯串全篇，直到最后他还说了，就算是歌阑舞罢，就算歌也停止了，那凤箫吹断了，霓裳也遍彻了，现在是酒阑人散了，李后主享乐的心都没有停止。他说“归时休放烛花红”，我还要“待踏马蹄清夜月”。当我从歌舞的宫殿回到我起居睡眠的宫殿去的路上的时候，“归时休放烛花红”，宫中那个时候有蜡烛就算不错了。唐朝韩翃诗：“春城无处不飞花，寒食东风御柳斜。日暮汉宫传蜡烛，轻烟散入五侯家。”（《寒食》）平民老百姓哪里有蜡烛，宫中有蜡烛，宫中有红烛，这已经很不错了，但他要更高的享乐，他说我回去的时候，你们这些侍从的人不要点红的蜡烛。休放，不要点燃。我还要“待踏马蹄清夜月”。我欣赏了人间的所有的歌舞享乐，还要欣赏大自然天地之间那一片皎洁的月色。所以他说“归时休放烛花红，待踏马蹄清夜月”。李后主词最大的特色，就是因为他没有节制没有反省的投注，才最富于感发的力量。他那种感动的，那种兴发冲击的力量才最强。而且不仅是因为他表现的方式是如此的；我多少次说了，作为一个词人，你不只要有“民吾同胞，物吾与也”的广大的同情心，还要有一颗不死的心来体会宇宙之间的一切现象，不只如此，你要有一颗锐敏的心、锐敏的感觉，来体会文字的特色。这是为什么？有人有很好的很宝贵的感情，居然没写下来很好的诗。前几天有朋友写来诗，很好。就是说他有要学习写古典诗词的追求，这是很好的一件事情。可是他里边有许多不大妥当的地方，所以我就给那一位朋友提议，我说你要盖一个房子，这是好事。第一，你要打地基；第二，你要找建材啊。你没有打好地基，没有足够的建材，何从建筑一个堂皇富丽的大厦呢？地基跟建材，是说你要平常有深厚的修养——人生的修养，文学的语言文字的修养。你有足够的语汇吗？这是非常重要的一件事情。而且不只是如此，李后主他还不只是选择了语汇的意义，它的声音，“待踏马蹄清夜月”，“待”“踏”“蹄”都是舌尖音，就不仅是在意思上说出来马蹄的意思，而且在声音上，甚至于连马蹄踏在洒满月光的路上，那种马蹄嘚嘚的声音都传入耳中了。这是李后主的特色。李后主是最能够声情合一的作者，就是把词的抑扬顿挫的节奏的声音跟它内容的感情二者结合得恰到好处，声情合一。

我们讲了他这样一首词，因为李后主是一个重要的作者，我们还要再简单地讲他一首词，然后我们就过渡到北宋初年的作者大晏和欧阳了。

我们再讲李后主的一首词，是大家都比较熟悉的一首《虞美人》：

> 春花秋月何时了，往事知多少？小楼昨夜又东风，故国不堪回首月明中。　　雕栏玉砌应犹在，只是朱颜改。问君能有几多愁？恰似一江春水向东流。

这首词是很好的一首词，可是就是这样的好词，是非常难讲的，因为大家对于这首词太熟悉了。就如同我在开始第一天所谈到的，说《花间集》大家太熟悉了，《花间集》就是一本书么，你就忘了“花间”两个字到底是什么意思了。我说你要用英文一说，*The Collection of Songs among the Flowers*，花间的新鲜感觉就出来了。

这是因为我们人的感觉神经跟我们的皮肤一样，当你磨擦日久，俗话说长了个茧子，文言说是起了趼了。你的手足起一个趼的时候，当你脚掌上有一个趼，用剪子剪用刀削都不痛了。它麻木了，它没有感觉了，它摩擦日久，就失去了那一份锐敏的感觉了。就如李后主这首词，本是一首好词，可是大家太熟悉了，就把那新鲜的感受给磨去了，就不再有这样锐敏的感受了。所以，俞平伯先生在他的《读词偶得》上讲到李后主这首词头两句，就曾说那是“奇语劈空而下”。“春花秋月何时了，往事知多少”是奇语劈空而下，是这么突兀地劈天盖地而来。我以为就是这两句把我们古今所有的人类，不但是中国人，是古今所有的人类共同的一种悲哀，都包括在里边了——就是宇宙的无尽与人生的无常。这是所有的人类的共同的悲哀，就是宇宙的永恒无尽与人生的短暂无常。“春花秋月何时了”，年年有春来，年年有秋到，年年有花开，年年有月圆！“秦时明月汉时关”（王昌龄《出塞》），我们所看到的月亮，秦朝时也是这个月亮，春花秋月，那是宇宙永恒无尽的永久长存的。“春花秋月何时了”，何时了就是没有终了的日子。可是就在这对比之中，往事知多少？我们在上一次讲李后主的那一首《相见欢》小词，曾说“林花谢了春红”，还曾说“无奈朝来寒雨晚来风”，“胭脂泪，相留醉，几时重”？今天的花你如果不好好欣赏它，明天这一朵花落了，你再想找这朵花，就永远没有这朵花了。你说明年的春天再来，明年花还会再开，但是明年开的那个花，不是今天你所见的这个花了。所以上次引过王国维的两句词：“君看今日树头花，不是去年枝上朵。”你看今天树头上的花，不是去年枝上的那一朵了。朱自清写过一篇很有名的短文，叫《匆匆》，他说：“燕子去了，有再来的时候。桃花谢了，有再开的时候。可是聪明的你告诉我，我们的日子为什么一去不复返呢？”花会再开，月会再圆，可是我们消逝的年华，消逝的往事，永远不会来了。那往事知多少？一点一点一天一天地消逝，有多少往事都消逝了。

头两句是宇宙的永恒无尽和人事的短暂无常的对比，非常鲜明的对比，劈天盖地而来，把我们所有的人类、古今的人类都包括在里边了，这是李后主词感发的力量。

而李后主有苏东坡的一种哲学理性的思维吗？苏东坡说：“自其变者而观之，则天地曾不能以一瞬；自其不变者而观之，则物与我皆无尽也。”（《前赤壁赋》）苏东坡是经过理性的思维谈到宇宙人生的变与不变，而李后主的特色，是以他的锐感深情，以他的最敏锐最深挚的心灵与那种最深切的感受向外包举的，是以他自己一个人的破国亡家的悲哀包括了我们古今人类共同的悲哀。这正是李后主的特色，这正是王国维所以说他生于深宫之中，长于妇人之手，而有释迦、基督担荷人类罪恶的意思。我们要从这一点感发来认识李后主的特色。

从“春花秋月何时了，往事知多少”，承接了“小楼昨夜又东风”，真是写得很好，中间还有呼应。正因为春花秋月宇宙的这种春秋四季的循环，永远是无尽无休的，所以，“小楼昨夜又东风”。“又”字说得很好。“又”字，“又东风”，正是回应那“春花秋月何时了”。“小楼昨夜又东风”是永恒的，东风是年年都吹来，年年都有东风，东风是永恒的，是宇宙的永恒。

可是李后主呢？破国亡家，“一旦归为臣虏”，他的故国，他说“独自莫凭栏，无限江山，别时容易见时难”（《浪淘沙》），所以“故国不堪回首月明中”。他当年的“晚妆初了明肌雪”，当年的“凤箫吹断水云闲”呢？故国，是不堪回首的。不堪者，是我不能忍受，因为我太痛苦了，太悲哀了。我不能忍受这种回想，在明月的月光之中。

他说不堪回首，但他毕竟提到了故国，毕竟还是不能够忘怀。而“月明中”三个字，就同时也呼应了第一句“春花秋月”的月亮。你要知道，他第一句说的是“春花秋月”，他现在是“小楼昨夜又东风”，东风是春风，当然是呼应那“春花”的春天的。可是，他开头说的是“秋月”，现在说的是月明，这就不必是秋月了。秋天的月亮当然是明亮的，春天的月亮也是明亮的。所以“月明中”，就正是呼应那“春花秋月”的秋月，是一种参差的呼应。这个呼应可以参差错落，不一定死板，说春花我就非说春花，秋月就非说秋月。你只要一个月明，就呼应了秋月。所以“故国不堪回首月明中”，这又是一个对比，是接着前两句的，是从那广大的全宇宙全人类的悲哀集中到李后主一个人的小楼昨夜的悲哀。那是李后主在小楼之中，“故国不堪回首”，是李后主的故国不堪回首。从头两句那么广阔的宇宙人类回到了他自己。

从词来看，他是从那么广大的宇宙人类收缩到他自己了，可是，事实上在作者心灵的、他那种感发的活动来说，他正是从他自己的“小楼昨夜又东风，故国不堪回首月明中”，才感发到头两句的“春花秋月何时了，往事知多少”，这是一种反复感发的呼应。

下半首，他说“雕栏玉砌应犹在，只是朱颜改”。雕栏玉砌是无知的，是无生的。我说过，凡是有生命的，有生必有死，一定是短暂的。生命是无常的。可是，无生的，没有生命的，相对而言它也是属于比较永恒不变的。“雕栏玉砌应犹在”，我想起1985年曾经游览了庐山，在庐山的山侧，曾经找到了南唐中主李璟的读书台，读书台附近，有一段汉白玉雕刻的石栏，据说那是确确实实的南唐遗物。“雕栏玉砌应犹在”，直到现代我还看到了南唐中主李璟的读书台的雕栏玉砌，这正是无生之物的常存。我们刚才讲了那首《玉楼春》，李后主亡国前曾经有那么好的享受，他说“醉拍阑干情味切”，现在故国回首他当年亲手拍过的雕栏，应该还留在那里，可是他李后主呢？现在成为一个俘虏了。他说“雕栏玉砌应犹在”，有的版本不同，是说“犹然在”，或“依犹在”，这个不太好，该是“应犹在”。为什么“应”字好呢？“应”者是假想之词。你说雕栏玉砌依然在，就是现在仍在眼前了，但李后主是回忆之中遥想当年的“雕栏玉砌”应该还在，所以是“雕栏玉砌应犹在”。可是，“只是朱颜改”，他李后主今天已经这样地憔悴衰老，不再是他当年醉拍栏杆的那个时代了。这是永恒跟无常的又一个对比。“雕栏玉砌”是永恒的，“朱颜改”是无常的。

这首小词，一共不过只有八句。从开头以来，都是两两相对的，都是永恒和无常的对比。“春花秋月何时了，往事知多少”；“小楼昨夜又东风，故国不堪回首月明中”；“雕栏玉砌应犹在，只是朱颜改”。

在三度的对比之后，他才说“问君能有几多愁？恰似一江春水向东流”。

你要知道，诗人词人说我非常忧愁，十分忧愁，我十二分忧愁，我十二万分忧愁，那我也不能被你感动。而李后主他是用这么三度的强烈对比，促成他这感人的结尾。所以，“问君能有几多愁？恰似一江春水向东流”。滔滔滚滚，无尽无休，永远不能停止，永远不能够阻挡的。“抽刀断水水更流，举杯销愁愁更愁”（李白《宣州谢朓楼饯别校书叔云》），正是无尽的愁，“恰似一江春水向东流”。

我们现在就要把李后主结束了。总而言之，我们所讲的温庭筠、韦庄、冯延巳、中主李璟、后主李煜，一共是五个词人。在这五个词人里边，我们清楚地看到了，歌筵酒席之间的这种本来是淫靡的、本来是内容空泛的、没有价值的、给歌伎舞女去歌唱的小词，居然有了这么丰富的、这么精微的、这么细致的、这么丰美的、内容含蓄蕴藉的成就，而且产生了像李后主所传达出来的这么强大的感发力量。这是词在发展的历史之中的第一个阶段——晚唐五代词的演进。

现在就到了北宋词了。

而历史上的演进，我要说，既不能够没有继承，也不能够没有前进。不能够丢开原来的，把什么都拆毁。如果拆成一片荒原，那你要从千百亿年的原始，从人猿时代再建起吗？那是不可能的。你要有继承，才能有建造，文学的发展也是如此的。所以我们现在就要看到北宋对南唐的继承了。

我们以前在讲冯延巳的时候就曾经说过了，我说冯延巳应该是在中国词史的早期发展之中的一个重要作者，是一个承前启后的人物。他一方面不失五代的风格，写的还是缠绵悱恻、伤春悲秋相思离别的小词；可是，他一方面，却能不被感情的事件所拘限。他写的是闲情，写的是新愁，却不像韦庄被一个事件所拘束。他也不像温飞卿，只是写一些个美丽的形象，只是一些带着传统文化的语码给你联想。冯延巳的词是带着强大的感发力量的。我说这是南唐词的特色。南唐的词最富于感发的力量，而且南唐的词常常都是从大自然景物给你的感动："梅落繁枝千万片，犹自多情，学雪随风转""菡萏香销翠叶残，西风愁起绿波间""林花谢了春红，太匆匆"。南唐词的特色，是自然景物的感发，就是一点点微风乍起，吹皱一池春水，就给了词人一种兴发感动。而词人把他这一份感发，就蕴蓄在他所写的"风乍起，吹皱一池春水""林花谢了""梅落繁枝"的这种自然景物的描写之中了，而它即把感发含在里边了。我们读时，也就把它的感发传递给我们读者了。所以虽是一首小词，却有这么丰富的强大的一种感发的作用。而正是他们所建立起来的这种词的风格的特色影响了北宋早期的两个很好的词人，一个是晏殊，一个是欧阳修。

我们现在就要看晏殊跟欧阳修两家的词了。我们刚才说过了，按照中国词的发展历史来看，晏殊跟欧阳修是承继南唐，特别是受冯延巳的词风的影响。我们上次也曾经看过一些评语，说冯正中"上翼二主，下启晏欧"，而且"晏同叔得其俊，欧阳永叔得其深"。为了掌握时间，对于大晏和欧阳的词，我要简单地快一点讲，只讲他们的特色。

我们说，从冯延巳开始，他们所表现的特色，是以用小词传达出来作者心灵感情之中的一种意境，这我以为也正是王国维在他的《人间词话》的开头就提出来说的：

> 词以境界为最上。有境界，则自成高格，自有名句。五代、北宋之词所以独绝者在此。

我也曾谈到过境界，在以前写的《对〈人间词话〉中境界一词之义界的探讨》一文中，我特别讨论过“境界”这个词。境界就是说一个世界，但这个世界不是我们大千世界的种种的现实的世界，这是作品中的一个世界。那么，任何作品不管你是写山川还是写人物，是好还是坏，鱼跃练川，莺穿丝柳，这无一不是作品中的世界。但我们也不能够说，作品之中以世界为最上，说词里边有个世界就为最上，有了世界就是有高格有名句了。我们不能够这样说。

境界虽然是一个世界，但不是我们泛指的这个世界的意思。这个世界指的是什么呢？我在上述那篇讨论的文章中曾经提到过，说“境界”这个词，本来是区分划域的，一个地方，一个境界。可是“境界”在佛家的经典里边有一个特指的意思，就是说，在你的意识感知的能力所接触到的世界（我今天只是简单地说，所以，我要请大家看我的《迦陵论词丛稿》）。佛家经典上所说的境界，是眼、耳、鼻、舌、身、意，你的六种感知的官能的能力，当你与外界的六尘“色、声、香、味、触、法”接触，像刚才我所讲的李后主的眼睛所看见的，耳朵所听见的，鼻子所闻到的，舌头所尝到的……当你的六种的感知的官能跟世界上的各种感知的现象接触以后，你的意识活动所能达到的范围，这就是在佛家经典上所谓的“境界”（见于佛经《俱舍论颂疏》）。所以，“境界”所指，乃是你自己真正感知范围的感受中之世界，这就合乎于我们诗歌传统所说的，“情动于中而形于言”，“气之动物，物之感人”（钟嵘《诗品·序》）。春风春鸟秋月秋蝉，就正是我们的官能接触了感知的现象，然后所产生的我们内心的活动。摇荡性情，所以才形诸舞咏。所以，这个说法是与我们诗歌的理论相符合的。

这个世界是作者心灵或者意识跟外在的现象接触所产生的一个带着感动的世界。

而我还要说明，如果按照刚才我说的标准来看，那么，境界就不应该专指词了，凡是一切诗歌都应该以境界为最上，都应该是有境界则自成高格，自有名句。可是，你不要忘记，王国维的《人间词话》，第一句说的是“词以境界为最上”。这是非常值得注意的一个分别。所有的一切诗歌都是以这种内心的感发为主要创作的动力，这是一个创作的根源。但是，王国维为什么特别说词以境界为最上呢？就是因为，我说过，诗，是言志的，是有一个明显的意识的活动，它有一个志意在里边。诗有一个主人公的情志的意识的意念明显地在里面。“致君尧舜上，再使风俗淳”（杜甫《奉赠韦左丞丈二十二韵》），是这样的。而词呢？是作者写给歌女去唱的歌词，他不是要写他自己的情志。可是一个人，一个作者，他的品格，他的感情，他的修养，他的生活经历，在不知不觉间就流露在作品中了。尽管他只是写不是自己情志的爱情歌词，但不知不觉也流露了他自己本人的一份性格修养在其中了，所以就造成词里边的一种境界，就是词里边所表现作者心灵感情的真正本质的质素的一个世界。

这种衡量也不是用之于所有的词都正确，从周邦彦以下，以至南宋的一些词人，便不是如此的。周邦彦是一个结北开南的人物，是结束北宋集大成，而给南宋开启了无数法门的作者。他是以安排思索为主的，而不是以这种直接的兴发感动为主的。所以有很多人不能够欣赏南宋词，不能够理解南宋词，因为他们是以思索为词的，他们是刻意安排的，不像李后主的词就这样直接给我们感动。这也是为什么王国维的《人间词话》对于南宋的词人总是贬低的，因为他没有找到一个通向南宋词的道路。他都是向着北宋词的方向探求，向着南唐词的道路去走。他对南宋词的精华不了解，不得其门而入，不见宗庙之美、百官之富。那是另外的一个途径，我们以后再讲。

现在我就要说，从冯正中到晏殊、欧阳修这几位词人是最合于王国维以“境界”评词之标准的作者，最能表现这一份词中感发的本质。我现在就要掌握这种本质来讲了。

如果我们说，他们走的是同一条发展的路线，他们发展的路线都是表现这个作者心灵感情之中的一种意境的境界，可是因为冯正中、晏殊、欧阳修他们毕竟不同。我个人以为——这是我读词的时候自己的一点想法——冯正中所表现的，是一种执着的热情。他的特色，不管他写的是“梅落繁枝千万片，犹自多情，学雪随风转”，还是“日日花前常病酒，不辞镜里朱颜瘦”，他所表现他感情本质的境界，都是执着的热情。

晏殊的词，一般说起来，既然都写的是歌词，都是伤春悲秋，都是相思离别，当然总是有相似的地方。但如果掌握其特色来说，我要说，晏殊的特色表现的是一种圆融的观照。什么叫圆融的观照呢？我们刚刚讲过李后主，他是完完全全以感性为主的，是一个感性的诗人。我这里说的“诗”是广义的，是包含诗词来说的。李后主所有的好处，都是以他的真情锐感为主，没有思索、没有反省的，尽管我们讲的时候，可以把他讲成几个对比，这样那样的，可是他写的时候是直接感发出来的。他是一个完全以感性为主的作者，连他掌握文字的能力，都不是理性的选择，是他自己感性的感受：“待踏马蹄清夜月”，马蹄的声音；“离恨恰如春草，更行更远还生”，一波三折，一步一步地向天涯芳草前进的那种姿态；“恰似一江春水向东流”，那种滔滔滚滚，他都是声情合一的，都是以他直接的锐感去掌握的。我们所以说他好，因为诗人总是重感性的。可是晏殊，跟他相对比，是一个理性的诗人。

这就很奇怪了，你说理性也可以成为诗人吗？理性也可以成为诗人。但是我要说，这个理性，不是有一些个人鸡毛蒜皮跟人家斤斤计较，每天总想的是得失利害，总想怎么占人家点便宜，不是这种窄狭的浅薄的人自我利害的计较。我所说的真正有理性的诗人，是一种对于自己的感情有反省的。人的用情的态度不同，有的人的感情像一团柴火，烧起来火苗挺高，可是乌烟瘴气也都冒出来了；有的人的感情像一片水晶，那么晶莹，那么皎洁，那么坚固。

每个人用情的态度是不同的，每个人感情的本质是不同的。我所说的理性的诗人，不是那一种鸡毛蒜皮斤斤计较的那种理性，而是说对于自己的感情有一种节制，有一种反省，有一种掌握，有这样修养的能力，这是理性的诗人。

一般说起来，能够表现思想性、表现理性的词人比较少，晏殊是一个极端特殊的人物。而晏殊的生平，我们也可以简单地说一下。一般说起来，像李后主这种没有反省、没有节制的人，作为文学艺术家，只写词还可以，作为一个社会人，常常是失败的。而晏殊这个人是做官做到宰相的一个人物。历史上说他十几岁就以神童应试。韦庄五十九岁才考中进士。晏殊十四岁就赐同进士出身了，是位神童。而后来在宋朝做官，做到了宰相的地位。我们看他在做宰相的时候，他处理事情，有他的理性的裁决。他的词里边也表现了这样一种理性。可是，你不要忘记，这晏殊也是一个锐感的诗人，他有非常敏锐的感受。

一曲新词酒一杯，去年天气旧亭台。夕阳西下几时回？　　无可奈何花落去，似曾相识燕归来。小园香径独徘徊。（《浣溪沙》）

这真是晏殊的特色。你要知道他所写的是什么？他所写的一样是无常的悲哀。我们刚才不是讲了李后主所写的是人生无常的悲哀么？晏殊所写的也是人生无常的悲哀。李后主对于人生的无常的悲哀是入而不返——“胭脂泪，相留醉，几时重？自是人生长恨水长东。”晏殊说的也是无常。人家怎么说——“一曲新词酒一杯”，那真是诗意，有诗人的味道。可是他不像李后主，开头就“春花秋月何时了，往事知多少”，“林花谢了春红，太匆匆”，没有。他淡淡引起，从侧面来写，“一曲新词酒一杯”，有一种赏玩的性质。他写的是美丽的，又有歌，又有酒。这写法就不同了。一曲新词还有酒一杯。词，是歌词。杯，是酒杯。有歌有酒，这么美好的事物。他的这种词是很难讲的。可是，他的感伤就正在这“一曲新词酒一杯”之中。

我这样说不是我的空谈，有诗为证。曹孟德的诗就曾说：“对酒当歌，人生几何？譬如朝露，去日苦多。”（《短歌行》）正是对酒当歌，曹孟德才说人生几何？南朝宋刘义庆《世说新语·任诞》篇上说，桓子野每闻清歌，辄唤奈何。说他每听到歌声，就有一种无可奈何的感觉，是歌声之感动人。本来酒就是容易引起人感情激动作用的根源，而饮酒时你再听歌，所以更容易引起你内心的感动。“一曲新词酒一杯”，这么平淡的说法，跟李后主截然不同。李后主那么强大的力量，晏殊这么平淡的说法，而他那种伤感是蕴藏在里边的。他没有用那么强烈的力量来打击你，“一曲新词酒一杯，去年天气旧亭台”，这正像是“春花秋月何时了”，这是永恒的，不变的。春天又回来了，春天是年年有花开、年年有燕来，是去年的天气、旧日的亭台，没有改变。“雕栏玉砌应犹在”，“去年天气旧亭台”，这也是永恒不变的。但你看晏殊写得多么闲淡，那么悠然，那么不着力，这是晏殊的特色。

晏殊的词集叫《珠玉词》，我也有一篇讨论晏殊《珠玉词》的文章

《大晏词的欣赏》，也收在《迦陵论词丛稿》里边了。晏殊词集的名字和他词的风格实在是很配合的，真是珠圆玉润。他不用那些锋芒棱角来刺激你，是“一曲新词酒一杯”，这是第一句，是一个感发的兴起，而次句“去年天气旧亭台”，则是对永恒的陪衬。下面的一句“夕阳西下几时回”，却一下子写出了无常，这真是有力量。在前面两句的陪衬之下，你说是去年的天气不改变，但是，今天的斜阳落了，是永远不会再回来了，是“夕阳西下几时回”。看他的那种表达，从那么闲淡的、不着力的、不留痕迹的感染之中，传达了他的感发。而他的感发是怎样的呢？当李后主想到人生无常，想到“胭脂泪，相留醉，几时重”的时候，就是人生长恨哪！但人家晏殊，不是这样。晏殊也体会到了“夕阳西下几时回”的无常的悲哀，可是晏殊后边他说了：“无可奈何花落去，似曾相识燕归来。”这真是妙。

花落，是无可奈何的。我们没有办法挽回光阴的消逝，所有的人类共同的悲剧，就是我们没有办法挽回那消逝的年华。这正是“胭脂泪，相留醉，几时重”，“林花谢了春红”，所以，“无可奈何花落去”。可是下边人家晏殊就接得妙了，“似曾相识燕归来”，这是晏殊的特色。花落了，这是无常。可是年年有燕子飞回来了。朱自清的《匆匆》说的，燕子去了有再来的时候。而且是似曾相识，好像是去年的燕子又飞回来了，这是宇宙的循环，是宇宙的永恒。所以，我说他有圆融的观照。就是说，李后主是往而不返，扎进去就不回头了。而圆融者，就是有一个周遍的、对于宇宙循环无尽的、圆满的、整体的认识。融是融会贯通，“达人解其会，逝将不复疑”（陶渊明《饮酒》）。会，就是融会的看法，一方面虽然是“无可奈何花落去”，可另一方面却是“似曾相识燕归来”。

晏殊，后边的结尾就更妙了。李后主的结尾总是写的“人生长恨水长东”，“恰似一江春水向东流”，往而不返；而晏殊却说“小园香径独徘徊”，也带着无常的哀感，也带着对春天的赏爱。在一个花园里，在铺满落花的小路之上——小园香径，无可奈何花落去，可是他不用那样的“人生长恨水长东”，他说是“独徘徊”。我一个人徘徊在这个铺满落花的小路上，这是什么样的感情？他没有说。他不用激言烈响的言词去打动你，而只用“徘徊”两个字。你看有的时候，电影啊，电视啊，它要表现一个人考虑思索一个问题，导演常让他在屋里走来走去。所以，这徘徊的动作之中，有一种思致的韵味，这正是晏殊的特色。他表现了有一种思致的意思，但他没有直接说出来，说我这里有一种圆融的观照，我体悟了宇宙的永恒无尽的循环，我知道在无常之中也有循环，有“无可奈何花落去”，也有“似曾相识燕归来”，他没有真的用哲学的思想说出来，而只说了“小园香径独徘徊”。这里边有感伤，也有思索；有哀悼，也有觉醒。所以我刚才说晏殊词的特色是有一种圆融的观照。

我们现在再简单地看他另一首词：

> 一向年光有限身，等闲离别易消魂。酒筵歌席莫辞频。　满目山河空念远，落花风雨更伤春。不如怜取眼前人。（《浣溪沙》）

这真是晏殊的妙处！

“一向年光有限身”（“向”通“晌”），我曾经在讲冯延巳词的时候说过，说“一晌凭阑人不见，鲛绡掩泪思量遍”中“一晌”有两个意思，有时表示长久的意思，有时表示短暂的意思。有久、暂二义。既可以表现长久的时间，像冯延巳所说的“一晌凭阑人不见”，他是凭栏很久，从早晨看到“梅落繁枝千万片”，“昨夜笙歌容易散”，昨天晚上笙歌散，今天早晨醒来就看到满地的落花，一直到“过尽征鸿，暮景烟深浅”，直到日暮黄昏，征鸿飞尽了，他凭栏的时间是长久的。这是一晌的长久的意思。但是一晌也有短暂的意思。李后主说的“帘外雨潺潺，春意阑珊，罗衾不耐五更寒。梦里不知身是客，一晌贪欢”，就是昨天短暂的梦中，我回到了故国，有那么短的一段梦中的欢乐。“一晌贪欢”，那是短暂的意思。晏殊用的“一向”也是短的，“一向年光”，年光者，是一年的韶光，是一年美好的春光。春光是短暂的。

所以，那天我讲课时谈到，杜甫的诗句说：“穿花蛱蝶深深见，点水蜻蜓款款飞。”“传语风光共流转，暂时相赏莫相违。”（《曲江二首》）他要传语风光，你就为我多留片刻的时间，让我能有暂时的相赏，你不要背离我，不要离开我。因为春光是短暂的，所以是一向年光。

春光是短暂的，人生也是短暂的，是“一向年光有限身”。这是非常悲哀的无常感慨。但是，如果人生虽然短暂，你数十年的光阴都能够跟你相爱的人永远欢聚在一起，那也不错了。可是人生不但短暂，人生还有苦难。就是我们讲李后主词说的，“林花谢了春红，太匆匆”，还有“朝来寒雨晚来风”。所以晏殊说“等闲离别易销魂”。就在这短暂的人生之中，你经历了多少生离死别！等闲，就是那么随便来到了，那么轻易，在你不知不觉之间，就来到你眼前。所以“等闲离别易销魂”，真是使我们惆怅，真是使我们哀伤，真是使我们销魂。所以说“一向年光有限身，等闲离别易消魂”。可是我说了，晏殊就是跟李后主不同，他不是一往不返地沉溺在他的悲哀之中，他马上回来了，他要找到一个安慰、排解的办法。这是小词从南唐到五代一个最特殊的成就，就是表现了作者的某一份修养，某一份对人生的态度。晏殊接着就说了“酒筵歌席莫辞频”。所以，你要在你的悲哀的人生之中，有一个排遣和慰藉的办法。有酒的时候，你不要推辞；能够听歌的时候，你也不要推辞："酒筵歌席莫辞频"。因为人生是短暂的，充满了离别的哀伤。你能够欢聚的时候，你珍重你眼前的欢聚。而且在你离别后，何尝不凭借着酒筵歌席为排解呢？晏殊是隐然有一种掌握自己和寻求安慰排解的办法的。这就是他跟李后主的不同，李后主是掉在里边不再出来。

还不仅如此，他后边又说了，"满目山河空念远"。我们登高临远，就怀念远方的人了，是"昨夜西风凋碧树，独上高楼，望尽天涯路"（晏殊《蝶恋花》），是望那个行人，"平芜尽处是春山，行人更在春山外"（欧阳修《踏莎行》）。当我看到山河的时候，我怀念的是远方的那个人。满目山河都是引起你怀远的，可是你怀念远人，远人就来到你面前了吗？你怀念远人，就飞到远人身边去了吗？人类有很多现实的限制，使你不能与远人相见。所以他说是"空念远"。"空念远"者，是白白地念远。你要知道满目山河念远是感情，加个"空"字，说"空念远"是反省。念远是直接的感情，告诉你说这是"空念远"，念远是白白的，没有用处的，这是反省。

"落花风雨更伤春"。我们讲了南唐这些词人都是伤春悲秋的，都是哀悼落花的，都是咏叹春光的短暂、人世的无常，是"朝来寒雨晚来风"，"林花谢了"。落花风雨，你岂不是更伤春？本来人生的离别，人世的悲哀，已经够你负担的了，何况大自然的这种落花风雨呢？更加上落花风雨的伤春！

我们在开始讲的时候，常常讲到西方的语言学家、符号学家，讲语言的结构，讲语序轴，讲联想轴，讲种种句法的结构。我也在讲冯延巳的词时讲过，说"波摇梅蕊当心白"，本句里指的是波心，水波的中心。可是，当它跟下一句"风入罗衣贴体寒"一结合，跟身体一结合，这“心”就变成了人的心了。这里的对句也是如此。“满目山河空念远”，它是第一句的反省，说“念远”是“空”的，“落花风雨更伤春”，是把念远的悲哀跟伤春的悲哀结合起来了，有念远的悲哀，更有伤春的悲哀。下一句的“更”字，使得下一句的“伤春”与上一句的“念远”结合。但你不要忘记，上一句的“空”字，不但是对于念远的反省，也是对于伤春的反省。念远是空念远，伤春也是空伤春。你伤春，花就为你而不落了吗？不会的。所以，“满目山河空念远，落花风雨更伤春”，所写的既是两重的悲哀，也是两重的反省，这是晏殊的特色。

晏殊这个人，他在悲苦中总隐然有一个解决的办法，他说“不如怜取眼前人”。人常常总是怀念过去，说“落花风雨更伤春”，又总是梦想将来，说“满目山河空念远”。但你所能掌握的，你真正要做的，实在是你眼前所能够努力的事情。

前几天有记者朋友们来访问我，跟我谈话，说你用英文教书怎样怎样。我这个人其实是并没有远大理想的人。我在读书的时候虽然也读得不错，可是，我从来没有想过我要考研究所，也从来没有想过我要出国。他说你什么时候想到你要做学术研究？我也从来没有想过我将来要做一个学者。我这样说，也许大家不相信，但这是事实。我从来没有这样想过。我大学毕业，找到了一个在中学教书的工作，就老老实实在中学教书。我在台湾教书的时候，曾经因为很多很多的因素，曾经到私立的最坏的学校去教书，程度是初中的学生，但是我讲课的时候，也是一样认真去讲的，从来没有想过我要做学者。只是我眼前要做的，我要把它做好。我还不是说对得起那些个程度坏的学生，我不能对不起陶渊明、杜工部、李太白。他们有这么好的东西，我一定要把他们好的东西讲出来。所以，一个人不要梦想，不要空想，不要空空地怀念过去，不要白白地梦想将来。我从来没有想过要在国外用英文去教书。这都是很多种艰难困苦的因素造成的。我只是说，当困难来的时候，我一定要尽我的力量去做，去承受，去负担，去努力。只是这样做就是了。

所以，“满目山河空念远，落花风雨更伤春”，那都是空的。你白白地哀悼过去，没有用处，你白白地梦想将来，也没有用处，“不如怜取眼前人”。珍重你的现在，就是你现在的这一点努力。所以晏殊的词，我说他是有一种理性的圆融的观照。他与李后主的那种耽溺、那种沉陷是不相同的。

我们也不是说晏殊的词就都绝对没有哀伤感慨的词，我只说像他这样带有圆融观照的词，在词里是不常见的，是不常出现的，这是他的特色。他当然也有哀伤感慨的词了，而且我们选的教材里就有这样的一首词：

> 家住西秦，赌博艺随身。花柳上，斗尖新。偶学念奴声调，有时高遏行云。蜀锦缠头无数，不负辛勤。　　数年来往咸京道，残杯冷炙谩消魂。衷肠事，托何人？若有知音见采，不辞遍唱《阳春》。一曲当筵落泪，重掩罗巾。（《山亭柳·赠歌者》）

这是很值得注意的一首词。我们刚才说，一般说晏殊词的风格是不大有这种激言烈响，不大用激动的言词，可是这一首词是写得比较激动的。所以，这首词在他的小词之中是一个例外。人常常会有例外的作品。偶然间因为某一些外界的因素，就造成了他的例外的风格。这是一首例外的词，它的风格跟他别的词不大一样。还有一个例外你发现了吗？我们从温庭筠的词讲到现在，不管是《菩萨蛮》也好，不管是《浣溪沙》也好，那都只是一个歌曲的牌调，没有题目。可是现在呢？这首词有一个题目——《赠歌者》。是送给一个唱歌女子的。本来，我曾说过，词就是歌筵酒席的歌词，所有的词，都是写给歌女去唱的。可是，这首词他却特别说是赠歌者。这词里边出现了这么一个题目，在词里是值得注意的。一般词都没有题目，都是送给歌女唱的词，那么为什么这一首送给歌女的词，晏殊要加上“赠歌者”的题目呢？这里边有一种很微妙的因素，我以为那正是因为晏殊用这首小词，是借他人酒杯，浇自己块垒。就是他假借别人的情事，其实写的是自己内心的悲哀和感慨。

晏殊的词一向圆融平静，我要说，一则是由于他的性格、他的修养，有圆融的观照。另外一个原因，与他的生平也有密切的关系。人，形成你自己，总是有你自己本来的质素，也有外来的影响。晏殊的一生，十四岁就以神童应试，就赐给他同进士出身，官做到宰相的地位，他的平生比较上是富贵显达的，算是顺利的。虽然，以一个诗人来说，他有敏锐的诗人的感觉，也写了很多美好的小词，但是，毕竟在真正的生活经历上，没有那种强大的忧患的刺激。这是外在的因素。可是，当他晚年的时候，他反而遭遇到政治上的挫折，他被免除了宰相的职务。什么缘故呢？这牵涉到一些政治上的问题。据《宋史·晏殊传》记载，说当时有两个人攻击他，一个叫孙甫，一个叫蔡襄，说他犯了两个大错误。我实在没时间讲这个故事，那就是宋朝相传的《狸猫换太子》。仁宗本来是李妃生的，可是，刘后把李妃陷害了，说她生了怪胎，而把这儿子据为己有了，这就是后来的仁宗。他不是刘后的儿子，是李妃的儿子。而当时李妃死了以后，给李妃写墓志铭的是谁？是晏殊。因为当时晏殊的政治文学地位都很高，所以叫他写墓志铭。那时候刘后还专政，他敢说皇帝不是刘后生的吗？他敢说皇帝是李妃生的吗？他不敢说，因此没有说。可是，后来刘后死了，人家就跟皇帝说了，说晏殊对陛下就是不忠诚，陛下是李妃所生的，他给李妃作墓志“没而不言”，居然不提。这就是一个攻击。还有就是说，晏殊曾经用一些公家的劳役修治官舍，这是不应该的。可是，人说在北宋的时候，那些做官的也常常这样做，所以人们以为“非其罪”。但是他受到了这样的攻击，被免除了宰相的职务，而且把他派到外边州郡去做地方官吏。他曾经到过永兴军。宋朝的军，不一定说是军队的意思，是一个地方行政上的一个区划。他到永兴军，就是现在陕西咸阳附近这一带的地方。所以，有人就推测，这一首词说“家住西秦”，“数年来往咸京道”，很可能是当他被派到永兴军，知永兴军的时候所作的，那正是他衰老后，在政治上失意时候的作品。他不免有胸中的块垒，有一种感慨，借他人的酒杯，假借一个歌女，来发泄了自己政治上失意的感慨。

他说“家住西秦，赌博艺随身”，说的是歌者，是这个女子。他说她本来就是陕西这一带的人，西秦，指原来秦国所在的陕西咸阳一带。这个“赌”要停一下，是赌——博艺随身。不是赌博，你不能把它连读成赌博。赌，是跟人家赌赛，跟人竞赛的意思。他说这个歌女，有美好过人的才能，可以跟那些有很好才能的歌伎酒女来竞赛，她有博艺随身。有这么多的才艺，能吹，能唱，能跳。随身，这是她本身的才艺，不是外界的力量。有的武侠小说，写一个人自己的本领打不过人家了，就祭起一个法宝来，就把那个人捉住了。所谓“随身”者，不是身外的法宝，是你真正的能力。不是假借外在的力量，是你自己的才能。博艺随身，说得非常好。

“花柳上，斗尖新。”花柳代表欢场歌席之间一切风流浪漫的事情。他说在歌筵酒席风流浪漫的场合，是“斗尖新”。“尖”，是出类拔萃；“新”，是说她的歌喉舞艺都是当时最新颖的。

“偶学念奴声调”，说她如果偶然模仿念奴唱歌的声调（念奴是唐朝天宝时有名的唱歌女子），有的时候高遏行云。这是《列子》上的典故，说有一个名叫秦青的人，唱歌的时候，“响遏行云，声振林木”。“偶学念奴声调，有时高遏行云”，是极言其歌唱之好。

因为她唱得这么好，那些个听众为了酬答她，就赠她锦缎。因为古代歌舞的女子是用五彩的丝织的锦缎缠在头上，所以那些人赠的是锦缎。白居易说的：“五陵年少争缠头，一曲红绡不知数。”（《琵琶行》）所以他说她“有时高遏行云，蜀锦缠头无数”。她每唱一首歌，得到这么多人的称颂赞美，送给她最好的蜀地锦缎的缠头，无数的这样的锦缎，真是“不负辛勤”。古诗说：“不惜歌者苦，但伤知音稀。”（《古诗十九首》）现在歌者虽苦，但是有这么多的知音，所以，不辜负她这么一份辛勤。

上半首写从前，下半首是写现在：“数年来往咸京道，残杯冷炙谩消魂。”可是，这些年，这个女子衰老了，她被冷落了，就来往在咸京道上。原来她家住西秦，众人都到她这里来。现在没有人来听她了，她要到各处去，“数年来往咸京道”，而她所得的不是蜀锦缠头了，而是残杯冷炙，人家在酒筵席上喝剩下的一个酒底的残杯，吃剩下的半块已经冷了的红猪肉。“残杯冷炙谩消魂”，她当然为此而悲哀、而消魂。谩者，徒然地消魂。她已经被冷落了，她已经衰老了，没有人再赠她蜀锦缠头无数了。而你要知道这句子里边有一个很妙的结合。我不是常常在温庭筠的词里讲到“语码”吗？一个语码，有一个文化的背景，可以唤起同文化的人的联想。“残杯冷炙”有一个语码的作用。“残杯冷炙”这个语码，是出于杜甫的诗：“残杯与冷炙，到处潜悲辛。”（《奉赠韦左丞丈二十二韵》）这是杜甫赠韦左丞的一首诗，韦左丞就是韦济，他很欣赏杜甫。在这首诗里杜甫曾说到他的才学，他政治上的理想抱负得不到人的欣赏。他说："纨袴不饿死，儒冠多误身。丈人试静听，贱子请具陈。"那些个膏粱子弟、纨绔子弟，他们一生一世享受不尽。纨袴的子弟不饿死，而我们追求理想的儒家子弟反而"多误身"。儒冠，带上一顶读书人的帽子，就把我平生都耽误了。他说老先生（韦济比他年长），你试静听，"贱子请具陈"，我把我的遭遇对你说一说。他说我的理想是"致君尧舜上，再使风俗淳"，使我们国家有这样太平安乐的社会和生活。可是我"骑驴十三载，旅食京华春"。我抱着这样的理想，来到国家的首都长安，十三年过去了，"朝叩富儿门，暮随肥马尘"，我早上敲富贵人家的门，晚上追随富贵人家的车马，要使我的政治理想被你们认识，得到一次被任命的机会，可是一个机会也没有！我得到的是什么？是"残杯与冷炙，到处潜悲辛"。这是杜甫所说的，晏殊现在所用的就是杜甫的句子。所以，这句词有个语码的作用在里边，这是值得注意的事情。他说"数年来往咸京道，残杯冷炙谩消魂"。现在被赶出首都，被人冷落了。

"衷肠事，托何人？"我内心有这么多理想，而就女子而言，则是内心有这么多感情，托付给什么人呢？我要说这是中国的一个传统，一些读书的才志之士喜欢用美人来自比，就因为在中国的封建社会的政治制度之中，男子要想得到别人的知赏任用，正如同女子要依靠一个人，等着别人的赏爱。那个时候社会上没有我们这么多行业，这么多可以完成自己的道路。那个时候读书人的唯一的道路，就是科举，就是出仕，就是做官。所以他要找到欣赏他的人，要得到君主的任用。他说我的衷肠事，托付给什么人呢？

"若有知音见采"，假如有一个真正懂得我歌声的意义和价值的人，我要是被他所采，"采"者，是采择、选拔、任用，我就"不辞遍唱《阳春》"，"不辞歌者苦"。《阳春》是最好的曲子，如果有人真的懂得我唱歌的意义和价值，我要把最好的歌曲唱遍，都唱给他听，绝不辞辛劳。

有这样的人吗？没有。他说“一曲当筵落泪”，当歌者这么辛勤地唱的时候，而听者的反应如此地冷落，当年的那些蜀锦缠头无数的酬赏，再也没有了。正如白居易《琵琶行》所说“今年欢笑复明年，秋月春风等闲度”，然后有一天发现自己“暮去朝来颜色故”，于是就“门前冷落车马稀”了。世上有一些人对于女性艺人，他们欣赏的常是她的容貌，而不是她表演的真正的才艺，所以他说，现在是“一曲当筵落泪，重掩罗巾”，写得是这样含蓄蕴藉。因为人家听歌是来买笑的，谁要看你流泪呢？他说，当歌者一曲当筵不知不觉流下泪来的时候，只好“重掩罗巾”，用罗巾遮掩，擦掉泪痕。

这在晏殊的词里边是一首例外的词。我们刚才讲李后主的时候曾经讲过，我说西方现象学的学者希乐斯·米勒曾经说过，在研究一个作者的时候，要看他全部的作品，而且他全部的作品尽管内容不同、风格不同，但是作为一个作者，他的心灵思想感情的本质，是如同从一个心灵放射出来的千条道路，它们的本源是一个。李后主晚期词的那种哀感，跟他早期词的享乐，内容风格不同，但是出自于同一个心灵。晏殊的圆融观照的词，跟他这个感慨激动的词，也是同出于一个心灵。他并不因为写了这样的词就失去了他是一个理性诗人的这种特色。为什么他依然是理性诗人呢？就因为在这首词里边，除了表现了激动之情是例外，还有他写了“赠歌者”的题目也是例外。他是用《赠歌者》的题目做了一个掩饰，把歌者推到前边去了，他藏在歌者的后面，这正是理性诗人的表现。他不愿意像李后主那样把自己鲜血淋漓的伤口都展示给人来观看，他是退后一步，才把自己的悲慨发泄出来的。所以，风格虽然不同，但是不害于他是一个理性的诗人。

我们现在要把晏殊结束了，今天的时间可能来不及介绍欧阳修了，我只简单地先谈一点点就是了。

我说我要把冯延巳、晏殊跟欧阳修作一个比较。如果我们说冯延巳是执着的热情，晏殊是圆融的观照，欧阳修所表现的特质是什么呢？这都是我自己起的名字，可能我体会的不见得完全正确，我以为欧阳修表现的是一份遣玩的意兴。

我刚才说每一个作者他的心灵本质都是不同的，可是人生的遭遇这么多，每个人在不同的场合都可以有不同的表现。所以李后主有晚年的词，有早年的词。晏殊有圆融平静的词，也有激昂感慨的词。那么什么是他的特质，我们要找的是他的一个特质，而你要知道最能够见到一个人的特质，是什么时候？每天我们都吃饭睡觉，谁的特色也表现不出来。是当有一个大的考验，大的苦难来到你的面前的时候，你怎么样的反应，那个时候才看到你真正的本质是什么，一定是如此的。我以为命运、机遇，这不是我们所能掌握的，不是我们所能够预测的。有时，很多不幸，很多苦难，忽然有一天就来到你头上了。我曾经遇到过这样的无数的苦难。忽然间有一天，把你的丈夫抓走了，把你也抓走了；忽然间有一天，你最亲近的人突然地死去了。你料想得到吗？很多苦难会忽然间加在你的身上。不幸，每个人都会遇到的；苦难，每个人都会遇到。这不是我们所能掌握的。你所能掌握的是什么？是你对于苦难的反应是什么，这是我们自己一方面所能掌握的。

所以，一个人真正的修养，你的品格、你的感情、你的操守，是要在苦难之中才能够表现出来的。欧阳修的遣玩的意兴，是在他的苦难之中表现和完成的。我只能简单地说，中国古人都把做官看得很重要，欧阳修在做官的路途上，遭遇到很多次的不幸的贬谪。一次是被贬到夷陵，那是因为当时的范仲淹，就是“小范老子胸中有十万甲兵”带兵与西夏作战的范仲淹被贬逐的时候，他替范仲淹讲了话。他说当时那个做谏官的人不负责任，不替范仲淹讲话，因此得罪了当权者而被贬到夷陵。第二次被贬官，是因为庆历年间变法的政治斗争，他被贬到了滁州。而在贬官之中，中国有一个很不好的习惯，就是用私人的生活来诬蔑人。政治有是非，我们可以讨论，但是用私生活来诬蔑他，所以被贬到滁州。后来，因为濮议的争执，又被贬官。这个我们来不及讲历史，我只能说他遭遇了很多次贬官，而且每一次贬官，都曾经被人用最不堪的、最污秽的私人的生活来诬蔑他。

当欧阳修遭遇到这样不幸的时候，当他被贬到滁州的时候，大家都看到他写了《醉翁亭记》。他说：

> 野芳发而幽香，佳木秀而繁阴，风霜高洁，水落而石出者，山间之四时也。朝而往，暮而归。四时之景不同，而乐亦无穷也。……伛偻提携，往来而不绝者，滁人游也。

我虽然在很多挫伤屈辱的不幸之中，但大自然有大自然的美丽，你用欣赏而富于同情的爱心眼光来看，人世间也有这么多可爱的人事啊！

而且，欧阳修不但是在文章上这样表现，他在生活上也能够带着一种遣玩的意兴。他在贬官到滁州的时候，写过《丰乐亭游春三首》的小诗：

> 绿树交加山鸟啼，晴风荡漾落花飞。鸟歌花舞太守醉，明月酒醒春已归。

春云淡淡日辉辉，草惹行襟絮拂衣。行到亭西逢太守，篮舆酩酊插花归。

红树青山日未斜，长郊草色绿无涯。游人不管春将老，来往亭前踏落花。

他说天上的浮云这么美丽，地上的青草也这么美丽。你如果到丰乐亭这里来游春赏花，走到丰乐亭的旁边，碰到当地的太守，太守是谁？庐陵欧阳修也。这个太守是如何的一个太守？欧阳修自己说他自己，他说是“蓝舆酩酊插花归”，坐着一个小竹轿子，喝得微醺半醉的，插着满头的鲜花。你看这位老先生，这种遣玩的意兴！他懂得在苦难之中，用种种美好的事物来自我遣玩，宇宙之间有丑陋的，也有美好的。所以，他能够用对美好事物的欣赏，来排遣他的哀伤，来排遣他的忧愁，有一种遣玩的意兴。

我们现在只介绍了他的本质，他的词我们下一次再看。

第七讲

欧阳修（下）
晏幾道
柳　永（上）

我们今天接下来讲欧阳修的词。

我们昨天曾经谈到，说词这种韵文的体式，从晚唐五代发展到北宋的初期，它是从歌筵酒席之间，从本来不具有个性的歌词，发展成为在小词之中能够流露出作者的修养、品格、感情、学识、怀抱的这样一种文学体式的。这种发展的过程，我以为实在应该说是词的诗化。因为诗才是言志抒情的，才是以作者的志意为主的。词，像我们开始所讲的温庭筠，只是写美女跟爱情，作者不一定表达自己的志意。可是，词，自从被那些个诗人文士拿过这种文学形式来创作以后——因为词本来是民间流行的，是隋唐之间，伴随着新兴音乐而兴起的一种歌词——可是，自从流入了文士诗人的手中，他们就不知不觉地把他们的文化教育修养的背景，无意之中流露出来了。所以，温庭筠所使用的一些词汇，产生了一种语码的性质；而韦庄就用这些小词来抒写自己个人的情意了；像冯正中就在小词里边表达了他自己那种幽微隐约的内心的一种烦乱和忧伤；到李后主就把他破国亡家的悲哀都写到小词里边去了，这本来是词的诗化。

词的诗化，到苏东坡达到了一个高峰。我以后再讲苏东坡，今天我们先把欧阳修结束了。欧阳修和晏殊同是属于冯延巳这一个系统、这一种风格之内的。他们的小词，都是表面上看起来也是伤春悲秋相思离别，但是隐约之间都透露出来作者的修养和襟抱了。而且，上次我归纳出来一些短短的话来形容他们特殊的风格，也是他们特殊的修养和性格。我说：

> 冯正中，有执着的热情；
> 晏　殊，有圆融的观照；
> 欧阳修，有遣玩的意兴。

就是说，欧阳修虽然在政治上失意挫伤，可是他被贬到滁州以后，我们看他所写的《醉翁亭记》，我们看他所写的《丰乐亭记》，我们看丰乐亭的游春诗，他是能够对于大自然的美好的一面，人世之间的美好的一面，仍然保有一种欣赏的感情的。这是非常可贵的一点。因为时间的关系，我们就不再发挥，赶快看欧阳修的几首词。

教材上选了十首《采桑子》，我们当然没有时间把这十首词完全讲解，可是我为什么选了这十首词呢？就因为我要用这种选录表现欧阳修词的一种特色。

欧阳修写词的时候，常常不写则已，一写就是十几首二十几首地用同一个牌调。他的《玉楼春》就有二十几首。他还曾经用《渔家傲》写从正月到十二月每一个月的美好的风光、每一个月的美好的节物，连续地一套一套来写。这种形式，就是同一个牌调，连续不断地填写若干首歌词，这在曲词里边叫作“定格连章”。定格，就是有一定的音乐的格式，是接连不断的很多章、很多首词成为一组词。

定格连章，是民间乐曲的一个形式，我们不是常常有些民间歌曲，什么“正月里，正月正；二月里，龙抬头”之类的歌吗？从他这样的写作形式，我们就可以证明，那个时候，这些个诗人在创作歌词的时候，他们仍然是把词当作歌唱来写的，与桌案案头的文字写作的诗歌性质还不是完全相同的，有定格连章的性质。这是我之所以要选这十首词的第一个原因。

还有一个原因，我觉得这样可以看到欧阳修的意兴。他那种感情，他那种兴致的飞扬，他那种欣赏的感受，往往一发而不可遏止，如我所说的那么意兴飞扬。有的人他的才气跟他的感情是比较少的，是比较薄的。他勉强凑出一首来，已经是很难得了。可是，这些才情丰富的作者，他一口气可以接连写十几章二十几章的歌词。

所以，第一，我们从这十首词可以看到欧阳修的词有民歌的遣玩的性质，定格连章。然后，我们可以看到他意兴的飞扬。这十首《采桑子》也是一组“定格连章”的歌词，前边本来有一段短短的话，叫作念语，好像我们说的一段致辞，就是在表演之前的一段开场白。这一段话欧阳修是用骈体文写的。

他说，我这十首词，是赞美西湖美好的。欧阳修所写的西湖，是当时颍州的西湖，在安徽阜阳西北。欧阳修在中年四五十岁的时候，曾经一度出官到颍州。他喜欢颍州这里风景的美好，说他将来一旦告官终老的时候，愿意定居在颍州。当他六十多岁，历尽了政海的波澜翻覆，经过了那么多敌对的不同的政党的攻击和诬蔑，辞官归隐的时候，他果然回到了西湖。这十首歌词，就是当他晚年定居在颍州西湖以后所写的歌词。现在我们先把这一组词前面的“念语”看一看：

> 昔者王子猷之爱竹，造门不问于主人；陶渊明之卧舆，遇酒便留于道上。况西湖之胜概，擅东颍之佳名。虽美景良辰，固多于高会；而清风明月，幸属于闲人。并游或结于良朋，乘兴有时而独往。鸣蛙暂听，安问属官而属私；曲水临流，自可一觞而一咏。至欢然而会意，亦傍若于无人。乃知偶来常胜于特来，前言可信；所有虽非于已有，其得已多。因翻旧阕之辞，写以新声之

调。敢陈薄技，聊佐清欢。

他说西湖这个地方的风景、胜概，有这么杰出的美好的景色。擅，享有。它享有颍州之东部这样一个名胜的名称，大家都赞美西湖是美好的。他说这个地方跟朋友一同来聚会，是美好的。我一个人偶然来游玩，也是美好的。偶然来有偶然来的情趣，特意来有特意来的情趣。他说颍州的西湖，没有一个时间不是好的。

最后两句，他说："敢陈薄技，聊佐清欢。"在座的各人有各人的才能，如果是歌舞的场合，有人会唱歌，有人会跳舞。我欧阳修这一个醉翁，这一个六一老人，没有什么可以贡献出来。我就大胆，陈——表现我这一点微薄的技能，聊——姑且希望我所写的歌词，能够增加宾客的欢乐。"敢陈薄技，聊佐清欢。"所以，你可以看到欧阳修的这一种意兴。就是说，他能够使生活有一种情趣。而且他为什么自号"六一"？他说我有琴一张，有棋一局，有酒一壶，有书一万卷，有金石逸文一千卷，以我一个老翁，老于此五物之间，故自号为"六一"也。这也可见到他遣玩的意兴。

我们说人生"自其变者而观之，则天地曾不能以一瞬；自其不变者而观之，则物与我皆无尽也"（苏轼《前赤壁赋》）。我们如果套用他的文章，可以说，天下自其可赏爱者而观之，天下也有很多可赏爱的事物；天下自其可悲慨者而观之，天下也有很多可悲慨的事物。而欧阳修的修养正是透过了悲慨（不是说没有悲慨）来看到它们可赏爱的一面。这是欧阳修的修养，是他一种品格，一种情操，是他平生所有的经历的一种结合。

陶渊明曾写过一首《时运》诗，前面有一段序文，说："时运，游暮春也。春服既成，景物斯和，偶景独游，欣慨交心。"这么美好的春天的景物，可惜我并没有找到一个知己同游。陶渊明在另一篇文章中曾说：“但恨怜靡二仲，室无莱妇，抱此苦心，良独惘惘。”（《与子俨等疏》。《金楼子》作“惘惘”，通行本作“内愧”）我为什么辞去容易挣钱的做官的事情不干，要自己下地亲自去种田，每天“晨兴理荒秽，带月荷锄归”（《归园田居五首》），作这样的选择？朋友不了解我，连我的妻子儿女都不谅解我，我为什么要使他们过这样贫寒劳苦的生活？他说“偶景独游”，我一个人，陪伴的是我的影子。春天的景物这样美好，我一个人出去游春，是“欣慨交心”，我内心中有我的一份悲慨，但是在大自然中的景物也有它的美好，可欣喜赏爱的一面，那是“欣慨交心”。

我的老师顾随先生说：“我们要以无生的彻悟，来做有生的事业。你才不被这些利害物质的欲望所迷乱。要以悲观的彻悟，乐观地去工作去生活。”有的人悲哀，就对于世界都痛恨了，都抱了悲观，也有的人盲目地享乐了。可是，有一些个有修养的人，有情操的人，他们虽然认识了人生的可悲慨的一面，但是，他们也仍然能够看到人世之间的那些可欢喜可赏爱的一面，自其美好者而观之，天地之间有不少美好的事物。而欧阳修写这十首《采桑子》词的时候，可以说就是抱着这种欣慨之心的感情来写的。而他这种遣玩的意兴，是要使你的悲哀、你的痛苦——遣，把它排遣了，把它遣走了，排去了；玩，你能够取一种欣赏的，就是赏爱的心情来观赏。他这十首词，我们来不及仔细地每一首都讲，只要简单地读一遍你就可以发现，他每一首词的第一句的结尾都是“西湖好”，而他后边所描写的西湖的景物，无论是任何的季节，无论是任何的天气，没有一时一处不美好的。我们只要念一遍，就可以体会到他的遣玩的意兴了。

第一首：

轻舟短棹西湖好，绿水逶迤，芳草长堤，隐隐笙歌处处随。　无风水面琉璃滑，不觉船移，微动涟漪，惊起沙禽掠岸飞。

你看欧阳修这一首词把西湖写得多么美好。“轻舟短棹”是写他自己游湖的轻松愉快；“绿水逶迤”是写湖水的美；“芳草长堤”是写湖岸的美；“无风水面琉璃滑”以下几句，是写湖上行舟的情趣，充满了赏玩的意兴。

第二首：

春深雨过西湖好，百卉争妍，蝶乱蜂喧，晴日催花暖欲然。　兰桡画舸悠悠去，疑是神仙，返照波间，水阔风高飏管弦。

你看他笔力之饱满！我们在讲温庭筠的《菩萨蛮》时，对他的“照花前后镜，花面交相映”二句，我曾经举杜甫的诗“种竹交加翠，栽桃烂漫红”，说它们笔力饱满。现在这“百卉争妍。蝶乱蜂喧，晴日催花暖欲然”，也是笔力饱满。你看诗人的这种赏爱的情趣，前半首这样地浓烈，可是再看后半首却又这样地悠扬。这是欧阳修的另外一个好处。

欧阳修有一个特色，他的一切的作品都有一种姿态的美。不是我说他有姿态的美，苏洵（苏老泉），就是苏东坡的父亲，有一篇《上欧阳内翰书》，就是写给欧阳修的一封信。因为苏东坡（苏轼）和他弟弟苏辙，都是欧阳修当主考官的时候考上来的。我现在又要说一点，北宋的这些个有学识有修养的人，他们有一点值得我们重视的，就是他们善于选拔人才。欧阳修是晏殊所选拔的，苏东坡跟他的弟弟，还有曾巩这些人，都是欧阳修所选拔的。能够识拔人才，这是很了不起的地方。苏东坡的父亲苏洵赞美欧阳修，说他的文章是“揖让进退”，最有姿态。唐宋八家文，每一家的风格不同，而最有揖让进退、俯仰抑扬态度的是欧阳修。不但他的文章是如此，你看，他的小词也是如此。他先写了“百卉争妍，蝶乱蜂喧，晴日催花暖欲然”，然后一转，又写了“兰桡画舸悠悠去”—— 一下紧张，一下又放松了。俯仰揖让，有这种姿态。

第三首：

画船载酒西湖好，急管繁弦，玉盏催传，稳泛平波任醉眠。　　行云却在行舟下，空水澄鲜，俯仰留连，疑是湖中别有天。

船行在水面，而水面有天上云彩的倒影，所以“行云却在行舟下”，你看，这景象多么鲜明，多么新鲜，多么富有情趣，多么富有想象能力的描写。

第四首：

群芳过后西湖好，狼藉残红，飞絮蒙蒙，垂柳栏干尽日风。　　笙歌散后游人去，始觉春空，垂下帘栊，双燕归来细雨中。

真是写得好！

大家都知道，花开的时候是美的。欧阳修说了，是“群芳过后西湖好”，是经历了人生苦难，有了这样的体验的人写出来的。花是落了，柳絮在飘飞，栏杆外面一棵茂密的垂杨柳，在春风之中，尽日地摇摆。那姿态的袅娜悠扬，那种经历过繁华以后，到万紫千红总是空的意境，那种余情袅袅的，带着觉悟的、带着哲理的那种荡漾，这是很难讲的。但这正是北宋初年晏殊和欧阳修词的特色，也是从冯正中发展下来的在这一个阶段的小词里边最高的境界。这也就是为什么王国维说“词以境界为最上”的缘故。

这是很难讲的，你不能够说，像诗歌中那种“致君尧舜上”的志意他都没有了，他只写落花、垂柳了，这有什么意思呢？你不能够在小词里边寻找那些显意识中的那些志意，但是，他自然有一种人生的情操的境界在其中。如果写小词你不能够写出来这样深远悠长的含蓄的意味，只写一些脂粉红颜，那些个肤浅美丽女子的爱情和生活，那小词的内容就果然是空泛的，果然是淫靡的了。我等一下还要用板书给大家作一个比较。我常常说时间这么短，好的词都不能讲完，怎能有时间讲坏词呢。但是，我想我们还是一定要把好坏作一个比较，大家才能够分辨，同样是小词，同样写美女，同样写爱情，有什么样的层次等级的不同。等一下我要举例证，现在只是说，在这样的小词里边有一种哲理的意味，有历遍人生的一种体会，这是很难讲的。

第五首：

何人解赏西湖好，佳景无时，飞盖相追，贪向花间醉玉卮。　　谁知闲凭阑干处，芳草斜晖，水远烟微，一点沧洲白鹭飞。

“闲凭”的“凭”字，有平仄两个读音，欧阳修的这首词，一定要写这个“凭”字。有另外一个“凴”字，声音相似，意思也相似，也可以是凭靠的意思。但是我们不能写“凴”，一定要写“凭”，为什么缘故？因为另外一个“凴”字，只有平声一个读音，而“凭”字有平仄两个读音。这里欧阳修所用的是仄声的读音。“谁知闲凭阑干处，芳草斜晖，水远烟微，一点沧洲白鹭飞。”你想，他写的那种浓烈的时候，何等的浓烈，写到悠远的时候，何等的悠远。他没有写我对人生的觉悟，他并没有说，我现在要写的是我的哲理、我的觉悟。人家没有写。他前边所写的“佳景无时，飞盖相追，贪向花间醉玉卮”，是繁华的生活。说我对于繁华的生活，也曾经有尽情地享乐。当繁华过去了，当我一个人独处的时候，“谁知闲凭阑干处，芳草斜晖，水远烟微，一点沧州白鹭飞”，更表现了一种悠远超脱的意境。这真的是很难讲，而且我们时间也不够，所以我只能简单地点醒一句，就是他从小词中传达出来一种人生的体验和觉悟。

我们不能一段段读下去，现在请翻到最后一首。刚才我说了这十首小词是他经历了政海波澜、人生忧患以后，晚年回到颍州所写的，是带着欣慨交加的情意而写的。而最后一首小词，虽在最后，而是十首的整个的背景，像图画的整个衬底的颜色，欧阳修正是带着这样的心情欣赏西湖的美好。第十首：

> 平生为爱西湖好，来拥朱轮，富贵浮云，俯仰流年二十春。　　归来恰似辽东鹤，城郭人民，触目皆新，谁识当年旧主人？

刚才我简单地介绍过，他四十几岁曾经知颍州，“平生为爱西湖好”，我喜欢这里风景的美好，六十多岁退休以后，就果然来到我所喜爱的西湖。后边是二十年的经历，“来拥朱轮”，是写二十年前我来到这里做地方官，有我自己的朱轮车马。我说过欧阳修的词都是变化得非常快的，下面紧接着就说“富贵浮云”四个字，把“来拥朱轮”一笔抹杀了。当年“来拥朱轮”做一个地方的官长，那时的我的那种地位、富贵，都过去了。“俯仰流年二十春”，我今天回首往日，就好像俯仰之间都过去了。

欧阳修说我“归来恰似辽东鹤”。辽东鹤是中国古代的一个神话，说有一个人叫丁令威，他曾经辞家去学道，后来得道了。得道以后，他有一次变成了一只仙鹤回到他的故乡来，立在华表之上，这鹤鸟吟了一首诗：“有鸟有鸟丁令威，去家千年今始归；城郭如故人民非，何不学仙冢垒垒。”（《搜神后记》）他说他离家千年现在回来了，这个地方的城郭跟当年差不多，可是人呢？换了多少个世代。“何不学仙冢垒垒”，是说劝人去学道。我们不是讲学道，是说这个故事化鹤归来，恍如经过了多少年代，再回到从前的地方。所以他说，“归来恰似辽东鹤，城郭人民，触目皆新”。因为丁令威曾经化成鹤回到故乡来，唱了上面那首歌。欧阳修用这个典故，说“归来恰似辽东鹤，城郭人民，触目皆新”，不但是人换了一批，年轻人都长大了，是新人了，而且，城市也有新的建筑了。就如我 1979 年第一次在南开教书，那是地震以后不久，满街都是地震棚。现在我再到南开，车子从中环路一开过来，那真是城郭人民，触目皆新，崭新的建筑树立起来了。

欧阳修说了，“谁识当年旧主人”。他二十年前，曾经知颍州，做过这里的地方官长，是这个地方的一个主人，曾经关心爱护这里的人民，付上了他的劳力心血，为了治理这个地方。而今天再回到这里来，谁认识我欧阳修是当年在这里曾经为这一个城市献上了劳力和心血的人哪？

王安石晚年罢相以后，也曾经写过这样两句诗说：“今日桐乡谁爱我，当年我自爱桐乡。”（《舒国公三首》之二）我今天回到桐乡来，还有谁认识我？还有谁关怀我？但是，当年我是确确实实曾经爱过这个地方。而今天纵然没有一个人认识我，没有一个人爱我，我仍然是爱这个地方的。所以欧阳修十首《采桑子》，每首开端都是“西湖好”。这一组词表现了他的欣慨交加，这是他的特色。

我们刚才说，他带有遣玩的意兴，他不是对那些个肤浅的欢乐的追逐，因为他是透过悲慨来写欢乐。这里有一个“遣”字，是透过对于悲慨、对于忧伤的一种排遣而转为欣赏的。

我们再看他一首小词，就把欧阳修结束了：

> 雪云乍变春云簇，渐觉年华堪送目。北枝梅蕊犯寒开，南浦波纹如酒绿。　　芳菲次第还相续，不奈情多无处足。尊前百计得春归，莫为伤春歌黛蹙。（《玉楼春》）

这真的是欧阳修！欧阳修是对于大自然、对于人生美好的东西非常懂得赏玩的诗人。所以，他不但写了那么多西湖好，你看他写春天的到来，“雪云乍变春云簇”。你不觉得下雪时候的阴云，跟夏天下雨时候的阴云是不一样的么？下雪的阴天阴得那么均匀，像铅一样凝成一片的，灰沉沉的。夏天的雨云是“夏云多奇峰”，忽然间就涌上来一大片云，带来一场暴雨。而春天的云彩，那种舒卷自如，那种悠飏变化。秋天的云，那种高远，那种淡薄，秋云薄似罗。四季的景色不同，连天上的云彩，四季都是不同的。凡是一个锐感的诗人，都有这样的感受。

就是近代写白话诗的诗人徐志摩，写《康桥》，他也曾说：“伺候着河上的风光，这春来一天有一天的消息。”又曾说：“关心石上的苔痕……关心水草的滋长。”（《我所知道的康桥》）他说那康桥的景色，那石上的苔痕，当春天来的时候，每一天都变换了不同的颜色。所以，欧阳修说“雪云乍变春云簇”。地面上的冰化开了，天上的、像铅块一样的、下雪时的、那种凝聚的灰沉沉的云也散开了，变成一朵一朵柔软的白云，那是春天的云了。写得真是美，而且真的是你要有这样诗人的感受，更有诗人的爱赏的心情。你尽管在人生的苦难之中，仍然能保持这种赏玩的意兴。他说“春云簇”，一团一团的像棉絮一样的春云簇聚着。

“渐觉年华堪送目”，我们逐渐觉得那一年的芳华美好的日子，堪，是值得，值得你放眼去看了。“风物长宜放眼量”，看一看，什么都是美的，从天上的云到地上的草，到水里边的鱼，到树枝上的鸟，什么都是美的。

“北枝梅蕊犯寒开，南浦波纹如酒绿。”你要知道，花一般是向太阳的先开。宋之问有诗句：“魂随南翥鸟，泪尽北枝花。”（《度大庾岭》）花有南枝的，有北枝的。南枝的花先开，北枝的花后开。南枝的花向太阳，北枝的花背太阳。他说就是现在，连北枝上的梅花都冒着寒风开始绽放了。“北枝梅蕊犯寒开”，这也是欧阳修。欧阳修在他那飞扬之中，有一种努力。北枝梅蕊要犯寒开，是冒着寒风开放的，有一种力量在里边。“南浦波纹如酒绿”，这本于江淹《别赋》：“春草碧色，春水绿波。送君南浦，伤如之何。”春草的碧色，春水的绿波，哪里的春水？南浦的春水有这样美丽的波纹。所以，他说“南浦波纹如酒绿”。这是古人所常用的语汇。有一位女士曾经给我写信，说她喜欢诗歌，她作了几首词给我看。还有前几天一位年轻人，他也曾给我看他填写的一些个词。我觉得大家有这样的兴致，有这样的感情，是非常好的一件事情。可是，我现在就要请大家注意，就是我说的，盖房子，第一，你要有地基，第二，你要有建材。你有很好的感情，但用什么样的语言表达你的感情？要有足够的丰富的语汇，那格律也是束缚不住你的，你一定可以找到合乎格律的美好的字句，一定可以找到。你的诗或词写得不够好，就是你自己的语汇够不够的问题，你自己的建材够不够的问题。而且，我还要说，温庭筠的语汇，有很多结合着中国古老文化的传统，什么蛾眉、画眉之类的，什么懒画眉之类的，那是一种语码，是可以呼唤起来整个的文化背景的。但有的时候，你不用呼唤起来这么多文化背景，与文化不必然有关系，南浦啊，南浦的波纹啊，你不用地理上的考证，说南浦在哪一省哪一县，说江淹所写的南浦在哪一省哪一县，你欧阳修现在所写的南浦在哪一省哪一县，说你欧阳修所写的南浦，不是江淹所写的南浦，我们不用考证这些个，你只要联想。所以，欣赏古典诗歌，你看我常常引这样引那样的古人的句子，不是我要这样引，是古人他写的时候，诗人他写的时候，脑子里边有这样的联想。因为江淹说了，“春草碧色，春水绿波。送君南浦”。所以，你一用“南浦”两个字，就把江淹的“春水绿波”四个字想起来了。这是欣赏中国古典诗的一个微妙的反应。这是很奇怪的一点，但是一定是如此的。所以，他说“北枝梅蕊犯寒开，南浦波纹如酒绿”。春水绿波，南浦的波纹怎么“如酒绿”呢？李白诗句：“百年三万六千日，一日须倾三百杯。遥看汉水鸭头绿，恰似葡萄初酦醅。此江若变作春酒，垒曲便筑糟丘台。”（《襄阳歌》）假如把这一江春水变成春酒，那李太白这个诗人最高兴了。“百年三万六千日，一日须倾三百杯”。此江若变作春酒，那南浦的波纹，春水的绿，就跟春酒的绿一样地美。这样就不只写了水的颜色是像酒的颜色一样地绿，而且，你几乎感觉到，诗人对于这个水有对酒一样的感情，使人沉醉了。这都是欧阳修的好处，这都是很难讲的。但是一定要传达出这样的感受来，这是我所谓诗里边有一种感发的力量，所以，他说北枝的梅蕊就犯寒开，南浦的波纹就如酒绿。

“芳菲次第还相续”，春天就开始开花了。我们说有二十四番花信，从迎春花开起，一直开到荼蘼花事了。有各种花，有的如同朋友上次送给我的那个银须皓首的水仙，然后梅花、桃花、杏花、牡丹花，各种花，“芳菲次第还相续”，一种花接着一种花接连不断地开。

“不奈情多无处足”。这就是欧阳修。欧阳修真是带着这么丰富的这么浓烈的对于自然这种欣赏爱好的感情的。所以，他能够写出十二个月的风光景物的美好，能用十首小词写出西湖的不同景色的美好，写春天的到来，“芳菲次第还相续，不奈情多无处足”，我永远爱这些美丽的大自然的景物，我永远也不会满足，我永远也欣赏它们，你要知道，花是一定要落的。李后主说“林花谢了春红”，但欧阳修的态度与李后主不同。我们从这些诗人的作品之中，不管他写的是什么花开花落，每个人各有不同的风格，正因为每个人有不同的性格。因为他们用情的态度是不同的，欧阳修说“尊前百计得春归”。当你在酒樽之前，有酒就应该赏花，“花间一壶酒”，有酒有花。所以杜甫说：“竹叶与人既无分，菊花从此不须开。”（《九日》）竹叶是酒，竹叶酒既然与我无分，我买不到竹叶酒，我没有酒喝，那么菊花也不要开了。陶渊明碰到菊花开没有酒喝，觉得这是很遗憾的，所以有人送酒来，他就很高兴。杜甫说“竹叶与人既无分”，既然没有酒，“菊花从此不须开”，因为我怎能面对着花而没有酒呢？有花就要有酒，有酒就要有花，总想樽前有花，那该多么美好呢！所以，“尊前百计得春归”，我用了各种方法，千思万想地盼望着春天的到来，盼望着春天的花开。

今天，春天果然来了，你“莫为伤春歌黛蹙”。你就好好地珍惜享受现在眼前美好的春天，不要等到春天来了再悲哀和忧伤了。春天是不久长的，既然你千思万想把它盼来了，你就好好地珍重现在的春天吧。

不但是这两句词表现了欧阳修的用情态度，我们如果返回来，再看我们教材中他前一首《玉楼春》的最后四句：

> 离歌且莫翻新阕，一曲能教肠寸结。直须看尽洛城花，始共春风容易别。

这是欧阳修用情的态度。我知道人是要分离的，聚会，是总有离别的；花开，是总有零落的。可是，当今天人还在，花还开的时候，你要好好地掌握，尽情地珍重享受现在的美好。“直须看尽洛城花”，我毫不犹豫地，一定要看尽洛城花。洛阳的花是最美的，但最美的花也要落的，可是，今天花仍在开，我就要付出我最大的精神、感情和力量去欣赏，“直须看尽洛城花”，等到过几天花零落了，“始共春风容易别”，我才与那春天，与那个花朵容易离别，因为我毕竟享受了它，毕竟没有白白度过这一个春天的日子。人都应该珍重你眼前的光阴跟你所做的事业，你要尽你的力量去做，“直须看尽洛城花”，那个时候纵然是离开了，我也对得起这一段日子了。《圣经》上保罗的书信中曾说：“当跑的路，我已经跑尽了。所信的道，我已经守住了。”（《圣经·提摩太后书·第四章》）一个人要反省，该走的路，我已经走过了；该守的道，我也已经守住了，你就对得起你的一生。“直须看尽洛城花，始共春风容易别”，这正是南唐和北宋初年晏欧小词的最大的好处，也是王国维所特别欣赏的小词里边的一种成就——“词以境界为最上。有境界，则自成高格，自有名句。”不管你写花开花落，不管你写相思离别，有品格，有内容，有境界，这是他们的成就。

好，我们现在要结束欧阳修。在结束欧阳修以前，我不是说要给大家作一个简单的比较吗？我要举两首不大好的小词，跟欧阳修所写的一首意思很相近的小词来比较。我们先看欧阳修的这一首词，写的是江南的一个采莲的女子。很多的词人，都曾经写过美丽的女子，也写采莲的女子。我们先把欧阳修所写的词念一遍，然后我再把别人所写的，也是江南的美丽的女子，给大家作一个比较。然后，我们再回来讲欧阳修的这首词，你就明白什么是有境界了。我们先把欧阳修这首词念一遍：

越女采莲秋水畔，窄袖轻罗，暗露双金钏。照影摘花花似面，芳心只共丝争乱。　　鸂鶒滩头风浪晚，雾重烟轻，不见来时伴。隐隐歌声归棹远，离愁引着江南岸。（《蝶恋花》）

现在先不讲，你已经觉得这小词写得情味悠长，是很美好了。他写这个女子的衣服是窄袖轻罗，写了这个女子的首饰是暗露双金钏。美丽的女子，穿着美丽的衣服，她身上佩戴着金银首饰。好，你现在看另外一个人，也是写美丽的女子，也戴着金银的美丽的首饰。他是怎么写的呢？这就是王国维所说的，词要有境界，品格才会高。有的词没有境界，内容空泛，确实是淫靡的。这是《花间集》里边一个作者欧阳炯的词：

二八花钿，胸前如雪脸如莲。耳坠金环穿瑟瑟，霞衣窄，笑倚江头招远客。（《南乡子》）

二八一十六岁，戴着美丽的花钿等饰物的一个女子，她胸前如雪脸如莲。你可以写美丽的女子，她的容貌衣饰都可以写，你要从她的容貌衣饰里边写出她的品格。胸前如雪脸如莲的描写，没有品格在其中。“耳坠金环穿瑟瑟”，这个女孩子也戴着首饰，戴着耳环，穿的是瑟瑟，瑟瑟是珠子之类的穿戴在耳环上边。霞衣窄（zhè，入声），五彩的彩霞一样的衣服，很紧身的窄小的衣服。“笑倚江头招远客”，这个女子可能是个渡船的摆渡的女子，所以她笑倚江头招远客。这首词丝毫也没有深义。

还有一个薛昭蕴，也写了美丽的女子的一首词：

越女淘金春水上，步摇云鬟佩鸣珰，渚风江草又清香。　不为远山凝翠黛，只应含恨向斜阳，碧桃花谢忆刘郎。（《浣溪沙》）

欧阳修说越女采莲在秋水畔，越女也采莲，越女也淘金，在春水上。头上戴着步摇，《长恨歌》形容杨贵妃“云鬓花颜金步摇”，一种首饰，你一走，随着行步而摇动的；佩鸣珰，身上还戴着鸣声叮当的玉佩。沙洲上的一阵风吹过，那江上岸边传来青草的清香。“不为远山凝翠黛，只应含恨向斜阳。”我们不是说女子的眉毛像远山吗？我们不是讲过山眉吗？韦庄的词“一双愁黛远山眉”。她说她不为远山凝翠黛，她带着一种愁恨面对着斜阳。为什么呢？因为她所怀念的、所爱的男子没有来。“碧桃花谢忆刘郎”，这用的是中国一个神话的传说。相传东汉永平年间，刘晨、阮肇同入天台山采药遇仙女（见《太平御览》引文），这里用这个故事，说碧桃花都谢了，可是她所爱的男子没有来。这首词写得有一点感情，是一个女子相思的感情，但是写得很肤浅，没有境界。我之所以要提出来，就是为了与欧阳修的词作一个比较，来证明王国维所说的“词以境界为最上。有境界，则自成高格，自有名句”。

微妙的事就是在这里发生的，同样写美女，同样写她的衣服，同样写她的首饰，怎么就有了境界了呢？怎么就有了高格了呢？

现在我们就来看欧阳修的那一首词。他说“越女采莲秋水畔”，这个跟淘金的感觉是不大一样的，采莲是比较优美的，是比较高雅的。“越女采莲秋水畔”，我们中国全认为江南的女子是很美的。我们讲韦庄的词，说江南好的时候，不是说“垆边人似月”吗？连杜甫不大写女子的都说：“越女天下白。”看越女采莲，那是多么美的动作，秋水的岸边是多么美丽的场所。

“窄袖轻罗，暗露双金钏。”这个奇妙的事情就是在这里分别的。刚才我们看欧阳炯所写的那个二八佳人，二八花钿，不是也说霞衣窄吗？可是，那个霞衣窄在他那首词里边，只是说这个女子穿着紧身的衣服而已。在欧阳修的词里所引起的感发作用就不同了。诗歌，我们说有语序轴的作用，有联想轴的作用，它是几个形象结合起来，就造成了一种效果。把“霞衣窄”三个字摆在欧阳炯的词中，没有联想，没有境界。可是这里，“窄袖轻罗”，这四个字的结合，就产生了一种作用。诗歌，真的是很微妙，它的好坏就是在这种很细微的地方分别的。罗，是一种轻柔的丝织材料，而轻罗所裁成的衣服，是这样的紧窄的袖子，是窄袖的轻罗。那种轻盈，那种纤巧，那种精致，代表了一种品质。有的时候形象孤单的一个，它不代表一种品质，结合起来，才形成了一种品质。李太白的《玉阶怨》：

玉阶生白露，夜久侵罗袜。却下水精帘，玲珑望秋月。

这一首乐府歌词，比其他人所写的闺怨都好，就因为他所写的不只是一个女子闺中的幽怨，他写出了一种品格和境界，是它的玉阶，它的白露，它的水精帘，它的玲珑的秋月，几个相近似的形象一结合，表现出这样晶莹皎洁高远的一个境界。她相思怀念的是一个人，当她却下水精帘，玲珑望秋月的时候，望的是月，望的也是她所怀念的人，就把她所怀念的人跟她自己的感情和品格都抬高了。

所以，诗词的好坏区分，是很奇妙的。他说“窄袖轻罗，暗露双金钏”，金钏，就是金手镯，是在她的窄袖之中，你隐隐地看见。暗露，是藏在衣服里边，隐隐地看见她戴着有一对黄金的手镯。薛昭蕴所写的女子是“步摇云鬓佩鸣珰”。步摇，本来是一个首饰的名字，但是带着一个“摇”字，它有一种炫耀摇动的感觉。佩鸣珰，鸣，是响，都是向外的，都是发射的。可是呢，这个女子的品质不同。《古诗十九首》有句：“盈盈楼上女，皎皎当窗牖。娥娥红粉妆，纤纤出素手。”（《青青河畔草》）这是一种女子，站在楼头炫耀她自己的一种女子。《古诗十九首》还写了另一种女子：“西北有高楼，上与浮云齐。交疏结绮窗，阿阁三重阶。上有弦歌声，音响一何悲！”（《西北有高楼》）这首诗中的女子，一直到结尾也没有出来。前者炫耀，后者含蓄。薛昭蕴所写“步摇云鬓佩鸣珰”的是一种女子，“窄袖轻罗，暗露双金钏”的是另一种女子。

所以，中国的诗词，予人的联想很丰富。欧阳修这两句词表现了含蓄、蕴藉的一种美，这使人想到《诗经》上所写的赞美卫庄公夫人庄姜的诗：“硕人其颀，衣锦褧衣。”（《诗经·卫风·硕人》）写得真好！现在有很多年轻人，就是不懂得这种中国传统上所说的这样一种含蓄的、蕴藉的、深厚的美。他们炫耀，他们夸张，他们矫揉造作，他们不懂得另一种更高层次的美。陆机曾说过：“石蕴玉而山辉，水怀珠而川媚。”（《文赋》）有诸中然后形于外，这才是一种有深度的美。《诗经·卫风·硕人》说的“硕人其颀，衣锦褧衣”，这是写庄姜夫人的美丽，她身材修长，穿的是锦，可是外边罩着褧衣。《礼记·中庸》说：“诗曰：‘衣锦尚褧，恶其文之著也。”这是一种品质的美，贵在含蓄。欧阳修所写的不过是一个采莲的女子而已，可是，很奇妙地她就有了境界。就是因为她结合了几个形象，都配合了一种品质的形容词：窄袖、轻罗、暗露、双金钏。她衣袖里边所有的是金钏，而且是双金钏，但是她没有炫耀出来，是窄袖的轻罗，暗露的双金钏。

前面这几句，是由这女子所在的地方，她的衣饰的衬托，已经表现一种品格了。后边说这女子有动作了：“照影摘花花似面，芳心只共丝争乱。”这真是神来之笔！灵光照耀的神来之笔！女孩子本质是很美的，可是当她一低头，采摘莲花的时候，照影摘花，水中映出了她的影子，“照影摘花花似面”。她忽然间看到水中人面和花光的掩映，一片神光的闪烁，一种对于美的觉醒。这句很难讲，但是欧阳修的小词，确实传达出来这样一种境界。“天生丽质难自弃”（白居易《长恨歌》），一个人不应该骄傲，但是一个人应该珍重自己美好的品质。

所以，前面只是客观的，外表是看见的“窄袖轻罗，暗露双金钏”。但是当她一低头，一摘花，“照影摘花花似面”，于是就引起了一种感发，“芳心只共丝争乱”。这就是李商隐所写的“八岁偷照镜，长眉已能画”，而“十四藏六亲，悬知犹未嫁”，还没有找到一个相爱的对象。所以“十五泣春风”，就“背面秋千下”了。当她一照影摘花花似面，想到这样的美好，愿意有一个奉献，愿意有一个交托，所以“芳心只共丝争乱”。

这词写得很好，虽然他只是写一个采莲的女子。但是，一比较就可以看出，他比欧阳炯、薛昭蕴所写的女子，有了多么不同的品格和深远的意义。还不只是如此，他下半首写得更妙了。

“㶉鶒滩头风浪晚，雾重烟轻，不见来时伴。”㶉鶒，是水鸟，比鸳鸯大，多为紫色，一对一对、一双一双的。那水边沙滩的附近，有一双一双的㶉鶒鸟。温庭筠词：“新帖绣罗襦，双双金鹧鸪。”那㶉鶒滩头，有对对双双的㶉鶒，就引起这女子的一种情意。而且，“㶉鶒滩头风浪晚”，当日暮黄昏，一天过去了，那晚风吹起了。晚风吹起，与你何干？我以前曾引中主李璟问冯延巳说：“风乍起，吹皱一池春水，干卿何事?”杜甫诗句也曾说：“凉风起天末，君子意如何?”（《天末怀李白》）当凉风从天末吹起的时候，你心里边有什么样的感动呢?“人生自是有情痴，此恨不关风与月。”（欧阳修《玉楼春》）正是那些锐感的多情的诗人，就在风月之间，引起了他们的感动。当㶉鶒滩头晚风烟浪兴起的时候，柳宗元说的“苍然暮色，自远而至”（《始得西山宴游记》）。那远方的烟霭迷蒙，暮色慢慢地浓重起来了，“雾重烟轻”，正如冯正中所写的“过尽征鸿，暮景烟深浅”，是苍茫的暮色引起了人的感动。

后边一句就更妙了，“不见来时伴”。这个真是很难说，欧阳修这样的词人，有他的学问，有他的修养，有他的经历，他不知不觉就流露出来了。你说他一定像我讲的这么有意？“作者之用心未必然”，可是，他的妙处就在于能引起我们这样的联想，“读者之用心何必不然”。我说他这句很妙，你要知道，一个人要完成自己的品格、修养、事业，要有一个孤独寂寞的反省思索的过程。你每天沉醉在纸醉金迷歌舞宴乐之中，永远不能完成你的事业，永远不能完成你的人格，永远盲从都盲从不过来的。他说“雾重烟轻，不见来时伴”，这真是神来之笔，写得非常妙！剩下她自己一个人了，也许另外的采莲女子，当她“照影摘花花似面，芳心只共丝争乱”的时候，那些个女子都不见了。

她进入自己的一个境界——“雾重烟轻，不见来时伴。”

然后，下面说“隐隐歌声归棹远，离愁引着江南岸”。隐隐地远远地听到也许有别的采莲女子的歌声，这些个采莲船，采莲的女子都划回去了。而当芳心只共丝争乱，你有这样的兴发感动的时候，这个歌声就引起你多少的内心的感动。你不一定指出离愁说的是什么，离愁者，就是你一种孤独寂寞的感觉。当雾重烟轻，不见来时伴的时候，隐隐歌声归棹远，这离愁就引着江南岸，从水上一直飘到岸边了。

那种孤独寂寞缭乱的心情，写的不过是一个采莲的女子，而且一般的选本，很少有人选这一首词，因为他们以为这样的词，不过是写一个采莲的女子而已，而未曾体会到这首词的意境的深远。

以前我们讲温庭筠与韦庄的小词，因为温庭筠有一个语码蛾眉之类的、簪花之类的，引起张惠言的屈原《离骚》的联想。韦庄因为有他的身世，把他的词结合他的身世来看，有这种忠爱的托意的联想。可是欧阳修这首小词就是写一个采莲的女子，所以，从来没有人重视这首词，而这首词，也不必要结合什么忠爱屈原《离骚》的比兴寄托来讲。这首小词的本身就是写美女，写一个美人孤独寂寞的感情，而它自然产生了一种境界。这是中国小词的发展从南唐冯正中到北宋的欧阳修所完成的最高的境界。

好，我们现在就开始讲中国词的发展的另外一个新的阶段了。本来按照我们教材编排的顺序，在欧阳修的后面还有一个作者——晏幾道。但是，因为时间来不及了，我们只好把晏幾道暂时省去了。因为，晏幾道作为一个个别的词人，他写的小词是很美的：“彩袖殷勤捧玉钟，当年拚却醉颜红。”（《鹧鸪天》）“梦后楼台高锁，酒醒帘幕低垂。去年春恨却来时，落花人独立，微雨燕双飞。”（《临江仙》）我们教材上选了他的歌词，你读一遍就知道晏幾道的词写得很美。但是，在词的发展的历史上，他不是一个十分重要的人物。

什么缘故呢？我只能这样说，就是从温、韦、冯、李到晏殊、欧阳修，是在意境上面逐渐加深，能够用没有个性的歌词，来传达作者的一种修养、品格和情意。所以我说，这种意境的加深，是词的诗化的一种过程。可是，晏幾道的小词呢？晏幾道的小词写的：

记得小蘋初见，两重心字罗衣。（《临江仙》）

这个小蘋，就是一个歌女的名字。就词之发展而言，晏幾道的词，是词的发展这条长流之中一个向回转的旋涡。他不是向诗歌的意境去发展，他所写的是交给莲、鸿、蘋、云这些美丽歌女去歌唱的歌词。不过他的歌词跟五代也有一点不同。就是说，他所写的歌女，像小莲、小鸿、小蘋、小云这些歌女，与五代一般所写的歌女有一点不同，就是这些个歌女，是他的朋友的家伎，家中的歌女。是场合不同，身份不同，所以他写起来，就跟那一般的《花间集》的词有一点不一样。

他的词在词的发展中像是一个回转的旋涡，是使词的诗化又重新回到歌词里边来了，是交给家伎去唱的歌词。可是，他所交给唱的那个歌女，是朋友家中的家伎，不是泛泛的歌舞场中的女子。所以，他与那些个莲、鸿、蘋、云的感情，就比较更带着个人的色彩了，而不是《花间集》的没有个性的艳词了。这是一点不同。

还有，因为是朋友家中的家伎，而且，晏幾道有很好的文学修养，所以，他所写的词比较文雅，比较更富于诗意。所以，黄山谷（黄庭坚）给晏幾道的词写序，说晏幾道的词是“狎邪之大雅”。狎邪者，是指那些风流浪漫歌榭舞场的这种生活，他说晏幾道所写的词，是在狎邪的这种歌词里边比较有诗人高雅气质的歌词。这是晏幾道。我们只能简单地把他作一介绍，就不再讲了。

我们今天要介绍的是非常重要的一位作者，是对于中国词的发展产生了极为重大作用的作者——柳永。

柳永的词，无论是在形式上，无论是在内容上，对于词的发展，都产生了重大的影响。一般人所容易注意到的，是形式上的影响。因为形式这是最外表的，一下子就看见了。形式上的特色呢，是说柳永的词里边有许多慢词，它的曲调是比较长的，所以是慢词长调。你看我们过去几个星期，从温庭筠讲下来，什么《菩萨蛮》《浣溪沙》了，什么《玉楼春》了，什么《蝶恋花》了，都是很短的这样的词调。

可是，柳永的词是慢词，是长调。为什么？为什么柳永的词开始有了慢词长调了呢？有人以为慢词长调是由柳永才创始的。其实不是，你如果看一看后来发现的敦煌的曲子之中，就有很多都是慢词长调的曲子了。慢词长调是在中晚唐以来就流传在社会之间的一些俗曲，是配合当时新兴音乐歌唱的里巷之间的俗曲，可见慢词长调的歌曲早已有了。可是，《花间集》所收的是诗客曲子词，是诗人文士插手到歌词的写作以后所写的词。而一般这些诗人文士所写的词，大半都是小令。从唐朝的刘禹锡所写的《忆江南》“春去也，多谢洛阳人”，白居易所写的《忆江南》“江南好，风景旧曾谙……”和《长相思》的“汴水流，泗水流……”之类的文人开始插手去写的歌词，就大多是比较短小的所谓令词。为什么呢？因为一般说起来，短小令词的形式，它的字句的句法与诗歌是比较接近的：

江南好，风景旧曾谙。日出江花红胜火，春来江水绿如蓝，

能不忆江南？（白居易《忆江南》）

“风景旧曾谙”，五个字一句；“日出江花红胜火，春来江水绿如蓝”，两个七字的对句。就是说小令的格式与诗比较接近，因此诗人文士插手以后，习惯于写小令。而且，诗人文士常常自己觉得比较高雅，而慢词长调当时是流行于市井之间的，所以，一般诗人文士，不肯插手去写慢词长调。这一个原因，是由于他们不肯为，不肯写慢词，因为他们认为那是市井的俗曲。还有一个原因，我要说是由于他们不能为。因为慢词的填写，是要配合音乐的曲谱，一个字一个字填写进去。英文说填词是 fit in the words，就是说，要把一个个字填写在音乐的曲调之中的。而慢词的曲调，它的变化，它的格律，就更加严格，不像五七言的字句那么简单。因此，就一般而言，他们不但是不肯为，而且也是不能为的。

那么，柳永这个作者，何以他竟写了大量的慢词和长调呢？就因为柳永这个人，有一个非常值得注意的特色。柳永这个人，我们要从几方面去认识他。因为时间的关系，我们不能够仔细讲。我以前写过一篇论柳永词的文章，发表在《四川大学学报》（1984 年第 2 期）上，另外，在 1982 年，我在南开大学讲词，曾经讲过柳永，有同学曾据录音整理《柳永及其词》（《南开大学学报》1982 年第 3 期），大家都可以参考。我今天只能很简单地来说，柳永这个作者的性格是比较浪漫的，喜欢听歌看舞，喜欢这种狎邪浪漫的生活。不是我这样说，柳永自己曾经写过一首词，他说：

帝里风光好，当年少日，暮宴朝欢，况有狂朋怪侣，遇当歌、对酒竞流连。（《戚氏》）

这不是全词，是长调中的几句。南宋的孟元老写过一本《东京梦华录》，记载着东京，就是北宋的首都汴京，当时那些个歌舞繁华热闹的情景。每当华灯初上的时候，那勾栏瓦舍，在“酒楼”上：“主廊约百余步……向晚灯烛荧煌，上下相照，浓妆伎女数百，聚于主廊……以待酒客呼唤，望之宛若神仙。”浪漫的年轻人，来到这目迷乎五色、耳乱乎五声的繁华的大都市之中，“帝里风光好，当年少日，暮宴朝欢”，从早到晚，耽溺在歌舞享乐之中，而且有一群跟他一样年轻，跟他一样浪漫的青年朋友。你看他的叙写，“况有狂朋怪侣”，喜欢做狂怪事情的友人，“遇当歌、对酒竞流连”。柳永本身就是这样浪漫的性格。柳永不但有浪漫的性格，而且，也特别有音乐的才能。历史上记载说，当时演奏音乐给歌女伴奏的乐工，得到一个新鲜的美好的曲调，一定要请柳永给他们写作歌词。柳永就与这些个歌女乐工往来。

好，我们刚才说了，从晏殊到欧阳修，晏殊身居宰相，欧阳修也做过枢密副使，都是将相这样的高位，不是也写小词吗？那是当时五代以来北宋的风气。社会上上至达官贵人，下至贩夫走卒，每个人都唱这个歌词，大家也都写这个歌词。可是，专力写歌词的柳永，却是平生落拓不得志的，跟温庭筠一样，因为他生活浪漫、不检点，就被那些自命为正人君子的所谓官场的社会所摈斥了。而在中国词的发展史上，正是温庭筠、柳永他们两个人，不避世俗的讥诮，而把他们的音乐才能、文学才能结合起来，投注在词的创作上，才为我们的词开拓出这一片新的天地。而在当时说起来，柳永是被官场所摈斥的，有一天柳永来见晏殊，晏殊就说了，贤俊作曲子吗？他的意思是说，你的品格不太好，怎么总作那些歌曲呢？柳永不服气说，只如相公亦作曲子啊！相公就是宰相的尊称。他说宰相先生你不是也写歌词的曲子吗？晏殊说某虽作曲子，不曾道“针线闲拈伴伊坐”呀。“针线闲拈伴伊坐”见于柳永词：

> 自春来、惨绿愁红，芳心是事可可。日上花梢，莺穿柳带，犹压香衾卧。暖酥消，腻云亸，终日厌厌倦梳裹。无那！恨薄情一去，音书无个。　早知恁么，悔当初、不把雕鞍锁。向鸡窗、只与蛮笺象管，拘束教吟课。镇相随，莫抛躲，针线闲拈伴伊坐。和我，免使年少光阴虚过。(《定风波》)

这是一般人所认识的柳永的风格，虽然柳永的好处并不在这里。但是，我们要从这里开始认识他。

温庭筠所写的女子，“小山重叠金明灭，鬓云欲度香腮雪”，像一幅图画一样。他把她孤立起来了，作为一个美的形象，变成了一幅艺术的图画，是一个艺术的形象。然后呢，刚才我说的，欧阳修写的“越女采莲秋水畔”的美丽女子，变成了有一种象征的意境，他这个女子可以让我们体会到一种人的品格和修养的境界。这正是诗人文士所努力的，诗人文士所欣赏的，诗人文士要抬高这个词的地位和价值，诗人文士要加深这个词的内容和意境。而现在柳永则不同了，柳永所写的是现实中的女子的生活。而且，我们还要注意到，我刚才说了，晏幾道所写的歌女，是莲、鸿、蘋、云，是他朋友家里的家伎；而柳永所写的女子，是勾栏瓦舍之中的阶级层次比较低的那些个歌伎酒女，这是完全不同的。所以，柳永的词，曾经被很多人所讥诮、所诋毁，说他的词淫亵俗滥。我们可以简单地看一下教材后边附录里所引的评语。王灼就曾批评柳永：

> 唯是浅近卑俗，自成一体，不知书者尤好之。予尝以比都下

富儿，虽脱村野，而声态可憎。（《碧鸡漫志》）

那些文人诗客不喜欢他，说是市井的人、不读书的人才喜欢他。说他虽脱村野，而声态可憎。这是讥讽柳永的。又如冯煦说柳永：

然好为俳体，词多媟黩，有不仅如《提要》所云“以俗为病”者。（《蒿庵论词》）

他说柳永好为俳体，就是这种比较诙谐、通俗的、不正经的这种体式。词多媟黩，而且写得非常浅露。《四库全书总目提要》说柳永的词是俗，冯煦说不只是俗，他的词还是媟黩，就是淫亵的意思。这就是很多人都批评柳永的一个缺点，认为他写的是俗滥的，因为他写的是那些比较低下的歌伎酒女的生活。这是大家所共同看到的柳词的缺点。

还有大家所共同看到的柳永词的长处。我先说一般的看法，然后再说我个人的体会。一般看到柳永词的长处在哪里呢？因为柳永既然写的是慢词长调，他不能够像南唐冯延巳、李后主是把感情凝聚在一起的。这么密这么浓的喷发的感发，他不能够。既然是长，他就要铺排，铺展开来，要铺陈，要叙述，不能够只以一个重点的感发为主。所以，大家就看到柳永在形式上的这一铺叙的特色。长调词的发展，那些个铺排叙写的手法，都是受了柳永的影响的。我们现在取一首词例，来看一看他铺排叙写的手法。我们看他的《夜半乐》，这类词不像欧阳修的词，也不像李后主的词，也不像冯延巳的词，它们是在语言文字之外，有很高深的意境、境界，教你去联想，教你去追寻。所以，那些个小令，我们要花很多的时间，去发挥它的意蕴。可是柳永的长调呢？他都明白地说出来了。像刚才我们在《定风波》中见到的那个女子跟她所爱的人说，我后悔当初没把你的雕鞍锁住，你骑着马走了，你跟我分离了，“悔当初不把雕鞍锁”，“向鸡窗，只与蛮笺象管，拘束教吟课”。鸡窗，出自下面这个故事：

> 晋兖州刺史沛国宋处宗尝买得一长鸣鸡，爱养甚至，恒笼着窗间。鸡遂作人语，与处宗谈论，极有言智，终日不辍。处宗因此言巧大进。（《艺文类聚》卷九十一引《幽明录》）

这本是无稽之谈，后人遂以鸡窗作为书窗、书室的代称。她说我把你留下来，把你的雕鞍锁住，教你在书斋的窗前，只给你蛮笺纸象管笔，教你这个男子老老实实地住在这里，每天只是念书写作就可以了，我后悔不应该教你走。如果当初我能把你留下，就“镇相随，莫抛躲”。镇，是不变的，我就一直跟你追随在一起，永远不要你抛离我。那你念书写字，我干什么呢？我就“针线闲拈伴伊坐”，拿个针线干活，坐在你旁边。你念书写字，我就做针线。“和我”，你和我在一起，“免使年少光阴虚过”。

这样的词，没有可发挥的余地，了无余味。你能够像欧阳修的词发挥吗？能够像李后主、冯延巳的词发挥吗？不能。这也是那些文人诗客说柳永的词浅俗啊！他写得这么俗，一点余味都没有。

关于长调的铺叙，我们要看《夜半乐》这首词。我们不需要很多的发挥，把它念一遍。柳永的词不是绝不可发挥，他有可发挥的词，我要放在后面再讲。先看他长调的铺陈：

> 冻云黯淡天气，扁舟一叶，乘兴离江渚。渡万壑千岩，越溪深处。怒涛渐息，樵风乍起，更闻商旅相呼，片帆高举。泛画

鹢、翩翩过南浦。　　望中酒旆闪闪，一簇烟村，数行霜树。残日下、渔人鸣榔归去。败荷零落，衰柳掩映，岸边两两三三，浣纱游女。避行客含羞笑相语。　　到此因念，绣阁轻抛，浪萍难驻。叹后约、丁宁竟何据。惨离怀、空恨岁晚归期阻。凝泪眼、杳杳神京路，断鸿声远长天暮。

“冻云黯淡天气，扁舟一叶，乘兴离江渚”，他有时间，有地点，出发了。因为他要铺排，一段一段地写下去。“渡万壑千岩”……他是扁舟一叶，渡过了万壑千岩，经过了越溪深处……听到有商人旅客彼此在船上相呼。“片帆高举”，乘着有画的船翩翩过南浦。这是第一段。

下面第二段，“望中酒旆闪闪……”从江水中经过，来到了一处村庄，有酒旆闪闪，一簇烟村，看见残日下的渔人，看见岸边浣纱的游女，换了一个境界，他的船走到了一处村庄。

后边第三段，“到此因念”后边是他的感想。前边两段是他路途上的经过。他说到此我就怀念起我离别了的可爱的女子，是绣阁轻抛，我离开了她住的地方，像水面上的浮萍，没有办法留下来。我叹息我临行的时候有一个以后见面的约言，叮咛嘱咐。可是，将来是不是真的能见面，这个见面是不是果然可以信据的？

我要补充说明，柳永还不只是形式上拓展了，他把歌词所写的男女相思离别的感情，换了一个角度，换了一个方式来写。我们以前所讲的温、韦、冯、李、晏、欧的相思离别的词，常常是闺阁园亭之中的景物，都是写女子对于男子的怀念。而柳永的词更加写实，写男女的相思怀念，他换了，不是从闺中女子的角度来写了，是从一个客子的、男子的身份口吻来写相思离别了。“到此因念，绣阁轻抛，浪萍难驻”，是他自己出来了，他自己写对于女子的怀念。不但是写实，不但是真切，而且因为是男子的身份，不再闭锁在闺房之中了。所以，在柳永的词中就开始出现了非常可注意的一点——就是出现了高远的景物，而且结合了他的志意，结合了他的志意的追寻和落空。女子怨男子，总是说，你为什么走了呢？你为什么把我抛弃了？男子说，我为什么走了？因为我作为一个男子，要谋生啊！我能够整天跟一个女子株守在家园之中吗？我要完成我的志业，而且，我也要谋求一个生存的道路，一个男子是不能够不如此的。

所以，柳永就把他志意的追寻和落空结合进去了；而且把他的志意的追寻和落空，结合了外边高远的景物。这才是柳永词最值得注意的一个特色、最大的一个好处；而且，我提出这种好处，是特别站在词的发展上提出来的。以前一般词人所写的相思离别是从女子的角度写的，柳永是从男子的角度写的；而且，因为是在外的游子，所以他看到高远的景物，结合了志意的追寻。我是把它从一种比较逻辑的理性来分析和解说的。中国旧日的传统的批评，他们常常是不加分析解释，而是写他们直觉的感受，他们也提出来了柳永的这一点好处。在《乐府余论》中就曾经说："柳词曲折委婉，而中具深沦之气，虽多俚语，而高处足冠恒流。"他说柳永虽然写得委曲婉转，他会忽然间飞起来，忽然间写出非常高远的境界。还不仅是如此，郑文焯说：

> 屯田，北宋名家，其高深处不减清真（谓周邦彦）。长调尤能以沉雄之魄，清劲之气，写奇丽之情，作挥棹之声。
>
> 冥探其一词之命意所注，确有层折；如画龙点睛，其神观飞越，只在一二笔，便尔破壁飞去也。（《大鹤山房全集·大鹤山人词论》）

柳永的词，往往是前边写得很现实，很平俗，很婉转。但是他忽然间会出现一两句，就把全篇的气格都振起来了，带领人达到了一个高远的境界。像我们刚才所读的小词，前面是他委婉曲折的铺陈叙写，后面他说“到此因念，绣阁轻抛，浪萍难驻。叹后约、丁宁竟何据”，然后是写他自己的志意的追寻与落空，“惨离怀、空恨岁晚归期阻。凝泪眼、杳杳神京路，断鸿声远长天暮”。神京，是京都所在。他末两句词的意境写得就很高远。

柳永还有一个特色，就是他平生常常写到对于帝都的怀念。帝里，帝京，神京，当他每写到帝都的时候，是有双重的感情的。一重感情是怀念他当初在帝京（汴京）的那种欢乐的生活，怀念他曾经爱过的女子。另外一层感情，就是他在帝都追寻仕宦的志意，希望在帝都有所成就。所以他怀念帝京，是带着双重的感情的。

柳永，我们说他作为一个风流浪漫的被人看作像一个浪子一样的人物，他也曾经有过志意吗？他也曾经有过政治上的理想和追寻吗？他确实是有的，怎见得呢？我们有很多的历史资料可以证明。一个是柳永的家世，我在《论柳永词》里边都写到了。柳永从他的祖父起，他的父亲，还有五个叔叔和两个哥哥，他的家族中的每一个人，都是仕宦的，都是有科举功名的。他是这样一个家族出身，而且历史记载，他的祖父、父亲都是有很好的品节操守的人物。他生在这样的家庭，他的性格可以说是在几种矛盾之中形成的，他也是一个悲剧人物。不过他不像冯正中是因为生在那个必亡的国家，个人命运跟国家命运的结合造成了悲剧，柳永则是性格跟环境的矛盾形成了他的悲剧：他自己浪漫的性格跟他的儒家传统那个仕宦的家庭环境相矛盾，这是造成他的悲剧的第一个原因。

还有，如果撇开他外在的家庭不说，只作为他自己一个人本身来说，是他的音乐的才能跟浪漫的性情与他自己要追寻政治上志意的实现的矛盾。柳永是一个有理想志意的人。他平生不得志，都是奔波在道途之上。所以，柳永的词，除了写相思离别写得好，还有写游人客子的羁旅行役也写得好。他为了衣食不能不奔走，这种悲哀他写得好。我们还不用说看他别的表现志意的作品，我们再看他一首写这种羁旅行役的小词：

> 向深秋、雨余爽气肃西郊。陌上夜阑，襟袖起凉飙。天末残星，流电未灭，闪闪隔林梢。又是晓鸡声断，阳乌光动，渐分山路迢迢。　　驱驱行役，苒苒光阴，蝇头利禄，蜗角功名，毕竟成何事，漫相高。抛掷林泉，狎玩尘土，壮节等闲消。幸有五湖烟浪，一船风月，会须归去老渔樵。(《凤归云》)

“向深秋……闪闪隔林梢”，这几句虽然没有深意，但也是柳永值得注意的成就，因为他不是因袭，不是模仿。你打开《花间集》看一看，金㶉鶒，到处都是金㶉鶒；双双金鹧鸪，到处都是金鹧鸪；玉炉香、红蜡泪，到处都是玉炉、红蜡泪，都成了套语。但柳永写实，写女子的感情，“悔当初不把雕鞍锁”——这么现实，用这么真切的语言。他写羁旅行役，所见的景物，真正的眼中所见，真正的身体所感。这是柳永的成就。他不是因袭陈言，是以他自己的感情和感受的体会来写的。他写风景，写旅途上为了追求生活的奔波，是深秋的季节，下过雨，“雨余爽气肃西郊”。那城西的郊外，那凉爽的空气，已经是秋天了，使人有了那寒冷肃杀的感觉。

“陌上夜阑”，他走在小路上，黑夜已经阑珊了。阑者，阑珊将尽，黑夜将要过去了，白天就要来临，正是破晓的时候，李后主词说

“罗衾不耐五更寒”，你如果是睡在房中，在罗衾之内，还感觉到五更的寒冷，那么一个旅客奔走在道路之上，夜阑破晓的征途，那更是寒冷了。所以“陌上夜阑，襟袖起凉飙”，凉风吹在衣襟两袖之中。飙，是狂风，还不是微风，那种很强大的风，襟袖起凉飙。“天末残星，流电未灭，闪闪隔林梢。”抬头一看，天边有几点残星，而且有一个陨落的流星，带着闪烁的光芒，明亮的流星的光线就在树林那边沉没了。多么真切的描写和形容！“又是晓鸡声断，阳乌光动，渐分山路迢迢。”他在路上奔走已不是一天，今天又是破晓的鸡声唱过。阳，是太阳。乌，是神话传说太阳里有一只三足乌，管它叫阳乌。太阳的日光透露出来了，说“阳乌光动”，说得好。太阳本身还没有出来，山的那一边隐隐地有日光的光影慢慢地透露了。所以他说，“又是晓鸡声断，阳乌光动”，才“渐分山路迢迢”。黑夜之中，路都是迷蒙看不清的，在破晓的光影之中，才逐渐地分辨出要走的山中崎岖的小路。迢迢，还有那么漫长的一条路。

“驱驱行役……漫相高。”这是柳永的悲哀。为了谋生，奔波于道路之上。相传柳永死后连埋葬的费用都没有。他一生生活在这种贫穷困苦的路途奔波之中，这是驱驱行役。行役，不是游山玩水的旅行，所以叫作役，是为了公家的差遣，派你到什么地方去。虽然那么遥远，你能够不去吗？驱驱奔走在路上，驱驱行役。而人的年华有限，是“苒苒光阴”，我们的年华就在路途的奔波之中消逝了。而这种驱驱行役，为的是什么呢？不就是为了赚一口饭吃吗？为了像苍蝇头那样一点点利禄，而得到的那个名位，则是蜗角功名。“蜗角”语出《庄子》：“有国于蜗之左角者，曰触氏；有国于蜗之右角者，曰蛮氏。时相与争地而战。”（《庄子·则阳》）蜗角，比喻极微小的境地。总而言之，这么微薄的功名利禄，是蝇头利禄；这么卑微的职位，是蜗角功名。

"毕竟成何事"，就为了谋一糊口的饭，奔走在驱驱行役之中，任凭苒苒年华消逝了。这算什么样的生活？是"漫相高"。漫，是徒然。大家还徒然以追求仕宦为好。

"抛掷林泉，狎玩尘土，壮节等闲消。"我也希望像古人常常说的，将来功成业就，可以隐居，终老在林下。我有这样的资格吗？没有！我抛掷了林泉，没有资格享受这样美好的安逸的生活。"狎玩尘土"，我所亲近的，就是路途上奔波劳苦的生活。"壮节等闲消"，我当年的那种伟大的理想、伟大的抱负，就这么随随便便地消磨殆尽了。

"幸有五湖烟浪，一船风月，会须归去老渔樵。"虽然我自己没有林泉隐居，但是大自然有五湖的烟浪，可以载着一船风月。会有一天，我一定真的不再奔走，归去终老过渔樵的生活。这是柳永的在羁旅行役路途上的悲哀。我们说他做这样卑微的官职，要忍受羁旅行役的这种辛劳，他有没有政治的理想？

柳永，很侥幸地传下来了一首诗。其他的作品很多没有传下来，只有一二处断句。比较完整的诗只有一首传下来，在地方志里，柳永他不是做这些卑微的小官吗？他曾到过一个地方，叫作晓峰盐场，他在晓峰盐场海边晒盐的地方做过一个管盐的官吏。你要知道，一般说起来，盐民都是比较苦的。我在台湾生活过很久，有一次我要请一个女孩子来帮忙料理家务，她是从海边的盐场刚刚来到城市之中。她曾跟我叙述她们那非常艰苦的生活。盐民一直过的是非常艰苦的生活的。柳永在晓峰盐场做官吏的时候，写了一首诗，叫作《煮海歌》。煮海是把海水集储起来，把它熬成盐卤，然后再晒出盐来。工作是很劳苦的，所得的利益是非常微薄的。他同情那里人民的疾苦，写了《煮海歌》：

煮海之民何所营？妇无蚕织夫无耕。衣食之源太寥落，牢盆煮就汝输征。年年春夏潮盈浦，潮退刮泥成岛屿。风干日曝盐味加，始灌潮波塯成卤。卤浓盐淡未得闲，采樵深入无穷山。豹踪虎迹不敢避，朝阳出去夕阳还。船载肩擎未遑歇，投入巨灶炎炎热。晨烧暮烁堆积高，才得波涛变成雪。自从潴卤至飞霜，无非假贷充糇粮。秤入官中得微直，一缗往往十缗偿。周而复始无休息，官租未了私租逼。驱妻逐子课工程，虽作人形俱菜色。煮海之民何苦辛，安得母富子不贫！本朝一物不失所，愿广皇仁到海滨。甲兵净洗征输辍，君有余财罢盐铁。太平相业尔惟盐，化作夏商周时节。（引自《大德昌国州图志》卷六）

他说煮海的人过的是什么生活？女子不能养蚕织布，因为海边盐碱地是种不出桑树来的。男子也不能种植五谷，因为海边的盐碱地也是种不出五谷的。“衣食之源太寥落”，我们要谋求生活，有什么来源，有什么工作让我们谋求生活？太寥落，简直没有一个方法可以谋生的。牢盆，是煮海的盆，把海水收成盐卤来煮，把它煮干了晒成盐。他说当你把牢盆里的盐煮出来，你就有钱了？没有。煮出来就要上税了，“牢盆煮就汝输征”。输是缴纳，征是征收税。煮海的时候，不用说收集海水是辛苦的劳动，你要煮这个海水，把那么多的海水煮成盐卤晒出盐来，你要找柴火煮海。

“采樵深入无穷山。豹踪虎迹不敢避”。他们就为了找煮海的柴火，就要深入到无穷的深山之中，里边有多少虎豹的踪迹，这种危险我们不敢逃避。因为除此以外，别无生路可走。

“自从潴卤至飞霜，无非假贷充糇粮。”自从我们把海水制成卤，到制成像霜雪一样白的盐，这一大段好几个月的辛苦的劳动，你没有钱，靠什么生活？无非要跟人家借债才聊以充饥，得到干粮。劳动的时候，要跟人家借贷。

这种劳动，“周而复始无休息，官租未了私租逼”。每一年这样的辛勤的劳动，每一年这样过借债的生活，官家的租税还没有上完，私人的租税也催逼了。他说，这个时候“驱妻逐子课工程，虽作人形俱菜色”。不但男子要劳动，还要赶着他的妻子和幼小的儿女，全家男女老幼全要去劳动。为着什么？为着把盐晒出来。长的是人的形状，却都是青黄寡瘦的颜色。

“煮海之民何苦辛”，煮海的人民为什么这么劳苦，这么酸辛哪？“安得母富子不贫”，哪一天才能使煮海的盐民能够得到饱足的生活？“本朝一物不失所，愿广皇仁到海滨。”封建时代只能是赞美，就是劝告，也要用赞美的话来说。他说我们这个朝代本来应该使天下的人各得其所，不应该使国内有一个人民不能安居乐业的。“本朝一物不失所”，你不要只看见你附近的城里边弄得差不多就好了，你有多少贫穷的地区，还有多少人过着这样的生活，我希望你也把你的慈爱推广到海边的盐民。

他对于海滨的盐民有这样的关怀，所以，在定海县的地理方志上记载着有宋三百年名宦共只四个人，而柳永就是其中之一。所以柳永不是一个政治上没有理想的，也不是一个没有作为的人，只是种种的环境，种种的因素，造成了他落魄的一生。今天我们只简单介绍了柳永这个人，下次再讲他的词。

第八讲

柳永（下）
苏轼（上）

我们昨天曾经谈到柳永，说柳永这个人性格有两方面的表现。一个是有浪漫的天性，一个是有音乐的才能。从很年轻的时候，他就从事于当时的流行的歌曲的创作了。而且，他所从事的流行歌曲的创作，还与当日那些个达官显宦，像晏殊、欧阳修这些人不十分一样，因为晏殊、欧阳修所写的词，是他们这些个高级的达官贵人聚会的场合所演唱的歌词。而柳永，因为他当时年轻，也没有什么身份地位，往来的都是市井之间的乐工和歌女。而且，因为他对于音乐有特别的才能、特别的爱好，他就填写了一些被那些达官贵人们认为是比较浅俗的市井曲调、流行的慢词曲调。我上次曾经讲过，有一次柳永来见当时身为宰相的晏殊。我现在还要谈到，我以为在柳永的内心之中有一个想法，他认为当时的歌曲这样流行，而且这些个达官贵人像晏殊、欧阳修、范仲淹都填写歌词，便自以为他有填写歌词这样的才能，是可以得到那些人的赏识的。根据宋人笔记记载，柳永的一生与他填写歌词的事情结合了很密切的关系。在中国文学史上，一个人和他的作品结合了这样密切的关系，柳永是非常值得注意的一个人。他一生的很多的遭遇，都与他填写的歌词有密切的关系。他自己心里想，他可以因为填写歌曲而得到上边的欣赏，他过去果然也填写过一首歌词，甚至得到过皇帝的欣赏，像他的《倾杯乐》。我现在还要附带说明一点，在词的牌调里边，有的时候后边常常有这个“乐”字。“乐”有两个读音，像《齐天乐》《清平乐》《中兴乐》，读如月(yuè)，但是,《抛球乐》《倾杯乐》读如勒（lè）。我所根据的是清朝万树（字红友）的《词律》，因为《词律》是以牌调最后一个字的韵目为标准来编排的。《词律》把《齐天乐》《中兴乐》编在乐（yuè）的韵目里边，《倾杯乐》《抛球乐》编在乐（lè）的韵目里边。柳永写的《倾杯乐》：

> 禁漏花深，绣工日永，薰风布暖。变韶景、都门十二，元宵三五，银蟾光满。连云复道凌飞观。耸皇居丽，嘉气瑞烟葱倩。翠华宵幸，是处层城阆苑。　　龙凤烛，交光星汉，对咫尺鳌山开雉扇。会乐府两籍神仙，梨园四部弦管。向晓色、都人未散。盈万井，山呼鳌抃。愿岁岁，天仗里、常瞻凤辇。

"禁漏花深"，禁是宫禁，漏是古代的铜壶滴漏，是计时的，像我们北京的故宫，还保留了一个滴漏。禁漏，是说宫中的夜晚，春宵的夜晚。后面描写了宫中的享乐，说那时汇集了乐工和梨园的四部弦管……而这首词填写了以后，传唱一时，因为配合了当时最流行的曲调。当时乐工每有新腔，都要请柳永谱写歌词，所以，这乐调就传唱禁中，皇帝也欣赏过他的歌词。可是后来发生了一件事，当柳永参加科举考试的时候，他落选了，于是，他不免发一发牢骚，写了一首《鹤冲天》：

> 黄金榜上，偶失龙头望。明代暂遗贤，如何向？未遂风云便，争不恣狂荡？何须论得丧。才子词人，自是白衣卿相。　　烟花巷陌，依约丹青屏障。幸有意中人，堪寻访。且恁偎红倚翠，风流事，平生畅。青春都一饷，忍把浮名，换了浅斟低唱。

柳永这个人还是很自负的，他说黄金榜上，全国重视的科举考试，跟鱼跃龙门一样，我落榜了，偶然间失去原来夺魁的希望。圣明的时代偶然遗落了贤才，如何向？（这“向”字在这里没有很明白清楚的意思，有时“向”在词里常常只是语尾发声的助词，比如秦观《八六子》中有句：“怎奈向？”这里“向”是语尾助词，读如hàng，怎奈向就是怎奈何。）“才子词人，自是白衣卿相。”你不是把我这个贤才失落了吗？但是，我自有我自己的才能。作为一个才子，作为一个词人，我不用参加你们的考试，不用追求你们那个达官显宦的地位，就自是白衣卿相了。白衣是没有做官的平民，我自己以为我在创作之中的地位，就可以比美你们卿相的地位。我虽然在科考中失意了，但“幸有意中人，堪寻访”。在国都汴京我没有考中科举，但是，汴京这里这么多歌楼酒肆，这么多美妙佳人，我仍然可以生活在听歌饮酒的生活之中。“忍把浮名，换了浅斟低唱”，我要把利禄的浮名丢弃，换成现在的浅斟低唱的生活。

你想，每一次科考，考的人有多少，录取的才有多少，落榜的有多少？柳永他的俗曲这么流行，这《鹤冲天》的词一流传出去，所有落榜的人都喜欢唱这首词，“才子词人，自是白衣卿相”，“忍把浮名，换了浅斟低唱”，你想当朝执政的人，自然对这个引起反感了。因此，据说后来有一次柳永又参加考试的时候，皇帝一看他的名字（那时他本来叫柳三变，他有两个哥哥，叫柳三复、柳三接），说这不是写了“忍把浮名，换了浅斟低唱”词句的柳三变吗？他且去浅斟低唱好了，何用浮名？所以，柳永受过这样的一种挫伤。他这个人本来是很狂傲的，于是他再填写歌词的时候，下边就写了“奉旨填词柳三变”。因此，那些达官贵人对柳永就有了一个成见。柳永本以为填写歌词的才能是可以受到欣赏的，他见晏殊的时候，“晏公曰：‘贤俊作曲子么？’

三变曰：‘只如相公亦作曲子。’公曰：‘殊虽作曲子，不曾道“彩线慵拈伴伊坐”。’柳遂退”（张舜民《画墁录》）。这分明可看到，在当时歌词的流行填写之中，一个是士大夫的歌曲，一个是市井之间的歌曲。两种歌曲，他们是用不同的眼光看待的。于是，柳永就因为这样的缘故，在政治上常常遭到摈斥。

可是，柳永他所生活的家庭，他的父亲，他的叔父，他的哥哥都是有科第功名的人。而且，中国旧日的教育，从小所读的都是儒家的书，儒家的读书理想是“学而优则仕”（《论语·子张》）。“士当以天下为己任”，这是中国读书人一贯追求的理想，是追求要在仕宦之中完成治国安邦的理想的。柳永虽然有浪漫的性格，有音乐的才能，但是他也有用世的志意，而他这方面受到了挫折。我们看他的《煮海歌》，他是果然有用世的志意，果然关心一般人民的生活的。当他后来考进士就改名柳永了。关于柳永的生平，宋朝人的笔记有很多小故事的记载。有人说他改名柳永，就因为人家说他“奉旨填词柳三变”，对他有成见。可是，也有的笔记小说上说，因为他多病，永者，有长久长年之意，所以改名柳永。

考中进士以后，他到睦州做了一个推官，很低下的职务。而知睦州的吕蔚，就欣赏了柳永的才能，要提升他的官职。呈报上去以后，上边有个官吏名叫郭劝的，说柳永到官不久，怎么就能提升官职呢？不但没给柳永提升，而且后来朝廷就公布了一个命令，说所有地方官吏提升要到几年以后。这种改变，都是受了柳永的影响。

后来，过了很多年，他一直沉沦在卑微的官职之中，他的才能一直得不到发挥，于是，又有内都知史某对他同情了。有一年说国家有了祥瑞，天上有老人星出现，而且正赶上仁宗皇帝的圣寿。于是，史某就说了，柳永的词写得这么好，而且当年写的《倾杯乐》的歌词也曾经到宫中传唱，就教柳永趁这个机会写一首好的歌词，也许能得到皇帝的赏爱。于是，柳永果然写了一首《醉蓬莱》的歌词，想赞美皇帝，中有两句："宸游凤辇何处，度管弦声脆。"宸游，指皇帝在宫中游赏，皇帝乘坐的凤辇现在在哪里？我们虽然看不到皇帝，但是听到随风传度过来的歌舞管弦吹奏的声音嘹亮清脆。这本来是赞美的歌词，可是，没想到人的机遇有幸与不幸。原来"宸游凤辇何处"这六个字，是仁宗哀悼真宗的哀挽联句里边的一句，是说他的父亲不在了，他的凤辇到何处去了？这真是一件不幸的偶合。仁宗看了，非常震怒。柳永没有想到，在皇宫之中，仁宗皇帝曾经用这六个字悼念过真宗。而且，后边又很不幸。柳永形容宫中的风景，用了"太液波翻"，是说水波在秋风中动荡，皇帝一看更生气了，说他为什么不说"太液波澄"呢？"翻"就是动乱不安，应该说"太液波澄，河清海晏"。所以，就把柳永的词稿掷之于地。

柳永平生都是不幸的，都是不得意的。他辗转在道路之上，写出来"驱驱行役，苒苒光阴，蝇头利禄，蜗角功名，毕竟成何事，漫相高"，这是他所以在他羁旅行役的歌词中写出这样感慨悲哀的词句的原因。而由于这样的原因，造成了柳永词中的一种成就，而且使中国词的发展达到了一个新的开阔的境界，就是说把词里的感情从"春女善怀"转变成了"秋士易感"的感情了。我以为这是一个很值得注意的转变。因为词在初期都是写给女子歌唱的歌词，写的都是以女性为主的，所写的相思离别都是闺怨的性质，是闺中女子的寂寞的心情，是"照花前后镜，花面交相映。新帖绣罗襦，双双金鹧鸪"，是"杨柳又如丝，驿桥春雨时"（温庭筠《菩萨蛮》），都是闺中女子的寂寞的怀思。

闺中女子寂寞的怀思，与中国的传统有暗合之处。因为，中国的美女，中国的思妇，是有一个寓托的传统的。我曾经说过，不但是从屈原的美人有寓托，曹子建的《杂诗》“南国有佳人……谁为发皓齿”，《七哀》诗“君若清路尘，妾若浊水泥……愿为西南风，长逝入君怀”，都是借思妇为寓托，说是我盼望得到我所爱的人对我的赏爱，都是“春女善怀”的感情。

可是，柳永不同了。我在上一小时也曾经谈到过，柳永是以一个男子的口吻来写离别了，他写的是羁旅行役之中对于他所爱的女子的怀念，不像过去的那些个词人，他们都假托女子的口吻来说。柳永以男子的口吻所写的歌词，我们发现几点特色，就是柳永喜欢写秋天的季节，也最喜欢写日暮的景色。我们现在看一看柳永的一些作品来作为例证：

> 景萧索，危楼独立面晴空。动悲秋情绪，当时宋玉应同。渔市孤烟袅寒碧，水村残叶舞愁红。楚天阔，浪浸斜阳，千里溶溶。　　临风，想佳丽，别后愁颜，镇敛眉峰。可惜当年，顿乖雨迹云踪。雅态妍姿正欢洽，落花流水忽西东。无憀恨，相思意，尽分付征鸿。（《雪梅香》）

这首词开头写的是“动悲秋情绪”，是秋天的景色，而且是“楚天阔，浪浸斜阳”，是日暮的时间。

我们再看他的《曲玉管》：

> 陇首云飞，江边日晚，烟波满目凭阑久。立望关河，萧索千里清秋，忍凝眸。　　杳杳神京，盈盈仙子，别来锦字终难偶。断雁无凭，冉冉飞下汀洲，思悠悠。　　暗想当初，有多少、幽欢佳会，岂知聚散难期，翻成雨恨云愁。阻追游，每登山临水，

惹起平生心事，一场销黯，永日无言，却下层楼。

“立望关河，萧索千里清秋”，许多选本标点为“立望关河萧索，千里清秋”，这是以现代人的文法句法来看古人的诗词。你要知道，中国旧日诗词的标点，不只是文法的因素，更有一个声律上的因素。按照格律来说，这一首词有三个段落，前两段平仄和字句的长短应该完全一样，“立望关河”相当于“断雁无凭”，“萧索千里清秋”相当于“冉冉飞下汀洲”。这是一种叫作“双拽头”的词的格律形式，如同两匹马拉着车一样。这是关于词的格式问题，我顺便作的说明。

前面的《雪梅香》的格式也很值得注意。王国维说“词之为体，要眇宜修”，是因为词的音节错落，跟诗是不一样的。同样的七字句，诗，常常都是四—三的断句。词，有的时候可以是三—四的断句。我说的只是一个大概。四—三是一个约略的断句。有人说“昆明池水汉时功”（杜甫《秋兴八首》），可以是二—二—二—一的断句。你如果仔细地断，可以断成“昆明—池水—汉时—功”。可是，总的来说，一个大概的观念，是“昆明池水—汉时功”，是四—三的断句。其实更应该注意的一点，还不是它二—二—二—一或四—三的断句，而是要注意这个句子是单式的还是双式的。

单式或双式不是说一句的字数是单数还是双数，比如，“昆明池水汉时功”是四—三的停顿，最后的一个音节是三个字，就叫作单式。如果是二—二—二—一的停顿，最后断为一个字，仍然是单式。至于所谓双式者，则是在一句之中，最后一个停顿的音节是两个字，有的时候是四个字，四个字仔细分别可以分成两个字。比如，以周邦彦的《解连环》可为例证：

怨怀无托，嗟情人断绝，信音辽邈。信妙手、能解连环，似风散雨收，雾轻云薄。燕子楼空，暗尘锁、一床弦索……

你不用管它总体的句数是多少，它每一个停顿最后都是双数。“嗟情人断绝”是五个字，但是双式，是一—四的句法。“信妙手、能解连环”是七个字的长句，可是它是三—四的停顿，而且“能解连环”这四个字是“能解—连环”，“连环”两个字是一定连在一起的。这首词虽然是长调，可是，它的主要句式都是双式的。

如果像苏东坡的《水调歌头》“明月几时有，把酒问青天”，五个字的，都是单式的句法。“又恐琼楼玉宇，高处不胜寒”，“高处不胜寒”也是二—三的单式句法。“起舞弄清影，何似在人间”“但愿人长久，千里共婵娟”……它有很多句都是单式的句法。

在词调里边，一般说起来，如果双式的句法多，像周邦彦的《解连环》，它表现感情的情调，是缠绵往复低回。如果单式句法较多，它表现的就比较飞扬悠远。所以，念的时候节奏不同。而音乐的节奏不同，往往就影响情调的不同。而我现在要说回来的是柳永的《雪梅香》，它是把单式和双式两种句法结合在一起的。台湾有一位讲词的郑骞老先生，曾经赞美柳永的这首《雪梅香》，说“此调流利顿挫，至为美听”，单式双式的流利与顿挫融合起来的，听起来非常悦耳。这是柳永的另一个好处。柳永除了长调的铺排、多层次的叙写以外，他的音调的流利与顿挫两种特质的结合也是很美的。

我再把这首《雪梅香》读一下，因为快要结束了，我觉得我是应该把读词应该知道的常识简单地谈一谈。

“景萧索，危楼独立—面晴空”，两个单式的句子。“动—悲秋情绪，当时—宋玉—应同”，这是两个双式句子。“渔市孤烟—袅寒碧，水村残叶—舞愁红”，两个单式句，是对偶对起来的，它在流利之中，有一个工整的排偶。“楚天阔，浪浸—斜阳，千里—溶溶”，又是双式句。它的单式和双式，单行和骈偶，是参差错落的变化。这是柳永词的另外一个好处——音调美。

可是，刚才读《雪梅香》，本来还不是为了讲句法和音调，而是为了讲他词中的意境，他的用世的志意跟他浪漫的性情及他的音乐的才能互相矛盾，造成了他人生的悲剧。而他所写的悲慨与过去五代的小词不同，因为他从春女善怀转变成了秋士易感。他写的是秋日的季节，是斜阳日暮的景色。我们读了他的《雪梅香》，读了他的《曲玉管》，柳永是把他爱情上的相思怀念的感情和用世志意的失意落空结合在一起来写的。我的志意完全落空了，还要忍受道途上的奔波，忍受离别上的哀伤，为什么要如此呢？“每登山临水，惹起平生心事”，这是柳永的哀伤。

还不仅如此，我们看他的《玉蝴蝶》：

> 望处雨收云断，凭栏悄悄，目送秋光。晚景萧疏，堪动宋玉悲凉。水风轻、蘋花渐老，月露冷、梧叶飘黄。遣情伤，故人何在？烟水茫茫。　　难忘，文期酒会，几辜风月，屡变星霜。海阔天遥，未知何处是潇湘？念双燕，难凭远信，指暮天、空识归航。黯相望，断鸿声里，立尽斜阳。

这是柳永词最大的特色，就是把才人志士失意的悲伤跟相思离别的感情完全糅合在一起了。我为什么奔波在道路之上？为什么牺牲了人生这么多快乐美好的感情，而要忍受这种奔波劳苦，而我所得的是什么？“驱驱行役，苒苒光阴，蝇头利禄，蜗角功名”。我们清楚地看到他都是写秋天，而且，我们也清楚地看到，这几首词两次提到宋玉，这是柳永喜欢提到的一个古人。我以为柳永之喜欢提到宋玉，有几种原因。

宋玉写过有名的《九辩》，第一章就说了："悲哉秋之为气也，萧瑟兮草木摇落而变衰。"这本来从屈原那里就有了这个悲秋的传统的，《离骚》就曾说："日月忽其不淹兮，春与秋其代序。惟草木之零落兮，恐美人之迟暮。"所以，在中国不但有一个以美女为寄托的传统，你要知道，我们中国还有一个秋士易感的传统。除了春女善怀的感情，如李商隐写的"十五泣春风，背面秋千下"（《无题》）；宋玉所写的，柳永所写的，都是秋士易感的感情。而悲秋，只是为了草木摇落而悲哀吗？不是的。他是因为草木的摇落想到生命的短暂，想到自己的才华志意不能够有所完成。所以陈子昂《感遇》才说："迟迟白日晚，袅袅秋风生。岁华尽摇落，芳意竟何成？"你完成了什么？

这是有才有志的人一个共同的悲哀，所以宋玉《九辩》中又曾说："坎廪兮贫士失职而志不平，廓落兮羁旅而无友生。"他说我看到的是一个贫苦失意的落拓的读书人，不能找到施展他才华的一个职位，而且过的是奔波羁旅这样的生活，旁边连一个亲近的朋友都没有，每天奔走在道途之上，所写的是这样悲哀。这正是柳永的词何以常常写到秋天，何以常常写到日暮，何以常常提到宋玉的一个主要的原因。这是中国悲秋传统共同的悲慨。连杜甫都说过"摇落深知宋玉悲"（《咏怀古迹五首》）。这是千古的坎廪失职的这些贫士的共同的悲哀，而这种悲哀，在词里是柳永第一次写出来的，柳永之前的都是用春女善怀的寄托，没有自己以一个失职的贫士站出来说过这样的话，这是值得我们注意的。柳永的词，大家都是说他在形式上开拓，其实在意境上他何尝没有一个很大的开拓呢？

还不只如此，柳永更值得注意的一点，是他这种结合着“每登山临水，惹起平生心事”的悲秋的感情，常常都是在旅途之上，都是登山临水的悲哀和感慨。登山临水的悲哀和感慨，就打破了五代的写闺阁的内容，如同“小山重叠金明灭，鬓云欲度香腮雪”。这当然写得未尝不美，“香灯半卷流苏帐”也未尝不美，但都是在窄狭的闺房之中。可是，现在柳永以一个男子写旅途，登山临水，登高望远，开阔博大，所以，他的词里边就出现了一个开阔博大的境界。这是柳永在词的创作上的开拓发展值得注意的一点。就是说，他写出来一种开阔博大的境界，而开阔博大的境界，我们一般说那是有气象，有气派，形象高远。闺阁的“小山重叠金明灭”虽是精美，可那是窄狭的闺房，打破这窄狭的闺房，走到广阔的开阔博大的境界。谁开始给小词带来这种开阔博大的气象？李后主。王国维《人间词话》中说：“‘自是人生长恨水长东’，《金筌》《浣花》有此气象耶？”李后主他晚年破国亡家以后的词有一种开阔博大的气象。李后主达到这种成就是什么缘故呢？是因为李后主以他那敏锐善感的真纯的感情，当破国亡家的惨痛经历打击下来，他从内心扩散到全人类的悲慨。所以，王国维说他有释迦、基督担荷人类罪恶的意思。就是说他的小词，以一个人的感情，包举了全世界古往今来所有人类的感情。“胭脂泪，相留醉，几时重？”“春花秋月何时了，往事知多少？”“自是人生长恨水长东。”有这样开阔博大的气象，这是李后主以感情突破而开拓出的境界。

而以景物来说，柳永是很明显有所突破的人物。“登山临水”写高远的景色，这种突破，有一个微妙的影响。这一点大家都未注意到。我以为柳永的这种突破，影响了后来的一个重要而伟大的诗人，一位在散文书法各方面都有成就的人物——苏轼。在一般的文学史上总是把苏轼跟柳永分成截然不同的两派：柳永是淫靡的，苏轼是豪放的。

而且不只是一般的文学史是如此，苏东坡自己也曾经说他是跟柳永不同的。苏轼曾写过一封书信，说我近来常常写作歌词，“虽无柳七郎风味，亦自是一家”（《与鲜于子骏书》）。说他写的虽然与柳永词不是同一情调，也有他自己的作用，脱出了柳永的影响。而且宋人笔记还记载，苏东坡常常问他的朋友，说我的词比柳七如何？俞文豹《吹剑续录》就曾记载着：“东坡在玉堂，有幕士善讴。因问：‘我词比柳词何如？’对曰：‘柳郎中词，只好十七八女孩儿，执红牙拍板，唱‘杨柳岸晓风残月’；学士词，须关西大汉，执铁板，唱‘大江东去’。公为之绝倒。”所以，不管是苏东坡写的书信，或笔记中记载的与朋友的回答，都是说他把自己的词与柳永的词划分开为截然不同的两种风格。而且宋人笔记上还常常记载着，说苏轼对于柳永有轻视的意思。有一次苏轼遇到秦观时，有一段对话：“少游自会稽入都，见东坡。东坡曰：‘不意别后，公却学柳七作词。’少游曰：‘某虽无学，亦不如是。’东坡曰：‘销魂当此际，非柳七语乎？’”（《历代诗余》引《高斋词话》）从这些记载看，都是说苏东坡与柳永不同，对于柳永是轻视的。可是，另外却还有一个记载，见于赵令畤《侯鲭录》：“东坡云：世言柳耆卿曲俗，非也，如《八声甘州》‘渐霜风凄紧，关河冷落，残照当楼’，此语于诗句不减唐人高处。”这是非常值得注意的一段话。而且，这段话不仅在赵令畤的《侯鲭录》有记载，宋朝很多人的笔记诗话都有记载，如吴曾《能改斋漫录》也记载了这件事情，说柳永的《八声甘州》有唐人高处。不过有一点点不同，说这段话不是苏东坡说的，是东坡的好友晁无咎说的。可见苏东坡和他的好朋友之间都讲过柳永的词好的地方不减唐人高处。还有很有名的诗话——胡仔《苕溪渔隐丛话》，也引了这一段批评，说柳永的《八声甘州》高处不减唐人，《复斋漫录》也说了这样的话，明代著名学者杨慎在论词著作中也说过柳永词的高处不减唐人，这是非常值得注意的一段话。

既说到不减唐人，我们就先要把唐人的高处弄清楚。唐人诗的高处何在？作为一个个别的诗人，李白诗的风格与杜甫诗的风格是不同的，王维的风格与孟浩然的风格是不同的。每一个诗人的风格，就如同我们每一个人有不同的面目一样。宇宙之大，每个人面目不同，诗人的风格也是不同的。可是作为一个时代，每一个时代常常可以找到一个共同的特色。唐诗最具特色的毫无疑问是盛唐的诗歌，而一般说起来，盛唐的诗歌是以气象取胜的，气象也可以与兴发感动结合起来说是一种兴象。“象”字本来是形象的意思，“兴”字代表一种感发的意思。汉魏的古诗，比较上是叙事的，中国早期的诗写景的不多，《楚辞》里边的香草都是寓托，不是叙写的主体；《诗经》的草木鸟兽，都是比兴的发端，也不是叙写的主体。中国的诗开始写山水大自然，是在六朝时代，“庄老告退，山水方滋”。从郭璞的《游仙诗》，到谢灵运的山水诗的出现，山水才在诗歌里边占有相当的重要性。可是谢灵运的山水诗是刻画景物：“岩下云方合，花上露犹泫。”“蘋萍泛沉深，菰蒲冒清浅。”（《从斤竹涧越岭溪行》）都是一个个图画，客观的刻画描写。他不把大自然的山水跟诗人自己的感发结合在一起。而一般说起来，把山水自然的感发和自己的感情结合在一起的是唐人的诗歌，特别是唐人的近体的诗歌。李白有诗：

峨眉山月半轮秋，影入平羌江水流。
夜发清溪向三峡，思君不见下渝州。（《峨眉山月歌》）

李白写的是大自然的风景，而且表现得开阔博大。在大自然的风景之中，带着自己的感发，这是盛唐的气象、盛唐的兴象。

汉魏六朝的诗不是以气象取胜，是以风骨取胜的。

我们刚才讲到唐人的高处是气象、兴象。虽然每一个作者有不同的面目，但作为整个的时代，每一时代的诗歌，有每一时代诗歌的特色。唐人的诗是特别能把大自然景物跟内心的感发结合得恰到好处的。尤其像李白、王昌龄写的七言绝句，最富有这一特色。杜诗，后人称作诗史，它常常是反映社会，是写生活的，比较上这方面的特色不大明显。但是，杜甫的很多好诗，也同样具有这样气象、兴象的特色，如“风急天高猿啸哀，渚清沙白鸟飞回。无边落木萧萧下，不尽长江滚滚来”（《登高》），同样表现了气象的高远，感发的深厚；还有杜甫《秋兴八首》的第一首：

> 玉露凋伤枫树林，巫山巫峡气萧森。
> 江间波浪兼天涌，塞上风云接地阴。

也同样表现了气象、兴象的博大高远。一般说来唐人的诗不但把大自然的景物跟自己内心的感发结合在一起，而且表现得开阔高远。特别是盛唐，因为国家整个政治经济强盛，他们所写的景物和感发都是博大高远的。“峨眉山月半轮秋，影入平羌江水流”，“无边落木萧萧下，不尽长江滚滚来”，就算是写悲哀都写得这样博大开阔，而且融入景物和气象之中。

我以为这是唐诗的特色。宋人笔记记载的，苏东坡和他友人晁无咎赞美《八声甘州》这几句不减唐人高处，是有眼光、有见解的。我们且读这道《八声甘州》：

> 对潇潇暮雨洒江天，一番洗清秋。渐霜风凄紧，关河冷落，

残照当楼。是处红衰翠减，苒苒物华休。惟有长江水，无语东流。　　不忍登高临远，望故乡渺邈，归思难收。叹年来踪迹，何事苦淹留！想佳人、妆楼颙望，误几回、天际识归舟。争知我、倚阑干处，正恁凝眸！

我曾经写过一组论词绝句，评论唐宋名家词，收在上海古籍出版社即将出版的《灵谿词说》中，是我和四川大学缪钺教授合写的。我写柳永有这样三首诗：

休将俚俗薄屯田，能写悲秋兴象妍。
不减唐人高处在，潇潇暮雨洒江天。

斜阳高柳乱蝉嘶，古道长安怨可知。
受尽世人青白眼，只缘填有乐工词。

平生心事暗销磨，愁诵当年《煮海歌》。
总被后人称腻柳，岂知词境拓东坡。

第一首是说我们不要一提柳永就说太浅俗了，这是一种成见。对柳永词要分别两面来看待。柳永喜欢俗曲，常常为乐工歌女撰写歌词，所以他的歌词有时不一定写他内心的情志，不一定写他自己内心的思想感情。他有为市井歌女乐工写词的一面，但有时写自己的秋士易感、坎壈失职，终生落拓不得志的悲哀，与悲秋的感情结合在一起的，那才真正代表柳永的成就和特色。他能写出我们悲秋的传统，而且有那么开阔高远的形象，有那样的感兴，有那样生动活泼的感发，而且“兴象妍”，写得那么美。大家共同赞美《八声甘州》不减唐人高处，其实不只是《八声甘州》，柳永在许多别的词里也喜欢写高远的景色，登高望远，所以才写出开阔博大的形象。

时间有限，我们现在就来看这首《八声甘州》了。读词时一定要注意音节顿挫，第一句八个字，“对”字要停顿，“对—潇潇暮雨洒江天，一番洗清秋”。这里我们要讲到柳永词的另外一个值得注意的地方了，就是柳永的铺陈。词里有时要用一个领字，带出一个段落，一段一段向前铺展，才能敷衍成这样的长篇慢词。“对—潇潇暮雨洒江天，一番洗清秋”，下边他说“渐霜风凄紧，关河冷落，残照当楼”。“对”是一个领字，后边的“渐”也是个领字，又贯串下来一大排的句子。柳永还有另外一点值得注意的，他不但写秋天，写日暮，更妙的一点，是他写雨，写雨后。他常常写雨后，上次我们读的《凤归云》“向深秋、雨余爽气肃西郊”，写下雨之后；《玉蝴蝶》“望处雨收云断，凭栏悄悄，目送秋光”，是雨收云断。为什么写“雨后”呢？所谓兴象，兴是一种感发，什么引起你的感发呢？钟嵘《诗品》说的“气之动物，物之感人”，是阴阳之气感动了万物，而万物的变动感动了人的内心。风雨阴晴，这正是大自然的变化，春秋的节序推移，也是大自然的一份变化。日暮黄昏，太阳的沉没，也是大自然的一份变化。所以，秋天、日暮、雨后，“对潇潇暮雨洒江天”，正是这些景色的变化引起他的兴发和感动。这正是况周颐说的“吾观风雨，吾览江山”，正是风雨之后的江山使人感发，“常觉风雨江山之外，别有动吾心者”。除了风雨江山的现实景色以外，是这些个景色感动了我的内心。柳永写出来的正是我们中国的兴象的“气之动物，物之感人”的感发的传统。

“对潇潇暮雨洒江天，一番洗清秋”，写的是景物的变化。因为是雨，好像是雨冲刷过了，是秋天了，所以是洗清秋。经过一番雨的冲洗，那秋天的景色就更加显得萧瑟凄凉了。北京有句俗话，说是一场秋雨一场寒。每下过一场秋雨，那景物就更有一番萧瑟凄凉的情味了。“一番洗清秋”，又是一次的冲洗，更显出来秋色的凄凉。

“渐霜风凄紧，关河冷落，残照当楼。”我发现一场一场的秋雨过后，清霜以后的秋风，一天比一天更强劲和寒冷了。紧，更加强烈了。于是诗人就引起了一种“关河冷落”的感受，山上的关塞，河中的流水，都冷落了，所有的草木，山巅水崖的花草都零落了。我站在高楼上，面对着落日，那种时节的消逝，苒苒光阴消逝的悲哀，都从“残照当楼”四个字表现出来了。

“是处红衰翠减，苒苒物华休。”“是处”两个字是词中常用的，是每一个处所的意思，每一朵红色的花，每一片翠绿的叶子都凋零了。“苒苒物华休”，苒苒是慢慢地移动，慢慢万物的芳华都过去了。

“惟有长江水，无语东流。”宇宙之间有什么是不改变的？所有的有生命的都改变了，不改变的惟有现在楼前的流水，默默地一句话都没有地向东流去。前边写的都是无常，光阴、形色，一切都在转变之中，有一个不变的，“惟有长江水，无语东流”。可是这个不变的，代表的是什么？是长逝无回，永远向东流去，永远不回头。宇宙之间只有一个真实——长逝无回这是永存的真实。王国维写过两句词：“人间事事不堪凭，但除却无凭两字。”（《鹊桥仙》）王国维是悲观的，是很多因素促成他的悲观。我们如果把王国维与柳永作一个比较，我实在要说，柳永这前半首词写得比王国维好。王国维这个人的好处和缺点都在于他的思想性太多。“人间事事不堪凭，但除却无凭两字”，是说一个道理，一个哲理，一种对人生的体验，而柳永与王国维不同。

柳永写得好，“是处红衰翠减，苒苒物华休。惟有长江水，无语东流”，完全是景物，完全是形象，带着这么多的感发。柳永所写的就是王国维的意思，但是，柳永写的兴象高远。不过，柳永更有另外的一点特色，因此使得一般人都没有注意到他在兴象高远方面的成就。就因为柳永在秋士易感的兴象高远这样的风格以后，他马上接下来写什么呢？接下来就写男女爱情的相思离别。所以，大家就都注意到他后半首所写的感情事件，而忽略了他前半首写景物的兴象高远的风格了。他说："不忍登高临远，望故乡渺邈，归思难收。叹年来踪迹，何事苦淹留！"他想的是他自己的男女间的相思离别的悲哀，是对他自己家人妻子的怀念，"不忍登高临远"，一方面是我落拓无成，年华老大，生命落空的悲哀；一方面是我为了蜗角功名、蝇头利禄而奔波在羁旅道途之上的悲哀。所以，不忍登在高处，望见远方的山水，我的故乡那样遥远，我那想要回去的思念怀想真是难以收拾的。为什么一年多了，我一直漂泊在外边，为什么我不能回到我亲近的所爱的家人的身边？

"想佳人、妆楼颙望，误几回、天际识归舟。"想我的妻子，在她的妆楼上举首遥望，"误几回、天际识归舟"。正如温庭筠词所写的，"过尽千帆皆不是"（《梦江南》），她在妆楼上，盼着我坐船归来，每次看到天边一个船出现，就希望船上有我。但是，每次船上都没有我，多少次看见船来了，就以为是我回来了，结果都错认了。

"争知我、倚阑干处，正恁凝眸！"她以为我不思念家人，为什么不回来？可是，她怎么知道我，倚阑干处，对道"潇潇暮雨洒江天"，正是如此凝望远处，怀想家人。

这是柳永把秋士的悲慨跟相思怀念的感情结合在一起了，这是柳永的拓展。

柳永还有一首词，就是我论词绝句第二首所写的，全词如下：

长安古道马迟迟，高柳乱蝉嘶。夕阳鸟外，秋风原上，目断四天垂。　　归云一去无踪迹，何处是前期？狎兴生疏，酒徒萧索，不似去年时。(《少年游》)

我的论词绝句第三首是说柳永的悲哀，是“平生心事暗销磨”，平生用世的志意都消磨净尽了。我们现在再谈到他当年的《煮海歌》，这一份用世的关怀国计民生的志意，就在“驱驱行役，苒苒光阴”之中消磨了。这是柳永当年在世时的悲哀，他是落拓不得志的。柳永死去千百年以后，还有一个悲哀，是总被后人称“腻柳”，都说他虽有词调形式上的开拓，但是他写的内容淫靡俗滥、浅薄鄙俗。后人将柳永与苏东坡对举称为“豪苏腻柳”，说他的词腻，软绵绵的，总是写歌楼妓女的生活。可是，哪里知道，其实就是他的词的境界给了苏东坡一个启发，这是非常奇妙的一种因缘关系。苏东坡是个天才，他对于感受一切美好事物的能力是很强的。关于此点，我们马上就讲苏东坡了，到那时再详谈。

柳永是失败了的一生。而苏东坡平生历尽苦难，是完成了自我的这样一个诗人。不管他平生在宦海波澜之中经过了多少挫伤，在他自己的品格修养这一方面，苏东坡是完成了自己的。

我现在要说，你把你的平生放在什么地方了，“许身一何愚”？柳永是他用世的志意跟他浪漫的天性，跟他音乐的才能，中间有矛盾。他少年不得意的时候，他说：“幸有意中人，堪寻访……忍把浮名，换了浅斟低唱。”（《鹤冲天》）可是到了他老年的时候，怎样了呢？且看他的这阕《少年游》。长安，一向被认为是首都的代称，也代表追求功名利禄，柳永也曾在首都追求过功名事业，但是他说“马迟迟”，我的马不能够捷足先登。柳永事实上也到过长安，但我们要提出来，它同时也有某一种象征首都的意味，而且听到高柳上秋蝉悲哀的嘶鸣，夕阳沉没在飞鸟外，秋风吹起在郊原之上，哪里是我柳永的归宿？“目断四天垂。”过去的年华，往事，像消逝的浮云永远不再回来了，“归云一去无踪迹”。我以前的期待，我今天得到了什么？“何处是前期？”不用说我的用世的志意落空了，我当年听歌饮酒，现在“狎兴生疏，酒徒萧索”，不再有少年时在狎邪之间跟这些歌伎酒女们交往的意兴了。当年的狂朋怪侣都大了，或者有的人已不在人世，“酒徒萧索”。“不似去年时”，有的版本作“不似少年时”。他完全落空了。因为他所追求的全是向外的，是“有待”，然后才能够完成的。

苏东坡就不同，因为他所追求的是一个可以无待于外的完成。中国道家的思想，要无待于外，自我完成。其实不但道家这样说，韩愈讲儒家的道理也说过的：“博爱之谓仁，行而宜之谓之义，由是而之焉之谓道，足乎已无待于外之谓德。”（《原道》）一生是落空还是不落空？你可以不落空的。苏东坡虽然在仕宦上失败了，但他不落空。“足乎已无待于外之谓德。”道家也讲无待，说列子乘风而行还要有待于风，能够不待乘风而行吗？《庄子·逍遥游》：“夫列子御风而行，泠然善也……此虽免乎行，犹有所待者也。”“无待于外”，这正是中国结合了儒道两家的思想。客观上不得意，还能不落迂腐消极，能够有积极的生活志趣，有持守的一种修养，这是苏东坡所以了不起的地方。至于柳永所追求的功名则是有待的，是向外追求，封建社会不给他一个机会，他就没有了。他听歌看舞，也是向外追求，当“狎兴生疏，酒徒萧索”的时候，他就落空了。所以，柳永的一生是两边都落空了。当年听歌看舞的这种感情这种生活落空了，用世的志意也落空了。不错，他给我们留下了几百首词，可是，柳永对他自己本身的想法，则是认为他的生命是：“归云一去无踪迹，何处是前期？”是落空无成的。

苏东坡是在苦难之中完成了自己的一个人物。我们先讲苏词的特色，再讲他在词的写作上怎样受到过柳永的启发和影响。

我们看苏东坡的生平，据传记和有关记载，发现他少年时代就有两种个性，两种特别的特色。一个特色是儒家用世的志意，这是中国一般读书人好的传统，就是对于国家民族的关心。“士当以天下为己任”，这是我们中国读书人的儒家思想的一个美好的传统，这是所有读书人都有的，柳永、苏东坡也不例外。而苏东坡用世的志意，从他很小的时候就表现出来了。苏东坡的父亲苏洵，喜欢到外边四方去游学，常常不在家，苏东坡小时受他母亲的教训。有一次读到《后汉书·范滂传》，范滂是东汉党锢之祸时被迫害的一个人，而他不逃避，为了理想付出了生命。范滂有用世的志意，当他被任命为清诏使的时候，他要做一番事业，他登车揽辔，乘车上任，慨然有澄清天下之志意。当他遇到迫害灾难，他不逃避，不委曲求全，不逢迎苟合，宁可付上了生命。苏东坡读到范滂传，内心激动感发，问他母亲说：他日儿做范滂，母亲能做范滂的母亲吗？因为范滂传记载着范滂为了理想要以生命做代价的时候，他跟母亲说，我是对不起母亲的。他母亲说，一个人要想有美好的品德节义，又想有富贵寿考，两者不可得全，我愿意你去完成你的理想。当苏东坡读到这里，就问他的母亲是否也能如此。他母亲说，你如果能做范滂，我怎么不能做范滂的母亲呢！所以，中国历史上出了许多伟大的人物，都是由于母亲的教育和影响。岳母教子是很有名的，欧阳修的母亲画荻教子，还有苏东坡的母亲，都是母教的仪范。这是苏东坡志意的一面。所以他才能在王安石的新党当政的时候，不苟从于新党，司马光的旧党当政的时候，他也不苟从于旧党。他每次不管受到什么样的政治迫害，只要是回到朝廷上来，仍然是坚持政治上的理想，不盲从那当权一派的人物。所以，他平生才遭遇到这么多的贬逐，而他的志意理想操守一直不曾改变，这是从他小的时候读书就表现了这种志意。苏东坡还更有另一面修养，他很小的时候读到《庄子》，《庄子》有个比喻说："藐姑射之山，有神人居焉，肌肤若冰雪，绰约若处子……大浸稽天而不溺，大旱金石流、土山焦而不热。"（《庄子·逍遥游》）这是什么样的修养！这是《庄子》上的寓言，说在那藐姑射的山上，有一个得道的神人，肌肉皮肤像冰雪洁白，姿态的美好像处女一样美丽，洪水滔天而不会被淹死，大旱使金石熔化、土山枯焦而他不会被伤害。这是道家在精神上自我保全的一种操守。此外，《庄子·养生主》还讲了一个庖丁解牛的故事："今臣之刀十九年矣，所解数千牛矣，而刀刃若新发于硎。"你怎么样在那患难、在那间隙之中度过来的，这是一种修养。而另外《庄子·逍遥游》篇，还讲了个故事，说：

北冥有鱼，其名为鲲。鲲之大，不知其几千里也；化而为鸟，其名为鹏。鹏之背，不知其几千里也；怒而飞，其翼若垂天之云。是鸟也，海运则将徙于南冥。南冥者，天池也。

这种高远的、不受约束的、超远旷达的修养和想象的故事，《庄子》里讲了很多。苏东坡小时读到《庄子》，他说："吾昔有见未能言，今见是书，得吾心矣。"（《宋史·苏轼传》）说他从前内心也有一些见解，自己不能说出来，现在一看见《庄子》，他说的正是我心中所想的。这是非常奇妙的，苏东坡在幼小读书的时候，就能够把儒道两家的最美好的品格和修养融汇到自己的修养之中，这是非常值得注意的。

这只是最简单的介绍，现在我们就要说苏东坡怎样学词了。你要看一看朱彊村编年、龙榆生校笺之《东坡乐府笺》所收的词，他最早的作品是他通判杭州以后写的。他在熙宁四年（1071）通判杭州，时年三十七岁。苏东坡早年为什么不写词？为什么通判杭州才写？他早年对于词一直不感兴趣吗？《东坡续集》卷五《书简》中《与族兄子明书》说："记得应举时，见兄能讴歌，甚妙。弟虽不会，然常令人唱为何词。"（会文堂黄始《苏黄尺牍》笺辑出此句作"然常令人唱，为何词"）东坡当时二十一岁，那么年轻的时候已经注意歌词了。那时流行的是柳永的歌词，这是所以苏东坡后来心心念念不忘柳永，总把自己和柳永作比较的缘故，因为柳永的歌词当年给了他非常深刻的印象。但是，当时苏东坡没有写歌词，因为那时他是儒家的用世的志意。他所写的是《上神宗皇帝》万言书，和他的《制策集》里那些策论，这些都是讲到治国安邦之大计的。他曾经前后两次上书，这是很有名的。所以，那个时候，他把他所有的精力，全投注到儒家用世的理想上去了，他没有闲暇来写这种被当时认为只是歌筵酒席之间歌唱的小词。他是在政治上受到挫伤，受到打击，通判杭州后才开始写词的，这是值得注意的一件事情。就是说，他是在政治失意以后，才以闲情闲笔来写小词的。苏东坡在诗歌、书法、散文等多方面都有成就，他的小词是以余力为之，而以余力写词的态度，影响了他的词的风格，表现了超旷的特色。因为儒道两家的修养，对于旧日中国的读书人来说，是"穷则独善其身，达则兼济天下"（《孟子·尽心上》）。显达的时候我有儒家的"兼济天下"的理想，穷困的时候我有道家的超旷襟怀，而不为这种忧患艰难所打败，这是中国过去读书人的两种修养。而在挫伤失意之后，容易走上超旷的道路，人总要活下去，总要能自解，如不然，那就是屈原之所以最后只落到自沉汨罗江的悲剧结果了。而欧阳修、苏东坡这些个人，在挫折苦难中都是有以自处的，就是说在忧患艰难之间怎样处理自己的感情。所以苏东坡的词比较说起来是属于超旷的一派，这正因为苏东坡曾受过道家庄子之影响的缘故。此外，苏东坡的词气象高远，却也未尝没有柳永的影响，另外也受了欧阳修的影响。柳永词影响了苏东坡，是我在前面明白提出来的，至于欧阳修对苏东坡的影响，冯煦曾说："欧阳文忠词与晏元献同出南唐，而深致则过之。疏隽开子瞻，深婉开少游。"（《蒿庵论词》）所以，我们讲词，既要注重每一个词人的特殊成就、特殊的风格，也要注重词史的发展和词人彼此之间的继承、发展和影响。他说欧阳修有疏隽的一面，影响了子瞻。欧阳修两方面影响了苏东坡，一个是疏隽的这一面。欧阳修有的时候写词，像《采桑子》"谁知闲凭阑干处，芳草斜晖，水远烟微，一点沧州白鹭飞"，他有飞扬高举的一面，有疏阔高远的一面。苏东坡的超旷与欧阳修有暗合之处，"疏隽开子瞻"。其实另外还有一点影响，就是欧阳修对于自己悲哀忧苦能够排遣，能够对于宇宙万物取一种赏爱的态度，这也是苏东坡的好处。苏东坡常常富于一种赏玩的心情。

至于苏东坡受到柳永的影响，我以前已经说过，柳永的"对潇潇暮雨洒江天，一番洗清秋。渐霜风凄紧，关河冷落，残照当楼"，这种开阔博大高远的兴象，曾被苏东坡称赞过，说柳永于诗句不减唐人高处，在小词里边表现了开阔博大的气象。早期五代的李后主只是一个暗露的端倪，柳永才是一个真正表现了高远气象的作者，苏东坡正是从他这里得到的启发。柳永《八声甘州》"对潇潇暮雨洒江天"写得这样开阔博大，苏东坡也写了一首《八声甘州》"有情风万里卷潮来"，更不用说大家都知道的《念奴娇》"大江东去"。这种开阔博大，写的那种高山远水的风光景色，正是从柳永词得到的启发。这是我们一定要注意到的。他是既看到了柳词的缺点，也看到了柳词的成就，他对柳永所取的是两种观点，不喜欢柳永的淫靡的给市井歌伎酒女写的词，但是他欣赏柳永的这种兴象高远的成就。这是我们说柳永影响了苏东坡的一个原因。

我们现在只是对于苏东坡为人的基本的两点特点，和欧阳修、柳永对他的继承影响的关系，作一个简单的叙述。

以下我们看苏东坡的几首词。我们的教材上附有前人的批评，选词选一个选本，跟摘录前人的批评，要加以抉择，哪些词是真正能代表作者特色的，哪些个评语是真正能够掌握作者的特色的。附录中的评语很多，大概都说的是苏东坡在词里的开拓，如：

> 东坡先生非心醉于音律者，偶尔作歌，指出向上一路，新天下耳目，弄笔者始知自振。（王灼《碧鸡漫志》）
>
> 眉山苏氏，一洗绮罗香泽之态，摆脱绸缪宛转之度，使人登高望远，举首高歌。而逸怀浩气，超然乎尘垢之外。自是《花间》为皂隶，而柳氏为舆台矣。（胡寅《酒边词·序》）

这都是说的苏东坡的开拓。你看苏东坡的“大江东去，浪淘尽、千古风流人物。故垒西边人道是，三国周郎赤壁”，他里边没有写过去所有的词人都写的男女的爱情相思离别。他境界开阔，而且写得这样超旷高远。柳永虽有“对潇潇暮雨洒江天”的高远的气象，可是，柳永转回头来就写“想佳人、妆楼颙望，误几回、天际识归舟”。柳永的那种不减唐人高处的高远的兴象，常常跟缠绵的相思离别结合在一起。而苏东坡有的时候写的只是才人志士的逸怀浩气，而不写儿女之情。这是词的境界的一大开拓。所以，我说从晚唐五代的小词，发展到苏东坡，这是词诗化的高峰，把它写成像诗一样，可以抒写自己的逸怀浩气了。

这一面的成就是人所共见的，但苏轼还有另一方面的成就，我请大家看周济的评语：

> 人赏东坡粗豪，吾赏东坡韶秀。韶秀是东坡佳处，粗豪则病也。（《介存斋论词杂著》）

苏东坡有一般人欣赏的豪迈的一面，但也有他的韶秀的一面。

现在到时间了，我们下一讲再讲。

第九讲

苏轼（下）秦观（上）

我们虽然还没有讲到苏东坡的词，但是，我们已经将苏东坡性格中根本的两种本质，作了简单的介绍。说他小时读《范滂传》，范滂在艰危之中的持守而不屈服的性格，引起苏东坡奋发激动的感情。另外，苏东坡小时读《庄子》，内心也有激发。所以，苏东坡是这两种性格的结合。我常说，一个人是要在忧患艰危之中，才能看到他的感情品格操守的。而中国古典诗歌，是蕴蓄着我们民族文化，我们的那些光伟隽杰美好人品诗人们那种精神感情的一个宝库。因为他们那平生的一切，他们的修养品格，我说要在忧患艰危之中看到的修养品格，都反映在他们所写的诗歌之中。在世界文学史中，中国古典诗歌是带着这种感发的最强大的生命力的诗歌。而且，中国的伟大诗人，都不仅是写诗的诗人而已，他们都是以他们平生行为实践了他们的人格，而不只是在作品之中流露了他们的人格。我曾经提到过苏东坡不苟合于新党或旧党。新党时他曾因直言被贬逐到杭州做通判，由杭州转到密州，再转到徐州，再转到湖州。在湖州时写了谢上的表文，他说："臣愚不识时，难以追陪新进，老不生事，或可牧养小民。"这是说，我是个愚鲁的人，不达时务，对于新党我不能苟且附和，我年岁大贬到远方小的州县，或可牧养小民。他谢表的话被人摘取，以为他有诽谤朝廷之意。于是把他下到御史台狱，那里有柏树，所以也叫柏台。柏树上栖有乌鸦，所以又叫乌台。历史上相传有乌台诗案，记载的就是苏东坡因诗文获罪的这件事。把他下狱后，他们就搜集他的诗文，摘取其中的话，认为有诽谤朝廷之意。说他写的诗，有“根到九泉无曲处，此心唯有蛰龙知”（见《王复秀才所居双桧二首》之二），说柏树不但长在地面上的树干是挺直的，就连它的树根，到九泉的深处，人家看不见的地方，它一样是挺直的。但在地里的根曲不曲，谁看见了？这一份隐藏的不被人认识的忠直心意，只有蛰伏在地下的龙才知道。这可不得了了！中国古代说天子是飞龙在天，你现在说地下有一条龙知道你，那地下的龙是什么呢？于是认为他有叛逆之心，几乎要处死。

苏东坡当时在狱中曾写过诗与他的弟弟苏子由告别，因为他当时几乎有被杀的危险。他的诗说：“柏台霜气夜凄凄，风动琅珰月向低。梦绕云山心似鹿，魂飞汤火命如鸡。”（《予以事系御史台狱，府吏稍见侵，自度不能堪，死狱中不得一别子由，故作二诗授狱吏梁成以遗子由》）九死一生，幸亏当时的神宗皇帝还不是一个真正的昏君，他毕竟还明白，当别人攻击苏东坡的时候，神宗说他咏的是柏树，怎么说是有叛逆之心呢？如果说蛰龙有叛逆之心，那么诸葛亮自称卧龙先生，他要夺取蜀汉的皇帝位子吗？于是，苏东坡没有被处死，而被贬到黄州去做团练副使，非常贫穷。后来有人替他说话，才在东坡住地开出一片土地来，让他亲自耕种，过着艰难困苦的生活。可是，当他受到挫折苦难时，留给我们的是什么样的作品呢？《念奴娇》“大江东去”是九死一生以后在黄州写的。他说“莫听穿林打叶声，何妨吟啸且徐行”（《定风波》），哪里写的？也是黄州写的。“照野弥弥浅浪，横空隐隐层霄”（《西江月》），哪里写的？也是黄州写的。所以，经过忧患苦难，苏东坡还写出这样飞扬、这样潇洒、这样开阔、这样博大、这样超旷风格的作品来，这是苏东坡的修养。

苏东坡曾在给朋友的信里边写着：“吾侪虽老且穷，而道理贯心肝，忠义填骨髓，直须谈笑于死生之际。若见仆困穷，便相于邑，则与不学道者，大不相远矣。”(《与李公择书》)这就是中国古人的修养。文天祥说：“孔曰成仁，孟曰取义，惟其义尽，所以仁至。读圣贤书，所学何事？而今而后，庶几无愧。”(《自赞》)我们这些个人，既然读了圣贤之书，虽是老且穷，不管我们生命上有什么挫折苦难，而我们所学的这种道理，是贯彻在内心之中的。我们忠义的持守，是充满于我们的骨髓之内的。所以，我们就是在死生忧患之间，直须谈笑于死生之际。这就是我讲柳永跟苏东坡的对比时候说过的，你平生之所追求，是向外的追求，还是向内的追求？内外本来应该是合一的。可是，向外的追求是有待的追求，柳永追求了一生一世，他最后说的是什么？——“归云一去无踪迹，何处是前期？狎兴生疏，酒徒萧索，不似去年时。”他都落空了！苏东坡不但在黄州的时候有他的持守，当他晚年贬官海南，那真是九死一生。张志新烈士吟诵的两句诗“云散月明谁点缀，天容海色本澄清”，那就是苏东坡在海南渡海时所写的《六月二十日夜渡海》诗中的句子。一切的苦难都不在我的心中，苦难过去了就跟一场风雨过去了一样。云散月明，那月华还是皎洁的，天容海色，我本来就是这样清白的，而且我也不需要点缀，不需要别人的了解和赞美。“云散月明谁点缀，天容海色本澄清。”不但是对外边环境的遭遇，对于他自己身体上的疾病，也取如此态度。当他老眼昏花的时候，他写了两句诗：“浮空眼缬散云霞，无数心花发桃李。”(《独觉》)老眼昏花了，看外边的一切景物模糊了，如同被云霞笼罩一样。外边的花我看不清楚了，可是我有无数心花发桃李，我内心有桃李百花开放了。这是我所说的要无待于外而有待于内的一种修养。苏东坡经过了多少忧患艰难，苏东坡是完成了自己的一个人。而我们还要分别一点，就是有些人，觉得自己是超旷了，于是就变成不分黑白，不关痛痒，变成心死。那不是超脱，那是麻木。苏东坡的两点做人的态度，他对于自己的苦难，是能够以这种超然的态度来处理的。但是，对于国家，对于人民的忠爱之心，则是始终执着没有改变的。所以，你只要把他召回到朝廷去，他应该说什么正直的话，还照样说。经过多少危苦患难，他仍然是这样忠直。而且贬官在外的时候，他也为人民做了不少事。在密州的时候，救过旱灾。在徐州的时候，救过黄河的水灾。苏东坡有诗句留下来，写他跟人民为了黄河的水灾而筑堤岸，回来的时候，靴子上溅的都是黄色的泥土。在杭州的时候，疏浚西湖的淤泥而建了苏堤。在杭州当传染病流行的时候，他设立了病坊，那就是中国古代的隔离的传染病院。他老年贬官到惠州，自己生活困苦的时候，看到当地人民渡江渡海的困难，为当地设法修建桥梁。所以，你不要只看有些诗人说到达观就是消极了。这就是我几次谈到我的老师说的，要以无生的觉悟，无生者，是忘记自己的得失利禄，才能够成就更伟大的有生事业。

苏东坡有这两面的结合，造成了他诗里边一种特殊的风格。他的诗的风格，有被人看作举首高歌的、逸怀浩气的、开阔飞扬的一面；但是也有韶秀的一面，写得非常清丽、非常秀美的一面。不但如此，我们还要从他超旷之中看到他苦难之中的悲慨。我们看到欧阳修所写的词在遣玩的意兴之中，是欣慨交心，有一份赏玩的欢欣，也有生活经历上的悲慨。苏东坡的词也应该这样认识。我们讲苏东坡的为人，正是为了认识他词的风格。

下面我们就看几首苏东坡的词。我写过三首论苏东坡的绝句：

> 揽辔登车慕范滂，神人姑射仰蒙庄。
>
> 小词余力开新境，千古豪苏擅胜场。

道是无情是有情，钱塘万里看潮生。
可知天海风涛曲，也杂人间怨断声。

捋青捣麨俗偏好，曲港圆荷俪亦工。
莫道先生疏格律，行云流水见高风。

第一首前两句是他性格的本质。他的持守、他的超旷的达观，就是这种境界。所以，“小词余力开新境”。苏东坡不仅诗好，文章也好，书法也好，他写词只是以余力为之。可是一个人有诸中而后形于外，不是描头画脚的矫揉造作的，是你真正有这样的修养，你尽管是余力为之，它自然也把你的修养流露出来。所以说“千古豪苏擅胜场”。我所说的“豪”，是因为一般世上人的批评都把苏东坡称作“豪苏”，把柳永称作“腻柳”。说柳永是柔腻的，东坡是豪放的，把苏东坡与柳永对立，而与南宋的辛弃疾并称。不错，苏东坡跟辛弃疾两个人都有开阔博大的成就，脱出于绮罗香泽闺阁儿女之外。中国的小词，从《花间》温韦开始，都是写闺阁儿女的。能够像苏东坡写出逸怀浩气举首高歌，能够像辛稼轩写出英雄豪杰之气这种作品，能够摆脱绮罗香泽闺阁儿女之外，这是他们两个人共同的地方。我们都看他们是一种开拓、一种发扬，说他们是豪放。其实苏东坡跟辛弃疾两个人并不相同，辛弃疾是英雄豪杰之气，而苏东坡是逸怀浩气之怀，是旷达的襟怀。而苏东坡的好处，也不是一味地粗豪，辛稼轩的好处，也不是一味地粗豪。我曾写了一篇有三万字的论辛弃疾的文章，在《文史哲》1987 年第 1 期上刊出，大家可以参看。

我们看苏东坡不要只看他豪放，要看他的忠义的持守，他的政治的理想，他的在失意挫折之中的旷逸的襟怀，他的这两种修养相糅合所造成的一种风格。只认为苏东坡是豪放的，是不对的。我们看他被认为是豪放的《念奴娇·赤壁怀古》：

> 大江东去，浪淘尽、千古风流人物。故垒西边人道是，三国周郎赤壁。乱石崩云，惊涛裂岸，卷起千堆雪。江山如画，一时多少豪杰！　　遥想公瑾当年，小乔初嫁了，雄姿英发。羽扇纶巾谈笑处，樯橹灰飞烟灭。故国神游，多情应笑、我早生华发。人生如梦，一樽还酹江月。

我顺便讲一下标点，很多朋友写了词给我看，有的意思都是很好的。可是，我一定要请大家注意，作为词，它的平仄韵律押韵都是非常重要的，不写词则已，写词的时候，先要找一本词谱、词律的书，把平仄熟悉了。因为音节音调是非常重要的。如果用演话剧的声调，这样夸张造作地来读诵，那就失去了古典诗词的风格，失去了古典诗歌原来的感动人的力量。我说这话的缘故，因为我顺便还要解答有关苏东坡的一个问题，就是有很多人说苏东坡的词不合词的格律，于是有很多人假借这个说法，说苏东坡的词都不见得完全合律，偶有不合律，那有什么关系呢？对此，我们要分别来看待。苏东坡的词不是不合律的。我在《论苏轼词》（《中国社会科学》1985 年第 2 期）一文中，曾讨论了这个问题，苏东坡词绝不是不合律的。“故垒西边，人道是、三国周郎赤壁”，有人在“故垒西边”停下来，这是用现代的文法来看；但是，在词调的格律上，这个句法不是如此的，是“故垒西边人道是，三国周郎赤壁”，它要有一种顿挫的美。有的时候这话不是这样说出来的，像李后主“自是人生长恨水长东”，长句是连下来的。

“乱石崩云”，有的版本是“乱石穿空”，这没有很大的关系。至于这首词换头之处的“遥想公瑾当年，小乔初嫁了，雄姿英发”几句断句的问题，我在那篇文章中有较详的讨论，可以请大家参看。现在因时间关系，就不仔细说明了。

总之，凡是韵文，都有顿挫和节奏。有的时候顿挫节奏和文法上的结构是合一的，像李后主的一些词。可是，有些时候顿挫上的停顿跟文法上的停顿不需要完全合一，读的时候我们要掌握韵律上的节奏，讲的时候按文法上的结构讲。还不只是读词的时候应该如此地读，诗里边有的句子也应该如此读。比如欧阳修有两句诗：

黄栗留鸣桑葚美，紫樱桃熟麦风凉。（《再至汝阴三绝》）

如果按照文法，“黄栗留”应连在一起，这是黄莺鸟的别称。鸣，动词。桑葚，名词。美，形容词。紫樱桃，名词。熟，形容词。麦风，名词。凉，是形容麦风的。按照文法应读：

黄栗留—鸣—桑葚—美，紫樱桃—熟—麦风—凉。

但是我们读诗的顿挫不这样读，应是：

黄栗—留鸣—桑葚美，紫樱—桃熟—麦风凉。

所以，读诗词，要注意它的韵律节奏。而苏东坡的词，很多的人把他韵律节奏的标点点错了。例如“多情应笑、我早生华发”二句，应在“笑”字后停，不是在“我”字后停。

苏东坡词奇妙的一点是，他本来经过了乌台诗案，是“魂飞汤火命如鸡"，几乎被处死，而经过这样的忧患被贬谪到黄州来。他内心有他的忧患和悲慨，可是人家写出来多么开阔博大的词，他把自己的悲慨不但是融合在开阔博大的景色之中，而且是融合在古往今来的历史之中了。这是苏东坡能造成他旷逸襟怀的另一个原因。就是说，除了《庄子》的道家的修养以外，他还有一种历史上的通观，他把他自己放在整个大历史背景之中，不是我一个人的盛衰成败荣辱，而是古往今来有多少盛衰成败荣辱。不但在这一首词前面写的是历史人物，后边写的是他自己，另外他的一首《永遇乐》，也是一种历史观的。我们先念一遍，先从声音的概念体会这首词，就会感到《念奴娇》"大江东去"写得真是博大开阔。可是，《永遇乐》的开头写的那真是委婉优美：

> 彭城夜宿燕子楼，梦盼盼，因作此词。
>
> 明月如霜，好风如水，清景无限。曲港跳鱼，圆荷泻露，寂寞无人见。紞如三鼓，铿然一叶，黯黯梦云惊断。夜茫茫、重寻无处，觉来小园行遍。　　天涯倦客，山中归路，望断故园心眼。燕子楼空，佳人何在，空锁楼中燕。古今如梦，何曾梦觉，但有旧欢新怨。异时对、黄楼夜景，为余浩叹。

把自己放在古今如梦之中，放在历史的浪淘尽、千古风流人物之中，这种修养还不只是学古典文学的好处，也是学历史的好处啊！

历史是非常重要的一门学问，鉴往知来，所以司马光写的史书才叫《资治通鉴》。而我1986年回到自己的祖国，在上海复旦听到的，在天津南开听到的，都说现在学中文的学生越来越少了，就是学中文，也是对于现代文学感兴趣的比较多，对于古典文学感兴趣的越来越少了；又说学历史的比学文学的更少了。这是可悲哀的一件事情！

一个国家，一个民族，一定要清清楚楚认识自己国家民族的文化和历史，尽管它有不好的地方你要扬弃，但首先你要对它有了解。那天有一位同学来问我，说叶先生你为什么能把西方的学说都结合到中国古典文学中来。他说我也看了许多西方现象学的著作，怎么结合不起来呀？我说，因为你没有一个根源，你无从结合。尽管你看得再多，它们都是支离破碎的，都是散漫的，你没有一个中心把它们贯串起来。这是非常重要的一点。而作为一个人，也应该有一种历史的观点，才不致把小我的利害计较得很多，也才不会把小我的忧患看得那么沉重，因为有古今许多历史人物和你在一起担负了这些盛衰兴亡的悲慨。这正是苏东坡能够有他旷达一面的原因之一。

我们现在看他的《念奴娇》“大江东去”。同样写大江，李后主写什么？“问君能有几多愁，恰似一江春水向东流”，“自是人生长恨水长东”。他写的只是悲哀的一面，没有反省和超脱的一面。苏东坡则不然，“大江东去，浪淘尽、千古风流人物”。是悲哀，是感慨之中有一种通脱，通古今而观之的气度。通古今而观之，这是做人非常重要的一项要培养成的眼光。表面上写得这样地超脱，这样地开阔，这样地博大，不但是通古今而观之，而且把自己糅合在古今之中了。所有的古今才志之士，他们的成功和他们的失败，“浪淘尽、千古风流人物”。所以，苏东坡才能够在做事情的时候，无论是在顺达之时，无论是在朝廷之中，还是贬谪在外地州县之中，他处处为人民做了很多的事情。可是，他也知道，我苏东坡是毕竟要过去的，“浪淘尽、千古风流人物”。

“故垒西边人道是，三国周郎赤壁。”苏东坡还有他很妙的一点。我们刚才说了很多他通达、达观的好处。他的通达、达观如果说有一点缺点的话，就是有的时候，他这个人遇事不十分认真，就放过去了。这要分成两面来看。他有他认真的一面，也有他放过去的一面。苏东坡二十二岁参加科举考试的时候，就表现了这个特色。当时欧阳修做主考官，出的题目是《刑赏忠厚之至论》，说无论是刑罚，无论是奖赏，都要忠厚之至，这是欧阳修自己的体会。因为他父亲当初审判案件的时候就曾说，这个人若要判死罪，我要再三替他考虑。如果能够减轻，我尽量把他减轻、尽量不轻易把他处死（见欧阳修《泷冈阡表》）。无论是刑，无论是赏，都要忠厚之至，不要冒昧，不要轻率。所以欧阳修出的考题是《刑赏忠厚之至论》。苏东坡在考试的论文上说，尧的时候是皋陶为士，做司法官。有一个人犯罪，皋陶说杀之者三，尧说赦之者三。欧阳修欣赏他这篇文章，要把他取录第一。但欧阳修误以为这篇文章可能是自己学生曾巩写的，不好放在第一，就放在第二了。可是他很欣赏这篇文章，说"吾当避此人出一头地"。这是北宋有一些人的好处，荐拔人才。但欧阳修不知这典故的出处，当苏东坡谢主考官时，他们见了面，欧阳修就问他典故出于何书，苏东坡说："想当然尔！"这是苏东坡很妙的地方。他说我想以尧为人仁厚来说，以皋陶之执法严格来说，应该如此。"赤壁"在这首词里，也是苏东坡想当然尔。因为苏东坡所写的赤壁，并不是周瑜破曹兵的赤壁。赤壁有四处：一个是周瑜破曹的赤壁，在湖北嘉鱼县；一个是苏东坡所游的"赤壁怀古"的赤壁，在黄冈；另两个，一在武昌，一在汉阳。但是，你要知道，作为文学家，有的时候不要太认真——我再跑一个野马，但是我所讲的是欣赏和创作文学的原理和原则——杜甫曾经写过两句诗，他说有两座对立的苍崖，是"猛虎立我前，苍崖吼时裂"（《北征》），是当猛虎大吼一声，苍崖就断裂了。是说那苍崖断裂，截然分开的样子，好像是突然分开的，"猛虎吼时裂"。金圣叹批杜甫这句诗就曾说："诗人之眼，上观千年，下观千年，杜甫行至此处，就分明见有一虎，读者要问虎在何处，哀哉小儒！”所以，诗人有他可以发挥想象的所在。苏东坡这里是借古人的酒杯，来浇自己的块垒，正如晏殊假借歌者口吻来抒写自己内心的悲慨。苏东坡并不是不知道这个赤壁不是破曹兵的赤壁，他知道。所以，你看他的词句用得很好，“故垒西边”，有残余的战垒，在战垒的西边，“人道是，三国周郎赤壁”。我没有说这一定就是破曹的赤壁，是当地这么流传，说这就是周瑜破曹兵的赤壁了。再看他的结构：“大江东去，浪淘尽、千古风流人物”，是个大的场景；“故垒西边人道是，三国周郎赤壁”，收缩，像拍电影照一个故垒，不但集中到一个小的景物，而且有一个人物在里边出现了；然后，再放开镜头写景物，“乱石崩云，惊涛裂岸，卷起千堆雪”，大江波涛汹涌的样子。用的字是“惊涛”，是“乱石”，是“崩云”，是“裂岸”，非常有力。

“江山如画，一时多少豪杰”，这么美的江山，当时有多少豪杰！当时有名的有周瑜周郎，三十四岁。诸葛亮借东风，在戏台上看来比周瑜老，其实那时诸葛亮只有二十八岁。曹操当年是五十四岁。当时主力是东吴军，诸葛亮只是来协助他们。苏东坡把江山与古今历史结合起来，突出了一个“三国周郎”，而他真的要说的是什么？你往下去看——

“遥想公瑾当年，小乔初嫁了，雄姿英发。羽扇纶巾谈笑处，樯橹灰飞烟灭。”写周瑜当年儒将风流的姿态是“羽扇纶巾”，按现在我们的印象，以为诸葛亮才是拿着一把羽毛扇。其实，拿着羽毛扇在魏晋之间而言，一些儒将风流的人常常都是如此的。就是说，指挥作战的带兵将军，不只是勇武的将军而已，而且是读书的儒将。《晋书·顾荣传》记载他讨伐叛军陈敏的时候，就是以羽扇指挥军队的，还有《晋书·谢万传》记载谢万“着白纶巾”。纶巾是一种丝巾。“遥想公瑾当年……”二十三岁的周公瑾，小乔初嫁了。周公瑾拿着羽扇，戴着纶巾，在谈笑之中，就把强大的号称几十万的曹军，火烧战船，灰飞烟灭了。这是说到周公瑾当年的功业。可是，你要体会苏东坡词中的复杂情绪。周公瑾这么大的功业，当你回想全词开头所说“大江东去，浪淘尽、千古风流人物”，当年的周公瑾，也成了浪淘尽、千古风流人物了。这是一层意思。但是不只如此。

再看“故国神游，多情应笑、我早生华发”。这两句词有过不同的解释，“故国”指谁？“多情”指谁？台湾郑骞先生讲词讲得很好，可是对于这句的解释，我不大同意。他说前面写的周公瑾是小乔初嫁了，小乔是他的妻子，所以这里的“多情”指苏东坡的夫人。苏东坡第一位夫人姓王，后来死了。苏东坡后来写了《江城子》“十年生死两茫茫，不思量，自难忘”的词来悼念她。故国，指苏东坡的故乡。是说如果死去的妻子魂魄归来，那多情的妻子就会笑他。说小乔初嫁的时候，周瑜这么年轻，就有了这么大的功业。你苏东坡将近五十岁了，一事无成，几乎死在柏台监狱里，现在被迁谪到黄州，衣食温饱都很困难，所以“多情应笑、我早生华发”。可是，我以为不是的。这首词题目是《赤壁怀古》。故国，呼应词题，应指赤壁，是三国时的孙吴，指如果周瑜的魂魄来游故国。他前边一直写的是赤壁，是周瑜，所以，我以为故国说的是吴；神游说的是周瑜的魂魄“故国神游”。我今天凭吊你周公瑾，假如周公瑾死而有知，回到你当年的赤壁来，多情应笑——不一定自己妻子，才对自己多情——多情，是说周瑜如果有情的话，他就会笑，笑我苏东坡。“人非草木，孰能无情”，“情之所钟，正在我辈”。说的是神游赤壁的周瑜，他应该也多情，笑我苏轼早生华发。

所以，他词里边有他政治理想落空的悲哀。但是苏东坡的悲哀，从来不像李后主那样沉溺在其中的。他写的背景这样开阔，写的历史这样悠久，融会在整个江山历史之中。他里边有我一事无成跟周公瑾的对比。可是，周公瑾又如何？不是也“浪淘尽、千古风流人物”了吗！所以，他有旷逸的襟怀，就是说，我虽然不能比周公瑾的成功，但是周公瑾也“浪淘尽、千古风流人物”了。人要有通达旷逸的襟怀，他说“人生如梦，一樽还酹江月”。我就拿了一杯酒，把酒洒在江心之中，洒给江心之中的一轮明月。“江上之清风，山间之明月”，“人生如梦，一樽还酹江月”。李太白也有诗说：“永结无情游，相期邈云汉！”（《月下独酌》）这是李太白的飞扬之处，是他在寂寞悲哀之中的飞扬。李白是不甘沉落的一个人，是一直要飞起来的。李太白这首诗开端写的是“花间一壶酒”，但是我“独坐无相亲”，没有人陪伴我喝酒。他不甘沉落，下边就说我“举杯邀明月，对影成三人”。这是李太白，要在寂寞悲哀之中飞起来。我没有伴侣，但是，我“举杯邀明月，对影成三人”。“我歌月徘徊，我舞影零乱。醒时同交欢，醉后各分散”，我李太白还是孤独的。可是我“永结无情游，相期邈云汉”！我要把我的精神、我的感情寄托在那无情的明月之上，相期在邈远的云汉之间！这是李太白。李太白就是写闺中的相思都说：“却下水精帘，玲珑望秋月。”（《玉阶怨》）你要看到中国古代诗人的真正精神面貌根本质素的所在。所以，苏东坡说，“人生如梦，一樽还酹江月”！他自己在悲慨之中的一种超脱，一种跟高远的天地，跟江水与明月的一种结合。这是他的很有特色的一首词。

我们再看一首他在黄州写的小词《满庭芳》。刚才那首写得很飞扬，很跳荡，线索就是自己跟周瑜的对比。他的神情踪迹都不是很明显的，是跳荡飞扬的，是不易掌握的。可是《满庭芳》词，其中感情的转变是比较容易看出来的，比较有一个线索可以追寻的。他在黄州连头带尾住了有五年之久，从元丰二年到元丰七年（1079—1084）。他要离开黄州去汝州，你看他写的《满庭芳》词从悲苦之中是怎样挣扎解脱出来的：

> 元丰七年四月一日，余将去黄移汝，留别雪堂邻里二三子，会李仲览自江东来别，遂书以遗之。
>
> 归去来兮，吾归何处，万里家在岷峨。百年强半，来日苦无多。坐见黄州再闰，儿童尽、楚语吴歌。山中友、鸡豚社酒，相劝老东坡。　　云何，当此去，人生底事，来往如梭。待闲看秋风，洛水清波。好在堂前细柳，应念我、莫剪柔柯。仍传语，江南父老，时与晒渔蓑。

开端写得非常悲哀，我苏东坡想要回到故乡眉山去。可是一旦仕宦了，而且贬官了，身不由己，那时苏东坡四十八岁了，已经是百年强半，未来还有多少日子？已经不多了。我谪居黄州经过了五年两次闰月，我的小孩子说了一口的黄州话。这不是我的故乡，我怀念我的故乡，归去来兮。但黄州也有黄州可爱的地方，虽不是家乡眉山，可是我也爱黄州的江山，我也爱黄州的人民，我也爱黄州的邻里。这黄州山中的朋友，每当春社秋社的节日，他们杀了鸡，杀了猪，酿了酒，相劝老东坡，请我和他们一同过节，我也心甘情愿在这里终老了。可是诏书下来要移往汝州，为什么我当离此而他去？柳永说的"驱驱行役，苒苒光阴，蝇头利禄，蜗角功名，毕竟成何事，漫相高"，可是柳永只是悲哀。而苏东坡则不然，他说这里也不能留，我还要走，"人生底事，来往如梭"。他说去汝州，要奔波途路，但我想汝州一定也有汝州的好处。这真的是苏东坡！他说"待闲看秋风，洛水清波"，汝州的洛水一定也是很美的。但是我舍不得黄州，"好在堂前细柳"，你们怀念我老东坡的时候，你们就不要伤害我所种的这棵柳树，不要剪那柳树柔软的枝柯（这里他用了《诗经·甘棠》“蔽芾甘棠，勿翦勿伐，召伯所茇”的诗意）。你不要忘记，苏东坡曾通判杭州，获罪是在湖州，都是江南的地方。苏东坡写这首词，就是送给当时一个从江南来看他的姓李的朋友的，他说我怀念故乡，也爱黄州。我还没到汝州，我想我也会喜爱汝州。而我曾经在杭州、湖州生活过，我何尝不怀念。他最后对姓李的朋友说，希望你带一个话到杭州、湖州，我希望我曾经停留过的地方，无论是杭州，无论是湖州，你告诉当地父老，旧日的亲友，旧日我治理过的人民百姓，希望他们生活安定快乐，“时与晒渔蓑”。

你看苏东坡，他把他的悲慨和他的旷达这么美好地结合在一起了。他一方面对自己的苦难能够放达超脱，而一方面是如此多情，他对所有经过的地方，所有来往的人物念念不忘。要从这样的多方面来认识苏东坡。

现在来看我论苏东坡词的第二首绝句。我主要是谈的夏敬观（1875—1953）对于东坡词的批评，我要拿苏东坡一首词来证实这个批评。夏敬观将苏东坡词分为两类，他说：

> 东坡词如春花散空，不着迹象，使柳枝歌之，正如天风海涛之曲，中多幽咽怨断之音，此其上乘也。若夫激昂排宕、不可一世之概，陈无己所谓：“如教坊雷大使之舞，虽极天下之工，要非本色。”乃其第二乘也。（《唐宋名家词选》引《吷庵手批东坡词》）

他说苏东坡有一种词，如同春花散空，这类词不像刚才讲的《满庭芳》，《满庭芳》容易懂，但是那一首词不是苏东坡成就最高的词。一定要注意这一点。我们要欣赏古人的词，一定要欣赏他最好的作品。

可是，最好的词有时不容易懂，一般人所称赞的，有的时候是他第二等的作品。《满庭芳》也使大家感动了，但不是他最好的作品，他最好的作品是如春花散空，不着迹象的。夏敬观说若使柳枝歌之，柳枝是在李商隐诗中的一个人物。

李商隐写过《燕台四首》，也写过题为《柳枝》的诗。《柳枝》与《燕台四首》有一点渊源的关系，我的论文《旧诗新演——李义山〈燕台四首〉》（见《迦陵论诗丛稿》）也谈到过《柳枝》。这是一个很美丽动人的故事。李商隐说柳枝是洛中女子，平常梳妆挽髻未及竟，从来不完全化好妆，家人担心她嫁不出去了。她喜欢唱歌，常常唱天风海涛之曲，而中间有幽咽怨断的声音，在飞扬的天风海涛的歌曲之中，传出来一种深幽的、呜咽的、哀怨的、使人肠断的声音。有一天，李商隐一个堂兄弟骑马经过柳枝家门的附近，口中吟诵李商隐的诗《燕台四首》。这是李商隐写得非常奇妙的四首诗，非常现代化的四首诗，朦胧的四首诗。这四首诗写得很美，柳枝一听就注意了，问："谁能有此？""谁能为是？"就是谁能有此情？谁能为此诗？什么人有这样细致幽微美好的感情？什么人能把这种细致幽微的感情写成这么美好动人的诗篇？所以，柳枝就与李商隐的堂弟说，希望见作者一面。李商隐跟她见了一面，那一天她丫鬟毕妆，等待李商隐从门前经过，风障一袖，约定过三天修禊时水边再相见。可是，李商隐有事，就先离开了，没有再能见面。

总之，夏敬观以为苏东坡有一类词，是天风海涛之曲，而中多幽咽怨断之音的，那是他最好的词。至于苏东坡有一些豪放的激荡的词，夏敬观以为乃其第二乘也。这我们就要讲到中国词的发展与对于苏东坡词评价的问题了。

苏东坡的词摆脱绸缪婉转之态，举首高歌，写了浩气逸怀，这对于词是很大的开拓。可是，在苏东坡的当时，很多人不承认他这种风格，说他好像是教坊雷大使之舞，虽然跳得很好，极天下之工，要非本色。雷大使是男的，跳得虽好，但不是舞的本色。因为词自五代《花间集》以来，都是写闺房儿女的，而苏东坡所写的是“大江东去”之类的词，因此被认为不是本色。从北宋到南宋，一直到经过国破家亡的李清照，她仍说苏东坡的词是“句读不葺之诗耳”（《苕溪渔隐丛话》）。我也说过，苏东坡的词是词的发展史上把词诗化了的一个高峰。可是，词毕竟是词，苏东坡跟辛弃疾的最好的词，不管他写了多少浩气逸怀，不管他写了多少豪杰的壮志，他们最好的词，都应该有一种曲折幽微的美，要把浩气逸怀或豪杰的志意结合了词的曲折幽微的特点，这才是他们的第一等的作品。《念奴娇·赤壁怀古》有一点点近似，不过豪放的地方比较多，幽微的地方还是少。虽然有飞扬跳荡的错综，而不像《满庭芳》离黄去汝这样地踪迹显明，但毕竟幽微隐约之处少，而开阔发扬之处多。我们现在就要看一看真的像夏敬观所说的如春花散空，不着迹象，如天风海涛之曲，中多幽咽怨断之音的苏东坡的词：

> 有情风万里卷潮来，无情送潮归。问钱塘江上，西兴浦口，几度斜晖？不用思量今古，俯仰昔人非。谁似东坡老，白首忘机。
>
> 记取西湖西畔，正春山好处，空翠烟霏。算诗人相得，如我与君稀。约他年、东还海道，愿谢公雅志莫相违。西州路，不应回首，为我沾衣。（《八声甘州·寄参寥子》）

苏东坡在新党当政时曾被迁贬，下过乌台狱，几乎被处死，被迁谪到黄州。后来，新党失败了，旧党上台，苏东坡被召回朝廷，他与旧党司马光虽是很好的朋友，可是，在论政之间，他不苟且随声附和。这正是由于苏东坡有旷达的一面，也有他严正的一面。一个人一定应该如此，不是说不分黑白，不关痛痒，也不是什么都认真起来跟人家斤斤计较，该放过去的放过去，该持守住的持守住，这是苏东坡。

苏东坡后来写过这样一封信：

> 昔之君子，惟荆是师。今之君子，惟温是随。所随不同，其随一也。老弟与温相知至深，始终无间，然多不随耳。致此烦言，盖始于此。然进退得丧齐之久矣，皆不足道。(《与杨元素书》)

他说从前那些做官的人，大家都异口同声尊崇王荆公（王安石），现在这些做官的人，又异口同声地附和司马光。他们所追随的虽然不一样，当初是王安石，现在是司马光，但他们的依附苟且，随声附和，拍马逢迎没有改变。司马温公与我是好朋友，中间没有什么隔阂，可是，我是不肯盲从的，不苟且附和，所以受到很多人的攻击、议论。但是，他们无论对我怎么样，我不在乎，对于进退、功名利禄的得失，我早就等量齐观了。

苏轼还写有一首《定风波》，我们看了这首小词，再返回来看《八声甘州》。

定风波

三月七日，沙湖道中遇雨，雨具先去，同行皆狼狈，余独不觉。已而遂晴，故作此词。

莫听穿林打叶声，何妨吟啸且徐行。竹杖芒鞋轻胜马，谁怕？一蓑烟雨任平生。　　料峭春风吹酒醒，微冷，山头斜照却相迎。回首向来萧瑟处，归去，也无风雨也无晴。

这首词是在黄州作的。说得很好，用字很好。“穿”“打”，有力量，不是毛毛细雨，是大雨，声音也大。苏东坡说，如果你是有修养的人，“莫听穿林打叶声”，这正是中国古人所说“泰山崩于前而色不变”。有些人不是被雨打败了，是自己把自己吓倒了。“何妨吟啸且徐行”，这真是通达的看法。衣服打湿了，却没有东窜西跑，我唱着歌，吟着诗（关于“啸”请参看《文选·啸赋》），慢慢向前走，没有停下来。有竹杖芒鞋比骑马还轻快，我不怕外边一切风雨的变化，我是准备着“一蓑烟雨任平生”的，准备冲冒着风雨过我这一生。寒冷的春风把酒吹醒，雨后一阵风来，觉得有一点冷，而山头却现出来一轮西沉的斜日的光亮，迎面照射过来。回头看一下刚才走过的道路，“也无风雨也无晴”。因为风雨没有改变我苏东坡，我回头看我走过的路，虽然经过一段风雨的萧瑟的遭遇，但是，对我而言，“也无风雨也无晴”。这就是苏东坡说的“进退得丧齐之久矣，皆不足道”，再有打击我也不怕。风雨阴晴得失，对我是一样，这是他的一种旷达的态度。他既然与旧党的人论政不合，于是出官到杭州。他有一个好朋友是和尚，就是参寥子。后来苏东坡又被召回汴京，这首《八声甘州》就是离杭回汴京时写的。回到朝廷以后的结果如何，将来的得失祸福如何，不可逆知。你看他这首词：

“有情风万里卷潮来，无情送潮归。”写得真是很好，有超越的一面，也有悲慨的一面。那多情的风卷起钱塘江潮涌来，又无情地送潮归去，宇宙万物都是如此的，潮去潮来。在写潮水之中已经寓含了悲慨。

“问钱塘江上，西兴浦口，几度斜晖？”这是苏东坡的通古今而观之的眼光。钱塘江上，西兴浦口，有多少次的潮去潮回，有多少次的日升日落。

“不用思量今古，俯仰昔人非。”我们不用说今古的变化，就是宋朝党争之中，有多少人起来又有多少人倒下去了？

“谁似东坡老，白首忘机。”谁像我东坡一生一世，现在年岁已经老大了，而我把这一切都置之度外了。皆不足道，白首忘机。“忘机”见于《列子·黄帝》，说海上有一个人喜欢鸥鸟，每天坐船到海上，鸥鸟下来跟他一起游玩，在他手中吃食。一天他父亲对他说：“吾闻鸥鸟皆从汝游，汝取来吾玩之。”他就存了捉鸟的心，这鸥鸟就飞而不下，因为那个人存了“机心”，就是别人要捉它的机心。而“忘机”，则是说把得失荣辱的机智巧诈之心都忘记了。

前半首，先不用说钱塘江万里卷潮来的气象开阔，从李后主的气象，到柳永的气象，到苏东坡的气象，是小词的开拓。而气象的阔大之中，也隐含着他的悲慨，却又出之以旷逸。后边你看他的转折。

“记取西湖西畔，正春山好处，空翠烟霏。”他说我现在难以忘怀的是，当春天在美丽的春山之中，当空蒙的晴翠的山峦在烟霭的霏微之中，我在西湖跟你在一起的生活。写得多么美！真是韶秀！

“算诗人相得，如我与君稀。”在这么好的西湖，这么美的风景之中，我碰见你这样一个知音能诗的好朋友，像我跟你这段遇合，是千古难求的。可是现在我要离开你，我也要离开那春山好处的西湖，去到朝廷之中，是祸是福，不可逆知。“约他年、东还海道，愿谢公雅志莫相违。”谢公，晋朝的谢安，当年隐居在会稽东山，朝廷请他出山，做到宰相，可是后来受到朝廷的猜忌，出官到新城去。去的时候，谢安造了泛海之装，他老家在会稽东山，他说将来我要隐居回到会稽东山，要从海道回到故乡去。可是，不久谢安生病了，被人抬回时，是从西州门抬回的。谢安死后，他的外甥羊昙非常哀痛，从此不从西州门经过。苏东坡这里写得很悲哀。他说我跟你订一个后约，有一天我要离开汴京，将从海道回到杭州来，像谢安当年的这个志愿不要违背。希望将来我们能如愿以偿。

“西州路，不应回首，为我沾衣。”希望我不要死在那一边，将来你有一天如果经过西州路的时候，不应回首，为我沾衣。不会像羊昙一样，落到这样悲哀的结果：送我走以后，我就死了，你永远不会见到我了，你再经过首都的西州路，为我流下泪来，我希望我们不会落到这样的下场。可是，后来苏东坡被贬到惠州，被贬到海南，据说参寥子曾经不远千里追随寻访苏东坡。

像这样的词，真是天风海涛之曲，中多幽咽怨断之音。前边写得多么开阔，多么博大，真是天风海涛，“有情风万里卷潮来”，那真是天风！真是海涛！而中间写的政治上的斗争，这种祸福，这种忧患，写得如此深刻悲哀，中多幽咽怨断之音。认识苏东坡，不要只看他浅显的那些个豪放的词，你要看他天风海涛之曲与幽咽怨断之音两种风格相糅合的作品。这才是他真正最高成就的境界。

我的第三首论词绝句是说，苏东坡的成就是非常广泛的。他也写一些诙谐游戏的作品，也写一些农村的通俗作品。“捋青捣麨”，他用俗语写得很好。“捋青捣麨”是出于苏东坡的一首《浣溪沙》，是他在密州祈雨道中作的。他说“捋青捣麨暖饥肠，问言豆叶几时黄”，写的完全是乡间风物，也写得很好。“曲港圆荷”出于《永遇乐》“明月如霜”，也写得很好，工整清丽。

关于他的格律，来不及仔细讲了。《念奴娇》“遥想公瑾当年，小乔初嫁了”二句，与别人的格律不同，我只好请大家看我的《论苏轼词》了，不在这里讲了。

现在我们看另外一个作者——秦观。

我也写过论秦观词的绝句：

> 花外斜晖柳外楼，宝帘闲挂小银钩。
> 正缘平淡人难及，一点词心属少游。

> 曾夸豪隽少年雄，匹马平羌仰令公。
> 何意一经迁谪后，深愁只解怨飞红。

> 茫茫迷雾失楼台，不见桃源亦可哀。
> 郴水郴山断肠句，万人难赎痛斯才。

我们讲苏东坡词是诗化的高峰，可是苏东坡的成就没有被当时的人所共同承认。他的成就很了不起，但当时一般人的议论，一直到南宋李清照都认为他不是词家的正宗。当时写词，从《花间》以来，一直以柔婉为正宗。苏东坡的开拓是很了不起的，但是当时的人没有追随上来。天才，常常是比一般人走得快一点。秦少游是他的好朋友，比他还年轻一点，但秦少游的词不是诗人之词，实在是词人之词。

我们现在讲的这些词，主要都是代表每个作者的特色，因为时间来不及作全面介绍，只好选择最具特色的来讲了。

秦少游的特色是什么？我说他是词人之词。冯煦评论少游词说：

> 少游词寄慨身世，闲雅有情思，酒边花下，一往而深，而怨悱不乱，悄悄乎得小雅之遗。后主而后，一人而已。

又说：

他人之词，词才也。少游词心也。得之于内，不可以传。（《蒿庵论词》）

苏东坡的词把词变成诗了，而秦少游的词把它又拉回到词来了。什么叫词人之词？秦少游所写的常是那种最柔婉的、最幽微的一种感受。我们讲《花间集》就讲过了，当我们从《花间》讲下来的时候，我们曾经举温庭筠的一些写儿女之情的小词，讲到了张惠言的屈子《离骚》的联想。从韦庄的小词，讲到他的故国之思。冯延巳、晏殊、欧阳修，我们讲到他们的性格与怀抱、学识与修养。现在你看秦少游有一类词，就是专门只表现那柔婉幽微的一种感受。他不必有寄托，不必有什么理想，就是一种很敏锐的感觉。这是秦观词的特色。

可是，冯煦《蒿庵论词》也说了，秦少游的词还寄慨身世。所以，要把秦少游的词分成两类来看：一类是比较早期的词，表现了一种柔婉幽微的感受；一类是他经过政治挫伤以后，所写的寄慨身世的词。我们先看第一类的词：

漠漠轻寒上小楼，晓阴无赖似穷秋，淡烟流水画屏幽。 自在飞花轻似梦，无边丝雨细如愁，宝帘闲挂小银钩。（《浣溪沙》）

这词真是很妙！里边要说的究竟是什么？找不到什么比喻，找不到什么寄托，也没有什么具体的事情。没有像韦庄的一个爱情的故事，也没有像温庭筠的语码可以引起寄托的联想，也没有流露出来像晏殊、欧阳修的怀抱和修养，就是一种敏锐的词人的感觉。他所用的字，“小楼”“轻寒”“淡烟”“画屏幽”“轻似梦”“细如愁”“宝帘闲挂小银钩”，都是轻柔的叙写，一个沉重的字都没有。

"漠漠"，一方面是四周广漠的感觉，一方面是漠然的、寒冷的、不相关的感觉。漠漠清寒，那种无情广漠的轻寒。上小楼，这句也有多义。一个是在漠漠轻寒之中，这个人上了小楼。因为在中国诗词里主语可以不出现，所以，可以是词人在漠漠轻寒之中登上了小楼。可是，就本句的语序来说，这句的主语就是漠漠的轻寒，是寒气来到了小楼之上。这两个意思，都可以存在，我们不用故意去分别。

"晓阴无赖似穷秋"，他说今天早晨是阴天，无赖，是对它无可奈何，阴沉沉的一点放晴的意思都没有。春天的阴天，这么阴沉，好像那萧索的秋天一样。"淡烟流水画屏幽"，屏风上画着淡烟流水的风景，而不是急流飞瀑，景色是这样地清幽。

"自在飞花轻似梦，无边丝雨细如愁"，这是秦少游的另外一个好处，就是他常常把他的情感和外界景物融合起来写。一般人常常是把抽象的感情比作具象的景物，秦少游有的时候也做这样的比拟。例如他有一首《减字木兰花》词，说："欲见回肠，断尽金炉小篆香。"你要想见到我内心的千回百转的感情，我是断尽的金炉小篆香。回肠你是看不见的，千回百转的感情你如何看得见？但是，我的千回百转断尽的回肠，就像是断尽的金炉中的小篆香。你看见那金铜香炉里的篆香吗？炉，何等热烈燃烧；金，何等珍重宝贵；小篆，何等柔细缠绵。香，盘成篆字，而且常常是心字的香。小，细的。篆，委曲的，像篆字委曲的。香，何等芬芳。这样珍重宝贵，这样热烈燃烧，这样纤细委曲芬芳的感情，断尽，一寸一寸地烧断了。你看到我千回百转的悲哀了吗？"欲见回肠，断尽金炉小篆香。"他把抽象的感情拟比为具体的形象，拟比得好。可是这首《浣溪沙》不是如此，他是把具体的形象，反而比作了抽象的感情。"自在飞花轻似梦"，因为风也不大，雨也不大，一切都很轻柔，那个轻的花片落下来在空中飞舞。冯正中说：“梅落繁枝千万片，犹自多情，学雪随风转。”（《鹊踏枝》）同样的落花，同样在空中飞舞，从冯正中看来，是“犹自多情，学雪随风转”，从秦少游看来，是自在飞花，飘扬的没有拘束的，这样轻柔地飞扬，像我的梦境一样轻柔地飞扬。

“无边丝雨细如愁”，丝雨，牛毛一样的细雨，这样无边的纤细的雨丝，好像是我那种轻柔纤细的哀愁。这是为什么而哀愁？为了像李后主的破国亡家而哀愁吗？不是。秦少游所写的是说不上来的一种闲愁，“无边丝雨细如愁”。

这首词可以说整个的没有正式地写感情，都是写外在的景物，有的是室内的景物，有的是室外的景物。只有“自在飞花”两句透露了一点感情的迹象，写的是花，但是，如果不是有轻似梦的感受的人，能够写出“自在飞花轻似梦”的句子吗？如果不是有纤细愁思的人，能写出“无边丝雨细如愁”的句子吗？

秦少游还写过一首《八六子》，他怎样写一个女子的美丽呢？他说：“夜月一帘幽梦，春风十里柔情。”每个人写女子也不同。像欧阳炯说“二八花钿，胸前如雪脸如莲”，多么庸俗的描写。秦观说这女子是内在的美，是“夜月一帘幽梦，春风十里柔情”。他写“自在飞花轻似梦”，如果不是有轻似梦感觉的人，怎能写出“自在飞花轻似梦”的句子？他说“自在飞花轻似梦，无边丝雨细如愁，宝帘闲挂小银钩”。宝帘，是有美丽装饰的帘子，闲闲地挂起来，在一个细小的银钩之上。帘子是闲挂在小银钩上的，所以看到自在飞花轻似梦，无边丝雨细如愁。屋内有宝帘，有小银钩，有淡烟流水的画屏幽。外边是轻似梦的飞花，细如愁的丝雨，你不用说他有寄托，有比兴，他也没有破国亡家之痛，什么都没有，就是那纤细幽微的诗人的感觉，而特别是词人的感觉，所以才会体会得这么细致幽微。

这是秦少游的词心的本质。可是，就是这样的本质，当他受到挫伤以后，表现了怎样的反应呢？我们看一看他晚年所写的寄慨身世的两首词。

秦少游传记记载说他少年豪俊，有大志，喜读兵家之书，他曾写过《郭子仪单骑见虏赋》。秦少游所仰慕的是政治功业上有成就的，如他所赞美郭子仪这样敢于单骑见虏的人物。但是，很可惜，秦少游的豪气只是一时的，是经不住挫折的，是经不住打击的，这是他与苏东坡的极大的差别。他是苏东坡的好朋友，苏东坡读了他早年的策论所写的政治军事上的见解议论，非常欣赏他。而后来秦少游只因一次科考落第就颓废了，就闭门在家中作了《掩关铭》，生了一场大病几乎死去。苏东坡鼓励他再次参加考试，考中了。后来恰好新党失败，旧党上台，苏东坡、黄庭坚这些个人在朝，就推荐秦少游到朝廷之中任职。他们几个好朋友一起在当时的首都汴京，这是他们最美好的日子。

可是，政海波澜，不久，这三个人都相继被贬谪。秦少游谪处州，作了下面这首词：

> 水边沙外，城郭春寒退，花影乱，莺声碎。飘零疏酒盏，离别宽衣带。人不见，碧云暮合空相对。　　忆昔西池会，鹓鹭同飞盖。携手处，今谁在？日边清梦断，镜里朱颜改。春去也，飞红万点愁如海。（《千秋岁》）

这要是苏东坡、欧阳修，他们一定不会如此沉陷在哀愁中。欧阳修贬到滁州，他说：“环滁皆山也。其西南诸峰，林壑尤美……”（《醉翁亭记》）有四时的美景可以欣赏！而秦观贬谪到处州，浙江有金华，有“花影乱，莺声碎”的美景。你看水边沙外，多么美好的地方，城郭的春寒刚刚消退，正是三春美景到来的时节，花影缭乱，莺声的细碎，多么美！可是，他的笔一转，就写了“飘零疏酒盏，离别宽衣带”的句子。所以，自其可欣赏者而观之，万物莫不可欣赏；自其可悲哀者而观之，万物莫不可悲哀。秦少游跟苏东坡、欧阳修不同，他所想的是好朋友苏东坡、黄山谷全分离了，没有人一起喝酒了，都被贬谪了，“人不见，碧云暮合空相对”。我所怀念的人都不在我的身边，当那碧云的长空、苍然的暮色四合的时候，我白白地对着那天空的暮云。古诗有“日暮碧云合，佳人殊未来”的句子，所以他用了“碧云”两个字。

秦观说，“忆昔西池会”，他怀念在汴京的聚会，“鹓鹭同飞盖”，鹓鸟和鹭鸟飞行有序，象征朝官的排列，指他和苏轼、黄庭坚在一起的时候。我们当年携手的地方，而今谁在？都被贬出来了。

“日边清梦断，镜里朱颜改。”李白诗：“闲来垂钓碧溪上，忽复乘舟梦日边。”（《行路难》）梦见乘船经过日月的旁边。当年伊尹做梦在日边经过，后来被商汤所任用。所以，“日边清梦断”，是说他们仕宦的政治理想完全断灭了，而人也衰老憔悴了。

“春去也，飞红万点愁如海”，那些美好的日子永远也不会回来了。当时这首词曾传诵一时，很多人和了这首词，说他写了“飞红万点愁如海”的句子，能够长久地活下来吗？

秦少游与苏东坡、黄山谷相较，他是三人中年岁最小的一个，可是，却是死去最早的一个，因为他经不住挫伤，经不住打击。所以我写了论秦词的第二首绝句。

这首词还不是最悲哀的一首。另有一首《踏莎行》才是他最悲哀的，也是在词里有所开拓的一首。他从悲哀里边开拓出去的一种意境，是他独特的成就。

第十讲

秦观（下）周邦彦

我们昨天看了秦观两首词。我说秦观这个词人，天性有一种非常敏锐的感受能力。我们曾经举了他一些小词做例证，像《浣溪沙》“漠漠轻寒上小楼”。其实不只这一首小词，我们教材上选的其他的秦观的词作，也可以看出他这种敏锐心灵感受的特色。今天简单地念一首，也许来不及讲，就是《画堂春》。像温、韦、冯、李，晏殊、欧阳修，他们的词里边有一种比兴，或有一种寄托，或者表现了作者的修养怀抱。但是，秦观有一些词，就只是表现了他敏锐善感的心灵。像这首《画堂春》，我们念一遍：

> 落红铺径水平池，弄晴小雨霏霏。杏园憔悴杜鹃啼，无奈春归。　　柳外画楼独上，凭栏手捻花枝。放花无语对斜晖，此恨谁知？

他的这首词写得非常轻柔，非常婉转，没有像李后主“林花谢了春红，太匆匆”那种奔放和沉痛。

这词的后半首是很难讲的。“柳外画楼独上”，写一个背景，有春天的柳树。登上画楼，他倚在楼栏杆上，手捻着楼外的花枝，这个，一般人还能写出来，最妙的他写的“放花无语对斜晖”一句，他有很多细致的感情没有说出来。当他凭栏手捻花枝的时候，是什么样的感情？他没有像李后主一下子就说“林花谢了春红，太匆匆”。他手捻花枝，那种对花的珍重爱惜，那种亲切的感情。他说折花了吗？他说摘花了吗？没有。与秦少游的这种抒写的对比之中，你就知道有些人折花、看花，表面上看起来也是爱花，可是跟秦少游所写的那种珍重爱惜是不同的。你把花折下来，摘下来插在自己的头上，插在自己的瓶中，那也是爱惜。但是，秦少游不是这样写，他说“凭栏手捻花枝”，多少珍重爱惜都没有说，只写了一个手捻花枝的动作。更妙的是“放花无语对斜晖”一句，真是难以解说的。花枝上的花是可爱的，是值得珍重的。把花放开了，看到落日的余晖，一天要消逝了，这春天也要消逝了，花朵明天可能就零落了。可是，所有的感情他都没有说。他只说了“此恨谁知”四个字，只是一种对于春天的消逝，对于花的爱赏的难以言说的惆怅哀伤。他说有什么人能够了解？连他自己都很难具体说出来的！这是非常细致、非常幽微的一种感情。就是有这样心灵的人，他有过什么遭遇？当北宋的时候，西北有夏、辽的边患，他青年的时候，曾经是豪隽有大志，喜读兵书，可是经受不住挫折。他的本质就是他锐感的心灵及他的豪隽、他的英发。他的喜读兵书，也是由于他有锐感的心灵，对于当时国事的关心。而当他受到挫折，贬谪到处州，就写了“春去也，飞红万点愁如海”的句子。何况他在处州也没有留下来，在政治的斗争之中，敌对党人对政敌的打击，唯恐其不败，要抓住他们的把柄，再次攻击。

秦少游到处州后，本想像苏东坡一样，学道自解，这是中国读书人所要求的修养，达要有兼济天下的志意，穷要有独善其身的修养。而他们的修养常常是佛道两家的思想的糅合。秦少游贬官处州后，本来也曾与当地僧人往来，曾有诗句说“因缘移病依香火，写得弥陀七万言”（《题法海平阇黎》）。这本是他希望有以自处的自我解慰。可是，周围环伺的敌党要抓住他的把柄，因此，秦观遭到了第二次贬谪，罪名是谒告写佛书。谒告，就是因病请假。他为了修养性情，病假中抄写佛经。这谒告写佛书就成了他的罪名，被贬到更远的湖南郴州，比处州荒僻遥远多了。

秦少游在去郴州路上就写了几首感伤的诗歌，他说：

哀歌巫女隔祠丛，饥鼠相追坏壁中。北客思家浑不寐，荒山一夜雨吹风。(《题郴阳道中一古寺壁》)

当他被贬到处州时，感慨的是“日边清梦断，镜里朱颜改”，是不能够再回到首都去了。那个时候的悲慨，是他关心国家的政治理想不能实现了。可是，现在他所写的不只是那样地悲哀，写的是巫女在祠丛中的悲歌，饥鼠在坏壁中的追逐。从北方迁贬到这里，怀念家乡，整夜地不能成眠，不仅听到巫女的悲歌、饥鼠的追逐，整个晚上还听尽了荒山的风雨之声。这是一个流落迁贬的人，对于自己生命的未来一种没有保障的忧伤和恐惧。所以，后来他在郴州写了一首非常悲哀的小词：

雾失楼台，月迷津渡，桃源望断无寻处。可堪孤馆闭春寒，杜鹃声里斜阳暮。　　驿寄梅花，鱼传尺素，砌成此恨无重数。郴江幸自绕郴山，为谁流下潇湘去？（《踏莎行·郴州旅舍》）

这首词可注意的还不仅是说它内容的情意写得哀伤悲慨，而是说在艺术表现的手法上，在中国词的发展史之中，有了更进一步的一个特殊的值得注意的成就。什么值得注意的成就呢？

我们以前已经注意到了，凡是诗词这一类的美文，总是要注意形象与情意的结合，情中生景，景中生情，才能给读者更直接更鲜明的一种感动兴发的力量。本来秦少游就是很善于把形象与情意相结合的。“自在飞花轻似梦，无边丝雨细如愁”，把具体的大自然景物的形象，比作抽象的感情，比得好！“欲见回肠，断尽金炉小篆香”，把抽象的情意比作具体的形象，也比得好！这一类的词，形象与情意虽然结合得很好，但是，不管是形象，不管是情意，都还是比较现实的，是属于一种“比”的做法。以此例彼，以这个形象，比那个情意。所比的都是现实的情意，也是现实的形象，“断尽金炉小篆香”是现实的形象。那自在的飞花、无边的丝雨，也是现实的形象。而这首词的“雾失楼台，月迷津渡”这两个形象，我以为并不是现实的形象，而是进入了一种有象征意味的形象。因为他写的“雾失楼台，月迷津渡”，不是现实的景物的形象。为什么？我们要从这首词的整体看，你就知道什么才是它真正现实的景象。

“可堪孤馆闭春寒，杜鹃声里斜阳暮。”他是在郴州的一个客舍之中。他说我怎么能忍受这种凄凉的滋味：孤馆闭锁在春天的料峭的寒意之中，听了一天杜鹃鸟的啼声——不如归去，不如归去！

秦少游的感情很锐敏，又很深挚。从他的诗文看起来，他在贬谪途中，他的家人妻子没有伴随着他。他是一个人被迁贬在外的，所以他说“可堪孤馆闭春寒，杜鹃声里斜阳暮”。哪一天才能回到家人妻子身边去团聚呢？所以，这两句才是写实的情景。而前面的“雾失楼台，月迷津渡，桃源望断无寻处”，则是整个写他内心心灵之中的一种感觉，一种整个内心之中幻灭的感觉，并不是现实的景物。

“雾失楼台，月迷津渡”，楼台是一种崇高的，一种高大的，一种目标鲜明的建筑物。也许在秦少游少年的时候，当他豪隽有大志，喜读兵家书之时，心目中有一个高远的理想和目标，好像是一个楼台一样。可是，经过这么多的挫伤，是“雾失楼台”，在云雾的遮蔽之中，这个楼台是迷失了，再也看不见了。“月迷津渡”，津渡，是一个出路，一个出口，是登船上路的码头。在夜月的迷蒙之中，这津渡也迷失找不到了。这两句里说雾，说月，与他后面写的“杜鹃声里斜阳暮”的现实情景是不相符合的，这是为什么？我们知道这两句所写的不是现实的情景，而是他内心之中一种破灭的感觉。而把这种内心破灭的感觉，用这种假想的、不是现实所有的形象表现出来，就使得它有了一种象征的意味。“雾失楼台，月迷津渡”，整个给人一种破灭的感觉。

可是，为什么秦少游要用“雾失楼台，月迷津渡”的形象来表现他内心之中一切的理想和志意破灭的感觉呢？这中间也有一个联想的线索。我们讲过在诗歌里边，你要注意到他所选择的语言，在符号学里边说这都是一些个符号。这些语言符号，根据西方语言学和符号学的说法，它有联想轴上的作用，我们要推求它的源头。为什么用“雾失楼台，月迷津渡”来写他的破灭的感觉？第三句透露了这联想的线索——是“桃源望断无寻处”。使他引起这样联想的，主要实在是“桃源”二字。因为他被贬在郴州，郴州是在湖南，而陶渊明所写的《桃花源记》说：“晋太原中，武陵人捕鱼为业……”武陵也是在湖南。秦少游被贬在湖南，所以，他由此而联想到了桃源，“桃源望断无寻处”。至于陶渊明所写的桃源，是不是现实所有的？有人说那是因为晋朝的那个时代，常常有战乱，所以，有一些人有一些坞堡的建筑，不与外界往来，现实中确有像这样的地方。然而，陶渊明的《桃花源记》所写的，不管他的取材是不是来自当时的坞堡的社会现实，而当陶渊明写的时候，就已经有象征的意味了。在《桃花源记》中有一些句子，不是那些形容描写的词句，像“芳草鲜美，落英缤纷”，大家所看到的那些美好的句子，而是大家所不注意的，在一种很轻淡的叙述之间，表现了陶渊明这篇文章的象征的意味和陶渊明的沉痛的悲哀。陶渊明在晋朝的战乱之中，假如你了解当时历史上的真正背景，你就知道陶渊明对于东晋战乱的感慨和哀伤。他想象我们人类为什么永远在战乱之中？为什么世界上有这么聪明的人类，到现代人们甚至可以到太空去了，可为什么人类自己制造了这么多战乱，制造了这么多的苦难？所以，当时的陶渊明他想象希望有这么一个安乐的地方，“黄发垂髫，并怡然自乐”的世界。这是陶渊明想象之中的乌托邦。陶渊明的悲哀不止于此，他说这个渔人虽然在离开桃源回来的路上做了记号，可是，第二次去时，他找不到了。后来“南阳刘子骥，高尚士也，闻之，欣然规往。未果，寻病终，后遂无问津者”。表面看起来，《桃花源记》就是一个小故事。“后遂无问津者”不过是结尾的一句话而已，但是，我以为陶渊明所写的是非常悲哀感慨的一件事情。当初还有人想要追寻这么一个美好的世界，后来就连想要追寻、抱着这样理想追寻的人都没有了。桃源是这样的一个曾出现在理想中而终于幻灭了的象喻，秦少游被贬到郴州，想到了桃源的故事，才说“桃源望断无寻处”。由“桃源望断无寻处”的联想，想到“雾失楼台，月迷津渡”，是整个一个美好理想的破灭，而他现实的生活则是“可堪孤馆闭春寒，杜鹃声里斜阳暮”。

下半首，“驿寄梅花，鱼传尺素，砌成此恨无重数”。他说我怀念我的家人亲友，想托驿使带去一封家信。杜甫曾说：“烽火连三月，家书抵万金。”可见离人对家书的重视。秦观说我想通过驿站的驿使，给我所怀念的人寄去一枝梅花。这寄梅花是有一个故事的。《太平御览》上记载说，江南有一个人叫陆凯，春天的时候要折一枝梅花寄给北方的朋友，说：“折梅逢驿使，寄与陇头人。江南无所有，聊赠一枝春。”这是“驿寄梅花”的典故。至于“鱼传尺素”则是出于一首古乐府诗。《饮马长城窟行》有句云："客从远方来，遗我双鲤鱼。呼童烹鲤鱼，中有尺素书。"这首诗相传是蔡邕所写的，说是远方来客送我一双鲤鱼。我叫童仆烹煮鲤鱼，发现鱼腹之中有一尺见方的白色素帛的书信。说鱼腹之中有书信，这由来已久，中国常常说天上的鸿雁可以传书，水中的鲤鱼也可以传书，当然这里边都是有故事的。鱼之可以传书，有两个原因使人有这个联想。据清代考证学家考证，说古代的信函，函就是一个信封，把书信放在里边，在更早的还没有纸的时候，所谓信函就是用两片鱼形的木板，把帛书放在鱼腹之中，鱼尾处可以打开，这就是古代的书信的函。说"呼儿烹鲤鱼"，就把书信取出，"中有尺素书"。后边还说"长跪读素书，书中竟何如？上言加餐饭，下言长相忆"。因为古人是席地跪坐，长跪捧读，是伸直了腰跪着读。远人给我郑重送来的这封书信说的是什么？说前面写的是劝我努力加餐，保重身体；后边说的是长相忆，不管天长地远，我对你的相思怀念永远不改变。所以，秦观说"驿寄梅花，鱼传尺素"。多少月才能接到一封家书，家人劝我加餐食，家人对我诉说他们的长相忆。说"鱼传尺素"，一则固然是由于古人有这种鱼形的信函。另外，据《史记·陈涉世家》记载，当陈涉、吴广在秦朝的时候，他们要起兵推翻暴秦统治时，制作了一个预言，把一方尺素写了"大楚兴，陈胜王"六个字，塞在鱼腹内，混在其他鱼中，当大家要煮这个鱼的时候，这块尺素就出现了，于是陈胜、吴广就制造一个起兵的舆论。所以，鱼传书有故事、有史实，"鱼传尺素"所表现的感情是"上言加餐饭，下言长相忆"。而秦少游还不仅用了两个典故，说"驿寄梅花，鱼传尺素"而已，还要看他用的字，是"砌成此恨无重数"。秦少游常常用他敏锐的感觉，掌握住一个最恰当的字。有时他掌握那些轻柔的字，如《浣溪沙》"漠漠轻寒"一首。可是，当他内心有了极沉重的悲苦的时候，他也可以使用出来极沉重的字。所以我屡次谈到，还引过西方现象学的学者，像希乐斯·米勒，或者凯特·汉伯格的话说过，任何一个作者，都有自己的一种风格，像希乐斯·米勒，他就曾用他的学说理论研究狄更斯（Dickens）的小说。不管他的小说内容有多少不同，他要从各种不同的故事、不同的情节、不同的风格之中，找到狄更斯这一个作者的本源。他真正本质的根源，他真正心灵感情的本质，他的意识的活动的根源的所在。所以，凯特·汉伯格也说，一首抒情诗歌，不管所写的情事是什么，但是它真正的感情的质量，也就是感情的品质和感情的数量，是代表这个作者的品格和质量的。

昨天有的朋友问我，是否曾看到那些鄙薄中国古典诗歌的文章，问我有什么看法？我昨天说了，那是浅薄的人只懂得浅薄的东西，他没有体会了解的能力。他不见宗庙之美，百官之富，因为他不得其门而入。这个我觉得如果只是如此，还算是情有可原。一个人力有所不及，事有所不逮，因为他真正地没有了解，这可以原谅。可是，有些人是不可原谅的，他们不是因为他自己的浅陋对于高深精美的不能了解，而是他要故意诽谤那些美好的东西，他是有心要诽谤那些美好的东西。为了什么？为了哗众取宠，为了博得自己一时的虚浮的名誉。世界上是有这样的人的。就是说，人的心灵的本质，你去看一看，那些诽谤我们中国美好的民族文化的人，我们先不用说怎样与他辩论，你只看一看他所写的文字，那种庸俗，那种浅薄，那种恶劣，不管他说的是什么，你已经可以知道他心灵的品质是什么了。

所以，一个作者，不管你写的是诗歌，或是研究学术的论文，都一样可以看到一个人的内心的品德和修养，他的心灵和品质的质量究竟是什么。我们不管是读学术论文，不管是读诗歌，我们都应认识那最美好的东西，这才是最可宝贵的一点。

所以，不管秦少游所写的是轻柔的那种词，或者是写的沉痛的这种词，他的敏锐感受的能力是不改变的。他所掌握的，他所使用的文字，要说自在的飞花，就用“轻似梦”来叙写；要说沉重的悲恨，就用一个“砌”字来叙写，这个“砌”字用得多么有力量！李后主所写的恨，“自是人生长恨水长东”，是滔滔滚滚的这样流去的恨。而秦少游所写的恨，他说我的恨，是一块一块的坚固的砖石砌起来的——那真是沉重！“砌成此恨无重数”，是重重叠叠的悲恨，数不清说不尽的这种悲恨。这“砌”字用得多么好。

我们说了，秦少游这首小词，前片开始三句的象征是好的，孤馆闭春寒的写实也是好的。王国维说：

> 少游词境最为凄婉。至“可堪孤馆闭春寒，杜鹃声里斜阳暮”则变而为凄厉矣。（《人间词话》）

秦少游词意境是最凄凉哀婉的，就如同我们以前提到的他的《画堂春》：“柳外画楼独上，凭栏手捻花枝，放花无语对斜晖，此恨谁知。”多么宛转，多么轻柔，多么凄凉的感觉！王国维说，秦少游一般的词是凄婉的，可是当他写到“可堪孤馆闭春寒，杜鹃声里斜阳暮”的时候，则变而为凄厉了，是强烈而惨痛的悲哀，不只是那种凄凉哀婉了。所以，这“可堪孤馆”两句写现实也写得好。

《踏莎行》“雾失楼台”可以说整体都是好的。王国维欣赏的是“可堪孤馆闭春寒，杜鹃声里斜阳暮”二句。可是，秦少游最好的朋友苏轼，最欣赏的却是“郴江幸自绕郴山，为谁流下潇湘去”二句。说当时苏轼在他一把扇子上写了这两句词，而且叹息说：“少游已矣，虽万人何赎。”（《苕溪渔隐丛话·前集》）“已矣”，没有了，是说秦少游这样一个有才华、有志意、有理想的人死去了。这样一个人死去了，真的是可惜，就是现在眼前有一万个人，也抵不了秦少游这样的一个人了。赎，救赎，换回来的意思，出于《诗经·秦风·黄鸟》，说的是秦穆公死，用三个最有才干的人殉葬。国人作了《黄鸟》诗，说“如可赎兮，人百其身”！这三个有才能的人，如果能够挽回他们的生命，我们愿意以一百个自己的生命换取他们中的一个人。苏东坡欣赏秦少游这首词的最后两句。可是王国维却说：“东坡赏其后二语，犹为皮相。”（《人间词话》）说这是外表的看法，苏东坡不懂得这首词的好处。我以为王国维错了，是王国维既不懂得苏东坡，也没有体会出秦少游的真正的悲哀。王国维《人间词话》的好处，他最能够欣赏的、评论最恰当的，是南唐的词人冯延巳的词，和中主、后主的词。晏殊、欧阳修的词，他评论得也好。王国维欣赏的途径是直接的感发，所以，他的《人间词话》主张不隔，不能够有隔膜，那个感发是要直接表现出来的。“林花谢了春红，太匆匆”“梅落繁枝千万片，犹自多情，学雪随风转”，他欣赏这一类的词。而他欣赏秦少游的这两句词，“可堪孤馆闭春寒，杜鹃声里斜阳暮”，那也是秦少游这首词中比较写实的，是真实的感情。可是“郴江幸自绕郴山”，比较不容易欣赏。不但是王国维不大容易欣赏这两句词，我也跟一些朋友谈过，他们也不大体会“郴江幸自绕郴山”这两句话有什么好处。

有的时候，在诗词之中，是“无理之语”，却是“至情之辞”。这二句词说起来就是很没有理性的话，因为他问的是“郴江幸自绕郴山，为谁流下潇湘去”？我考察过郴江和郴山的关系，郴江发源于郴山，而它的下游果然是到潇湘水中去的。这是地理上的现实。秦少游问的是无理，他说郴江从郴山发源，就应该永远留在郴山，它为什么居然要流到潇湘的水中去呢？这是无理的提问。天地是自然如此的，天地与山川本来就如此，郴江在郴山发源，一定要流下去的。而这无理之语，就使我想到《楚辞・天问》，对天地宇宙提出一系列问题。为什么宇宙之间有这种现象？那是对于天地的一个终始的究诘，那是有深悲沉恨的人才会发出这样对天地终始的究诘。“人间从到海，天上莫为河。”（李商隐《西溪》）为什么人间的江水要东流到海？为什么天上的牛郎织女要阻隔着一条银河？李商隐说：“何日桑田俱变了，不教伊水向东流。”（《寄远》）为什么“人生长恨水长东”？为什么水要长东？为什么人要长恨？哪一天把世界的不平都填平了？把世界填平，使那伊水不再东流，人生不再长恨。“何日桑田俱变了，不教伊水向东流”，正是这无理之语，却是至情之辞。正是那生活遭遇到极大忧患挫伤苦难的人，才对天地之间的不平发出这样的究诘。所以，秦少游说郴江就应该留在郴山。有这样美好志意的人，应该成就他美好的志意。我们为什么不能挽回那水的东流呢？为什么不能使美好的东西永远留下来呢？“郴江幸自绕郴山，为谁流下潇湘去”，这是非常沉痛的两句词，是非常好的两句词。

秦少游这一首词，我认为在词的发展历史上而言，头三句开头的象征，跟后二句的结尾，有类似《天问》的深悲沉恨的问语，写得这样地沉痛，这是他过人的成就，是词里的一个进展。而一般说来，这种进展，后来继承的人并不是很多。没有秦少游深悲沉恨的人，不容易写出来“郴江幸自绕郴山”的深悲沉恨的句子。而没有那种心灵上的想象，不能跟假想的形象结合的人，不容易写出像前三句这样有象征意味的句子。一般人所停留的是现实的感情，跟现实的形象的比喻。这是秦少游词值得注意的成就。但是已矣少游，我们没有办法，秦少游毕竟抱恨而死了。

我们把秦少游讲完了，现在要看另一个作者——周邦彦。

周邦彦是北宋晚期的一个重要作者，是北宋的集大成的一个作者。因为后边这几个词人的作品很多，词调也很长，我们时间不够了，所以近来我常常把我的论词绝句写出来，就是掌握几个重点，我论周邦彦词的绝句是：

顾曲周郎赋笔新，惯于勾勒见清真。
不矜感发矜思力，结北开南是此人。

当年转益亦多师，博大精工世所知。
更喜谋篇能拓境，传奇妙写入新词。

早年州里称疏隽，晚岁人看似木鸡。
多少元丰元祐慨，乌纱潮溅露端倪。

周邦彦是个结北开南的人物，他是集结了北宋的大成，而开拓了南宋先声的人物。他所开拓的先声是什么？很可惜，没有时间讲南宋的词人了。我要借这个机会简单地说一下，周邦彦开拓出来的一种作风，对于南宋有很大的影响，就是前面绝句说的“不矜感发矜思力”。我们虽然已经讲了北宋的这么多作者，从唐五代以来说吧，从温韦冯李，晏殊、欧阳修，一直到柳永、苏东坡、秦少游，我们已经看到了，他们每个人都有不同的风格，每个人的心灵的本质都是不相同的。有这么多不同的作者和作品，可是你要注意到，所有的截至今天所讲的秦少游为止，他们的好处大都是属于以感发取胜这一个类型的。其中只有温庭筠是比较不重直接感发的一个作者，不过温词都是小令，所以也就比较看不到什么思力的安排，而是以名物予人以美感之联想取胜的。自柳永而后虽然长调渐多，但柳永的“对潇潇暮雨洒江天，一番洗清秋”等词仍是以感发为主的。苏东坡所写的“有情风万里卷潮来，无情送潮归”，也是直接的感发。所以，从唐五代，一直到秦少游“驿寄梅花，鱼传尺素”，带给读者的大都有一种直接感动人心的力量，更不用说李后主的“林花谢了春红”了。所有这些词的好处，都是带着一种直接的感动人心的力量。这本来是属于我们中国诗歌的一个悠久的传统。从《诗经》开始就是以这样直接的、不隔膜的方式写作的。“关关雎鸠，在河之洲。窈窕淑女，君子好逑”，非常直接的给人一种兴发和感动。

可是，从周邦彦开始，有了一点转变，他不是以感发取胜，变成了以思力取胜。这种以思力取胜的作用，在南宋成了一种风气。当然也有例外的作者，辛弃疾就是一个最大的例外。辛弃疾是词人里边最了不起的一个作者。因为其他的词人，苏东坡甚至秦少游都可以包括在内，他们都是以余力来为词的。他们写的散文、诗歌，都有很多而且很好的成就。而辛弃疾是专力为词的，他的词写得最多，而且写得最好。辛弃疾的词才真正是相当于杜甫的诗，相当于屈原的《离骚》，他的词是他平生的生活、他的理想、他的志意抱负的实践。他是真正地把他的志意抱负写到他的词里边去的。苏东坡、欧阳修可以在小词里边无意之中流露出他们的性格跟修养，但是，辛弃疾是把他本体的志意，他真正的志意的本体写到词里边去的。我们没时间讲辛弃疾，但是我有一篇《论辛弃疾词》的文章（《文史哲》1987年第1期），朋友们可以参看。

除了辛弃疾这一位伟大的不被南宋词风所笼罩的杰出的作者以外，其他南宋的特别是南宋中后期的作者，像姜白石、史达祖、吴文英、王沂孙，甚至像周密、张炎，他们都是在周邦彦的以思力取胜的影响之下的。就是说，他们写词的时候，不再以表现直接的感发取胜，他们的词，特别是他们的长调（南宋时是长调流行，五代和北宋初期是小令比较多），是用思索安排去进行写作的。你说柳永不是也写长调吗？但柳永的思索安排是比较平顺而且直接的。我们已经看过柳永的几首词了，“对潇潇暮雨洒江天”是个长调，但却充满兴发和感动：他的《凤归云》“向深秋、雨余爽气肃西郊。陌上夜阑，襟袖起凉飙……”多么直接；“驱驱行役，苒苒光阴”，多么直接。柳永虽然写长调，但柳永的铺排是比较平顺的，比较自然而且直接的。

可是，周邦彦不是的。周邦彦是用思索安排来写作了。而当词人的写作的类型途径改变了，我们欣赏评论的人就不能老用从前的尺寸衡量他了。夫尺有所短，寸有所长，你不能用裁判排球的规则来裁判篮球、足球。王国维的一个最大遗憾，就是不能欣赏南宋的词。他的《人间词话》，就是只能欣赏他那一类型的，用他那一个途径进去探索的，因此对于南唐和北宋初期的晏、欧，他评说得非常好，非常有心得，那真是能把小词里边的要眇幽微的美、那种感发的联想发挥出来。可是，他一碰到像周邦彦，像吴文英，像王沂孙、姜白石、张炎这些词人，那就英雄无用武之地了。他没有找到入门的途径怎样走进去，就不知道如何衡量了。所以，《人间词话》对于南宋词人一般都是贬抑的。说这些人隔膜了不真切了，都是贬低。虽然王国维在年岁比较大以后，曾经写了《清真先生遗事》，考证周邦彦的生平，也曾从功力及声调方面赞美周邦彦的词，但在《人间词话》中，他对周邦彦的词都是贬低的，他曾说：

美成深远之致不及欧、秦，唯言情体物，穷极工巧，故不

失为第一流之作者。但恨创调之才多，创意之才少耳。(《人间词话》)

他说周邦彦词的幽深高远的意境，是赶不上欧阳修、秦少游的，不能给我们感发和深远的联想。可是，他在写感情的时候，描摹物态的时候，思考安排造作修饰得很精巧，“言情体物，穷极工巧”，不失为第一流作者。他的好处在他的艺术技巧，而不在内容情意的境界。又认为周邦彦创词调的才能比较多，而创意境的才能比较少。我们知道，在词的发展史上，前后几个对词有重要影响的人，都是比较有音乐修养的人，那是必然如此的。因为词本来就是配合音乐歌唱的歌词，所以像温庭筠、柳永、周邦彦都是精通音乐的人，尤其是周邦彦，更创制了一些值得注意的调子。张炎在其《词源》中就曾叙述及此。张炎是南宋后期的一个作者，懂音乐，家学渊源，家里很多人讲究填词和唱词。据张炎所记：

崇宁立大晟府，命周美成诸人讨论古音，审定古调……又复增演慢曲引近，或移宫换羽为三犯四犯之曲……其曲遂繁。(《词源》)

你现在就注意到了，音乐与歌词的结合，曾有不同方式的演进。柳永的时候开始大量使用慢词长调。他是采取民间的俗曲，市井之间乐工歌女所唱的俗曲的曲调。而周邦彦对于词的音乐的开拓，则是国家管理音乐的大晟府，让周美成这些人讨论古音，审定古调，还增演慢曲引近。慢曲是比较长的曲调，引近是曲里边介乎慢词跟小令之间的中等长度的一些曲调。而且改写音调，移宫换羽，把不同调的曲子组成为一支曲子，为三犯四犯之曲。把三个调子组在一起称三犯，把四个不同调子组成一起称四犯。像周邦彦填的《玲珑四犯》，是把四个不同的调子结合在一起了。还不只如此，他还写过一个曲调，叫《六丑》：

正单衣试酒，怅客里光阴虚掷。愿春暂留，春归如过翼，一去无迹。为问花何在？夜来风雨，葬楚宫倾国。钗钿堕处遗香泽。乱点桃蹊，轻翻柳陌。多情更谁追惜？但蜂媒蝶使，时叩窗隔。　　东园岑寂，渐蒙笼暗碧。静绕珍丛底，成叹息。长条故惹行客，似牵衣待话，别情无极。残英小、强簪巾帻。终不似、一朵钗头颤袅，向人欹侧。漂流处、莫趁潮汐。恐断红尚有相思字，何由见得。（《六丑·蔷薇谢后作》）

据说《六丑》曾唱给当时宋朝皇帝徽宗听。对周邦彦新创的这一曲调，皇帝也不懂，问曲调为何叫六丑？左右都不知道。又问周邦彦，周邦彦说："此曲犯六调，皆声之美者，然绝难歌。"你看他的花样有多么多！此曲是六个不同的调子结合在一起的，而且都是最难歌唱的曲调。据说高阳氏者有子六人，才智极美，而形容比较丑，叫作六丑（见周密《浩然斋雅谈》）。周邦彦说这个曲子犯六调，不容易唱而声调很美，所以就叫作《六丑》。我们不管他当时怎么唱，周邦彦的唱法没有传下来。不过我们从这些记载也就可以知道了，他是喜欢增演慢曲的，喜欢作三犯、四犯，甚至于《六丑》，犯六调之美者，可见他曲调的繁杂了。

而现在就发生了另外一个问题。五代以来的这些小令，像我们所讲的，如晏殊的《浣溪沙》"一曲新词酒一杯，去年天气旧亭台"，每句的平仄都跟诗句差不多。七个字一句，仄仄平平仄仄平，仄平平仄仄平平。就算是长短不整齐的，像冯延巳的“梅落繁枝千万片”（平仄平平平仄仄）、“学雪随风转”（仄仄平平仄）这些小令的词，尽管有七个字、五个字的这种参差错落的形式，但是它的平仄的韵律，仍是与诗的韵律相接近的。还有一点我要提出来，你有没有注意到，我们中国的诗歌形式的演变，从《诗经》的四言，到《离骚》的骚体，《九歌》的楚歌体，到西汉五言诗的产生，一直到后来经过魏晋南北朝的格律化，到唐朝近体诗律诗绝句的兴起，为什么我们的诗歌形成了这样的形式？这不是完全勉强加上去的格式，而是一种自然的演进。因为中国的语言文字，它的特色是单形体、单音节。我们说“花”，一个音节，就完了。人家英文说 flowers，有一个抑扬的节奏。我们这种单形体单音节的文字，要在诗歌这个美文里边形成一个韵律，四个字是最简单而能造成韵律的一个基本的形式，不是那个时候周朝谁定了写诗非写四个字一句。所以，《诗经》里也有长短不齐的其他的句法，但是大多数诗句自然就形成了四个字一句，这是我们的语言文字跟我们的身体生理的机能相配合的。四个字的句子，是最短而能够有节奏的句式，“关关雎鸠，在河之洲。窈窕淑女，君子好逑”，是我们一个最简单的韵律的形成。而后来五言诗、七言诗的出现，一直到今天的黄梅调，刘三姐所唱的山歌，基本上都是七个字一句，而且平平仄仄平平仄，仄仄平平仄仄平，连我们合辙押韵的流口辙，都是这个节奏的。这是我们本国的语言文字的特色跟我们身体生理的机能结合起来所产生的一个自然的现象。

因此，吟诵在我们中国诗才是重要的。我们中国诗歌的传统，带着这么强大的感发的力量，因为我们是情感跟声音结合在一起的，这样感发的力量才自然地跑出来。我们不是一个个字拼拼凑凑写诗的，不是，是脱口而出，就是平平仄仄的。刘三姐脱口唱出山歌来，就是如此的。这是我们中国过去的诗歌所共有的特色。可是，你要知道，现在这个词，它不是口语的吟诵了。吟诗，其实是适合于吟诵中国五七言的绝句和律诗，而像周邦彦所写的《玲珑四犯》《六丑》之类的词，它犯来犯去的，它那个平仄，不是平平仄仄、仄仄平平的韵律节奏了，有的时候是拗折的，与我们身体口腔的发音的需要有的时候不相合，这些拗折的地方，你念起来会觉得这声音怎么这么奇怪呀？而凡是这样的地方，写作的时候就自然不能脱口而出，自然要思索安排。所以，周邦彦的词就形成了一个以思索安排取胜的特色。

刚才讲了周邦彦在中国词的发展史上是一个非常值得注意的作者，他吸取了五代北宋以来的小令跟长调的各种长处。因为时间不够，我不能多作引证。他写的小令有的也像晏殊、欧阳修的小令一样美，也有感发。可是，我们介绍一个作者，主要介绍他自己特别的风格，他在词的发展史上所走出去的、他所开拓的一部分。比如说，周邦彦有一些小词写得和北宋其他作者差不多的，像这样的词我们就不讲它了。例如：

楼上晴天碧四垂，楼前芳草接天涯。劝君莫上最高梯。　新笋已成堂下竹，落花都上燕巢泥。忍听林表杜鹃啼。（《浣溪沙》）

现在读音都不大讲究了，“涯”字有三种读音，这里读如“移”（yí，支韵），另外也有时可读如“牙”（yá，麻韵），或读如“崖”（ái，佳韵）。

我是怕大家误会，因为刚才我一直在说周邦彦的词是注重思索安排的，与其他作者之重视感发的不同。我所提出来的是他的一个特别的成就，是他的特色，是他与大家不同的地方。他有时写小令，也仍然是写的像晏殊、欧阳修那种风格的小令。这是所以我要补充说明的。

我们接下来要谈到他注重思索安排，是由于有几个原因形成了他这种风格。一个原因是他自己的音乐才能。他喜欢把那些繁杂的难唱的曲调结合在一起，像《玲珑四犯》《六丑》之类的。这是使他的词重视思索安排的一个原因。刚才我讲了韵律跟诗词写作的关系，因为声律的格式如果跟口语吟诵的声音相近，自然喷涌而出，它就带着直接的感发。你要是想半天斟酌用字，这个不妥当，那个也不妥当，不但讲平上去入四声，而且四声都要分阴阳，阴平阳平，阴上阳上，阴去阳去，阴入阳入，每个字都要分这么细致的时候，就不是可以从口中的吟诵喷涌而出了，你一定要思索安排。周邦彦词的声调常常是拗折的，这也是使他注重思索安排的一个原因。

至于周邦彦注重思索安排的另一个原因，就是他有的时候是以赋笔为词，是以写赋的笔法来写词的。而写赋是要铺张的，是要思索的，是要安排的。周邦彦写赋，历史上有记载。周邦彦是钱塘人，元丰二年（1079）入京，在太学为太学生。不久以后，写了《汴都赋》。你要知道，在我们中国有个写赋的传统，而写赋常常是写都城的赋。像《两都赋》《二京赋》《三都赋》，从汉朝就开始有很多人写都城的赋了。所以，周邦彦就写了《汴都赋》赞美当时北宋的京都汴京的繁华富庶。那时正是神宗信用王安石实行新法的时候，周邦彦就在《汴都赋》之中，同时歌颂了新法。周邦彦这个人也跟现在有一些青年人一样有一个用心，希望早一点，用台湾年轻人的话来说，要早一点打出知名度，要早一点引起众人的注意。现在有些青年用的手段有的时候就更加卑下了一点，哗众取宠。像周邦彦那时用的方法，还比较不失诗人学者的风范，写了一篇《汴都赋》，写得很长，且多用古文奇字。神宗皇帝看到有歌颂赞美他的这么长的一篇赋，很高兴，所以就教他亲近的侍臣在宫殿中诵读。而周邦彦用的古文奇字，那些读的人都不认识，就只好只读偏旁，以此可知周邦彦这个人本来是喜欢做一些引人注意的事情的。果然神宗皇帝欣赏了他，由太学生任命了官职，成了太学正，一下子从学生变成领导了。他自钱塘入汴都太学时，应该是二十四岁，二十八岁时上了《汴都赋》，本来可以飞黄腾达，但是天有不测风云，神宗死了，哲宗继位，当时还年幼，于是由高太皇太后用事，就把所有的新法都废除了，起用了旧党。于是，周邦彦就在这个政海波澜的变化之中，被朝廷从汴京赶出去，就到庐州去做教授。后来一度到过荆州，又到了江苏的溧水。这些王国维《清真先生遗事》中都有记载。而经过这一次变故以后，周邦彦的为人作风就改变了。所以，楼钥说：

> 公壮年气锐，以布衣自结于明主，又当全盛之时，宜乎立取贵显，而考其仕宦颇为流落……盖其学道退然，委顺知命，人望之如木鸡，自以为喜。(《清真先生文集·序》)

他年轻时志意很发扬，一个平民太学生，以他的《汴都赋》得到神宗的赏识。他应很快可以飞黄腾达，可是看一看他平生做官的经历，都是沦落在外地的。这是因为新旧党争的政海波澜。楼钥没有提出这一点来，过去研究周邦彦的人也没有把他一生的仕宦经历，跟北宋政治背景的新旧党争结合起来看。过去的人为什么没有这样地结合？我以为有些值得注意的原因，这当然只是推想。一个是由于周邦彦虽然歌颂过新法，可是因为他没做什么高官，在行政方面没有什么属于新党的事迹，于是被大家忽略了。第二个原因，是由于在中国旧传统的读书人之中，比较偏向旧党，而不赞成新党。像苏洵写《辨奸论》，攻击王安石。总之，这些人想要赞美周邦彦，抬高他的地位，不愿意把他说成是赞美新法的人。他与政党的关系未被注意，就算他们注意到了，可是不愿意这样说，所以，过去没有人提出这一点。近年香港有一个学者罗忼烈教授特别提出来，说周邦彦是拥护新法的。其实，天下有很多相似而不同的事情。像神宗时代周邦彦到汴京，写了号称万言的《汴都赋》，苏东坡也是在神宗时代，前后上了两份奏疏，号称万言书。两个人一个上赋，一个上书，而二者截然不同。周邦彦所上的赋，都是歌颂赞美，并不见得真正代表他政治上的理想，那是当时的风气。苏东坡所上的则确实是对于国家政治的关心，有他的政治的理想。这二者是截然不同的。而就因为这一点，我常说诗歌里边有一个生命，而生命的品质、数量，生命的质量，往往因人而异。这就是周邦彦的词，虽然在艺术上穷极工巧，但是他在境界上永远达不到苏轼的高度的缘故。因为，本来他的生命就是局限于他自己的得失利害比较多，遇到挫折就变为“学道退然”，但求自保了。这是没有办法的一件事情。凡是一个伟大的作家，一定以他感发生命质量的深厚博大为主要的因素。艺术的手法当然也重要，但是他真正本质的他的生命的厚薄、大小、深浅，才是决定他作品优劣高低的一个更重要的决定的因素。

我说，周邦彦是以自己私人得失利害为主的，跟苏东坡之以国家得失利害为主是不同的。你看他后来一经过打击了，他就“学道退然”，就委弃不再挣扎、不再努力了，顺服了天命，说“人望之如木鸡，自以为喜”。你看他早年那种锐气英发，而晚年则表现为喜怒不形于色。那是因为他经历了政海波澜的反复以后，他的为人态度就改变了。当他晚年，太皇太后高太后死了，哲宗自己当政了，就把旧党都打出去，新党复用了。于是，在这个风潮之中，周邦彦就又被召回了汴京。哲宗想到周邦彦写过赞美新法的《汴都赋》，就要他重献《汴都赋》。这时本来周邦彦也可以在哲宗朝求富贵。可是，这时的周邦彦，看尽了在政治斗争之中多少人不幸的遭遇，就不再进取，委顺知命，望之如木鸡了。

这是周邦彦一生的简单的经历。我们现在就将要把他的平生经历结合他艺术上的手法，如对音律的讲求和以写赋的笔法写词等特色，来看一看他的词。

他的词在长调里边，除了他安排思索的写作方法，是与他的音乐性和写赋的习惯有关系以外；我们还要说，他在安排思索之中，为长调开拓了另外一种写法。关于长调的写法，柳永是平顺直接地去写，周邦彦则变化出来很多的转折，很多的跳接。他不再是直接地写景跟抒情了，他的词中间就造成了一种传奇意味的故事性。我们现在要看他两类词：一类就是富于传奇故事性的这种转折跳接写法安排的词；另一类，就是反映他经过政海波澜的词。

我们先看他第一类的词。我们教材上有他一首《夜飞鹊·别情》，因时间的关系，我只是念一遍，把他的转折说一说。

> 河桥送人处，良夜何其？斜月远堕余辉。铜盘烛泪已流尽，霏霏凉露沾衣。相将散离会，探风前津鼓，树杪参旗。花骢会意，纵扬鞭、亦自行迟。　　迢递路回清野，人语渐无闻，空带愁归。何意重经前地，遗钿不见，斜径都迷。兔葵燕麦，向残阳、影与人齐。但徘徊班草，欷歔酹酒，极望天西。

一般人写离别，就是眼前的离别，像欧阳修说的“尊前拟把归期说，未语春容先惨咽”“离歌且莫翻新阕，一曲能教肠寸结”（《玉楼春》）。但是周邦彦不是，他是环绕着离别，写出来一个时间错综的故事。

我们先从开头来看。但这个开头，等以后读到下半首你才发现，他不是像柳永词那样顺序写的，柳永说："扁舟一叶，乘兴离江渚。"（《夜半乐》）我就出发了，我的船走了。但周邦彦不是顺写，他是倒插笔，倒叙。他说在一个河桥的旁边送别，一个秋天的夜晚，"良夜何其"？"其"，读如"基"，出于《诗经》，就是夜慢慢地深了，已经到了几更天了？西沉的斜月远远地向下沉落，月光的余晖慢慢地不见了。他们在离别的宴席上，曾经点燃了一支插在铜烛台上的蜡烛。当长夜慢慢过去，天将破晓的时候，月亮西沉，那铜盘上蜡烛的蜡泪已流尽了。天破晓前的露水也沾湿了衣服。天要亮了，行人要走了，彼此道别，这离别的宴会就要散去了。我们顺风探听一下渡口开船的鼓有没有敲起来，再看一看树的枝梢上的参旗星到哪里了？什么时刻了？

现在你知道，他送人的地点是河桥，他要探听的是风前的津鼓，可见本来这个行人是要坐船走的。如果是柳永，他就说"乘兴离江渚，渡万壑千岩，越溪深处"了（《夜半乐》）。但周邦彦不是，所以让人不懂，后边他就跳接了。他不再说船，反而说起马来，"花骢会意"，黑白花的马懂得人的意思，懂得人离别的悲愁，纵然我扬起马鞭打它，它还是慢慢地走。你参看他前边本来说的是船，可是后来却突然说起马来了，所以前人批评他：

> 美成词有前后若不相蒙者。

又说：

> 美成词操纵处有出人意表者。（陈廷焯《白雨斋词话》）

说他前后不相连接、不相干，说他安排操纵一首词，有的是出人意想之外的。还有人说：

> 清真词平写处与屯田无异，至矫变处自开境界，其择言之雅，造句之妙，非屯田所及也。（夏孙桐语［据俞平伯《清真词释》引］）

说周邦彦突然改变的地方，自己开出一个境界，你就知道，这是周邦彦对词的开拓，他忽然间有一个跳接，有一个转折。这种跳折，这种转折，这种变化，影响了南宋一些词人。而那些词人，后来被王国维这类的人批评为晦涩不易懂，不通。那些词人从周邦彦变化而出，比周邦彦更晦涩。为什么？因为周邦彦词里边还有一个故事，可是吴文英、王沂孙这些词人，故事没有了，就是感觉。感觉一跳就不得了了，不知从哪里跳到哪里去了。可是，也并不是绝对读不通的，你如果掌握了他感觉和感情的进行，还是可以读得通的。我的《迦陵论词丛稿》里，《拆碎七宝楼台——谈梦窗词之现代观》，就是分析吴文英词的；《碧山词析论——对一位南宋古典词人的再评价》，就是分析王沂孙词的。上周《文学遗产》杂志编者拿走一篇，也是介绍王沂孙的。大家可以参看。

我们返回来再看周邦彦的词。要乘船走的，是行者，远行的人。骑花骢的是居者，留下来的人，是送行的人。这时行人已经走了，送人的骑马回去了。你怎么知道送行的人骑马回去了？且看下句："迢递路回清野，人语渐无闻，空带愁归。"这个人骑着马走了很远的路，已经离开河桥，走到一片凄清的旷野，那码头上送行的人声都听不见了。送行的人骑马回来了，"空带愁归"。所以，这时已经是时地场所都变换了。

你以为这就已经是写的现在了吗？不是，时间又跳了。他骑马回来以后，又经过很久很久，不知多少日子了，这个人又回到河桥送别的地点了。“何意重经前地”，没想到又重新来到送别的地方。“遗钿不见，斜径都迷”，那个女子头上戴着花钿，当时在饮宴之间可能有花钿遗落在草丛之中了。不过，这并不见得真的是有花钿遗落在草丛之中，他用的是《史记·滑稽列传》中的典故。淳于髡说大家宴会的时候，这些女子们前有堕珥，后有遗簪，说的是和这些女子聚会时的那种情景。周邦彦说，人不见了，遗钿也找不到了，当时被我们走过的那些小路都迷失看不见了，因为现在的季节改变了。“兔葵燕麦，向残阳、影与人齐。”地上长满了兔葵燕麦，有的是野草，有的是庄稼。落日西斜的时候，兔葵燕麦的影子，向残阳，拖得很长，人的影子也拖得很长。写得非常寂寞凄凉。

“但徘徊班草，欷歔酹酒，极望天西。”这个离人早已分别了，经过不知多少天，甚至几个月，他又重经前地，徘徊在这里。徘徊怎么样呢？是徘徊班草。古语说“班荆道故”，是说两个朋友路上遇见，马上又要分别，就把草铺一铺，分一分，坐在草上话旧。他说我就徘徊在当初我们分手时席地分草而坐的地点，叹息悲哀，拿着酒杯，然而没有对象可以敬酒，就把酒洒在草地上。“极望天西”，远人不再回来了。

这是周邦彦的一类词，是富有故事性的，而且是以转折和跳接进行的一类词。

我们现在再看他一首比较有政治上悲慨的另一类词：

晴岚低楚甸，暖回雁翼，阵势起平沙。骤惊春在眼，借问何时，委曲到山家？涂香晕色，盛粉饰、争作妍华。千万丝、陌头杨柳，渐渐可藏鸦。　　堪嗟。清江东注，画舸西流，指长安日下。愁宴阑、风翻旗尾，潮溅乌纱。今宵正对初弦月，傍水驿、深舣蒹葭。沉恨处，时时自剔灯花。（《渡江云》）

这首词过去的读者没有看到他有什么深意，评论这首词的人，以为他就是写春天，写在船上的一个宴会。但是，不是的。这个宴会是假的。“愁宴阑、风翻旗尾”，那是假的，没有一个宴会。

这首词是什么时候写的呢？他说“晴岚低楚甸”。岚，是山上的烟霭。天气晴朗的时候，远山有时好像是有一层淡黄色的烟霭迷蒙的样子。他说在晴天之下远山的烟岚低低地笼罩在楚地的一片原野之上。楚甸说的是哪里呢？原来旧党用事之时，他曾被贬到庐州，后到过荆州、溧水。可是，等到哲宗执政了，把当时赞美新政的人召回来，他也被召回汴京了。当他要回到汴京去的时候，罗忼烈先生以为他曾经一度从溧水又重游了旧地——荆州。可能就是这次行程，他本来是被召，应该要回京了，而在重游荆州时写的这首词。

“晴岚低楚甸，暖回雁翼，阵势起平沙。”温暖的季候又回来了，从哪里看到了呢？大雁都张开翅膀，排列成“一”字或“人”字的阵势，从一片平沙上飞起了。从大雁起平沙，看到这个季节的转变，“暖回雁翼，阵势起平沙”，就“骤惊春在眼”，蓦然之间，惊喜地看到春天在眼中，春天就到了。柳树，慢慢转绿了；桃花，慢慢含苞了。“骤惊春在眼”，是外边的春色。“借问何时，委曲到山家？”他说我请问，春天来了，不只是染绿了柳条，染红了桃花，不只是雁翼的阵势起平沙；他说，春光是什么时候也委曲婉转地来到山中的人家，使山中人家也沾染了春色。这个表面上看起来，都是写的春光。可是看到后半首，看到“愁宴阑”那个饮宴的比喻你才知道，这里所写的春天的回来，正是代表政局的转变，是新党的重新得势。这样说，大家可能不相信，就是罗忼烈先生也没有把这首词讲成有政治的托寓。但是这首词其实才是最能证明他有政治托寓的一首词。

他所说的雁的飞起，春光的在眼，都是写新党的人慢慢地又起来了。“借问何时，委曲到山家?”这个山家不是泛指，而是暗喻他自己，说我一个不被注意的人居然也蒙召要回汴京去了。

所以，所有对于春天到来而欣喜的这些万物，“涂香晕色，盛粉饰、争作妍华”：那花就涂上了香气，染上了颜色，就装点了万紫千红，打扮起来，争着要开出美丽的花朵。

“千万丝、陌头杨柳，渐渐可藏鸦”：当花开的时候，杨柳的枝条也绿了，那千万丝的陌头杨柳，已经有乌鸦可以藏身了。乌鸦一般认为是不祥的，因为中国的风俗习惯，认为乌鸦的叫声不好听，把乌鸦当成不祥的鸟。陌头杨柳，就在这美好的事物中间，隐藏着一个危险的信号。

“堪嗟”，真是值得慨叹。“清江东注，画舸西流，指长安日下。”我为什么说这首词有政治上的悲慨呢？他所用的字句，分明提出来的是长安，可是宋朝的首都是汴京。中国古代因为长安是历代的古都，常常说到首都都用长安来替代。他说这么美丽的春天，我要叹息，为什么呢？他说江水是向东流的，“清江东注”，那是我回到故乡钱塘的一条路。可是，“画舸西流”，指的是“长安日下”。我的船不是载我回到故乡，是指向了首都。日下正指首都。

而我还没到首都，我已经预先烦恼了，“愁宴阑、风翻旗尾，潮溅乌纱”。所以，这首词我说它有多义。“指长安日下”，这是指首都，是明显的。乌纱，是乌纱帽，托寓也是很明显的。这是一个语码，是一个暗示的语码。而且他说“风翻旗尾”，什么是旗？旗，一个党派的、一个军队的、一个标举的旗号，一个标志。他说我所忧愁的，现在好像是开一个很好的宴会，大家都是“阵势起平沙”，都觉得是好了，都升上来了，回到首都，都去做官了。有一日安知这一个党派不再倒下去吗？我就预先忧愁有一天宴阑、风翻旗尾，把作为标志的旗吹翻了。“潮溅乌纱”，政海波澜的潮水就打湿了你的乌纱帽。你安知不再有一次政海波澜？

“今宵正对初弦月，傍水驿、深舣蒹葭”：今天晚上我正对着初弦月，在水边一个驿站的旁边，舣船靠岸，我的小船晚上停泊在蒹葭的芦苇深处。所以，这里没有宴会，没有乌纱，是在被召回京的路上。“沉恨处，时时自剔灯花。”我内心怀着这么多仕宦不得意的悲慨，新旧党争，不用说我自己，我看了多少政海波澜了。所以，就“时时自剔灯花”，在沉思寂寞中有无穷内心幽微深隐的这种悲慨。

这首词是他有寄托的比较明显的一首词。但是他也有真正好的，把寄托蕴含在中间的，没有这么明白写出来的。正如我们讲苏东坡的词，我们说他那一首《满庭芳》：“归去来兮，吾归何处？”这个转折很清楚，我们看到他的转折，踪迹很明显，但那不见得是苏东坡最好的词。周邦彦这一首词用来证明他有寄托，是最好的例证，因为他有很多语码。什么“长安日下”了，什么“旗尾”“乌纱”了，可以证明他有寄托。但不是他最好的一首词。

他最好的一首词，把悲慨完全融会进去，你找不着这样明显的痕迹的，我只能告诉大家这首词值得看，但是今天来不及讲了，就是：

柳阴直，烟里丝丝弄碧。隋堤上，曾见几番，拂水飘绵送行色。登临望故国，谁识京华倦客？长亭路，年去岁来，应折柔条过千尺。　　闲寻旧踪迹，又酒趁哀弦，灯照离席。梨花榆火催寒食。愁一箭风快，半篙波暖，回头迢递便数驿，望人在天北。

凄恻，恨堆积！渐别浦萦回，津堠岑寂。斜阳冉冉春无极。念月榭携手，露桥闻笛。沉思前事，似梦里，泪暗滴。（《兰陵王·柳》）

这首词是他被召回京以后在汴京所写。但是现在已经打过铃很久了，今天来不及讲了。

我非常抱歉，耽误大家这么多时间，我们教材上有很多南宋的材料来不及讲了。我记得我小的时候，我的伯父教我读诗词，他曾经给我念了这么一首诗，不知是他作的，还是别人作的，我写给大家：

九畹兰花江上田，画来八畹未成全。
世间好事何须足，留取栽培待后贤。

九畹兰花，出于屈原的《离骚》。现在九畹兰花，只画了八畹，我没有把它画完。世间好事不一定都把它做完了，只要大家有爱好古典诗词的兴趣，将来你们会碰到更好的人跟大家一同讨论欣赏古典诗词，大家自己也会有更多更好的成就。

第十一讲

辛弃疾（上）

在北京的唐宋词讲座中，我们已经对唐五代、北宋的一些重要作者作了简单的介绍，现在我们要开始讲南宋词了。由于时间的限制，我们在南宋词人中，只能简单介绍一下辛弃疾、姜夔、吴文英和王沂孙四位作者。现在我们就将先从辛弃疾开始介绍。辛弃疾一般与北宋的苏轼并称为“苏辛”，人们常把他们称为豪放派，与婉约派相对立。并且以婉约为词之正宗，而以豪放为别调。不过，实在不应当作这样简单的划分。苏辛词虽然外表看似豪放，好像与一般婉约派的作品不同，但是他们的词在豪放之中也仍然有一种婉约的意致。以下我们就将对辛词的此种特质略加介绍。

本来就词的起源来说，早期文人所写的词原来只是在歌筵酒席间交给歌伎酒女去传唱的曲子，因此王国维就曾说词的特质是以“要眇宜修”为美的。从苏东坡开始，人称其“一洗绮罗香泽之态”，而辛弃疾的词更是被称为在“剪红刻翠之外，别树一帜”。“红”和“翠”就代表那些女性化的描写和形容，“剪”和“刻”就是细腻的描写。一般论者认为辛词是在剪红刻翠以外，另外树立了一个旗帜。苏辛二人的词都是摆脱了那种绮罗香泽剪红刻翠的作风，而抒写自己襟怀志意的。苏东坡写志的态度与辛弃疾是不同的。苏东坡一方面有儒家的用世志意，一方面有道家旷达的襟怀，可是他的词是他在政治上遭到贬谪、失意之后才去写的，因此多以表现旷达的逸怀浩气为主，并不正面写他用世的志意。辛弃疾却不是这样，他所表现的是他正面的志意。中国伟大的诗人都是用他们的生命来书写自己诗篇的，用他们的生活来实践他们的诗篇的。像屈原、陶渊明、杜甫都是这样。有的朋友也许会问：为什么没有提到李白呢？大家知道，李太白有李太白的长处。我提出屈原、陶渊明、杜甫的用意是什么？我是说，这些人的作品都表现了他们自己内心的志意、理念，表现了在操守之中他们自己的一份本质。就是说他们所有的诗篇，大多数的诗篇，不管他写的是悲哀，不管他写的是欣喜，都表现了自己本身的那一份做人的志意和理念。至于李太白当然也很好，不过他的诗歌主要是他飞扬的天才的流露，而不是自己的理想、志意的流露。尽管李白的诗中也写到理想、志意，像他的《梁甫吟》，“张公两龙剑，神物合有时”，“君不见朝歌屠叟辞棘津”和“长揖山东隆准公”之类的，但其实他所表现的并不是什么志意、理念，而是他的一份天才的不甘寂寞落空。他羡慕汉朝的郦食其“入门不拜骋雄辩”，就得到汉高祖的知遇，一个天才马上得到了遇合；他也羡慕姜子牙，“八十西来钓渭滨，宁羞白发照渌水，逢时吐气思经纶”，那也是一种偶遇。所以说李太白所表现的是他的天才之不甘寂寞、不甘落空。

可是屈原呢？屈原所表现的是他的理想和志意，是他的“高洁好修”。他说：“民生各有所乐兮，余独好修以为常。”美好的修饰，在屈原所象喻的是他对一种品格志意的完美的追求。他又说：“亦余心之所善兮，虽九死其犹未悔。”（《离骚》）只要我认为是美好的，我要尽我所有的力量去追求，就是九死我都不后悔。这是屈原“高洁好修”的一份心志，是追求完美的一种精神。

至于杜甫，那真的是忠爱缠绵，他不但在早期就写了“致君尧舜上，再使风俗淳”（《奉赠韦左丞丈二十二韵》）的诗句，一直到他老年流落四川，他还说我“此生那老蜀，不死会归秦”（《奉送严公入朝十韵》），难道我就终老在四川，只要我一口气在，一定要回到我的首都和朝廷，我是不能放下对国家的关怀的。最后他流落到湖南，已是他临死前不久了，杜甫最后是死于湖南的。他登上岳阳楼，还写下了“昔闻洞庭水，今上岳阳楼。吴楚东南坼，乾坤日夜浮。亲朋无一字，老病有孤舟。戎马关山北，凭轩涕泗流”（《登岳阳楼》）的诗句。此时杜甫与亲戚朋友连一字的音信都没有，而且又衰老多病，他自己曾写诗说是“右臂偏枯半耳聋”（《清明二首》），可是他想到的不是自己，而是国家还没有完全安定太平，那戎马的战乱还在北方存在，所以他登上岳阳楼，靠近窗子向北遥望时就涕泗交流。这就是我所说的杜甫是用他的生命来写他的诗篇，用生活来实践他的诗篇的。

再说陶渊明。一般说起来，大家都认为陶渊明是比较消极的。陶渊明终生的持守，他的理想和志意的理念是“任真”和“固穷”。“任真”是他本性的追求，“固穷”是他生活上的持守。“人生归有道，衣食固其端，孰是都不营，而以求自安。”（《庚戌岁九月中于西田获早稻》）他又说我虽然是冻馁、饥饿，“贫富常交战”，但是“道胜无戚颜”（《咏贫士》），只要我内心所持守的“道”胜了，即使是再穷困、再饥寒交迫，我也无戚颜，没有愁苦的面容。“仰不愧于天，俯不怍于人”（《孟子·尽心上》），“仁者不忧”（《论语·子罕》），只要你真的懂得了“道”，就是死的时候，内心也是平安的。如果你用了许多不正当的手段，也许追求到利禄富贵的显达，你死的时候，内心也是不平安的。这正是陶渊明终生的志意和理念的持守。

中国的诗歌因为有言志的传统，所以才在我们中国的诗歌历史上出现了这样光明俊伟的伟大的诗人、伟大的人格。像屈原、陶渊明、杜甫，那真是光明俊伟，真是心地光辉皎洁，这样地英俊，这样地伟大。我们今天读他们的著作，他们的光彩是照耀古今的。

词，一般说起来，是缺少这样的作品，缺少这样人格流露的。那就因为词在起初之时，本来只是歌筵酒席之间流行的歌唱的曲子，词人写作歌词并没有言志的理念。他们不把志意怀抱正式写到词里面去。可是，词在演进之中，很多作者都不知不觉地流露了他的一份本质，但那却往往只是无心的流露。像冯延巳，他说："日日花前常病酒，不辞镜里朱颜瘦。"（《鹊踏枝》）又说："过尽征鸿，暮景烟深浅。一晌凭阑人不见，鲛绡掩泪思量遍。"（《鹊踏枝》）他写的这份感情，仍是伤春、怨别，并没有正式写他的理念和志意。苏东坡是比较明白地写了自己的襟怀，但他写自己比较消极一面的旷达的襟怀多，而正式追求"用世"的理念在词里表达得少。

在五代两宋之间有一个伟大的作者，那就是辛弃疾。辛弃疾的词里面表现了他的志意、理念的本体的本质，而且他是用他的生命去写他的诗篇的，用他的生活来实践他的诗篇的。讲别的作者，他们的生平不大重要，讲辛弃疾就要对辛弃疾的生平作些简单的介绍。不过大家对辛弃疾是有较多了解的，因为我们国内的学校一般对辛词讲得比较多。

辛弃疾是出生在沦陷区。辛弃疾出生时，他的家乡山东历城就已经沦陷了。按他出生的年代，他是南宋高宗绍兴十年（1140）出生的，那时北方沦陷在金人之手已有十年之久了。一个人的成长是你的本性与你生长的环境的结合。辛弃疾为什么那样地忠义奋发，因为他是生长在一个忠义奋发的家庭之中的。他的祖父辛赞，在辛弃疾童年之时，就常带着一群儿童去游览，指点山河，培育他们的国家民族思想。所以辛弃疾的忠义天性是跟他的生命成长在一起的。那不是口号，不是教条，不是从外表涂脂抹粉擦上去的。这才是最重要的东西。当辛弃疾二十二岁时，北方沦陷区在敌人铁蹄践踏之中，一些奋发的青年、忠义之士就结成了义勇军。辛弃疾当时也召集了忠义之士有二千人之多，此时，山东有位农民叫耿京的，也组织了义勇军，耿京手下有数十万人之多。辛弃疾就带领他的二千义勇军归附了耿京，他的这种见解、这种度量不是一件偶然的事情。辛弃疾后来投向南宋以后，为了收复自己的故国故乡，曾经献上了“九议”“十论”。“九议”“十论”讲的是当时的政治、军事、经济、地理、战争的形势，他把各方面分析得非常仔细。其中有《备战》一篇，讲到当时北方沦陷区农民起义的热情很高，但是没有一个久远的谋略与计划，容易组织起来，也容易挫伤解散。知识分子也有忠义奋发的志意，可是知识分子顾虑多，不肯轻易发动，不肯轻易起兵。如果没有真正的把握是不肯轻动的，而且有些知识分子也不肯低身俯首，居于农民的领导之下。如何使知识分子与农民结合起来，正是辛弃疾本身以生活去实践的。他带领着两千人归附了耿京，为之掌书记，为耿京出谋划策。他说我们在沦陷区起义，一时兴起来的热情很容易就消退了，真正要光复国土，就要与祖国的朝廷取得联系。耿京认为他说的话是对的，于是就命辛弃疾带一批人南渡，到了建康，即今日的南京。那时在建康巡幸的宋高宗召见了他，授予他们这些北方起义的人以官职，希望两边能够联合。而当辛弃疾从南方北归，到山东海州时，听说耿京的部下有一个奸细叫张安国的，把耿京杀死了。张安国为了图谋自己的富贵，投降了敌人。我们中国一向有光明俊伟的才人志士，也一向有丑陋、卑鄙、宁可卖身去做奸细的这样可耻的中国人。你看老舍的《四世同堂》所写的，就有这样的两种人。张安国杀死了耿京，投降了敌人，根据地失去了。如果是一般的人就无可奈何了，但辛弃疾真是一位英雄豪杰，他听到耿京被害的消息，就带领了一批人马冲入金营。张安国正在那里与金人饮酒庆功，辛弃疾冲入营中，活捉了张安国，却并没有立即把他杀死，而是把他带上马来，连夜押到建康，然后在这里将张安国斩首了。这是何等的精神！而使辛弃疾有这种精神、这种勇气的，就是因为他自己相信，到南方来之后，我一定可以打回北方去，我的故乡一定会光复。

他就是带着这样的志意投奔到南方的。因此，他在晚年还写了一首《鹧鸪天》，怀念他当年的壮举。他说："壮岁旌旗拥万夫，锦襜突骑渡江初。"他早年二十几岁加入义勇军，曾经拥有几十万的军马，穿着盔甲，戴着锦的护膝，带领着冲锋的兵马渡过了长江，那是何等的壮举！可是南渡以后四十几年，他收复失地的志意和理想始终没有实现。因为当时南宋有一批君臣苟且偷安，醉生梦死，各怀私心，所以辛弃疾收复失地的志意始终没有完成。故此他在这首词的最后写道："追往事，叹今吾"，想想"壮岁旌旗拥万夫"的我，再看看今天我辛弃疾，是"春风不染白髭须"，我如今只能"却将万字平戎策"（指他的"九议""十论"，何止万字），"换得东家种树书"。

辛弃疾在南宋四十多年，有二十几年是被免官，放废家居。虽然他被放废家居多次，可是只要一旦被起用，他总是要有所作为的。我们仅就辛弃疾生平中的几件事就可以看到这一点。辛弃疾到南宋之初，曾经知滁州，在那里为官。滁州位于江淮之间，是靠近金人前线的地方，此地十分荒凉、贫瘠，人民都流散了。当时南宋当局总是把最困难的地方派给辛弃疾。辛到滁州后减免赋税，号召商贾，休养生息，不过一年的工夫，滁州整个面貌就改观了。后来他又曾做过江西的提点刑狱、湖南的安抚使、江西的安抚使。在这一段经历之中，有一次江西和两湖一带有一些在封建政权的压迫之下无以为生的人民，不得已而为"寇"。南宋政权让辛弃疾去讨平，他生活在封建时代，当然他也果然平定了"寇乱"。但平乱之后，他马上向皇帝上了一个奏疏

《论盗贼札子》，指出："民者国之根本，而贪浊之吏迫使为盗。"希望"陛下深思致盗之由"，"讲求弭盗之术，无恃其有平盗之兵也"。人民是国家之根本，如果总是讨伐，而不加培养，就如同一根木材，"日刻月削"，对国家是危险的。

辛弃疾的志意是收复失地，所以无论他到哪里，想的都是备战、反攻、收复失地。他来到湖南后，组织了"飞虎军"。建置军队需要营房、粮饷，他花了不少的钱盖了军营。有人密告他用钱太浪费了，于是南宋皇帝就给他下了金牌，诏令他停止训练。金牌是很重要的，当年岳飞带军队抵抗金兵，马上就可直捣黄龙，就可以与战士一同痛饮黄龙的时候，可是几道金牌下来，岳飞就不得不俯首听命，撤兵回来，在秦桧的陷害下被杀死了。而辛弃疾可妙了，他把皇帝的金牌藏起来，不发表。此时军营即将完工，只是缺瓦，于是他就下了一个命令，要求所辖居民都要从自己的家里或水沟上揭下两片瓦交来，这样他的飞虎营就告成了。他对皇帝汇报说你的金牌收到了，我的飞虎营已盖好了。这真是英雄豪杰，有谋略，有胆识，敢作敢为。还有一次江西大饥荒，人民无以为生。辛弃疾又是把公家所有的金钱、财物都拿出来，选择了最能干的人到各地去购买粮食，救济灾民。而且他下了一道命令："闭粜者配，强籴者斩。"大家要知道，当饥荒之时，有一些商人为图谋自己的利益，就把粮食囤积起来，抬高粮价，你要买，他不卖给你。可是辛弃疾却说，在我这里，如果有人有粮食而不卖，我就"闭粜者配"，给你充军发配；你要强买囤积粮食，搞投机倒把，我就"强籴者斩"。过了一阵子，他派出去各地买粮食的人回来了，买了大批粮食，用船运回，"连樯而至"。辛弃疾亲自到城外主持分配。正当他分配粮食之时，不属于他管辖的江西信州的太守说：我们也有饥荒，你们收买来的粮食，是否能分给我们一部分。辛的部下很多人反对，说我们这么大的饥荒，我们千辛万苦弄来的粮食，不能给别人。可是辛弃疾却说：他们也是百姓，“亦赤子也，亦王民也”，我们吃饱了能眼看他们饿死吗？于是他就把他们收购的粮食的十分之三分给了信州人民了。可是就在这件事后不久，有人弹劾辛弃疾，说他“杀人如草芥，用钱如泥沙”。他严刑峻法地治理那些不守法者，“闭粜者配，强籴者斩”，人家就指控他“杀人如草芥”。他花了国库的钱去买粮食救灾，人家就说他“用钱如泥沙”。于是他就被罢免了，放废家居。他到江西上饶附近，找了一片荒野之地盖了房子，住了下来。此地叫带湖，此次“放废”几乎有十年没有起用。

十年以后，他第一次被起用，曾做过福建安抚使。辛弃疾这个人是不用他则已，一旦用他，他就要实践他的志意。我说过，他是用他的生命谱写他的诗篇，是用他的生活实践他的诗篇的。就像杜甫写自己的忠爱缠绵，是“葵藿倾太阳，物性固莫夺”（《自京赴奉先县咏怀五百字》）一样。杜甫说我不能忘怀，不能不关心我的国家、同胞、人民，我就像葵花、像豆藿一类植物永远向着太阳，这是我的天性，我想改都不能改变。辛弃疾遭到弹劾、罢废，你为什么不学乖一点？你为什么还干？辛弃疾只要一用他，他还要干，这正是我们中国有理想的才志之士。辛弃疾来到福建一看，他就说了福建是前枕大海，没有海防是危险的，不管是敌人还是盗寇，一旦发生了，我们应该怎么办？于是他马上在福建筹备海防，修建了“备安库”，还要造铠甲一万副。他这么一干，人家又弹劾上去了，他说“残酷贪饕”，所以他又被罢官了。这次罢废几乎又是十年。而且他在上饶带湖的住所被烧毁了，后来就在铅山一处有泉水的地方，又安排了一个住所，取名“瓢泉”。辛弃疾是以何等心情安排他的住所呢？请看他以前写的一首词：

水龙吟·登建康赏心亭

楚天千里清秋，水随天去秋无际。遥岑远目，献愁供恨，玉簪螺髻。落日楼头，断鸿声里，江南游子。把吴钩看了，栏干拍遍，无人会，登临意。　　休说鲈鱼堪脍，尽西风、季鹰归未？求田问舍，怕应羞见，刘郎才气。可惜流年，忧愁风雨，树犹如此！倩何人唤取，红巾翠袖，揾英雄泪？

这是他当年在建康做通判时写的一首词。他的一片收复自己故国和故乡的志意，在落日的高楼上，在失去同伴孤独鸿雁的叫声里，他的志意得不到共鸣，得不到人们的重视。他说自己是“江南游子”，辛弃疾不是江南人，而是山东人，居然来到了江南，只要一日不能收复故土，不能回到故乡，便只能是“江南游子”。我辛弃疾是没有杀敌报国的本领吗？“壮岁旌旗拥万夫”，千军万马之中曾把汉奸张安国捉来。他是真的有本领，不像某些人空谈大话，所以“把吴钩看了”，吴钩是指他的宝刀宝剑。我自己身上佩带这样的宝刀宝剑，有这样的本领而不能去杀敌，压抑在胸中的满腔愤慨，把“栏干拍遍”。“无人会”，无人理会，无人懂得我的心意。我今天登上建康的赏心亭（建康即今天的南京），隔江可以遥望江北。江北是什么地方？辛弃疾晚年写的《永遇乐》词中，曾经有“四十三年，望中犹记，烽火扬州路”的词句，表明他是从敌人的千军万马中冲过来的。而现在是“无人会，登临意”。“休说鲈鱼堪脍，尽西风、季鹰归未？”鲈鱼是一种很好吃的鱼，这里有一个典故。历史上记载，西晋时有个人叫张翰，字季鹰，他本是南方人，在洛阳为官，他怀念江南莼羹鲈脍，就辞去了官职，回到故乡去了。人家张季鹰有故乡可归，我辛弃疾的故乡沦陷在敌人手中，今天我在官场上仕宦不得意，也想辞官不做，回老家吧，可我回到哪个老家去？所以不要说我故乡的食物是怎样美，张季鹰在西风起的秋天时回故乡了，现在我也怀念我的故乡，可是一任秋风吹，多少个秋天过去了，“季鹰归未”？我像张季鹰那样怀念故乡，回去得了吗？有人说你辛弃疾既然回不到山东的老家，就在南方安家吧，可是他又说：“求田问舍，怕应羞见，刘郎才气。”这又是另外一个典故，大家应知道辛词是喜欢用典故的。既然我不能回山东，我就在南方买几亩地盖几间房子，“求田问舍”，又“怕应羞见，刘郎才气”。这个典故是说，三国时，天下大乱，董卓挟天子以令诸侯，这大家都熟知了，不用细讲。刘郎指的是刘备。一天刘备遇见许汜，与许汜谈论天下英雄豪杰，论及陈登。陈登是一个有理想有志意的人。《三国志》中有陈登的传记，传记后有裴松之的注，引了许多关于陈登的故事。说陈登有“扶世济民”之志。刘备与许汜谈话时，许汜就批评陈登是“湖海之士，豪气未除”，意思是说陈登没有礼法。刘备问：何以见得呢？许汜说：有一次我去拜访陈登，陈登对我全无主客之礼，坐了半天，他不跟我讲话，我留在他家住宿，陈登是自上大床卧，令客卧下床。所以我说他“湖海之士，豪气未除”。刘备就说了：方今天下大乱，有理想志意的人都是关心国家大事的，而你这个人只是为自己自私自利打算，“求田问舍”。如果是我刘备做主人，你若来了，我就自己上百尺楼头去卧，而卧君于地。这表示刘备看不起像许汜这种不关心国家安危，而只是自私自利的人。辛弃疾用这个典故，是说我不能像张季鹰那样回故乡，只好留在南方“求田问舍”，真是自觉可耻，“怕应羞见，刘郎才气”。我应怎么办呢？他又接着说：“可惜流年，忧愁风雨，树犹如此！”岁月不待人，一个英雄豪杰二十几岁时可以出入敌营，从千军万马之中活捉了汉奸，可惜流年似水，我的豪情壮志，我的那些英勇有为的青壮年时代，转眼就过去了，我所遭到的都是谗毁、打击，志意一直无法实现，真是“忧愁风雨”。他说“树犹如此”，树在风雨中也会凋零，不用说我们有感情的人，更经不起这样的挫折。感慨之余，他就说了“倩何人唤取，红巾翠袖，揾英雄泪”。我们中国有一个“传统”，许多英雄豪杰在事功上不能完成自己的志意，就希望有一个红颜的知己。可是辛弃疾说：我有吗？我从哪里找到一位红颜知己，拿着红色的手巾，用她绿色衣袖里的手为我擦干英雄的眼泪？“倩何人唤取，红巾翠袖，揾英雄泪？”“倩”就是使，使什么人找来一个红颜知己。从这首词来看，辛弃疾在江南本没有“求田问舍”之心，认为那是可羞耻的，可是他两次被放废家居，他就也置了产业，第一次在带湖，第二次在瓢泉。他第一次在带湖盖房子时，曾经写了所谓的“上梁文”。这是一种风俗，说今天上梁了，要唱一些喜歌，举行些礼仪。他自己撰写的《上梁文》中曾说：“抛梁东，坐看朝暾万丈红，直使便为江海客，也应忧国愿年丰。”古人盖房上梁时，要把一些好东西，抛到屋梁的四方，同时念诵一些祝词。他说将来房子盖好了，我坐在东窗之下，看到太阳从东方升起。“朝暾”，早晨的朝气是万丈红。就算是现在我被罢免，废弃家居，不能实践我收复失地的理想，“直使便为江海客”，就算我终老在江湖，不能再到朝廷工作了，作为一个平民百姓，“也应忧国愿年丰”，也要关心国家，至少希望我的国家收成很好。这就是他为什么自己起别号叫“稼轩”的缘故。“稼轩”是他所盖的房子中的一处住所，从窗口望去，一片都是庄稼。这是辛弃疾的志意和理念与他的生命结合在一起的证明，他是用他的生活来实践的。

他第三次被起用之时，已是年逾花甲的老人，曾知镇江府。镇江是长江南北与敌人交界的前线，他来到前线，又是马上备战。他心心念念，一直都没有忘记收复国土。搜集了许多钱财备战，为军士置备盔甲军装。而且他有很好的谋略，花重金派间谍到北方金人那里探听虚实。打仗要知己知彼，他打仗决不像韩侂胄，是借打仗为了建立自己的功名和地位。辛弃疾是真的为了要收复自己的故国、故乡，而且他对北方是了解的。程珌的《洺水集》里就记载了他派人探听北方消息的事。这样，他又被弹劾，说他是“奸赃狼藉”，又被免职了，等他再被起用时，已经年老多病，给他一些官职他都推辞了，六十七岁时“壮志未酬”而死去了。以上我们简单地介绍了辛弃疾的生平，这是因为他的词是和他的生命联结在一起的，只有了解他的为人，才能了解他的词。

我曾说屈原、陶渊明、杜甫用他们的理念志意写他们的诗篇，说他们的作品全都是他们志意的投注，不似有一些诗人词人自命风流，游山玩水，写一些吟风弄月那样的作品。像辛弃疾这些伟大的诗人词人，他们的作品里边，不管是得意也好，失意也好，悲哀也好，欢喜也好，总不忘自己的志意和理念，这才是用生命去写他的诗篇的。既然他的诗篇是他生命的流露，就要把他生命里边的本质找出来。他的本质是什么？辛弃疾的志意理念跟苏东坡、陶渊明比起来差别在哪里？陶渊明、苏东坡他们都准备了一个“退”，是“达则兼济天下”，“穷则独善其身”。人的一生，有幸、有不幸，有进、有退，有福、有祸，这是每个人都会遇到的。人的区别就在于有的人勇于进，有的人勇于退，而辛弃疾实在是一个无法“退”的人。他跟杜甫是一样的，虽然偶然在他们诗词里说到“退”，如“尽西风，季鹰归未”？说到回老家，可这都是反面的话。他们是坚持实践和实行他们的理想和志意的，如杜甫“葵藿倾太阳，物性固莫夺”。辛弃疾也是如此。辛弃疾一生也没有忘记收复自己的故乡和故国，他是坚持要进，而不是要退的人。

辛弃疾本身是要进的，是忠义奋发的，可是他所处的环境，他几次遭到谗毁、罢废，这里边有一个相对的力量往下压下来。辛弃疾本来的力量是向上冲的，是进的，是忠义奋发，而他的环境遭遇，他在南宋四十几年，竟有二十年左右是放废家居，所遇到的是另外一种从上面压下来的力量，所以词的特色，常是这两种力量的激荡盘旋。他的忠义奋发的进的力量和遭到的谗毁、罢废的反面压抑的力量，这两种力量的激荡盘旋，就是他词里的一份本质。

而这种本质与词的特质有什么关系呢？我在开始时讲过，词的特质本是以委婉曲折、含蓄蕴藉为好的，婉约的词是如此的。可是许多人都误会，以为豪放的词，只要说几句激昂慷慨的话就是豪放了。豪放也许豪放了，但不是好的词。真正好的词都是有一份委婉曲折、含蓄蕴藉之美的词。我说过词不要截然划分，婉约的儿女之情的词里，有时也可以寓托一份忠爱的志意，如冯正中的词。至于豪放的英雄、豪杰的词人，也不要只看他的激昂慷慨，他的词之所以有艺术性，是好的词，就是因为它也有委婉曲折、含蓄蕴藉的一面。使辛弃疾这位豪放词人能够达到词里边最高成就的，正是由于他达到了词的艺术要求，有一种委婉曲折、含蓄蕴藉之美。而他之所以委婉曲折，他之所以含蓄蕴藉，一个就是由于他本质上两种力量的互相冲击，互相摩荡，那个出来了，这个下去了，互相盘旋激荡。它不是简单的，不是单调的，不只是喊几句口号，是两种力量冲激的结果。另外还有一点，辛词不是直说的，不是把词写成口号的，他注意了形象、意象的表现。不是直说我要收复失地。当然，收复失地意思不错，但这不是很好的词，虽然是很值得尊敬、提倡的感情，作为词，还要有它的艺术性才行。辛词的艺术性就是辛弃疾不是直说，而是用形象、意象来表现的。辛词形象的来源有两方面，一般的词的形象来源都是有两方面的，一是自然界景物，一是人事界事象。不要只看到这个是蓝的，那个是红的才是形象，任何一件事，一个情势，悲欢离合，喜怒哀乐，同样是形象，是事象。而辛弃疾写的词，有时就是用人事界的事象。其实在他的词中，直接地说当时政治的地方是非常少的，他喜欢用典故，这正是他另外的一个形象的来源，所以辛词中典故特别多。

温庭筠、韦庄等人的小词，要表现自己志意的时候，用的是美人。温庭筠说："懒起画蛾眉，弄妆梳洗迟。"（《菩萨蛮》）这其中也可以给人以屈原《离骚》那种追求完美品格的联想，但他用的是美人。韦庄的词中"凝恨对残晖，忆君君不知"（《菩萨蛮》），是哀悼唐朝的灭亡。但是他用的也是男女之间的爱情，写的是与美人相思离别的歌词。辛弃疾的词同样保持了词的艺术美，他所用的是人事界的事象，而不仅是用美人了。下面我选的辛弃疾的一首词，可以作为他的代表作，一方面可以表现出他的忠义奋发和外边的谗毁摈斥这两种力量的盘旋激荡，另一方面也可以表现他对自然界的景物和人事界形象的运用。

我们现在看他的一首《水龙吟》。《水龙吟》是一个词调的名字，关于词的牌调，我因为时间的关系，没有给大家讲。早期诗人、文人写的词，温庭筠、韦庄所写的词都是词里的"小令"，是非常短小的酒筵间的歌曲。而像《水龙吟》这样的牌调是"长调"，篇幅比较长。本来民间的歌曲，像敦煌歌曲原来早就有篇幅长的曲子。不过早期诗人文士多用小令，诗人为长调歌曲写了大量歌词的是始于柳永，于是文人用长调写歌词的才逐渐多起来。长调该怎么样呢？短的歌词由于篇幅短，可以抓住重点来写，"林花谢了春红，太匆匆。无奈朝来寒雨晚来风。　胭脂泪，相留醉，几时重"，就可以过渡到"自是人生长恨水长东"了（《相见欢》），只要掌握感情的重点来写就够了。而长调，因为篇幅长，写时就一定要铺陈，要展开来写。长调的铺陈有几种不同的方式，柳永所用的是一种平叙的方法，就是把一件事，按时间、地点一直地说下去，如柳永的词《雪梅香》：

景萧索，危楼独立面晴空。动悲秋情绪，当时宋玉应同。渔市孤烟袅寒碧，水村残叶舞愁红。楚天阔，浪浸斜阳，千里溶溶。　　临风，想佳丽，别后愁颜，镇敛眉峰。可惜当年，顿乖雨迹云踪。雅态妍姿正欢洽，落花流水忽西东。无憀恨，相思意，尽分付征鸿。

柳永的这首词，上半阕是写景，下半阕是写对女子的怀念。前面写景，后面写情，层次分明。前面在写景之中，表现了一点自己的感慨，“动悲秋情绪，当时宋玉应同”。后边，“临风，想佳丽”，是男女的爱情。词的进展是很妙的。韦庄、温庭筠只写爱情，但不直说自己的情怀志意。柳永写的时候，他站出来，作为一个仕宦失意的人，自己写才人的悲慨，写悲秋的情绪，写秋天的草木黄落、凋零，一个才人生命的落空。而后半首马上回到男女的爱情，那是因为那时候长调展开时不能摆脱男女的感情。尽管他自己也站出来写悲秋的感慨，但他总是马上就回来写男女的爱情。柳永一向都是这样写的。总是前面几句有悲慨，后面几句马上写爱情，当然柳永更多的词是全篇都写爱情的。而辛弃疾呢？我们看辛弃疾是怎样展开来写长调的。请看辛弃疾的《水龙吟·过南剑双溪楼》：

举头西北浮云，倚天万里须长剑。人言此地，夜深长见，斗牛光焰。我觉山高，潭空水冷，月明星淡。待燃犀下看，凭栏却怕，风雷怒，鱼龙惨。　　峡束苍江对起，过危楼、欲飞还敛。元龙老矣，不妨高卧，冰壶凉簟。千古兴亡，百年悲笑，一时登览。问何人又卸，片帆沙岸，系斜阳缆？

我们可以看出，辛弃疾不是分开写的，整个都是结合在一起的，不管是自然界的景物，还是古典典故的事象都跟他的整个思想感情完全融会、贯通在一起了。

这首词，题目叫《过南剑双溪楼》。南剑，宋时称南剑州，今之福建南平县附近。这里有一个双溪楼，之所以谓为双溪楼，就是因为这里有两条水，西溪和东溪两条溪水在楼前汇合，楼前为万丈深潭，此地又叫剑潭。东西二溪，汇合之后再流出去，称为剑溪。辛弃疾经过双溪楼，写下了这首词。我回国喜欢讲课，也喜欢听别的老师讲课，在南开大学、南京大学都曾旁听了他们学校古典文学老师的讲课，这是因为我对古典文学、古典诗歌特别有兴趣。另外我还喜欢游览，游览名胜古迹，我国的名胜古迹与我们的历史、文化有很多关联。当然，我也去过世界上许多地方，去过欧洲六个国家，看到过许多美丽的风光。我到那里旅游时，当然也感到山水是很美丽的，可是却引不起我内心感情更深的共鸣。当你对中国的历史文化熟悉以后，中国每个地方的山水都结合了悠久的历史文化，会引起你更深的共鸣。国内年轻的朋友，若不熟悉祖国的古典文学、历史和文化，你去游山玩水，兴致就减少了一大半。你去南剑双溪楼，双溪楼有什么故事，你不知道，岂不是白去了？

南剑双溪楼，楼前有剑潭、剑溪，这里边有一个历史故事。《晋书·张华传》记载：西晋时，一位很有名的人叫张华，他诗写得很好，官至宰相。他通今博古，写了《博物志》。他晚上常常看天上的星象，看到深夜，在星空中的斗宿和牛宿之间有一道光芒，可为什么会有这道光芒呢？当时还有一个叫雷焕的人，对天上星象很有研究，深知星象的象纬，于是张华就把雷焕叫来，问他:“你看这道光芒是什么意思?”雷焕说：“天空中这道闪烁的光芒是宝剑之气上冲于天!”张华又问：“按着这个星宿，宝剑该在何处?”雷焕答道：“这把宝剑按着星宿的推测应在豫章的丰城!”张华听了之后，就说：“那好，我派你去做丰城县的县令。”雷焕到丰城县上任后，因其深谙象纬之学，认为剑气上冲于天，这剑气应是从丰城监狱的屋子里发出来的。于是他就“掘狱屋基”，果然挖出一对宝剑，一个名为“龙泉”，一个名为“太阿”。雷焕将其中一把给了张华，自己还留下一把。可是在西晋政治权势斗争之中，司马氏家庭之间发生了“八王之乱”，许多人死于非命，张华也死于其中。张华死后，张华那把宝剑就失落，不知去向了，雷焕那把剑后来传给他的儿子。雷焕的儿子一天佩带这把宝剑经过剑溪，宝剑就自动地跳出剑鞘，跃入了剑溪溪水之中。因为这把宝剑是他父亲传给他的，他就让会水的人下水去找。下水的人上岸报告说：“我们下去之后，看不到宝剑，只见两条龙在游泳，而且须臾之间，风浪大作，剑也不见了，龙也不见了。”从此这两把宝剑都没有了。这当然是历史上传说的一段故事。

辛弃疾的词喜欢用典故，是因为他读书多，而且对所读的书都有真切的感受，就像人家苏东坡小时读《后汉书·范滂传》，马上有了感发，读《庄子》也有感发。我们读书都读到哪里去了？你要想作一篇文章，脑袋里什么都没有，拼命找到一个典故，你就是用上了，那个典故都不属于你，因为它不与你的生命感情相结合，那些书在你的生命感情之间不发生作用，所以你读书读得再多也无所得。而人家辛弃疾则可以信手拈来，都是典故，每个典故都是带着他的生命和感情，这才是真的会读书的人。辛弃疾不但读了历史上这段《晋书》的故事，而且这段历史故事在他的生命感情之中有了一种感发的作用，所以当他经过南剑的双溪楼，写了这首词，就用了这典故。

词的一开头："举头西北浮云，倚天万里须长剑。"这真是写得好。他不是直白地说我要收复失地，而是十分妙地用了大自然的景象为寓托，说"举头西北浮云"，我"倚天万里须长剑"。杜甫老年漂泊湖南时说"戎马关山北，凭轩涕泗流"（《登岳阳楼》），永远不忘故国故乡。辛弃疾也一样，所以不管他们是登上岳阳楼，还是来到福建的双溪楼，那一份忠爱忠义的感情都是他们永不能忘怀的。"举头西北浮云"，浮云也可能是辛弃疾眼前所看到的西北方的天空果然有浮云，可是大自然浮云的景象在他已是一个象征、一个比喻了，他想的是那西北沦陷的故国的国土，我们不应该收复吗？不应该扫除那些敌人吗？所以他接着说"倚天万里须长剑"。

前些天，我去本溪水洞参观，水洞里垂着一条很长的钟乳石，上书"倚天长剑"四字。这个灵感一定是从辛弃疾得来的。我们若时时有这种灵感，那就很不错了。要有万里长的宝剑，把西北浮云扫除，把北方的国土收复，这就是"倚天万里须长剑"。这句词按文法应是需要有万里长的倚天长剑，辛弃疾却倒过来说"倚天万里须长剑"，这正是辛词中有"盘旋""激荡"形式艺术美的一个重要的原因。如果平铺直叙地说，词的力量就减少了。而辛弃疾也不是故意要颠倒说的，是因为他的感情在他的内心之中就是这样激荡盘旋的。辛弃疾下面说："人言此地，夜深长见，斗牛光焰。"这里是龙泉、太阿两把宝剑落水的地方，人们传说到晚间还有宝剑的光芒上冲于天。"人言此地，夜深长见，斗牛光焰"，像这种句读虽断，语气不断的句法，也是辛词一大特色。这是辛词长调的另外一种作用。

我们刚才说都是长调的歌词，柳永也写，他的"动悲秋情绪，当时宋玉应同。渔市孤烟袅寒碧，水村残叶舞愁红。楚天阔，浪浸斜阳，千里溶溶”，他每句都是完整的，一个句子停顿，一个句子就完成了，再一个停顿，又一个句子完成了。你要注意，辛弃疾不是那样说的。为什么每个词人表现的风格不一样？为什么每篇作品感发的力量不一样？因为它所表现的方式不一样。辛词这一句是把一句话断开来说的。“人言此地”，这个句子没有完成，“夜深长见”，这个句子也还没有完成啊，到“斗牛光焰”才完成，这就使他的词增加了一分力量，读者没办法停下来。他的气，他的文气，他的语气是连贯下来的。“举头西北浮云，倚天万里须长剑。人言此地，夜深长见，斗牛光焰”，这是辛弃疾的写法。他内心的沉重，内心的盘旋，内心的郁结都借着这种断续的语气和这种连贯的气势表现出来了。

而且不只是如此。既然这首词第一句所写大自然景物的浮云这一形象，就是一个象征了，那么第二句“倚天万里须长剑”，就是历史的典故了。而宝剑是象征，宝剑的光焰也是象征。宝剑的光焰难消，而宝剑所代表的是什么？是辛弃疾收复失地的壮志，宝剑难消的剑气就正是辛弃疾难消的忠义奋发收复失地的壮志。可是宝剑出现了吗？西北的浮云扫除了吗？没有！这天晚上他见到的是什么？是“我觉山高，潭空水冷，月明星淡”。写得真是悲慨，这是外界的凄寒冷漠。尽管我的壮志难消，剑气长存，可是我今天在这里只觉得那重重的阻碍。“我觉山高”，又“潭空水冷”。一片空潭，看不见宝剑的影子，这么冰冷的潭水，而且天上是“月明星淡”。由此我想起了有一位名叫奥马伽音的波斯诗人写的一首诗，一位名叫黄克荪的（现任美国 MIT 物理系教授）中国人曾把奥马伽音的诗都译成了七言绝句。有一首诗是“搔首苍茫欲问天，天垂日月寂无言。海涛悲涌深蓝色，不答凡夫问太玄”。说为什么人间有这么多缺憾，我搔首苍茫问一问上天，天上有太阳、月亮，可是没有一句给我的回答。我问苍天不答，问大海，海涛汹涌，一片深蓝的颜色，也不给我回答，“不答凡夫问太玄”，因为我所问的人生的问题，是它们所无法回答的。

辛弃疾说宝剑是应该存在的，宝剑应该消除西北的浮云，可是我今天来到这里，“我觉山高，潭空水冷，月明星淡”，“天垂日月寂无言”。我辛弃疾满腔悲慨，为什么我壮志难酬？落到“春风不染白髭须”。底下的潭水这么寒冷，没有回答；天上的星辰这么寒冷，也没有回答。我就是处在这样阻隔，这样冷漠，这么凄寒的景色中，“我觉山高，潭空水冷，月明星淡”。但辛弃疾是一位英雄豪杰，一直不忘记他的忠义奋发。那宝剑不是没了吗？我要找一找，非要找到不可，“待燃犀下看”。这里又用了一个晋朝的典故，《晋书·温峤传》中记载：说有一次温峤经过牛渚矶（今江苏采石矶，即李白写《夜泊牛渚怀古》的那个地方），听人说牛渚矶水下有一些精怪。温峤叫人燃犀下看，因为普通的灯火蜡烛一遇水就灭，传说用水中犀牛的牛角燃着到水中就不熄灭，燃着犀牛角下水去看，火光一照，见水中那些稀奇古怪的东西在游泳。辛弃疾用典故有许多不同的方式，有时用整个故事，像上面讲的张华、雷焕关于宝剑的故事；有时用典是断章取义，只用典故中的一段，这里只用温峤故事中的“燃犀下看”一句。因为宝剑落到了水中，要想去找寻用普通的灯火不行，怎么办？“待燃犀下看”，“待”就是要，我要燃着犀角寻找这宝剑。辛弃疾表面用晋书故事说是去找寻宝剑，实则是写不肯放弃他收复失地的雄心壮志。

后面他接得就更妙了，说“凭栏却怕，风雷怒，鱼龙惨”。不用说我真的下到水中去寻找宝剑，我刚一靠近栏杆往水中一看，就“凭栏却怕”，怕什么？怕我真的把犀角点燃，进入水中，会引起水族的震怒，会刮起狂风，响起大雷，鱼龙惨变。辛弃疾说的是典故，是历史的故事，而他象喻的是我要收复失地，可是满朝那些偏安的人，那些

“暖风熏得游人醉，直把杭州作汴州”的人，他们不愿意放弃他们这种富贵、安适、享乐的生活。所以，只要辛弃疾一有作为，他们马上就弹劾，立即罢免。“待燃犀下看，凭栏却怕，风雷怒，鱼龙惨”。在这里辛弃疾表面上是写南剑双溪楼，但其中却有深刻含义。我们可以清楚看到两种力量的激荡盘旋，一个是向上挣扎的他的忠义奋发，一个是向下压来的外界的压抑摈斥。“倚天长剑”是他的奋发，“潭空水冷，月明星淡”是外界的压抑，“待燃犀下看”是他不肯罢休，“风雷怒，鱼龙惨”是外在的迫害。两种力量他都用含蓄蕴藉的笔法写了出来，写得多么好。这是上半阕。

下面说：“峡束苍江对起，过危楼、欲飞还敛。”写的是现实景物。东溪、西溪两条水流下来，四面是高山，在这里二水汇合，水流在高山峡束之中，苍茫的江水在这里翻飞对起。如果我们读了南剑州地方志、南平县县志，就可知道，东、西两溪由很远地方流来，中间汇合了许许多多的小溪，水势非常强大，所以到这里一冲击，真是波涛汹涌。“峡束苍江对起”，汇合的水，从双溪楼下流过，波涛汹涌，遇到高峡的约束，只好又马上收回来，“过危楼、欲飞还敛”。这一方面是双溪楼前现实的景物，一方面也是辛弃疾的遭遇、辛弃疾的心情。他要奋飞，但总是遭到压抑，这里有多少挣扎，多少痛苦，是借用自然景物来表达的，“欲飞还敛”写得又是多么激昂慷慨。下面他又十分妙地写了“元龙老矣，不妨高卧，冰壶凉簟”。在这里，辛弃疾又用了一个典故。三国时，陈登，号元龙。我们在前边第一首《水龙吟》中讲过，“求田问舍”，说刘备讥讽许汜为自己打算，只知买地盖房子，不关心国家大事。而陈登则是关心天下大事的，不愿安居的，有扶世济民之志。现在是辛弃疾反用陈登的典故，说纵然是青年壮年时期有扶世济民之志的陈元龙，可是如今老了，也不妨过几天高卧的生活，求得生活的安适，当夏日天热之时，有一壶冷饮、一领凉席。“高卧”本是陈元龙看不起许汜“求田问舍”的典故，辛弃疾断章取义地用了“高卧”二字，实质是说我辛弃疾现在已经这把年纪了，是不是也应该不再管天下事，过两天舒服日子就是了。可是从这首词的开头“举头西北浮云，倚天万里须长剑”，我们可以看见，辛弃疾他是真的能高卧、去享受“冰壶冰簟”的人吗？于是他又接着写了“千古兴亡，百年悲笑”。真是写得好。“千古兴亡”，张华何在？温峤何在？陈登何在？三国过去了，晋朝过去了，许多朝代都过去了，南宋将来的命运如何？北方宋朝的国土是否能收复？这么多的感慨在辛弃疾的心中盘旋、思念，“千古兴亡，百年悲笑”，人生一世不过百年，我辛弃疾有多少悲哀和欢笑。“壮岁旌旗拥万夫”，我“锦襜突骑渡江初”，而如今落到什么下场？“千古兴亡”的感慨，我个人“百年悲笑”的感慨，“一时登览”，就在我登上双溪楼的时候，一时都涌现在我的胸中。这首词的妙处，就在于辛弃疾没有一句话是直接说出来的。先不用说前边的那些感慨，张华、温峤、陈登都用的是典故或大自然的景物，就是写到兴亡的时候，他也只是说“千古兴亡，百年悲笑，一时登览”。

我们再结合辛弃疾另外的两首词看一看。他在《水龙吟·登建康赏心亭》里说：“落日楼头，断鸿声里，江南游子。把吴钩看了，栏干拍遍，无人会，登临意。”把自己的内心的感慨，直接说出来的比较多。而这首词，他经过更多的挫折、更多的压抑，内心的盘旋就更深了，一切都没有直接说出来。后面的结尾就更妙了。我的话都不用说了，古人的兴亡不用说了，个人的悲笑也不用说了。眼前的景物是什么？他说我从楼上向外一望，“问何人又卸，片帆沙岸”，是在“系斜阳缆”。问一问是什么人把前进的船帆又卸下来了。这里又是他的老办法，把“问何人又卸片帆沙岸系斜阳缆”这个长句断开来说。什么人在那里又把船帆卸下来了，就在沙岸边，卸下了帆，把船停住了，在日暮的斜阳之中，把船缆系在岸边停船的柱子上了？这也可能和开头的“西北浮云”一样是眼前的景物，但结合全篇的象征比喻来看，这里是比喻南宋。当南宋初年还有一些人提出“主战”“反攻”，现在连这样的人都没有了，把前进的船帆卸了下来，在斜阳之中把船缆系上，船再也不走了。“斜阳”是什么象征？我们在前面讲过韦庄的词“凝恨对残晖，忆君君不知”，“残晖”，代表一个国家、朝廷的衰败和没落。辛弃疾这首词的结尾都是对国事的感慨，但又都没有说出来。下一次我们将要结合他的《摸鱼儿》“更能消、几番风雨”一首词来看。

今天没有时间了，下次大家就可以看到辛弃疾不管是从正面来写，用古典来写，用女子“长门事，准拟佳期又误。蛾眉曾有人妒”来写，但是本质上都是要表达他忠义奋发向上的冲力跟外边的谗毁、摈斥的两种力量的激荡盘旋。好，今天就讲到这里。

第十二讲

辛弃疾（下）

今天，我们接着讲辛弃疾。先让我们看一看刘克庄在《辛稼轩集·序》中对辛弃疾的评论。他说："公所作大声鞺鞳，小声铿鍧，横绝六合，扫空万古。其秾纤绵密者，直不在小晏、秦郎之下。"这是说辛词是多方面的，有的写得豪放、激昂，有的写得委婉、含蓄；他的词有一些近于"婉约"的作风，简直是不在晏幾道和秦观之下。"其秾纤绵密者"写得是那样纤细，而且感情是那样秾挚，写得那样缠绵而且细致。"小晏"，名叫晏幾道，其父晏殊也是著名词人，人们称晏殊为大晏，称晏幾道为小晏。小晏的词，在中国词的历史上认为是最缠绵、最香艳的，他的作品常常写一些对他过去听歌看舞生活的留恋。"秦郎"就是秦观，号少游。秦少游的词也是写得十分多情、委婉缠绵的。刘克庄说辛词也有这一类的词。可是，不管辛词写得是大声、小声，豪放激昂，纤秾绵密；但是我上次讲了，辛弃疾的本质是一个，我们要从他的万变之中找到一个根本，辛弃疾的根本如我们在讲前一首词时所说的是两种激荡盘旋的力量。

下面我们再谈一首他的纤秾绵密的作品《摸鱼儿》，看一看在他纤秾绵密的作品之中，同样是表现了他自己的一种根本的本质。《摸鱼儿》是词的牌调。唐五代词作，一般只写一个牌调，"菩萨蛮"就是一个"菩萨蛮"，"浣溪沙"就是一个"浣溪沙"，它后边没有一个题目。从苏东坡开始词后面的题目就慢慢多起来了。词后面有了题目，正是词诗化的一个现象。词本来是歌词，供歌女演唱的，所以本来没有题目，作者不是要表现自己情志的，可是从苏东坡开始表现了他的逸怀浩气，就开始有题了，这正是词诗化的现象。辛弃疾这首《摸鱼儿》有题目，题目是："淳熙己亥，自湖北漕移湖南，同官王正之置酒小山亭，为赋。"这个题目是什么意思呢?

我多次讲过，辛弃疾是把生命和生活都投注到词的写作之中的一个作者，所以讲辛词就一定要结合辛弃疾的生平来讲。正如杜甫的诗篇，我们称之为"诗史"，他的诗是反映了当时的时代，反映了个人生活的经历。我们讲温庭筠的《菩萨蛮》"小山重叠金明灭"，可以不管他的历史，就是写一个美丽的女子。可是讲辛弃疾词，我们要讲题目，讲写作的时代背景。"淳熙己亥"是南宋孝宗淳熙六年（1179）。宋孝宗一度有收复北方的志意，可是后来失败了，"主和"的势力又强大起来了。而辛弃疾在那时做过江西的提点刑狱，做过湖北、湖南、江西的安抚使，曾做了几件大事，平定了江西的"寇乱"，平乱之后他曾经给皇帝上疏《论盗贼札子》，在这里反映了他对人民的重视。他说"民为国本，贪浊之吏迫使为盗"，希望皇帝深思"致盗之由"，寻求"弭盗之方"，不要只依仗我们平定盗贼的兵力。在此篇奏疏之中，他还说"臣孤危一身久矣"，我一个人只身离开北方亲友，参加义军到了南方，而且一直处于被迫害之中。他所受的迫害一方面来自南方秦桧等主和势力，另一方面则是由于辛弃疾是北人南来，而南方人对于从北方来的人有一种嫌隙、阻隔，不能真正地坦诚相待，所以说"臣孤危一身久矣"。他又说，我之所以能保全下来，实在是"荷陛下保全"，所以我要"事有可为"，"杀身不顾"，但"恐言未出口而祸不旋踵"，只怕我的忠告、我的政治理想，话尚未说出，灾祸就在那一转身的时间内来到了。

事实上也证明了这一点。辛弃疾果然就遭到了弹劾，说他"杀人如草芥，用钱如泥沙”，结果被罢免了官，放废家居达十年之久。这就是他在放废以前内心的悲慨。辛弃疾是喜欢有军政实权的人，只要有了权，他就一定要有所作为的。写这首词时，正是在他放废之前，南宋当局将他的官职转为没有实权的管理漕运的官。他说“自湖北漕移湖南”，“漕”即漕运，“水运转谷”。他本来期待国家给他军政实权，以便实现他收复失地的志意，可是朝廷却把他安排为湖北转运副使，而现在又一次从湖北转运副使变为湖南的转运副使，只是管理一些漕运事务，他的内心十分失望。

此时他的一位朋友，同官王正之在小山亭摆下酒席，为他送行。辛弃疾写了这首词。那他是怎么写的呢？一个人写诗词，作品成功与否，有两个原因，正如王国维在《人间词话》中所说：诗歌的写作要“能感之”，而且“能写之”。第一，在作品中一定要有感发的生命，要“情动于中而形于言”，不是无话找话，空口说话，是需要内心有一份诚挚的感情，这就是“能感之”。我也说过，使你感动的引起你内心的情动于中的因素，一个是自然界景物的变化，花开花落，草长莺飞。陆机《文赋》说：“悲落叶于劲秋，喜柔条于芳春。”强劲肃杀的秋天，叶子黄落了，人们见了很悲哀；芬芳美丽的春天，当柔嫩草木的枝条生长的时候，人们是欣喜的，自然界给予我们感动，使我们感发了。除自然界以外，还有人事界给我们的感动。杜甫诗云：“朱门酒肉臭，路有冻死骨。”（《自京赴奉先县咏怀五百字》）当唐明皇带着杨贵妃在骊山华清宫温泉享乐时，而道路上却是饿殍遍野，这就引起了杜甫的感动。安史之乱，当官军失败时，杜甫又写了“孟冬十郡良家子，血作陈陶泽中水”（《悲陈陶》）。孟冬十月的季节，我们国家十个郡县许多最好的年轻人在一次大战中死去了，他们的鲜血流在陈陶的泽中，像水一样地流去，这是人事界给诗人的感动，所以我们说第一你要能感之。辛弃疾过南剑双溪楼，看到那大自然的景物，“举头西北浮云，倚天万里须长剑”，“我觉山高，潭空水冷，月明星淡”，他对景物有所感发，而自然界的景物又结合了他自己对国事的感慨，对自己壮志未酬的感慨，则是人事界的感慨。一个诗人，要想能感之，首先就要对国家、对社会、对人类有一种关心同情的心。辛弃疾还说过，“一松一竹真朋友，山鸟山花好弟兄”，这都充分说明辛弃疾对宇宙万物有一份关心的感情，所以他感发的生命才强大，他感发的力量才强大。

可是，只是“能感之”是不够的。辛弃疾是心心念念地想收复自己的故国，每天老喊收复故土，收复失地，作为诗歌创作是不够的，还需要有艺术性，所以除了“能感之”以外，还要“能写之”。上次我们讲过辛弃疾的《水龙吟》，他那种激昂慷慨、摧折压抑的复杂感情都是用形象表达出来的。他是借自然界景物的形象，也借历史上典故的事象来表现的，这就是辛弃疾的艺术手法。在《摸鱼儿》中，他也是用这种艺术手法表现的。不过前面《水龙吟》那一首，他是从高远开阔的、强大的力量来写的。“举头西北浮云，倚天万里须长剑”，我需要一把直插天空的万里长剑，去扫除那西北的浮云。辛弃疾是用这种矫健、豪壮的形象来表现的。

辛弃疾不仅有大声鞺鞳的一面，而且也有小声铿锵的一面，即有纤秾委婉的那一面。请看这首《摸鱼儿》：

更能消、几番风雨，匆匆春又归去。惜春长怕花开早，何况落红无数。春且住，见说道、天涯芳草无归路。怨春不语。算只有殷勤，画檐蛛网，尽日惹飞絮。　　长门事，准拟佳期又误。蛾眉曾有人妒。千金纵买相如赋，脉脉此情谁诉？君莫舞，君不见、玉环飞燕皆尘土！闲愁最苦。休去倚危栏，斜阳正在，烟柳断肠处。

开头“更能消、几番风雨，匆匆春又归去。惜春长怕花开早，何况落红无数”，写得真是荡气回肠，千回百转，纤秾绵密，好极了。你看他第一句，就是千回百转地写出来的，每一年春来春去，匆匆就走了，花开之后，有风雨，一次风雨，花就零落一些；已经是开了一半的残花，还能经得起几次风吹雨打？“更能消、几番风雨”，真是多情。去年春天走了，好不容易盼来了今年的春天，可是“匆匆春又归去”，今年的春天也断送了。就是以一个诗人多情善感的爱花惜春的感情来看，就已经很好了。然而辛弃疾不只是这样的。我们已多次说过，辛弃疾所有的词，不论是写得欣喜的、悲哀的，还是写得豪放雄壮的、纤秾绵密的，他的本质都是不变的，都是写他对自己故国、故乡不能忘怀的那一份关心的感情，是他自己的一份忠义奋发的志意。“更能消、几番风雨”，对于花来说是风吹雨打的摧伤，而辛词中的“风雨”不只是对花的“风雨”。

我们要结合所选的三首词来看，前一首《水龙吟·登建康赏心亭》，他就曾说：“可惜流年，忧愁风雨。”大家不要忘记，辛弃疾的词是万变之中有一本，即尽管风格不同，内容不同，但都是从一个内心发出来的。现在西方现象学的文学批评，有一位美国现象学的批评学者叫米勒，他曾说：“作品就好像从作者内心之中放射出来的一千条道路，虽然终点不一样，但都是从一个中心走出来的。”我讲辛弃疾选了三首词，就是想讲其中一首时，与其他二首结合起来看。这里讲的是“更能消、几番风雨”，而前面所讲第一首《水龙吟》说的是“可惜流年，忧愁风雨”，“风雨”，指的是在他流年的生活之中，所遭受到的谗毁、摈弃的压抑，是他的忧患和苦难，是“忧愁风雨”。我辛弃疾二十几岁参加义勇军，“壮岁旌旗拥万夫”，投奔南方，可是现在他写《摸鱼儿》一词时，已经差不多有二十年过去了，他的壮志未酬，却多次遭到谗毁、打击、迫害。人生是无法不衰老的，任凭你是英雄豪杰，也是要衰老的。我辛弃疾到南方二十年过去了，已经四十岁左右了，还能经历几番风雨？他表面写的是爱花惜春，但本质上都是写他内心的志意。“匆匆春又归去”，我本来盼望这次任命能给我一些好的消息，使我能达成我的志意，可是没想到，我的希望又落空了，从湖北的漕运转到湖南的漕运，真是“匆匆春又归去”。这写得真的是好，回肠荡气，委婉曲折。

接着他又说：“惜春长怕花开早，何况落红无数。”一般人写对春天的哀悼，是等花谢了才哀悼，连李后主都是“林花谢了春红，太匆匆”，才“无奈朝来寒雨晚来风”（《相见欢》）。而辛弃疾却真是多情的人，是真正爱花的人。他是在花还没有开之前，就已经惜花了。他说我常常担心那花开得太早。因为花开放得早，也就零落得早，我因为怕花落，就甚至担心它开得太早，“惜春长怕花开早”。接着他更深一层地写“何况落红无数”，我连花开早都预先哀悼了，何况今天是满地的残花狼藉。于是他又说道：“春且住，见说道、天涯芳草无归路。”他说我希望春天能为我暂时地留住。到这里，我又想起了杜甫。杜甫经过安史之乱的颠沛流离之后，回到长安，一心为国，早晚上奏疏，就像辛的“十论”“九议”一样。杜甫那时是“不寝听金钥，因风想玉珂。明朝有封事，数问夜如何”（《春宿左省》）。杜甫说，我晚上写完了奏疏，睡不着觉，听着朝廷的大门什么时候开；一阵风吹过，就以为有人骑着马鸣着玉珂上朝了。我为什么不睡觉，因为明天早上我要为国家上一个奏疏。“封事”就是奏疏。所以我屡次地问什么时辰了？天怎么还不亮？这是杜甫对国事的关心。杜甫与辛弃疾一样惜春，他在

《曲江二首》中写道："一片花飞减却春，风飘万点正愁人。"又写道："传语风光共流转，暂时相赏莫相违。"诗人真是有"民吾同胞，物吾与也"的心。"一片花飞"，我就觉得春天不完整了，何况我今天正面临"风飘万点"，真是"正愁人"。凡是伟大的诗人，像屈原、杜甫、陶渊明、辛弃疾，不论写什么都是他们内心本质的流露。杜甫对国家的关怀，看到了自己的国家怎么会有这么多缺点，怎么会发生这么多不应发生的让人痛心的事情，真是"一片花飞减却春，风飘万点正愁人"。所以我要"传语风光共流转"，希望春光能留住，花不要飘飞，那些不该发生的、不好的事情都能挽回，我自己有时间能实践我"致君尧舜"的理想。这是像辛弃疾、杜甫那样的人，对国家、对人民的关怀，有那样忠爱志意的人所共同有的一份感情。

辛弃疾说"春且住"，我怎么能把零落的事情挽回呢？我怎么能把我的年华挽回呢？希望将来有一天能实现我的理想，那就是"春且住"。下一句"见说道、天涯芳草无归路"，是一语双关，听人家说天涯芳草无归路。这"天涯芳草无归路"有两种解说的可能。一个意思是一般人说的指春天归去。黄庭坚有两句词说"春归何处，寂寞无行路。若有人知春去处，唤取归来同住"（《清平乐》）。春天走了，我们希望把春天挽回，可春天到哪里去了呢？"寂寞无行路"，"泪眼问花花不语，乱红飞过秋千去"（欧阳修《蝶恋花》）。假如有一个人知道春天的去处在哪里，我就要"唤取归来同住"，把春天叫回来，跟它一同地留住。我们说天涯到处是芳草，哪一条是春天的归路？哪一条路可以把春天呼唤回来？这是一个可能的解释。第二个意思我们可以联想到《楚辞》上"春草生兮萋萋，王孙游兮不归"的句子，说一个人走了，第二年的春天回来了，芳草长得那么茂盛，远行的人没有回来。辛弃疾在此也是万变不离一本。

他在前一首词里说过“落日楼头，断鸿声里”，又说“江南游子”，“休说鲈鱼堪脍，尽西风，季鹰归未”？我是北方来的游子，要回到我的故乡，可是故乡沦陷了；要收复故乡，然而我的理想还没有达成，回到哪里去？“见说道、天涯芳草”就“无归路”。我没有回去的路，我内心的幽怨向谁去诉说？“怨春不语”，我怨春，春天没有回答。上次我讲“我觉山高，潭空水冷，月明星淡”时，曾引用波斯诗人奥马伽音的“天垂日月寂无言”，问花不语，问天无言，“怨春不语”，谁给我回答？我看见的是什么？是“算只有殷勤，画檐蛛网，尽日惹飞絮”。多情的人，想把春天挽回，除了我辛弃疾以外还有谁？我算了算，那殷勤多情的想把花留住、把春天留住的，只有“画檐蛛网”，只有那涂着油漆、画着彩画的屋檐下，蜘蛛织成的蛛网。蜘蛛好像与我一样有想把春天留住的感情，因此才故意在屋檐下织成一张网，整天（尽日）在那里对春天挽留。“惹飞絮”，当花落的时候，那柳絮飘飞。我们看不见柳花开在柳树上，只要它的花蕊一开，就变成柳絮飞走了。王国维写过两句词说：“开时不与人看，如何一霎濛濛坠。”（《水龙吟》）柳花零落了，只有画檐的蛛网在那里尽日地想把飞扬的柳絮挽留在自己的网中。蜘蛛多么殷勤，多么多情，我辛弃疾何尝不是如此呢？何尝不想把春天留住？我想留住春天，一个是由于我不忍心看到花的零落，不忍心看到南宋王朝这样沉迷，这样地腐败。我多么想把它挽救过来，“算只有殷勤，画檐蛛网，尽日惹飞絮”。辛弃疾想象得多么丰富，他把一个蜘蛛网想象得那么多情，这与他内心要把春天挽回的感情一样多情。他写得真是回肠荡气，真是缠绵悱恻。这是这首词的上半阕。

下半阕，“长门事，准拟佳期又误”。辛弃疾这首词是属于写得十分纤秾绵密的一类。因为唐五代的小令词大都写美女的伤春的感情，这首词虽然调子较长，但内容也是写美女和伤春。上半阕是自然界景象，是伤春。而下半阕“长门事”则是典故的人事形象，是美女。这是辛弃疾多方面艺术手法的表现。“长门”之典，出于汉朝。汉武帝小时，他姑母有一个女儿叫阿娇。一天他姑母就和他开玩笑说：等你长大了，就把阿娇——你的表妹嫁给你好不好？汉武帝说，如果阿娇嫁我，我当以“金屋藏之”。这就是常说的“金屋藏娇”。后来阿娇果然嫁给了汉武帝，做了皇后，就是汉武帝的陈皇后。大家要知道，皇帝的后宫佳丽三千，皇帝转眼之间就三心二意，后来汉武帝就宠爱了别的女子，把当年要金屋藏之的阿娇冷落了，让她住在不能蒙受皇帝宠幸的长门宫。陈皇后为了再次得到汉武帝的宠爱，就请当时颇有文学才能的一位作者，与卓文君有一段浪漫故事的、赋写得很好的司马相如，为她写一篇赋，希望以此打动皇帝。于是司马相如就为她写了一篇《长门赋》，写她悲哀寂寞被冷落的心情，希望汉武帝能感动。辛弃疾引用这个典故，意思是说，我也希望能有一位像司马相如一样的人，在皇帝面前替我说几句话，感动朝廷，任用我，让我能够实践收复祖国失地的理想志意。这就是“长门事”。可是“准拟佳期又误”，我原来所准拟的希望朝廷重用我的那个美好的期望又一次落空了。我从安抚使变成了湖北的漕运副使，已经是一次失望，本希望朝廷能再有一次委我重用，可是却由“湖北漕移湖南”，“准拟佳期又误”。这是为什么呢？因为“蛾眉曾有人妒”。

中国古典诗歌除了用典故之外，还讲究你所用的字词要有出处，即以前有人用过。“蛾眉”是有出处的，我们在讲温庭筠“懒起画蛾眉”时曾提到西方的符号学说，每一个符号，每一个语言都可以引起一事的联想。“蛾眉”就是一个可以引起一串联想的，在联想轴上起作用的一个语码。俄国一位符号学家洛特曼曾说：所有的有符码作用的，引起联想轴上丰富的联想的语码都是与你本民族的历史文化背景结合起来的。一个人要认识自己的国家，你一定要熟悉自己国家的历史文化，只有你熟悉了这一点才有了根本，才能很好地接受外边的营养。你自己的根本没有，你的生命都没有了，再吸收什么也不能成长，因为你连生命都没有了，你吸收什么？这是十分重要的，这在欣赏古典诗歌上就更重要了。“蛾眉”的出处，使我们在联想轴上就想到了屈原所说的“众女嫉余之蛾眉兮”（《离骚》）。屈原说：那些女子嫉恨我，谗毁我，就是因为我比她们更美丽。“蛾眉”指女子，而屈原不是女的，他借“蛾眉”是说自己才干、品德的美好。司马迁的《史记》在《屈贾列传》中就曾说当时楚国上官大夫令尹子兰嫉害其能。为什么嫉恨、陷害屈原？就因为屈原的品德、才能比他好。天下就有这样的人，自己没有才能，干不出事来，人家有才能做出事业，他还满心嫉妒，拼命破坏。孔子说君子要“成人之美”，不是说凡是别人有美好的就要破坏。然而，居然从屈原时代开始，就往往有这样堕落的、败坏的、丑陋的人，“众女嫉余之蛾眉兮”。

辛弃疾的时代也一样，“长门事，准拟佳期又误”，因为“蛾眉曾有人妒”。“蛾眉”早就被人妒恨过，天下平庸的人总是嫉恨那有才能的人。“千金纵买相如赋，脉脉此情谁诉？”就算我用千金能求得像司马相如这样的人为我写一篇《长门赋》来感动皇帝，可是“脉脉此情谁诉”？“脉脉”是多情的样子，那情思像水一样要流出来的是“脉脉”。我这份感情向谁去诉说？将来有没有人能像司马相如为陈皇后写《长门赋》那样为我说几句话？这就是“千金纵买相如赋，脉脉此情谁诉？”辛弃疾写自己的感情，表面是用女子来写的，写别人对他的嫉恨。

在第二首《水龙吟》中他也写了这种感情，本质是一个，用的形象不同，说的方式也不同。在那首词中他说：“人言此地，夜深长见，斗牛光焰。我觉山高，潭空水冷，月明星淡。待燃犀下看”，此地有两把宝剑，可以扫除西北浮云，我要点燃犀牛角下去寻找。我要挣扎，希望“千金”能够买得“相如赋”，实现我的理想和志意。可是我“凭栏却怕，风雷怒，鱼龙惨”。“风雷怒，鱼龙惨”也就是象征着迫害。我要下去找宝剑，水中的鱼龙都要愤怒，刮起大风，响起大雷，卷起巨浪，不让我完成我的志意。“千金纵买相如赋，脉脉此情谁诉?”你们不是得意吗？不是猜忌吗？不是风雷怒吗？可是“君莫舞，君不见、玉环飞燕皆尘土!”你们不要太得意了。“舞”是歌舞，杨玉环、赵飞燕以自己的美貌，博得了皇帝的宠幸。以前我讲温庭筠时曾引过杜荀鹤的诗“承恩不在貌”。他说，皇帝真的爱的就是容貌美的女子吗？也不一定是如此的。如果杨玉环天天给唐明皇进忠告，说这个不对，那个也不对，“春宵苦短日高起，从此君王不早朝”，说都五点了，你快起来去上朝吧，那样唐玄宗就可能不喜欢她了。所以陈鸿写《长恨歌传》，说杨玉环得到唐玄宗宠爱，不仅是她的美貌，而且更重要的是她“先意希旨”，总是多方探求皇帝所喜爱的是什么，在玄宗没表现出来之前，她就先逢迎了皇帝的旨意。在仕宦之中，一般在上位的人，也喜欢下边的人听话、逢迎。你有自己的理想，自己的志意，常常进忠告，他就不喜欢了。所以辛弃疾对那些小人得志，用了那些逢迎的、苟且的、不正当的手段而作威作福的人说：“君莫舞”，你们不要那么得意，没有看见杨玉环、赵飞燕都死了吗？都死后化为尘土了吗？而且不仅如此，你要知道，杨玉环、赵飞燕都是不得善终的。辛弃疾又说：我也不是没有想过，政党的争执，政海的波澜，总是有反复的，说不定哪一天你们也会倒下去的。但我关心的不是这个，我不是一定非要把你们打倒，我不需要与你们争强争宠，我所关心的是在你们这种作威作福之中，我们的国家怎么样了。所以说：“君莫舞，君不见、玉环飞燕皆尘土!”这还不算，他说“闲愁最苦”，我所感慨的是一段说不出的哀愁，是那“闲愁”。

以前我讲冯延巳的词，有一首《鹊踏枝》，就曾说：“谁道闲情抛掷久，每到春来，惆怅还依旧……河畔青芜堤上柳，为问新愁，何事年年有。”什么是“闲情”，说不出来名目，只要你空闲下来，忧伤就会涌上心头。无法断绝、无法放弃的闲愁才是最苦的。这闲愁还不是与那玉环、飞燕争宠。为什么闲愁最苦？他说“休去倚危栏”，不要靠着那高楼危险的栏杆向外看，因为你一看所见的，是“斜阳正在，烟柳断肠处”。沉落的夕阳在烟霭蒙蒙的柳条之中向下沉落，这真是让人断肠。关于斜阳，我们在前一首《水龙吟》“系斜阳缆”时讲过，“太阳”一般代表君主与朝廷，“斜阳”正代表那些走向危险和衰败的朝廷和国家。所以他说：“闲愁最苦。休去倚危栏，斜阳正在，烟柳断肠处。”我的愁并不是要与玉环、飞燕一类的人争宠，我所忧伤的是我们的国家会在你们这样作威作福之中落到什么样的下场。这才是我辛弃疾关心的事情。

我们选的辛弃疾三首词，外表都不同。第一道《水龙吟·登建康赏心亭》写得比较直接，公开站出来说“江南游子，把吴钩看了，栏干拍遍”，“可惜流年，忧愁风雨”，比较地说得明白。第二首《水龙吟·过南剑双溪楼》是两种力量冲击、回旋、激荡，说得比较含蓄。第三首《摸鱼儿》说得就更加含蓄了。第二首还是用“倚天长剑”来表现的，而第三首则是用美女伤春、寂寞哀伤来表现的。辛弃疾作为一位英雄豪杰的词人，我们一向都赞美他的豪放，但要知道辛的豪放不单是写两句空洞的口号，他是真的“能感之”“能写之”，是用生命去写他的诗篇，用生活去实践他的诗篇的。这正表现了他感情的深挚。

辛弃疾是宋代词人中传下的作品最多、方面最广、风格最多变化的一位作者。辛弃疾的艺术成就还不只是说他形象用得好，而且他语言用得好。他可以用古典典雅的字，《诗经》《庄子》《论语》《楚辞》《世说新语》，他都可以把它们融会在词里边，而且写得非常好。而另外一方面，他也可以用俗语，民间的最通俗的口语，一样也用得好。他六百多首词有这么多的内容、这么丰富的变化，我们没时间一一介绍，所以只能掌握一个重点，介绍他的本质以及从本质分散出来的几种变化而已。我们大家手中的材料后面附有一些评语，这些评语写得也不见得完全对，我只想读一段就把对辛弃疾的讲授结束。谢章铤在《赌棋山庄词话》中说："学稼轩要于豪迈中见精致。近人学稼轩，只学得莽字、粗字，无怪阑入打油恶道。试取辛词读之，岂一味叫嚣者所能望其顶踵。……稼轩是极有性情人。学稼轩者，胸中须先具一段真气奇气，否则虽纸上奔腾，其中俄空焉，亦萧萧索索如牖下风耳。"这是我们学辛弃疾、学豪放的词人最应注意的一点。学辛弃疾绝不可流入那种虚浮的、叫嚣的、空泛的作风。

下面我们再看一位新的作者。除辛以外我们还选了三位作者，即姜夔、吴文英、王沂孙。这三位作者中，姜夔大家还比较熟悉，比较有名；吴文英、王沂孙大家比较生疏，过去编选文学史的人，都认为吴文英、王沂孙等人的词晦涩、雕琢，而内容是空洞的，所以对他们在艺术上予以贬低了。而且更值得注意的是，姜、吴、王三人都是没有科第功名，在仕途上又没有显达的事业和地位。中国词的演进很值得注意，初起之时，文人写词，很多都是仕宦中地位很显达的，韦庄是宰相，冯延巳是宰相，晏殊是宰相，欧阳修做到副宰相，范仲淹曾带兵在西夏边境防守，都是功名、事业、文章、道德不可一世的人物。可是词到了南宋末年，写词的人大都是事功上没有什么大成就的人，而这些词人的作品好不好呢？我过去讲过，一个作家的作品感发的生命是最重要的。一篇作品的好坏，一个大诗人跟一个小诗人的分别，就是因为他的感发生命是有厚薄、大小、深浅种种不同的。我们对韦庄、晏殊、欧阳修个人的品德先不管，他既然做到一国宰相的地位，他对国事就必然要有所关心。所以我说冯延巳的词“日日花前常病酒，不辞镜里朱颜瘦”“一晌凭阑人不见，鲛绡掩泪思量遍”，他为什么这么执着？这么不肯放松？宁可牺牲奉献自己，而要把感情坚持下去，这里有一个环境地位的关系。香港的一位学者饶宗颐就曾说：冯延巳有鞠躬尽瘁的“开济老臣怀抱”，他自己的命运与南唐国家的命运是结合在一起的，他负担着自己国家的成败危亡，怎能不关心自己的国家呢？他的环境、地位迫使他去关心。而作为一个作者，总是关心面越广越大的，他的感发生命就越强，这是一定如此的。而有的人，像杜甫是不需要有什么重要的官职加在他的身上，他是以一位平民老百姓这样的身份来关心的。他说：“杜陵有布衣，老大意转拙。许身一何愚，窃比稷与契。”我是杜陵的布衣，一个平民野老，没有高官厚禄显要的职位，但我对国家的关心是不能放下的，是“葵藿倾太阳，物性固莫夺”。（《自京赴奉先县咏怀五百字》）当然那些有地位的人，与国家的成败危亡结合的关系更密切，他是要关心国家的，但是平民百姓也同样是有人关心国家命运的。吴文英、王沂孙都不是达官显宦，但在他们的词中也都同样地表现了他们对南宋国事的关怀，只是他们表达的方式不同。这就是值得注意的一点了。

我常说作为作品的本质最重要的一点是感发的生命。感发的生命如何传达出来？一般地说，在词的演进历史之中是曾经有一个转变的。什么转变？一般地讲，我们中国的文学，诗歌里边感发的生命本来都是以直接地传达为好，你可以用比喻，也可以用比兴。“关关睢鸠，在河之洲。窈窕淑女，君子好逑。”（《诗经·关雎》）“硕鼠硕鼠，无食我黍！三岁贯女，莫我肯顾。”（《诗经·硕鼠》）不管是用了比，或用了兴，总之你的感情是直接传达出来的。李后主的词“林花谢了春红，太匆匆，无奈朝来寒雨晚来风”，他的感发的生命也是直接传达的。辛弃疾虽然用了不少各种的形象，自然的形象、人事的形象、历史典故的形象、倚天长剑的形象、落花的形象、美女的形象，不管是“举头西北浮云，倚天万里须长剑”，还是“更能消、几番风雨，匆匆春又归去”，只要一说出来，就带着感发的力量感动你了，都是直接的传达。这原是中国诗歌最早的一种传统。词最早也是这样的传统，可是词在中间经过了一个转变，这个转变的关键人物就是周邦彦。在中国词史上，周邦彦是一个“结北开南”的人物。结北开南的转变，差别在哪里呢？就在于以前的作者大多是以直接的传达、直接的感发来写作的，而周邦彦是以“思力为词”的。

但我说周邦彦用思力来写词，并不是说他有思想性、有哲理性，是说当他写词的时候用了安排勾勒的手段。他不像李后主内心有了感动就脱口而出，而是用思索来安排的。这句话怎么说？怎么写？他不是用直接的感动来写的。这是另外的一种写法。写《人间词话》的王国维就因为他一直不认识这一种的写作方法，所以他一直不能真正欣赏周邦彦的词，也就更不能欣赏受周邦彦影响的南宋的姜白石、吴文英、王沂孙这一类词人的词了。因为王国维对欣赏这类词时走的路是不对的。比如你要到一位朋友家去，一定要认得路，才能找到他的门，如果不认得路，你就是整天到处转也找不到他的家门。我们批评、衡量一首诗歌是好还是坏，就跟我们裁判体操、女排、足球一样。女排有女排的衡量方式，男子足球有男子足球的衡量方式，如果用拳击的办法衡量女排那是不可以的。王国维的好处就是他对南唐这一类词人特别会欣赏，对冯延巳、中主、后主，还有受南唐影响的晏殊、欧阳修的词他真是掌握得很精微，能看到这些词内中最深处的那种感发的生命。可是姜、吴等词人，人家不是用感发写的，人家不是走这条路出来的，人家是开另一条路出来的。王国维正是因为没有找到这条路，所以他一直不会欣赏南宋这一类词人的词。

关于周邦彦的词，以前在北京的唐宋词讲座中，我已经对之作过相当的介绍，现在我们就再举他一首以前没讲过的词，来对他的一些重要特色略作简单的说明，这就是他最出名的一首《兰陵王》词：

> 柳阴直，烟里丝丝弄碧。隋堤上，曾见几番，拂水飘绵送行色。登临望故国，谁识京华倦客？长亭路，年去岁来，应折柔条过千尺。　　闲寻旧踪迹，又酒趁哀弦，灯照离席。梨花榆火催寒食。愁一箭风快，半篙波暖，回头迢递便数驿，望人在天北。　　凄恻，恨堆积！渐别浦萦回，津堠岑寂。斜阳冉冉春无极。念月榭携手，露桥闻笛。沉思前事，似梦里，泪暗滴。

南唐词人的词都是直接感发的，所以它一念就打动你了，“林花谢了春红”（李煜《相见欢》），“梅落繁枝千万片，犹自多情，学雪随风转”（冯延巳《鹊踏枝》）。可是，我们看周邦彦在这首词一开头说：“柳阴直，烟里丝丝弄碧。”他写的这个形象是比较客观的，他写得好似一幅图画，没有在写柳丝之中表现自己的感情。冯延巳的《鹊踏枝》一开头就写了“梅落繁枝千万片”，我“犹自多情”，要“学雪随风转”。李后主是“林花谢了春红，太匆匆”。而周邦彦却是客观地描绘了一幅图画，并没有直接表达自己的感情。这就是“勾勒”。“勾勒”就如画画的勾勒，先画一个轮廓。比如你画花，先画花的轮廓；画花瓣，在这里涂红的颜色，那里再画黄的花蕊。这是画画的办法，先勾勒后描绘。“柳阴直”，是说一行很整齐的柳树，排列得很整齐。“烟里丝丝弄碧”，人家辛弃疾说是“烟柳断肠处”，而周邦彦没有在这里写什么自己的感情，只说这“柳阴”是直的，在烟霭迷蒙之中，一丝丝柔软的柳条，绿颜色，在风中摇摆。“弄”是柳条在风中舞弄的姿态。我们欣赏周邦彦的词，它的表面都没有打动你，你要用思力去追寻“柳阴直，烟里丝丝弄碧”。什么地方的柳条呢？就是北宋都城——汴京城外汴河堤上的柳树。“隋堤上，曾见几番，拂水飘绵送行色。”在隋朝修筑的河堤上，我看见了多少次“拂水飘绵送行色”。“拂水”是指柳条垂在水中，飘动在水面上；“飘绵”是指柳絮，柳絮被风吹落下来了，所以是飘绵。“绵”就是“尽日惹飞絮”的柳絮；“拂水飘绵送行色”，就是在这样的景色之中，有多少客人从这里走了，都是在这里送别了。“拂水飘绵送行色”，写那种送行的情景，这是整个的背景，是一幅图画。离别的悲伤，人家还没有写呢。

于是有人提出问题了，这问题不是我提出的，而是以前评论周邦彦的词的人。因时间来不及，我不能详说，最近我写了一篇有关周邦彦词的文章，就要在《古典文学论丛》上登出来了。在这篇文章中，我曾引了清朝一些词人，像周济、陈廷焯，以及我国当代的前辈词学大师俞平伯的祖父俞陛云，还有俞平伯本人，这几位词学家都曾评说了周邦彦的这首词，而每一个的见解都不同，有的说这首词写的是送行之辞，口气是送行人的话；有的说不是的，是写的远行人的话，是走的那个人的话。于是陈廷焯就说周清真（周邦彦号清真）的词的章法，往往“有出人意表者”。“意表”是说在人意料之外，你推测不清楚，不能预知他到底要说些什么，这就很奇怪了。这是写作的另外的一种方式。“林花谢了春红”，“更能消、几番风雨”，一开头你就知道他要说什么。但现在有一类词，你从他的主观感情上摸不透要说些什么，从“拂水飘绵送行色”看，好像是送行人的话。可是你看这首词后来他又写了什么？他写：“愁一箭风快，半篙波暖，回头迢递便数驿，望人在天北。”船走了，像箭似地这么快的一阵风把船送走了，用竹篙一撑，这船就开行了，等走了一段路，回头一看，已经过了好几站了。“驿”是船停泊的渡口，是一站一站的。后边他又说：“凄恻，恨堆积！渐别浦萦回，津堠岑寂。”写路上的行程，经过了另外的一个渡口，另外的一个水边。这不是远行人的话吗？所以他让人莫测高深，章法出人意表，一句好似送行人的口吻，一句好似远行人的口吻。他到底说的是什么？而且这首词表面上看起来，不给我们直接的、强烈的感动。但是你要知道，他不是用思力写的吗？你就要走他同样的道路，用思力去追寻。他的好处就是不让你直接地去感动，要你用思想慢慢去想，要让你想出来，他是感动也让你想了以后才能感动。你怎么去想，你也要对周邦彦的身世有一点了解。

周邦彦本来是南方钱塘人，弱冠之年，二十岁上下的时候，从钱塘来到当时的首都汴京。他是到汴京来上学的，上的是国立大学——“太学”。当时，宋朝天子是神宗，神宗用了王安石变行新法。新法实行时，神宗扩展了“太学”，把国立大学收录的学生加了倍，所以南方钱塘的周邦彦才有了机会到首都的“太学”入学。按当时的政治情况来说，他是新法的受惠者。周邦彦这个人在年轻时，人家记载说，他是一个有豪俊之气的人，也像很多年轻人一样，要急于表现自己，不甘心忍耐寂寞，不甘心多下几天工夫，要急于表现自己。周邦彦本是一个太学生，可是他要表现自己呀，就想了一个办法，写了一篇赋，叫《汴都赋》。中国的“赋”有一个传统，都是用长篇的文章来歌颂都市的美好，班固与张衡的《两都赋》《二京赋》是赞美长安和洛阳的美好，后来左思的《三都赋》赞美三国的魏、蜀、吴三个都城的美好。周邦彦从钱塘来到汴京，他心目中也认为都城是景物繁华，与别的地方是不同的，所以他就写了《汴都赋》。而在《汴都赋》的赞美之中他又结合当时的政治背景对新法歌颂了一番。《汴都赋》献给了神宗，神宗一看都是赞美我变行新法的好处，于是非常高兴，对这个赋十分欣赏。神宗就找一个人每天给他朗诵，听了很高兴。于是就把周邦彦从太学的学生一下子提为“太学正”，从学生变成领导了。本来有这个机会，周邦彦就可以一帆风顺、飞黄腾达了。但是人间的事情很多是难以预料的，就在他献赋以后，不到一年的时间，神宗就死去了。神宗死后，宋哲宗即位。哲宗年幼，由太皇太后——高太后主事。高太后反对实行新法，她一上台，就把所有推行新法的人都贬黜出去了，把当年反对行新法、维护旧法而受到新党打击迫害的人又都起用了。旧党上了台，如司马光之类的人就掌权了。周邦彦不是写过《汴都赋》，赞美过新法，由太学生提升为太学正了吗？幸而他还没有过早地飞黄腾达，所以在这种政海的波澜之中，打击还不太大，只是把他从首都的学校贬到地方的学校去教书，为庐州教授，后来又到过荆州教书，又做过江苏溧水县的知县。就在他在外边漂泊辗转的十几年中，北宋政海波澜又有一次翻覆，高太后死了，哲宗亲政。哲宗又行新法，就把旧党人士都贬出去了，又把推行新法的人召回来。就在这个风气之中，周邦彦也被叫回来了，初为国子主簿，又曾官秘书省正字，徽宗时曾一度出知隆德府及明州等地。其后又被召还京师，入拜秘书监，进徽猷阁待制，提举大晟府。这首《兰陵王》，就是周邦彦晚年任职大晟府时所作的一首词。

这时的周邦彦已经阅尽了政海沧桑，所以这首词中实在蕴含有很深的感慨，只是周邦彦并没有用直接感发的笔法来写，而是用思力以勾勒安排的笔法来写作的。在这首词开端，他说“柳阴直，烟里丝丝弄碧。隋堤上，曾见几番，拂水飘绵送行色”，他的感情没有直接写出来，而是围绕着柳树勾勒描画了一番。但他这里果然就没有感动了吗？这就是王国维不会欣赏了。他的感情的感动是透过思力来表现的。你不是看不出他的感情感动在哪里吗？你看不清他是送行人的话还是远行人的话，为什么？因为他的感慨是同时包括了送行人，也包括了远行人。他所写的离别不是一个个人事件的个体的现象，他写的是在新旧党争中首都汴京城外离别的共相。周邦彦经过了新旧党争，他看过多少次升降迁贬。以前是旧党的人被迫害贬出去了，后来是新党的人被迫害贬出去了，他也被贬出去了。后来新党的人被召回来，旧党的人又被贬出去了，他看惯了政海波澜。然而在政海波澜之中表现最明显的是什么地方？是首都城外的送别。一批人走了，一批人来了，又一批人走了，又一批人来了，所以他写的是宦海波澜之中，新旧党争之中的汴京城外送行的共相。这是周邦彦的一个特色，他是用安排思索来写的。我们先认识了周邦彦的特色，然后再结合他的特色来看一看受他影响的南宋词人姜夔、吴文英、王沂孙。下课时间到了，今天就讲到这里，谢谢大家。

第十三讲

姜夔（上）

上两次课，我们已经把南宋最重要的词人辛弃疾讲完了，我们现在要讲的是南宋另外的一派词人。我多次说过，我们中国过去的传统，从《诗经》《楚辞》《离骚》开始，诗歌的特色是特别重视一种感发的生命和感发的作用的，中国的旧传统的文学批评，管这个就叫作“兴”。这是中国诗歌的一个特质，而且大半都是直接的感发。可是南宋的另外的一派词人，他们走了一条另外的途径，就是说他们不是用这种直接的感发来打动读者的，他们的词是用思力的安排来写作的。当我们欣赏他们的词的时候，也要走他们的途径，用思力，经过追寻他们安排的途径来体会他们的词。词里边这条途径，主要是从周邦彦开始的。我说周邦彦结束了北宋词的作风，开拓了南宋词的作风，是“结北开南”，集北宋词大成的人物。他集北宋词的大成，因此在他的一些小令中，仍然保持着唐五代和北宋初期的作风。可是今天我所要谈的不是这一方面，我今天要谈的是周邦彦“开南”的另一方面。他的小令能承继五代北宋小令的那一种敏锐的感受，也继承了由柳永开始的长调这种铺陈和变化。但他又不是死板地继承，他是在继承中有所开拓的。文学的演进，天下一切文化的演进都是，一定是，而且必然是一方面要有继承，一方面要有开拓。你不能把过去的传统都否定了而谈开拓，这是无根的开拓。难道你能从原始做起吗？这是不可能的。你也不能在继承之中总是保守，那么历史是怎么演进的？天地之间生下你来，你不能开拓一点新的东西，那生下你来，要你有什么用？总之要一方面有继承，一方面有开拓。

周邦彦的开拓主要在长调方面，他是继承了柳永的铺陈，但有了变化。第一点是用安排勾勒来写词，而不再是用直接的感发来写词了。他的《兰陵王》："柳阴直，烟里丝丝弄碧。隋堤上，曾见几番，拂水飘绵送行色。登临望故国，谁识京华倦客？长亭路，年去岁来，应折柔条过千尺。"这是这首词的第一段。他不是直接地写他的感发，而是客观地把柳树的景色一点一点地描绘，如同绘画的勾勒。他既然是用思力安排勾勒来写的，因此我们若想真正地理解他这首词的好处，就也应该用思索的思力来认识它。他写道："隋堤上，曾见几番"，这个"曾见几番"一直贯串全词，你要欣赏这一类词一定要这样欣赏。他说"长亭路，年去岁来，应折柔条过千尺"，所以这不是一次的离别，不是一个人的离别，是长亭路上，"年去岁来"，是"几番"，就是在这些年的政海波澜之中，我周邦彦看过多少次这种起伏盛衰的变化了。如果每个送行的人，都折下一根柳条，折断的柳条该有千尺那么长了，所以不是一个人的离别，是包括了当时政治上整个的变化而言的。

还不仅如此，除了"几番"以外，除了"年去岁来"以外，他在第二段又说"闲寻旧踪迹，又酒趁哀弦，灯照离席"。一个"又"字，也表示是不止一次的意思。所以他不是直接写他的感慨，用"曾见几番"，用"年去岁来"，用"又"来表示他的感慨。他还用客观的笔法描绘景色，在这客观的描绘景色之中表现了他的感情。他是怎样在客观的描绘景色中表现他的感情呢？他说"柳阴直，烟里丝丝弄碧"，就说在那烟霭迷蒙之中，那每一条柔软的柳条，是那么绵长柔软，似一条条丝线一样在舞动。"弄"是柳条在舞动的样子，"碧"是柳条的颜色。你要把这"丝丝弄碧"结合到第二句对于景物的描写"拂水飘绵送行色”来看，就是这摆动的柳条。这柳条的低垂是“拂水”，每一年柳絮的飞落是“飘绵”，“拂水飘绵”。在这客观景色之中，“拂水”是它的绵长，是它的柔细，“拂”是飘拂的意思，是它的柔细绵长，这种柔细绵长代表着一种感情——送别、离别的感情。而“飘绵”是什么？是柳絮的飘飞，代表的是长逝、是飘飞、是失落，永远地消逝，永远地失落了。所以他就在客观的景物描写“丝丝弄碧”之中，那“拂水飘绵”的都是“送行色”，有多少诉不尽的柔情，有多少挽不回的离别。而他自己真正对于政治上的感慨都没有正面写，只是在后面一句略微地点了一点。他后面有一句：“登临望故国，谁识京华倦客？”“登临”就是登高临望，他望什么？望故国。一般古人说的“故国”有两种可能，一个是说都城，古老的都城是故国，一个是说自己的故乡是故国。这里周邦彦所指的很可能是自己的故乡。“登临望故国”，我登上汴河隋堤望一望我在江南的故乡。“谁识京华倦客”，我们讲过，周邦彦经过政海波澜以后，晚年不是学道委顺，“人望之如木鸡”吗？他说我对于这种盛衰起伏的变化，早已就厌倦了，可是有谁认识我这个钱塘到首都来做官的“倦客”？这一句正是他那感慨的一点点透露。

后边的“长亭路，年去岁来，应折柔条过千尺”，正是感动“倦客”的原因。因为这盛衰祸福是难以预料的。后边他又说“闲寻旧踪迹，又酒趁哀弦，灯照离席。梨花榆火催寒食”，多少次的离别，都是这一番景象。所以我“闲寻旧踪迹”，自己仔细地观看一下，寻思一下，今天这种送行、离别的筵席是唯一的、个别的一次吗？不是！我经历过多少次，我送人，人也送我。“闲寻旧踪迹”，又是和当年一样“酒趁哀弦，灯照离席”。“趁”是伴随着，伴随着离别悲哀的歌曲，我们彼此敬上一杯离别的酒，“劝君更进一杯酒”，是“酒趁哀弦”。同样筵席的灯火是照着我们别离的酒席，同样的季节，是“梨花榆火催寒食”，白色的梨花又开了，又该到从榆树上取火的时节了。

古时，中国在清明前后有一个节日叫“寒食节”。这是一个典故，出于春秋时代，说晋国有一个公子叫重耳，因国内发生了政变，他就逃离了晋国，到外边奔走了许多的时间。他逃难时，陪他出来的臣子有一个叫介之推。当晋公子重耳在漂泊逃难的途中，有一次没有东西吃，饥饿之时，介之推就把自己腿上的肉割下来，送给重耳当食物。后来重耳回到晋国，他就奖赏那些随他逃难的人，但他忘记了介之推，没有给介之推以任何奖赏。可是他后来想起应该奖赏介之推时，介之推跟自己的母亲隐藏在一座山上不肯出来了。这时重耳已经是国君，就是后来的人们所称的晋文公。有人向晋文公建议：如果你放一把火烧这个山，介之推就会跟他的母亲一块逃下山来。晋文公就相信了这个人的话，放火烧了这座山，而介之推情愿跟他的母亲两人被烧死在山上。因为介之推当年割下自己的肉给公子重耳吃，并不是为了以后报答，如果今天报答，反而把当年不求酬答的情谊降低了。介之推要证明，我绝不是为了今天的恩宠和酬谢的，所以他就宁可烧死在山上，也没有出来接受晋文公的奖赏。晋文公为了纪念他，每年到这个季节，让晋国的人都不许烧火，只能吃冷饭，所以叫“寒食节”。待寒食节过后，人们可以烧饭的时候，那时因没有现在这么多方便的取火方法，你怎么取火呢？据说到这个季节，那榆树和柳树的榆柳之木最容易取火，所以到榆树上取火，就是代表寒食的季节。

周邦彦说，又到了送别的日子了，“酒趁哀弦，灯照离席，梨花榆火催寒食”，又到了寒食的季节，我们又面临一个离别场合了，一批人又从首都被贬走了。“愁一箭风快，半篙波暖，回头迢递便数驿，望人在天北。”他说我们感动悲哀的离别的忧愁，忧愁的是什么？你今天一走，一上船，一阵风吹到船帆上，船就像一支箭一样地走了。“愁一箭风快”，大家要注意周邦彦的用字，刚才他用了几个表示时间重复的字。“曾见几番”“年去岁来”“又酒趁哀弦”，都是表示重复的字，而现在他所用的都是数目字。“一箭风快”是个“一”字，“半篙波”是个“半”字，“篙”是撑船的竹竿。他说你只要把你的竹竿往水里一插，竹竿没入一半的时候，船就离岸，船就走了。“一箭风快，半篙波暖”，这两个都是表示少量的字，只要一阵风，只要半篙波暖，“回头迢递便数驿，望人在天北”。“数”是一个表示多量的字，强调了船行的快和离别的远了。所以这一类词人他要感动你的，不是像李后主的“林花谢了春红，太匆匆”那样直接的感发，而是要用安排思想，说“曾见几番”“年去岁来”“又酒趁哀弦”，这几个重要的字，用得好。“一箭风快，半篙波暖”，用表示少数的字比喻什么？比喻别时的容易，只要一阵风吹，你的船就像箭一样快地开走了，只要竹篙插入水中一半，你的船就离岸了，而这一离开，“回头迢递便数驿”。你再想看一看首都汴京，看一看送别你的朋友亲戚，“望人在天北”，你所怀念的人，那些给你送行的人已在天的那一边了。这是他的第二段，是写离别的。

再看这首词的第三段：“凄恻，恨堆积！渐别浦萦回，津堠岑寂。斜阳冉冉春无极。念月榭携手，露桥闻笛。沉思前事，似梦里，泪暗滴。”第一段送别从柳色来写，第二段是写正当离别的场所，第三段是写离别以后了。他说我满怀着离别凄恻的感情，而我那种离愁别恨，随着我越走越远，就越积越多，是“凄恻，恨堆积”。我们的离愁别恨，就一点一点地增加了。我离开了这里，走的是“别浦萦回”。“浦”是水边，“别浦”是另外的一个水边。而这水的河岸是曲折萦回的，我一路上经过了很多的码头，是“津堠岑寂”。你要知道凡是码头车站，有一班车来，有一班船来，车站、码头上就人山人海，等车船一开走了，车站码头马上就冷冷清清岑寂下来了。“津”是津渡、码头，“堠”

是码头上的一个岗位，就是在码头上专管船只来往的，是一路上看见沿岸岑寂的码头，而这个时候已经是太阳逐渐沉落下去了。刚才说“酒趁哀弦，灯照离席”，有“灯”，你要知道，一般开船的时间是破晓，送别是在后半夜。

再请看我们以前讲过的周邦彦的《夜飞鹊》中的一段：“河桥送人处，良夜何其（读 jī），斜月远堕余晖。铜盘烛泪已流尽，霏霏凉露沾衣。相将散离会，探风前津鼓，树杪参旗。”你快要走了，就要注意探听随风传过来的津鼓。“津鼓”，就是津渡上的鼓声。古时开船没有汽笛，而是击鼓开船，一般是在破晓时分。“风前津鼓，树梢参旗”，树杪上的参旗是天上的星星，当参星向下沉没的时候，船就走了，所以送别一般是在后半夜的夜晚。从他的“一箭风快，半篙波暖，回头迢递便数驿”，到“凄恻，恨堆积！渐别浦萦回，津堠岑寂”，已是走了一天的船了。到了傍晚的景色，是“斜阳冉冉春无极”。景色不是不美，是春天的日子，正是寒食清明的季节。他说“斜阳冉冉”，“冉冉”本是慢慢移动的样子。《离骚》说“老冉冉其将至兮”，衰老的年岁，冉冉地慢慢地就来到了。“斜阳冉冉”，由西天慢慢地沉没了，可是在夕阳的暮色之中，那岸上的草色，那堤边的杨柳，那一片烟霭朦胧的春色——江南的一片春色，就都在“斜阳冉冉”的背景之中了。前人特别赞美他这七个字写得好，把他那所有的别恨离愁都写到一片景色之中去了。“无极”，就是无边，无边的春色，现在就都是我的无边的离恨别愁了。果然写得好。

下边更应注意什么？我说从一开头他所写的就不是一个人的个相，是送别的共相。根据周邦彦写作的背景，它的里边可能包含有这种政海波澜的感慨，就是在首都的城外，这种一批一批地送别的感慨。这里你就发现，他写到什么？写到儿女之情去了。这是非常值得注意的一点，是北宋“婉约派”词人的一个特色。他不管写什么样的感情，都用男女之间相思离别的感情来做点染。“念月榭携手”，我就想到我跟我所爱的那个人，我们在照满了月光的、有草木环绕的高台上。“榭”是四周围有草木的一个亭台，在月光照满的这样的亭台上，我们曾经携手散步。“露桥闻笛”，我们曾在一个露天的桥上吹笛子，曾听到过这样美好的音乐。那一段日子，是当时我在首都汴京的快乐生活，现在都过去了。“沉思前事，似梦里”，是对过去的欢乐生活的总结；“月榭携手，露桥闻笛”都恍如一场梦一样地过去了。我今天离开了，不知哪一天还能回来，所以我就一个人独自寂寞地流下了眼泪，“泪暗滴”。

这种写法，就是说把政治上的一些感慨结合到男女的爱情来写，这是中国“婉约派”词的一个传统，即如我以前与大家一起看过的韦庄小词中的“残月出门时，美人和泪辞”，到“桃花春水渌，水上鸳鸯浴。凝恨对残晖，忆君君不知”。（《菩萨蛮》）从韦庄的整个生平来看，从洛阳发生的政变来看，唐朝最后是在洛阳灭亡的，唐朝最后的皇帝是在洛阳死去的。洛阳是韦庄当年曾住过的，并在那里写出过得意的诗篇，“洛阳城里春光好，洛阳才子他乡老”。这是多少破国亡家故国的悲哀感慨，可是他所结合的是什么？是男女的柔情。

柳永是后来把小词加以开拓的一个作者，他的开拓有几点值得注意。以前写男女感情，常常都是写女子闺中的寂寞，可是柳永却是以男子的口吻来写。五代的韦庄虽也是用男子口吻写，但韦庄一般写爱情是写闺中的感情多，写高远的外界景色比较少。柳永对词的开拓，不仅是他开始写词多用长调，而且是开始多用男子的口吻，写羁旅行役的旅途所见的情景，写高远的景色。“对潇潇暮雨洒江天，一番洗清秋。渐霜风凄紧，关河冷落，残照当楼。”（《八声甘州》）再如他的“景萧索，危楼独立面晴空。动悲秋情绪，当时宋玉应同”(《雪梅香》)。他写的都是一个男子漂泊，为了谋生不得不在外边东奔西跑的这种悲壮的才人志士不得志的旅途寂寞与悲哀。可是，他每首词最后所归结的都是对女子的怀念，所以《雪梅香》最后写的是“临风，想佳丽，别后愁颜，镇敛眉峰”。《八声甘州》后边也是“想佳人、妆楼颙望，误几回、天际识归舟”。这是“婉约”派词的特色。尽管他有国家的感慨，个人的感慨，但他往往是和男女的感情结合在一起的，这是我们欣赏这一类词所应注意的。这是周邦彦这方面的特色。刚才我们说了，周邦彦的特色，第一点就是用安排勾勒来写词的，不是从直接的感动来写的。我刚才讲他的《兰陵王》，就是为了使大家认识他这一点安排勾勒、用思力写词的特色。

周邦彦的第二个特色是不平铺直叙。他的时间和空间常常是跳接，一下就跳过去了，不是一步一步地走过去的，不是这样顺着写，而是一下子跳过去了。以前我们讲过一首他的《夜飞鹊》：“河桥送人处，良夜何其？斜月远堕余晖，铜盘烛泪已流尽，霏霏凉露沾衣。相将散离会，探风前津鼓，树杪参旗。花骢会意，纵扬鞭、亦自行迟。”这一段完了。刚才我说了，从“风前津鼓”来看，这个人是坐船走的，如果是柳永的词，他平铺直叙就要写这个船经过什么地方。而周邦彦的词，他的章法往往是出人意表的。本来他是说船，可是他又不说船了，接着说“花骢会意”。“花骢”是黑白花的马。好好地说着“风前津鼓，树杪参旗”，船就要开了，“参”星已经沉落了，船要开了，可是忽然间他却变了，说起了“花骢会意，纵扬鞭、亦行自迟”，所以人家不懂。但这是他的一个特色，你一定要记得他的几点特色，才能欣赏以后南宋的几位词人。王国维之所以一直不懂得怎样欣赏南宋的词，总说南宋词隔膜，南宋词不通，南宋词晦涩，就是因为他对于这几点特色不了解。他从船说到马，“船”是远行人，是坐船走的；“马”是送行人，送行人是骑着马回去的。可是周邦彦这样说了吗？没有啊！我们欣赏这一类的词，就要用思力，把他的空白的地方填补上去。后面又说“迢递路回清野，人语渐无闻，空带愁归”。“迢递”是很远的路。他说“路回清野”，离开了码头，经过凄清的田野，“人语渐无闻”。离开了码头，已到荒野了，人说话的声音都听不到了。我“空带愁归”，送行的人，骑着马，带着离恨别愁回来了。你以为他这个词写到这里就对了吗？还不对！他另外再出来一个时间，是“何意重经前地”。时间和空间跳了很多次，从码头到田野，现在又从田野回到送别的码头，时间却不是送别当天的时间了，是经过了很长久的时间，经过了好几个月，连季节都改变了，是“何意重经前地”，我就没有想到我今天又来到那码头边上送别的地点了，然而却是“遗钿不见，斜径都迷”。

从他的这首词来看，他送别的是一位女子，那女子是坐船走的，他自己是骑着马回去的。当他再一次来到送别的地方，想找一找有没有当时送别的痕迹，是“遗钿不见”。“钿”是女子的头上戴着的珠翠花钿，没有一个簪子，没有一只耳环，没有一朵花钿留在当年送别的地方。“斜径都迷”，就是当年我们走过的那条小径，野草长满，小径已迷失看不见了。“兔葵燕麦”，葵、麦都是植物，兔葵燕麦都长得老高了。他送别的时候，看他写的“良夜何其”，“霏霏凉露沾衣”，是秋天，现在好像是春夏之间了，是“兔葵燕麦，向残阳、影与人齐”。太阳若是在头顶上，你的影子只有身前一点黑影，可是太阳西沉了，就把人的影子拖得很长。现在，我站在这里，周围是这么高的植物，残阳从西边照过来，“兔葵燕麦”的影子跟我孤单的一个人的影子拉得一样长。他不直接写他自己的孤独、寂寞，你一定要注意这一点，他是写“兔葵燕麦”，“向残阳、影与人齐”，一大片植物的长长的影子，映衬着我一个孤单的身影在其中，表现得极为孤寂，而不直说寂寞孤独，“但徘徊班草，欷歔酹酒，极望天西”。我引这首词就是要说明他的章法是往往有出人意表之处；他的时间、空间的跳接，从船跳到马，从送别到送行回去，又到几个月之后再来，他的变化影响了后来的南宋词，这是第二点。

周邦彦结北开南，除了这两点以外，还有第三点。第三点是什么样的影响呢？就是开始在词里边用思索做一种有心用意的托意安排。什么叫有心用意的托意？李后主从“胭脂泪，相留醉，几时重”就写到“自是人生长恨水长东”。从林花的凋零、花的凋落写到人生的长恨，他不是有心用意的托意，那是自然的感发。冯延巳说“日日花前常病酒，不辞镜里朱颜瘦”；“一晌凭阑人不见”，我要“鲛绡掩泪思量遍”，表现一种执着专一的感情。饶宗颐教授说他有开济的鞠躬尽瘁的老臣的怀抱，那也不是有心的用意，是自然的感发，是因为冯正中内心感情的本质就是如此的。他用情的态度是这样执着、这样专一、这样献身无悔，奉献我自己都不后悔。这是他自己感情本质自然的感发和流露，不是有心用意的托意，这是一派词。可是现在不然了，周邦彦是有心用意地写寄托了。

我们以前讲过一首词就是周邦彦的《渡江云》：“晴岚低楚甸，暖回雁翼，阵势起平沙。骤惊春在眼，借问何时，委曲到山家？涂香晕色，盛粉饰、争作妍华。千万丝、陌头杨柳，渐渐可藏鸦。　　堪嗟。清江东注，画舸西流，指长安日下。愁宴阑、风翻旗尾，潮溅乌纱。今宵正对初弦月，傍水驿、深舣蒹葭。沉恨处，时时自剔灯花。”这说的是什么？“晴岚低楚甸”，说这是荆楚的地方。从周邦彦的生平来看，他是钱塘人，到首都来做太学生、太学正，后来贬官出去，做过庐州教授，也到过荆楚一带的地方，到溧水县做知县。当新党再得势，他再被起用时，从溧水再回到汴京去，这时他曾到他以前居住过的荆楚，做过一次游历。这首词应该是那个时候作的。开头他也是写春天景色的美好，等下你要慢慢看。这一类的词很难懂，我不能不这样讲。若不然，你根本就不知道该怎样欣赏它，连王国维这样词学的大师都不能体会这类词的好处，因此也就不能体会南宋词的好处。周邦彦他说的是什么？我们先从表面上看，他说“晴岚低楚甸”。“岚”是那山峦烟霭蒙蒙的样子，低低的烟霭，笼罩着荆楚之地的一片平原的荒野。“甸”是一片平原的草野。天气变暖了，那暖气回来了，回到什么地方？回到鸿雁的翼，回到大雁的翅膀下，“暖回雁翼”，所以大雁就要从南方飞向北方了。天气冷了，大雁到南方。天气变暖了，大雁就要从南向北飞。而且大雁飞的时候，总是排成一个阵势，或者是“人”字的形状，或者是“一”字的形状，是一个阵势，从一片平沙的沙岸上飞起了。他说当这样温暖的天气，“骤惊春在眼”，我忽然间发现春天居然已经来了。本来没有留心，没有注意到春天的来临，我忽然间就惊讶地看到春天就在眼前了。“骤惊春在眼，借问何时，委曲到山家？”他说我请问那春天，是在什么时候，居然婉转曲折地把山里的人家都染上春色了，“委曲到山家”。于是那春天就“涂香晕色”，把花涂上香气，把花染上红的颜色，“盛粉饰”，就“争作妍华”。这么茂盛的一片，万紫千红的装饰，是“争作妍华”，每朵花都是争奇斗艳地开放了。除了花开以外，还有千万缕的长条，“千万丝、陌头杨柳”。“陌头”是长在路边；“陌”是道路，在路边的杨柳也很茂密了，这不是写春天景色的美吗？他的用意，他的有心安排的托意，慢慢地就要露出来了。

他说杨柳是渐渐可藏鸦了。柳树里边为什么不藏莺？为什么要藏鸦？你说他押韵所以要藏鸦。但你要知道，乌鸦在中国的传统是被认为不祥的一种鸟，而就在这个美丽的春色之中，隐藏了一个不吉祥的、不美丽的一个东西，“陌头杨柳，渐渐可藏鸦”。这个还不算，他的托意还不只是从这一个字透露。下面，“堪嗟”！“堪嗟”就是叹息了，这么美丽的景色你叹息什么呢？他说我叹息“清江东注，画舸西流”。滔滔的江水向东流去，我的故乡在钱塘，我不能回到我的故乡，可是我的画着彩色的这条船却向西走。向西方什么地方走？“指长安日下”，我的船走向的目的地是长安。“长安”就表示了一种托意，他是用长安来代表当时北宋的都城汴京。中国一向都用长安代表首都，已经像我们讲过的温庭筠词里的“蛾眉”“画蛾眉”之类的，成为语言学、符号学上的一个语码，一个符号的符码了。一说长安，就代表首都了，现在是指的汴京，指的开封，而且他还怕人不明白，他说“指长安日下”，“日下”一定指的是首都。我们讲韦庄、辛弃疾已说了“斜阳”，太阳一定是代表朝廷、代表首都的，所以我的船所要去的是“指长安日下”，“清江东注，画舸西流，指长安日下”。这首词怎么证明他有着有心用意的托意？你慢慢看，他就处处出现了语码。你要知道像南唐的词人，像李后主，像冯延巳，他们是用自己的感情的感发来推广他们词的意境的。可是温庭筠不同，他本应是周邦彦这一派早期的作者，是五代里这一派词人的代表。他不表现主观的感情，不直接给你感动，是用这些语言的符码暗示。周邦彦也是，下边还有符码。“愁宴阑”，刚才说是叹息，叹息是江水向东流，我不能到我的故乡钱塘，而我的画舸西流，指向的是“长安日下”。长安日下岂不好？把你叫回首都，让你升官岂不好？可是周邦彦说了我是“愁宴阑、风翻旗尾，潮溅乌纱”。我就忧愁我到了首都以后，政海波澜会有怎样的变化。现在看起来我们这一批新党的人都升上来了，是很幸运的，可是我就想当我们有一天要倒台，“宴阑”，当我们这个酒宴要散去的时候，就“风翻旗尾，潮溅乌纱”。这个语码，是非常鲜明的，一个“旗尾”，一个“乌纱”。不是我说他这首词里有托意，是他的这首词本身可以证明这一点。“乌纱”，我们中国都习惯说“乌纱帽”，就是做官的帽子；“旗尾”，干吗要说旗尾？旗，是一面旗帜，是一个党派，一个政党，一个主张，所以是旗尾。他说我现在要到首都去，可我已预先就忧愁了。有一天当我们要宴阑散去的时候，狂风就把我们的旗帜吹倒，“风翻旗尾，潮溅乌纱”，那政海波澜的潮水就打湿我们每个人的乌纱。这是周邦彦的寄托，“愁宴阑、风翻旗尾，潮溅乌纱”。

“今宵正对初弦月”，今天晚上我在向首都的路上，对着一个刚升起来的新月，初弦月，弯弯的月牙儿，“傍水驿、深舣蒹葭”，靠近一个水边的津渡的码头。“水驿”是津渡边停船的地方；“深舣蒹葭”，舣就是停船，我把我们这个小船深深地停泊在蒹葭的芦苇丛中。我在今天晚上停船的时候，想到我要到首都去的事情，就“沉恨处”，满心深沉的愁怨，“时时自剔灯花”，我常常剔这个灯花。古人点油灯，有一个灯捻在灯盏里边，当它点得要慢慢地暗淡时，你把它剔一剔，这灯光就亮了。写得非常寂寞，非常无聊，是满心忧愁的样子。这首词是非常可注意的，前边的春天写得那么美，为什么一下子变成这个样子？他的“长安日下”、他的“风翻旗尾”、他的“潮溅乌纱”，都起了语码的作用。而后半首词由于有了语码的作用，指向了一个政治性的寓托，当你看到最后，在这些语码里边体会到政治的托意。你再掉过头来，看他写的景色，你就知道他写春天美丽的景色都是有托意的。“暖回雁翼”，一群拥护新政的、一批新党的人都起来了，他们就“阵势起平沙”。“骤惊春在眼”，这些新党的人，幸运的日子就来临了。“借问何时，委曲到山家”，这个“山家”，事实上不是泛指一户山中的人家，周邦彦暗指自己。没想到在新党重新起用的时候，居然我周邦彦这个卑微的人，也在这一阵风气之中，被召返朝廷。这些新党的人要得势了，“涂香晕色，盛粉饰”，就“争作妍华”，大家都非常得意。可是你要知道，“千万丝、陌头杨柳”，也就“渐渐可藏鸦”了，在你正在欢欣得意的时候，就埋藏了不幸的种子。因为人得意了就忘形，有了权势就作威作福，你那些不幸的未来，也同时就埋在里边了，“千万丝、陌头杨柳，渐渐可藏鸦”。周邦彦词中的柳树，往往都有讽喻之意，香港罗忼烈教授《周清真词时地考略》，就曾说周词“以柳为喻，有所指刺”。罗氏虽然没提到这一首词，但这一首词之有讽托之意，实在是明白可见的。这是我们要借着周邦彦的词，来说明南宋词有这样的用思索安排表现寓托的特色。

下面我们就要讲，除去像辛弃疾的以他的忠义奋发、以他的生命来写词，以他的生活来实践他的作品的那一类作者以外，有另外一类作者，是按周邦彦的办法来写词，用安排勾勒来写，用时间空间跳接的不连贯的方式来写的，是用语言学、符号学的语码的暗示来写的。这一派词人中我们要讲的三位代表作者，就是姜夔（号白石道人）、吴文英（号梦窗）、王沂孙（号碧山）。

辛弃疾是不属于这一派的。辛弃疾是从苏东坡那一派下来的，是用直接的感发把自己的襟怀志意写到词里边去的，而且因为辛弃疾结合了他的时代、他个人的身世的生平，所以才有这样伟大的词留给我们。我们下边要看的姜夔、吴文英和王沂孙三个作者，如果是跟辛弃疾比起来，那么我们以后要讲的几位词人，我要引用一句话来说，是“曾经沧海难为水”。“曾经沧海难为水”这句话大家都知道，大家都以为写的是爱情，因为这是元稹写的一首爱情诗。他说：“曾经沧海难为水，除却巫山不是云。取次花丛懒回首，半缘修道半缘君。”（《离思五首》之四）你若看见过那么样广阔的沧海，再看个小水塘，那真是不像话。“五岳归来不看山”“黄山归来不看岳”，曾经沧海是难为水。讲完了辛弃疾再讲这些个词人，真是“曾经沧海难为水”。可是你要知道，最早的“曾经沧海难为水”，本来不是写爱情的，是写圣人的，是写孔子的。《孟子》上说“观于沧海者难为水，游于圣人之门者难为言”。如果你已经看过大海了，以后的水你都看不上了；你若曾经进过孔老夫子的讲堂，听过孔夫子的讲话，你再听别的人讲，就觉得讲得不好了。所以你读过辛弃疾的词，看过他的“举头西北浮云，倚天万里须长剑”，现在再看姜白石这些个词人，你就觉得是“曾经沧海难为水”了，但是我们也可以找到一个欣赏这些词的途径。每一个词人的作品，一定是他结合着他自己的生平，结合着他自己的感情、人格的品质的，必然是如此的，不管是好是坏，一定是跟他自己结合在一起的，这是没有办法的一件事情。写论文，你只要材料丰富，下的功夫多，可能写出一篇不错的论文。可是我常常要说，你只要是写诗，特别是写古典诗词是绝不能做假的。古人说：“观乎人者，莫良于眸子。”我说“观乎性情者，莫良于诗”，不管你的平仄格律好坏，你只要拿出诗来一看，你整个人的性情、品格、厚薄、深浅都在里边了。姜白石是怎么样一个人，就反映在他的词里边。

姜夔（姜白石），是曾经得到过很多人的赞美的，请看几段对姜白石的评语。跟姜夔的时代最近的也是南宋一位有名的词人张炎，他在《词源》中说：“姜白石词如野云孤飞，去留无迹。”他说姜白石的词就好像天空中没有羁绊的野云，没有归宿，没有羁绊的孤云，如一个人在天上飞行，“去留无迹”，他想往哪里去，你找不到他的踪迹。所以姜白石的词，是与众不同的，如“野云孤飞，去留无迹”。还有人说姜白石的短处了，也是南宋一位词学批评家沈义父在《乐府指迷》中说：“姜白石清劲知音，亦未免有生硬处。”姜白石这个人写得清新、清奇，一点渣滓都没有；也写得有力量、不平凡、不庸俗，这就是“清劲”。他还“知音”，懂得音乐、乐律。可是沈义父还说他也有缺点，“未免有生硬处”，有过于生硬的地方。这就是因为姜夔这个人作词的方式，作词的态度是跟辛弃疾这样的人是不相同的。他怎么样不同呢？

我们先讲他怎么不同。你要知道，宋朝的诗歌里边有所谓江西一派，就是“江西诗派”，黄山谷为江西诗派中最著名的一个诗人。这一派诗人的特色，是要炼字造句，迥不犹人，要自已锻炼字句，不说别人说过的话。而且黄山谷的诗歌，喜欢用拗折的声律。“拗折”，就是平平仄仄跟一般的诗律不相合的这样的声律。而把江西诗派作诗的方法用到词里边去的，就是姜白石。他也不是没有他的道理，因为这个词一向都是“婉约”一派，一向都是写男女柔情的，像柳永这样的词，就未免有时候叫人觉得是“柔靡”。所以姜夔就想用江西诗派这种拗折的、清劲的、有力量的、不平凡的、不庸俗的笔法来挽救那“婉约”一派的柔靡，而且姜夔这个人果然在早年学过江西诗派作诗的，他作词也是受了江西诗派的影响。而且姜夔还有一本著作留下来，就是他的《白石道人诗说》，是讲作诗的理论。他假托说他的“诗说”是从一个道人那里得来的，其实不是，这是他自己的说法。他怎样说呢？他说：“难说处一语而尽，易说处莫便放过。”就是说，别人很难说的话，我要很容易地说出来，别人很容易说的话，我不轻易地说，我要把它变一个方法来说。黄山谷那个时候，讲他的作诗，就有所谓“脱胎换骨”。“脱胎换骨”，就是把别人说的话，变一个方法说出来，让它新奇、不庸俗、不平凡。姜白石就是用这种方式来写词，这是他的一个特色。

可是现在我就要说了，我以前讲那些词人，像辛弃疾，都是很赞美的，因为我衷心是赞美他们的。许多人都说我这个人不会说假话，我总是要很真诚地说话。你也会发现，我讲周清真（周邦彦），讲的是他的技巧，讲的是他的艺术，是他的技巧和艺术对后人的影响，而不是讲他词里边的感发的力量。周邦彦这个词人和苏东坡之所以不同，就差了一点点。经过了新旧党争，人家苏东坡说的是什么？说我把我自己的得失、祸福是置之度外的，“生死祸福”我是“齐之久矣”。他不论是在朝廷，不论是贬官在江湖之外，总是希望为国家、为人民做一点事情。周邦彦也经过新旧党争的政海波澜，他最后学到的是什么？是独善其身，明哲保身，是“委顺知命，人望之如木鸡，自以为喜”。他有这种修养，也已经不错了，他没有跟着别人去趋炎附势，没有跟着别人去作威作福。但他的词里边毕竟缺少一种博大的、深厚的感发的生命，这是因为从他的内心之中就缺少的。所以我说诗词的好坏，永远以它的感发的生命的厚薄、大小、深浅为评量的层次，一定是如此的。可是我也并不是主张像我们中国过去的批评，拿一个人的品格来衡量他的诗。这个人品格好，诗就好了，并不是如此。我是主张一个作者，他有伟大的生命、伟大的人格，加上他的伟大的表现传达的艺术，真的能够把他的一份感发的生命传达出来，像辛弃疾那样的，这才是最好的最高的一种成就。

我在南京大学讲课，有些同学问我说：“老师你讲课用什么样的批评欣赏的方法？用中国传统的理论还是用西方的理论？”我告诉他们：你先不要存有这一点成见，要好好去学习，深深地沉潜到中国的传统里边，而且一定要有所得，像苏东坡的读书，像辛弃疾的读书，真能从书里边得到你自己的感发，得到你自己的受用，这才可以。对西方也是如此，你真的能够有所得了，不要先存心说我要用西方，还是我要用东方，自然而然说你自己的感受，说你自己的体会，用你自己的话说出来。你若先存了一个见解，说现在我可是得用点新学说了，我现在说出的话一定要与众不同，一有此心，便要落到第二乘，一定是第二流，一定是第二等。人惟有真诚，这是最重要的。如果你首先不想是不是你的感动，是不是你真正的思想，是不是自己真正的体会和心得，而就想要在文字上标榜些新花样，结果永远是第二流，必然如此的，我可以这样诚恳地告诉大家。

姜白石词的好处在他的不庸俗，只是他有心要出奇制胜的意思太多了，而直接的感发的生命就反而受了损伤。当然也有许多人赞美他的词，认为他是不庸俗的，是“清劲知音”，是“野云孤飞”，是“去留无迹”。而且也赞美他，说他的词里边没有渣滓，“清空骚雅”，写得“清”，空灵不黏滞，不是抓住一个地方钻进去黏滞不出来。他写得空灵，写得清新，写得骚雅，文字文雅，没有俗字，没有俗语俗言。我们讲了辛弃疾，因为时间的缘故，我们所讲的都是他的用典故的一些词。可是辛弃疾也一样用俗话来写词。他年老了，牙齿脱落，写了一首小词，说：“刚者不坚牢，柔的难摧挫。不信张开口角看，舌在牙先堕。　已阙两边厢，又豁中间个。说与儿曹莫笑翁，狗窦从君过。”（《卜算子·齿落》）他说刚强的反而不坚牢，柔软的反而不容易受到挫折和摧伤。如果不信，把你嘴巴张开看一看，舌头还存在，可是牙不见了。两边的牙先掉了，中间这块也豁了，我跟你们这些儿童说，你们不要总是笑我这老头子牙都豁了。“狗窦”就“从君过”，我是给你们开了个门。“狗窦”是晏子的故事，说晏子的身材很矮小，到外边去出使，人家不让他从大门走，让他从小门走。晏子说了，我听说出使到狗国，就从狗洞钻过去。所以辛弃疾说，我是“说与儿曹莫笑翁”，“狗窦从君过”。这么滑稽，这么通俗的词，写得多么生动，多么有情趣还不说，里边也含有很深刻的讽刺的意思，你不要看我的容貌丑陋，不要看我的牙齿脱落，我在志意上、品格上总有比你们这些个钻狗洞的人强的地方吧。所以不是你用不用俗语的问题，是你真正的生命的那个厚薄、大小和深浅的问题。有些人总是文字上求“骚雅”，不懂得追求的是你真正生命的本质。一定要像精金美玉，经过烈火的锻炼，那才是你生命的本质。如果只是一意去追求骚雅，有时候就反而会损伤了生命的本质。

姜白石的词当然是写得很好的。赞美姜白石的词的人说他有几点长处，不但在文字的艺术上是“清空骚雅”“野云孤飞”“去留无迹”，而且姜白石何尝没有对政治、对国家的关怀呢？怎见得？有词为证。他的一首比较流行的词上半片说：

> 淮左名都，竹西佳处，解鞍少驻初程。过春风十里，尽荠麦青青。自胡马窥江去后，废池乔木，犹厌言兵。渐黄昏、清角吹寒，都在空城。(《扬州慢》)

他写得好啊！他说“自胡马窥江去后，废池乔木，犹厌言兵”。因为在宋高宗建炎初年，金人一度打到扬州，占领了扬州，焚杀掳掠，使扬州经过这一次的战争变乱，变得十分荒凉。你要知道，扬州当年是一个歌舞繁华的都市，是一个很有名的城市，唐朝杜牧曾说过“春风十里扬州路，卷上珠帘总不如”(《赠别二首》)。那春风十里的扬州路上，到处是歌舞，到处是美女，到处珠帘卷上。而经过这次变乱，“自胡马窥江去后，废池乔木，犹厌言兵”。现在的扬州是如此荒凉，园林建筑荒废了，那水池也荒废了，草木没有人修剪，长得很高大了。不用说人对战争是厌倦的，就连“废池乔木”也是“犹厌言兵”，它们都不愿意提起当年的那一次战争的变乱。可见，姜白石果然也关怀国家，曾经写下过这样的词。

作为一个国民，如果对于自己的国家被敌人占领都不动心，那这个人心真的是死了。姜白石对国家的一份感情，是绝对有的，这是不假的事情。可是感情的质量不同，人家辛弃疾不仅有这种感情，而且是要自己负担起那收复国土的责任，“举头西北浮云”，“倚天万里”是“须长剑”。同样在南宋灭亡时的文天祥，写出来的是什么样的诗篇？写出来的是什么样的词？“世态便如翻覆雨，妾身元是分明月”（《满江红》）。不管世界上有多么大的变乱，我自己光明磊落的品格是永远不改变的，就像天上光明的月亮一样，世态尽管如翻覆的风雨，我“妾身元是分明月”。因为有文天祥的志意，有文天祥的感情，才能写出文天祥的词来。像我刚才提到的王沂孙，也经历南宋亡国的惨痛，也写出很悲哀的词，但是他写不出文天祥那种奋发的志意，因为他没有，他本来就缺乏。姜白石也是这样的。姜白石跟辛弃疾还有过诗词的来往，可是两个人的志意是不完全相同的。不过他确实有关怀故国的这一面，这是我们先要承认的，这是他一项重要的内容，姜白石的词果然有他一份关怀国家的志意。

除此以外，在姜白石的词里边表现的比关怀国家的志意的感情更多更鲜明更强烈的是什么？是他的一段爱情的故事，一段爱情的往事。姜夔生于湖北，其父曾知汉阳县，他的姐姐出嫁也在湖北附近。可是他父亲很早就死去了，姜白石早岁孤贫，是很穷苦的。 姜白石一生是贫穷落拓的一生，虽然写诗写得不错，写音乐的曲子也很有天才，而且朝廷曾经给他优待，以他的音乐成绩好，让他“免解”。“免解”，就是不用经过“解元”的乡试，直接参加进士的考试。可是他没有通过进士的考试，他的平生没有仕宦的踪迹可寻。姜白石、吴文英、王沂孙都是没有显达的仕宦，都是在正史上没有传记记载的。那个时候，这些文人在南宋的这种国家形势之中，一方面对国家的走向危亡存在着失望，而另一方面姜白石这个人确实也有一点好处，就是他还不愿意同流合污，有一份洁身自好的感情。这样的人何以为生呢？原来当时的南宋有一股江湖游士的风气，以他们的诗文、词采得到一些达官显宦的欣赏，在这些达官显宦之中成为一种曳裾的门客。姜白石早年曾得到过一位诗人的欣赏，这个诗人叫萧德藻，因为很欣赏他，就把自己的侄女嫁给了他，而且为姜夔安排了一个可以定居的场所。后来萧德藻介绍他认识了另外一个有名的诗人杨万里，由杨万里又认识了范成大，然后他又跟张镃、张鉴两位词人来往，而当这些人相继死去后，姜夔贫困得无以为生，据说他死后，还是许多朋友为他筹集的资金，才把他埋葬的。

姜夔有一段爱情故事，他少年的时候到各地去游历，在安徽合肥遇到了一位女子。中国近代有名的词学专家夏承焘先生写过一篇文章，叫《白石怀人词考》，管那个女子叫合肥女子，管他这段故事叫合肥情遇，是一段感情上的遇合。我们说了，词从唐五代开始大多是写爱情与美女的，怎么都没有人做考证？只有姜白石的爱情才有人来考证呢？这是不同的。因为温庭筠所写的那些美女，是随随便便的歌筵酒席上的任何一个美女；晏幾道所写的美女，是他朋友家的莲、鸿、蘋、云等歌女；柳永所写的女子，是市井之间、勾栏瓦舍之间的女子，她们的名字叫什么虫娘啊，酥娘啊，什么娘的，是这样的女子，并不是一段特殊的感情的遇合。姜白石遇到的这位女子是一段特殊的感情之上的遇合。他从二十几岁遇到这个女子，以后经过十几年、二十几年一直没有忘记，而他们没有结为夫妇，没有结合。就在萧德藻把自己的侄女嫁给他，他马上就要去结婚的路途之上，他写的还是对这个女子怀念的词。我们先了解几首他的情词，然后再看他出名的《暗香》和《疏影》两首词。因为我们要先了解他的两方面的感情，一个是他对国家关心的感情，“自胡马窥江去后，废池乔木，犹厌言兵”，一个是他对合肥女子不能够忘怀的感情。

我们今天要看他的四首《鹧鸪天》，都是在正月十五前后写的。这是什么缘故？因为他跟合肥的那位女子最后的分别是在灯节前后。分别以后，多少年了他都不能忘怀这一份感情。他有一首《鹧鸪天》是这样写的，在我读这首词前，我还要顺便说一点：周邦彦的长调开创了南宋的一些词。而我所说的开创的南宋的词是指南宋长调的词。至于他们所写的小令、短小的词，大半还是五代北宋的风格。周邦彦是如此的，姜白石也是如此的。姜白石在这首《鹧鸪天·元夕有所梦》中写道：

> 肥水东流无尽期，当初不合种相思。梦中未比丹青见，暗里忽惊山鸟啼。　　春未绿，鬓先丝。人间别久不成悲。谁教岁岁红莲夜，两处沉吟各自知。

“肥水东流无尽期”，因为那个女子住在合肥，他说就像肥水的东流，永远不断，那就是我对那个女子的相思怀念。“当初不合种相思”，“不合”就是不该，说他当初就不应留下这段相思爱情。为什么叫“种相思”呢？因为有一种植物叫相思树。王维的诗说：“红豆生南国，春来发几枝？愿君多采撷，此物最相思。”（《相思》）南国有一种植物叫红豆，也叫相思子，是鲜红的颜色，而且完全是人心的形状。种下一颗相思，生根在那里，永远存在，所以说当初我“不合种相思”。他这首词本来有一个题目，我不是说他是在正月十五前后写的吗？题目是《元夕有所梦》。他正月十五做了一个梦，梦见了那个女子，他说“梦中未比丹青见”。他说如果一个人不在这里，只有她的一张画的图像在这里，本来已是一件可悲哀的事情了，而梦中的见面比这图画更可悲哀，因为图画还可以长久地悬挂在那里，可是梦呢？转眼就消失了，“梦中未比丹青见”，“暗里”就“忽惊山鸟啼”，在魂梦之中，鸟声就把我的梦给惊醒了。“春未绿，鬓先丝”，正月十五春天还没有来，草木还没有绿，这么早春的天气里，我的两鬓已有了像丝线一样的白发，这就是“春未绿，鬓先丝。人间别久不成悲”。他说我和这个女子刚一分别的时候，有强烈悲哀的感情，等到几十年过去了，连当年那一份悲哀的感情都被消磨了，人间是“别久”那“不成悲”。我没有当初那种激动的悲哀了，然而那种悲哀是更深了，更久远了。

“谁教岁岁红莲夜，两处沉吟各自知。”谁想到，当每年点着红色莲花灯的元宵节的时候，我在怀念她，我相信她必然也怀念我，“两处沉吟”。“沉吟”是怀想，是沉思吟想，当你寂寞的时候，你就沉思，当你想的时候，有时人在集中精神想的时候，就不知不觉地口中念念有词，这是一种很深切的怀想，“谁教岁岁红莲夜，两处沉吟各自知”。

他写了四首，都是写得很好的。下面我不讲了，把那三首给大家读一下。有一首是正月十一写的，人家还没有出去逛灯，他就写了。

> 巷陌风光纵赏时，笼纱未出马先嘶。白头居士无呵殿，只有乘肩小女随。　花满市，月侵衣。少年情事老来悲。沙河塘上春寒浅，看了游人缓缓归。（《鹧鸪天·正有十一日观灯》）

“花满市，月侵衣”：装点元宵的彩花满街都是；十一的月亮也相当亮了，照在我的衣服上，浸透了我的衣服。“少年情事老来悲”：我少年时的一段爱情往事，留给我的是老年这样的悲哀。“沙河塘上春寒浅，看了游人缓缓归”：沙河塘是看花灯的地方，他说早春正月还有浅浅的春寒，我看了别的游人，那些少年男女，他们歌舞欢笑的游赏，我一个人孤独寂寞地回来了。这是正月十一的晚上，等到正月十五的那天晚上他没有出去，他写了：

忆昨天街预赏时，柳悭梅小未教知。而今正是欢游夕，却怕春寒自掩扉。　　帘寂寂，月低低。旧情惟有绛都词。芙蓉影暗三更后，卧听邻娃笑语归。（《鹧鸪天·元夕不出》）

“而今正是欢游夕”，我“却怕春寒自掩扉”，今天晚上是那些少年男女欢笑游乐的时候，我已经衰老了，害怕春天的寒冷，所以我关起我的门来没有出去。推说是寒冷，他十一就出去了岂不寒冷？他十五不出去，是不愿意看到别人的那种男女相爱的这种欢乐的对比。他后面就说了，“帘寂寂，月低低”，我一个人留在房子里，帘子垂下来，非常寂寞，月亮低低地斜照过来，是“旧情惟有绛都词”，我旧日的一段感情，只留下了一些歌词的词句是有记载的。“芙蓉影暗三更后”，芙蓉就是莲花，等街上的人都把自己的莲花灯带回去了，街灯暗淡下来，三更天以后，“卧听邻娃笑语归”，我躺在床上听见隔壁的那些女孩子欢乐地回家了。然后，就是我们才讲过的那首词“肥水东流无尽期”，就是那天晚上写的。他没有去逛花灯，当天晚上就做了一个梦，他说我“当初不合种相思”。

等到正月十六晚上，他又出去了。他说：

辇路珠帘两行垂，千枝银烛舞僛僛。东风历历红楼下，谁识三生杜牧之。　　欢正好，夜何其？明朝春过小桃枝。鼓声渐远游人散，惆怅归来有月知。（《鹧鸪天·十六夜出》）

他说两边的珠帘垂下来，很多蜡烛的光焰飞舞。现在我“东风历历红楼下”，一样的春风，一样的元宵节日，往事历历，还是这么清楚地记得我跟那个女子在一起游赏的情景。东风历历，在一个红楼之下，春风之中，“谁识三生杜牧之”，有谁知道我就像当年的杜牧一样。杜牧也是有一段跟一个女子的遇合，但他没有跟这个女子结合。杜牧之写过一首这样的诗，他说：“自是寻春去较迟，不须惆怅怨芳时。狂风落尽深红色，绿叶成阴子满枝。”（《叹花》）他说他再见到这个女子，已是“绿叶成阴子满枝”了。而且杜牧之另一首诗也曾经说过与一个女子在扬州有过遇合，后来分别了，他说：

十年一觉扬州梦，赢得青楼薄幸名。（《遣怀》）

杜牧是有过一些风流的爱情往事的，然而他没有能跟那些个女子结合。所以姜白石说，“东风历历红楼下”，“谁识”我“三生杜牧之”。那往事像三生以前一样了，而我对往事是不能够忘怀的。后边他又写了几句：“欢正好，夜何其？明朝春过小桃枝。鼓声渐远游人散，惆怅归来有月知。”他说明天的时候，春天又会把桃花的花枝染成红色，游人都散去了，敲锣打鼓的声音也渐渐远去了，“鼓声渐远游人散，惆怅归来有月知”，只有天上的月亮知道我感情的寂寞。

姜白石对这一段往事，是一直不能忘怀的。这几首词是集中来写这一段爱情故事的，写得比较明显。另外，凡是姜夔写词，如果写到梅花，里边也常常蕴藏着他对这段往事的怀念，因为他与那个女子分开时，正是在正月梅花盛开的时候，所以他自己写的词牌子，作的曲子，都常以“梅”字命名。姜白石懂得音乐，还不是像别人只去填词而已，他自己就可以创造一个新的曲调。像他所作的词《江梅引》《鬲溪梅令》，都是写梅花的，而写梅花的词里边都暗示了、表现了他对这女子的怀念。又因为他有一首小词的词序，说合肥这个城市的街道上种的都是柳树，所以他写梅花、写柳树，都代表了他对这个女子的怀念。

我们了解了姜白石词里主要的两种感情，一个是他对国事的悲慨，这绝对有的；还有一个更明显的、更强烈的就是对过去那一段爱情的怀念。他的很多首词都结合有他的这两种感情，你要掌握了这两种感情，才能懂他的词，若不然的话，就不知所云了。

现在我们就看他两首有名的词，一首是《暗香》，一首是《疏影》，这个也是姜白石自己创造的曲调，以前没有的。他把这两个曲调叫“暗香”“疏影”的缘故，就因为这两首词是咏梅的词，是咏梅花的词，咏梅花的词为什么叫“暗香”“疏影”呢？大家都知道，宋朝有个很有名的诗人叫林和靖，这个人是很清高的，号称是“梅妻鹤子”，以梅花为妻，以白鹤为子。林和靖曾经写了咏梅花的诗，里边最有名的两句是“疏影横斜水清浅，暗香浮动月黄昏”，说梅花的影子是横斜过来的，很多梅花的老干杈枒横生出来，你看画梅花的，大都是横伸出来一个枝干，所以疏影是“横斜”，映在那清浅的流水之中，“疏影横斜水清浅”。“暗香浮动月黄昏”，在月色朦胧、昏黄的月色之中，有一阵一阵梅花的香气不知不觉地飘散过来，这是梅花的，“疏影横斜水清浅，暗香浮动月黄昏”。所以姜白石咏梅的词就以《暗香》和《疏影》为词调之名了。

下面我们来看姜夔的《暗香》：

旧时月色，算几番照我，梅边吹笛。唤起玉人，不管清寒与攀摘。何逊而今渐老，都忘却、春风词笔。但怪得、竹外疏花，香冷入瑶席。　江国。正寂寂。叹寄与路遥，夜雪初积。翠樽易泣，红萼无言耿相忆。长记曾携手处，千树压、西湖寒碧。又片片吹尽也，几时见得？

我们先看这两首词的序：“辛亥之冬，予载雪诣石湖。止既月，授简索句，且征新声。作此两曲。石湖把玩不已，使工妓隶习之，音节谐婉，乃名之曰《暗香》《疏影》。”你要考查姜夔的生平很容易，因为他的词前序文中常记有年代。“辛亥之冬”，辛亥这一年，是南宋光宗的绍熙二年，就是1191年。姜白石大概的出生年月是1155年前后，如果这样，那这两首词是1191年写的，我们可以给算一算，当时他大概是三十六岁。这不是确切的岁数，因为他没有什么仕宦，没有详细的传记记载，所以他的生卒年代都只能是问号，总之这首词是他四十岁上下时写的。“辛亥之冬，予载雪诣石湖。”姜白石的性格，我说他是喜欢清奇的、不平凡的、骚雅的这样一个人，所以他在一个下雪的天里，冒着雪去诣石湖。“诣”，是来到、拜访，来拜访石湖，“石湖”就是当时有名的诗人范成大。范成大置了一片庄园，在石湖的地方，称为“石湖居士”，人称他为范石湖。这就是我说的姜白石常常是过着寄人篱下的生活，他在这些个风雅的、富贵的达官显宦之中做门客。他说我就载雪诣石湖，来到范石湖这里，“止既月”，一住就是一个多月。他一生都是如此的，都过的是寄人篱下的生活。“授简索句”，大家对他也很敬重，因为姜白石这个人的相貌也很清奇，也很秀雅，诗词、音乐、书法什么都好。所以有一些人，当他们有地位、有能力的时候，愿意养着这么一批风雅的门客。“授简索句”，就是给他写诗的纸，让他写新的词句。“且征新声”，而且跟他要新的曲调，你不要给我填那些别人的旧的曲调，给我写两首新的歌曲。范石湖让他写新的曲调，于是他就“作此两曲”。“石湖把玩不已”，“把”，拿着；“玩”，欣赏；“不已”不断地欣赏，“使工妓隶习之”。你要知道，南宋时代国家虽然是偏安苟全，可是南宋的那些达官显宦莫不追求自己的富贵享乐。范石湖还不是其中什么特别出名的人物，没有过分铺张他的奢华。像姜白石交游的另外一些人，如张镃、张鉴，据宋人的笔记记载，他们家里每次请客的时候，不要说宾客数十人，就是他们家的家伎、歌伎、舞女都是几十几百的。那个场面，这不是我说，都是宋人笔记记载，先拉上一个帐幕，然后就从里面飘香，香烟的烟雾缭绕，恍如神仙的境界。烟雾缭绕，然后帐幕拉开，一批歌女舞女就出现了。这批舞女歌女穿什么样的衣服，戴什么样的首饰，插什么样的花朵，一批表演完，然后帘子拉上，这批舞女歌女隐退了。再熏香，再打开帘子，又出来一批，衣服全换了，花的颜色也换了，首饰也换了，就是这样的场面歌舞。他们的家里都有这样的家妓，因此就“使工妓隶习之”，使这些工妓——乐工歌伎学习演唱姜白石的歌曲。“音律谐婉”，说它的音律唱起来是很好听的。他说我就给它们取了名字，一个叫“暗香”，一个叫“疏影”。范石湖为了表示他对姜白石的感谢，不但把他接在家里住了很久，而且在姜夔临走时，还把他的一个歌女，名字叫作小红的，送给了姜夔。姜夔有一首诗曾说“自作新词韵最娇，小红低唱我吹箫”，就是写范成大送给他的歌女小红的。

《暗香》这首词，很难这么一念就懂的。如果年轻的同学不懂，一点也没有关系，因为王国维说了，他批评这两首词，说姜白石“暗香”“疏影”，“格调虽高，然无一语道着”。格调是很高，骚雅、不平凡，写得这么典雅，一点也不庸俗，但哪一句是梅花，我念了半天怎么没有梅花的感觉呢？当年我的老师顾随顾羡季先生，就曾说你看人家辛弃疾写梅花，一句，只要一句“倚东风一笑嫣然，转盼万花羞落”，春天最早开的梅花就在春风之中绽放了，那梅花一开，就好像那美丽的女子一笑嫣然，她眼光流动、转盼之间所有的花都该羞落，都应该飘落下去。“倚东风一笑嫣然”，就“转盼万花羞落”。这首词好，还不只好在这里，是辛弃疾后边写的：“寂寞家山何在？雪后园林，水边楼阁。”“粉蝶儿只解寻桃觅柳，开遍南枝未觉。”（《瑞鹤仙》）这首写得美，说“倚东风一笑嫣然，转盼万花羞落”。还说“寂寞家山何在？”梅花开得这么寂寞，那梅花家山在哪里？他的故国在哪里？没有了自己的祖国，没有了自己的家乡。“寂寞家山何在？”他怀念那家园中雪后的园林、水边的楼阁。他还说“粉蝶儿只解寻桃觅柳，开遍南枝未觉”，飞来的蝴蝶只懂得寻桃觅柳，追逐着那些鲜艳的颜色，追逐着那鲜艳的桃花和柳树。他说那梅花虽然开了，而且开遍了南枝，粉蝶儿就不认识它的美，不懂得欣赏梅花的花开，正如同人们不能赏识辛弃疾的才能。人家辛弃疾有这样的感情和怀抱，一开口就出来了，不装模作样，不拿腔作势，不矫揉造作，一开口品格就是高的。姜白石老要有心求品格高，不能庸俗，不能够肤浅，王国维说他：“无一语道着。”可是这也怪王国维自己不懂，他也不是完全无一语道着。他道的是什么呢？

好，我们再把他的《疏影》看一看，看他道的是什么？

苔枝缀玉，有翠禽小小，枝上同宿。客里相逢，篱角黄昏，无言自倚修竹。昭君不惯胡沙远，但暗忆、江南江北。想佩环、月夜归来，化作此花幽独。　　犹记深宫旧事，那人正睡里，飞近蛾绿。莫似春风，不管盈盈，早与安排金屋。还教一片随波去，又却怨、玉龙哀曲。等恁时、重觅幽香，已入小窗横幅。

他说的是什么？前人说了。谁说了？张惠言说了。张惠言说这首词是“以二帝之愤发之”。他说姜夔怀念北宋沦陷时被俘虏的两个皇帝，就是徽宗、钦宗，是表现怀念徽宗、钦宗的感慨。这是张惠言的话。除此以外，还有一个人说了，这个人叫邓廷桢，他也说这个词“乃为北廷后宫言之”。他说这是为那些随着徽宗、钦宗被俘虏到北方的后宫，是写宋朝的后妃被金人俘虏了。这就是这一派词的欣赏方式，你就找它的语码，找它的符码。第二首词他说了“昭君不惯胡沙远，但暗忆、江南江北”。于是这个“昭君”就成了语码。用了“昭君”，就可以暗指北廷后宫了。不但如此，还可以找它另外的符码，据说宋徽宗被俘虏到北方的道路之中，曾经写过一首词，牌调叫《眼儿媚》，词里有这样的句子：“春梦绕胡沙，家山何处，忍听羌笛，吹彻梅花。”这是听到北方的胡人吹笛子写的词。你要知道，笛子里边有一个曲子，叫《落梅花》。徽宗听到《落梅花》的曲子，就作了一首《眼儿媚》的词，说“春梦绕胡沙”，我不能忘怀我过去的家山，只听到北方胡人的羌笛是“吹彻梅花”。所以“昭君”是一个符码，“昭君不惯胡沙远”的“胡沙”又是一个符码。他说是“玉龙哀曲”，玉龙是吹的那个玉笛，悲哀的曲子，就是《梅花落》的曲子。所以说，他这首词里边有故国的寄托。

第十四讲

姜夔（下）

吴文英

上次我们已经开始讲姜白石的词了。关于南宋后期这几位作者，欣赏起来比较困难，因为他不是用直接的感发来打动读者的，而是用安排思索的方式来写的。

我们上次念了姜夔的《暗香》和《疏影》两首词，但是还没有来得及仔细地解说，今天在我们正式解说之前，我把要姜夔的词形成这样作风的原因跟当时词的发展历史背景作一个简单的介绍。因为我们是一个系列讲座，要对词的整个发展历史略作介绍。

在南宋的后期，社会上写词的人有一种看法、想法。他们以为词从唐五代发展下来形成了两种好处，但也形成了两种流弊。一个流弊就是柳永词的长调常常喜欢写市井之间的歌伎酒女的生活。本来我们以前也说过，唐五代的词就都是写歌伎与酒女的，为什么柳永的词有人以为是淫靡，以为是浅俗，以为是低下？这是什么缘故呢？大家应分辨出这一点的不同。因为唐五代词人所写的那些词，都是从小词之中可以看到有一种寄托，有一种托意的。可是柳永的词，他所写的那些女子，就是那市井的歌伎酒女，他用一个女孩子的口吻写，说他爱上一个男子，后悔当初没有把你雕鞍的马锁住，如果我把你留下来，就每天让你在书窗下面，我只给你一张纸，给你一支象牙管的笔，教你在这里读书，我就拿针线在你旁边做活。这样你就不会走了，我们就不会离别了。所以柳永写的女子就是女子，没有让读者引起寓托的联想。有一派词人，就专写这种比较肤浅的爱情歌词，所以他们认为这一派的词是淫靡的，不好的。那么是谁提出来这样的说法呢？就是在当时南宋的时候，有两个词学批评家写了两本书。一个是张炎写的。张炎也是南宋很有名的一个词人，他写的一本书叫《词源》，是讲关于词的乐律、词的创作、欣赏及写作的方法的。张炎在这本书里就曾说柳永“为情所役，失其雅正之音”，完全被男女的爱情所役，失去了雅正之音。中国一般的文学创作，总以为应该很典雅，符合正当的道德礼法才对，所以他们反对柳永的词。张炎在《词源》里边提出来反对柳永的词，那么他最推崇、最赞美的作者是谁呢？就是姜夔。姜夔的作风就是受了当时有些人见解的影响，因为有人以为柳永的词太浅俗了。

姜夔的词除了像我们上次所说的《鹧鸪天》写合肥女子以外，凡是他写的长调，咏梅的词，咏柳树的词，都是借着梅花跟柳树做一些个点染的，而不明白地说出来这个女子。他都是用一些外边的景物来做点染，用旁敲侧击的办法来写的。这是姜白石因为曾受到这一类的词论影响的缘故。而除了这一类影响以外，他们还有一个见解，不但认为柳永的词写得淫靡、浅俗，是不好的，甚至也以为像辛稼轩的这一派的词（不是说辛稼轩自己的词，是说辛稼轩这一派的词），写得太粗犷了，也不是好的，他们也反对。有另外一个作者叫沈义父的，他也写了一本论词的书，叫《乐府指迷》，书里边就说了这样的话：“近世作词者，不晓音律，乃故为豪放不羁之语，遂假东坡、稼轩诸贤自诿。”说近代一些写词的人不懂得音乐格律，不懂得作词的方法，不懂得词的特色。我们从一开始讲词就说过了，王国维说的“词之为体，要眇宜修”，是有一种委婉曲折之美的。而他们以为有这么一派词人不懂得词的特质，故意说一种外表看起来是豪放不受约束的话，这要特别注意。我在讲辛弃疾的时候屡次提到，辛弃疾虽然豪放，但绝不是粗犷，绝不是浅薄，绝不是率意，他的词同样有一种委婉曲折的美。不但他的《摸鱼儿》“更能消、几番风雨”有委婉曲折的美，就是他的“举头西北浮云”也是委婉曲折地说出来的。他都是假托外界、自然界的景物或者是历史上的典故来说的，是有委婉曲折的美的。可是有一些学这一派词的人，他们以为只要写得粗犷豪放就是好，于是故意写这种豪放不羁的话，并假借着苏东坡、辛稼轩“诸贤”，来推诿说苏辛这一派就是这样豪放的。苏辛这一派，我们讲了苏东坡的《定风波》和《八声甘州》，也讲了辛弃疾，他们两个人的词都有非常幽深曲折的含义。那么是哪些个人写了这一类粗犷的词呢？我可以给大家念两段这一类豪放的词。也是南宋的词人，说一些个很空疏的，没有感情的，没有思想的，没有内容的，可是听起来口气很豪放的这一类词。有一个作者，我也不是说他所有的词都不好，只是说他有些词是如此的。我现在要说的这个作者的名字叫刘过，号改之。他写过一首《沁园春》说：“斗酒彘肩”，说我们有一斗酒，一条猪腿；“风雨渡江”，在风雨的时候渡过江水；“岂不快哉”，那岂不是很痛快的事。他后边就是铺陈了。一个人你一定要有话可说，再铺展出去，如果无话可说，就只好没话找话了。他后边就用古人的话了，说“被香山居士”，就是白居易；“约林和靖”，就是我们上次讲姜白石的《暗香》《疏影》提过的北宋写咏梅花诗的林和靖，“与东坡老”，就是苏东坡，“驾勒吾回”，把我给拦阻回来了。然后东坡就说了，“坡谓西湖，正如西子，浓抹淡妆临镜台”。他用了苏东坡两句诗：“欲把西湖比西子，淡妆浓抹总相宜。”（《饮湖上初晴后雨》）所以他说“坡谓西湖，正如西子，浓抹淡妆临镜台”。“二公者”，就是林和靖跟白香山两个人，“皆掉头不顾”，他们都不听苏东坡的话，“只管传杯”，只管在那里喝酒。那白居易也说话了，“白云天竺飞来，图画中峥嵘楼观开”。白居易说天竺的山峰飞来了，像在图画之中有峥嵘的楼观；“爱东西双涧”，东边有一个山涧，西边有一个山涧；有“纵横水绕”，“两峰南北”，西湖有南高峰、北高峰，有“高下云堆”。这是白居易说的话，是用白居易的诗句“湖上春来似画图”（《春题湖上》）及“东涧水流西涧水，南山云起北山云”（《寄韬光禅师》）等诗句。下面林和靖也说话了，“逋曰不然”，你们两个人说的都不对。“暗香浮动”，林和靖不是写了“暗香浮动月黄昏”的咏梅花的诗吗？他说“争似孤山先探梅”，说我们还不如到孤山先看梅花呢；“须晴去”，应该晴天去；“访稼轩未晚”，然后我们再去拜访辛弃疾也不晚；“且此徘徊”，我们且在这里徘徊一下。

这首词没有什么感情跟思想，就是把苏东坡、白居易跟林和靖的一些个诗句堆砌写了一首词。就是这样一类词，听起来好像口气也很豪放的，可是没有真正的内容。于是南宋为了反对这两派的词人，就特别推崇、特别赞美像姜白石这样的词，认为姜白石的词写得清空骚雅，既没有柳永淫靡的缺点，也没有刘过这种外表的豪放而内容却是空疏的缺点。于是当时的词论家就既反对柳永一派的淫靡，也反对那些个学苏辛之末流的人的空疏。至于那能够避免空疏和淫靡的一个作者，就是我们正在讲的姜夔，一个就是我们后边接着要讲的吴文英，他们认为姜白石跟吴文英代表了两方面。这是张炎《词源》提出来的说法。他把姜夔的一派词，叫作清空的一派；把吴文英的一派词，叫作质实的一派。张炎以为：“词要清空，不要质实。”并且说：“清空则古雅峭拔，质实则凝涩晦昧。”他以姜词为“清空”之代表，以吴词为“质实”之代表。所以说张炎《词源》里边提出“清空”和“质实”，是相对而言的，是两种不同的作风。

我们还要回顾一下我们的系列讲座，是想透过对个别词人的介绍，讲词的历史的发展。我们现在是偏重于理论这方面，因为是南宋，到了词发展的最后，要做一下整个的回顾总结。这里不能只凭感情的欣赏，要有一个理论的归纳，就是说他们姜、吴这两个人都是从周邦彦演变出来的。我上几次也讲了周邦彦，说他写词的长调是用思力来安排，不是用直接的感动，是想一想然后找一个合适的句子，找一个恰当的典故来安排，是用勾勒描绘来写词；也有的时候还用空间和时间的跳接，是错综的，不是按照顺序直接写下去的；还有的时候要用语言里边的符码，用一些典故暗中点明我要说的是什么，而不直接地说。这是周邦彦作风里边的三点重要的特色影响了姜、吴他们两个人。而受到周邦彦影响的这两个人，并不是跟周邦彦完全一样。姜夔用了周邦彦安排的办法，不是用直接的感发，而且姜夔的思力，特别用在"精思"之上。姜夔自己就这样说，还不是我们说他。上次我们说过姜夔写了一本论诗的书，叫《白石道人诗说》，说"诗之不工，只是不精思耳"。当然你要把作品写得好，你也应该好好地思索，这是不假的。可是我以为诗词里边最重要的一点，我常常提出来的，就是它的感发的力量和感发的生命。如果不掌握这一点，而只在枝枝节节上去争执，我认为这都是只看外表的争论。前天有一位朋友给了我一篇文章，讲到我们国内现在的诗坛。我本来对国内当代文学也很感兴趣的，但由于近来比较忙，看得不多。那篇文章谈到，现在我们国内写新诗的人，有所谓"第二次浪潮"。这我还不大十分清楚，总而言之是说在前几年我们国内的诗，有所谓"朦胧派"的诗，这种诗不是用那种直接的容易懂的话来说，而是要叫你比较不懂，写得朦胧一点，写得比较晦暗一点，是这样一派的作风。说现在的新的第二次浪潮，是主张写得容易懂，容易看得明白，就是要用浅俗的白话来写。我对于这种诗派的诗看得不多，不十分了解，可是我以为我们有很多人对诗歌都是以外表上来争论的，有人以为白话的、大家都懂的才是好诗；也有的人以为写得朦胧的、晦暗的、不容易懂的才更有余味，才是好诗。我认为这都是枝节的外表的争论。是好诗还是坏诗，不在于你写的是浅白的还是朦胧晦涩的，是在于你的作品里边有没有你自己真正的感发的力量和感发的生命。我上次讲了辛弃疾的词，他也有典故用得很多的词，也有俗话，说牙齿掉了等等，所以不在你是用俗的还是用典故的。又比如杜甫的诗，也有写得非常浅俗的。一次他遇到乡下的一个老农夫写了《遭田父泥饮美严中丞》一首诗，里边说“叫妇开大瓶，盆中为吾取”，说老农夫让他的妻子打开了一个最大的瓶，用大盆子盛酒来。他写的都是俗话。另外杜甫的诗里边像《收京三首》，就是长安收复时写的，则都是用典故的诗。所以诗的好坏不在你是用典故或是浅俗，而在于你是不是有一种感发的力量和感发的生命。

辛弃疾用典故，姜白石也用典故。辛弃疾之用典故，都带着感发的生命，即如他写“南剑双溪楼”，用两把宝剑的典故，在典故用进他的词里边去的时候，都是带着感发的生命的。所以王国维反对南宋的词，也反对用典故，却特别赞美辛弃疾的词，特别赞美辛弃疾送给他本家一个弟弟的一首《贺新郎·别茂嘉十二弟》的词。那首词每一句都是典故，王国维赞美说是“句句有境界”。这是因为辛弃疾用典故，是内心对这个典故有真正的感动和兴发。他不但以感发来写词，而且也是以感发来用典的。姜白石是用思力来写词，也是用思力来用典故的，他的典故都是用他的思力来安排的，这是一个绝大不同的地方。

一般人赞美姜夔的词，说他是“清空”的。“清空”是什么呢？是要摄取事物的神理而遗其外貌。他们把姜夔的词跟吴文英的词作对举，说姜夔是清空的，吴文英是质实的。清空就是你写梅花不正式地写梅花。他们说他写梅花是得到梅花的神理的，而不黏滞于梅花的外貌，这是所谓“清空”。至于“质实”的词，也是从周邦彦变出来的。

"质实"的一派，就是吴文英那一派。说这一派写得典雅奥博，也是用很多的古典，写得非常深奥，词采非常地秾丽，但过于胶着于所写的对象，过于黏滞。他写一个题目就完全围绕这个圈子来写，不跳出去。这就是"质实"。这是一般人的议论，从外表上看起来也果然是如此的，我却有些不同的看法。我以为，我们不但写作的时候要真诚，批评欣赏的时候也要真诚。我所说的可能是错的，可能是我自己的偏见，但我一定要说我自己真诚的看法。我以为姜白石的清空缺乏感发的力量，他完全用思想来安排，而吴文英却不然。吴文英在用典故之中，常常加进去感发。吴文英是南宋最后一个非常值得注意的作者。一方面有南宋的长处，一方面有北宋的长处。他是把周邦彦的安排思力跟辛弃疾、苏东坡的感发结合起来的这样的一个人。这可能是我的偏见，但也不只是我一个人的偏见。周济在《宋四家词选·序论》中也说："梦窗立意高，取径远，皆非余子所及。惟过嗜饾饤，以此被议。"梦窗是吴文英的号。他说梦窗的立意高，就是有非常高远的情思。"取径远"，他写的时候一方面掌握主题，一方面是从高远的地方写下来的。"皆非余子所及"，不是其他人所能赶上的。我个人以为吴词不是姜白石所能赶上的。世界上当然有赞美姜白石的人，写《词源》的张炎就是赞美姜白石而贬吴文英的。《词源》说吴文英的词"如七宝楼台，眩人眼目，碎拆下来，不成片段"。张炎在这里的意思就是说，吴文英的词如一个七宝的楼台，用了很多漂亮的字，可是你把它拆碎下来一研究，都是不成片段的。这是张炎的偏见。他又说，吴文英的词"质实"，"质实"的结果是凝滞，即死板晦昧，让人读起来不明白，可是我以为不是如此的。我以为吴文英的词是能从质实之中跳出来的，他的空灵是在高处的变化。这也不是我一个人的见解，周济就说了，"若其虚实并到之作，虽清真不过也"，说周清真也比不上他的。

又说“梦窗奇思壮采”，就是说他有非常不平凡的一种情意，有非常丰富壮丽的色彩；“腾天潜渊”，飞起来飞到九天，沉下去沉到九渊；“返南宋之清泚，为北宋之秾挚”，挽回来南宋的那种清泚（清泚正是姜白石的特色），就是写得很清，一点也没有浅俗的话。看起来很清，如同水，不过水清无鱼，反而缺少真正感发的力量，正如水太清了里边就连鱼都没有了。他说吴文英是挽回了南宋的清泚，成为北宋的秾挚，就是回到北宋那种秾挚深厚的感情。除去他这样说以外，另外一个清代词评家况周颐也曾经说，吴文英的词“与东坡、稼轩诸公实殊流而同源”，这是吴文英词的好处。现在我要把他们两个人作对比。

我们先讲姜词，再讲吴词。我们先看姜夔的一首词《疏影》。上次我们引了张惠言的话，说他写的是“以二帝之愤发之”，说他写的是对于徽宗、钦宗被俘虏到北方去的悲愤。张惠言这一派批评的方式，一般都是从文字、语言的符码来联想的（以前我们讲温庭筠词时，曾引过西方语言学及符号学的语码之说），那么这首词里有“胡沙”，所以张惠言就由此而联想到了沦陷到北方的徽、钦二宗。这就因为他是从外表的文字来联想，而不是从感发来联想的。你一定要分别出这两种的不同，他只是从文字来联想，而不是从感发来联想。又有人看到了，说他的词除了“胡沙”以外还写了“昭君”。昭君是女子，曾经嫁到胡地，所以他们说这个写的就是随着徽宗、钦宗被俘到北方的那些后宫，即后妃。所以邓廷桢就说这是“乃为北廷后宫言之”。

好，总之这一派的做法只是从语言文字上抓到一个“胡沙”，就说是沦陷到北方，抓住一个“昭君”，就说是沦陷北方的后妃，断章取义，从一二个字来猜测，不能够把全首词都讲通。但这正是这一类词人写词的办法，也是这一类词评家说词的办法。这一类词人怎样写词，现在不是写梅花吗？你就围绕着梅花的周围去写，用你思想的思力所能够想到的与梅花有关系的东西，你就把它写上去，不是从感发写的，是从思索的联想来写的，而他的联想也没有什么系统，这主要因为他没有感发生命的系统。辛弃疾的“举头西北浮云”，一首《水龙吟》，有的时候写得很豪放，有的时候写得很低沉，可是他整个的中心主题，那生命的发源却都是一个。如果你没有一个中心的感发生命的发源，就只剩下了旁边的材料，却不能把旁边很多的材料集中成一个感发的生命。有人说姜白石是用点染的笔法，我说姜白石都是旁敲侧击，都是从旁边想一些有关系的事典来写。

下面我们看他的《疏影》：

> 苔枝缀玉，有翠禽小小，枝上同宿。客里相逢，篱角黄昏，无言自倚修竹。昭君不惯胡沙远，但暗忆、江南江北。想佩环、月夜归来，化作此花幽独。

“苔枝缀玉”写得真是好，有人赞他清空骚雅，他的语言文字真是典雅，真是不庸俗，真是不浅薄，写梅花的美丽是“苔枝缀玉”。你要知道，梅花里边有一种叫苔梅，苔梅的枝干上都是长着绿色青苔的，所以是苔枝，而青苔的美丽就好像是翠玉的颜色。你看他的修辞是多么美，每一点青苔都是碧玉的样子，是“苔枝缀玉”。而且他说，在梅花的树上有一对翠色的鸟，是“翠禽小小，枝上同宿”。这句词可能也有一个典故，据曾慥《类说》卷十二引《异人录》，记载隋代赵师雄曾调任广东罗浮，于天寒日暮中与一美人相遇，共至酒店欢饮，又有一绿衣童子助兴歌舞。师雄醉卧睡去，醒时天已破晓，起视梅花树上有翠羽剌嘈相顾，盖美人即梅花所化，而绿衣童子则翠禽之所化也。姜白石咏梅花的词常常引用这一故实，即如其《鬲溪梅令》一词，便也有“翠禽啼一春”之句。凡这些词句，应该都有怀念他过去一段情遇的含义。当然他也未免有一点对国家的感慨，像《扬州慢》之类的。可是更重要的另一方面，是他常常写的，根本不能忘记的就是他少年时代在合肥所爱过的一个女子，后来这个女子跟别人结婚了，没有能够跟他结合。而他跟那个女子离别的时候是正月的季节，是梅花盛开的时候。所以，凡是他写梅花的词，像《江梅引》《鬲溪梅令》，都是怀念那个女子的。他的《鬲溪梅令》是很短的一首小词，开头说“好花不与殢香人”，这个“殢”是沉溺的意思。人要是沉溺在喝酒，就说殢酒，沉溺在赏花，就说殢香。他说这样美丽的花，可是没有把这个花给那个最爱花的人。那合肥的女子，没有能够跟最爱她的姜白石结合。“浪粼粼”，梅花长在水边，水纹的波浪粼粼。后面他就说“漫向孤山山下觅盈盈，翠禽啼一春”，想要到有很多梅花的孤山，到孤山的山脚下来寻觅那个盈盈的梅花，梅花就比喻那个美丽的女子，而花已经落了，没有了。这首词最后一句是“翠禽啼一春”，就剩下树上的那个翠鸟，在那里啼叫。整个春天都在啼叫，而鸟“啼”这个“啼”字，人“啼”哭也用这个“啼”字，鸟的啼也就代表人的哭泣。因此“翠禽小小，枝上同宿”，很可能暗指当年一段情遇。虽然对于《疏影》这首词，一般都说是喻写徽宗、钦宗沦陷在北方的悲愤，都是从国家的感慨来说的，其实在词中他也糅合了他过去的一段爱情的往事。更好的证明就是《暗香》这首词，我们现在也简单看一下。

他在《暗香》中写道：“旧时月色，算几番照我，梅边吹笛。”今天晚上的月亮像当年一样地美，我算一算这样美丽的月亮曾经多少次照见我在梅花树边吹起笛子，而且吹的曲子里边有一支叫《梅花落》。“唤起玉人”，我叫那如玉的美丽的女子，“不管清寒与攀摘”，不怕外边的寒冷，为我折下一枝梅花来。“何逊而今渐老”，“何逊”又是一个典故。何逊是南北朝时候的人，他写过一首《早梅》诗。此处姜白石用何逊的典故是说，我也是常常写诗的，像何逊一样，而我现在已经老了，“都忘却、春风词笔”。笔是笔法、才情，我现在老了，当年浪漫的风流的事，跟我所爱的人赏梅花吹玉笛时写词的才情没有了。“但怪得、竹外疏花，香冷入瑶席”，我就怪，因为我的感情跟当年的不一样了，我所爱的人也不在这里了，所以我就怪那个梅花。“竹外疏花”，那竹外开得稀疏的梅花，在我这样孤独寂寞的时候，把它那种寒冷凄凉的香气，吹到我坐的座席上面。“瑶席”是美丽的座席。

下面他说：“江国。正寂寂”，隔着江水，怀念远方的人，“寂寂”，没有消息，没有踪迹。“叹寄与路遥，夜雪初积”，要折一枝梅花寄给我所爱的女子，我就叹息了，因为相隔“路遥”。这里又用了一个典故，据《太平御览》记载：一个江南人叫陆凯，他有一个好朋友在北方的长安。他怀念他的朋友，当早春的季节，梅花开时，就寄了一枝梅花和一首诗给那个朋友说：“折梅逢驿使，寄与陇头人。江南无所有，聊赠一枝春。”这里用了这个典故，折一枝梅花寄给所怀念的人。“叹寄与路遥，夜雪初积”，半夜下雪，那满树的梅花上都是白雪。“路遥”，写相隔路远无法折寄，只有徒然的怀念。所以下面就说“翠樽易泣”，每当我在梅花前饮酒的时候，一端起这翠绿的酒杯，我就很容易地流下泪来。“红萼无言耿相忆”，萼是花瓣，红色的花瓣寂寞无言，引起我心里边永远不能熄灭的、永远不能削减的相忆怀念的感情，所以是“红萼无言耿相忆”。下面又说“长记曾携手处”，我永远记得我们携手同游的地点。“千树压、西湖寒碧”，在西湖的旁边有多少梅花树，我们当年有多少欢乐，现在只剩下忆念了。我们知道，他所写的是西湖孤山的梅花，暗中怀想的是合肥的女子，这两个地点并不一致，一点关系也没有，这是诗人运用联想，把它们结合起来的。联想的线索只因孤山以梅花著称，而梅花正是引起他怀念的媒介和相思的爱情的象征。总而言之，他看到梅花，就怀念起一个人。“又片片吹尽也”，今年的梅花又一片片地吹落了。“几时见得?”我所怀念的那个女子什么时候才能再见到呢？所以有的人要完全用徽、钦二宗的蒙尘、北宋后妃沦陷到胡地来讲这两首词，是不能完全讲通的。他这二首词是把国家之慨与旧情的怀念混合起来写的。他在这首《疏影》中说：“苔枝缀玉，有翠禽小小，枝上同宿”，这不必是完全写实，而是写他怀念之中的一些往事，一段爱情的故事。“客里相逢”，他现在是住在范成大的家里边，又看到梅花了。在一个篱笆的墙角，黄昏的时候，“无言自倚修竹”，是说梅花的美丽，就像一个美丽的女子。他这里又用了一个典故，所以我说他用的都是旁敲侧击的笔法。他用了一首杜诗，杜甫的《佳人》诗写一个在天宝年间乱离中的女子，说这个女子在战乱之中父母都死丧了，她的丈夫另有了新欢，把她遗弃了。最后杜甫写这个女子说：“天寒翠袖薄，日暮倚修竹。”说这个女子这么孤单寂寞，在寒冷的日暮，她穿着一件翠色的衣服，衣袖是那样单薄。一般翠色是代表寂寞寒冷的。在《暗香》一词中曾有“竹外疏花”之句，那竹子外面不是美丽的女子，而是梅花树。可是词人心里的这梅花树，就像杜甫的《佳人》诗所写的“无言自倚修竹”的女子，寂寞孤独地靠在竹子旁边。

下面“昭君不惯胡沙远，但暗忆、江南江北。想佩环、月夜归来，化作此花幽独”，他仍然不是写直接的感发，而是用思索想一些与梅花有关的事典。他又想到了一个美人昭君。他为什么又想昭君了呢？因为他联想到了唐朝王建写的《塞上咏梅》这首诗：“天山路边一株梅，年年花发黄云下。昭君已没汉使回，前后征人谁系马。”意思是说在胡地天山的路边居然有一棵梅花树。本来唐朝王之涣曾有诗说“春风不度玉门关”，塞外是很少看到春天景色的，而居然有一棵梅花树是长在塞外的，所以他说“天山路边一株梅，年年花发黄云下”。本来梅花应开在江南山青水绿的地方，而现在这美丽的梅花，年年花开都是在黄云之下。这是因为塞外都是黄沙，风都是带着黄色的沙土吹过来的，天也是一片黄云。北方的春天，你们知道有下雨的时候，有下雪的时候。而北方有的时候下什么？不是下雨，也不是下雪，而是下黄土。这是塞外的情景。杜甫有诗说“陇草萧萧白，洮云片片黄”（《寄彭州高三十五使君适虢州岑二十七长史参三十韵》），意思是陇外的草地是萧条寂寞的白颜色，洮河上的云片片都是黄色的。地上是黄沙，天上是黄云，所以王建写塞上的梅花：“天山路边一株梅，年年花发黄云下。昭君已没汉使回，前后征人谁系马。”这个地方有梅花，可能是因为当年汉朝和匈奴通婚的时候，有人带来梅花种在塞外了。现在出塞和番的昭君死了，通匈奴的汉朝的使者也回去了，就留下一棵孤单寂寞的梅花在塞外的天山路上。“前后征人”，远行的到边塞去作战的征人，有多少曾把马拴在梅花树下呢！

江南的梅花，流落到北方的黄沙黄云的地带了，美丽的昭君，流落到北方的胡地了。这是他的联想。后来的人说姜白石这首词是慨叹随徽、钦二宗被俘虏北去的那些后妃，这不是不可能的。但是事实上姜夔之所以这样说，只是在用一个典故，用的是王建诗的典故。“昭君不惯胡沙远”，昭君是汉地的女子，她应该不习惯北方胡沙这么远的地方，就像王建写天山下的那棵梅花应该不习惯这黄云黄沙的生活。“但暗忆、江南江北”，她心中应该永远地怀念，怀念祖国的江山，怀念江南江北的大好河山。

现在姜夔所看见的是江南的梅花。他在范成大的家里，范成大的别墅是在苏州附近的石湖，所以他说沦落到北方的那个昭君，是梅花象征的那个昭君回来了，回到江南来了。“想佩环、月夜归来”，想这是一个美丽的女子，浑身戴着环佩的装饰，在半夜的时候，她的魂魄就回来了。“化作此花幽独”，变成了今天我在这里所看到的这一株梅花树。它显得这样幽雅、这样孤独。这里边他又用了一个典故，“佩环、月夜归来”，用的是杜甫《咏怀古迹》五首中一首怀念昭君的诗。因为在当年杜甫所经过的湖北秭归县附近的地方，昭君的故乡在这里。杜甫诗曾说：“群山万壑赴荆门，生长明妃尚有村。一去紫台连朔漠，独留青冢向黄昏。画图省识春风面，环佩空归月夜魂。千载琵琶作胡语，分明怨恨曲中论。”当时汉朝的皇帝，后宫佳丽这么多人，不能每一个人都得到皇帝的宠幸，当他要接近哪一个女子的时候，来不及一个一个地选看，就叫画工把宫中的那些女子都画了像，晚上看哪个画像上的女子不错，就叫她来。所以后宫的女子就都拿出许多珠宝财物，贿赂画工。相传有个画工叫毛延寿，宫中女子都想让他把自己画得美一点，皇帝就可以召见了，要不然她可能住在深宫中五六十年到老死都见不到皇帝一面。昭君是一个美丽的女子，她知道自己的美丽，她以为她的美丽本来按着公平的做法，是应该得到欣赏的，所以她坚决不贿赂，因此画工把她画得很丑。皇帝一直没有选上她，后来匈奴王要求把一个汉朝的女子嫁给他，昭君就嫁给了匈奴。临走的时候，昭君上殿跟皇帝告辞；皇帝看后大惊，心想这么美丽的女子我怎么居然不知道，怎么画工把她画得那么丑陋？于是就把画工杀了。这故事见于《西京杂记》。

我说杜甫和辛弃疾作品之所以好，是因为这些大作家、大诗人有深厚博大感发的生命和力量。他们写出的句子，表面和别人差不多，“画图省识春风面，环佩空归月夜魂”。他说那些在上边当权的人，他们就知道看看画本，把谁画得好就选择谁，所以有才的最美的女子昭君因为没有贿赂画工就流落到胡地。这是千古的怀才不遇之人的悲剧，是坚持不走后门之人的悲剧。这是杜甫的悲慨。可是现在姜夔用这两句诗则只是写一个美女。姜夔是说王建的诗，天山路边有一株梅花，天山的梅花是应该常常怀念它的故乡故国的江南江北，所以她的魂魄就装饰着佩环月夜归来，化作此花幽独了。这是借用昭君的故事来暗喻梅花的美丽。

下面“犹记深宫旧事，那人正睡里，飞近蛾绿”。他说这个梅花应该还记得在深宫之中旧日的往事，是什么往事呢？“那人正睡里，飞近蛾绿”，这又是另外的一个故事。南北朝刘宋武帝的时候，有一个寿阳公主，一天休息睡眠在一株梅花树下，就有一朵梅花落在了她的前额上，留下了一朵梅花的花印，怎么洗都洗不去了。所以古代的女子也常常在前额上画一个梅花作点缀，就是梅花妆。姜夔说，记得深宫旧事，那个寿阳公主正在睡的时候，一朵梅花就落到她的前额了，前额的旁边就是蛾眉。“蛾眉”，我们都说是黛眉，所谓黛眉是有一点青绿颜色的，“蛾绿”就是黛色的蛾眉。“犹记”，是说梅花应该还记得，当那个美丽的女子寿阳公主睡的时候，梅花一飞，就飞到两个眉毛之间的前额上了。这又是一个与梅花有关的典故。

“莫似春风，不管盈盈，早与安排金屋。”是说你应该爱惜花，不要像春天那个风，春天的风不懂得珍爱花朵。“盈盈”是指美丽的花，春风不管美丽的花，花就零落了。他说你应该爱惜花。怎样爱惜？“早与安排金屋”。这个我们以前讲辛弃疾《摸鱼儿》中的“长门事，准拟佳期又误”时讲过了，就是汉武帝陈皇后的名字叫阿娇，汉武帝说要造一个金屋把她藏起来。姜词意思是说要早早地筑一个金屋，把梅花保护起来。当然，从表面看来他是写爱惜花，但他也可能有另一个含意，就是说当年我所爱的合肥的那个女子，居然没有得到她，现在后悔我当时没有早点安排金屋，没有能够把她保存下来。没有保存下来怎么样？就“还教一片随波去”，于是落花就随水流去了。“又却怨玉龙哀曲”，你看到梅花飘落的时候，就满心的哀怨。哀怨什么？哀怨玉龙的哀曲。“玉龙”是笛子的名字，是一个白玉的玉笛，叫玉龙。我刚才说了，因为笛子的曲子里边，有一个是《梅花落》的曲子。所以他说等到花落了，我们听到《梅花落》的曲子，就满心的哀怨，等到花都落完了，“等恁时”，等那时，你“重觅幽香”，再想找那个芬芳幽香的梅花，哪里去了？“已入小窗横幅”，没有真的梅花了，只剩下画幅上画的梅花了。姜白石果然是写得很美，真的是清空骚雅。不黏滞于所写之物，都是跳起来写的，用了这么多典故，从梅花的前后左右周围的这样说下来，写得委婉曲折。而且他所用的一些典故的词汇，有时还包含有一种如西方符号学所说的语码的性质，就像这首词中所用的“昭君”“胡沙”“深宫旧事”等字样，还可以给读者一种“以二帝之愤发之”，或是“乃为北廷后宫言之”的联想。这是姜白石词的特色。这类词是属于受周邦彦影响的一派词人，不是以直接传达的感发取胜，而是以思力安排的精美工致取胜的。所以虽然有人不欣赏姜词，如王国维；但也有人特别欣赏姜词，如张炎等人。

下面讲吴文英。

从词的发展历史上来看，周邦彦是结北开南的词人，吴文英是由南追北的词人，这是非常值得注意的。周邦彦由北宋开了南宋的风气，而到了吴文英又由南宋追回到北宋去了，就是说他把北宋的强大的感发力量，放到他的词里边去了。他一方面有南宋的那种安排、勾勒，时间与空间错综的跳接，有这些周邦彦开出来的南宋的手法；另一方面又保存了北宋强大的感发力量。这是非常值得注意的成就。

我们先看他写的《齐天乐・与冯深居登禹陵》。冯深居是他朋友的字，名冯去非，号深居。冯去非当时曾做过宗学谕的官，就是国家宗学里边的一个教谕。冯深居这个人，根据南宋历史上的记载，是一个在政治上有很忠正的立场的人。当时南宋奸臣中，有一个叫丁大全的，常常贿赂宦官，夤缘取宠，用很多不正当的方法来求得升官。有一次当国家要任命丁大全一个比较高、比较重要的谏议大夫的职位时，冯深居坚决反对，不肯同意，所以冯是一个立身很正直的人。吴文英这首词就是他跟冯深居一起登上了会稽夏禹王的陵墓以后写的。我去年回国以后，在上海复旦大学讲学的时候，曾从上海出去游了几个地方，其中一个就是绍兴，我游了夏禹王陵墓。夏禹王的陵墓在我们中国已有几千年久远的历史，而且吴文英的词中有禹陵，我就游了禹陵；另外我也游了苏州的沧浪亭，因为吴文英有一首《金缕歌》题为《陪履斋先生沧浪看梅》。履斋即吴潜，官做到宰相。因为他跟贾似道政见不合，而后来贾似道的势力越来越大，就把吴潜给远贬了；不仅把他远贬了，贾似道还用钱指使人把吴潜给害死了。吴文英跟吴潜、冯去非都是很好的朋友。苏州的沧浪亭，是当年北宋灭亡、南宋初年一位忠义的将领，抗击金兵的韩世忠住过的地方。从他所交往的这两个朋友，从他所写的禹陵跟沧浪亭的这两个题目，我们已经可以体会到这些词里边，是有他一份对于国事的感慨的，而且还不仅只是这些，可能在吴文英内心的感情方面，比姜白石对于国事的关怀更多。这还不仅只是由于一个人生下来的性情厚薄、胸襟大小的不同。有的人天生下来就关怀的多，有的天生下来就关怀的少。此外还有时代的分别。我在开始讲词以前，曾特意把这几个词人的生卒年代画了一个表给大家看。

吴文英的生年，是在南宋宁宗的时代，死的时候有两种说法，一个是说他死在理宗晚年，一个是说他死在度宗的咸淳八年。如果是度宗的咸淳八年，就是1272年；而南宋的灭亡，当帝昺祥兴灭亡的时候，是1279年，可见吴文英晚年是亲眼见到南宋国势之逐渐消亡的。当然吴文英这个人并没有科第功名，没有做过达官显宦，历史上没有他详细的传记，所以我们不能知道他确实的生卒年。可是从他词里可以看出有一种感慨故国剩水残山的悲哀蕴藏在里边，有一种亡国之音。所以有人认为他是经过南宋的灭亡，有人以为他虽然没有经过南宋的灭亡，可是也已经距离南宋的灭亡不远了。因为他的词写得比姜夔更加悲慨，也有时代的因素。总之，吴文英之比姜白石对国事的感慨更多，一个是因为每个人天性的厚薄、襟怀的大小，本就不同，一个就是因为他所生的时代，国家已经走向危亡了。

下面我们来看吴文英的一首《齐天乐》词：

> 三千年事残鸦外，无言倦凭秋树。逝水移川，高陵变谷，那识当时神禹。幽云怪雨，翠萍湿空梁，夜深飞去。雁起青天，数行书似旧藏处。　　寂寥西窗坐久，故人悭会遇，同剪灯语。败藓残碑，零圭断璧，重拂人间尘土。霜红罢舞，漫山色青青，雾朝烟暮。岸锁春船，画旗喧赛鼓。

你可以直觉地一读这首词，就一方面感到它的高远开阔的气象，另一方面也确实觉得不容易懂。什么叫“幽云怪雨，翠萍湿空梁，夜深飞去”？而且他前边写的是“无言倦凭秋树”，明明写的是秋天，可最后的结尾是“雾朝烟暮。岸锁春船”。到底写的是春天还是秋天？“画旗喧赛鼓”中的“喧”，本来是鼓声的喧，而他把“喧”字这个动词放到画旗的下面了，是“画旗喧赛鼓”，这个句法也是很奇怪的。所以有人说他的词是凝滞晦昧，不通，不容易懂。可是他的感发的力量却是都隐藏在这种凝涩晦昧之中的。除了这首《齐天乐》以外，你看他后边《八声甘州》这首词写的：

> 渺空烟四远，是何年、青天坠长星？幻苍崖云树，名娃金屋，残霸宫城。箭径酸风射眼，腻水染花腥。时靸双鸳响，廊叶秋声。　　宫里吴王沉醉，倩五湖倦客，独钓醒醒。问苍天无语，华发奈山青。水涵空、阑干高处，送乱鸦、斜日落渔汀。连呼酒，上琴台去，秋与云平。

这首词里的“腻水染花腥”，这个句子也很奇怪。对于花，我们从来不说它是腥的，鱼才是腥的呢，花怎么腥了呢？像他把“喧”字放在“旗”字的下面，用腥字形容花之类的，这都是大家认为他很奇怪的地方。好，他的奇怪在哪里？姜白石的特色，是用精思来安排铺写的；吴文英的特色，是用锐感，即用敏锐直接的感受来修辞的。他写的《夜游宫》中有两句词：“窗外捎溪雨响，伴窗里嚼花灯冷。”什么叫“嚼花”，把花放在嘴里嚼一嚼？而且他说得更妙，嚼的是什么花？是灯花。古人那时没有电灯，是用灯盏，上边放个捻，等火焰慢慢烧下来时，火就在灯盏的旁边闪动。灯盏是圆的，所以像个嘴唇一样，灯芯在盏边闪动的时候，火一动一动的，就像灯盏这个嘴唇在嚼花。

吴文英这种修辞的办法，是用他的锐感来修辞的，所以很多人看不懂他的词，说这简直都不通。因而不管是朦胧诗，不管是第二次浪潮，你怎么写都可以，只要你果然有感发的生命，先在内心有一种感发，才能写出来好诗。你用浅白的也好，用晦涩朦胧的也好，主要的是要有真正的感发。而诗人的大小高低，伟大的诗人跟一个小诗人的分别，他们首先要能同样用艺术传达自己的感受，才成为诗人。假如你有了感受不能够传达，根本写不出好诗，就不是诗人。假定说都有较好的艺术上的成功，那么一个大诗人的诗跟一个小诗人的诗的分别，就在于他传达出来的感发生命质量的多少，它的大小，它的高低，它的深浅，它的厚薄。此外的，都是枝节的外表的事情，是不值得争论的。

吴文英的词就是因为以上两点特色让人家不懂，一个是他把周邦彦时空的跳接用得更晦涩，一方面是他喜欢用锐感的修辞，因此人家不懂。可是他让人家懂的地方，好的地方，那就是表现有能从南宋追回到北宋的深挚的感发。现在我们就来看他的这首《齐天乐》。

“三千年事残鸦外”。如果从吴文英所生的时代推回到我们中国的夏禹王的时代，已经有三千年之久了。司马迁《史记》中有《夏本纪》。司马迁是一个了不起的人物。在司马迁以前没有系统的正史。我们中国二十四史的体例，从帝王的本纪、名臣将相的列传，到记载政治、文物、地理、经济的书表，是谁创的这个体例？是司马迁。而且人家司马迁真是把几千年的古史，五帝本纪，都写出来了。从今天考古来看，我们的古史居然有那么多可以得到证明的可靠性，在世界上历史这样久远，能保存有这么完好的历史，那是我们国家民族的骄傲。

这首词开头说“三千年事残鸦外”，三千年以上，因为他是来凭吊夏禹王的陵墓，想到夏禹的当年，那是三千多年前的往事了，多么远的往事啊！他本来是要写远古的历史的苍茫，可是他用“残鸦外”三个字，表现得这么形象化，他用的是一个空间的苍茫表现了时间的历史的苍茫，三千年事在残鸦之外。什么叫“残鸦外”？这句词为什么好？我在北京时就有很多朋友问我，怎么样才能把诗写好呢？我一直以为第一是要有一颗活泼不死的关怀的善感的心，这是做诗人的第一个条件；第二个条件就是要有语汇，否则就算你有一颗活泼的善感的心灵，拿什么语言写出来？你一点语汇都没有，语汇太贫乏了，怎么能写出来呢？譬如盖一所房子，一定要找建筑的材料。孔子说的“学而不思则罔，思而不学则殆”（《论语·为政》），你每天尽想成大诗人，也不用功，也不读书，怎么能有语汇来表达你的感发呢？有了语汇，不见得就要用，说我要用个古典，用古人的一首诗，也不见得用得好。人家辛弃疾写诗用了很多古典，是因为他把古典都消化在他的心灵感情之中去了。

杜牧有一首诗，前两句说：“长空澹澹孤鸟没，万古消沉向此中。”（《登乐游原》）他说你看那遥远的长空，澹澹的灰白的长空，一只孤鸟在天边消失了，正如万古的消沉。“万古消沉向此中”，那千年万古的历史，就在长空澹澹孤鸟消逝的苍茫之中消逝了。这句词“残鸦外”，是说鸟的消失，用这个“外”字来表现远。欧阳修的两句词“平芜尽处是春山，行人更在春山外”（《踏莎行》），“平芜”是长满了草的平野，那平芜的尽头被山给割断了，而我所怀念的人还更在春山的那一边。

三千年事，残鸦是消逝了，而三千年古史的消失，万古的消沉更在残鸦的影外。这一句是感慨古史，下一句就写到自己是“无言倦凭秋树”。在吴文英的时代，距离南宋的败亡已是不久了，他觉得满心的悲慨，说他“无言倦凭秋树”，我登到禹陵上感慨这万古的苍茫，没有一句话可说，感到这么疲倦。这个“倦”，一方面是登上禹陵的身体上的疲倦，一方面是心灵感觉到疲倦，即他觉得对于国家没有办法能够尽力挽回这种局面的疲倦。“秋树”是秋天凋零的树木，也正如南宋衰亡的国势。“三千年事残鸦外，无言倦凭秋树”，这二句词既感慨这三千年的古史，也感慨当时的国势。

“逝水移川，高陵变谷，那识当年神禹。”中国古代的帝王，最值得我们纪念的就是夏禹王。辛弃疾在镇江附近镇守的时候，曾经写过这样的一首小词：

> 悠悠万世功，矻矻当年苦。鱼自入深渊，人自居平土。　红日又西沉，白浪长东去。不是望金山，我自思量禹。（《生查子·题京口郡治尘表亭》）

他是登在京口的尘表亭上，怀念到夏禹王治水。夏禹王的时代洪水为患，他开凿了江河水道。他说“悠悠万世功”，想到夏禹王开凿的时候，是“矻矻当年苦”。“矻矻”是勤劳的样子，是夏禹王付上这样多的勤劳，才能“鱼自入深渊”，即鱼虾从泛滥在平地上的洪水而流入渊海，人才得以到平坦干燥的土地上来居住。

我在四川成都参观了都江堰。秦朝时候的李冰父子两千多年前开凿的这个地方的水利工程，到现在还灌溉着四川大半个平原的农业。这真是远大的功业，留下恩泽，施及后代的。“悠悠万世功，矻矻当年苦。鱼自入深渊，人自居平土。”今天辛弃疾站在这里，“红日又西沉”，一天又一天过去了，一年一年、一个一个朝代都是这样过的。“白浪长东去”，千年万世，禹王开凿治水的功业，流到今天，“白浪长东去”。今天我站在这里，“不是望金山”，不只是欣赏那金山、焦山的风景，“我自思量禹”，我所思量的是我们的古圣先贤，像夏禹王这样的功业。吴文英也说了“逝水移川”。黄河改道多少次，逝水向东流，今年走这个河道，泛滥一次，明年又走那个河道，又泛滥一次。从夏禹王开凿的水道到今天，水道改变了多少次？“高陵变谷”，在这个地势的改变之中，有多少高山变成深谷了。《诗经》上所写的“高岸为谷，深谷为陵”，那高岸变成深谷，深谷反而凸起来变成了山陵。那地面上经过多少次的变化，人世之间经过多少次的盛衰。“那识当年神禹”，有几个人今天登在禹陵的山上，或者登在北国的山头，会清清楚楚地想到禹王的功业？你从哪里来辨认当年夏禹王的功业，山川都变了，你从哪里认识夏禹王的功业？这是对禹王的感慨。

后边这几句就很难讲了，这是人们批评吴文英晦涩不通的地方。他说“幽云怪雨，翠萍湿空梁，夜深飞去”。什么是“幽云怪雨，翠萍湿空梁”呢？我们这个教材写的是比较简单的字，“萍”字在古老的版本上是这个“蓱”字，这两个字相通，可是吴文英当年写的是都不被人认识的这个“蓱”字。这就是人们讥讽吴文英用字太晦涩的缘故。

可是你要知道用字晦涩不晦涩，写诗要浅白或晦涩，是在于你要传达的是什么样的感发，这才是重要的。现在我们要知道，吴文英要传达的是什么？你要知道会稽禹陵的旁边是禹庙，在南宋时代，那个庙里边有一个木头做的屋梁，这个梁现在当然没有了。相传南北朝时，要修建夏禹王的庙，一天大风雨，就冲下来一段木材，是最好的楠木，就用这个楠木做了禹庙的屋梁。于是有神话传说，每当有风雨的时候，这个由风雨带来的屋梁就变成一条龙，跳到会稽县的镜湖之中去，与镜湖之中的一条真龙相斗。斗完后它还飞回来，还变成梁。因为它到镜湖里同真龙斗过一番，梁上就带来很多水草，屋梁上就常常有水草。后来的人不愿意让这个屋梁再飞走，就用大锁链把屋梁绑起来。当我读这首词的时候，我知道它一定有一个典故，可是查了好多书都没有查到。我曾经查过绍兴府志、会稽县志，有的记载屋梁这个神话，可是都没有说这个水草可以留在这个梁柱上。一直查到南宋嘉泰年间编的一本会稽县志里边，才有这一段记载。

可是吴文英不是查了地方县志才写这首词的，因为吴文英就是当地的人，当地的神话他是耳熟能详的，所以就写到词里边来了。他不仅要把这一段故事写出来，而且他是要写禹王既有那样伟大的功业，禹王的英灵应该不泯，应该在禹庙之中有一些个神迹的传留。他写的是一个屋梁的故事，但是他所要表现的是禹王的英灵不泯。所以他说“幽云怪雨”，一个真正的像禹王这样的英灵，死后在庙里边自然留有一些神迹，所以他故意用这些奇怪的字。“翠萍湿空梁”，“萍”就是萍草，水中的水草。它变成龙跟镜湖的龙打斗，回来带的萍草还是湿的。为什么？因为这个梁曾经夜深飞去。你看吴文英的词，人家说它不通，一个是由于他的用字险怪，还有就是由于他的句法是倒装，是因为这个屋梁先飞去了，飞去跟镜湖的龙打斗，回来才带着水草。可是他倒回来说，“幽云怪雨，翠萍湿空梁”，以后才说“夜深飞去”。因此，如果我不知道这个故事和他用字的险怪、句法的倒装，当然就说吴文英的词不通了。其实不是他的不通，而是我们不懂。你要懂得的话，就知道他另有一种感发作用了。

不仅如此，禹陵这里还有一个传说，就是在会稽禹陵不远的地方，有一个山叫宛委山。我在讲辛弃疾的词的时候，就劝年轻人读一读我们的历史和地理，这样你去游山玩水才更有意思。这座山叫作宛委山，宛委山还有一个别名，叫石匮山。山上有一块大石头，就像柜子一样，所以也叫石匮山。这里有两个传说：一个说这是禹王藏书的地方；还有一个传说，就是这个地方曾经发现了金简玉字的天书，是黄金做的金简，上边镶着玉字。本来中国古时候都是竹简，用一片片竹子来写字的。这里发现的书，据说是黄金做的金简，上边是镶着玉字的。

吴文英说我今天来到这里，不见藏书，只见“雁起青天”。远方有一行鸿雁飞起来了。我们昨天讲了，凡是雁飞都是排成一个“人”字或者排成一个“一”字。他说“雁起青天”，写了一个“人”字，写了一个“一”字。“数行书”，他说那雁所写的那几行字，让我们想象，“数行书似旧藏处”，让我们想象那边的山头上，是果然有古代三千年前的藏书之所的。这是上半首。

我们刚才讲，吴文英的词让人不懂，因为他还有时间、空间的跳接。刚才本来是说登了禹王的陵墓，那是在白天，在郊外的禹陵跟禹庙。他忽然间一跳，周邦彦也常常这样跳，就回到家里来了。“寂寥西窗坐久，故人悭会遇，同剪灯语”。这是回到家里，在西窗之下，我们寂寞地坐在一起。他们两人是故人，是老朋友，他跟冯深居认识很久了，他还有别的词送给冯深居。故人相见，应该是很欢喜的一件事情，可是吴文英所写的是一种复杂的感情，因为他们白天凭吊了夏禹王的陵墓，而他们所生的时代是南宋衰亡的时代，所以他们带着这种寂寥的心情，在西窗之下久坐。想到我们这些老朋友，“悭”是短少的意思，“会遇”是说我们见面，我们的见面是如此之少，很难得相见，今天见面就“同剪灯语”，一同剪灯谈话。古人点的油灯，灯捻烧得很长了，冒油烟了，我们把它剪短，灯就会更亮一点。剪灯相对语，有一种亲切的情意。而且他这里又用了另外一个人的诗，就是李商隐的“何当共剪西窗烛，却话巴山夜雨时”（《夜雨寄北》）。这都是断章取义，我在讲姜白石的时候也说过，他们用古人作品，不一定用他全部的故事，只是说李商隐的诗曾经说过剪烛在西窗，所以现在吴文英也用了“西窗”，也用了“剪”，不过他剪的不是“烛”，他剪的是“灯”。“同剪灯语”，他们就一同剪灯谈话。

前半首说的是白天登禹陵，忽然间跳回来又说西窗，这个我们还可以了解，说他白天登了禹陵，晚上回到西窗来谈话。谈话就谈话好了，他又跳了一次，这是吴文英的特色，总是跳。他跳出来什么了？

跳出来“败藓残碑，零圭断璧，重拂人间尘土”，上面长满苔藓的那个残余的碑。残余的碑，有两个可能，一个是禹陵那里果然有碑；还有就是禹陵那里有一个窆石，到现在还有。我到绍兴禹陵还看到了这个窆石。这个窆石相传是禹王死后埋葬时，把他的棺材缒下去的一块大石头。

“败藓残碑”，是说当时禹王的碑碣跟窆石都断裂了。今天我所见到的窆石也是断裂的窆石，只不过是用石灰接到了一起的一块大石头。还有“零圭断璧”，相传，有一次在禹陵的庙前，夜晚光芒四射，于是当地人就发掘出地里边有零圭断璧。所谓圭璧，都是古代的一种玉器。如果是方头的就是“圭”，圆形的就是“璧”，这都是古代表示礼节、祭祀的一种仪式所用的玉器。“重拂人间尘土”，是“败藓残碑”和“零圭断璧”，这些都是那么长久遗留的古物了，上面积满了尘土。我们要注意，他们两个人白天登了禹庙的禹陵，回来晚上在西窗谈话，谈话说到“败藓残碑”。这可能是回想白天，还可以理解，后边说“重拂人间尘土”，是他们从禹庙把那“零圭断璧”带回来了吗？他们拾到了一块“零圭断璧”带回来，晚上在西窗之下，把土擦干净了吗？不是的。那庙里的“零圭断璧”，一共也没有发现几块，都被游人带回去，那早就没有了。所以那零圭断璧是发掘以后，保存在庙中的。他们可以看见，但没有带回来。吴文英在这里很妙的一点，是他把千年的古史，这些个古迹遗留的古物，跟人间沧桑的变化联系起来了。而所谓人间的沧桑，就可能是说他们自己两个人所经历的变化。他不是说故人的见面很少吗？十几年、二十几年不见了，再见面时南宋的朝廷发生了很多变化，两人的生平也发生了很多变化。他是把个人的经历跟千年的古史打成了一片。他还妙在什么地方呢？我们在开始讲温庭筠的时候，说过语言文字在诗词里边的妙用，有语序轴上的作用，有联想轴上的作用。现在我们要看他语序轴上的作用。“寂寥西窗坐久”，就“同剪灯语”。“同剪灯语”是说他们的谈话；后边说“败藓残碑，零圭断璧，重拂人间尘土”，是他们谈话的内容，也是回忆白天他们看到的古物的实物。他们看到那古老的遗留之物，那上边自然有尘土。但他说的重拂的是什么尘土？不是那古物上的尘土，不是那零圭断璧上的尘土。我们看他的结合，从“同剪灯语”后边，接着“败藓残碑”；这还不说，尘土就是尘土，什么叫“人间尘土”，尘土当然都是人间的尘土，而他把“尘土”和“人间”结合，就是把他们个人人间的沧桑结合在里边了。他们的谈话，有千年古史的兴亡，也有他两个人经历的生平的盛衰、悲欢、离合。“故人悭会遇，同剪灯语。败藓残碑，零圭断璧”，是他们今天白天看到禹庙之中的古物，也是他们每一个人的生平。他们就“重拂人间尘土”，把往事，把几十年的尘土擦掉，重新温习他们所经过的往事。这是吴文英的词之所以难懂而受到讥讽的地方，也是吴文英的最大特色，他把时间、空间综合进行叙述。

“霜红罢舞”，我们刚才看周济批评吴文英的词，说他可以“腾天潜渊”，飞起来飞到九天之上，沉下去沉到九地深渊之中。就是说他写到高远的地方是果然高远，写到幽深曲折的地方是果然幽深曲折。“霜红罢舞”一句在这里他又跳了，推远了一步。我们今天登禹陵“无言倦凭秋树”，“霜红”就回到了他开头的“秋树”。秋树经过霜，树叶变红了，今年的秋天就要过去了。“霜红罢舞”，写得真是词采很美！那红叶飞下来，是被风吹着飘舞地落下来的，等所有的树叶都落完了，就是“霜红罢舞”，叶子掉光的那一天，它就不舞了。这是自其变者而观之，树叶有凋零，人间有寒暑。可是下面的“漫山色青青，雾朝烟暮”二句，写的却是自其不变者而观之的景色，秋天过去了，“霜红罢舞”，可是满山的山色，青青的山色是不变的。山色不变之中可是有变，“雾朝烟暮”，每天的早晨来了，每天的黄昏走了，明天的早晨来了，明天的早晨又走了。就是早晨山上的雾霭、晚上山上的烟岚，是变的也是不变的。苏东坡说的“问钱塘江上，西兴浦口，几度斜晖？”有变者，有不变者。“漫山色青青，雾朝烟暮”，年年有春天来，年年有秋天来，而这首词本来不是写秋天吗？从秋树说到霜红，我们给他找到了联系。

可是他忽然间又跳起来了，他说“岸锁春船”，春天又出来了。春天怎么出来的？是从“雾朝烟暮”之中出来的，朝朝暮暮，雾霭烟岚，明年的春天就来了。春天来了怎么样，我们要熟悉当地的风俗，在嘉泰的会稽县志上记载着夏禹王的陵墓在会稽，会稽人觉得何等骄傲。杜甫死了，杜甫的坟墓在哪里？哪个才是真的？人们都在争论，都希望自己的地方有这样的古迹。可见一个地方有一位古代这样杰出人物的坟墓，是何等值得骄傲的一件事情！所以会稽县这个地方，有一座禹陵，该是何等值得骄傲的事。据县志记载，每年春天三月初的时候，相传这是夏禹王的生日，当地的人们，都用一年积存的钱财，来庆祝禹王的生日。那个时候会稽山到处都举行祭祀夏禹王的赛会，这是会稽县志上的记载，是果然如此的。有的人是陆路来的，因为禹陵下也是可以行船的，有的人是坐船来的。当地的游人就坐着船来庆祝禹王的生日。就“岸锁春船，画旗喧赛鼓”，那个五彩缤纷赛会的旗帜，配合着祭神的赛鼓。每个村庄组织一队表演，看哪一队表演得最好，所以叫赛会。吴文英在这里把“喧”字结合在画旗跟赛鼓之间了，一方面写鼓的喧哗，一方面写旗在风中的招展。那么他的感慨呢？我们回头来看“三千年事残鸦外”，朝朝暮暮，雾霭烟岚，我们有这样的古圣先贤，什么时候能恢复我们自己的，真的是光荣、真的是美好的那一份功业、那一份传统？然而一切感慨他都没有说出来。所以周济《介存斋论词杂著》评吴文英的词，说他“意思甚感慨，而寄情闲散，使人不易测其中所有”。他可以包含很深的感慨，而写的却只是外面的景物，并不把感慨很清楚地写出来，他的感慨都是在言外传达的。

下面我们还要简单地讲一下他的另一首词《八声甘州·陪庾幕诸公游灵岩》，以加深对他特色的理解。先把这首词读一下：

> 渺空烟四远，是何年、青天坠长星。幻苍崖云树，名娃金屋，残霸宫城。箭径酸风射眼，腻水染花腥。时靸双鸳响，廊叶秋声。　宫里吴王沉醉，倩五湖倦客，独钓醒醒。问苍天无语，华发奈山青。水涵空、阑干高处，送乱鸦、斜日落渔汀。连呼酒，上琴台去，秋与云平。

灵岩，就是苏州的灵岩山。这灵岩山上最有名的建筑是馆娃宫，馆娃宫是吴王所筑的一座宫殿。当年越王勾践被吴国灭了想要复国，越王勾践卧薪尝胆，后来献了西施给吴王，吴王就沉醉在西施的美色之中，越王就把吴王给打败了。馆娃宫是当年吴王盖起来给西施居住的一个宫殿。这首词当然也有很多感慨，我们看他怎样写。

“渺空烟四远，是何年、青天坠长星”，写得多么高远，是说你一望灵岩山，就会看到渺茫的、一片空蒙的天空，一片烟霭的笼罩，四望这么广远，而中间有灵岩山。“是何年”，是哪一年，“青天坠长星”，从那高远的青天之上，坠下来一个流星。这真是神奇的想象，腾天潜渊。他说这个灵岩山是天上坠下来的流星的陨石化成的这一片青山。写的都是神话，都是假想，而表现了苍茫的遥远的古史，人类的远古。地壳怎么形成的？人类怎么形成的？怎么就有山有水？那吴文英写的真是广远，他说“渺空烟四远，是何年、青天坠长星”，从此就有了人间，从此就有了盛衰，从此就有了战乱。“幻苍崖云树，名娃金屋，残霸宫城”，就是那个青天的长星一变，变出来了，变出了这一片苍翠的山崖，变出了这一片云烟笼罩的苍翠的草木。这是大自然，有了流星，有了山和草木，然后就有了人世，有了这吴越的兴亡，于是就有了名娃这美丽的西施，就有了吴王给她盖的金屋的建筑馆娃宫。吴文英真是快，一变就过去了。“残霸宫城”，这金屋是吴王的“宫城”，可是吴文英加了两个字，说这是“残霸”的宫城。就在他盖了馆娃宫不久，吴国就灭亡了。

周济说吴文英是“每于空际转身，非具大神力不能”。他总是一变就变过去。“残霸”放在“宫城”之上确实放得好，真是写出了宇宙、人类，从无到有、从有到无的变化沧桑。现在剩下的是什么？是“箭径酸风射眼，腻水染花腥”。相传在灵岩山的馆娃宫附近有一条小溪叫箭径（一作“箭泾”），说当我今天来到灵岩山游馆娃宫经过箭径的小溪，我所感觉到的是什么？是“酸风射眼”。他不是用思力，而是用锐感来修辞。我们说酸梅、酸醋才酸呢，风是什么味？它无所谓酸，但人的感觉有相通之处，所以你会感觉到风吹过来你的鼻子、眼睛有一种发酸的感觉，那真是酸风。“酸风射眼”，是酸风吹过来，让你的眼睛有一种被风吹刺伤的感觉。

“箭径酸风射眼”，是随便这样说的吗？不是的。原来唐朝李贺曾经说过这样的话：“东关酸风射眸子。”所以吴文英的感觉，是有一个出处的。唐朝李贺写的“东关酸风射眸子”指的是什么？李贺写了一首题为《金铜仙人辞汉歌》的诗，说汉武帝求仙，在他的宫中建了一个大铜柱子，上面铸了一个铜人像，手里边拿着一个盘子，接天上的露水，拌上药，据说吃了可以长生不老。当然汉武帝也死去了，汉朝也灭亡了。汉朝以后是魏，曹魏的时候就把这个金铜仙人给推倒迁移了。李贺就写了这个金铜仙人要辞别汉朝时他曾经住过的地方——长安，这是写的汉朝的败亡。李贺说这个仙人被移走的时候是“东关酸风射眸子”，是说铜人被移出了东城，酸风吹到铜人的眼睛之中，铜人就怀念汉朝，“忆君清泪如铅水”，铜人怀念故国掉下的眼泪，就如同铅水一样沉重。吴文英不像别人拿一个典故随便用，他都是结合了自己的感慨的。“酸风”有感慨兴亡之意。

“腻水染花腥”，又有个典故出处。这个典故是什么？是杜牧之《阿房宫赋》。秦朝有阿房宫，后来被楚霸王烧掉了。阿房宫中住的都是美女，每天早晨这些美女一洗脸是“渭流涨腻”，渭水就飘起一层油来。为什么飘起一层油？是“弃脂水也”，是那些宫中的美女化妆，把她们的头油、脸上的油脂都洗到渭水里去了，所以是“腻水”。而且这水溅到两边的花草上，花发出的气味，他不说香，而说“腻水染花腥”。这就是吴文英幽深曲折的用字。花本来是香的，为什么是“腥”？有两个原因，一个是草木本有一种草腥气；还有一个是暗示经历了战乱兴亡，像陆放翁的诗中就曾经写过“风吹雷塘草木腥”。我们看吴文英用字，如“酸风射眼”“腻水染花腥”，写的都是风景，但结合的都是吴王盛衰、败亡的悲慨。

“时靸双鸳响”，“靸”是拖鞋。他说当我走过馆娃宫，里面有一个长廊，叫“响靸廊”。这里的木板都是空的，西施穿着步屧在上面一走，就发出声音。据说西施穿的鞋，上面绣着鸳鸯，叫作“双鸳”。古人说女子的两只绣鞋都说双鸳，一则因为鞋子都是成双的，如鸳鸯之成双，再则也可能是因为两只鞋上边有美丽的鸳鸯的花样。他说我今天经过馆娃宫，仿佛时时听到有拖着鞋走过的声响，好像西施穿着双鸳走在当年“响靸廊”上的声音。是西施吗？不是，是“廊叶秋声”，是那响靸的长廊上枯枝败叶随风卷扫的声音。上阕都是从灵岩山的馆娃宫写盛衰之慨的。

下阕“宫里吴王沉醉，倩五湖倦客，独钓醒醒”，是说当年吴国怎样灭亡的，就因为吴王沉醉在歌舞宴乐之中，不重视国家的政治情况，就被越国给灭亡了。被越国的谁灭亡了？当时越国辅佐勾践灭吴国的一位大夫，当然大家都知道是范蠡，词中的倦客就指范蠡。他在灭吴以后就辞了官职，泛舟游于五湖。他对于人生的盛衰都经过了，所以称他是“倦客”。他一个人，独自在五湖沧波之中垂钓，成为一个钓鱼的人。为什么是“独钓醒醒”？意思是说只有他才是清醒的。范蠡能够帮助越王勾践复国，打败吴王，但他也能洁身自退，保全自己泛舟于五湖。这里吴文英所感慨的，是说现在还有这样的一个人吗？有这样一个清醒的、有谋划的、能够为国家深谋远虑的人吗？有这样一个人，可是没有人用，就让这个人做了一个在烟波之间垂钓的钓叟渔人。这里边有很多感慨曲折，既是说当年的范蠡，也是说今天有多少有远见的、为国家考虑安危的人，而当时南宋的君主不能够重用。

“问苍天无语”，他说我问苍天为什么有这些个变化，为什么有这些个盛衰，为什么吴王这样地沉醉，可是“苍天无语”。我在证明辛弃疾的时候也曾引波斯诗人的诗说“天垂日月寂无言”。我一个词人连科第功名都没有的，是“华发奈山青”。我的头发已经都花白了，对着那美丽的江山，无可奈何。这是非常深刻的感慨。他能为南宋做些什么？人们说了，吴文英是感慨的时候写得很高远，使人不觉，所以他后边的感慨也不写下去，反而再跳出来写风景，说“水涵空、阑干高处，送乱鸦、斜日落渔汀”。我在灵岩山上四面一望，底下的水，里面有倒映的天空。站在栏杆高处，向远处一望，“长空澹澹孤鸟没，万古消沉向此中”（杜牧《登乐游原》），所见的是乱鸦斜日。我们几次看到了诗人说斜日都是寓托的，韦庄的残晖，辛弃疾的斜阳。“送乱鸦、斜日落渔汀”，从那打鱼的沙洲外面，斜阳沉没下去了，而我满心的感慨，却无可奈何。“连呼酒”，我只好用酒来消愁，接连说酒来，酒来。“上琴台去”，我要上到最高的琴台上去。而我往下一望，是“秋与云平”，大地上的一片秋色，一直接到天上的白云。写衰亡的悲慨，写的却是那秋色直接到天边，表现了这种高远的境界。这是南宋吴文英词的特色。

现在简单地说一下前人对吴文英的评语。

况周颐在《蕙风词话》中说：“近人学梦窗，辄从密处入手。梦窗密处，能令无数丽字，一一生动飞舞，如万花为春，非若雕锦蹙绣，毫无生气也。”他不只是文字的雕琢。如何能运动“无数丽字”？你怎么能让这些有生命？“恃聪明，尤恃魄力”，靠聪明，尤其靠魄力。如何能有魄力？“唯厚乃有魄力。”“厚”就是感情的深厚，就是我说的你内心感发生命的深厚。“梦窗密处易学，厚处难学。”又云：“重者，沉着之谓，在气格不在字句，于梦窗词庶几见之。即其芬菲铿丽之作，中间隽句艳字，莫不有沉挚之思，浩瀚之气，挟之以流转，令人玩索而不能尽，则其中之所存者厚。沉着者，厚之发见乎外者也。欲学梦窗之致密，先学梦窗之沉着。”要想把诗写好，先不要争论什么朦胧诗和第二次浪潮，先说你的感发生命有多少，你那些用来创作的语言语汇的材料有多少？这才是关系于一首诗之高低好坏的重要因素，而不在于表达方式的浅白或隐晦。吴文英词从外表看来虽然似乎比较隐晦艰涩，但是却因此而更传达出了他的一份锐感和深慨，这正是吴文英词的特色之所在。对不起，时间不够了，我们对吴文英词的介绍，就到此结束了。

第十五讲

王沂孙（上）

现在我们讲南宋最后一个词人，这是过去国内学校不大讲授的南宋最晚的一个词人。他经历了南宋国破家亡的惨痛，一直到元朝才死去的。他的名字叫王沂孙。他出生的年代大约是1232年以后，死的年代大约是1306年（请参看拙文《王沂孙及咏物词》，见《文学遗产》1987年第6期）。我们说大约，是不能确定的意思，因为王沂孙是没有什么科第功名的一个人。

在中国历史上，除了太史公司马迁讲什么《滑稽列传》《游侠列传》《刺客列传》，记了很多平民之中的杰出人物以外，一般说起来，很多列传都是记载达官显宦的传记。你如果有功业，有很高的职位，历史上就有你的传记。可是王沂孙呢，历史上没有他的传记，因此他的生卒年代，我们不能详细地知道。他留给我们的是什么？曹丕（曹操之子，就是后来的魏文帝）在他的一篇文章里曾谈道："年寿有时而尽，荣乐止乎其身，二者必至之长期，未若文章之无穷。"他说一个人的年岁寿命是有时而尽，到一定的时候就会终了的，荣乐、荣华富贵，我们有身体的时候享受了，没有我们的身体也就没有荣华富贵了，所以荣乐是"止乎其身"。你的生命是有限的，你的物质享受是有限的。"二者必至之长期，未若文章之无穷"，二者都不如文章之可以传世久远。所以，虽然正史上没有王沂孙的传记，可是他的姓名却一直流传到今天。他所凭借的只是留传下来的六十几首词，比起两宋的名家大家，像有六百多首词的辛弃疾，那他这六十首词不过是辛词的十分之一而已。可是他的词有他的特殊的成就，他的特殊成就在哪一方面呢？他的词的特殊成就就是咏物的词。

咏物词是大家不注意的一个文类，王沂孙也是大家所不注意的一个作者，所以我说我不知道我今天的讲课能不能使诸位满意，但是我愿尽我最大的力量。我现在就想要把这样一个偏僻的作者，把这样一个偏僻的题目，结合在中国的诗歌的大传统之中，来给他衡量出一个地位和价值。在我衡量的时候，可能会引用一些西方的理论。因为我们生活在现在的年代，以我们现有知识而言，如果完全拘守在传统之中，那我们就找不到我们的文化在世界文化中的一个坐标。我们的地位在哪里？既然现在整个世界交通信息是这样迅速，如果我们在这个时代环境之中不能把我们自己的文化放在世界的交通信息之中衡量，我们就看不到我们自己的文化的地位和价值，所以我们有的时候要用西方的眼光。当然我们也不能盲目地接受西方的观念，而对我们自己一无所知。我常想，有些个人说吃维他命有营养，可以增加自己体质里边的健康因素，可是我们要知道，一定要先有自己的生命，你接受外来营养的时候，才能在你自己的身体之中发生作用。如果一个人自己的身体已经死了，而且是自己亲自把自己的生命、文化、传统扼杀的，而你却说要接受西方的营养，那是不可能的。因为没有生命的人是什么样的营养、维他命都完全不能接受的。所以我们要结合多方面来探讨一下王沂孙的咏物词的成就。用我们中国流行的话来说，就是说我希望能够做到对王沂孙的衡量既有一个宏观的眼光，从我们整个历史传统之中，从整个世界文化背景的宏观中来作一番衡量；另外在我们分析他的词的时候，我们也对他有精微细致的分析和解说，即也有微观的赏析。我们的目的和希望就是如此，不过我不知我能不能够做到。西方现在最流行的学说，有所谓的结构主义。就是说你一定要把一篇文学作品放在它的整体结构之中来衡量。不但衡量一篇作品的好坏和成就应该如此，我们还要把这一篇作品放在它的整个文类之中作一个整体衡量。一篇文学作品要归属于一种文类、一种文类的体式。因此我们要把它放在整个文学体式、这个文类之中作一个整体的衡量，我们才能看到它的意义和价值。

王沂孙的词在清朝的时候，曾经有很多人对之推崇和赞美，认为他的词可以媲美于曹子建、杜子美，把他的词推崇得非常高。可是从民国以来，一般讲宋词的人、讲文学史的人都把王沂孙贬得很低，说他的词晦涩、艰深，是不通的、空泛的，是没有价值的。我以为这两种衡量都不免有过分之处。清朝人对他的推崇有过分的地方，我们近年对他的贬低也有过分的地方，就因为这两种批评的人，都没有能够站在一个宏观的历史角度，也就是结构主义所说的，从整个文类的演进看这一类文学的特点。我前几天在别的地方讲话的时候还曾谈到说衡量不同的文类，衡量不同的作者，要用不同的标准和尺寸。举一个浅显的比喻，比如说你衡量男子足球，总是用衡量女子排球的眼光去看，于是你觉得它什么都不合乎标准。所以你衡量一种文类，要用这种文类它特有的性质来衡量它。既然我们要衡量咏物的词，那么我们就要把咏物的词这个文类放在一个宏观的整体的地位来看一看它的特色。

咏物作品，在中国文学传统之中，所占的比例是很轻的一部分。然而这一类作品却是渊源久远的，是源远流长的。清朝康熙时代编过一本书，叫《佩文斋咏物诗选》，它前面有一篇序文说："虫鱼草木"都是物，而"虫鱼草木之微"可以"挥天地万物之理"。就是说我们对草木鸟兽的观察感受和吟咏，可以反映宇宙间万物的道理。这个说法未免又把咏物之作提得太高了。它的错误在哪里？我现在就要讲一讲，这个物在诗歌当中，与我们写诗人的心灵和感情究竟有一种什么样的关系呢？《诗经》里面如“关关雎鸠，在河之洲。窈窕淑女，君子好逑”，“关关雎鸠”就是写鸟。又如“硕鼠硕鼠，无食我黍。三岁贯女，莫我肯顾”，硕鼠就是写一只大老鼠。再如“桃之夭夭，灼灼其华。之子于归，宜其室家”“苕之华，芸其黄矣。心之忧矣，维其伤矣”，这些都是由草木鸟兽发兴的诗。由此看来《诗经》所表现的《关雎》的这种和美快乐的求偶的感情，是从鸟引起的；《硕鼠》的对于剥削者的这种控诉也是借着物而引起的；《桃夭》“宜其室家”的快乐的感情是借着植物的桃花引起的；《苕之华》的对于人生的悲哀苦难的感情也是借着草木的苕华而引起的。所以，广义说来,《佩文斋咏物诗选》所说的也未尝不对，草木鸟兽也能表现宇宙中之万物之理。可是，我要说明的是，我们后来所说的咏物诗和咏物词跟《诗经》里的《关雎》《硕鼠》《桃夭》《苕之华》是不一样的。不一样的地方在哪里？我现在所要讲的就是咏物诗最早的来源和传统，也就是物与心的关系。一个人为什么要作诗？你怎样想起要作诗？《毛诗大序》上说了“情动于中而形于言”，就是说当你的感情在你的内心之中有所感动的时候，才能引发起来你一种作诗的冲动，然后形于言，用语言文字表现出来。这就是你作诗孕育的开始，是诗的灵魂，诗的胚胎。它的孕育和成形的经过就是“情动于中”，然后才能“形于言”。可是，是什么使得你情动于中的呢？你好端端的那个心是为什么动起来的呢？《礼记》的《乐记》上就说了：“人心之动，物使之然也。”人心之所以动的原因是“物使之然也”，是外物的感发使它如此的。那么外物是怎么使人心动了呢？一般说起来，是草木鸟兽这些外物使我们感动的。不错，这是一方面，我们听到雎鸠鸟的鸣叫，看到桃之夭夭的桃花，这是外物。这个外物是属于大自然界的，是大自然界的一种物象。这种心物的关系，《毛诗大序》跟《礼记》的《乐记》虽然注意到了，但还说得比较简单。

中国的文学发展到我们对于诗歌有一个反省、觉悟的时代，就是魏晋南北朝的时代。在南北朝的时候就产生了最有名的两部文学批评著作，一个就是钟嵘的《诗品》，一个就是刘勰的《文心雕龙》。这个时代，是我国文学史上一个反省的批评的时代，他们对于中国诗歌的创作，有了更为详细的说法。《文心雕龙·明诗》就说："人禀七情，应物斯感，感物吟志，莫非自然。"他说因为"人禀七情"，包括喜、怒、哀、惧、爱、恶、欲，所以"应物斯感"。"感物吟志，莫非自然"是说当外物使你感动，引发出自己内心的情意的活动，"感物吟志"，这是人类的一种自然现象，"感物吟志，莫非自然"，这是我国古老的诗歌传统。我刚才说过，我也要把我们中国的文学、中国的理论，放在整个世界文化的背景之中，从一个历史的宏观的角度来看咏物的作品，这是合乎西方最新的结构主义对于文类研究的一个说法的。但另外我还要说，我们重视内心与外物感应的这一点，与西方的现象学也有暗合之处。现象学重视内心主体与外物客体接触后的意识活动。他们所说的主体就是人的意识，我们中国称之为心。当你的主体意识与外在客体的现象一接触的时候，就一定会引起你主体意识之中的一种活动。所谓现象学就是要研究你这个主体投向客体的时候，你的主体意识的活动。你可以感受，你可以感动，可以是回忆，可以是联想，各种活动都包括在其中了。我们中国所重视的心与物，交相感应的作用就正是相当于西方现象学所说的主体意识与客体的外物现象相接触的时候所产生的活动。这本来是我们所有的人类、凡是有意识的人类一个共同的意识活动。我们中国《文心雕龙》谈到这个心物交感的时候，说："人禀七情，应物斯感，感物吟志，莫非自然。"许多年轻人以为这种说法太古老了，说得太玄妙了，没有西方的理论这么有逻辑，这么符合科学。其实它的基本的道理，本来是可以相通的。还有一点要注意的，从《诗品》的序文在“气之动物，物之感人，故摇荡性情，形诸舞咏”以后，也曾谈到了使我们内心感动的物的两大类别。一个就是刚才我说的自然界的物象。自然界有各种外物的现象，它说“春风春鸟，秋月秋蝉”，这都是使我们内心感动的自然界的物象。可是使我们人心感动的只有外在的草木鸟兽吗？孔子说：“鸟兽不可与同群，吾非斯人之徒与而谁与？”如果一个人看到鸟飞花落、草木鸟兽都感动了，难道你只为花鸟而对月伤怀，而看到人民的苦难你反而不感动了吗？所以，除了自然界的感动以外，一个更多的、更强大的感动来源，就是人世间的感动。杜甫诗写过“朱门酒肉臭，路有冻死骨”，又写过“孟冬十郡良家子，血作陈陶泽中水”，安史的战乱，人民的苦难，使他受到了感动，这是人事界的现象给他的感动。所以钟嵘《诗品序》也说了，“至于楚臣去境，汉妾辞宫”“塞客衣单，孀闺泪尽”——他前面说的“春风春鸟，秋月秋蝉”，是自然界给他的感动——至于人事界给他的感动，他说“楚臣去境”，楚臣屈原离开了自己的朝廷，被放逐了；“汉妾辞宫”，汉朝的王昭君离开了汉朝的皇宫而远嫁到异邦了；“塞客衣单”，戍守在塞外的这些人在寒风凛冽的冰雪之中，他有他的感动；“孀闺泪尽”，那孤独的寂寞的征夫思妇，这些个人事的感情更是使我们感动的因素。所以“人心之动，物使之然”的特色，本来应是两大类：一类是自然界的物象；一类是人事界的事象。只不过后来的咏物诗，特别偏重在鸟兽草木的一方面，而他们不把直接写人间疾苦的算做咏物，因为那是我们人事的情事，不算做物了。可是从广义说起来，使人心感动的本来是两方面的现象，后来的咏物诗就只偏重在鸟兽草木的物象了。我们一定要把这个传统说明白，才能真正地欣赏咏物的诗篇。

很多年轻人还有一个观念，认为西方的一些理论是很详细的、很科学的，我们中国的理论老说比兴。这种说法我们是不能赞成的。我们中国所说的比兴是什么呢？我们应该赞成它还是不赞成它呢？我们也把它放在整个世界文化的背景中来加以一番反省。中国所说的比兴，本来是诗的所谓六义“风、雅、颂、赋、比、兴”中的两个名称。赋、比、兴是写诗的三种写作方法。所谓赋，是直接地说，不需要假借外在的一个草木鸟兽的形象，而是直接诉说情事，那就是赋了；而比兴的作法都要跟草木鸟兽的形象结合，那样的诗歌的好坏，形象占着一个重要的地位。你的情意跟形象的结合，是不是恰当，那是重要的。可是赋这种作法，它不需要一个鸟兽草木的形象，它是直接写人间的情事。那么这样的诗歌，它的好坏在哪里呢？它的好坏就在你说话的时候，你的说法，你的句读，你的整个的结构是如何的。西方语言学、符号学重视语言的重要因素有两个：一个就是时间的进行，一个就是空间的联想。时间的进行，比如“我说一句话”这五个字是一个字一个字连下来的，是占了一段时间的，是有一个前后次序的。所以语言学、符号学里面说语言的一项重要的因素就是语言的次序，这是形成语言作用和效果的一个重要的因素，就是你在语言的次序上是怎样说的，也就是语言学家所谓的“语序轴”。赋的作法最重要的就是你的语言句读的结构，如同《诗经》中《将仲子》这首诗写一个女孩子跟她所爱的对象说“将仲子兮”，你不要看这么短短的四个字，没有草木鸟兽的形象，但它说得很好，已经带着感发的力量了。它的感发的力量从何而来？从她说话的口气而来。“将”，是一个语词，没有实在意义，只表示说话的口气；“兮”字也是一个语词，也没有意义，也只是一个表示说话的口气的字。“将仲子兮”，仲是中国古代的排行，伯仲叔季的第二位，她所爱的人在家里的排行一定是老二，所以管他叫仲子。“将仲子兮”，你看这个女子，她那种多情的、柔婉的口气，说得多么好。甲午战争中有一位与日军作战而为国捐躯的清军将领名叫左宝贵，有一篇文章记载他的死难。这篇文章叫《左宝贵死难记》，说当左宝贵要上前线打仗的时候，他在家里与母亲告别，说我要上前线打仗去了，能不能回来，死生不能预卜。他母亲说“汝行矣”，说“你去吧”！然后左又跟妻子告别，他的妻子说的是什么？是“君其行矣”。你看这妻子的多情婉转就加了两个虚字的语气词，是说“君行”，你去，不是，她说：“君其行矣！”“你还是走吧！”这样就把这个说话的多情婉转的口气表现出来了。这就是赋，是不用假借外在美丽的形象而直接说出来的一种方法。很多人以为作诗，非要用几个漂亮美丽的形象不可，说你的心灵真是洁白，像天上的白云，像洁白的鸽子，像洁白的白雪，一大堆美丽的形象，说得使人觉得简直很难过。所以不是只要那些美丽的形象才能写出诗。就是你用什么样的口气，能够传达你内心的感情就是好诗。“将仲子兮”这四个字就已经很好了。不但这一句很好，你看她说的全篇结构：“将仲子兮，无逾我里，无折我树杞。”接连两个否定，说你不要跳我们家的里门。她后来又说“无逾我墙”，不要随便地跳我们家那个墙。她说“无折我树杞”，不要折我们里门旁边那杞树，因为你总是跳墙呀，这跳墙就把树枝给压断了，你不要把我们家那个树枝给压断了。你看，这是很伤感情的一段话嘛。人家男孩子跳墙跟你来幽会，她说“你不要跳墙，不要把那个树枝弄断了”，这不是很伤感情吗？于是她赶紧往回拉。她说“岂敢爱之”呀，我哪是爱我们的墙，爱我们的树呢？难道我爱那墙那树比爱你还爱吗？那当然是不可能的，是“畏我父母”。她说因为我害怕父母的责备，这又否定了。你看，她先推出去两句“无逾我里，无折我树杞”，然后又拉回来，说“岂敢爱之”；接着又推出去，“畏我父母”；然后再拉回来说，“仲可怀也”——“仲啊，你还是我所怀念的、是我所爱的、是我昼夜都思念的”，“父母之言，亦可畏也”——可是父母的话，也是可怕的。这首诗不用草木鸟兽，女子的婉转多情和当时的那种社会环境都表现出来了。这就是赋的好处，这就是西方的语言符号学所说的语序轴上的作用，这是非常重要的一点。

除此之外，更重要的我们还要讲一讲比兴的作用。那么比、兴是什么呢？我们刚才举的《诗经》的几首诗，我们说《关雎》，“关关雎鸠，在河之洲。窈窕淑女，君子好逑”，那是因为我们听到了关关的雎鸠鸟的叫声，想到那河边的沙洲上一对鸟这么欢快、美好的生活，我们人类岂不应该也有这样快乐、美好的生活吗？所以“窈窕淑女”，就“君子好逑”了。这是很自然的由外物引起的联想。这个我们就叫作“兴”。西方现象学所注意的，也就是你的意念跟外在现象的外物之间交接的关系。我们讲的兴，也就是其中一种交换的关系，是由外在的万物引起的我们内心的感动，是由于先看到物象而引起的我们内心的感动，是由物及心的感动。你一定要先记住这个，这个传统是非常重要的。那么，比是什么呢？我们刚才也念了一首《硕鼠》。《硕鼠》是怎么说的？它说：“硕鼠硕鼠，无食我黍。三岁贯女，莫我肯顾。逝将去女，适彼乐土。乐土乐土，爰得我所。”这首诗是借着大老鼠的形象来讽刺那些剥削者的。它是先有了一个内心的情意，然后才找出一个外物的形象来表现。是先有内心的情意，然后找出一个物象来做比喻的。所以，它的活动是反过来的，是由心及物的。前一种由物及心的那种感发，是一种直接的自然的感发。有时候，你可以用理性来解释，说雎鸠鸟是这么一对和美快乐的鸟，所以人也想到自己应该有一个配偶，这是自然而然的联想。有的时候这种兴的联想也不是完全能够用理性加以解说的。《诗经》里还有一首诗说："山有枢，隰有榆。子有衣裳，弗曳弗娄。子有车马，弗驰弗驱。宛其死矣，他人是愉。"它说"山有枢，隰有榆"，高的山上有"枢"的植物，低洼的"隰"的地方有"榆"的植物。后面它就说了，你有衣服不好好地穿，你有车马你没有坐，你就死了，别人都享受了。我们刚才说了，关雎鸟的和美，可能与人要找个美好的配偶有相类似的关系，可是"山有枢，隰有榆"这首诗说你生命短暂，你不好好地享受，有一天死亡了就不能享受了，这与"山有枢"两者有什么关系？没有直接的理性的关系。所以"兴"这种直接自然的感发，它的感动，有的时候是有理的，有的时候是无理的。可是，比的感发，由心及物的这种感发，一定是经过理性的衡量，有一个相对的对等对比的。那个吃粮的大老鼠和那剥削者是有相似之处的。这是"比"跟"兴"的区别：一种是由物及心，一种是由心及物。这岂不是我们人类的意识跟外物接触时的最基本的两种活动吗？不是由物及心，就是由心及物，是必然如此的，是放之四海而皆准的。纵然我们没有西方的那种术语，没有明喻、隐喻这些个名称，但是我们所掌握的本来就是一个根本，而且在这种根本之中，西方所说的所有的一切，他们那种用形象表现的手法，我们都是有的。他们所说的明喻，李白的诗"美人如花隔云端"（《长相思》），说美人就如同花那么美，可是却隔得像天上白云那么遥远，这是明喻，中间用了一个"如"字。至于杜牧之的诗"娉娉袅袅十三余，豆蔻梢头二月初"（《赠别》），用的则是隐喻。"豆蔻梢头二月初"的花就如同娉娉袅袅的十三岁的年轻美丽的女子，但他没有用那个"如"字，也没有用那个"同"字，这就是隐喻。还有拟人，把物比作人，杜牧之的诗说"蜡烛有心还惜别，替人垂泪到天明"（《赠别》），就是把蜡烛比作人。他们说的举隅就是举出一个部分代表整体，像温庭筠的词说"过尽千帆皆不是"

(《梦江南》)，一个帆是船的一部分，就代表了一只船的整体，就是“举隅”。还有象征，陶渊明的“青松在东园，众草没其姿”(《饮酒》)，那松树，就是象征（请参看《迦陵论诗丛稿》中《形象与情意之关系》一文）。所以西方所说的一切形象与情意的关系，基本上我们都有。当然我们也不要自以为我们什么都有了，我们也有我们的缺点。我们的缺点就是，我们缺乏那种科学的、理论的、逻辑的、系统的说明，这是我们的一个最基本的缺点。我们之所以缺少法制，不守秩序，都与我们的这种根性有很密切的关系。而我们也有我们的好处，我们的直接的感发和感动，可以探索到一个基本的根源，我们有很丰富的生活体验和实践的智慧。我们要知道我们的好处，也要知道我们的缺点。所以我希望，能用西方的科学理论逻辑来补足我们的缺点，而另一方面还保存着我们的智慧。这是我所希望的。以上所讲的比兴的两点，这是心物交感的基本因素。了解这些，我们就可以讲咏物诗了。因为《诗经》里不论是《关雎》还是《硕鼠》，用草木鸟兽来表现情意，基本上就是由物及心和由心及物这两种情况。

我现在就要讲到咏物的传统了。刚才我说我们的诗歌，“感物吟志，莫非自然”，所以《佩文斋咏物诗选》说草木鸟兽可以表现宇宙万物之理。可是你要注意到，那不是咏物的诗，《诗经》里的《关雎》是咏物吗？不是。《硕鼠》是咏物吗？也不是。《桃夭》《苕之华》都不是咏物诗，因为它的重点不在物。刚才我们说中国诗歌是“感物吟志，莫非自然”，虽然物是感发的因素，但是它感发了以后的重点已经不放在物上了。物只是一个触发的媒介，而不是一个吟咏的主题。所以说诗先是“感物”，然后“吟志”，就是抒写情志，不是咏物了。中国的以咏物为主的作品实在是始于“赋”这种文体的。

《文心雕龙》讲到“赋”的时候说，“赋”是“铺也”，就是把它铺陈展开，是“铺采摛文”，是“体物写志”。这是赋与诗的一个重要分别。赋要铺陈，而铺陈的时候，不是感发的情志了，只是写这个物。不再是从物感发到情志，而是借着这个物来写我们自己的志。这个物就是一个主题了，是“铺采摛文，体物写志”，所以写的物就是我们所写的主体了。《文心雕龙》举了中国最早的重要的赋，就是荀卿跟宋玉的赋。《荀子》里边有《赋》这一标题，它里边有五篇很短的赋，是《礼》《智》《云》《蚕》《箴》。他所吟咏的《礼》和《智》比较抽象，至于它所咏的《云》《蚕》和《箴》，就都是借着物作一个比喻来写了。他说：像云，是“精微乎毫芒而充盈乎大宇”。云彩小的地方，那一丝一缕，它的精微像毫芒这么微细，可是，当它散布开来，是可以充盈在天宇之间的，它有这样的能够泽及万物的、广被下土的这样广大的作用。像蚕，他说蚕的变化是可以通神的，蚕是可以给我们人衣服穿的。他就讲了这云跟蚕的各种作用。它表面上没有离开他所咏的物，可是他借物所写的，是要借着云的特色和品质、借着蚕的特色和品质来说明一种做人的品质应该是如何的。所以这已经是体物写志，它的主体已经变成是物了。《文心雕龙》又举了宋玉的《风赋》为例。《风赋》说楚王在他的宫中，站在高台上，一阵好风吹来，楚王披襟当之，打开衣襟，迎着好风。他说：“快哉，此风！寡人所与庶民共者耶！”他说这么凉爽的好风，是我做帝王的跟我的平民百姓共享的好风。看起来他已经很关心老百姓了。可是宋玉就说了：“这种风是大王单独享有的风，不是跟老百姓共同享有的风。”楚王就不懂了，风是大自然的一种现象，无偏无私，怎么我享受他们不享受呢？宋玉回答说，因为你居住的环境和他们居住的环境不一样，他们所居住的环境污秽杂乱，那种腥臭难闻，那种空气污染，是跟现在你所享受的好风不同的。所以他就把平民的风和大王的风都加以一番铺陈的描写。荀子和宋玉所写的赋，是我们最早的赋，是以物为主体的：以“云”为主体，以“蚕”为主体，以“风”为主体，而这样写的这种文学作品就形成了一种特色。这是我现在所要讲的，我就要过渡到咏物的作品去了。《文心雕龙》上说“荀结隐语”而“宋发巧谈”。说荀卿赋的特色，好像是做谜语，它表面上说的，都说是云，都说是蚕，都说是箴，可它里面都说的是做人的道理，好像是一个谜语的隐语。这是“荀结隐语”。而宋玉呢？就铺陈这样的风，那样的风，用了一大堆的形容描写，所以是“宋发巧谈”。最早的咏物的作品，就表现了两种特色，一个是隐语的特色，一个是巧谈的特色。大家看咏物的诗，先要认识这个基本的特点。

其后发展到了建安时代，咏物的代表作者曹子建就曾写有这两类咏物的诗，我以为它是这样两类。如《吁嗟篇》《野田黄雀行》是属于隐语的性质，《斗鸡篇》是属于巧谈的性质。这两种性质是不同的。怎么不同？它产生的因素不同，引发他的写作的动机的环境不同。《吁嗟篇》里边所写的，都是隐语的性质。《野田黄雀行》是借着一个被网罗的黄雀，说有一个少年要挽救这个黄雀，把这个黄雀放出去。隐语所比喻的，是他的朋友在当时的政治迫害之中的这样的情境。《吁嗟篇》这首诗里边所写的就是他自己在政治环境之中被迫害的情境，所以在《吁嗟篇》这首诗的后面，《全汉三国魏晋南北朝诗》选这首诗的题目下边有一段引《三国志》的话，说到曹子建当时的处境。曹操死了以后，曹子建的哥哥继位做了皇帝，他哥哥死了，他的侄子明帝做了皇帝。曹子建一直是在政治上被压抑和被迫害的，他曾被封做一个藩王，可是几年之间，被三徙封地，几次被强迫迁徙他的封地。他上了《求通亲亲表》，说我就是要看一看我的亲人，这都不能得到准许。他上了《求自试表》，说我曹子建也愿意在功业上对国家有一点建树，这也不被允许。就是在这种情境之中，他写了《吁嗟篇》。他说：“吁嗟此转蓬，居世何独然。长去本根逝，夙夜无休闲。”吁嗟，是长叹息，他说他就是怎样一个辗转的飘蓬。居世，我生在这个世界，为什么单单遭遇到如此不幸呢？我为什么如此永远离开我的根土而漂流在外呢？“夙夜无休闲”，永远不停止。他所咏的是辗转漂泊的蓬草。为什么蓬草这个植物是这样漂泊呢？原来蓬草，它的头是蓬起来的，被秋风一吹就断下来，随风飘转。所以诗人常用“转蓬”的形象表现漂泊的生活。它后面还说，我“愿为中林草”，跟这个转蓬相对比，他宁可做一棵野草，“秋随野火燔”，当秋天的时候，有人要把这干枯的野草烧掉，变成土灰。我“愿为中林草，秋随野火燔”，秋天就是随着野火给燔烧了，我也甘心。他又说“糜灭岂不痛”，这个秋草的糜烂死亡难道不使人悲哀？但是我“愿与根荄连”，我宁愿做一个不离开本根的草，就是被烧死了，糜烂了我也不后悔。这是曹子建的悲哀，所以他的咏物诗所咏的转蓬，是用一个隐藏的谜语，借着蓬草来寓说他自己在政治上被迫害的悲哀和痛苦，这是一类作品。而这也是使得这一种有寓托的咏物的诗篇后来盛行的一个因素。这类诗篇大概都形成了隐语的性质。

还有另外的一类诗篇，就是如曹子建写的《斗鸡》诗一类。你如果把全汉、三国、魏晋、南北朝的这些个诗翻开来一看，你就会发现在建安七子之中，很多的人都写了斗鸡诗。刘桢也有斗鸡诗，应玚也有斗鸡诗……这是什么缘故？你要知道在建安的时代，有一批长于文学写作的人，他们形成了一个社团，常有聚会。每当聚会的时候，大家都觉得，我的诗写得不错，你的诗也写得不错，所以大家就找个共同的题目来写诗。因为你有你的经历和感发，我有我的经历和感发，如果我们自己写自己的诗，就没有一个共同的题目，所以就找一个外物的共同的题目，来使大家能写同样的诗。这是使咏物诗产生的第二种因素。所以咏物诗的产生，一个是政治迫害的因素，一个是社交的因素。寓含政治迫害的诗多是隐语的性质，而社交性的作品呢，谁的文采最好，谁就算是成功，就是铺张辞采，于是各逞巧谈，就形成了咏物的另一类诗。从建安时代就有了这两类的诗，就有了这两类的风格。你要知道，这两类的风格形成以后，到了南北朝时期，当宫体诗一流行起来的时候，那南朝的梁武帝、梁简文帝，还有一些文学侍从之臣，这些宫廷中的人整天无所事事，精神空虚，生活淫靡，就把写作诗篇当作一种游戏遣玩的性质。大家找个好题目，什么咏一个萤火虫啦，咏一只蝴蝶啦，咏一支蜡烛啦，甚至咏一个美人的脚啦，美人的手啦，都可以咏一番的。这是咏物诗的一种堕落。因为它内容这样空泛，只是社交上的游戏罢了。

咏物诗经过这一个堕落的阶段以后，到了唐朝，有一个诗人的诗对咏物的诗篇起了很大的革命的作用，这就是陈子昂。很多人提到六朝诗歌的淫靡，说到唐朝诗歌的复古，常常把李太白跟陈子昂并列。说李太白《古风》的第一首说："大雅久不作，吾衰竟谁陈……自从建安来，绮丽不足珍。"这是李太白说的。建安以来的诗歌只注重辞采的美丽，是没有什么价值的。陈子昂写过一首诗叫《修竹篇》，诗的前边有一篇序，说："齐梁间诗，采丽竞繁，而兴寄都绝。"说自从南朝的齐梁以来，这些个写诗的人只注重外表的辞采的美丽。"竞繁"，都是大家比赛，看谁漂亮的字用得多、用得好。只是"采丽竞繁"，所以"兴寄都绝"。什么是"兴"？"兴"就是你要有一份真正的感发；"寄"就是内容有所寄托。"情动于中"，然后才"形于言"。"气之动物，物之感人"，当你摇荡了性情，你才"形诸舞咏"。你的心根本就没有动，心就是空的，再用一大堆漂亮的字，内容也是空的。这就是"采丽竞繁，兴寄都绝"。他们就说陈子昂跟李太白一样，是反对齐梁的淫靡，是唐朝诗歌的复古。从大方向看，这种说法是不错的，但是你仔细地分辨就知道了，他们是不同的。李太白的“大雅久不作，吾衰竟谁陈……自从建安来，绮丽不足珍”，是从诗歌的整个源流发展来说的。可是陈子昂不是的，陈子昂所针对的，我认为实在就是对咏物的诗篇而言的。为什么呢？我这样说是因为陈子昂所写的这首诗的题目就叫作《修竹篇》，写的是笔直的竹子，别的树木也许是盘根错节，可是竹子总是笔直的一根长上来的。他为什么写《修竹篇》呢？因为陈子昂有个朋友叫作东方虬的写了一篇诗，叫作《孤桐篇》。他们两个人都是用一个植物作比喻的，都是咏物的诗篇。东方虬的《孤桐篇》没有传下来，但陈子昂的《修竹篇》传下来了。他说：“岂不厌凝冽！”难道竹子不怕寒冷吗？但是我“羞比春树荣”，我跟春天的植物是不同的，因为“春木有荣歇，此节无凋零”。春天的花草有凋零，修竹是绝对不凋零的。他在《修竹篇》里边就表现了他隐语的托意。这是陈子昂在咏物诗上的成就。他认为咏物的诗篇是不应该像六朝齐梁之间的诗，只是美丽辞采的形容，而里面没有思想和感情。他反对这样的诗，陈子昂曾留给我们有名的三十几首《感遇》诗，其中大家常常选的一首是：“兰若生春夏，芊蔚何青青！幽独空林色，朱蕤冒紫茎。迟迟白日晚，袅袅秋风生。岁华尽摇落，芳意竟何成？”他所写的是“兰若生春夏”，说那是兰花，那是杜若。用美人香草作比喻是中国自《楚辞》以来的传统。所以说兰若，在春夏的时间就这样繁盛地欣欣生意地成长了，长得这样茂盛芊蔚。“青青”可以念“qīng qīng”，就是碧绿的颜色；也可以念作“jīng jīng”，就是茂盛的样子。“幽独空林色，朱蕤冒紫茎。迟迟白日晚，袅袅秋风生。岁华尽摇落，芳意竟何成”，说的是兰花和杜若，春天长起来，这么茂盛。“幽独空林色”，它有这样幽静的品质，有这样不同流合污的操守，在没有一个人欣赏的山林之中，它一样表现了这么美好的容色。它红色的花朵，长出来在它发紫的根茎之上，有这么美好的生命。可是“迟迟白日晚”，每天太阳从东方升起，向西方落下去了，日复一日，月复一月，于是变了季节，“春与秋其代序”，就“袅袅秋风生”了。《楚辞》上说“袅袅兮秋风”，秋风就吹起来了。当“迟迟白日晚，袅袅秋风生”的时候，“岁华尽摇落”，这一岁的芳华，这一年生命的美好日子就零落了，就终了了，而“芳意竟何成”？你当年年春夏的时候，芊蔚青青的那一份美好的愿望，完成了什么？岁华摇落，芳意何成？你那美好的心意到底完成了什么？他是在写一个有才也有志的人，其志意落空、年命落空的悲哀。他是借兰若的咏物来寓托的。这是陈子昂所提倡的咏物的诗篇，是“体物寄志”的，是有比兴寄托的。好，从陈子昂这么一提倡后，于是，唐朝的诗人的咏物诗里边，就纷纷地开始重视这种托意了。

陈子昂以后，一个更重要的作者在咏物诗里边开创出一条更博大的、更富于感动力量的路途来的就是杜甫。杜甫的咏物诗跟陈子昂是不同的。等一下我就要把他们两个作一个分别。杜甫的咏物诗很多，在仇兆鳌的《杜诗详注》上就有杜甫的很多的咏物诗篇，他引了很多人的评语。他说杜甫的咏物诗在所有的咏物诗里边成就最大。而且杜甫是从他早年一开始写诗的时候就有了咏物的诗，一直到他晚年，先后写了不少的咏物诗篇。你要知道，杜甫有一首《壮游》诗，曾说他自己“七龄思即壮，开口咏凤凰”。这凤凰诗没有传下来，它是杜甫自己说的。他说他七岁就会作诗了，开口第一首诗是咏凤凰的诗，就是咏物的诗。总而言之，从杜甫自己的诗篇证明他从少到老写了不少咏物的诗篇。可是杜甫的咏物跟其他人的咏物是迥然不相同的。杜甫的咏物诗写什么？我们现在就看一看。我们看杜甫编年的诗集，他早期的诗里边就有《房兵曹胡马》《画鹰》《瘦马行》等咏物诗，他后来在秦州和成都写的《苦竹》《病马》《枯棕》《枯楠》等，写的都是咏物的诗。我现在要引举他早年的一首咏物诗，最早出现在他诗集里咏物的诗有一首《房兵曹胡马》。兵曹就是军队里的一个官员，他有一匹胡马，因为西北是当时唐朝所谓的胡地，是产马的。不是西域生产良马吗？所以，他写房兵曹的胡马。他说："胡马大宛名，锋棱瘦骨成。竹劈双耳峻，风入四蹄轻。所向无空阔，真堪托死生。骁腾有如此，万里可横行。""胡马大宛名"，说这个姓房的军官有一匹胡马，胡马里最好的，是大宛这个地方所产的马。这个"宛"字在这个特别的地方应该念"yuán"。"锋棱瘦骨成"，说这个马骨骼的棱角有锋棱地露出来。你要知道，唐朝本来绘画喜欢画胖的东西，不但把妇女画得很胖，而且把马也画得胖胖的。杜甫不喜欢胖马，喜欢瘦马。他曾有诗说，韩幹的画马，是"画肉不画骨"，"忍使骅骝气凋丧"，说韩幹画马画不出骨头，看起来就没有精神。他赞成"锋棱瘦骨成"的马，骨头都挺立起来，"胡马大宛名，锋棱瘦骨成。竹劈双耳峻"。好的诗人，形象跟情意都好，你看他的形象，写得多么生动，多么真切。什么叫"竹劈双耳峻"？峻是挺立起来的，这是说马耳朵的挺立如劈开的竹子一样，而跑起来则是"风入四蹄轻"。跑起来，马蹄下带着风，"风入四蹄轻"。他写了马的容貌，马的能力，马的产地，更写了马的品德——"所向无空阔，真堪托死生。"说这个马是从来不胆怯的。凡是它所要面向的，凡是它所要去的地方，是无空阔。它决不计较有多么远，在它的眼中，没有什么空阔遥远之说，我要去我就一定向前去，"所向无空阔"。不但如此，它还"真堪托死生"。如果你有这样一匹马，可以把你整个的生命都交托给它，它可以在危难之中拯救你，这个马有这样的品德。"骁腾有如此"："骁腾"是这个马的强壮矫健的样子；"如此"就是说像这个马。"骁腾有如此，万里可横行"：不论多么远的地方，它都可以走到的，可以横行万里。这是杜甫早年志意风发的时候写的诗，有这样远大的志向，有这样对前途的艰险不惧的精神和感情。后来当杜甫经历了苦难以后，我刚才不是说他写病马瘦马吗？他就写了一个瘦马。他说："东郊瘦马使我伤，骨骼硉兀如堵墙。"我走在东城的郊外，看到一匹瘦马，"东郊瘦马使我伤"。有人说诗一定要有形象，都是漂亮的字眼就好吗？有人说写感情一直说就没有意思了，你要含蓄不尽才有余味？人家杜甫从来不讲这一套，他只要你真正有感情，真正有把自己的感情这么真实生动表现出来的能力，怎么写都好。"东郊瘦马使我伤"，这"使我伤"多么直接，多么富于感情。他又说"骨骼硉兀"，"硉兀"是很奇怪的两个字，大家可以去找杜甫的《瘦马行》看一看。硉兀就是骨骼立起来的样子。他说这一大片马骨头立起来，像一堵墙，棱角都出来了，"硉兀如堵墙"。"绊之欲动转敧侧"，你要给它牵绊，用缰绳动一动它，扶不起来了，它又倒下了。"此岂有意仍腾骧"，这样一匹瘦弱得站不起来的马，还有它的一份情意和理想，仍然要奔腾吗？有这样的精神吗？"腾骧"是马跑奔腾的样子。"绊之欲动转敧侧，此岂有意仍腾骧。"他说就是这样的马，我们也应该爱惜它、珍重它，培养它的能力，说"谁家且养愿终惠，更试明年春草长"。有哪一家人愿意把这样的瘦马收留，把它的伤病都养好。"谁家且养愿终惠"，我希望有这样一个主人，全始全终地给这个病马养好。"终惠"是全始全终的恩惠，"终惠"说得很好。有些人开头有点热心，但不能终惠，中途就改变了，他把一件恩惠、一件美好的事情没有完成。杜甫说谁家要是有这样好心要养这个瘦削病弱的马，我希望他有全始全终的恩惠。如果有一个人全始全终地把这一匹马养好，你看一看，"更试明年春草长"，等明年春天草长起来的时候，你试一试我这样的马是不是仍然可以在草地上驰骋一番。再如杜甫写的《古柏行》，他写的是诸葛亮——孔明庙前的古柏：“孔明庙前有老柏，柯如青铜根如石。霜皮溜雨四十围，黛色参天二千尺。”“大厦如倾要梁栋，万牛回首丘山重。”这么一棵古柏树，这么强大的枝干。有一座高楼大厦就要倾倒了，是“大厦如倾要梁栋”，正是需要这么坚固的、这么强大的木材做它的栋梁之材，“万牛回首丘山重”，可是它们就是不能够，没有办法把这木材运下山去。它所写的是什么？他所慨叹的是“古来才大难为用”，真是大才人家反而不用他，因为很多人愿用听话的奴才，不愿用不听话的英才。所以杜甫的诗，他所有的咏物诗里边都有这样强烈的、激动的、奋发的情意，真是一份感发的情意。

好，现在你就可以看到了，陈子昂的咏物诗与杜子美的咏物诗的分别在哪里。我们刚才之所以开头讲了很多比兴、赋比兴，就因为我们要说明这些问题。陈子昂所用来写咏物诗的办法，是属于比的方式，杜甫所用的写咏物诗的方式是兴的方式。陈子昂所说的那个兰若在春夏长出来了，很茂盛，芊蔚青青，“迟迟白日晚，袅袅秋风生”，不见得是眼前真有的一株兰草，不见得是真有的一株杜若。就是说你作诗的时候，不是纯真感情的感动，而是用思索能力来安排的。要写一个人才，写有才有志之士生命的落空悲哀，他就想了，经过思想考虑就用了一个兰若来做一个比喻。这种安排思索是属于理性的思索。比较一下，他这兰若就用得很好，他是有一种理性的思索的。可是杜甫所用的诗，大概都是眼前真有的实物，都是他亲眼看到的，直接得到感动的。所以杜甫所写的诗都是兴，是直接的感发。这样你就发现这两类诗是不同的。

咏物的诗，一定是贵在有托意，一定要有寄托的情意才好，不然的话，像齐梁间是“采丽竞繁，兴寄都绝”，用一些漂亮的形象，而你内心根本就没动，什么都没有，是空空洞洞的，那不是好诗。所以，凡是咏物的作品，里面一定要有深一层的意思才是好的，就算是光是写物，一定要在物里面也要有你的感发，才是好诗。杜甫的诗就是从感物吟志发展过来的。不过别人的感物吟志的诗，总是一半写到物，一半就写到志了。“关关雎鸠，在河之洲”，下面就是“窈窕淑女”，我这个“君子好逑”了，就是这样写的。可是你进一步，全篇都写物而自己不站出来说话，这就变成了咏物的诗篇。杜甫的那些诗，就是从这一个传统传下来的，是从中国的“兴”的传统，是从诗歌的感物言志的传统发展下来的。这已经达到了咏物诗的一个最高的成就。所以现在就归纳出来有两类的咏物诗：一类是用“比”的方法来写的，像陈子昂的咏物诗；一类是用“兴”的方法来写的，像杜甫的咏物诗。

我现在就要回来说了。到中晚唐五代以后，有词兴起了。咏物词是什么时候发生的？我刚才说了，早期的词，就是民间里巷之间流行的歌曲，无所谓专门咏物的词。文人诗客插手来写的时候，都是写美女跟爱情的。他们写美女的时候，写爱情的时候，并没有把美女当作一个物来写，也没有一定要在美女之中有托意。最早本来是没有这样的意思的，写一个美女是她“脚上鞋儿四寸罗”，有四寸的金莲，是罗做的鞋；“唇边朱粉一樱多”，她嘴唇上搽的红色胭脂就像一颗樱桃那么大；“见人无语但回波”，她看见人不讲话，总是回头一看，好像是有情又无情的样子。后边他所写的就是他看到这个女子以后的感情，是：“料得有心怜宋玉，也应无奈楚襄何，今生有分共伊么？”（秦观《浣溪沙》）那纯粹是风流浪漫的小词。这么美的女子脚上鞋儿四寸罗，唇边的朱粉一樱多，见人无语但回波。她既然是对我回眸一笑，所以我就料想，这个女子有心怜宋玉，宋玉是有才的，又浪漫的，她一定是对我也有点情意。可是这个女子已经结婚了，有主人了，是只应无奈这楚襄何。她是属于楚襄王的，我宋玉再有才气也是没有办法的。

又说：“今生有份共伊么？”这一辈子我能有幸运和她在一起吗？这是什么词！这完全是风流浪漫的，一点寄托都没有的。就是这样一类的词，词里是本来有这样一类内容的。

还有一首词，说“晚逐香车入凤城”，我们一起去游春。傍晚黄昏，女的坐着车，男的游春是骑着马。有一个美丽的女子坐在一辆香车之中，这个女子很美，我不认得她，就追她的车，“晚逐香车”。她进城，我就跟她进城。“东风斜揭绣帘轻”，一阵春风吹过，把它车前的帐幔吹开了一点，我就看到了她。这个女子也是“慢回娇眼笑盈盈”，冲我回眸这么一看，而且脸上露出了一种微笑，是“慢回娇眼笑盈盈”。这个男子说了：“消息未通何计是？”我不认识她，也没法跟她通信。“计”就是计策。我有何好办法，“消息未通何计是”？“直须佯醉且随行”。我只好假装喝醉了酒，反正我就跟她走吧，看她到底住在哪里。“依稀闻道太狂生”——我就听到这个女子在骂，这个人简直发疯，他太狂了。（张泌《浣溪沙》）这样的小词既不是把女子当作物来写，而且也没有托意，就是写美女和爱情的小词。我今天所讲的，是晚唐五代、北宋的一类小词，没有深远的情意的一类小词，是我在北京唐宋词系列讲座中从来没有讲过的一类小词。因为我所讲的词是比这个更有内容的，是比这个更有思想的。用王国维的话说，是比这个更有“境界”的词。王国维的《人间词话》上曾说：“词以境界为最上。有境界，则自成高格，自有名句。”什么叫有境界？词、小词本来都是写美女跟爱情的，什么样的小词写的才不只是这种风流浪漫甚至于浅薄的词？而且有了境界，那是另外一类词。总而言之，小词在最初写美女和爱情时是没有咏物意思的。

词在什么时候，这咏物的作品慢慢地才多起来了呢？是苏东坡的时候。那时这咏物的词才多起来的。我以前说过，小词本来都是写美女和爱情的。这些写词的作者，他们把治国安邦的大道理，远大的理想和志意，是写在诗里边，不写在词里边的。欧阳修的诗和欧阳修的散文是一种作风，欧阳修的小词又是一种作风，就因为他觉得诗才是言志的；词，不是言志的。诗是说自己的意志，词就是游戏笔墨，写美女，写爱情，写伤春悲秋。他们把写词看作是一种消遣游戏的笔墨。可是你要知道，虽然词里边只写美女和爱情，但无论按照西方的理论来说，或者按照中国的理论来说，都是说作品之中必定要反映作者自己的。你的感情、你的思想、你的人格、你的学识、你的修养，都会流露在作品之中，无论如何，毕竟有你的影子在里面。因为同样写美女、写爱情，这个人写美女和爱情就有品格，那个人写就没有品格。同样是写爱情，却有品格高低上下的不同。欧阳修不把自己治国安邦的道理写进词里去，不把他《五代史伶官传论》《一行传论》中的这些大思想大议论发表在小词之中。可是他在小词里写什么呢？他在小词里边道："雪云乍变春云簇，渐觉年华堪送目。北枝梅蕊犯寒开，南浦波纹如酒绿。　　芳菲次第还相续，不奈情多无处足。尊前百计得春归，莫为伤春歌黛蹙。"（《玉楼春》）还有一首，他说："尊前拟把归期说，未语春容先惨咽。人生自是有情痴，此恨不关风与月。离歌且莫翻新阕，一曲能教肠寸结。直须看尽洛城花，始共春风容易别。"（《玉楼春》）他写春天美丽的花，写游春，写赏花，写春天跟所爱美丽女子的离别。他却于无意之中表现了他的思想、他的品格、他的感情、他的修养。他说的是什么？他说，我"直须看尽洛城花，始共春风容易别"。我一定要把我能够做到的事情都做完，才放下手去。人都有生老病死的，什么事情都有一个终结，我也知道一切事情都要过去，一切事情都有终结，但是我能做的事情，我一定在我能做的时间尽我最大的努力去做。

冯延巳（冯正中）写的词，说："日日花前常病酒，不辞镜里朱颜瘦。"（《鹊踏枝》）我知道我是憔悴了，消瘦了，我为了对花的爱惜，每天在花前饮酒、看花，不推辞，不避免我的憔悴和我的消瘦。我等待着一个人，期望着一个人，这个人没有来，我的等待落空了。像我们现代、当代作家所写的《车站》，像法国贝克特所写的《等待戈多》，我等待一个人，那个人终于没有来；我等待一辆车，那辆车终于没有来。冯正中写什么，他说："楼上春山寒四面，过尽征鸿，暮景烟深浅。"他说："一晌凭阑人不见，鲛绡掩泪思量遍。"（《鹊踏枝》）我在楼上站了这么久，"一晌"是很久的时间。"一晌"，有时候是短时间的意思，像李后主李煜"一晌贪欢"是短的，但这里是很长久的意思。"一晌凭阑"，我这么久地靠在阑杆上，等待盼望，可是我所盼望的那个人没有出现，"一晌凭阑人不见"，他说我"鲛绡掩泪"，我当然是悲哀的，用鲛绡的手巾擦拭了我的泪痕。但是我放弃了吗？我没有放弃。纵然是鲛绡掩泪，我也要"思量遍"。小词里边，就是写美女和爱情的词，但却表现出了这些词人们的品格，他们的修养，他们的心灵，他们的感情。这是我在唐宋词系列讲座中所讲的要真正认识的一种境界。

西方的符号学所说的，一切符号都有一个形式的价值和意义，也有一个材质上的价值和意义，而语言和文字就是我们最常见的、最普遍的符号。他外表写的可能是伤春悲秋，是美女跟爱情，这是这个符号的形式和外表的意义和价值。但是他所表现的那种我要做一件事情，我要尽我的最大的力量做好，我"直须看尽洛城花，始共春风容易别"，这样到我临死的那一天，才不惭愧，才不亏欠，才觉得对得起我自己，也对得起春天。这是他的材质上的意义，真正的心灵、精神、感情的本质上的意义。西方语言符号学也这样讲的，这也正是王国维讲的"词以境界为最上"的境界。同样写美女和爱情，什么叫有境界，就是在它的材质里面给你一种感发，给你一种提升，给你一种兴发感动的力量，这样的小词才是好的作品。所以王国维也说："词之雅郑，在神不在貌。"雅就是典雅的雅，郑是郑卫之音的郑。他说过词是雅正的，是正当的；郑卫之风，是淫靡的。王国维说词里所写的美女和爱情，是里面有更高的一层境界，还是只写一种风流浪漫甚至轻薄的感情，是"雅"还是"郑"，在神而不在貌——在它的精神而不在它的外貌。大家都写美女跟爱情，但是每个人所写的在精神上、品格上的价值是不同的，这就是在神不在貌的意思。我现在还没有讲咏物词呢！早期的词都是写美女跟爱情的，只不过有这样的在神还是在貌、有境界还是没有境界的区分而已。

既然是像欧阳修、像苏东坡这些人都来写词，他们不知不觉之间就把自己的修养、品德、思想、感情、心灵都流露出来了。不过欧阳修还是无心地流露，苏东坡就不然了。苏东坡这样一个杰出的天才，人家就赞美他"一洗绮罗香泽之态"，又说他"使人登高望远，举首高歌"。这说明苏轼把他的逸怀浩气都写到小词里边去了，是真正写他自己了。他说："大江东去，浪淘尽、千古风流人物。故垒西边人道是，三国周郎赤壁。"后边还说，"故国神游，多情应笑、我早生华发"。这是苏东坡遭到政治迫害以后，曾经被关在御史台的监狱中，九死一生，后来被贬谪到黄州时写出来的词，表现了他的逸怀浩气。所以苏东坡是真正把词当作诗来写的，是真正抒发自己的逸怀浩气，把他那种超逸的襟怀都写进去了。小词这种歌筵酒席的爱情词已经诗歌化了，而苏东坡这么一诗歌化，就把诗歌中的作风都带到词里边来了。本来小词是没有题目的，你看温庭筠的《菩萨蛮》有十四首之多，有一个题目吗？没有。冯正中的《鹊踏枝》一连十几首，有一个题目吗？没有一个题目。人家苏东坡的词《念奴娇》就有"赤壁怀古"的题目了，这词的风格是诗化了。所以他就把诗的咏物作风带到了词里面，这是一个原因。因为他既然把词诗化了，就把咏物诗的方法带到词里面来了。这是苏东坡词里面咏物之作数量较过去词人为多的一个重要原因。

除了这个原因（即他自己把词诗化）以外，还有一个值得注意的原因：你要融合古今来看。前面我已经说过，咏物诗的出现，除了曹子建借咏物诗来抒写自己的志意以外，还有一个原因，就是咏物诗有一种社交的性质。当有一个文学团体，几个朋友大家都喜欢诗，碰在一起，做什么呢？找一个共同的题目来写诗，所以你把苏东坡、黄山谷、秦少游等的集子都打开一看，就发现他们都有《咏茶》的词。你也咏茶，他也咏茶，有的词中还说，我们有一个宴集、一个雅会，可见是在一个集会之中，找个题目来写茶。宋朝时，饮茶是比较讲究的——茶要怎么烹，怎样冒出蟹眼，怎么样做成龙团，怎么样分茶，那个时候有一种流行的方式。当时苏东坡和他的朋友们大家都写茶，这就具有一个社团的性质。他们之间有时还作一些彼此唱和应答的诗篇。苏东坡最有名的一篇咏物的词大家都学过，就是《水龙吟》（咏杨花）的和词。当时他的朋友章质夫写了一首咏杨花的词，所以苏东坡也写一首和他的韵："似花还似非花，也无人惜从教坠。抛家傍路，思量却是，无情有思。萦损柔肠，困酣娇眼，欲开还闭。梦随风万里，寻郎去处，又还被、莺呼起。　不恨此花飞尽，恨西园、落红难缀。晓来雨过，遗踪何在？一池萍碎。春色三分，二分尘土，一分流水。细看来，不是杨花，点点是离人泪。"这真是咏杨花而能得其神理的。你只要把东坡的词跟章质夫的词一对比，马上就会发现，章的词只能写杨花的一些有关外表的东西，但不能掌握杨花的精神和感情，而苏东坡掌握了杨花的精神。这是他跟朋友唱和的一首咏物词。

更值得注意的还有一首，是大家都在争论的东坡的《卜算子》："缺月挂疏桐，漏断人初静。谁见幽人独往来？缥缈孤鸿影。　惊起却回头，有恨无人省。拣尽寒枝不肯栖，寂寞沙洲冷。”这首词很多人在争论，有人说他说的是他认识的一个女子，跟这个女子有幽会。我认为这种说法是最不可取的，因为他把本来可以给人以丰富联想的词讲得那么狭窄，连中主李璟的词“菡萏香销”，只是写荷花的，本来不见得有托意的词，王国维还可以从里面看到“众芳芜秽，美人迟暮”的意思呢。我们讲词要看它的本质是什么，他说：“缺月挂疏桐，漏断人初静。”有人就讲了，这首词一定是有比喻和寄托的，张惠言《词选》中就曾引鲖阳居士的话说：“缺月，刺明微也；漏断，暗时也……”说“缺月”就是指那个朝代的光明是这么微弱，代表了那个朝代政治不够清明，说“缺月”是“刺明微也”。我们先不这样讲，先从文字本身讲，一个残缺的斜月挂在秋天的稀疏的梧桐的树梢上，“缺月挂疏桐”是表现了这样一个幽静的境界；“漏断人初静”，是说漏壶中的水已尽，夜已经很深了，人已经睡眠了。“时见幽人独往来，缥缈孤鸿影”，有一个人没有睡。为什么没睡呢？清人黄仲则说：“如此星辰非昨夜，为谁风露立中宵？”阮嗣宗说：“夜中不能寐。”为什么不能睡呢？总是你心里有所思索，有一种内心感情的活动无法安排。“幽人”有两种解释：有人说“幽人”是拟比下面的“孤鸿”，有人说是东坡自己谈自己。其实不必这么狭窄地指说，“幽人”可能是苏轼自己，也可能是“孤鸿”。西方文艺理论有一种“多义之说”，有一位英国学者威廉·恩普逊，写过一本书 *Seven Types of Ambiguity*，朱自清先生把这本书的名字译为《多义七式》。多义是可以并存的，我们要认识到这一点，这正是诗歌可以给人以丰富想象的原因。所以这“幽人”既可以是苏东坡，也可以是“孤鸿”，是一而二、二而一。为什么他这样孤独？为什么那只鸿雁没有跟它的同伴在一起？鸿雁都是结队而飞的，它们或者排成“人”字形，或者排成“一”字形，为什么它只剩下断鸿零雁的孤单的一只呢？为什么这个人在夜深人静、没有一个人的时候，他独自起来彷徨？他为什么落得这样孤单、寂寞呢？所以上半阕只给你这样一个形象，“时见幽人独往来，缥缈孤鸿影”，“惊起却回头，有恨无人省”。他说鸿雁被人惊起，因为鸿雁落在沙滩上，常是心怀恐惧。辛弃疾一首词说：“秋江上，看惊弦雁避，骇浪船回。”（《沁园春》）说你看那害怕受伤的雁，常常要警惕有没有人要射杀它。苏东坡在新党时议政不合，曾遭贬斥；旧党执政以后，他仍然是议政不合，又被旧党贬斥。苏东坡曾说：“昔之君子，惟荆是师。今之君子，惟温是随。”（《与杨元素书》）这是说，以前的士大夫们都追随王荆公，现在在朝的士大夫们又都追随旧党的司马温公（司马光）。但苏东坡有自己的政治理想，不盲从这一边，也不盲从那一边。所以他自己才平生遭受到这样多次贬斥，曾被下监狱，几乎被杀，晚年直至贬到海南。他所说的“惊起却回头”，意思是说有没有人又在忌恨我，有没有人又想诽谤我，有没有被贬斥的危险。“有恨无人省”，是说我内心有这样一种幽怨，就是有自己的理想而不被人理解，而且被人多次伤害。那我就随便改变我自己了吗？陶渊明说：“纡辔诚可学，违己讵非迷。”（《饮酒》）你让我绕个圈子走你们那条路，我也不是不会走。“纡辔”是把我的缰绳纡曲，转个圈子，跟你们走。“诚可学”，我也不是不会学。如果学，可是那违背了我自己的理想，出卖了我自己的人格，人生没有比这更大的失败了，这不但是没完成外在的事业，就连你自己也没有完成。违背了你自己，那是你人生最大的失败，是人世间最大的困惑。所以，尽管我是“惊起却回头”，我也“有恨无人省”。但是我不随便地就栖落下来，“拣尽寒枝不肯栖”，我要选择一个理想的树枝去栖落，拣遍了寒枝，我不肯随意降落在我认为污秽的、鄙俗的、没有品格的树枝上。我宁可忍受现在的孤独、现在的寒冷、现在的寂寞，所以是“寂寞沙洲冷”。他写的是鸿雁，也写的是他自己。这里面有他自己幽深委曲的一份平生的经历遭遇。他的志意，他的挫伤，他的情怀理想，都隐藏在里面了。他写的也可能是鸿雁，但是，这是真正在物里寄托了自己的情意，隐藏了这么深的情意。这是苏东坡的另外的一类咏物的词篇。

《水龙吟》（咏杨花）也写得很妙，不过那是社交性质的跟别人唱和的词篇。只是因为苏东坡的天才毕竟与人不同，虽然是游戏、社交的小词，他也写出了他自己的、天才的丰富想象，写了对杨花深切的同情。而他另外的，写鸿雁表现他自己，更写了这样幽深的、细致的感情。从此以后，咏物的词就逐渐多起来了，而写咏物词最多的就是下面我们要讲的作者——王沂孙。他一共只留下来六十几首词，而里面有四十多首是咏物的。他的词是怎么样的呢？在我所讲的整个咏物之作的历史发展的这一大背景之下，他的词有什么样的地位和作用呢？关于这个问题，在下一讲我们再详细讨论。

第十六讲

王沂孙（中）

我们上一次曾说到在苏东坡的词里咏物的作品开始较多地出现了。苏轼的咏物词一般说来还是感情的感发，所以他写孤鸿说："缺月挂疏桐，漏断人初静。谁见幽人独往来？缥缈孤鸿影。　惊起却回头，有恨无人省。拣尽寒枝不肯栖，寂寞沙洲冷。"我们上次所讲苏东坡的这首《卜算子》，写的是一只孤独的鸿雁，这原是不错的。可是我一定要把这个层次说清楚。苏东坡的词写的虽是一只孤鸿，可是他的题目并不叫作"孤鸿"，他的题目叫《黄州定惠院寓居作》，所以是他被贬在外面的时候，当他在政治上遭到挫折、失意，自己的政治理想不能实现的时候，他写的这首词，因此题为《黄州定惠院寓居作》。他是以感发为主，所以他虽然写了孤鸿这个"物"，但是他的题目并不是咏物的，这是一定要注意的。

真正以勾勒描绘的手法、用思索安排来写咏物词的是从后来的周邦彦才开始的。周邦彦所走的是安排思索的路线，不是感发的路线。安排都是用脑子想出来的，都是用思力的安排。如果你要咏一个物，而你不是写对这个物的直接的感动，你要用思想来安排，于是就形成咏物词的另一特色，就是用典故。你要写梅花，你就要用有关梅花的典故，你要写燕子，你就要用与燕子有关的典故。这样我们就遇到了一个牵涉到西方文学领域的另外一个问题了。

我们在上一次讲的时候，讲到中国古代诗歌写作有赋比兴三种写作的方法。我们说赋是直言其事，是直接地写这个情事，不需要从物到心，也不需要从心到物：不用说“关关雎鸠，在河之洲”，然后才“窈窕淑女，君子好逑”——不用从雎鸠鸟到君子的寻求配偶；不用说“桃之夭夭，灼灼其华”，然后才说“之子于归，宜其室家”——不用说美丽的桃花，再说美丽女子的出嫁、结婚。不需要用鸟兽草木的形象来写，而是直接的叙写。像《将仲子》，写一个女孩子与她所爱对象说：“将仲子兮，无逾我墙”，你不要跳我们家的墙，不要把我们家树折断，她马上返回来就说了“岂敢爱之”，我不是爱我家的树，我还是爱你的。这种叙述的方法，将这个女孩子的委婉曲折的心情都表现出来了。所以这种赋的写作方法，它重视的是口气和句法。瑞士语言学家索绪尔说，在语言文字之中，语言最重要的有两条轴线。一个就是语序轴，就是我们上次在讲《将仲子》的“赋”的写法时所说的，就是你的语言排列的次序是怎么样的。这一点与你说话的效果有很大的影响。你说的方法不同，所形成的作用和效果也是不同的。这是属于赋的写法。

而我们今天要讲的咏物词，我们就发现形成语言之效果的，除了语序轴以外，我们的语言里面还有一种情况也是很重要的，那就是联想轴，是属于联想的一条轴线。就是你说的时候，用了什么样的词汇，这个词汇可以给读者什么样的联想，这个联想也是很重要的。以前讲唐五代的词、讲温庭筠的词时我曾经讲过，温庭筠的词说“懒起画蛾眉”，说一个女孩子早晨很晚地起床，然后慢慢地起来画眉、画她美丽的像飞蛾一样弯曲的眉。我上次曾经说了语序轴讲它的次序，联想轴就讲它的联想的作用，这是瑞士语言学家索绪尔提出的说法。而俄国有一个符号学家更提出说：语言作为一个符号，每一个符号都带着它的文化的背景，它历史的文化传统的背景。联想轴上引起什么样的联想，与这个国家、民族的历史文化都有着密切的关系。我讲温庭筠词时曾讲过“蛾眉”，我们说蛾眉可以引起我们想到楚辞“众女嫉余之蛾眉兮”，他是借用一个美丽的女子来比喻一个才志之士的。这是一个联想轴上的作用，而且跟中国的历史文化结合有很密切的关系。“画蛾眉”也有一个传统，因为中国古人既然把蛾眉的容貌的美好比作一个才志之士品德的美好，所以画蛾眉就表示一个人对自己的才志品德的美好追求，一种向完美的层次和境界的追求。从“画眉”想到这些品德的修养，这正是我们中国文化历史的背景之中的一个传统，而这也就正是西方的语言学家索绪尔跟俄国的符号学家洛特曼所说的联想轴上的作用。于是乎这些个用思力来写词的人，他们要想出一些典故来铺写，而这些典故是带着我们悠久的文化历史传统的。不管是哪一个作者，无论是诗人还是词人，一个人没有办法超越自己的时代、超越自己生长和教育的环境背景而超然独立。从来没有，中国没有，外国也没有。所以每一个人都是带着自己的个人经历，带着你的生长环境，你本身所禀赋的感情、性格，你过去所受的教育而成长的。所以我们在看这些个词人作品的时候，我们就一定要了解他写作的背景，他的时代背景，他的个人经历。

我们现在就要讲王沂孙的咏物词了。我们本来是一个系列的讲座，是从唐五代一直讲下来的。我们讲了北宋的词过渡到南宋的词。当北宋刚刚败亡，当南宋的君臣刚刚迁都到南方以后，那个时候，有些作者也曾经有过一种忠义奋发的感情，中国有一句古话说：“生于忧患，死于安乐。”不是说你在忧患之中长大的，你死的时候一定是安乐的。孟子所说的“生于忧患，死于安乐”，是说一个人沉溺在安乐之中，就失去了奋发图强的意志，就反而走向败亡了。历史上所有的朝代给我们借鉴的镜子都是如此的。每一个朝代刚开创的那些个君主都是非常有为的，都是非常英勇的，所以才奠下了基业；可是他的子孙却宴安鸩毒，沉溺在宴乐安逸之中，把国家送向了败亡。历史上的反映是如此的。

南宋本来刚刚经过了北宋的败亡，有一度忠义奋发的阶段。像当时的辛弃疾，他从北方的沦陷区来到南方，想恢复北方的失地。可是南宋有一批君臣，不愿意战争，南渡来的国君又有些私心，不免会想我现在是皇帝，要把我父亲从北方接回来，我还做皇帝不做皇帝了？大家各存私心，谋求自己眼前的权势和利禄。当他们迁都杭州之后，便“暖风熏得游人醉，直把杭州作汴州”了。这些君臣沉溺在歌舞享乐之中了，因此南宋就走向败亡了。王沂孙就是经历了南宋败亡的这样的一个词人。他生在南宋理宗时代，没有做过达官显宦，所以在历史上没有传记，因此详细的生卒年代我们不知道。我们只知道他生于南宋理宗时代。理宗之后是度宗，度宗在位只有十年，那蒙古的骑兵就打进来了。这时南宋的太子㬎不过四岁，四岁的孩子做了小皇帝，不到两年就被俘虏亡国了，历史上把他叫作恭帝。中国过去有一个观念，因为这是外族人侵略进来，所以皇帝被俘虏之后，他们就又立了一个小皇帝，当时也只有八九岁，就是所谓的端宗。端宗逃到福建，在逃亡中死去了。

后来又立了一个更小的皇帝，中国历史上把他叫作帝昺。那个时候，南宋政权在大片的陆地上已经没有立足之地了，所以当时几个忠义的、不肯投降的臣子，就随着帝昺逃到了海上的崖山，国家就更不能保存了。最后一个忠臣叫作陆秀夫的，就背着帝昺跳海自杀，于是南宋就整个地灭亡了。你要知道，南宋的都城是杭州，王沂孙是会稽人，就是现在绍兴附近这个地方的人。当南宋败亡、元兵杀进来的时候，那惨痛的情景他是亲身经历的。元朝立国以后，当时有一个和尚叫杨琏真伽，他掌管南方所有的佛寺，而杨琏真伽盗发了南宋历代皇帝的陵寝。盗发以后如何？一般中国的皇帝死了以后，往往在他的身体里面灌了水银，口中含一珍珠，据说这样尸体就不会腐烂了。根据后来的宋元之间人们的笔记记载，有一个叫陶宗仪的人，他写有一本《辍耕录》；还有一个当时与王沂孙同时代的人叫周密，写了许多的笔记，怀念自己的故国，其中有一种叫《癸辛杂识》。在周密和陶宗仪的作品里面，清楚地记载了这些陵墓被发掘的故事。这是历史，是事实。王沂孙就亲自经历了这样一段历史。一个人的作品永远是反映自己经历的。当时这些皇帝的尸骨被发掘出来了，掘墓者就把皇帝的尸身倒挂起来，把尸体里面的水银都控出来，因为水银是值钱的。据说当时还搜到一个皇后的陵寝，在她的盘起来的发髻上还有一支黄金的发簪插在那里。

亲身经历了亡国惨痛的这些个词人，包括王沂孙，还有年岁比王沂孙稍微大一点的另外一个作者周密，还有张炎、仇远、唐珏等。当时作词的共有十四个人，平常是好朋友。在南宋没有亡国以前，当元兵还没有兵临城下的时候，南宋的君臣多少都是想苟且偷安的。贾似道一方面出了很多的金钱和敌人议和；一方面向皇帝说，我把战争打胜了，把敌人击退了。就是在这种欺骗当中，南宋君臣一直沉溺在享乐之中。这些词人们也常常集会填词。现在一旦亡国了，可是他们填词的这种习惯还存在。经过这种亡国的惨变，这十四个人就集会来填词。他们填的词，后来被人编成一个词集叫《乐府补题》。乐府本来是汉朝的一个官府，是给歌词配音乐的，因此后来就把这一类合乐的诗歌叫作乐府。乐府里面有各种的诗歌，像李太白写的《静夜思》，就是乐府中的诗题。可是有些题目，乐府里面没有，这些人写的词题就是乐府中没有的。他们写的词是乐府里面没有写过的主题，所以叫作《乐府补题》。这卷词集所留下来的都是咏物的作品，我们选的王沂孙的前两首词就都是《乐府补题》中的作品。我们现在就把这两首词简单地谈一下。

第一首是《天香》。《天香》下面有一个题目是《龙涎香》。涎，是口涎。有一种香，叫龙涎香。相传海里的龙，它口中的唾液，就是龙涎。龙口中的唾液吐出来之后，就漂浮在海面上，经过风吹日晒，龙涎就凝成一层白色的膜，透明、坚硬。于是制造香料的人就把这个搜集起来做成香料。可是我们都知道，龙本来是神话传说之中的一种动物。是龙吗？不是的。根据科学的研究，那不是龙涎，是海里面有一种叫抹香鲸的鲸鱼，它的身体里面有一种分泌物，是香的，就跟麝这种动物能分泌出来一种香料一样。有些动物的分泌物是有香气的，抹香鲸分泌的这种香就是龙涎香。你要知道，南宋的君臣，还不只是南宋的君臣，从南唐以来的这些个君臣，他们都曾经一度沉溺在歌舞宴乐之中。从南唐的中主、后主时代就重视香料，宫中有主香的宫女。南宋也是特别讲究焚香的。南宋人陈敬就曾作有《香谱》，专门记载各种香的收集、制作及焚烧方法。我所说的都是有根据的。现在这些词人们在亡国之后，仍然结社填词，就以“龙涎香”为题。除了这个历史的政治背景之外，我们还要讲这类词在文学艺术上的表现手法。我们先来看一看这首词：

> 孤峤蟠烟，层涛蜕月，骊宫夜采铅水。汛远槎风，梦深薇露，化作断魂心字。红瓷候火，还乍识、冰环玉指。一缕萦帘翠影，依稀海天云气。　　几回殢娇半醉。剪春灯、夜寒花碎。更好故溪飞雪，小窗深闭。荀令如今顿老，总忘却、尊前旧风味。谩惜余薰，空篝素被。

王沂孙的词，我们上次已经说过了，在清朝的时候，曾经受到很多人的赞美推崇，把他的词说成是“忠爱缠绵”，比作曹子建，比作杜子美。可是自从民国到解放以来，一般讲文学史的人，对于王沂孙的词却多半是贬低的。胡适的《词选》，胡云翼的《宋词选》，刘大杰先生的《中国文学发展史》，都批评王沂孙，说王沂孙的词晦涩，不通，不连贯，如同是谜语。那是不错的。我们现在马上一读，觉得我们果然真的是对他不大了解的，是晦涩的，好像不通。这是因为我们与他的时代有了距离，因此对于他们所使用的语言文字有了隔膜。不过我相信，大家都是可以懂的，因为同学们如果能够把另外的国家、另外的民族的法国语、英国语、德语、日语都学好的话，我们自己中国古代的这个语言，我相信大家是一定可以懂的。我们既然知道我们学习了他们西方的外国语言文字，我们可以了解接受他们的文化对我们有好处，我们就知道我们学习了我们自己的祖国的古代的语言文字，对于了解我们的文化也同样是有好处的。所以大家如果能学英文、学法文学得懂，我就相信大家对于中国古代的诗词是一定可以懂的，而且是必然可以懂的。而且我也还相信，你了解了中国古代的语言文字，能够体会他们的修辞句法的妙用，对于我们今天创作当代的诗歌，不管是朦胧诗还是第二次浪潮，也同样是会有帮助的。

好，现在我们就来看这一首词。开端说：“孤峤蟠烟，层涛蜕月，骊宫夜采铅水。”我刚才曾经特别提到说，写诗的时候，写词的时候，有两种方式。一种是直接的感发。像李后主的词：“林花谢了春红，太匆匆。”他是写落花的，写得多么直接，一开头就使你感动了。说“林花谢了春红，太匆匆”，是“无奈朝来寒雨晚来风”，多么直接，带着强大的感染力。有一类的作品是这样的。

但是王沂孙的这一类词是从周邦彦发展出来的，走的是另外一条路，就是我多次说明的，你不能用裁判女排的规则来裁判男子的足球，因为它有另外一种规则，这是经过思力的安排来写的词，所以你念了，没有直接的感动。很多人说这写的是什么呀？什么“孤峤蟠烟，层涛蜕月”，什么“骊宫夜采铅水”，我念了一点都不感动嘛！因为你还没有想呢？由于他是经过了思索而写的，我们读的时候就一定要经过思索才能欣赏。人家从这条路走出来的，你一定要从这条路走进去，才能登堂入室。他走的是这条路，你南辕北辙，老走另一条路，所以你老走不到他的家里去。他用思索写的，怎么写的？其实你要懂得了，就知道他写的艺术手法是极高的。现在他写的是什么？“孤峤蟠烟”，这是龙涎香的产地。他不是要写龙涎香吗？龙涎香是从哪里出产的？是从海上搜集来的。中国就是这个地方不太科学化。他说这是龙，其实不是龙，科学的说法，是抹香鲸。所以是从海上采来的。“孤峤”，就是海上的一个孤岛，而在海上的孤岛上，常常有“蟠烟”。“孤峤蟠烟”，你一定要慢慢体会它的好处，说是产龙涎香的地方，你会看见海上有一个地方常常有云雾环绕。那是为什么呢？从科学上解释，抹香鲸这种鲸鱼，它身体上有一个孔，在它头顶的背后，可以喷水。它的水喷出来，喷的水柱很高，再散开，所以常有云雾的样子，这是非常科学化的。龙涎香的产地是哪里？是远海的孤岛，而且上面常常有云雾缭绕的所在，所以是“孤峤蟠烟”。好，你现在就要注意到他用字的好处了。

有的时候，我读我们当代的诗歌，觉得有些年轻的诗人，写得很好，有很好的感觉，有很好的内容，可是我有时读起来就会觉得，偶然他会用了几个字，很生硬、很杈枒，很不合适，就是因为他对于文字的选择和掌握运用的能力还有所不足。有人常常跟我说，我要学作诗、作词。我说，很好，这是好的事情。可是我说了，你要想盖一所房子，你要先有建筑的材料，你没有建筑的材料，你只有这三两个字，你就不能写出更好的、更精美的作品。我们已经讲过，语言学中有语序轴，有联想轴，而根据语言学家的说法，你一句话说出来，造成它的效果和作用的，有两点最重要，一个就是你的选择，一个就是你的组织。是这两种能力，你的选择能力和你的组织能力。但是要做到选择，你一定要有很多的东西，才能选择，只这么一个，你怎么能够选择？所以选择是很重要的。

同样是写龙涎香，如果我把当时跟王沂孙同时结社集会的别人写的龙涎香拿出来一比较，你就知道王沂孙是写得最好的。我们都知道龙涎香的产地是在海岛上，常常有云雾笼罩。怎么写？王沂孙说是“孤峤蟠烟”。蟠是萦回、曲折盘旋的样子。本来写这种情况，一般常用的、带着说明性的字，你可以用一个“萦”字，是“萦绕”的意思，说上面常常有云雾萦绕着，这不是很好吗？可是西方的语言学家、符号学家也说了，你的语言作为一个符号，除了给读者一个认知的意义、理性上的意义以外，作为一个诗人，更重要的是要使你的文字带着形象化的能使人直接感受的力量，所以“蟠”字就更好了。“蟠”是什么？我们说，南京是龙蟠虎踞的石头城。南京不是我们号称龙蟠虎踞的石头城吗？想到龙，所以用一个蟠字。你要写的是龙涎香，所以就用一个“蟠”字。那个蟠字用得非常好，是跟龙涎香的“龙”的联想一致的。所以说“孤峤蟠烟”的“蟠”字用得很好，使我们对于它的主题，所写的这个龙更有了一种联想。“孤峤蟠烟”这是地点，是采这个龙涎香的地点。

“层涛蜕月”，这是去采龙涎香的时间，是说去采龙涎香的人都是趁着夜晚涨潮时去采的。所以他所写的都是符合科学的、写实的，可是他都用艺术的想象来写。你想他所用的“层涛蜕月”，写得多么好。刚才的“蟠”字是个有“虫”字边的字，“层涛蜕月”的“蜕”字呢，又是一个有“虫”字边的字。怎么样的“层涛蜕月”？你看人们画的水的波浪都是有如鳞的水纹的，那么这样的一个一个涌起细碎的水的波纹，就跟龙身上所长的鳞甲相似，龙身上不是有一片一片的龙鳞吗？跟鱼鳞差不多的，跟这个很像，而这个“蜕”呢？就是与这个龙之类的联想有关的，龙有时要把这个长着鳞片的皮蜕下来，正如鳞波的层层蜕退，而月光照在这正如鳞的水波中，所以用“蜕”字。“层涛蜕月”写得多好！所以我说，如果写现代的、当代的诗歌的人，学一些中国古典诗歌，一定对你的修辞有帮助。月亮的倒影，照在海上，而在这个波纹的动荡之间，就好像是鱼龙的鳞向后一蜕，这月亮就出来一下，再过去一蜕，这个月亮又出来一下。你看“层涛蜕月”写得多么生动，多么真切！“层涛蜕月”写得非常好！那个月亮在波浪之间的倒影，像从这个鳞甲之中蜕退出来，一下一下地露出来。那个想象的联想多么丰富，而且是多么切合他所写的主题。“孤峤蟠烟，层涛蜕月”，这两句是对偶的。“孤”“峤”是形容词、名词，“层”“涛”也是形容词、名词；“蟠”“烟”是动词、名词，“蜕”“月”也是动词、名词。两个平行的句子，这是中国语言文字的妙用。因为这是中国所特有的，我们是单形体、单音节，所以我们才特别有所谓的对偶的形式产生，就是说天生来我们中国的语言文字有一种喜欢把它对起来的一种特质。这种文字的美，声调的美，就在它这种语言的对偶之中表现出来了。假如我们画一张图解，是“孤峤蟠烟，层涛蜕月”，这是一对、并排的，而下面的“骊宫夜采铅水”是一个单句。后边呢，“汛远槎风，梦深薇露，化作断魂心字”，又是两个骈偶的句子、一个单句。两个骈一个散，再两个骈一个散，它那种变化是非常美的，是中国文字的一个最精美的形式上的表现。我们说“孤峤蟠烟”是产香的地点，“层涛蜕月”是写去采香的时间，可是你就这么说了，我怎么知道你说的是要采龙涎香呢？所以后面的单句就是一个说明，是“骊宫夜采铅水”，骊，就是骊龙，“骊”字从“马”，本来是说马的，黑颜色叫作骊，指黑色的马。有一种龙，相传是黑色的龙，叫作骊龙。而我们说，骊龙，它的颈下有一个珠，说“探骊得珠”，说你探手到骊龙的颈下，会得到它那个藏珠，这是传说。总而言之，是有一种龙，叫作骊龙。这个“骊宫”，当然就是龙宫，想象中就是产龙涎香动物所住的地方。而他们来采香的人都是在黑夜来，是“骊宫夜采”。他们乘夜晚到龙宫来采龙涎香，而他不说采的是龙涎香，是“骊宫夜采铅水”，这就有更妙的作用了。刚才我说了，因为抹香鲸的这种分泌物，它不是普通的水，普通的水一蒸发，那就没有了，而所谓“龙涎”，它就是抹香鲸的分泌物里边蕴藏着的某一种物质，所以才能够在被晒干了以后，留下了一层白色的、坚硬的、透明的物体，它是含有这种物质的，所以说是铅水。这个也是科学的，含有一种近于矿物质的成分，所以说铅水。而且铅，我们说铅粉、粉白。刚才我不是说语言要有联想轴吗？铅水使你联想到，这个结晶体是白色的。而且不只如此，更重要的一点是中国的语言文字带着中国的历史文化背景的联想，这才是重要的。铅水就有一个历史文化的背景了。唐朝李贺的诗，有一首叫《金铜仙人辞汉歌》，其中有一句是“忆君清泪如铅水”。什么是《金铜仙人辞汉歌》呢？金铜仙人，是中国历史上汉武帝想长生不死，就在他的宫中做了一个铜柱，铜柱上做了一个铜人，是所谓金铜仙人。这个铜人的手中托着一个铜盘，而这个盘是承接天上露水的。据说用这么好几丈高铜柱上的铜人的铜盘里边的露水，和了药吃下去，可以长生不死。汉武帝当然是死了，但是这个金铜仙人还存在。汉朝灭亡了，东汉在汉献帝时被篡夺了，曹丕做了皇帝。曹魏的人就把这个汉朝长安宫中的金铜仙人推倒迁走了。于是李贺就把这一段的历史故事写了一首诗，叫《金铜仙人辞汉歌》。李贺就是借着这首诗，讽刺了当时唐朝的一些君主、达官贵人，一些兴建自己的宫殿、劳民伤财的人。汉武帝如何？金铜仙人不是被迁走了吗？所以他就在这首诗中写了这样的一句诗，说当金铜仙人被推倒了移走的时候，金铜仙人就流下泪来。“忆君清泪如铅水”，传说金铜仙人流下泪来，是因为怀念他过去的君主。“忆君清泪如铅水”，是说他们的泪水这样沉痛，如同铅水一样。这铅水在中国的文化历史中，就有一种暗示国家败亡的意思了。这是王沂孙在南宋灭亡了的那个时代写词时候的联想。这是“骊宫夜采铅水。”

下面“汛远槎风，梦深薇露，化作断魂心字”，是说采龙涎香的人乘坐的是什么呢？他们是“乘槎”。“槎”就是古代的一种用木排编在一起的筏。很多的木头编在一起，浮在水上的，这就是浮槎。那些采龙涎香的人乘坐的是浮槎，是“汛远槎风”。这个“汛”，我们书上写的是“言”字边的这个“讯”字，版本不同，原当作“水”字边的这个“汛”，这两个字可以互相通用。“汛远槎风”，是说乘着风坐着浮槎，乘着潮汛。不是说当潮水涨，他们就去采龙涎香吗？所以随着潮来潮退，随着海上的风吹，那个浮槎到那么远，把这个香料的原料采回来。而采回来以后，这种原料的龙涎，就离开它自己的产地很遥远了。它要是怀念故地，想知道它自己原来产地的消息，那海风吹到的“孤峤”，那个音信是这样遥远，是“汛远槎风”。所以是潮汛的“汛”字，但却也有音讯的“讯”字的意思。它离开它的故乡，离开它的产地，被人家采集了，再回想那海上的“孤峤”，那音信是如此遥远，随着潮落潮生，随着海上的风吹，那么遥远了。“汛远槎风”，当它怀念海上的时候，就“梦深薇露”，这是王沂孙的特色，就是他把所写的物能够比作一个人，写得极为有情。“梦深薇露”是说它怀念过去的生活，有着这么多的魂牵梦想，有很深幽的一个梦。而这个梦是伴随着什么呢？是那么香的一个梦，是陪伴着蔷薇露的梦。蔷薇露是一种香水，是伴着蔷薇露的香气的一种梦，这是多么浪漫多情的梦。但为什么说陪伴着蔷薇露呢？这是咏物词的特色。咏物词，你一定要写得贴切。你要写龙涎香，我们刚才说南宋陈敬写的《香谱》说，龙涎香的制作，是要在里边混合上蔷薇露的。既切合所咏的物的主题，也有拟人的情思，所以说“梦深薇露”。而做出来的香是什么样子？中国古人做出来的香有一种是所谓心字的香，所以说“化作断魂心字”。我们的蚊香都是盘起来的，都是回旋的；古人是做成一个篆体的心字的样子，所以说“化作断魂心字”。龙涎香就被制成这样一个形状了。

后边它接下来“红瓷候火，还乍识、冰环玉指”。这个香做好了，要放在一个红瓷坛子里，用火来烤它。“红瓷候火”的“候火”，是写烤制龙涎香的火候。等到把香焙烤出来，打开一看是什么样的香，根据宋朝的《香谱》所记载的，那些香有时是做成一条一条的，像手指的形状，也有的时候是做成圆形的，是一个环的形状，所以说是“冰环玉指”。瓷坛中的龙涎香做好了，一打开就看见这些形状的香，“还乍识、冰环玉指”，这当然是词人要把这个龙涎香写得很美，说圆形的是像一个晶莹皎洁的“冰环”，因为它是透明的；而白色的直形的则像是女子洁白的手指，所以是“玉指”。以上所写，是从龙涎香的采集到制作到出现的一个过程。而且“还乍识、冰环玉指”这句话还可以有另外的一层意思。一方面可以是写这个香，就是龙涎香的形状。王沂孙这里很妙的，就是现在他已经把人结合进来了，使这句的另一方面也可以指焚香的女子，是添香的那个女子。用她的手指把这个龙涎香放在香炉之中熏烧。所以那“冰环玉指”就不只是香的形状，同时也是那女子的焚香的手指了，因此它就有了一种多义的效果。“红瓷候火，还乍识、冰环玉指”，这香就开始焚烧了。从采香到制作，然后到焚烧。下面就写焚烧起来的情况，是“一缕萦帘翠影，依稀海天云气”。“一缕萦帘翠影”，那是写实。所以你一定要真正懂得龙涎香，根据陈敬的《香谱》记载说，龙涎香焚烧起来，它香烟的颜色，是“翠烟浮空”。说它是“翠烟”，是蓝绿色的香烟浮在空中。不但是蓝绿色的香烟浮在空中，根据《香谱》的说法，这个“翠烟浮空”之后，就盘旋而上，而且“结而不散”。这个香的特色跟别的香不同，就是它浮在空中盘结成一团而不散开，所以在《香谱》上就又说了，最好是在“密室无风处”，不要把门、窗打开，不要叫风把香烟吹散了，要让香烟盘旋在空中，那就不但有香气，而且形象上也是非常美的。所以他一方面写实，说这个香烟开始燃烧了，是“一缕萦帘翠影”了。这个帘子是垂下来的，在帘子的前面你可以看到“萦帘”，是萦回的旋转的，是盘结的翠影，是翠色的烟影，“一缕萦帘翠影”。可是他后面的一句就更妙了，这就是王沂孙的咏物词跟别人的词不同的一点。咏物的词有两种，一种是用思力来安排的，一种是用感觉来兴发感动的。而王沂孙的词一方面可以说具有深思，一方面也有锐感。我们看到他思力的安排，也看到他锐感的联想。他说“一缕萦帘翠影”，依稀，仿佛，好像这个香虽然已经被焚烧了，虽然形状跟原来完全不同了，被磨碾、制作了。可是它原来的故乡，原来海上产它的“孤峤蟠烟”，它没有忘记。就算它现在化作“断魂”的“心字”了，经过焚烧以后，它的香烟成为“一缕萦帘翠影”，幻化出来的，也仍是“依稀海天云气”，仿佛仍然是当年它在海上的时候那个云雾盘结的形状，表现了对于故乡，对于它自己产地的不能忘怀。这是王沂孙的深思跟他锐感的那种感受能力相结合的成就。

后面就从这个香过渡到人了：“几回殢娇半醉，剪春灯、夜寒花碎。更好故溪飞雪，小窗深闭。”这就由物到人了，是王沂孙自己回忆、怀念他自己当年焚香的情景。你要注意他的修辞，每一个字都是有它的效果和作用的。词的好坏，就是看你每个字的效果和作用。“几回”两个字，这样寻常，有什么效果和作用呢？“几回”者，是不止一回的意思。而凡是说不止一回的意思，都是回忆之辞，都是回想从前的话。是从前，想当年，我“几回殢娇半醉”。什么叫作“殢娇半醉”？这个“殢”字的意思，是女子的一种娇慵的样子。曾经有一个他所爱的女子，那个女子就“殢娇”，就这么娇慵的姿态。他跟那个女子在一起饮酒，微醺半醉，她带着半醉的娇姿，“几回殢娇半醉。剪春灯、夜寒花碎”。这个女子剪灯，是春天的日子，早春，天气还冷，“剪春灯夜、寒花碎”，那是寒冷的夜晚，而花是碎。刚才我们不是在讲修辞，讲什么语序轴了，联想轴了，讲它的句法的组织结构安排。他本来说的是在一个寒夜，这个女子剪灯。而这个“花碎”呢？是灯花的细碎，是剪下来的带着燃烧的余烬的火星，一闪一闪的。剪下的那个细碎的火花，就飞落下来，像王维诗所写的“春窗曙灭九微火，九微片片飞花渣”（《洛阳女儿行》），说的是那个灯花剪下来，落下来，一点一点的小的细碎的火星。他说“几回殢娇半醉。剪春灯、夜寒花碎”，本来这个花应该跟着灯的，而他没有这样写。他写夜，有了一个“寒”字；写花，用了一个“碎”字的形容词，剪春灯，是做一种事情的动作。剪春灯的背景的情景，是夜的寒，花的碎。这就把那种寒冷、那种幽微的感觉写出来了。这也是王沂孙的特别的好处。他说“剪春灯、夜寒花碎”。好，现在我就要问了，你本来是写的龙涎香，现在你写人，写你过去所爱的女子，写这女子的娇姿，写女子的饮酒，与女子剪灯花，与龙涎香何干？他后边说了：“更好故溪飞雪，小窗深闭。”他说更好的是我的故国、我的故园，没有亡国以前的生活。是在故溪，是春天还下着雪的时候。“更好故溪飞雪”，那个时候我们的门窗是深闭起来的，是“小窗深闭”。现在你就知道，他所写的不是人，他在回忆之中，写的都是龙涎香，他不过是用人事作陪衬，陪衬他以前焚香的情景。是在这样的场合，有一个女子殢娇半醉，剪春灯，焚着香，而且是门窗都关闭的，所以才能欣赏那个龙涎香的特色，是一缕浮空不散的“依稀海天云气”的翠烟。“更好故溪飞雪，小窗深闭”，这是从“几回”两个字作为领字写下来的，词里面有一个带领的字，领起一段。王沂孙用“几回”两个字就领起了下面一大段。“几回”表现的是回忆。“几回”什么？“几回”的“殢娇半醉”，“几回”的“剪春灯、夜寒花碎”，“几回”的“故溪飞雪”，“几回”的“小窗深闭”，都在那“几回”两个字的贯串之中。而且“故溪飞雪，小窗深闭”也是切合龙涎香特质的。因为龙涎香的焚烧是要在门窗关闭的密室中才好，这是《香谱》记载的。以上一大段是写当年焚香的情事，后边就转到现在了。

“荀令如今顿老”，这是个急剧跌宕的转折，用一个“顿”字，一个表示突然的“顿”，是突然间出现的，是突然的转变。“荀令如今顿老，总忘却、尊前旧风味”，他是说他自己国破家亡了，而自己也年龄老大了。为什么要说荀令呢？因为三国时代，有一个人叫荀彧，他做官曾做到尚书令，所以人称他荀令。这个荀令喜欢熏香。他是个男子，不是个女子，但喜欢熏香，所以《三国志》上荀彧的传记中记载着说，他要是去拜访一个朋友，坐在人家的帐幕之中，他走了以后三天，香气都不散。此事在历史上是这么记载的。李商隐有两句诗说：“桥南荀令过，十里送衣香。”这个荀令是喜欢熏香的，王沂孙就用荀令自喻，用荀令来说是为切合着熏香。所以说：“荀令如今顿老，总忘却、尊前旧风味。”而今国破家亡，年龄老大。“荀令如今顿老”，是跟刚才那个“殢娇半醉”作一个对比。“荀令如今顿老，总忘却、尊前旧风味”，于是我就完全忘却了。“总忘却”，我完全不记得了。我当年在“尊前”，跟那个女子饮酒的酒樽之前，那个“剪春灯、夜寒花碎”的那种风味，那种情调再也没有了。所以说“总忘却、尊前旧风味”。“谩惜余薰”，“谩”是徒然，我徒然地爱惜这一点残余在我衣服上的香气，“谩惜余薰，空篝素被”，篝就是熏香的竹笼，所以这个字从“竹”字头。古人不是喜欢熏香吗？像荀令荀彧，喜欢熏香。用一个竹笼，里面放一个薰熏的香炉，把你的衣服和被子都罩在竹笼上，于是你的衣服跟被子就是香的了。他说“谩惜余薰，空篝素被”，现在只剩一个竹笼了，这个竹笼里是空的，里面的熏香没有了，我的那个素白的被是不再有新的熏香了，只剩下旧的余香。“谩惜余薰”，我徒然地珍惜、爱惜我过去的一份美好的回忆。但是现在我是一无所有了，只剩下一个空的竹笼，已经再也没有熏香，我的素被只留下过去的一点香气而已了。这是写他对于过去生活的怀念，也是他对于自己故国的怀念。

我们常常说咏物词要有寄托，如果我们结合着他生活的历史背景来看，这里面有几个地方是要点明的。因为这是个系列讲座，有一些关于词的欣赏问题，我在这里一定要把它说明白。近代有个词学家叫詹安泰，写过一篇论文叫《寄托》。寄托的意义是说，你的词表面上是写一件事情，可是深一层中另有寄托在里面，有托意在里边，假托这个物来表现的，有你另一层的情意。关于这一种词，怎么来解释？一首小词里，有寄托还是没有，应该怎样判别？我以前也写过一篇论文《论常州词派的比兴寄托之说》，提出要判断一首小词里有无比兴和寄托的意思，有几种判断方法。好像我们辽宁师范大学还安排着我有一次讲座，我在那次的讲话要做一个整体的结论，要把从唐五代一直到南宋最后的结尾，把整个词的欣赏作一个总体的结论，要把它完成一个系统。现在我要讲一讲，是为了我们的结论作一个准备。因为词在中国所有的各式文学体式之中，是一种非常特殊的文学体式。我们中国的文学体式，有散文，有诗歌，而我们中国的文学传统一向说，文是要载道的，诗是要言志的。我们一贯的文学批评是重视道德、伦理上的意义和价值的。所以西方人一说起来都批评我们文学的这个理论，说我们常用道德伦理的价值取代文学艺术的价值，说这是重点的误置。对于文学作品，我们应该把批评重点放在文学艺术的成就上，而我们中国的传统，只喜欢从道德伦理的价值来作衡量，这是把重点放错了地方，这是不对的。文老说载道，诗老说言志，可是现在我们中国就有一种文体在它产生的时候就完全没有道德、伦理的意识在里边的，那就是词。为什么叫作词呢？词本来就是歌词的意思，是在歌筵酒席之间交给美丽的女孩子去歌唱的歌词，本来没有道德和伦理的价值。可是很奇怪的一点，就是当写爱情和美女的歌词出来了以后，就慢慢地开始有了道德伦理的意义和价值了。词本来是突破了我们的“载道”和“言志”的伦理跟道德的规范的一种文学体式，可是怎么又逐渐有了伦理道德的意义了呢？这个转变是非常值得注意的一件事情。怎么来判断它，也是非常重要的一个问题。我们在以前讲了温庭筠的“懒起画蛾眉”，蛾眉在语言文学里面成为一个语言的符号，就想到屈原在《离骚》中所写的“蛾眉”，就有了寄托的意思了。可是温庭筠写“懒起画蛾眉”时有屈原的意思吗？不见得有。温庭筠所写的很可能就是一个美丽的女子，起床画眉。可是张惠言说它有，说有寄托，这是一种牵强附会。我在一开始就讲了，张惠言的解说，是一种联想的作用，是读者的联想。西方美学讲接受美学和读者反应论，重视读者的联想。张惠言从蛾眉想到楚辞，就认为温庭筠也有这种意思。温庭筠不见得有这种意思，而他为什么用蛾眉？就因温庭筠是在中国文化传统之中长大的，他一说美女就想到蛾眉，而且我以前也还证明过温庭筠写的虽然是美女，但温在他的生活经历中，他确实在政治上是很不得意的，所以，他在无心之中，无意之中，流露出来了。他写一个美女的寂寞，得不到人的欣赏，而在无心之中，把他自己在政治上不能得到欣赏的寂寞流露出来了。张惠言认为他是有托意，这是作者不必有这个意思，而读者居然有了这样的联想。后来的作者，像晏殊、欧阳修的词，是不知不觉地把自己流露在其中的。其后到了辛弃疾这个英雄豪杰的词人，从北方的沦陷区来到南方，他一生一世的志意是要恢复他自己的故乡，收复故国的失地。他曾经写了咏梅花的一首词，也是一首咏物的词，说这个梅花是“溪奁照梳掠”。他说这个梅花面照一条小溪。奁，是古代女子化妆的镜奁、妆奁，一个小盒子，一打开有一个镜子，那是镜奁。他说这个溪水就像一面镜子，溪奁，就照着这一树梅花梳掠。它在梳妆、在打扮，这个梅花从它的含苞到它的开绽，到它的怒放盛开，然后他就写，这个梅花就盛开了。当它对着溪水梳妆打扮好了，辛弃疾说这个梅花“倚东风，一笑嫣然，转盼万花羞落”。春天的花开得很多，有桃花、杏花、李花、梨花，很多花，他说当梅花一开放，当它梳妆打扮好，“溪奁照梳掠”，“倚东风”，就在春风吹拂之中，“一笑嫣然”，这是梅花的绽放。梅花的花朵一开，像是一个美丽的女子开颜一笑，“倚东风，一笑嫣然，转盼万花羞落”。它转头一回顾之间，所有的花，都在梅花的美丽、梅花的品格之中，因为羞惭而零落了，所以是“转盼万花羞落”。他后面就说了“寂寞”，说这个梅花是寂寞的。他说是“寂寞家山何在？雪后园林，水边池阁”。他想到了自己的故园，他说那“寂寞家山何在？”我记得“雪后”的“园林”，梅花开放在水边的池阁之畔，而现在是“寂寞家山何在”？那“雪后”的“园林”，那“水边”的“池阁”。这里边他不只写了由于梅花而引起的回忆和怀念，而且还蕴藏着有关于梅花的典故。因为林和靖所写的《梅花》诗里有“雪后园林才半树，水边篱落忽横枝”两句。不过这些出处、典故你不知道也没有关系，你从表面上同样会有感动和兴发的。他说“寂寞家山何在？雪后园林，水边池阁”，那“瑶池旧约”。意思是我曾经想要回到故乡去，把我山东故国的土地收复。“瑶池旧约”，旧时的约言，它是那么美好，好像是瑶池神仙的约言。可是我现在已经流落在南方了，“鳞鸿更仗谁托?”“鳞”是鱼；

“鸿”是鸿雁。中国古代说鱼可以传书，鸟也可以传书。我怀念我的故乡故国，这里的“我”指梅花，我要寄一封信回去，但是那“鳞鸿更仗谁托”？我凭着谁，托付给谁？他后边又说了，“粉蝶儿只解寻桃觅柳，开遍南枝未觉”。(《瑞鹤仙》)他说那粉蝶儿只懂得在桃花和柳叶中飞舞，只知道欣赏那庸俗的桃花和柳树，而梅花开放的时候蝴蝶却没有来。“开遍南枝未觉”，向南的梅花树枝完全都开了，而那蝴蝶儿却一点也不认识，“只解寻桃觅柳”。他写的是梅花，但是他借梅花所表现的却是他自己来到南京志意未酬的悲慨，是他的没有被真正任用的悲哀，是他的没有实现收复失地壮志的悲哀。所以作者在写词的时候，总是不知不觉地就把自己写进去了。这种情况，有的像辛弃疾是自然的感发；有的像王沂孙是思索的安排。王沂孙用了很多思索，用了很多思想。他的词是经过安排而写出来的。这种安排的写法跟感发的写法不同。感发的写法，一读就能感觉到。“寂寞家山何在？”一读就会感觉到，这是辛弃疾对于自己的故乡故国的怀念。一读“粉蝶儿只解寻桃觅柳，开遍南枝未觉”，是说南宋朝廷不认识他辛弃疾的才干和收复失地的志意。这里，他不用思想，因为作者是以他的直接感发写的，读者也就会自然地得到这种直接的感发。可是，如果是安排着来写的呢？我们就要用思想去想了。所以像王沂孙这首词，你就要结合着他当时的时代和他所用的典故来想一想了。他的“骊宫夜采铅水”，用的是关于龙的典故。在中国，龙一向是属于语码性质的，就是语言学里所说的，它是一个语言的符码。一说到龙，人们就会想到朝廷，想到君主。“骊宫夜采铅水”，从骊宫里把铅水采出来。如果结合着历史背景来看，这一句很可能指南宋亡国之后，那些君主的尸体被人倒悬在树上，把肚子里面的水银都控出来的那一段历史故事。这里就有一种结合，一种思想上的联想。他后边又说了：“一缕萦帘翠影，依稀海天云气”，南宋最后的灭亡地点是海上的崖山。所以这龙涎香所怀念的那海上的“孤峤”，那“孤峤蟠烟”，那焚烧的香的“一缕萦帘翠影，依稀海云天气”，也就很可能是指南宋的最后灭亡，就是崖山的灭亡，它隐约之中就有了一些符码的暗示，引起读者的某种联想。这种联想是用文字的符码来进行的，这是张惠言的联想方式。看到“蛾眉”就想到屈原的“蛾眉”，看到“骊宫”就联想到宫廷。这是一种联想的方式。还有一种，它不是用思想安排的，不是从语言符号学的符码方面联想，而是从直接的感动来联想，像辛弃疾就是这种感发的方式。王沂孙的词属于前一种的性质。“骊宫夜采铅水”，使你联想到南宋陵墓被发掘，帝王尸骨被倒垂下来，沥取水银的事。龙，使你联想到朝廷。“依稀海天云气”，使你联想到崖山的败亡。至于别的词句说的是什么？那“几回殢娇半醉，剪春灯、夜寒花碎”的美女是什么寄托？这就很难指出了，只能说那是王沂孙对自己过去的美好生活的回忆，不见得也不必要每一句话都能够指出来他有一种忠爱的托意。詹安泰写了一篇论寄托的文章，他说：“夫必借物言志，其不敢明言之隐衷可知也。”你如果要借一个物——鸟兽草木来表现你的情意，你就一定会是深隐、晦涩的，读者就不能直接感发，因为你不是从直接感发写的，你是用思想和语码写的，所以咏物的词经常显得晦涩。你责备王沂孙作品的晦涩，因为你不懂中国咏物作品的传统原是从荀卿咏物的赋开始的，这就是“荀结隐语”。这是咏物作品的特色，一定会有隐晦的结果。它的隐晦的原因有很多外在因素，其主要因素即是政治上的压迫。所以我讲了曹子建的《吁嗟篇》，讲了“转蓬”，像这些作品的隐晦的原因即是曹子建遭受了政治上的压迫。王沂孙就更不用说了，亡国了，你说我怀念祖国，而不喜欢敌人的控制，你敢这样说吗？这正是王沂孙咏物词特别具有隐语性质的缘故。

第十七讲

王沂孙（下）

我们现在所讲的，按照系列讲座的次第排下来，已是结尾的一个作者——南宋的最后一个词人王沂孙了。王沂孙是唐宋词这些词人里面最难懂的一位作者。我曾经说王沂孙是以咏物词著名的作者。我们教材上选录了他的三首词，都是咏物的作品。第一首《天香》，咏的是龙涎香，这是一种焚烧的香。第二首《齐天乐》，是咏蝉。第三首《眉妩》，咏新月。在讲王沂孙的作品之前，我曾经把中国的咏物诗词发展的历史作过一个简单的介绍。咏物词是有几点特色的。一个就是它有一种像作谜语一样的“隐语”的性质，它是通过假借一个外物来表现一层更深刻的情意的。这个外物好像是一个谜语的谜面，而他自己所要表现的这个情意就是这个谜语的谜底，是有一种“隐语”性质的。我们也说过，我们既然要写一个外物，就要对这个外物作一些铺陈和描写。所以这一类作品也是带着一种铺陈和描写“巧谈”的性质。今天，我们要把王沂孙的词做一个结论。要透过唐、五代、两宋词的整个发展的历史，谈一谈对不同性质的词应该采取的不同欣赏的角度，并对此做一个结论。

究竟应该怎样来欣赏咏物词呢？怎么样判断一篇作品的好坏呢？我今天要逐步回答这些问题。先看王沂孙的作品，王沂孙这个作者，现在的同学们对他不熟悉，有一点隔膜。但是在清朝的时候，他是非常受到推崇和尊重的一个作者。清朝的时候，有一位词学评论家叫周济，他曾经选了一部词选，叫《宋四家词选》。他认为在两宋词人里边最有代表性的、最值得注意的、最有成就的、最可以作为我们后一代学习模范的四个作者，其中一个就是王沂孙。除王沂孙外，其他三个人是周邦彦、辛弃疾、吴文英。他认为学词的人要找到入门的台阶，是应该先从王沂孙下手的。周济在《宋四家词选》的《序论》中曾赞美王沂孙词说："碧山餍心切理，言近旨远，声容调度，一一可循。"碧山，是王沂孙的号。他说王沂孙词的几点好处，第一是"餍心切理"，餍是满足，餍心，即是使人的内心得到满足。王沂孙所写的词在感情这一方面、在内容的情意这一方面，有很深刻的情意，能使我们的内心得到满足，同时还能做到切理。他的细节描写也切合事物的理法。他要写一个外物，不管他写的是我们上次讲的龙涎香，还是我们这次要讲的蝉，他都能够切合这个"香"、这个"蝉"，"餍心切理"。而且不只"餍心切理"，还"言近旨远"。他说的语言，好像就在我们的耳目之间，好像就是写一个外物而已，可是它真正的含义，它的要旨，它的真正指向的隐藏的含义，却是非常深远，即所谓"言近旨远"。"声容调度"的"声"，是字的声调，"容"是作品外表的词藻，"调度"是他整个作品的结构和安排。"一一可循"，他所写的，无论哪一方面，都可以给我们当作典范，是我们可以遵循的。周济又云："碧山胸次恬淡，故黍离麦秀之感，只以唱叹出之，无剑拔弩张习气。"这一点是值得我们探讨的。等一下，我要把我讲过的一系列的唐、五代、两宋的作品，究竟应该怎样欣赏它们，欣赏词这一类作品与欣赏诗的作品有什么不同，要对比地作一个详细的、有系统的说明。我要结合着中国古老的传统，也结合着西方现代最新的文学理论来作一个说明。要说明什么呢？就是周济所提出来的，他说王碧山这个人"胸次恬淡"。"恬淡"，是没有追求功业利禄的心，是说他内心的怀抱是比较平淡的。王沂孙在《宋史》里没有传记，他的生平不见于史传，他从来没有做过达官显宦，所以周济说他“黍离麦秀之感，只以唱叹出之”。“黍离麦秀”，用的是中国《诗经·王风·黍离》里的两句诗“彼黍离离，彼稷之苗”和《箕子之歌》“麦秀渐渐兮，禾黍油油”。这两句诗都是慨叹故国的败亡。王沂孙对于南宋国家的灭亡，没有明白地“剑拔弩张”的习气，这一点是最值得我们注意的。

词里边有豪放的一派词，如辛弃疾的词。辛弃疾的生平，辛弃疾的遭遇，表明他是一个英雄豪杰。他“壮岁旌旗拥万夫”，带着起义的兵马从沦陷区来到了自己国家所在的南方，他的词里充满了忠义奋发的英雄气概。而现在周济居然赞美王沂孙这样一个词人，说他没有激昂慷慨的表现，没有剑拔弩张的表现是好的。这是好的吗？难道面临亡国的人，不应该表现剑拔弩张这一份忠义奋发的感情和气概吗？这就是我们中国古典诗歌在理论上不够细腻、不够完整的地方。

我在讲辛弃疾词时说过，词既然是从歌筵酒席的歌女那里转移到士大夫、文人诗人的手中，文人诗人自然就在不知不觉之间把自己的感情、自然的遭遇表现到他的作品里面去了，这是必然如此的。所以尽管是唐五代的作品，李后主亡国之后的作品，如“独自莫凭栏，无限江山，别时容易见时难”（《浪淘沙》），他也是一样要写得这样悲哀感慨的。晚唐五代时的另外一位作家、后蜀的鹿虔扆，他从前蜀到后蜀，经历了前蜀的败亡。他在小词里也写了“金锁重门荒苑静，绮窗愁对秋空，翠华一去寂无踪”，他后边又说“暗伤亡国”，那野塘之中的藕花是“清露泣香红”（《临江仙》）。可见小词里面也是可以表现悲哀感慨的感情的，也是必然如此的。表现这种感情的作品绝不是坏的作品，所以在南宋的作者里面，我最推崇的是辛弃疾，因为别人还是把词当作歌筵酒席的歌词来写作的时候，他却把自己的理想志意都投入到词里面去写了。然而周济居然说经历亡国的人写出来的作品，没有剑拔弩张的习气是值得赞美的。我以为这是在理论上不够十分完美的地方。那么，应该怎样说呢？我认为诗和词是有分别的。它们的分别在哪里？从它的源起来说，诗有一个言志的观念，即是说我写诗，要写我自己的感情志意。杜甫说“致君尧舜上，再使风俗淳”（《奉赠韦左丞丈二十二韵》），就是写自己的志意。而词，是一种奇妙的文体，在我们文学发展的历史上，它是唯一的这样的一种文体，在最早开始的时候，完全没有伦理道德的观念，是给歌筵酒席唱歌的女孩子写的歌词，没有那种言志的用心。后来的小词，虽然有了言志的用心，但它有一个发展的过程。在温庭筠、韦庄以后，经过晏殊、欧阳修，经过柳永、苏东坡，从苏东坡开始把酒席歌筵的曲子提高到了与诗同等的地位了，可以写自己的襟怀志意了，辛弃疾是从这个传统里面发展下来的最好的一位作者。尽管如此，但词在过去形成的传统风格的影响一直是很重要的。词虽然可以写自己的感情志意了，可是因为它在传统上本来不是直接表现志意的，所以词的特色是对于自己的感情志意要作委婉的表达。就以辛弃疾来说，我在沈阳讲过他的一首词《水龙吟·过南剑双溪楼》，表现的是他自己忠义奋发的志意。第一句“举头西北浮云”，所暗示的是西北的敌人，是西北方沦陷的、被敌人侵占的自己的祖国和故乡。他的“倚天万里”的“长剑”，象征着、代表着的是他自己忠义奋发的志意。可是他并没有直接地说我们要收复失地，我们要打回去。这是词的最值得注意的特色。词的特色是表现的情调要委婉曲折，连文天祥这样一个忠义奋发的人，他的一首《满江红》里面有两句词也说：“世态纵如翻覆雨，妾身原是分明月。”他也是用一个女子的口吻来表达自己志意的。原来北宋沦陷时，有一个北宋宫中的昭仪叫作王清惠的写了一首词。文天祥认为这个女子的词表现的情意不够好，所以他就假托她的口吻来写。他说外边的世态变化，纵然像翻覆的雨一样（“翻覆雨”用的是杜甫的诗，杜甫诗说“翻手作云覆手雨”），云雨翻掌之间就变化了，但是“妾身原是分明月”，我的光明皎洁还是跟天上的明月一样地皎洁。

词的发展，自从唐五代以来，如温庭筠、韦庄的那些写美女跟爱情的小词，就已经有了很深远的含义了。只不过作者不一定有这样明确的用心，而自然地表现出来这样一份情意，一个作者不能够隐瞒自己，他的修养、品德、感情是会自然地在作品之中表现出来的，自然能够引起读者的一份深远的联想。这是词的一个特色。所以周济认为，王沂孙的词没有把亡国的悲哀直接写出来是好的。这种认识不是完全的错误，因为词有这样一种特质。即使是辛弃疾的“忠义奋发”，也是往往假借大自然的景物形象来表现的。如假借“举头西北浮云”来暗喻沦陷的北方故国，用“潭空水冷，月明星淡”的这种现实环境的冷漠，来表现他自己在南宋被排挤的这种悲慨。而且长调需要铺陈，铺陈就要找材料填进去。而这个填进去的材料，作为诗歌的这种韵文的创作来说，是重视形象的表现的。除了大自然的形象以外，还有典故、传说、神话等，就是另外的一类形象。辛弃疾的《水龙吟·过南剑双溪楼》所写的“倚天万里须长剑”的形象就是古代的典故，是另一类形象。因为据传说在南剑双溪楼前的剑潭里，沉没了两把宝剑。这是个历史典故构成的形象。词的写作要用委婉曲折的笔法来表达，有的时候他所假借的形象是自然的形象，也有的时候是典故的历史形象。所以，委婉曲折本来是词的一种特色。王沂孙词没有剑拔弩张的习气，并且不作直说，这本来是词的一种特质，但他跟辛弃疾不同。辛弃疾虽不直说，但是他有一种豪壮的气势。“举头西北浮云，倚天万里须长剑”，你看他那种雄伟的豪壮的气势。他为什么有气势？因为他本身有这样的感情。不但有这种收复失地的感情，他也相信自已有收复失地的本领。他不只是一个在纸上谈兵的词人，而且他也是一个有才干、有谋略的真正的英雄豪杰。王沂孙的词的委婉曲折的一面，虽与辛弃疾有相似之处，可是他毕竟没有辛弃疾那种忠义奋发的精神，没有那种深厚博大的志意和感情。为什么？因为他本来就没有，因为他本来就是在国家没有灭亡的时候既没有追求过功名利禄，在国家败亡以后，他也不曾有过真的在实践上做出执干戈卫社稷的拯救危亡的行动。所以这样的人就只剩下了这样一种悲哀，所谓“亡国之音哀以思”了。国家灭亡以后的作品是亡国之音，所以写得悲哀。他充满了对过去往事的思想和怀念，这是他不得不如此的，是外在的环境跟自己本身的感情品格结合的结果。诗词这个东西，你是什么样的感情和品格，是无法隐藏的，你必然表现出那样的感情和品格。这是从王沂孙本身来说的。可是从写作的方式上说来，他是合乎词的委婉曲折的表达方式的。

周济又云：“咏物最争托意。”他说咏物的词，最重要的一点，是要争托意，是要有深刻的含义，因为诗歌这类作品主要是先有一份感发的生命。“情动于中”然后“形于言”，是“气之动物，物之感人，摇荡性情”，才“形诸舞咏”。你如果确有一份蠢蠢欲动的情意，在你内心摇荡，那么你写出的作品才能够真正地带有一种感发的生命和感发的力量。可是你还要注意到，能感之，这当然是一个重要的因素，可是尽管你有感动，甚至是一百二十分的感动，但是你没有写作的修养和训练，你还是写不出好诗的。所以除了“能感之”以外的第二个因素是“能写之”。你要在你的文字语言的传达上，真的能够把你的这种内心性情的摇荡表现出来，才是好的作品。你如果只看见一个外物，青山碧水，绿草红花，每个人都看得见，你看见了以后，内心感动了吗？清朝另外一个词人况周颐曾写过一本书叫《蕙风词话》，他说："吾观风雨，吾览江山，常觉风雨江山外，有万不得已者在。此万不得已者，即词心也。"看外在的风雨和江山，不管是斜风细雨，是狂风暴雨，是青山碧水，绿草红花，在"风雨江山之外，有万不得已者"，在眼睛所看到的以外，更有一份打动我内心的地方，心中感到有这样一种摇荡性情的感动力，那么这就是诗词创作的一个孕育的开始。你要能够把你的这一份感动，用最恰当的字句传达出来，这就是言中的"意"。至于传达得是不是成功，就要看你对语言文字的掌握、运用的能力了。

西方的语言学家和符号学家曾说语言的选择和运用，一个是它的次序，表现在语序轴上，看你的语序是怎样安排的；还有就是你所选择的语汇是一个什么语汇？同样说一个美丽的女子，你用的是什么样的语汇？你用的是红粉？用的是红妆？用的是蛾眉？用的是美人？用的是佳人？你用的是哪一个语汇？每一个语汇，它们各自表现了不同的品质。我在辽宁师大中文系和各位老师见面的时候，有一位老师提出一个问题，说我在第一次讲座的时候曾经提到了诗歌的写作有表面的意思，有材质的意思，问我具体该怎么看？我现在对我上次所说的话，仔细地说明一下。所谓 content form，就是内容的形式，还有 content substance，就是内容的材质，还有 expression form，是表达的形式，和 expression substance，是表达的材质。什么叫表达的形式呢？即如李璟的《山花子》词有这样两句："菡萏香销翠叶残，西风愁起绿波间。""菡萏"是代表荷花的意思。《尔雅·释荷》说："其花'菡萏'。"所以"菡萏"就是荷花。你用哪一个语汇？你是用"荷花"这个语汇呢，还是用"菡萏"这个语汇呢？这是表达的一个符号，一个外表，一个形式。这是表达的形式。你选择一个表达符号，这个符号就是表达形式。但"菡萏"与"荷花"两者在表达的材质上有不同，因为荷花在品质上给我们的感觉是比较通俗，比较一般性的，可是你用了“菡萏”两个不常见的比较古雅的字，就表现出一种让读者感觉到比较珍贵的品质，这就是表达的材质了。我们再看整首词：“菡萏香销翠叶残，西风愁起绿波间。还与容光共憔悴，不堪看。　　细雨梦回鸡塞远，小楼吹彻玉笙寒。簌簌泪珠多少恨（一作“多少泪珠何限恨”），倚阑干。”我们现在就要讨论到内容的形式和内容的材质的问题了。所谓内容的形式就是它的内容的最表面的一层意思。以这首词来说，它的内容的形式上最外表的意思是什么呢？《南唐书》记载着说：南唐中主李璟写这首词，是交给一个乐师叫王感化的。可知这本来是为了演唱的一首歌词，作者没有要写自己的情志的意思。内容写什么呢？中国词的传统本是写美女爱情、相思离别的。这首词从内容的形式的表面一层意思来看，写的是思妇，是闺中的妻子怀念她远方征夫的一首相思离别的词。它主要的意思是在这首词的下半首“细雨梦回鸡塞远，小楼吹彻玉笙寒”二句。这是这首词的主旨，是它的内容的形式一方面的意思，是它的内容最表面的一层意思。可是它还有所谓内容的材质的一方面的意思呢。什么叫作“内容的材质”呢？就是除去它表面上所写的一个闺中怀念征夫的思妇的感情以外，它真正感情的本质上表现的是什么？它的材质上表现的是什么？刚才我说了，这首词从外表上来看，是“菡萏香销翠叶残，西风愁起绿波间”，这是这个女子看到外面的风景：荷花也凋零了，荷叶也残破了，秋风在水池中寒冷地吹起来了。当花草凋零的时候，女子就想到了我的容光，我的美好的年华，是跟这草木一样也会凋零的。这是说这首词的内容的情意。《古诗十九首》写一个怀念远人的妻子，也曾说“思君令人老，岁月忽已晚”。所以一个思妇的悲哀是恐惧自己的年华老大，而她这种感发的情意是由外在的景物引起的。所以这首词的内容的形式在外表上只是写思妇之情，而在整个的本体上的材质则是表现了一种年华、容光、人的生命，跟草木的生命一样的共同的凋零的恐惧和悲哀。对于这个女子而言，虽然从外表的情事来说，是思妇对征夫的怀念，但是隐藏在她内心深处的，是年华的衰老和草木生命一样的凋零，所谓“还与容光共憔悴”。这是它所隐藏的真正感情上的本质，是它的内容的材质上的重要的一点内涵。过去人们欣赏这首词，都赞美“细雨梦回鸡塞远，小楼吹彻玉笙寒”这两句写得好。这两句写得当然好，因为这是外表形式上主题的高潮所在，是一个思妇感情主题的高潮所在，但王国维赞美的却是“菡萏香销翠叶残，西风愁起绿波间”这两句，说它有“众芳芜秽，美人迟暮”的感慨。他是掌握了这首词感发生命的那个本质而言的，连这个思妇的悲哀，都是与恐惧生命的衰老凋零有密切的关系的。而女子看到了外界草木的凋零衰老，便恐惧自己的衰老，这是与有才干的有理想的人恐惧自己生命的衰老，在本质的感受上有相同之处的。所以王国维所说的“美人迟暮”“众芳芜秽”，是用屈原的《离骚》所代表的有才学有理想的人恐惧生命的落空的意思来解说的。他所掌握的是那个感发的生命的本质，是从感发来讲的。

刚才我说，词不是要重视委婉曲折表现吗？委婉曲折表现的口吻也不一样。文天祥、辛弃疾就与王沂孙的表现不一样。我又说感发的表现要结合着形象，有自然的形象，有典故的人事的形象，都可以结合着用来表现。至于表达的好坏，则可以分成两层来看：一个是表层的意思，一个是底层和本质上的意思。这是几个基本观念。当我们把这几个基本观念弄清楚了，我们就可以对词的欣赏作一个整体的归纳了。写美女和爱情的小词，就像中主李璟的这首词，本来没有深刻的含义，可是却可以使得读者从它感发生命的本质上而引发了联想。这是小词的一个微妙的作用。中国的词就是一直有这样的一个传统——

除了表面的一层意思外，还有它内涵的一个意思。你怎么样去体会它内涵的意思呢？那体会的方式是不同的，因为词的表现方式不同。我个人以为简单归纳起来有三种解说和欣赏小词的路途和方式。第一类欣赏小词的方法是可以以张惠言的《词选》作代表的。他说词之“缘情造端”是“兴于微言，以相感动，极命风谣里巷男女哀乐，以道贤人君子幽约怨悱不能自言之情，低徊要眇以喻其致”。词是“极命风谣里巷男女哀乐”，指词本来是市井之间的流行歌曲，所写的内容是里巷之间的男女哀乐、男女爱情。“极命”是说发展到极点，写爱情的情词发展到极点的时候。“以道”，可以说明。“贤人君子幽约怨悱不能自言之情”，可以表现那些有理想、有志意、有才能、有品德的贤人君子他们内心之中的最幽深的、最隐藏的、最含蓄的，他们自己的理想不能实现的怨悱的感情和悲哀。这是张惠言的说法。但我还没有讲他说词的方法，他欣赏词的路子是什么？他凭什么说写爱情的小词就可以表现贤人君子的用心呢？张惠言说，温庭筠的小词有屈子的用心。这首词写的：“懒起画蛾眉，弄妆梳洗迟。照花前后镜，花面交相映。新帖绣罗襦，双双金鹧鸪。”这首词从外表看，只是写一个美丽的女子懒懒地起床后画她的蛾眉，然后梳妆，然后照镜子，然后戴花，然后穿上最美丽的、有一对对金线盘绣着鹧鸪鸟的一个丝罗的短袄。它外表上本来只是写这些事情，有贤人君子的用心吗？很可能是没有的。而张惠言说它有。张惠言凭什么说它有呢？我今天就要给它下一个结论。我将要用西方的诠释学、符号学给张惠言的说法作一个归纳。西方理论认为一篇文学作品，特别是诗歌，如果一个作者完成了一首诗歌，在没有经过读者、没有经过欣赏评价的人鉴赏之前，它只是一个艺术的成品而已。写得再好的作品如“国破山河在，城春草木深”，你给一个不懂诗歌的人去阅读，他也是不能欣赏它的好处的。它只是一个艺术成品，但不是一个美学的客体。它没有生命，没有美学上的意义和价值。所以文学上的欣赏是从两方面完成的：一方面是作者写出一篇作品的时候，要赋予这个作品发挥功能的潜力，这一点是必须注意的。这是西方符号学的说法。同样写花红柳绿，你写的有没有深刻意义，这就要看你所写的作品的形象符号有没有给你那个作品一种潜藏的、可能发挥的功能和作用。我们刚才读了一首南唐中主的小词"菡萏香销翠叶残"，试想，你假如不用"菡萏香销翠叶残"而换一种说法，说"荷瓣凋零荷叶残"，这与原句平仄相同，意思也相同。这就是我刚才所提出的你的表达形式跟表达的材质以及内容的形式，还有内容的材质上的分别。"荷瓣凋零荷叶残"，是很浮浅的一句话。可是"菡萏香销翠叶残"用"菡萏"这样的一个珍贵、古雅的语字，不直说荷花；而且在荷叶上加了个"翠"字形容，"翠"字就不只表现荷叶的颜色的碧绿美丽，它本身也给你一种翡翠、翠玉那样珍贵的感觉，这样在材质上你就有一种珍贵的感觉。它没有直接说"荷瓣凋零"，而说"菡萏香销"，"香"在材质上也给你这么美好的一个感觉，给你很多材质方面的感觉。"菡萏"所表现的材质的珍贵，"翠叶"的"翠"字所表现的材质的珍贵，"香销"的"香"字所表现的材质的珍贵，这样"菡萏香销"这几个带着这种材质的字汇集中起来，就发挥了一种潜力。凡是带着这种材质的字汇集中起来，就使得这一篇作品除了表面所写的荷花凋零、荷叶残破之外，还提高到了可以有象征意味的高度。它不只是表现了一种现象，而且如此集中地表现了许多美好的材质。于是，这句词就给人一种所有美好的生命都要走向消亡残破的一种本质的感觉，这是最值得注意的。

你，一个作者创作一篇作品，你在语汇的选择上，在语序的排列上，在句法、章法的结构之中，带着多少潜力？作者要赋予作品一种发挥功能的潜在力量，而当作品被读者读的时候，就要由读者发现其潜能。会读的读者就要从作品之中把作品所潜藏的本质感发的力量都发掘出来，这才是会批评、会欣赏的读者。好，我们既然说作品中要隐藏着可发挥的潜能，那么张惠言是怎样从温庭筠的爱情词中看到贤人君子的用心，看到《离骚》的用心呢？我们刚才也提到了西方的诠释学、符号学，说作品所潜在的能力都是通过符号来传达的，是在语言符号之中潜藏着这种能力。那么读者对这些作品如何解释呢？据西方理论，在读者解释时，就将他们的创造力也加进去了。不同的修养、不同的学识的作者会创作出不同层次、不同等级的作品；同样，不同层次的读者也会从作品中读出不同层次的意思，于是在诠释作品时就分别作出了能发挥其不同潜能的诠释。这也是要透过作者所使用的符号来获得的。我们说它用“菡萏”而没有用“荷花”，是因为这两个符号意思虽同，本质却不同。而且符号还有另外一种作用。如果这一符号是我们传统诗歌中常常使用的符号，于是乎当这一符号出现的时候，它的作用就不只是这一符号本身的作用，而是带着传统文化的作用了。温庭筠的“蛾眉”，在中国传统中屈原的《离骚》也使用了。屈原《离骚》中的“蛾眉”是有比喻意义的，所以张惠言就会从温庭筠词中的“蛾眉”想到《离骚》中的“蛾眉”。这是由符号所代表的传统引起来的一个联想。这个“蛾眉”，常常出现在中国诗歌里面，所以这一符号就带着语码的性质，一看到“蛾眉”，便想到屈原《离骚》中的“蛾眉”了。这是张惠言从写爱情的词中看到有贤人君子用心的主要方式，所以他讲词都是从语言符号入手。他说，欧阳修的“庭院深深深几许”中的“深深”相当于《离骚》中的“闺中既已邃远”（“邃”就是“深”的意思），它都是从语言的符码引起联想的。

我们理解了张惠言欣赏词的道路，就可以谈一谈如何欣赏王沂孙词的道路了。温庭筠的词只是一个短小的小令，看他一个“蛾眉”的符号，就可以引起联想，但这只是一个语言符号的单独的联想。可是王沂孙的词不是短小的令词，而是长篇慢词了，所以这里边除了符号语码以外，还要有一种安排组织的功夫。长的调子是怎样安排组织的？我们所要讲的另外一种欣赏词的方式，就是刚才所念的周济这一段话：“咏物最争托意。”咏物的词最好是可以给人一种联想和感发，引起寓托之想。你只说桃红柳绿，那不会给人以感动，你要在风雨江山之外表现你的内心的感动，这是第一重要的，有托意的词里面要有一种可以引起人感动的情意。周济又说：“隶事处以意贯串，浑化无痕，碧山胜场也。”“隶事”是用典故。词的创作可以用大自然的形象，也可以用典故中历史的形象，特别是咏物的词。你有什么话好说？一个“龙涎香”有什么好说？“隶事”就是用典故，用典故时要用情意贯串起来，这就牵涉到安排、组织的功夫了。而安排组织是不能只凭直觉感受的。短小的令词可以凭直觉感受，长篇慢词的安排则要用思力。你就要想一想怎样说，怎样安排，不能只凭直觉，还要用一种安排组织的思力来思考，而你要安排得很好，使它“浑化无痕”，让它在感发作用方面给人完整的感觉。在这一方面，王沂孙是很突出的。周济说这是“碧山胜场也”，这是王沂孙词的最好之处。他又说：“词以思笔为入门阶陛，碧山思笔可谓双绝。”（周济《宋四家词选·序论》）周济为什么在那么多的词人中只选周邦彦、辛弃疾、吴文英，还有王沂孙这四个人呢？他是有他的用意的。他说初学写词要从王沂孙入手，因为词是“以思笔为入门阶陛”的。“思”是内容的情意；“笔”，是写作的技巧和结构组织的安排。词是以思笔为入门台阶的。周济认为王沂孙的词内容的情意跟它安排的笔法，这两点是“双绝”，是最高水平的。在这里，周济把王沂孙的地位抬得很高。但只是周济把王沂孙抬得这么高吗？不是的。陈廷焯在他的《白雨斋词话》中也曾说，王沂孙的词是诗中的曹子建、杜子美，说他的品格最高，味最厚，意境最深，力量最重。他把王沂孙抬到最高的地位。只是周济跟陈廷焯推崇他吗？不然，清朝的词人如朱祖谋、王鹏运等最有名的词学家都是推崇王沂孙的词的。陈廷焯曾说："读碧山词须息心静气，沉吟数遍，其味乃出。心粗气浮者，必不许读碧山词。"王沂孙的词是不易懂的，应当细心玩味，才能体会出其中的好处。现在一般人常喜欢读比较容易懂的词，而不喜欢读王沂孙这一类词了。我认为既然有这一类作品，我们就应当会欣赏它。它代表了中国韵文中一种精美的成就。

现在，我们再看王沂孙的另一首词。就是《天香》以后的第二首——《齐天乐》，是咏蝉之作。第一次讲咏物词的时候我说过，王沂孙词中所以有这么多咏物的作品是由于他所生存的时代环境造成的。因为他是经历了南宋的败亡之后，在敌人控制下，有很多不能明说的地方，所以他不得不假借咏物词来表现自己对于祖国的怀念。除此以外，还有第二个原因。我在讲咏物词发展的时候也讲过，那是在文学发展到相当兴盛的时候，有一个文学社团，大家共同聚会，就要找一个共同的题目来作诗填词。我也说过王沂孙常常和他的朋友在一起聚会，写咏物词，其中的一部分被编成集子叫《乐府补题》。清朝的一个词人叫作厉鹗的，他写过几首论词绝句，里边有一首谈到了这一卷的咏物词，他说："头白遗民涕不禁，补题乐府在山阴。残蝉身世香莼兴，一片冬青冢上心。"说是南宋败亡之后，元朝统治初期，有一个和尚叫杨琏真伽的到江南把南宋皇帝、皇后的陵墓发掘了。当时有些南宋的遗民，也是王沂孙的朋友，像唐珏，也是《乐府补题》里面的一个作者，他们把他称作义士，他们这些人就把被盗发陵墓的那些被抛撒的帝后的尸骨整理了，找了一个地方埋葬，并且把旧日皇帝陵墓前面的一些冬青树，移种在他们埋葬这些被发掘尸骨所在的地方。厉鹗说“头白遗民涕不禁”，像王沂孙他们这些经历了南宋亡国之痛的遗民，年岁都老了，头发都白了，他们的涕泪难禁，内心的悲哀是无法禁受得住的，所以他们就写了《乐府补题》，写了这些咏物的词，而这些题目是以前乐府中没有的。在哪里写的？在会稽山阴，也就是南宋陵墓的所在地，也是这些南宋词人家乡的所在地（王沂孙就是会稽人），所以说：“头白遗民涕不禁，补题乐府在山阴。残蝉身世香莼兴”，什么是“残蝉身世香莼兴”呢？他们这一卷咏物词所谓的《乐府补题》一共咏了五种物，就是“龙涎香”“白莲”“蝉”，还有“莼”和“蟹”。厉鹗说“残蝉身世”，是他们吟咏秋天快要死亡的蝉，借这个物寄托他们身世的悲哀。他们所咏的莼菜，也是有他们的比兴深义的。是什么样的比兴深义呢？是“一片冬青冢上心”。他们把被发掘的皇帝皇后抛撒的尸骨埋葬了，把原来宋朝陵寝之前的冬青树移栽在他们埋葬尸骨的所在地，把故国的冬青树埋葬在自己故国的君主和皇后的陵墓之前，这是一片对于故国的忠爱怀念的情意，是一片什么心？是“一片冬青冢上心”，是埋葬在皇帝皇后的陵墓之前的一份对祖国怀念的情意。我们现在所要讲的《齐天乐》咏蝉的词，就正是包含了“残蝉身世香莼兴”的作品。你要欣赏王沂孙的词，粗心浮气是不能的。王沂孙是以思笔著称的，我们只有沉下心来才能欣赏王沂孙的词。

现在让我们来看这一首咏蝉的《齐天乐》词，他说：

> 一襟余恨宫魂断，年年翠阴庭树。乍咽凉柯，还移暗叶，重把离愁深诉。西窗过雨。怪瑶佩流空，玉筝调柱。镜暗妆残，为谁娇鬓尚如许？　铜仙铅泪似洗，叹移盘去远，难贮零露。病翼惊秋，枯形阅世，消得斜阳几度？余音更苦。甚独抱清商，顿

成凄楚。谩想薰风，柳丝千万缕。

人们不喜欢王沂孙的词，不讲王沂孙的词，说他好像谜语，无法读懂，我想这是因为人们对于古典的语言及其所提示的语码不熟悉了。你要看王沂孙的“思笔”。头一句“一襟余恨宫魂断”，这与所咏的蝉有何相干？对他们这一类的词，你要透过他们对词的安排，透过他们的思考的思力来体会。这里有一个关于蝉的典故。有一本书叫《古今注》（作者崔豹），记载着古今传说的一些神奇的故事。《古今注》上说，从前春秋战国时代，齐国有一个齐王，他对他的王后非常不好，这个王后后来就死了。她是怀着满心的哀怨痛苦而死去的。这个王后死后，变成一只蝉，飞到皇帝宫廷庭院的树上，不断发出悲哀的叫声。可能我们对这个典故很生疏，但古人不生疏。李商隐就有两句诗说：“鸟应悲蜀帝，蝉是怨齐王。”（《韩翃舍人即事》）他说鸟应该悲哀，悲哀的是什么？悲哀的是蜀帝，因为蜀国的望帝相传死后变成杜鹃鸟了。“蝉是怨齐王”，齐国的王后变成蝉了，怨齐王对她不好。“一襟余恨”，“襟”就是胸怀；“一”就是整个的、满怀的；“余恨”，残留的恨，到死都不能消除的怨恨；“宫魂断”，因为它是王后变的，是宫中王后的魂魄，她的断魂就变成这一只哀鸣的蝉。“一襟余恨宫魂断”，王沂孙的词写得好，典故用得很贴切。他的情思，他的笔法，也确实是好。光只是以咏蝉来说就已经是很好了，还不只如此，因为这些遗民是通过蝉来寄托他们亡国的悲哀，而当时南宋被发掘的陵寝，有皇帝的，也有皇后的，所以“一襟余恨宫魂断”。不但有这么美丽的词句，而且有这么深刻的托意。王后变成了蝉，蝉是怎样生活的？“年年翠阴庭树”。每年夏天，它都在庭院碧绿的树荫中鸣叫。“翠阴庭树”，一方面是用典，另一方面也还有他的情意。什么情意？李商隐的诗咏蝉说："本以高难饱，徒劳恨费声。五更疏欲断，一树碧无情。薄宦梗犹泛，故园芜已平。烦君最相警，我亦举家清。"（《蝉》）你现在就可以看到咏物方式的不同了。李商隐是完全从这个物的直接感受来说的。"本以高难饱，徒劳恨费声"：本来就因为你栖身的地方这么高，所以你只能餐风饮露。你能像鸟那样地啄食地上的蝼蚁这些个昆虫吗？不能的；"徒劳恨费声"，你一天不断地从早到晚地放开了喉咙在叫，谁听你叫？谁关心你叫？谁理解你叫？李商隐对于蝉的感发是直接的感发。王沂孙写蝉是绕着典故转了一个圈子，经过了思想安排出来的，这是两种不同咏物的方式。还不只如此，我引李商隐的这首诗，还不只是要用李商隐的诗跟王沂孙的词作一个对比，我是要借着李商隐的这一句"五更疏欲断，一树碧无情"来说明王沂孙的"翠阴庭树"一句词。绿色的树，本来是美丽的，可从蝉的感受来说，是"碧无情"。我栖身在这碧绿的树上，鸣叫这么悲哀，整天不断地鸣叫，你们哪一片树叶对我关心了？你们哪一片树叶对我了解了？我从白天叫到夜晚，到五更寒冷的天气，我的声音都叫断了，可你们哪一片树叶对我关心了？所以是"五更疏欲断，一树碧无情"。王沂孙的词"年年翠阴庭树"一句，一方面既合于《古今注》上关于齐王后变为蝉在庭树上哀鸣的典故，而另一方面结合李商隐的诗来联想那"年年翠阴庭树"，同时又有"一树碧无情"的悲慨。那"翠阴"，那美丽的碧树是无情的。

我这样讲，是我故意这样联想吗？不是的。古人欣赏诗词，能在诗词中看到比较深的意思，得到比较大的感动，是因为当他们读到这些作品的时候，可以引起这样的联想。而这样的联想只是我们中国这些古典的诗人学者才有的吗？不是的。西方最新的文学理论也是这样讲。我也不是说，我们什么都有，我们什么都是好的，不是的。很多成就我们早已有了，但我们不会说明。我们从来没有建立过像西方那样精密的、那样完美的、那样博大的理论体系，我们只能使用一些抽象的评语，所以青年人不喜欢。他们说，什么比兴，老讲比兴，我们才不要听。他们不知道这比兴之间所讲的本来就是人基本的意识活动，是人的意识跟外在的现象接触时的最基本的活动，它不但有创作的根源，也是宇宙一切认识的根源。我们所谓“比兴”所掌握的，其实正是那最基本的两种心物交感的形式：从心到物，从物到心。

我刚才说，中国的古人喜欢引证，说这个古典、那个古典，是我们才喜欢这么引证的吗？不，你去看一看艾略特的《荒原》，里边都是古典。西方的理论就恰好可以给我们的这些解释作了一个很好的说明，他们叫作 intertexturality（书篇联想轴）。我们以前讲过了，瑞士的语言学家索绪尔说，我们的语言有语序的一个轴线，有联想的一个轴线。“蛾眉”这一语汇是个语码，可引起联想轴上的联想。西方理论又说，你欣赏一个作品的时候，可以从这首诗想到那一首诗，从这一篇作品想到那一篇作品，就是说，用书篇的联想轴的理论来进行联想。这是绝对重要的，西方的理论上有很详细的说明。在接受美学，在读者反应论里面有很详细的说明。这一点，不管从中国古代的理论来说，还是从西方最新的理论来说，这都是想要更深入地欣赏一篇作品的一个重要的方式，这就是书篇联想轴。

李商隐说：“五更疏欲断，一树碧无情。”这句诗正可以用来结合王沂孙的词句“年年翠阴庭树”来体会。我们刚才说，长调都要辅陈，都要安排，所以他后面就写了蝉的生活，“乍咽凉柯，还移暗叶，重把离愁深诉”。王沂孙之所以被周济赞美，是因为他“思笔可谓双绝”。你看他写的蝉过什么生活？“乍咽凉柯”的“咽”，呜咽，好像哭泣一样的叫声。蝉在那么寒冷那么高的枝头上啼叫，从这个树枝飞到那个树枝，从这一片茂密树叶的树荫之中移到那一片树叶的树荫之中。而且按我刚才讲过的表现的形式跟表现的材质来看，他所用的材质上的形容词是什么？“乍咽”的是“凉柯”，“还移”的是“暗叶”。不管你呜咽嘶鸣的场所，不管你生活迁移的场所，一个是“凉柯”，一个是“暗叶”，你的环境就是如此的。“乍”就是才，它才离开了凉柯，又飞到了暗叶，都是寂寞凄凉的；不管是在凉柯之上，还是在暗叶之中，蝉总是“重把离愁深诉”。它往复重叠的鸣叫所表现的都是离别的愁恨，蝉跟她的配偶——齐王离开了，那是离愁。以寄托来说，南宋的这些皇后，有的被带走了，被俘虏了，有的死亡了，她们的坟墓却被发掘了。所以不管是在凉柯之中，也不管是在暗叶之下，它所鸣叫诉说的都是离愁。“重把”的“重”是再一次，永远不断地诉说的那是离愁。

下面“西窗过雨，怪瑶佩流空，玉筝调柱。镜暗妆残，为谁娇鬓尚如许”，是写经过了一场风雨之后，本来蝉就是凄凉的，何况“过雨”之后，现在也就更凄凉了。“瑶佩流空”，“瑶佩”就是蝉。蝉为什么叫瑶佩？这是这一派的词人用思力安排出来的。原来古人的玉佩有蝉形的，叫玉蝉。这个蝉飞过去了，就是“瑶佩流空”。“瑶”就是玉，“佩”就是蝉的形状。“瑶佩流空”，就是经过了风雨的吹打，蝉栖身不住，就飞到了另外一棵树上去了。“玉筝调柱”，是蝉飞过去的声音，这声音好像是又换了一个音调。你要知道弹筝的时候，把柱（弦底下支弦的柱）一调整，音调就改变了。“瑶佩流空，玉筝调柱”，是说蝉经过了风雨的吹打，它弹奏出来的、它鸣叫出来的是一种更悲哀的音乐的声音。我现在又要说到书篇的联想轴了。冯正中有一首小词，说“谁把钿筝移玉柱，穿帘海燕双飞去”（《蝶恋花》）。从表面上看，小词都是说美女和爱情。这首词是说谁在弹一个美丽的钿翠装饰的筝？而在弹的时候，把筝弦下面的玉柱移动了一下，“谁把钿筝移玉柱”。在弹筝的声音之中，在筝的声调改变之中，就有“穿帘海燕双飞去”，一对海燕穿过了帘幕飞走了。表面写得如此，联想的内涵就深了。香港当代学者饶宗颐教授说“谁把钿筝移玉柱，穿帘海燕双飞去”这两句词引起他的感想是“叹旋转乾坤之无人采”（饶宗颐《人间词话平议》）。他所想到的是筝的声音的改变、弦柱的推移，是代表了国家形势的改变。冯延巳是南唐的作者，当南唐走向败亡的时刻，南唐的国势一转变，所有的情事都改变、都消失了。饶先生有过这样的说法。因此王沂孙的“瑶佩流空，玉筝调柱”，也就可以使人有这样的联想。像我刚才这样讲，很多年轻人可能认为，这是中国的老古董，老先生们就喜欢这么胡说。然而西方也重视这种联想，这就是所谓“书篇联想轴”。王沂孙说：“镜暗妆残，为谁娇鬓尚如许？”这里又用了一个典故，用典是这一派词人的特色。他们都用典故，都用隐语，这是咏物词的特色。为什么要说“镜暗妆残”呢？因为中国古人有这么一个传统的语码，就是“蝉鬓”。因此说蝉的时候，常是跟女人的鬓发结合在一起的。相传曹魏宫中有一宫女叫莫琼树，她把自己的发型梳为蝉鬓，望之缥缈如“蝉”。把头发从两边梳出来，像蝉的两个翅膀一样，望去是张开来的，而且好像是透明的，这种头发的装束就叫作“蝉鬓”。这是一个大家都熟悉的典故。骆宾王的《在狱咏蝉》就说：“不堪玄鬓影，来对白头吟。”黑色的鬓发如同蝉翼。这是一个传统，是一个语码。既然把蝉说成是蝉鬓，比作一个女子了，这个蝉还梳它的鬓吗？“镜暗妆残”，镜子上满是尘土，被暗尘封锁了，过去美丽的装束也已经残毁，不那样美丽了。虽然如此，可是她的头发还没有改变。“为谁娇鬓尚如许？”已经“镜暗妆残”了，但是你的头发为什么还是这么娇美的形状呢？我们讲过陆放翁有一首小词，他说“零落成泥碾作尘，只有香如故”（《卜算子·咏梅》）。就算我“镜暗妆残”，环境都改变了，我的娇鬓是仍然存在的。从所咏的蝉来说，他感情感发的情意是很不错了。如果结合着他的时代背景来说，南宋有一个孟皇后，死尸被挖掘出来以后，她的头发还是完好的，黄金簪还插在头发上，这与当时的情事相符合，所以王沂孙的词真是“思笔可谓双绝”。他的安排的手法，他的感发含蕴的力量，有的是一读就知道的，有的是要你想一想才能体会的。读王沂孙的词你要想一想，要讲一讲，你才能体会到他确实是有这么深感动的意思。这是上半首。

下半首“铜仙铅泪似洗，叹移盘去远，难贮零露”。在讲《天香》这首词的时候，我曾提到“铅水”两字出于唐朝李贺的《金铜仙人辞汉歌》，是说汉武帝立了一个很高的铜柱，上面有一个铜人，铜人两个手托着一个盘子，承接空中的露水，用这露水可以调和长生不死的药物。汉朝灭亡以后，曹魏的时候，就把金铜仙人迁移走了。在讲《天香》的时候，我也曾引这首诗的“忆君清泪如铅水”一句，说这个“铅水”只是作为一个语码出现的。然而在这首咏蝉的《齐天乐》里的“铜仙铅泪似洗”，这一个典故不只是作为一个语码，而且是作为一个结合着蝉的整个的典故出现的，是说这个金铜仙人流下了沉重的泪水，脸上像被泪水洗过似的。“铜仙”为什么“铅泪似洗”？是因为“叹移盘去远”啊！因为他悲哀，因为这个铜仙被推倒了，因为这个铜盘被迁移走了，因为汉朝灭亡了，因为曹魏把金铜仙人和他的承露盘都给移走了。而金铜仙人的“铅泪似洗”，金铜仙人的“叹移盘去远”，与蝉何干？这就是王沂孙思想的深刻之处。因为“移盘去远”，所以“难贮零露”，盘子不能再存接那天上的露水了，盘子都拆毁了，倒下来了，还接什么露水？接露水这个典故与蝉有着密切的关系。古人说：“覆巢之下，安有完卵！”人民的命运一定与国家相关。当一切都被摧毁了，一切都败亡了，你作为一个蝉还有露水吗？所以王沂孙的思笔真是深刻。

我赞美王沂孙的思笔深刻，还需要举一些例证加以说明。同样是咏物词，同样是写蝉要饮露水的故事，在与王沂孙一同结社聚会、共赋咏蝉的十四个人中，思笔就有高下之分。例如一个作者写“绰约冰绡，夜深谁念露华冷”，说蝉的翅膀很薄，如透明的冰绡，在深夜那寒冷的露水降下的时候，谁关怀它？谁想到它的寒冷、孤独、寂寞的生活？这个意思只是一层。另一个作者写道：“绡衣乍著，聊饮人间风露。”说蝉有冰绡般的翅膀，好像一个女子穿着冰绡的衣服，它姑且地饮一点人间的风露（蝉本身是很高洁的，不吃世间污秽的东西，它只是吃一点人间的风露而已）。这个意思也是比较单纯的。还有一个作者说：“凉生鬓影，独饮天边风露。”当寒冷的季节来临时，作为一个蝉，只饮一点天边的风露。又有一个作者说：“与整绡衣，满身风露正清晓。”说正是破晓最冷的时候，它满身披着风露，要把冰绡似的翅膀整理整理。这四首词也不是不好，也都切合了蝉的生活，可是与王沂孙比较起来，就显得比较浅显、比较单纯。而王沂孙所写的“铜仙铅泪似洗，叹移盘去远，难贮零露”，却层层转折，寄托了深远的悲慨，所以周济赞美王沂孙“思笔可谓双绝”。

后边一句“病翼惊秋，枯形阅世，消得斜阳几度”，是说蝉已经衰老、多病了，它的翅膀已飞不起来了。“露重飞难进，风多响易沉”（《在狱咏蝉》），这是骆宾王咏蝉的诗。“病翼惊秋”，那触目惊心的秋又来了，死亡就到了。“枯形阅世”，蝉已慢慢地枯萎了，这个枯萎的蝉曾经看遍人世的盛衰。这里句句说的是蝉，也句句有他自己家国的悲哀。“消得斜阳几度”，秋天快要僵死的蝉，还能忍受几天黄昏的日落？没有几天，它的生命就要结束了。“余音更苦”，说蝉的残留哀鸣的声音，越来越悲苦了。“甚独抱清商，顿成凄楚”，此时情形忽变，它再唱的就是凄楚的音调了，过去美好的年华不再回来了。“谩想薰风，柳丝千万缕”，“谩想薰风”，薰风者，是南风，是夏天的风，是蝉美好生命的季节，这里又使我们有一个书篇的联想。相传古代有一首帝舜时代的《南风歌》，说“南风之薰兮”，可以“解吾民之愠兮”，美好的南风可以解除人民的痛苦。它歌颂的是美好的帝舜时代。用了一个“薰风”，既切合了蝉的夏天的生命，也因为《南风歌》中的“薰风”而引起我们对宋朝盛世的联想。如果我们看一看吴自牧的《梦粱录》，就知道当年南宋的杭州曾是何等的繁华。“谩想薰风，柳丝千万缕”，空自怀想过去的日子，千万柳条披拂，那是多么美好、多么兴盛的时代。王沂孙用蝉的口吻来说，“柳丝千万缕”，而如今只是“谩想”，徒然地回忆追想了。杜甫对盛世的怀念则与此不同，他说：“忆昔开元全盛日，小邑犹藏万家室。稻米流脂粟米白，公私仓廪俱丰实。”（《忆昔二首》）杜甫的这几句诗也表达了他对开元盛世那一段美好日子的怀念。同是怀念，但诗跟词不同，杜甫写的是诗，用的是赋的手法，把他的感发直接表现出来了。王沂孙怀念的也是过去国家全盛的日子，感情是相似的，可是他写的词，用的是咏物的手法，所以就“谩想薰风”那“柳丝千万缕”。他以“薰风”“柳丝千万缕”代指两宋盛世。这就是王沂孙的词的好处，“思笔可谓双绝”。

欣赏这样的词的方法，你不能够只用直觉的感受，也不能简单地只用一个语码就联想了，你要从他整个的安排、结构，从他的语言文字与他所写物的结构，并透过他所写的物与他托意、联想的关系层层深入想下去。现在虽然很多人都不能欣赏这一类的词，但是又确实存在着这一类词，而且在清朝曾为很多人所推崇，不但是周济、陈廷焯，连清朝最有名的词学家朱祖谋、王鹏运推崇的都是这一类的词，所以我们还是应该学会对这类词的欣赏的。当然清朝的那些作者之所以推重这一类的词，也有他们的几种原因。宇宙之间的任何现象都有一个发生的理由，都有一个存在的意义的。清朝的词人为什么推重这一类的词？一个原因是因为从张惠言开始的清朝词论家要给中国的本来不在伦理道德约束之内的男女爱情的歌词，找一些道德伦理的意义和价值，抬高词的地位，所以他说温庭筠的词有屈原《离骚》的意思。其实就算用了“懒起画蛾眉，照花前后镜”，这跟屈原《离骚》所写的“蛾眉”又有什么必然的联系？“蛾眉”的语码及衣饰的美好，可能只是偶然的切合，未见得温庭筠就是用这样的托意来写词的。所以张惠言用屈原《离骚》的说法讲温庭筠的词，很多人不同意，很多人不相信。可是王沂孙这一类的咏物词是确实有托意的，每一个语汇、每一个语码都含有很深刻的意思。这个就正符合他们词的理论，是他们最好的证据。这是一个原因。还有一个原因是因为朱祖谋、王鹏运他们所生活的是晚清时代，是经历过“鸦片战争”“庚子之乱”、北京曾经被八国联军所占据的时代，他们跟王沂孙有相似的生命体验和经历。朱祖谋、王鹏运这样的作者在北京被八国联军占领的时候，心中很悲哀。但是，因为现实的限制，他们没有能够拿起刀枪跟敌人斗争，几个悲哀的词人只有在一起填写歌词，也留下了一卷歌词叫作《庚子秋词》，也是有托意的歌词。所以清朝的那些人推重王沂孙的词既有文学理论上的原因，也有他们个人身世环境的原因。这是王沂孙词当时所以特别受到推重的原因。用“思”与用“笔”的路线去欣赏，是一条专门针对王沂孙词这一类作品欣赏的路子。

温庭筠的那一类词是从语码来联想的，那是另一条欣赏的路子。但不管是温庭筠的小令也好，是从整篇的思笔结构来联想也好，我要把这两种归纳合一，就是说他们的解释都是从理性的思索来进行的。说“蛾眉”，屈原《离骚》有“蛾眉”；说“铜仙铅泪似洗”，李贺诗的“金铜仙人”写的就是国家败亡的感慨，都是从理性上去思索，从他们所用的语码、所用的典故找一些相似的地方来比附解释。这一类作品欣赏的路子，我以为用我们中国最基本的诗歌理论批评术语来说，都是属于“比”的性质。不但是作者用“比”的方式进行创作，读者也是用“比”的方式来评说。我以前说过，评论词的方法共有三种。一种只讲语码；一种是结合他的“思笔”的安排来讲的，这两种都属“比”的方式；另外一种是属于“兴”的欣赏方式。创作的时候有见物起兴的方法，听到雎鸠关关的叫声，就会想到君子好逑；评论的时候也同样可以用“兴”的方式。刚才讲西方的符号学、接受美学、读者反应论的理论，其中有这样的观点：作者写作品的时候，在作品里创作出来多少引人联想的潜在的感发的力量？读者读一篇作品的时候，能从作品中发现多少本质上的感发的力量？这是另外的一种批评欣赏的方式。不假借语码典故，而是它本身的语言符号的本质的材质就传达出来一种感发力量，这就是“兴”的欣赏方法。王国维说“菡萏香销翠叶残，西风愁起绿波间”，大有“众芳芜秽，美人迟暮”的感慨。他的这种解释是从“菡萏香销翠叶残”的这些语言文字的符号所带有的材质上的感发中引起来的联想。我说过，如果换一种方法说“荷瓣凋零荷叶残”，这个感发就没有了。“菡萏香销翠叶残”一句，就把这么多美好的品质集中起来，然后用一个“销”字，一个“残”字，一个“销毁”，一个“残破”，而“菡萏”的美好、“香”的美好、“翠”的美好，就都在“销”与“残”之间凋零消逝了。这是整个语言文字的符号的本质之上产生的感发的力量。王国维的《人间词话》中说：“南唐中主词‘菡萏香销翠叶残，西风愁起绿波间’，大有众芳芜秽，美人迟暮之感。乃古今独赏其‘细雨梦回鸡塞远，小楼吹彻玉笙寒’，故知解人正不易得。”他说这两句词中有“众芳芜秽”的悲哀，可是他说别的古今评赏词的人都却只欣赏他的“细雨梦回鸡塞远，小楼吹彻玉笙寒”，他因而认为真正懂词的人不容易找到，意思是说那些人不懂得这首词的真正好处所在。这首词是南唐中主写给乐工王感化的词，写的是征夫思妇男女离别相思的感情，本来不见得有“众芳芜秽，美人迟暮”的感慨。从内容所写表面的情事来看，人家说的是对的，欣赏“细雨梦回鸡塞远，小楼吹彻玉笙寒”是对的，可是王国维怎么敢说人家都是理解不了，只有他王国维才懂呢？他敢这样说，是因为他是从词的感发的材质方面而言的，这是王国维说词的一种方式。

王国维另外还有两种说词的方式，我们再引一段《人间词话》。他曾说：“尼采谓，‘一切文学，余最爱以血书者’。后主之词，真所谓以血书者也。宋道君皇帝《燕山亭》词亦略似之。然道君不过自道身世之戚，后主则俨有释迦、基督担荷人类罪恶之意，其大小固不同矣。”从这段话可以看出，他是以为作品中所传达的感发力量，是有深浅、大小、厚薄、广狭的不同的。还不说你写了坏诗，它根本没有传达出来感发的生命，根本就不是有生命的作品。就算是感动人的诗，但你所写的只是自己一个人的感情，像宋之问所写的“魂飞南翥鸟，泪尽北枝花”（《度大庾岭》），也未尝不美丽，但这只是他个人的悲哀。杜甫所写的“关塞三千里，烟花一万重”（《伤春五首》），“国破山河在，城春草木深”（《春望》），他的感发的生命自然就博大，自然就深厚。词的高低好坏，作为一个大词人跟一个小词人，作为一个大作家跟一个小作家，他们层次的不同就在于他们感发生命的大小、厚薄的不同。还不只是他自己的感发生命的不同，他传达出来的时候，所带着的力量也是不同的。就算是同样写破国亡家的悲哀和感慨，你写出来使别人感动多少，他写出来使别人感动多少？你所传达的效果和力量如何？这是分辨作品好坏的主要的标准。所以王国维说李后主的词有

“释迦、基督担荷人类罪恶”的意思。李后主当然不是释迦、基督，王国维说他有释迦、基督担荷人类罪恶的意思，是因为李后主所写的虽然只是一个人破国亡家的悲哀，可是由于他从自己一个人的痛苦中，忽然体会到了所有的人间这种无常的悲哀。所以他说：“胭脂泪，相留醉，几时重？自是人生长恨水长东。”（《相见欢》）他写的已经是整个人生的悲哀了。再如“春花秋月何时了，往事知多少”，他写的也原只是自己个人的悲哀，因为“小楼昨夜又东风”，他的“故国不堪回首月明中”了（《虞美人》）。可是当他写“春花秋月何时了，往事知多少”的时候，我们每个人都在“春花秋月何时了”的永恒跟“往事知多少”的无常的消逝的对比之中，所以他是以一个人的悲哀写出了所有人类的悲哀。这是他与宋徽宗的不同。宋徽宗的《燕山亭》词则相形见绌。他说：“裁剪冰绡，轻叠数重，淡著燕脂匀注。新样靓妆，艳溢香融，羞杀蕊珠宫女。”他也写落花：“易得凋零，更多少无情风雨。愁苦。闲院落凄凉，几番春暮。”他的感动的力量，不像李后主所传达的那么强大。而且我刚才说过，感发有一种材质，不只是表面。表面上道君皇帝也说风雨，也说落花，与李后主的“林花谢了春红，太匆匆。无奈朝来寒雨晚来风”好像差不多，两个人的词表面意思是一样的。可是道君皇帝只写了一个外表，李后主却用“林花”总体的概念，表现了满林所有的花。又用“春红”所表现的“春”的季节的美好，“红”的颜色的美好，集中起来表现了一种美好的品质。他的“谢了”跟“太匆匆”，两个词重复地说，表现了深沉的哀悼。“朝来寒雨晚来风”，一个“朝”跟“晚”对比，一个“雨”跟“风”对比，朝晚风雨对比中，表现了朝朝暮暮、风风雨雨的普遍的、包举一切的这种摧伤。这就是作品传达的感发力量有多少的分别，这就是王国维从感发来衡量作品的第一个标准，是以感发力量的大小、多少为标准来评词的。我们刚才还讲了王国维曾从中主词的“菡萏香销”联想到“众芳芜秽，美人迟暮”，那是王国维另一种说词的方式，是从作品的材质给人的感发来说词的。

此外，王国维还有另一段词话，说“古今之成大事业、大学问者，必经过三种之境界”，然后他举了三首小词代表这三种境界。这种说词方式与西方的接受美学及读者反应论有相合之处。有一个意大利讲接受美学的学者弗兰哥·墨尔加利（Franco Meregalli），他曾说，作为接受者对于一个美学的客体，不管是一首歌曲、一首诗，他们的读者，可以分成三种不同的类型：第一种是一般的读者，他们能够从表面把作品看过去，这是最普通的读者。第二种是透明性的读者，能够透过表层的意思，看到里边的最本质的作用。像王国维对中主的那首词，不是只看表面的情意，他能够透过真正的感发生命的本质，把美人的迟暮跟草木的零落结合起来，看出一种所有美好生命志意落空的那种走向衰亡的悲慨。这是所有的有理想的人的悲哀，是“恐年岁之不吾与”者的悲哀。每个人都知道你的人生是有限的，你要掌握你的人生，要真正爱惜它。所以对于生命的消逝有一种“草木摇落”“众芳芜秽”的悲哀。不只看外表故事的意思，还要看到里边真正的本质，这是第二类透明性的读者。还有第三种创造性的读者，就是说一般读者只能做到作者说一，你懂得一，作者说二，你懂得二，但是创造性的读者可以做到作者说的是一，你可以一生二，二生三，三生无穷，你可以有这样自由的、丰富的联想。晏殊、欧阳修等人所写的词，就曾经引起王国维这样创造性的联想，他曾经举晏殊的词“昨夜西风凋碧树，独上高楼，望尽天涯路”（《蝶恋花》），说这是成大事业、大学问的第一种境界。晏殊当年是按着这个意思写的吗？当然不是的。晏殊所写的是爱情，是相思，是离别，是怀念。所以在这两句词的前面，他写的是“明月不谙离恨苦，斜光到晓穿朱户”。他说一个女子晚上不能成眠，怀念她所爱的人。“明月不谙”，不知道、不理解我们离别的愁恨，它的西斜的月光，从深夜到天明，穿过朱红色的窗户，照在我的床前，使我一整夜都没有成眠。这是上半首的最后两句。所以下半首开头就说：“昨夜西风凋碧树，独上高楼，望尽天涯路。”我整夜怀念他，第二天早上我就站在楼上遥望天涯，怀念我所爱的人。我发现昨天一夜的寒风，把我楼头窗外的树叶都吹落了，所以我今天就能看到天涯更远的路。我希望在那天涯的尽头能看到我所爱的人，但是我终于没能看到。这首词所写的是离别，是相思，是爱情，可是王国维居然说它是成大事业、大学问的第一种境界。这就是读者创造性的联想了。好，也许你们就以为读者可以自由联想了，可是不然，西方的接受美学专家，德国的沃尔夫冈·伊瑟尔（Wolfgang Iser）就说了：“读者的反应是一定要受到作品的肌理、组织所左右的，你不能随便联想。”杜甫《秋兴》诗有一句：“闻道长安似弈棋。”有人解释说，杜甫是说长安的街道都是南北东西的方向排列的，像棋盘似的。可是作者的本意不是这个意思，而且在品质方面也不合这种感发的联想。因为杜甫曾经在长安居住过，他亲眼看见过长安的街道，而诗句的前两个字是“闻道”，若写长安的街道，怎么说“闻道”呢？杜甫写的是长安再次的沦陷（本来安史之乱时，长安曾经陷贼，后来广德年间再一次被吐蕃攻陷）。当时杜甫不在长安，所以说“闻道长安似弈棋”。他的言外之意是说，难道国家的首都长安也跟下棋一样，说败就败了，说沦陷就沦陷了吗？而且还可能指当时政策的反复。所以说诗的人不是可以随便联想的，联想一定是受作品本身的约束。

什么叫肌理？这是一个翻译的名词，英文是 texture，指的是物品的质地。摸一摸这个材料，它是丝的，是麻的，还是棉的？是化学纤维的，还是涤麻混纺的？它织成的花纹，是凸起的花纹，还是凹下的花纹，还是平织的花纹？这所有的一切都叫 texture。“肌理”就是一个材料的本身质地。而作为一个作品的 texture，它所用的形象、它的结构、它的组织、它的声音、它的语码，所有这一切结合起来给人的感觉，就是它的肌理。刚才我说，作者要写一个作品，他就要给这个作品发挥的潜力。每一个人的作品都能叫王国维想到成大事业、大学问吗？绝不是的。只有最好的作者、第一流的作者才能够在作品之中隐藏蕴蓄着这么多的潜在的力量。这种潜藏的力量，作者自己都未必知道，而它确实是蕴藏在里边的，使读者可以随时发掘，可以联想，可以发挥的。“昨夜西风凋碧树，独上高楼，望尽天涯路”，“凋碧树”的“凋零”，它在本身的材质上，是要说当万紫千红都零落了，楼头的荫蔽都消除之后的情景，人常常被眼前身外的蝇头利禄、蜗角功名所限制、所牵绊，所以你就没有更远的理想，没有更远的目光。你要想成大事业、大学问，第一，就要有“昨夜西风凋碧树，独上高楼，望尽天涯路”的境界。你不要总是那么眼光短浅，想一学一干就可以马上得到什么成绩。学习的用处有远近大小的种种的不同，你要成为创造真正伟大事业的人，你就要脱除这眼前利益得失的牵绊，要有高瞻远瞩的目光。这是成大事业、大学问的第一种境界，是由这个作品本身内容材质引发的联想。“昨夜西风凋碧树”的“凋碧树”所表现的“凋落”，“独上高楼”所表现的“高远”，“望尽天涯路”所表现的瞻望眼光，它本身的本质便带着这种感发的力量。

下面的两句话是柳永的，柳永说：“衣带渐宽终不悔，为伊消得人憔悴。”（《蝶恋花》）这两句本也是写爱情的，说我为我所爱的人，因为怀念，我就憔悴、消瘦，衣服的带子都宽松了，可是我不后悔，因为他值得我这样怀念。为什么王国维说这是第二种境界呢？因为如果真正追求大学问、大事业，你要付出代价，不是那些个急功近利、想走捷径来求取最大成果的人所能做到的，所以要有“衣带渐宽终不悔”的不惜牺牲的追求精神。急功近利的人尽管有眼前的一点小的成就，但他永远不会取得大事业、大学问的成就。王国维既然说成大事业、大学问，就不是说只追求不获得，而是说你最后要真的完成。所以说，“众里寻他千百度，蓦然回首，那人却在、灯火阑珊处”（辛弃疾《青玉案》），是第三种境界。大家都追求万紫千红，大家都在那个繁华灿烂的地方，但我最后发现，我真正追求得到的是在灯火阑珊的地方，绝没有盲目的只追求眼前的繁华的人能够成就大事业、大学问的。一定要能够忍耐孤独，付出牺牲、勤劳的代价，才能得到成功。“那人”是“在灯火阑珊处”的地方，绝不是众人喧哗的所在。王国维体会到这三种境界，是从这些词的本质上体会出来的。王国维又说：“此等语皆非大词人不能道。然遽以此意解释诸词，恐为晏、欧诸公所不许也。”

我刚才说，作者创作作品，你赋予了作品发挥的功能以多少潜力，读者才有可能发掘到作品的潜力。真正伟大的作者他给予作品的潜力一定是多的，所以这么多的人研究“红学”，却老也研究不完，这是因为作者赋予了作品这么丰富潜藏的可以发挥的功能的潜力。诗歌是如此，小说也是如此，伟大的作品都是如此的。所以王国维说，这是大词人才能写出来的。但是，他又说我要用这些个意思来解释这些词，“恐为晏、欧诸公所不许也”。这是什么意思？四川大学有个学生问我：“你看除了第一例证两句词是晏殊的，其余两个，一个是柳永，一个是辛弃疾的，他干吗不说柳永、辛弃疾，而是要说晏、欧诸公呢？”我认为原因有二：一则是“衣带渐宽”一词本来也见于欧词集中，所以他说晏、欧；再则是因为如果以小词带着丰富的感动兴发的力量来说，是晏殊跟欧阳修的小词里边更富有这种特色，是以南唐的冯延巳到北宋初年的晏、欧的小词里边所带着的这种丰富的感发的力量为最多。它不用语码，不用故事，不用典故，而它却能带着这样大的感发的力量。我们以前讲过一首冯正中的词《蝶恋花》，他说“日日花前常病酒，不辞镜里朱颜瘦”，也是如此。他说的是饮酒、看花，说对于我的憔悴、消瘦不推辞。可是饶宗颐教授却从这里看到了一种“开济老臣”的怀抱。“日日”“常”都是常常的意思。“不辞”，是说我绝不逃避的这种口气。“朱颜瘦”，是憔悴消瘦，又不只是这点，是“不辞镜里朱颜瘦”，我不是不知道自己的憔悴消瘦，我宁愿付出我的消瘦憔悴的代价，也要赏花，因为我对花有一份感情。人一定要对于你所做的事业、学问，有这样的感情。冯正中说的“日日花前常病酒”，就是这样的一种感情。欧阳修的词说：“直须看尽洛城花，始共春风容易别。”（《玉楼春》）春天总是要走的，花总是要落的，每个人都会生病老死的，你在有限生命的过程中，要完成一些什么呢？欧阳修说的“直须看尽洛城花”，我要把我要看的花都看过，那个时候，我才“始共春风容易别”。《圣经》上保罗的书信说：“该走的路我已经走过了，该守的道我已经守住了。”我就是离开，也没有遗憾了。所以欧阳修的词说“直须看尽落城花”，那时候我跟春风告别，我才没有遗憾。只有大词人、大诗人，不管写看花，不管写饮酒，不管写爱情的相思怀念，才能写出这样一种境界，才能够蕴藏含蓄这么丰富的潜藏的力量。这是第三种评说词的办法，是带有创造性的评说，不是胡思乱想的评说。这种方式虽然自由，但它是要受这个诗歌作品本身本质的限制的。这种欣赏的方式是王国维一个人发明的吗？不是的。这是我们中国最古老的、最传统的诗歌欣赏方法，不是只有西方的什么接受美学，什么读者反应论才有的观点。

《论语·泰伯》篇曾说：“子曰：‘兴于诗。’”兴是一种兴发，一种感动，跟作者的见物起兴一样，你读诗，也会引起一种感发的。诗的作用就在于能够给你的心灵一种感发。古人曾说：“哀莫大于心死，而身死次之。”就是在于你的内心有一种活泼敏锐的善于感发的心灵，这是作为一个真正的人根本所在的地方。诗歌的最大的作用，是要让你有一颗不死的不僵化的心灵，有一种善感的心灵，要“兴于诗”。孔子不但说“兴于诗”，还说诗是“可以兴”的。孔子所赞美的“兴”，相当于西方的接受美学所说的创造性的联想。《论语》上就曾记载孔子与学生的谈话说：“子贡曰：‘贫而无谄，富而无骄，何如？’子曰：‘可也；未若贫而乐，富而好礼者也。’子贡曰：‘诗云：“如切如磋，如琢如磨。”其斯之谓与？子曰：‘赐也，始可与言诗已矣，告诸往而知来者。’”子贡是问做人的道理，“贫而无谄，富而无骄”。孔子说的也是做人的道理，“贫而乐，富而好礼”。子贡从做人的道理却想到了诗句的“如切如磋，如琢如磨”，这是一种自由的联想，《诗经》上写的不是贫富的做人的道理，而子贡有了这种联想，所以他是创造性的读者。他作了一个自由的联想，孔子赞美说“赐”这样的学生，才可以跟你论诗了。“告诸往而知来者”，是说告诉你一个过去的东西，你可以推想出一个未来的东西，你有一个活泼善感的富于联想的心灵，这样就可以读诗了。孔子不止一次赞美这样的学生。又有一次，子夏问：“‘巧笑倩兮，美目盼兮，素以为绚兮’，何谓也？”说一位女子很美，笑起来面颊很美，眼睛转动得也很美。“素”是白色，“绚”是彩色。这学生说：“我不懂，白颜色怎么会是美丽的彩色呢？”孔子就说“绘事后素”，说是画画的时候，先要有一个素白的、洁白的质地。一张污秽的纸上，你永远画不出好看的画，所以说“唯白受彩”。孔子根据他的问话回答说“绘事后素”。假如是白皮肤，那么你描了眉，就是青黛的颜色，涂上胭脂，就是鲜红的颜色。假如你本来是黑的，那么什么颜色都不鲜明了。子夏听了以后说："礼后乎?"意思是说，"噢！老师这么一说，我就联想到了，这个本质才是重要的，外表形式是后加的，所以礼节、礼法只在形式上，是后加的。"首先要在你内心有一份礼敬的情意，内心是恭敬的严肃的有美好的情意，你这个礼才是有意义的，你心里骂一个人，但你表面上还跟他微笑，还跟他握手，这个是不对的。所以说"礼后乎"。礼是在内心有了敬意以后，然后表现于形式的。子夏也是从诗句联想到做人的道理的。孔子也赞美他说："启予者商也，始可与言诗已矣!"他说给我启发的是商这个人，像这样的学生我是可以跟你谈诗了。所以这种自由联想，西方所谓读者反应论的自由联想，是我们中国一向就有的宝贵传统。西方的理论还曾进一步提到作品与读者的关系说："阅读的过程就是一个再创造的过程，也就是读者自身改变的过程，也就是读者受作品中之潜能影响的过程。"因此一般常说诗可以陶冶性情，可见作品对读者确实有相当的影响，这正是我们学习诗歌的一项重要的作用和意义之所在。而王国维之以"成大事业、大学问的三种境界"来解说这些富于感发作用的小词，就正是这种传统的实践和发挥。

总之，"词"是一种"要眇宜修"的文学体式，容易引起读者丰美的联想。以联想说词的方式，则大致可分为两大主流：一派是以"比"的方式，用语码的联想来说词的，可以张惠言为代表；一派是用"兴"的方式，用感发所引起的联想来说词的，可以王国维为代表。

因为时间的限制，我所讲的极为匆促，也极为草率，而我的系列讲座到今天就全部结束了。